김석범 대하소설

火山島

3

김환기·김학동 옮김

보고사

차례

제6장 ···························· 5

제7장 ························· 235

제6장

1

  강몽구와 남승지는 이틀이 지난 밤 열한 시에 고베발 급행을 타고 도쿄로 향했다. 그저께부터 어제에 걸쳐 자금 모금을 위해 돌아다닌 두 사람은 어젯밤 동해고무에서 자고, 오늘 아침 오사카에서 고베로 왔던 것이다.

  역에는 일부러 사촌 형 남승일이 배웅하러 나와 주었다. 두 사람이 안전하게 장거리 열차에 타는 것을 확인하고 싶은 모양이었다. 그것은 또한 두 사람에 대한 관심의 표현이기도 했다. 적어도 두 사람은 지금의 남승일에게 속된말로 표현하자면 '투자(정신적인 것이었지만)'의 대상이었다. 그와 동시에 자금 지원이라는 구체적인 행위를 통하여 생생한 고향의 정치적 현실을 접할 수 있으리라는 기대이기도 했다. 강몽구로부터 사촌 동생의 결혼 약속을 받아 내려는 꿍꿍이속이 있었다고는 하지만, 고향에서의 투쟁을 지지하는 자금 지원을 통해서 그의 마음속에 어떤 변화가 일어난 것도 사실이었다. 단순한 의리만으로 40만 엔이라는 현찰을 낼 수는 없다. 40만 엔이라면 부지가 딸린 상당히 큰 집 한 채를 충분히 살 수 있는 금액이었다.

  고베에서의 자금 모금은 오늘로 대충 결말이 났다. 오사카 쪽은 역시 그다지 성과를 올리지 못했다. 그저께 합동철공소에서 받은 3만 엔을 포함하여 조직의 소개로 모은 돈이 합계 25만 엔. 강몽구 개인의 '안면'으로 모은 돈이 약 20만 엔, 합계 45만 엔 정도였다. 고베에서는 남승일이 개인적으로 낸 40만 엔을 포함하여 약 70만 엔. 물론 이 금액은 약속한 액수를 모두 포함한 것이어서, 현금이 모두 손에 쥐고 있는 게 아니었다. 강몽구는 모은 수표와 현금을 동해고무의 고달준 사장에게 맡겨 놓았는데, 약품 등의 물품 구입은 이미 그를 통해 준비하고 있는 모양이었다.

플랫폼에서 잠시 줄을 서서 기다렸지만, 앉을 자리는 충분했다. 차표는 남승일이 사 주었다. 처음에 이등칸을 사려고 하는 것을 강몽구가 말렸다. 그러나 삼등칸이 만원이라 앉지 못했다면, 강몽구는 이등칸으로 옮겼을 것이다. 내일의 일을 위해서라도 편하게 가야만 했다.

창가에 마주 앉자 곧이어 몸집이 작은 중년 부인이, 실례합니다, 하면서 남승지 옆에 보스턴백을 내려놓고 자리에 앉았다. 서민적인 느낌을 주는 기모노 차림의 아주머니가 배웅을 나온 아들인 듯한 청년에게, 응, 알았어, 이제 됐으니 얼른 가, 라며 돌려보냈다. 그녀는 짐을 선반에 얹으려 하지 않고 자기 발밑에 놓았다.

기차가 달리기 시작하자, 그녀는 보자기에 싼 작은 꾸러미를 풀어 밀감을 꺼내더니, 친절하게도 두 사람에게 하나씩 권했다. 이럴 경우 선의는 거절할 수 없는 법이다.

"어디까지 가세요?"

"도쿄까지입니다."

"아아, 그러시군요, 그거 잘됐네요. 야간열차는 무섭거든요. 전에는 도카이도 선(東海道線 : 도쿄에서 고베에 이르는 간선철도) 야간열차 전문 절도단이 있었답니다. 스물일곱 명이었는데, 그것도 단장이 여자랍니다……. 도쿄까지 함께 잘 부탁합니다."

그녀가 짐을 무릎 아래에 놓은 것은 아무래도 도난을 경계하고 있기 때문인 것 같았다. 여자가 단장인 27인조 절도단이라니 재미있었다. 남승지와 강몽구도 가방을 무릎 위에 올려놓고 있었지만, 거기에 무슨 중요한 물건이 들어 있어서 그런 것은 아니었다. 경자가 만들어 준 2인분의 도시락이 들어 있는 가방은 남승지의 무릎 위에 묵직하게 놓여 있었다.

"……사위가 지금 병원에 입원하고 있어서요. 딸은 도쿄에서 고등학교 선생을 하고 있는 사람한테 시집을 갔거든요……."

눈이 동그랗고 얼굴 전체의 인상이 무슨 '콩' 같은 느낌인 그녀는 밀감을 손에 든 채 수다를 떨기 시작했다. 사위가 지금 위 수술을 받고 입원해 있는데, 세 시간이나 걸린 대수술이라서 딸이 붙어 있어야만 하기 때문에, 아이들을 보살피러 상경하는 길이라고 했다. ……그게 말이죠, 사위에게는 어머니가 안 계셔서, 내가 일부러 도쿄까지 가야 된답니다. 그리고는 계속해서 수술 상황이라든가, 한밤중에 세면기에 두 사발이나 피를 토해서 잠옷과 이불이 피투성이가 됐다느니, 술을 전혀 마시지 않아도 위궤양에 걸리는 모양이라는 둥, 아마 딸의 편지 내용을 그대로 전하고 있을 터인데도, 마치 자신의 눈으로 직접 본 것처럼 이야기를 했다.

강몽구는 밀감을 창문 옆에 놓은 채, 보스턴백에 넣어온 두 홉들이 술병을 기울이면서 여자의 말을 듣고 있었다. 그는 이미 남승일 집에서 술을 꽤 많이 마신 탓일까 두 홉들이 병을 다 비우자마자, 가볍게 코를 골며 잠들어 버렸다.

강몽구는 무슨 일에나 낭비가 없었다. 술을 자주 마셔 취하고, 대담하면서도 융통성이 풍부하고, 때로는 칠칠치 못해 보이기도 하지만, 조금도 낭비가 없도록 시간을 활용했다. 그는 매사에 집중력이 있었다. 술에 아무리 취해도 다음날 아침에는 반드시 정해진 시간에 일어났다. 숙취로 예정된 일에 지장을 초래하는 경우는 거의 없었다. 아니, 숙취가 없는 특수한 간장의 소유자인지도 몰랐다.

옆에 앉은 아주머니는 천천히 밀감을 먹으면서 잘도 떠들어 댔다. 밀감 냄새와 함께 머릿기름과 희미한 화장품 냄새가 남승지의 콧속으로 스며들었다. 딸 자랑부터 시작해서, 요즘 사람답지 않게 술도 담배도 하지 않는다는 성실한 사위 자랑. 그런 그가 딸을 얼마나 소중히 여기는지 따위로 계속되는 이야기를 남승지는 밀감을 먹으면서 참을성 있게 듣고 있었다.

기차는 오사카 역에서 만원이 되었다. 아직 완전히 정차하지도 않았는데, 사람들이 앞을 다투어 승강구로 올라탄 뒤 빈자리를 찾아 객차 안으로 쇄도했다. 여기, 자리 잡았어……. 순식간에 통로도 짐과 승객으로 가득 차 버렸다. 강몽구의 옆자리를 차지한 남자는 남에게 들릴 정도로 안도의 한숨을 커다랗게 내쉬었다. 잠시 서 있던 사람들도 기차가 달리기 시작하자 짐을 적당한 위치에 내려놓고 그 위에 주저앉거나, 신문지를 통로에 깔고 앉거나 하면서, 제각기 차 안에서 밤을 보내기 위한 태세를 갖추었다. 심지어 선반에 올라가 눕는 사람도 있었다. 통로가 꽉 차서 다닐 수 없었기 때문에, 화장실에 가려면 좌석 팔걸이를 타고 다녀야 했다. 벌써 열두 시가 가까웠다. 남승지는 기차가 달려가는 방향의 오른쪽 좌석에 앉아 있었는데, 기차가 속력을 더해 감에 따라 창문 틈으로 희미하게 스며든 찬바람을 뺨에 느꼈다. 전속력으로 달리는 기차의 기세에 빨려든 것처럼, 잠시 소란했던 차 안도 차츰 조용해지기 시작했다. 차 안에 가득하던 담배 연기도 점점 사라졌다. 옆에 앉은 아주머니의 수다도 어느새 그쳐 있었다. 강몽구는 고개를 숙인 채 조용히 계속 자고 있었다. 거무스름한 천장에 매달린 붉은 전등이 사람들의 머리와 어깨와 무릎 위에 부드러운 빛을 떨어뜨리고 있었다. 통로에 주저앉은 두세 명의 일행이 술잔을 주고받는 소리가 귀에 직접 울려올 만큼 밤은 깊어가는 듯했다.

남승지는 창밖을 바라보았다. 어둠이 시선을 되밀어 냈다. 한동안 바다를 뒤덮은 듯한 어둠이 계속되었다. 밤공기를 가르며 울리는 기적 소리에 어둠이 한층 짙어지는 듯했다. 어슴푸레한 객차 안 불빛 속에 어렴풋이 떠오른 자신의 얼굴이 유리창 바로 너머에 비치고 있었다. 이따금 가로등인 듯한 불빛을 발견하면 안심이 될 정도의 어둠이었다. 일본에 온 뒤 어느새 밝음에 익숙해져 버렸는지도 모른다.

생각해 보니, 야간열차를 타는 것은 꼬박 1년 만이었다. 서울에서 제주도로 간 것이 작년 이맘때였다. 아직 차가운 공기가 볼을 따갑게 만들던 밤, 외투로 몸을 감싸고 서울역 호남선 플랫폼에 서 있던 자신이 지금 유리창 저편에 보일 것 같은 기분이었다. 그때도 밤 열한 시에 출발하는 목포행 준급행열차였다. 모두가 잠들어 버린 만원 열차 안에서 아무리 달려도 불빛이 보이지 않는 조국 시골의 어둠이 들러붙은 유리창에 자신의 얼굴을 비춰 보면서, 일본에서 서울로 그리고 격동하는 서울에서 보낸 1년 남짓한 생활을 총괄하듯 돌아보았다. 입당한 지 몇 달 밖에 되지 않았던 그는 혁명당의 당원이 되었다는 자부심과 함께, 혁명은 긍정하지만 인생은 없다……는 따위의 뒤죽박죽인 채 서로 맞지 않는 '보수반동'적인 생각을 계속하고 있었던 것이다. 그리고 나서 1년, 역시 나는 변했구나 하는 생각이 들었다. 여기에는 제주도에 온 뒤 재회한 양준오와, 그의 소개로 만난 이방근의 영향을 무시할 수 없었다. 이방근과 처음 만났을 때는 움찔하며 놀랐을 만큼 뭔가 자신에게 영향을 미칠 남자라는 것을 직감했던 기억이 남아 있었다. 몇 차례 만나다 보니, 그리 자주 만난 것은 아니었지만, 이방근에게서 묘한 친근감과 함께 두려움 비슷한 감정을 느끼게 되었다. 그에게는, 인생에 의미가 있는가 없는가, 아니 인생 그 자체가 존재하지 않는 것이다, 라는 식의 어떤 무대에 서서 독백할 때의 대사와 같은 감상주의가 없었다. 이방근, 굳건한 사람, 가장 공허한 사람, 존재 그 자체인 사람, 이라는 느낌을 주는 남자. 그러나 왜 그는 혁명 쪽에 가담하려 하지 않을까,

거기에 문제가 있다…… 문제가 있어. 음, 어쨌든 나는 변했다. 느리기는 하지만 서서히 변하고 있는 것이 틀림없어. 그걸 실감하고 있다. 그렇지 않다면 나는 벌써 섬을 떠나 일본에 와 있을 것이다. ……윤상길, 조직을 사칭하여 섬에서 도망쳐 온 비당원 윤상길…….

남승지는 머리를 두세 번 흔들고 눈을 감았다. 눈을 감고 차체의 흔들림에 몸을 맡겼다. 드디어 도쿄에 간다──당초의 예정대로 내일 16일 낮에는 도쿄에 도착한다. 마치 미덥지 못한 보디가드나 짐꾼처럼 강몽구를 졸졸 따라다니고 있을 뿐이었지만, 도쿄에 간다는 것은 일이 막바지에 접어들었음을 의미한다 해도 좋았다. 야마구치 현 H 시에 상륙한 것이 8일 밤이었으니까, 일본 체재 예정의 반이 지났다. 게다가 사카이 시 변두리의 농촌에 사는 나카무라라는 청년을 찾아가는 일은 당초의 예정에 들어 있지 않았기 때문에, 20일경으로 예정된 일본 출발을 위해서는 촉박한 일정의 진행이 필요했다. 경우에 따라서는 늦어질 수도 있겠지만, 무한정 늦출 수도 없었다.

남승지는 가방 속에서 나올 때 챙겨 넣었던 위스키병과 볶은 콩을 꺼내어, 알루미늄 병뚜껑으로 찔끔찔끔 마시기 시작했다. ……으흠, 그게 몇 시였더라, 모두 함께 술을 마신 뒤였으니까 이미 한 시나 두 시는 되지 않았을까…… 기차 바퀴의 울림에서 들려온 음성은 동해고무 사장 고달준의 목소리였다. 어젯밤 동해고무에서 잠을 잘 때, 강몽구와 고달준이 밤늦게까지 술을 마시며 나눈 잡담을 옆방에서 먼저 잠자리에 든 남승지가 듣고 있었던 것이다. ……음, 여관방은 전기가 꺼져 캄캄했지만, 창문으로 희미한 달빛이 비쳐 들고 있었지. 나는 어렴풋이 잠이 들어 있었는데, 같은 방에서 자고 있던 네 명 가운데 누군가가 일어나는 기척이 느껴지더구만. 살짝 이불에서 빠져나가더니 네 발로 기어서 말이지, 미닫이문 쪽으로 숨을 죽이고 다가

가더군. 살며시 눈을 떠 보니 방하룡이더라구. 무슨 일인가 싶었는데, 으흐흥, 그 꼴은 여자 방에 몰래 숨어들어 가는 참이었던 게야. 2, 3일 묵고 있는 사이에 여관 하녀와 벌써 눈이 맞았던 거지, 동작이 빠르다고 해야 할지, 뭐라 해야 할지 모르겠지만. 그런데 다음날 아침에 그가 한 말이 걸작이야. 당신은 어젯밤 모두 자고 있는 사이에 어딜 갔다 온 거요? 하고 내가 물어보았지. 그랬더니 그는 시치미를 뚝 떼며 말하기를 아무데도 안 갔다는 거야. 흐흥, 그렇지 않을 텐데, 당신이 자던 이불이 텅 비어 있었으니까, 물론 농담이었지만 조금 심술궂게 말해 줬지. 그는 아아, 그건 변소에 갔다 온 거라고 하더구만. 호호오, 변소란 말이죠, 변소에 가는 사람이 네 발로 기어간단 말입니까. 상대는 말문이 막히는가 싶더니, 웬걸, 아니, 고 사장은 그것까지 봤습니까, 실은 설사가 났는지 복통을 일으켜서 말이죠, 라고 대답하더라고. ……으흠, 그거 재미있는 이야기군, 강몽구의 목소리였다. 일전에 응접실에서 우상배를 만났을 때도 들었지만, 방하룡도 그렇고 선전부장인 김종춘도 여자 버릇은 좋지 않은 모양이군요. 함께 온 여성 동맹원과의 관계도 그렇고, 남한에서 일본으로 오니 별천지 같아서 조금 긴장이 풀어진 모양입니다. 음, 몽구 자네는 어떤가, 바로 근처가 이마자토 유곽인데, 일본에 온 김에 내가 하룻밤 안내할 테니까……. 아니, 괜찮습니다, 그럴 시간이 없습니다. 몽구답지 않군, 시간은 만들어야지, 혁명가라고는 해도 살아 있는 인간이야, 이따금은 여자도 품에 안아야지. 구미가 당기는 이야기지만, 여유가 없어서 말이죠, 핫핫하…….

이런 이야기가 들려왔을 때 남승지는 이불에서 몸을 내밀고 귀를 쫑긋 세웠다. 당중앙 재정부의 방하룡이 네 발로 엉금엉금 기어가는 꼴을 상상하면 우스웠지만, 그보다도 근엄한 얼굴을 한 당 간부의 이면을 엿보는 것 같아 충격이었다. 더구나 온화한 신사 타입의 고달준이 강몽구에게 여자를 안으라고 권한다. 그리고 그 고달준은 '무장봉기'를 이해하고 측면에서 협력하고 있는 당사자이다. 음, 살아 있는 인간, 살아 있는 인간. ……모르겠다, 모르겠어. 밤에 여자 방에 몰래 숨어드는 일만이 아니다. 조직의 임무를 띠고 함께 일본에 온 여자 동맹원과의 관계라는 것은 또 뭔가……, 이게 어른들의 세계인가, 모르겠다……. 창밖에 펼쳐진 어둠 저편에 행자의 새빨간 스커트만이 깃발처럼 나부끼며 바람에 떠 있었다.

기차는 지금 최고의 속력으로 달리고 있는 걸까. 다시 기적이 울렸다. 그것은 포효나 다름없었다. 기적 소리의 비장하고 영웅적인 울림이 밤을 가른다. 사람들이 기적 소리에 잠을 깨지 않는 게 이상할 정도였다. 현기증이 날 만큼 억센 기세로 끊임없이 레일에 맞물리는 단조로운 열차 바퀴의 울림이 반복되었고, 그것은 졸음을 재촉하는 중얼거림과도 같았다. 문득 그 울림이 밤 바닷가에 밀려오는 파도 소리로 부풀어 올라 멀리서 들려오는 기분이 든다. ……오빠도 참, 왜 자기 집이라고 말을 못 해, 어머니와 동생이 사는 집이라니…… 여동생의 목소리였다. ……아이고, 잘 왔다, 몽구는 역시 못 왔나 보구나, 그저께 밤에 집에 들렀을 때, 어머니는 먼 여행에서 돌아온 아들을 맞이하듯 기뻐하셨다. 인삼을 넣어 끓인 백숙을 어머니와 여동생은 남승지의 약이라며 한 입도 먹지 않았다. 그리고 이튿날에도 남은 것을 남승지 혼자 깨끗이 먹어 치우고 집을 나왔던 것이다.

어머니가 말했다. 몽구는 지금도 선박 관계 일을 하고 있냐? 예, 그래요, 라고 남승지는 대답했지만, 어머니가 뭔가를 캐묻는 듯한 말투를 쓴 것은 처음이었다. ……오빠, 이런 걸 물어도 될지 모르겠네, 오빠는 일본에 뭣 하러 왔어? 집에서 자지도 않고, 몽구 오빠랑 줄곧 함께 돌아다니잖아. 오빠는 가족에게 돌아오는 게 목적이 아니었나 봐, 기분 상했다면 미안해……, 어머니만이 아니었다. 공동전선을 편 것인지, 아니면 그저 어머니에 뒤이어 물어본 것뿐인지, 여동생도 그런 말투를 썼다. 귀국 날짜가 다가옴에 따라 슬슬 공세를 취하기 시작한 것처럼 보이기도 했다. ……이제 곧 학기도 끝나고, 마침 몽구 형님의 일도 도와드릴 겸해서 일본에 따라온 거야. 어머니나 여동생이 있는 집에 들르고 싶지 않을 사람이 어디 있겠어, 어쩔 수 없으니까 그러는 거지, 나도 이럴 작정은 아니었으니까……. 오빠도 참, 왜 자기 집이라고 말하지 않는 거야, 어머니와 여동생의 집이라니, 집에 돌아온 뒤 줄곧 그랬어, 왠지 슬퍼져. 핫핫핫, 내가 그랬었나? 바보같이, 그런 말꼬리를 붙잡고 슬퍼하다니 엄청 바보로군, 여긴 내 집이야, 내 집이고말고…….

무리도 아니지, 어머니가 말했다. 네 오빠는 어릴 적부터 줄곧 부모 슬하를 떠나 살아왔으니 말이다, 후후후, 하지만 세월이 더 가기 전에 우리 세 식구가 한데 모여 살고 싶구나, 말순이 너도 곧 시집을 가야 될 테고…….

어머니와 누이동생은 뭔가를 의심하고 있는지도 모른다. 어머니가 만일 '무장봉기'를 알게 된다면, 놀라 슬퍼하며 아들을 고향으로 돌려보내지 않을 것이다. 아니, 결국은 놓아준다 해도, 그것은 자식을 전쟁터로 내보내는 심정이 될 게 뻔했다.

그러나……, 남승지는 목구멍을 태우며 넘어가는 위스키를 작은 알루미늄 뚜껑으로 꿀꺽 삼키고 볶은 콩을 씹으며 생각했다. 포켓 술병이 3분의 1 정도로 줄어들자, 취기가 눈가에까지 올라와 기차 안의 광경이 촉촉하게 보였다. ……그러나, 일일이 감정이입을 하다 보면 아무 일도 진척되지 않는다. 그런 것을 생각하고 있었다면 해방 직후

단신으로 서울에 갈 수도 없었을 것이다. 그렇다 하더라도, 우선 자신이 먼저 돌아가 자리가 잡히면 가족을 부르려고 생각했던 그 조국의 현실은 지금 정반대가 되어 버렸다. 그것은 보기 좋게 배반당한 독립 조국의 현실이었다. ……술기운이 퍼져감에 따라 단조로운 기차 바퀴의 울림과 차체의 흔들림은 점차 깊은 졸음을 몰고 왔다. 그는 어금니에 볶은 콩이 씹히는 소리로 졸음을 쫓으며, 흐흥, 자신은 역시 이방근이나 양준오에 비하면 감상주의적이라는 생각이 들었다. 이방근, 그 어린애 같은 눈빛, 남에게 독을 주입할 수 있는 송곳니를 가진 눈빛. 이방근이 혁명 쪽에 가담하지 않는 것은(아니, 그는 혁명을 매도하기까지 한다) 문제라 말하면서도, 그에 비해 나는 얼마나 어린애 같은가, 진정으로 혁명의 편에 선다는 건 무엇일까, 혁명 앞에서는 가족이고 뭐고 없을 것이다, 그야말로 무(無)일 것이다. 이방근의 내면에 품고 있는 독, 어린애 같은 순수함 속에 감춰진 독을 갖고 싶다…….

남승지는 잠이 들었다.

다음날 아침 열한 시가 되기 전에 도쿄 역에 도착했다. 두 사람은 역의 화장실에서 세수를 했다. 거울을 보니, 하룻밤 사이에 낀 기름기와 기차의 창문 틈으로 들어온 그을음이 섞여 얼굴이 번들번들 빛나고 있었다. 두 사람은 플랫폼에서 긴 다리 같은 복도를 건너 야에스구치(八重洲口) 쪽으로 나왔다. 마루노우치(丸の內) 쪽의 정면 출입구와는 달리 벽의 군데군데에 베니어합판이 붙어 있는 것이 뒷문이라 다르다는 느낌을 주었다.

역 밖으로 나오니 상당히 쌀쌀했다. 날씨도 꾸물거리는 것이 별로 좋지 않았다. 야에스구치 앞거리를 교바시(京橋) 쪽으로 잠시 걷다가 왼쪽으로 돌자, 좌측에 3, 4층 정도의 건물들이 늘어서 있었다. 그중 하나가 조련 건물이었다. 현관에 재일조선인연맹중앙총본부라는 간판이 걸려 있었다.

강몽구는 망설임 없이 먼저 현관으로 들어갔다. 남승지는 잠시 멈춰 서서 유리창이 흐린 햇빛에 하얗게 빛나고 있는 4층건물을 올려다보았다. 그리고는 서둘러 접수창구 앞을 지나고 있는 강몽구의 뒤를 따라 2층의 서기국 사무부로 갔다.

강몽구가 상경한 목적은 한마디로 말해 고의천을 만나기 위해서였다. 일본공산당 최고 간부의 한 사람으로, 재일조선인 운동을 지도하는 전문부를 담당하고 있는 고의천을 만나려면 조련 본부가 아니라 요요기(代々木)에 있는 일본공산당 본부로 직접 가야 한다. 강몽구가 조련 본부에 들른 것은 도쿄 역에 내린 김에 인사도 하고 이곳을 일본공산당 본부로 다시 연락을 취하는 중계지로 삼아야 했기 때문이다.

강몽구는 이미 오사카에서 조직적인 연락을 취하고 있었다. 가능하면 오늘 중에라도 고의천을 만나고 싶었지만, 확실한 약속을 받을 수는 없었다. 그러나 본인에게 그 취지는 전달되었을 것이다. 하루라도 빨리 만날 수 있으면, 그만큼 일이 빨리 처리되겠지만, 그것은 이쪽 사정에 불과했다.

노동자 출신의 고의천은 이론가는 아니었지만, 오랜 옥중생활에 시달리면서도 전향하지 않았던 경력이 가진 무게와 부드러운 인품으로 재일조선인들 사이에서는 절대적인 지지와 존경을 받고 있었다. 자금 모금에 있어서도, ……고의천 선생님이 말씀하시는 거라면…… 하는 식의, 말하자면 '신통력'을 가진 사람으로, 인기투표라도 하면 아마 일등은 틀림없을 것이었다. 강몽구는 안면이 있는 그를 움직여, 함께 모금 공작을 하러 돌아다닐 작정이었다.

사무부에서의 볼일은 바로 끝났지만, 강몽구는 오래 전부터 알고 지내던 오사카 본부 출신 의장단의 한 사람을 만나는데 잠시 시간을 할애했다. 의장단실을 나올 때, 쉰 살 남짓한 선량해 보이는 허 의장이 함께 식사라도 하자고 여러 차례 권했지만, 강몽구는 시간이 없다며 굳이 사양했다. 두 사람은 잠시도 쉴 틈이 없이 곧바로 조련 본부를 나왔다. 고의천은 일정이 꽉 차 있어서 만날 수 없지만, 그 대신 고의천 밑에서 일하고 있는 조선인 간부당원인 김우재가 기다리기로 했으니, 곧장 일본공산당 본부로 가야 한다고 했다. 남승지로서도 조련 본부에서 우물쭈물 시간을 빼앗기기보다는 사무적으로 일을 처리해 가는 편이 좋았다.

도쿄 역에서 중앙선 전철을 타자, 요요기까지는 30분도 채 걸리지 않았다. 역 앞에서 전철이 왔던 방향으로 거슬러 올라가다 왼쪽으로 2층짜리 작고 낡은 학교풍의 건물이 보였다. 그것이 일본공산당 본부였다. 역에서 걸어서 몇 분밖에 걸리지 않을 만큼 가까웠다.

구름 낀 하늘에 낡고 비바람에 바란 듯한 붉은 깃발이 나부끼고 있었다. 일개의 노동조합이 아니라 공산당 본부라는 간판을 내걸고, 혁명을 논하거나 지도할 수 있는 건물을 본 남승지는 순간적으로 여기가 어디일까 하고 눈을 깜빡거렸다. 일본인 줄은 알면서도 여기가 어딜까 하는 비현실적인 감각이 남승지의 가슴을 뜨겁게 만들었다. 이미 남한에서는 있을 수 없는 광경이었다.

두 사람은 서너 명의 젊은 남자들이 뭔가 네모난 여러 개의 짐짝을 들이고 있는 현관 앞에 잠시 멈춰 섰다가 건물 안으로 들어갔다. 접수 창구 옆의 계단을 삐걱거리며 젊은 여자 두세 명이 내려와 짐 나르는 일을 돕기 시작했다.

남승지는 강몽구와 함께 접수창구에서 기다리면서, 새삼스럽게 자신들은 멀고 먼 이국에서 왔구나 하는 생각에 빠졌다. 머릿속에서 푸른 파도가 출렁거리고 드넓은 바다가 펼쳐졌다. 우리는 조국의 당,

지하로 숨어든 당에서 왔다. 그리고 지금은 일본의 공산당 건물 안에 있다. 조금 긴장되었다. 그러나 긴장하면서도 조선인 간부당원들이 여기에 있다는 생각에 묘한 친근감을 느끼게 되는 것은 다른 정당 조직에서는 있을 수 없는 일일 것이다.

곧 양복을 입은 약간 뚱뚱한 남자가 계단을 내려왔다. 37, 8세쯤, 강몽구보다 두세 살 젊어 보였다. 강몽구가 접수창구에서 벗어나 옆에 있는 계단으로 다가갔다. 김우재인 모양이었다.

"잘 오셨소, 강 동지. 오랜만입니다."

"이거, 오랜만입니다……, 우리들 때문에 일부러 시간을 내주셔서 고맙습니다."

두 사람은 계단 옆에 서서 악수를 했다.

"오사카에서 당 본부까지 오시느라 수고 많았소."

"아니, 감사합니다. 음, 오사카가 아니라 훨씬 더 먼 곳에서 왔습니다…… 핫핫하."

상대도 강몽구를 따라 웃었다. 강몽구는 그 자리에서 남승지를 소개했다. 두 사람은 김우재를 따라 계단을 올라가, 2층에 있는 어느 한 방으로 안내되었다. 작은 회의실 같은 방으로, 두 사람은 김우재와 재떨이가 두세 개 놓여 있을 뿐인 기다란 탁자를 사이에 두고 의자에 앉았다. 코트와 가방은 빈 의자 위에 놓았다. 시간은 조금 전 방으로 들어올 때 정오 사이렌이 울렸으니 열두 시였다. 김우재는 차를 내온, 마르고 나이가 좀 들어 보이는 여자에게 3인분의 식사 배달을 부탁했다. 뭘 시킬까요? 라고 묻는 여자의 목소리와 태도가 남자처럼 무뚝뚝했다. 튀김정식을 시키기로 했다. 강몽구와 김우재는 잠시 잡담을 나누다가 곧장 본론으로 들어갔다.

"고의천 선생님과는 오늘 만날 수 없습니까?"

"고 동지는 지금 외출 중으로 저녁때까지는 돌아오지 않습니다만, 강 동지가 오늘 도쿄에서 오시는 건 알고 있습니다. 대신 제가 강 동지의 말씀을 직접 여쭙기로 했습니다."

"고맙습니다. 김 동지도 우리가 일본에 온 목적은 대충 알고 계시겠지만, 이렇게 제가 직접 얘기할 수 있는 기회를 주셔서 다시 한 번 감사드립니다."

강몽구는 담배에 불을 붙이고 탁자 한가운데에 있던 재떨이 하나를 자기 쪽으로 끌어당겼다. 오른쪽 옆에 앉은 남승지는 말없이 차를 마셨다. 강몽구는 5·10 단독선거(선거는 5월 9일에서 10일로 연기되었다) 강행을 앞둔 남한의 긴박한 정세와 혁명의 전망에 대해 이야기하면서, 목전에 다가온 제주도 무장봉기를 언급하고, 그 자금을 모으기 위해 일본에 왔다고 말했다. 그리고 도쿄까지 온 것도 이곳에 사는 동포들의 자금을 모으는 데 있어 고의천 선생님의 도움을 부탁드리기 위해서라고 덧붙였다.

김우재는 강몽구의 이야기를 주의 깊게 듣고 있었지만, 정작 중요한 '무장봉기'에 대해서는 어디까지나 듣는 입장이라는 태도를 보이면서, 거의 자신의 의견을 말하지 않았다. 남승지는 왠지 김우재가 '무장봉기'라는 화제를 의식적으로 피하고 있는 듯한 인상을 받았다. 이상하다……라는 생각을 했다. 모금에 대한 협력 요청 자체가 애당초 이 '무장봉기'에서 나온 이야기가 아니던가.

식사가 배달되었다. 30분 이상, 아니 한 시간 가까이 지나 있었다. 점심때라 바쁜 모양이었다. 좀 전에 본 그 무뚝뚝한 마흔가량의 여자가 알루미늄 쟁반에 배달해 온 음식을 1인분씩 담아 가지고 들어왔다. 몇 번이나 들락거린 뒤, 마지막으로 차를 새로 따라 놓고 방을 나갔다. 배달 음식을 주문해도 외부 사람은 2층에 올라오지 못한다고 했다.

세 사람은 식사를 했다.

강몽구는 이거 참 맛있군요, 이번에 일본에 온 뒤로 튀김정식은 처음 먹는다고 말하면서 튀김옷 속으로 불그스름한 새우 살이 비쳐 보이는 작은 새우튀김을 한입에 넣고 씹더니 꼬리까지 잘라 먹었다. 남승지도 오랜만에, 그야말로 몇 년 만에 먹어 보는 튀김이었다. 감칠맛이 나는 갈색 된장국이 좋았다. 고국의 된장국과는 달리 작은 그릇에 적은 양이 담겨 있는 것도 입맛을 돋우는 원인이 되는 듯했다. 몇 개밖에 담겨 있지 않은 무청 절임도 깔끔한 맛이 있었다.

김우재는 반미 반이승만 투쟁에 나서고 있는 용감한 남한 인민, 그중에서도 제주도 인민에게 경의를 표한다는 통상적인 말을 한 뒤, 다만 일본공산당은 현재 공공연히 남한의 무력 투쟁을 지지하고 원조할 수는 없다고 덧붙였다.

"음."

강몽구가 고개를 끄덕이며 상대방을 바라보았다. 남승지도 고개를 끄덕였다, 음, 그렇구나, 라는 생각을 하면서. 그가 끄덕인 것은 조금 전에 보인 김우재의 태도에 대해서, 이상하다……고 생각했던 의혹이 풀린 듯한 기분이 들었기 때문이었다. 김우재가 '무장봉기'라는 화제를 되도록 피하려고 한 이유가 여기에 있는 것 같았다.

"김 동지의 말씀은 잘 알겠습니다마는……." 강몽구가 말을 이었다. "저는 일본공산당의 원조를 요청하려고 일본에 온 것도 아니고, 그런 생각은 조금도(강몽구는 오른쪽 새끼손가락을 세워 두세 번 흔들었다) 없으니까, 일본공산당은 일본 국내 문제에만 전념해 주시면 됩니다. 우리는 이미 북한에 집권당을 가지고 있습니다. 일본의 당에 거기까지 요구하는 것은 아닙니다. 다만, 반미, 반5·10단독선거의 투쟁력을 더한층 강화하기 위해 재일동포, 특히 제주도를 고향으로 두고 있는 동포들의 협력을 얻고자 하는데, 이를 위해 고의천 선생님의 도움을 받으려 했던 겁니다. 이것은 당과 당의 문제가 아니라, 재일동포와 조국의 문제입니다."

강몽구는 상대의 발언에 대한 근거를 따지지도 않고 자신 쪽에서 필요한 설명을 덧붙이면서 일방적으로 이야기했다. 그것은 이유를 묻지 않아도 알 수 있다는 전제를 하고 있는 것인지, 아니면 상대방의 발언 내용 자체를 무시하고 있는 것인지 알 수 없었다. 어쨌든 그 말투는 조금 차가운 울림으로 들렸다.

"그렇게 이해해 주시니 다행입니다. 모금 문제는 그렇게 조치할 것을 약속하겠습니다만, 여기서 잠시 일본공산당의 입장에서 강 동지에게 모금 협력과 관련하여 부탁드리고 싶은 게 있습니다." 김우재는 손가락에 들고 있던 담배를 자기 앞에 놓인 재떨이에 눌러 끄고 나서, 격식을 차린 태도로 말했다.

"음, 일본공산당의 입장이라……, 그건 무슨 말씀입니까? 들어봅시다."

강몽구는 탁자 위해 두 손을 올려놓고 상반신을 가볍게 내밀며 말했다. 남승지는 팔짱을 끼고 김우재의 다음 말을 기다렸다.

"일본에서 모금된 돈으로, 물론, 여러 가지 물건을 구입하실 것으로 생각합니다만."

김우재는 즉답을 피하고 간접적인 이야기를 흘렸다.

"물론 남한에서도 일본 돈이 필요 없는 건 아니지만, 이번에 모금된 돈은 전부 물자 구입에 충당할 작정입니다."

"그 안에는 무기도 포함되어 있습니까?"

"무기?"

강몽구는 왜 그런 걸 묻느냐는 듯 의아한 얼굴로 상대를 보았다.

"예, 그렇습니다." 김우재는 상반신을 똑바로 세우고 있었지만, 약간 경직되어 있었다. "게릴라전에 사용할 무기 말입니다."

"김 동지는 왜 그런 걸 묻습니까, 아니, 특별히 상관은 없습니다만." 강몽구가 말했다. ……게릴라전에 사용? ……게릴라전에 사용……, 옆에서 듣고 있던 남승지는 김우재의 이 말이 마음에 걸렸다. 설사 일본에 있다 해도 조선인 당원인 그의 객관적인 말투가 마음에 걸렸다. "돈을 전부 무기 구입에 쓸 수는 없지만, 구입처를 확보하면 일부는 그쪽에 쓰게 될 겁니다. 다만 무기는 공공연히 매매할 수 있는 물건이 아니라 좀 위험하긴 합니다만."

실제로 강몽구는 오사카의 맹도회(盟道會)라는 조선인 관계 폭력단으로부터 권총 구입을 생각을 하고 있었다. 두목인 임(林)('하야시'라 불리기도 하고 '임' 또는 '림'이라고 불리기도 했다)은 아직 서른 살도 안 된 청년인데, 야마구치 현 H시의 문달길과 마찬가지로 강몽구를 형님으로 모시고 있어서, 그를 위해서라면 목숨이라도 바칠 남자였다.

"그렇습니다. 위험합니다. 강 동지에게 부탁할 일이란 바로 그 위험한 무기 구입을 삼가 주셨으면 하는 겁니다."

김우재는 탁자 위에서 두 손을 마주잡고 무슨 교섭이라도 하는 사람 같은 태도로 말했다.

"음, 그렇군요, 그게 일본공산당의 요청이라는 겁니까……."

"……"

김우재는 말없이 고개를 끄덕였다.

강몽구의 표정이 순간 굳어지는가 싶더니 꿈틀하고 움직였다. 그는 상대로부터 시선을 돌려 담배에 불을 붙인 뒤 천천히 연기를 뿜어내면서 오른쪽 도로에 접한 창문으로 시선을 던졌다.

김우재가 그 시선을 쫓았다. 유리창 너머로 보이는 전깃줄에 참새

두 마리가 앉아서 계속해서 부리로 서로를 쪼고 있었다. 잠시 침묵이 이어졌고, 남승지는 숨이 막혔다.

남승지는 김우재를 향하여 저기, 하고 말을 걸려다가 그만두었다. 저기, 무기를 구입하지 말라는 이유는 무엇입니까? 일본 정부도 아니고, 무기를 가지고 가든 말든 우리 마음 아닙니까……, 속마음이 내는 목소리가 머릿속에서 윙윙 하며 바람처럼 울렸다. 아까부터 한마디도 하지 않고 잠자코 앉아 있는 그의 발언에 대한 충동과 반발이 이 자리에 흐르는 침묵을 한층 답답하고 견디기 힘들게 만들었다. 그건 도대체 무엇 때문입니까, 예? …….

"알겠습니다."

그러나 강몽구는 그렇게 말했다. 얼굴을 원래의 위치로 돌린 강몽구는 손을 맞잡고 깍지를 낀 상대의 손을 바라보며 그렇게 말했다.

"음, 그런데……." 강몽구는 곧 말을 이었다. "이야기가 나온 이상 역시 물어보지 않을 수 없는 일입니다만, 그러니까, 뭡니까, 무기 구입은 위험하니까 좋지 않다는 겁니까, 아니면 제주도로 무기를 가져가지 말라는 겁니까?"

남승지는 강몽구의 이 말을 듣고 갑자기 몸이 떨렸다. 오한이 난 것처럼 발끝부터 무릎이 후들거리고, 전율이 온몸에 퍼져 가는 것을 느꼈다. ……제주도로 무기를 가져가지 말라는 겁니까? 머릿속에서 계속 강몽구의 말이 메아리처럼 울렸다. 아니, 그것은 지금 벙어리가 된 남승지 자신의 말이었다.

"아니, 가져가지 말라든가 그런 말이 아니고, 가져가지 말았으면 좋겠다는 겁니다."

"같은 말이겠지요."

"아니, 그렇지 않습니다. 다릅니다. 하나는 명령이고, 하나는 요청이니까요……."

"요청이건 지시건 간에 이런 경우는 내용이 같지 않습니까. 으흠, 어쨌든 무장봉기를 일으키는 데 무기를 가져가지 말라는 건 좀 곤란한 얘긴데요. 그러나, 역시 일본공산당의 입장도 있는 거니까…… 저는 그 일에 대해 일본의 당 본부까지 와서 이러쿵저러쿵 말하지는 않겠습니다. 어차피 함께 해야 할 당의 입장은 서로 존중해야 한다는 것은 이미 잘 알고 있습니다. 음, 그렇지만 말입니다. 우리는 일국일당주의의 흐름에 서 있습니다만, 단 하나의 공산당, 코민테른 각국 지부라는 과거의 원칙에 입각한다 해도, 이 경우에는 각국의 당이 가지고 있는 국제당으로서의 성격은 어떻게 되는가라는 의문이 생깁니다. 김 동지도 아시겠지만, 일제강점기 재일조선인의 공산주의 운동과 노동운동이, 으음, 저는 조선노총(朝鮮勞總)……, 그러니까, 재일본조선노동총동맹에서 운동을 했습니다만, 1931년 재일조선인 조직의 해체 이후, 재일조선인 운동이 일본의 혁명에, 일본의 노동운동에 흡수된 과거가 있었습니다. 이것은 과거 역사적 조건하에서의 쓰라린 경험입니다만, 그러한 일국일당주의의 원칙이라는 것이 결코 국제당으로서의 성격과 모순되는 게 아니라고 저는 생각합니다만."

"아니, 하하하, 그건 그런 식으로 생각하시면 곤란합니다. 강 동지의 말씀은 잘 알겠습니다만, 그렇게 문제를 크게 확대해서 생각할 필요는 없습니다. 강 동지의 말씀은 지당한 것이고, 그걸 부정한다면 어떻게 공산당의 존재 이유를 설명할 수 있겠습니까. 실제로 많은 조선인들이 당원이라는 사실이 그걸 증명하고 있습니다. 다만 일본공산당은 일본 제국주의의 괴멸이라는 역사적 상황, 즉 미군의 점령하라는 현실 속에서 재건된 노동자 농민의 전위조직입니다. 단적으로 말하자면, 당이 미군 점령하에서 평화혁명 노선을 견지할 수밖에 없는 현실 및 여러 정치적 정세와, 남한이 처해 있는 주, 객관적인 정치 정세는 기본적으로 다르다는 겁니다."

"그럴까요, 근본적인 차이 같은 건 없을 텐데요. 둘 다 미군 점령하에 있는 것은 틀림없는 사실이니까요. 그러나 그 군대를 제국주의 군대로 보느냐 보지 않으냐, 아직도 무조건 미점령군을 해방군으로 볼 것인지 어떤지의 입장 차이, 즉 견해의 차이는 있을 수 있습니다. 우리는 미점령군을 제국주의 군대로 보고 그 철수를 요구하며 피나는 투쟁을 벌이고 있는 겁니다. 점령하의 평화혁명, …… 그건 김 동지도 지적하고 있듯이 일본공산당의 입장이므로, 좀 전에도 말한 바와 같이 제가 이러쿵저러쿵 간섭할 일은 아니겠지요. 그런데, 김 동지의 말대로 하면, 음, 모금에는 협조를 받을 수 있다는 말씀인가요? 그 말은 즉, 무기를 일본에서 가지고 나갈 경우에는 모금 행위를 인정할 수 없다는 것이겠군요."

강몽구는 마지막 말을 하고 나서 싱긋 웃었다.

"하하하, 모금운동을 인정하지 않겠다거나 그런 말이 아닙니다. 그런 말은 좀 심한 표현입니다……. 강 동지가 일본공산당의 입장을 이해해 주셔서 고맙게 생각합니다. 제 체면도 좀 서는 것 같습니다. 좀 전에 말씀드렸다시피, 그것만 이해해 주신다면 강 동지의 모금 공작에 적극적으로 협력할 것이니, 그 점은 제게 맡겨 주십시오. 고의천 동지에게는 제가 말씀을 잘 전해 드리지요."

김우재의 지금까지 굳어 있던 표정 아래에서 미소가 솟아오르는 것이 엿보였다. 그는 이 문제에 관하여 논의를 진행하려는 것이 아니고, 조직상의 기정사실, 즉 일본공산당의 입장을 이해시키고 무기를 가져가지 않겠다는 약속을 받아 내야 했던 모양이었다. 이야기를 나누는 동안 거의 자세를 흐트러뜨리지 않았던 김우재의 태도에 문제를 사무적으로 처리하려는 의도가 숨어 있었던 것이다. 아마도 두 사람이 도쿄에 오기 전부터 일본에서의 모금 공작과 관련하여 무기 구입을 우려하고 있었는지도 모른다. 그렇다면 도쿄까지 오지 않더라도 당 기관에 알려졌을 경우에는 오늘과 같은 제동이 걸렸을 게 분명하다.

잠시 뒤 두 사람은 김우재와 헤어져 일본공산당 건물을 나왔다. 김우재는 현관까지 두 사람을 배웅했다. 헤어질 때의 악수는 처음 소개받을 때보다 굳건했다.

흐린 날 하얀 햇살은 이상하게 눈부시다. 시간은 두 시 반이 가까웠다. 남승지는 강몽구와 어깨를 나란히 하고 걸어가면서 방금 나온 공산당 건물을 돌아보았다. 사각모를 쓴 대학생과 여학생인 듯한 예닐곱 명의 젊은이가 밝게 웃으면서 현관을 나와, 두 사람과는 반대 방향으로 걸어갔다. 무슨 회의나 학습회라도 있었던 모양이다.

남승지는 적어도 한 나라의 공산당 본부 건물을 나오면서도 자신이 충족되지 못했다는 기분을 느끼고 있었다. 두 시간 반쯤 전의 긴장과 기대는 어디로 갔을까. ……뭔가가 빠져 있었다. 가슴에 공허를 느낀다. 분명히 모금운동에 고의천이 동행한다는 약속은 받아 냈다. 자금은 비단 무기를 사가기 위해서 모으는 것만은 아니었다. 그러나 무기는 필요하다. 그럼에도 불구하고, 무기를 가져가지 않도록 해 달라……는 주문이 나왔다. 이 말 뒤에 있는 것은 무엇일까. 뭔가, 뭔가가 빠져 있었다. 도쿄 역과 전철 안에서 최근 유행하는 듯한 롱스커트로 짧은 다리를 덮은 여자들을 보았지만, 과연 평화로운 일본이었다. 세상도 그리고 당도. 점령하의 평화혁명……, 이 얼마나 조국과는 동떨어진 현실인가. 새삼스럽게 남한의 냉엄한 혈실이 몸에 스며드는 것 같아 몸이 떨렸다. 휙 하고 아무런 맥락도 없이 고문 장면이 눈앞에 떠올라, 남승지는 순간적으로 눈을 감았다.

두 사람은 말없이 왔던 길을 되짚어 역 쪽으로 걸어갔다. 통행인 몇 사람이 스쳐 지나갔다. 모두 당 본부에 출입하는 활동가처럼 보였다. 20미터쯤 앞에 있는 건널목의 신호등이 땡땡땡…… 하고 울리며 깜박이더니 빨간색으로 바뀌었다. 좌우에서 천천히 차단기가 내려오기 시작했다.

"이봐, 승지."

강몽구가 걸으면서 우리말로 말했다.

"예."

남승지는 이유도 없이 움찔하며 오른쪽 옆에 있는 강몽구를 돌아보았다.

"——"

강몽구는 아무 말도 하지 않았다.

"무슨 일인데요?"

"핫핫하, 아무 일도 아니야." 강몽구가 조선어로 계속했다. "아무 일도 아니긴 하지만, 완전히 망할 놈의 세상이야. 일본은 좋은 곳이야. 음, 천하태평이지. 일본공산당은 미국의 본질을 모르는 걸까. 이론 문제가 아닌 게지, 우리 한민족은 몸으로 깨닫고 있는데. 재일동포의 민족교육을 탄압하는 것만 봐도 미국의 본질을 알 수 있는데 말이야, 음. ……"

강몽구는 내뱉듯이 말하고는 땅에다 침을 탁 뱉었다. 건널목 차단기 앞에 와 있었다. 이윽고 오른쪽에서 화물열차가 달려와 땅을 울리며 눈앞을 가로질렀다.

"그만둬, 위험하니까."

"예? 뭐라고요?"

화물열차의 레일을 부숴버릴 것 같은 바퀴의 울림과 차량의 진동 소리가 심하게 귀를 두드리고 있어서 거의 들리지 않았다.

"위험하다고 했어."

강몽구는 차단기의 봉 위에 올려놓은 남승지의 가방을 치우라는 듯이 두드리며 말했다. 아, 남승지는 깜짝 놀라 가방을 내렸다. 무의식 중에 그만 가방을 차단기 위에 올려놓고 거기에 팔꿈치까지 괴고 있었던 것이다. 화물열차는 아직도 여전히 지나가고 있었다. 차단기 앞에 많은 행인이 모여들기 시작했다. 추적자가 바싹 쫓아왔을 때 이렇게 되면 끝장이겠구나, 쫓기는 상태에서 열차 바퀴 사이로 뛰어드는 일이 있을지 모른다……, 남승지는 영화 같은 장면을 상상해 보았다. 그렇다 해도 긴 화물열차의 통과였다. 한 남자가 자전거를 세워 두고 길가에 오줌을 누었다.

이윽고 길고 긴 열차가 사라지고 눈앞이 광장처럼 트였다. 건널목이 갑자기 인파로 혼잡해지면서 맞은편에서 온 행인과 자전거 등이 뒤섞였다.

"어쨌든 우리 목적은 모금 공작이야. 고의천 영감이 함께 가 준다면, 도쿄에서의 모금은 문제없어. 그것만 해도 고마운 일이지."

강몽구는 어느새 담배를 피우고 있었다. 남승지는 코트 주머니에서 담배를 꺼냈다.

"고의천 선생님이 함께 돌아다녀 줄까요?"

"가 주겠지. 김우재가 약속했듯이 틀림없을 거야. 게다가 고의천 씨 자신이 엉터리 인간은 아니야. 그래서 도쿄에서의 안내역도 그에게 부탁할 작정이야. 뭐랄까, 좀 전의 그 약속(우리말로 하면서도 '무기'라는 말은 사용하지 않았다)을 미리 받아 내고 싶었던 게 아닐까. 난 그렇게 생각해. 어디나 서로의 입장이라는 게 있는 법이지. 핫핫핫."

역 앞에 가까이 오자 강몽구는 잠시 멈춰 서서 오거리 맞은편에 보이는 어느 다방을 가리켰다.

"커피라도 한잔하고 갈까?"

"예, 그러지요."

강몽구가 이런 말을 하는 것은 드문 일이었다. 남승지는 마치 자신이 말을 꺼내기라도 한 것처럼 앞장서서 다방을 향해 걸어갔다.

2

앞장선 남승지가 다방 문을 열고 강몽구가 들어오기를 기다렸다. 강몽구는 다방 안을 한 번 둘러보고는 빈자리로 갔다. 빈자리를 찾는 것 같았지만, 그는 그 사이에 별로 넓지 않은 다방 안의 상황을 재빨리 파악하고 있었다.

테이블 몇 개가 놓인 네댓 평 정도의 차분한 분위기를 가진 음악다방이었는데, 벽에는 정물과 풍경을 그린 유화가 걸려 있었다. 젊은 남녀 한 쌍과, 근처 공사장이라도 있는지 작업복 윗주머니에 접는 자를 꽂은 기사인 듯한 남자들. 그리고 다박수염을 기르고 모자를 쓰지 않은 학생 하나가 팔짱을 낀 채 눈을 감고서 음악에 귀를 기울이고 있었다. 그 심각한 듯한 표정을 보자, 남승지는 소름끼치듯 몸이 근질거리며 얼굴이 붉어졌다. 자기 안에 숨어 있는 일면을 눈앞에 본 기분이었다.

음악은 피아노곡이었다. 들어 본 것도 같았지만, 무슨 곡인지는 알 수 없었다. 그때 소곡인 듯한 그 곡은 끝나고 곧바로 다른 곡이 울리기 시작했다. 조용한 도입부부터 완전히 귀에 익은 곡이었다. 아아, '빗방울'이구나 하고 도로에 접한 창가의 테이블에 마주 앉으며 생각해 내었다. 쇼팽의 '전주곡'을 틀고 있었던 것이다. 생각해 보면 제주도의 시골을 돌아다니면서 음악이고 뭐고 접할 기회가 도통 없었다. 정신을 차려 보니 전축에서 흘러나오는 그 피아노 연주의 서서히 커져 가는 울림을 타고 어느새 이방근의 여동생이 떠올랐다. 지극히 자연스러웠다. 유원의 얼굴이 머릿속에서 커다랗게 흔들렸다. 입구 카운터에 앉아 있는 이마가 넓은 여종업원이 유원과 닮은 탓에 갑자기 솟아난 그리움 위로 음악이 실렸는지도 모른다. 아니, 어느 쪽이 먼저였다고는 말할 수 없었다. 그것은 거의 동시에 이유원을 머나먼 고국 땅에서 이 도쿄의 한 모퉁이에 일직선으로 곧장 끌어당겼던 것이다. 인간의 정념을 어두운 곳에서 흔들듯이 단속적으로 두드리는, 이른바 빗방울을 연상시키는 무거운 피아노 소리에, 남승지는 문득 이유원을 만나고 싶다고 생각했다.

"뭘로 할까?"

얼마 지나지 않아 다가온 또 한 사람의 여종업원을 앞에 두고 강몽구가 남승지에게 물었다. 남승지는 엉겁결에 예, 예, 하며 고개를 끄덕이고는 강몽구와 같이 커피를 시켰다.

커튼 틈으로 유리창 너머의 사람들이 왕래하는 거리 풍경이 저녁 무렵처럼 부드럽게 보였다. 입구 쪽을 향해 앉은 강몽구는 담배에 불을 붙여 피우기 시작했다. 남승지는 출입구를 등지고 앉아 있었지만, 강몽구가 출입구 쪽을 향해 먼저 자리를 잡은 것은 의식적인 행동이었다. 그는 태연한 척하면서도 항상 주변에 신경을 쓰고 있었기 때문에 지금도 다방 안을 한눈에 쳐다볼 수 있는 위치를 택했던 것이다. 어젯밤에도 고베를 떠나자마자 술에 취하여 무신경하게 잠들어 버린 것처럼 보였지만, 실은 그렇지 않았다. 기차가 오사카 역에 도착하여 승객이 차 안으로 몰려들자, 그는 자고 있던 자세 그대로 눈을 뜨고 있었다. 그리고 그의 옆자리를 확보하고 커다랗게 안도의 한숨을 내

쉰 남자를 나름대로 빈틈없이 관찰하고 있었던 것이다.

물론 경계심은 필요하지만, 일단 일본에 상륙하면 우선은 안전하다고 할 수 있었다. 강몽구는 습관적으로 관헌에 대한 경계심이 몸에 배어 있었지만, 겉보기에는 전혀 신경을 쓰는 것 같지 않았다. 그곳 사정을 잘 아는 오사카를 떠나 도쿄까지 와서도 변함이 없었다. 그의 신분을 증명해 주는 것은 일본 이름으로 되어 있는 동해고무 사원증(사원증은 일부러 강몽구와 남승지를 위해 만들어졌다)밖에 없었지만, 무슨 싸움에라도 휘말려 들지 않는 한 지나치게 신경질적인 일은 없을 것이었다.

재일조선인들의 강력한 반대에도 불구하고 작년 봄에 외국인 등록이 실시되었는데, 그로부터 아직 반년도 채 지나지 않았다. 등록이라해도, 집단일괄등록과 대리등록을 인정해 달라는 조선인들의 요구가받아들여졌기 때문에, 이중등록, 유령등록, 내용불확실등록, 그리고등록 누락도 있어서 등록사무가 제대로 완비되지 못한 채 그 기능을충분히 발휘하지 못하고 있었다. 예를 들면 동해고무에도 몇 장인가,이미 귀국한 사람의 유령등록증이 있었다. 등록증이 필요한 경우에는그 가운데 나이가 비슷한 것을 골라 사진을 바꿔 붙인 다음 구청의압인(이것은 눌러서 요철을 만들기 때문에 위조할 수가 없었다)을 받으면 그만이었다. 다만, 그때부터 이름이 다른 사람으로 바뀌는 건 어쩔 수 없었다. 구청의 과장이나 계장급도 '한통속'이다 보니, 돈만 적당히 쥐어주면, 본명을 사용한 새로운 등록증도 열흘이면 만들 수가 있었다. 단이 경우에는 본인용과 구청의 등록대장에 기재될 뿐, 법무성의 대장에는 기재되지 않는데, 그래도 일상생활에는 별 지장이 없었다. 따라서강몽구도 등록증을 만들려고만 하면 간단히 만들 수 있었다. 그러나시간이 없었고, 이제까지의 경험을 토대로 단속에 그다지 신경을 쓰지않았을 뿐이다. 단속이라고는 해도, 해상이나 상륙 현장이라면 몰라도 경찰은 일단 시정에 잠입해 버린 밀항자를 추적할 만큼의 태세를 갖추고 있지 못했다. 해상이라 해도, 산인(山陰) 지방이나 규슈(九州) 북부 연안에는 순시선이 배치되어 경계에 임하고 있었지만, 밀항선은 그들의 성긴 그물망 사이를 헤치고 빈번하게 남한을 왕래하고 있었다.

또한 일본 경찰 당국이 패전 후 한동안 조련 조직의 힘을 무시할 수 없었다는 사정도 작용하고 있었다. 오사카의 경우를 예로 들면, 1년쯤 전까지 그 지역의 조선인 조직이 다마쓰쿠리 경찰서의 유치장 하나를 빌린 적이 있었다. 그리고는 자신들이 붙잡은 거리의 불량배나 도둑 따위를 거기에 집어넣곤 했는데, 경찰은 묘하게도 그동안 자신들이 단속해 오던 조선인들과 짜고 그런 위법 행위를 승인했던 것이다. 재일조선인들이 재류외국인으로서의 대우를 받지는 못했지만, 패전 직후라는 상황 속에서 독립 민족의 권리라는 암묵의 양해가 일반적으로 이루어지고 있었던 것은 사실이었다. 거기에는 해방된 민족의 기개와 패전국민이라는 의식이 서로 뒤얽힌 구조에서 나오는 힘의 균형 같은 것이 작용하고 있었는데, 전쟁이 끝난 지 2년 반이 지나도록 아직껏 완전히 사라지지 않고 있었다.

향기로운 냄새와 함께 커피가 테이블 위에 놓였다. 남승지는 레코드의 환상적인 이미지를 촉발시키는 음향을 들으면서, 설탕을 듬뿍 넣고 뜨거운 커피를 마셨다. 커피 표면에 흔들리는 빛의 파문에 음악 멜로디의 조각들이 내려와 튕겨 나는 것처럼 보였다. 남승지는 하얀 바탕에 남색 당초무늬를 배합한 차분한 색조의 커피 잔을 접시에 놓았다. ……정말로 승지 씨는 훌륭하다고 생각해요……, 음악에 실려, 아니, 피아노 선율 그 자체에서 유원의 목소리가 솟아 나오는 것을 들었다. 승지 씨는 내가 지금 부럽게 생각하고 있는 사람이에요, 그런 사람을 만나고 있는 기분은 근사해요, 열심히 해 주세요. 밝은 이마

밑에서 때로는 도전하듯 오만한 빛을 발하며 반짝이는 그 눈. 때로는
조는 듯 상냥한 빛을 띠는 눈. 그럴 때는 어딘지 모르게 오빠의 눈매
와 닮아 있었다. 남승지는 그 말을 마음속으로 몇 번이나 되풀이하며
중얼거렸는지 모른다. 문득 그는 빨리 조국에 돌아가고 싶다고 생각
했다. 지금 두둥실 유원에게 끌려가는 마음의 움직임이 그렇게 속삭
이는 것을 듣는다. 적어도 이 순간에는, 혁명을 위해 돌아간다는 기분
보다 훨씬 일상적인, 자신에게는 있을 것 같지 않은 그 일상적인 생활
의 장으로 돌아가고 싶다는 욕망이 앞섰다. 양준오와 같은 친구와 동
지들이 기다리고 있는……, 아니, 지금 그의 뇌리에서 움직이고 있는
것은 유원이 있는 조국 땅이었다. 그녀는 이번 봄방학에 제주도로 돌
아올지 모른다. 어쩌면 그녀를 또 만날 수 있는 기회가 생길지도 모른
다는 가냘픈 기대. 그러나 강한 기대의 심정. ……남 동무, 내 여동생
을 만나 줄 수 있겠나, 만나 주었으면 좋겠네, 양준오의 하숙집에서
만났을 때 이방근은 믿기 어려운 뜻밖의 말을 했었다. 그 애가 자넬
만나고 싶어 한다네……. 음, 만나고 싶다, 남승지는 심장이 꿈틀 튀
어 오르듯 움직이는 것을 느끼며 커피를 마셨다.
　그때 남승지는 화장실에 갔던 것으로 보이는 카운터의 여종업원이
돌아오는 것을 보았다. 아까는 유원과 어딘지 모르게 닮아 보였지만,
달랐다. 지금 정면에서 보니 그 얼굴은 이마가 넓을 뿐, 닮지는 않았
다. 어찌 된 일일까. 게다가 유원 쪽이 훨씬 아름답다. 가벼운 실망과
함께 입가에 미소가 떠올랐다. 남승지의 마음속에 유원의 모습을 감
춰 둔 잠재의식이 조그만 자극에 작용하여 닮았다는 느낌을 불러일으
켰던 것이다.
　"승지야, 넌 뭘 생각하고 있냐?"
　"아니에요, 특별히…… 아무 생각도 안 했습니다."

남승지는 어색한 웃음을 지으며 당황한 듯 상대의 말을 부인했다.

"음, 그렇다면 됐어. 그런데, 좀 전에 김우재가 한 이야기는 신경 쓸 것 없어."

"걱정 마세요. 지금 마침 음악이 말이죠, 아는 곡이 나오길래 듣고 있었어요."

"뭐? 음악이라고⋯⋯." 강몽구는 마치 음악이 형체를 이루어 눈앞에 드리워져 있기라도 한 것처럼 주위를 둘러보았다. 그의 귀에는 음악이 전혀 들리지 않은 모양이었다. 강몽구야말로 뭔가를 생각하고 있었는지도 모른다. "아, 아, 지금 피아노곡이 나오고 있군, 누가 만든 곡이지?"

'빗방울'은 5, 6분으로 끝나고 다른 소곡이 이어지고 있었다.

"⋯⋯쇼팽이에요."

남승지가 부끄러운 듯 말했다.

"쇼팽? 응, 그렇군. 들은 적이 있는 이름이야. 이름은 들어 봤지만, 어떤 곡이 쇼팽이고 어떤 게 베토벤의 것인지, 그 서양음악은 도대체가 모르겠단 말이야. 내가 아는 것이라곤 우리의 민요 정도야. 그리고 말이야, 술은 눈물인가 한숨인가⋯⋯, 일본 유행가도 조금은 알고 있다구, 그림자를 흠모하여⋯⋯. 핫핫하."

강몽구는 쓴웃음을 지으며 음악 이야기를 슬쩍 피했다.

"저어 있잖아요⋯⋯." 남승지는 주위를 의식하듯 얼굴을 돌리다가 강몽구의 시선을 볼에 느끼고 움찔했다. 그런 동작은 오히려 주위 사람들에게 자신의 존재를 드러내기 때문에 삼가야 한다던 강몽구의 말이 생각났기 때문이다. 왼쪽으로 비스듬히 보이는 구석에 앉은 학생이 눈을 뜨고, 가방에서 천천히 문고판 책을 꺼냈다. 그리고는 약간 우수를 머금은 표정으로 카운터의 여종업원 쪽으로 힐끗 시선을 던졌다. 그 옆 테이블에서는 남녀 한 쌍이 이마를 맞대고 이야기를 나누고 있었다. 작업복 차림의 남자들이 찻값을 내려고 동전을 거두기 시작했다. "형님, 그러니까, 뭡니까, 우리가 '그것'을 가져가든 말든 우리 마음이 아닙니까. 가져가지 말라느니 어쩌니 할 성질의 문제가 아니라고 생각합니다만, 개인 같았으면 싸움이 났을 겁니다. 당의 입장 같은 것과는 관계가 없지 않습니까."

"그게 일본공산당의 입장이라는 거야. 조직과 개인의 경우는 사정이 다르지." 강몽구의 눈이 주의 깊게 움직이고 있었다. 작업복 차림의 남자들이 일어나서 돌아가기 시작했다. 여러 명의 손님들이 가 버리자 다방 안이 텅 비어 버린 것 같았다. "나로서도 오사카에서 도쿄까지 와서 그런 얘길 들을 줄은 몰랐지만, 허나 신경 쓸 건 없어. 우리는 애초부터 그런 생각은 없었고, 목적은 다른 데 있으니까. 모금 공작을 성공시키는 게 가장 우선이야. 우리에게 필요한 건 말이 아니니까. 물론 약속은 지키겠지만, 약속 내용이 그리 대단치 않을 땐 현실적인 요구에 따를 거야, 즉 필요에 따라서는 우리 생각대로 하지 않으면 안 된다는 거지."

"그렇다면, 어떻게 하겠다는 겁니까……." 남승지는 긴장하여 상대를 똑바로 쳐다보았다. "'그것'을 가져가는 겁니까?"

"아니, 그게 아니야, 그런 뜻으로 말한 게 아니야." 강몽구는 순간 커튼 틈으로 밖을 살피던 시선을 거두며 말했다. "필요에 따라서는 그럴 수도 있다는 거지. 아무도 우릴 도와주지 않아. 자력이 중요해, 스스로 힘을 가져야만 돼. 우리 자신의 힘, 인민대중의 힘 말이야. 우린 누군가를 의지해서 도쿄에 온 게 아냐. 모금도 고의천 씨에게 도움을 부탁하긴 했지만, 모금 대상은 일본인이 아니라 조선인, 그것도 우리 고향 출신을 대상으로 하고 있어. 음, 생각해 보면, 아까 그 얘기는 별로 기분 좋은 이야기가 아닌 건 사실이야. 하지만 그게 현재 일본의 현실이란 거야."

"그렇다면 왜 좀 더 비판을 하지 않았습니까?"

"비판? 핫하, 무슨 비판, 바보 같은 소린 하는 게 아냐. 그건 우리의 목적이 아니야. 이러쿵저러쿵 논란을 벌여 봤자 무슨 소용이 있어. 논문이라도 쓸 건가, 난 그런 데는 소질 없어. 논문은커녕 싸움이 날 거야. 싸움이 나면 모금이 문제가 아니지, 우린 시간적인 여유가 없어. 우리에게 필요한 건 수다가 아니라는 거지. 문제는 조국과는 사정이 다르다는 점이야. 음, 이 얘긴 이 정도로 해 두자구."

강몽구는 두꺼운 입술 주위에 미소를 머금고 있었지만, 조금 감정이 실린 말투에는 가시가 있었다. 그 가시가 남승지의 마음을 달래 주었다.

"……"

남승지는 고개를 끄덕였다. 음, 그렇다, 말없이 커피를 마시고 이곳을 나가야 한다, 이런 이야기는 함부로 밖에서는 하지 않는 편이 좋을 것이다. ……우리에게 필요한 건 수다가 아니야, 두 번이나 되풀이된 이 말에는 항상 현실 속에서 몸으로 부딪치며 일하고 있는 강몽구의 실감이 담겨 있었다. 자력……, 그건 그랬다. 우리가 일본 공산당의 원조를 청하러 일본에 온 건 아니니 말이다. 그렇다 해도, 무기를 가져가지 말라는 것은, 이야기로서도, 그렇지, 이야기로서도……, 이것은 강몽구가 김우재와 대화할 때 한 말이었다. 무기를 가져가지 말라고 하는 건, 이야기로서도 곤란합니다만……. 그저 말로 하는 이야기라 해도, 불쾌한 말이 아닌가? 이것이 개인 간의 일이었다면 사람의 마음을 상당히 슬프게 만들고 쓸쓸한 생각을 갖게 만드는 힘을 가졌을 것이다. 그러면 어떤가, 강몽구의 말대로 모금

이 우리의 목적이니까…….

강몽구가 조금 남은 커피를 다 마셨다. 남승지의 잔은 이미 비어
있었다. 강몽구는 새로 불을 붙인 담배를 입술 끝에 문 채, 옆 의자에
올려놓은 가방을 들어 무릎 위에 올렸다. 시간은 세 시가 지나 있었
다. 상당히 시간이 흐른 것 같은 기분이 들었지만, 아직 30분 정도밖
에 지나지 않았다. 전축은 피아노곡을 끝내고 바이올린곡을 틀고 있
었다. 무슨 곡인지는 몰랐지만, 잠시만 더 음악의 흐름 속에 잠겨 있
고 싶다고 생각하면서, 옆에 둔 가방을 손에 들었다.

그때 뒤에서 손님이 들어오는 기척이 나고, 강몽구의 표정이 조금 움
직이는 것이 보였다. 사냥모자를 쓴 한눈에 형사 같은 인상을 풍기는
젊은 남자가 빈 테이블 앞에 서서 뒤따라 들어오는 일행을 기다렸다.
이어서 두 남자가 들어오자, 갑자기 강몽구가 자리에서 벌떡 일어났다.

"아아. 고의천 선생님이야."

고의천 선생이라는 강몽구의 목소리에 남승지도 놀라서 벌떡 일어
났다. 고의천이 설마 다방에 들어올 줄이야……. 공산당 간부라 하더
라도 다방에서 커피를 마시는 경우도 있고, 주스를 마셔도 나쁠 건
없지만, 남승지의 머리에 순간적으로 그런 생각이 스쳤다. 점퍼 차림
의 중년 남자와 함께 들어온 큰 키의 고의천은 강몽구를 알아보지 못
한 모양이었다. 짧게 깎은 기름기 없는 머리카락에는 희끗희끗한 백
발이 눈에 띄었지만, 콧날이 곧고 귀공자 같은 얼굴이어서 노동자 출
신 투사로는 보이지 않았다.

강몽구는 세 사람이 통로를 사이에 두고 비스듬히 맞은편에 자리를
잡자, 고의천에게 다가가 인사를 했다.

"고의천 선생님, 강몽구입니다."

갑작스러운 인사에 고의천은 순간 당황한 듯했지만, 곧 기억해 낸

듯, 아아, 하는 소리를 내며 자리에서 일어섰다.

"음, 오사카에서 온 강 동무로군요. 고생 많습니다."

고의천은 우리말로 대답하고 나서 커다란 손을 내밀어 강몽구와 악수를 했다. 장신인 고의천과 단신의 강몽구가 악수를 나누는 모습은 왠지 유쾌하고 마음을 따뜻하게 만드는 구석이 있었다.

"고 선생님은 지금 당 본부로 돌아가시는 길입니까?"

"그렇습니다. 강 동무는 당에 들렀습니까?"

의자에 앉은 고의천이 말했다.

"예, 김우재 동지를 만나고 좀 전에 당 본부를 나왔습니다만, 가능하시다면 잠시 시간을 내주시겠습니까?"

"······" 고의천은 강몽구의 요청에 불쾌한 기색도 없이, 그러지, 라는 식으로 고개를 끄덕이며 손목시계를 보았다. "음, 어디 봅시다, 네 시부터 회의가 있는데, 그때까지는 괜찮을 것 같습니다. 커피를 한잔 마시고 함께 나갑시다."

강몽구는 함께 온 두 사람에게 목례를 하고 자리로 돌아와, 고의천이 자리에서 일어나기를 기다렸다.

고의천은 단순히 커피를 마시기 위해 다방에 들어온 모양이었다. 세 사람 사이에 서로 대화가 오가는 것도 아니었고, 원래 말이 없는 듯한 고의천은 묵묵히 커피를 마시고 일어섰다. 동행한 두 남자도 따라서 일어섰다. 젊은 남자는 보디가드인 듯했다. 강몽구와 남승지도 함께 밖으로 나왔다. 하늘은 흐렸지만, 옅은 갈색 유리창 너머로 밖을 보고 있던 눈에는 부실 정도로 밝았다.

다방 앞에서 노동조합의 임원 같은 인상을 주는 점퍼 차림의 남자가, 그럼, 고 상, 저는 여기서 실례하겠습니다, 라고 말하고 오른쪽 센다가야(千駄ヶ谷) 방면으로 사라져 갔다. 음, 고 상이라고 했지, 좀

전에 점퍼 차림을 한 남자가 일본공산당 최고 간부의 한 사람인 고의천에게 고 상이라고, 상을 붙인 것이 남승지에게는 인상적으로 느껴졌다. 우리말에는 '상'에 해당하는 단어가 없는 것도 사실이지만, 재일조선인을 포함해서 그렇게는 사용하지 않았다. 선생이라든가, 격식을 차린 동지라는 호칭밖에는 나오지 않는다.

그렇다 해도 공산당 간부가 이런 대낮에 유유히 거리를 걷는 모습은 보기 드문 일이었다. 좀 전에는 당당하게 공산당 간판을 내건 건물이 놀랍고 신선한 느낌을 불러일으켰지만, 이제 간부가 활보하는 모습을 보니, 과연 이곳은 조국과는 다르다는 생각이 들었다. 남승지는 부정하기 어려운 현실감에 감동을 받았다. '점령하의 평화혁명……' 운운하는 것은 이런 점과도 관계가 있을지 모른다.

당 본부에 들른 두 사람은 30분쯤 뒤에 나왔다. 네 시가 가까웠다.

강몽구는 김우재도 자리를 함께했기 때문에, 처음 찾아왔을 때 한 이야기는 거의 되풀이하지 않았다. 그것은 김우재의 입장을 무시하는 것밖에 안 된다. 설사 우연히 고의천을 만났다 해도, 방금 이야기가 끝났는데 다시 얼굴을 내미는 것은 엉덩이가 가볍고 경솔하다는 인상을 주고 말 것이다. 게다가 김우재 쪽에서 방금 전에 대화한 내용을 고의천에게 간단히 설명해 주었던 것이다. 강몽구는 김우재 동지와 상의하여 그에게 맡겨 두기로 했기 때문에 지금 새삼스럽게 할 이야기는 없지만, 가능하면 내일부터라도 모금 공작을 하고 싶다는 보다 구체적인 내용으로 바꾸어 말하고, 이 일을 고의천 선생에게 직접 부탁드린다는 식으로 이야기했다. 고의천은 전체 목표액과, 오사카와 고베에서의 성과, 그리고 도쿄에서 모금할 예정금액 등을 묻고는 고개를 끄덕이며, 되도록 그렇게 하겠노라고 대답했다. 강몽구가 도쿄에 온다는 연락은 조직을 통하여 미리 해 두었기 때문에, 이미 모금 공작에 협력할 마음의 준비가 되어 있는 모양이었다. 잇따른 방문을 그다지 기분 좋게 생각지 않았을 김우재도 강몽구의 말에 거듭 협력을 약속했다. 남승지는 옆에서 오가는 대화를 듣고 있을 뿐이었지만, 고맙다는 생각이 들었다. 좀 전에 같은 건물에서 맛보았던 실망감이 조금 풀리는 느낌이었다.

두 사람은 요요기 역에서 지바(千葉) 행 전철을 타고 우에노로 향했다. 강몽구는 남승지에게 미리 말해 둔 대로 바로 플랫폼에 들어온 전차를 타지 않고 일부러 보냈다. 전철이 승객을 싣고 떠난 뒤에 이쪽 플랫폼에는 남은 사람은 둘밖에 없었다. 나이 든 역원이 감기라도 들었는지 더러운 수건으로 코를 풀면서, 매점에서 신문과 담배를 사고 있는 강몽구와 그 옆에 서 있는 남승지 곁을 지나쳤다. 계단 쪽에서 두세 명의 남자가 플랫폼으로 올라오는 것이 보였다. 강몽구는 미행을 경계하고 있었다. 이제부터 아지트로 갈 참인데, 만에 하나라도 미행을 당하면 안 된다. 일본이 평화로운 사회이고 일본공산당이 합법적인 정당이라 해도, 당 본부나 조련 본부 근처에 관헌의 보이지 않는 감시가 펼쳐지지 않는다고 장담할 수 없었다.

우에노 역의 넓은 구내는 혼잡하고 더러웠다. 역이 더러워 보이는 것은 부랑자나 빈 깡통을 든 담배꽁초 줍는 사람, 그리고 구두닦이 소년들의 모습이 눈에 띄는 탓도 있었다.

두 사람은 정면 현관 옆의 지하도를 내려갔다. 쇼와(昭和) 거리 맞은편으로 나가는 길은 반드시 지하도를 건너야 하는 것은 아니었다. 강몽구가 문득, 여기 지하도에는 부랑자가 많다고 한 말이 왠지 두 사람을 자극하여, 그렇다면 어디 한번 지하도로 가 볼까 하는 마음이 들었던 것이다. 계단을 다 내려가기도 전에, 두꺼운 층을 이룬 이상한 냄새가 얼굴을 어루만지듯 감싸며 코를 찔렀다.

왼쪽으로 후텁지근하게 무언가를 삶는 냄새와 닭꼬치를 굽는 연기
가 자욱한 술집들이 늘어서 있었다. 아직 다섯 시도 안 되었는데, 가
게에 모여든 손님들이 취한 목소리가 들려왔다. 잠시 걸으니, 지하도
한쪽 벽으로 부랑자들이 모여 있었다. 모두 누더기를 걸치고 수건으
로 머리를 동여매거나 너덜너덜한 모자로 어떻게든 몸을 가리고 있었
지만, 등을 구부리고 웅크린 자세였다. 행인들에게 얼굴을 보이지 않
으려는 사람도 있겠지만, 대부분 추운 것이 틀림없었다. 그중에는 어
디서 가져왔는지 짚단을 베개로 삼고 돗자리 위에 유유히 누워 있는
사람도 있었다. 가슴께를 북북 긁으면서 행인을 유들유들하게 쳐다보
는 사람도 있었다. 남승지는 그들 앞을 지나가면서 자신의 새로 산
코트가 마음에 걸렸다.

그때 왼편 지하철 쪽으로 구부러지는 모퉁이에 사람들이 모여 있었
다. 뭔가 말다툼을 하는 듯한 소리가 들렸다. 사람들 틈으로 금방 뚫
고 들어갈 수가 있었다.

"……난 말야. 이 영감과 이야기를 하고 있는데, 인생을 논하고 있
어. 당신은 나서지 않아도 돼, 안 그렇소. 난 이 영감 편이야, 신성한
부랑자의 편이란 말이오. 소주를 마시면, 우, 우우잇, 음, 소주를 마시
면 언제나 이 사람 생각을 하지, 그래서 결국은 그를 위해 없는 돈을
털어서 술을 사 줬단 말이오. 우, 우우이, 이봐요, 나는 당신과 전혀
말다툼을 하고 싶지 않아……."

쑥대머리를 한 청년이 조금 비틀거리면서 지나가던 중년 남자와 실
랑이를 벌이고 있었다. 아무래도 청년은 취해 있는 모양이었다. 노타
이 와이셔츠 위에 낡은 양복을 걸친 청년은 풍채가 초라했지만, 그
얼굴에는 결코 불량배 같지 않은 지적인 빛이 있었다. 청년의 발치에
서는 속세를 떠난 사람 같은 느낌의 품위 있는 부랑자 노인이 더러운

다박수염을 문지르며 싱글거리고 있었다. 옆에는 반쯤 남아 있는 너 홉들이 소주병과 찻잔 하나가 놓여 있었다.

"이봐, 자네, 아까부터 듣고 있었는데, 자넨 지금 부랑자들을 선동 하고 있어. 자신이 가난한 사람들 편이고 부랑자 편이라 큰소리를 치 는데, 마치 어정쩡한 예수님이라도 납신 모양이로군 그래, 아무리 지 나는 행인이지만 잠자코 듣고 있을 수가 없어. 그렇지 않으면 자넨 공산당인가. 자네는 지하도 구석에서 얌전히 하루를 보내고 있는 부 랑자를 붙잡고는, 가난한 자여 일어서라. 부랑자야말로 혁명의 진원 지라고 선동하고 있잖아."

중년의 통행인은 넥타이를 매고 코트를 입은 말쑥한 차림을 하고 있 었다. 그 점잔 빼는 태도로 보아 학교 선생인지도 모른다. 아마 지나는 길에 얼핏 들은, 가난한 자라든가, 혁명이라든가, 하는 선동적인 말이 마음에 걸려 말참견을 한 모양이다. 두 사람은 서로 발을 들여놓아서 는 안 될 경계선이라도 있는 것처럼, 1미터 반쯤 거리를 두고 입씨름 을 벌이고 있었다. 일본인의 싸움은 금방 주먹이 나가기가 쉬운데, 이 두 사람의 경우에는 조선인끼리의 싸움에서 흔히 볼 수 있는 조금 맥 빠진 분위기였다. 주먹만이 아니라 발도 전혀 움직일 것 같지 않았다.

"이보시오, 그만둡시다. 난 당신 같은 위선자와 말다툼이나 하려고 여기 서 있는 게 아니오."

"뭐, 나보고 위선자라고, 이 바보 같은 자식!"

신사의 상반신이 자세를 취하듯 움직였다. 동행인 듯한 남자가 그 남자의 소매를 잡아당겼다.

"헤, 헤에, 바보라도 좋습니다. 위선자보다는 바보가 낫지요, 우, 우 우이……." 쑥대머리 청년은 이때 요란하게 재채기를 하고 나서 손수 건으로 코를 닦았다. 중년 남자는 동행에게서 계속 제지를 당하면서도 눈을 부릅뜨고 상대를 노려보았다. "난 말이죠, 공산당도 아니고 기독교인도 아니에요. 무당파죠. 무당파 무저항주의예요. 그래서 당신처럼 편견을 갖지 않아요. 단지 가난한 자의 신성을 주장할 뿐……, 이봐요, 당신, 거리를 헤매고 지하도를 잠자리로 삼는 부랑자를 보시오. 집도 없고 부모도 없이 굶주린 배를 움켜쥐고 거리를 헤매는 불쌍한 그들이야말로 신성한 겁니다. 으―음, 난 그들 때문에 울음이 나와요(정말로 청년의 얼굴이 일그러지기 시작했다), 이제 두고 보세요, 이 우에노의 지하도가, 아니 일본 전국의 지하도가 성자들의 성이 될 거예요, 신성한 부랑자들이 잠자리로 삼을 곳이니까. 그들 앞에 길을 열어요, 어서 열어요……."

사람들 틈에서 와 하는 웃음소리가 일었다. 벽 쪽의 부랑자들도 때투성이의 얼굴을 들고 웃었다. 청년이 갑자기 땅바닥에 흐물흐물 주저앉더니 꺼억꺼억 울기 시작했다. 사람들은 어안이 벙벙해졌다. ……왜, 왜 부랑자가 신성한지, 우, 우우, 우, 당신들이 알 리가 없지, 청년은 땅바닥에 주저앉은 채 고개를 들고 외쳤다. 볼에 눈물이 흐르고 있었다. 우, 우, 우, 알 리가 없어, 절대 알 리가 없어, 우, 우, 우……, 길을 비키시오, 길을…… 옆에 있던 나이 든 부랑자가 고개를 무릎 사이에 처박은 청년의 등을 다정하게 두드려 주었다.

"쳇, 전혀 모르겠군. 정신이 어떻게 된 거 아냐? 재미없기 짝이 없어. 부랑자가 신성하다면 하느님은 어떻게 되는 거야, 신성하다고 저절로 배가 불러오냐 말이야, 나 원 참……."

누군가의 목소리였다. 신사가 동행한 남자에게 이끌려 그곳을 떠났다. 연민과 경멸이 뒤섞인 엷은 미소를 흘리며 혼자 고개를 끄덕이더니 내뱉듯이 말했다.

"위선자 같은 놈!"

취한 본인으로서는 매우 심각한 일이었겠지만, 취하지 않은 사람의 눈에는 우스꽝스러운 모습으로 비춰졌다. 사람들 사이에서 웃음소리가 나는 것도 무리는 아니었다. 그러나 지하도의 더러운 바닥에 주저앉아 울고 있는 청년의 모습에, 남승지는 웃음이 나오기보다는 가슴이 아팠다. 이상하게도 그 청년 자신이 슬픈 부랑자의 한 사람으로 보였다. 술에 취해 우는 것 그 자체가 꾀죄죄한 센티멘털리즘이라고 할 수 있었다. 그러나 누가 부랑자들 사이에 웅크리고 앉아 사람들 앞에서 울겠는가. 왜, 아무리 취했다 해도, 쓸데없는 눈물을 흘리는가. 아니, 그것이 일종의 자기과시이고, 그것으로 사는 보람을 느끼기라도 한단 말인가. 지나가던 중년의 남자가 말했듯이 위선자란 말인가.

강몽구가 걸으면서 후후후 하고 의미 있는 웃음을 흘렸을 뿐, 두 사람은 방금 목격한 일에 대해서는 서로 언급하지 않았다.

남승지는 문득, 도쿄 전역의 부랑자나 부랑아들이 황궁 앞 광장에 모여 긴자(金座) 같은 번화가를 기아(飢餓) 행진하면 장관일 거라고 생각했다. 누더기를 걸치고 걸을 기력도 없어 보이는 군중. 밑창이 닳아서 떨어진 낡은 구두, 한 짝밖에 없는 구두, 한쪽 굽이 떨어져 나간 짝짝이 나막신, 맨발의 인간. 때가 시커멓게 찌든 원시인 같은 얼굴과 손, 백 미터 사방에까지 퍼지는 불결한 악취의 집단, 굶주린 이리의 눈…… 빈 깡통과 막대기와 돗자리와 짚단을 손에 든 행진. 만일, 만일에, 그런 큰 무리의 데모가 실현된다면 어떻게 될까. 굶주린 이리의 눈, 아니 아니야, 굶주린 이리가 아니다. 이리는 데모를 하지 않는다. 그들은 거대한 도시의 콘크리트 속에 갇힌 굶주린 양이 아닐까.

지하도를 빠져나와 맞은편 계단을 통해 지상으로 나오니, 저녁 무렵의 촉촉하고 차가운 공기가 맛있었다. 아지트는 바로 근처였다. 아지트라고는 해도 전혀 비밀스러운 곳은 아니었다. 역 앞에서 조금 들어간 지역의 한 지역이 여관 촌을 이루고 있었는데, 두 사람은 그 남쪽 끝에 있는 한 여관으로 들어갔다. 춘천장이라는 동향인이 경영하고 있는 아담한 2층짜리 여관이었다.

여관으로 통하는 길을 들어섰을 때, 황혼에 물들기 시작한 주위의 공기에서 불고기 냄새가 풍겨 왔다. 남승지는 위장에 자극을 받아 군침을 삼켰다. 이 우에노 지역은 조선의 음식점이 밀집해 있는 곳이었다. 그 외에도 고기를 덩어리째로 파는 조선식 정육점과 어물전, 식료품점, 포목점 등이 있어서, 오사카의 이카이노 조선시장을 축소해 놓은 분위기를 풍겼다. 다만, 이카이노에 비하면 이쪽은 규모가 작을 뿐 아니라, 막걸리 등을 놓고 파는 식당 겸 술집이 압도적으로 많아서 '시장'이라고 하기는 어려웠다.

두 사람이 안착한 곳은 춘천장 2층 안쪽의 계단으로 사이를 둔 독립된 세 평짜리 방이었다. 문패에는 마쓰야마 다이큐(松山泰久)라는 일본 이름으로 되어 있었지만, 본명이 김태구인 주인은 강몽구의 소학교 후배였다. 아내가 일본인으로, 여관은 장녀인 그녀가 물려받은 유산이라 했다.

강몽구는 이미 오사카에서 전화로 일본에 왔다는 사실을 일러 놓았지만, 점심 전에도 조련 본부에서 전화를 걸어 두었다. 그리고 조금 전 일본공산당 본부를 나올 때 다시 한 번 연락을 취해 놓았던 것이다.

주인인 김태구는 강몽구보다 2년 후배였고 나이도 아래라고 했지만 (옛날 소학교는 적령기에만 입학하는 것이 아니었기 때문에, 학년과 관계없이 나이가 제각각이었다), 둥근 얼굴에 이마가 많이 벗겨져 있어서 강몽구보다 나이 들어 보였다. 고작 소학교 선배였음에도 깍듯이 형님이라고 부르는 자세가 과연 고국, 그것도 제주도 사람다웠다. 그는 여관 쪽은 아내에게 맡겨 두고 다른 사업을 하고 있어서, 보통 때 같으면 자리를 비우고 있을 거라고 했다. 몸집이 크고 얼굴이 긴 부인은 여관 여자치고는 애교가 없었지만, 싹싹하고 반갑게 두 사람을 맞아들여 종업원을 시키지 않고 자신이 직접 2층 방으로 안내해 주었다.

다음날은 비가 내렸다. 아침 열 시에 강몽구는 약속대로 일본공산당 본부에 전화를 걸었다. 전화를 받은 고의천은 김우재로부터 보고를 들었다는 말도 하지 않고, 자금 모금 문제로 상의하고 싶으니 오후두 시에 조련 본부로 와 달라고 지시했다.

오후에 두 사람은 비가 내리는 중에 여관의 우산을 쓰고 조련 본부로 출발했다. 쇼와 거리까지 나와 택시를 타고 도쿄 역 야에스구치까지 달렸다. 비에 뿌옇게 흐려 보이는 거리를 달리면서 남승지는 일본에 온 지 상당히 오랜 시간, 한 달이나, 아니 반년이나 1년은 지난듯한 낯선 느낌에 사로잡혔다. 문득 아무런 맥락도 없이, 빛나는 빗줄기 저편으로 어제 본 지하도 광경이 떠오르며, 쑥대머리 청년이 어쩌면 같은 조선인은 아닐까 하는 묘한 생각이 머리를 스쳤다. 조선인이어야 할 필연성은 아무것도 없었지만, 그저 그렇게 느껴졌다. 그리고부랑자들의 기아행진은 지하도를 걸을 때 남승지의 머릿속에 떠오른상상이었지만, 어찌 된 일인지 그 청년이 직접 말하는 것을 자신의귀로 들은 것 같은 기분이 들었다. 가난한 자여, 일어나라, 부랑자들이여, 일어서라, 신성한 기아행진에 참가하라! 그렇게 청년이 외치고있었던 것처럼 지금도 귓전에 생생한 것이 이상한 일이었다.

조련 본부 서기국 별실에서 한창 의논을 하고 있을 무렵은 세 시쯤이었는데, 한 중년 신사가 고의천을 찾아왔다. 고의천은 그 방문객을강몽구에게 소개했다. 이름을 한종만이라고 하는 보기에도 돈 푼 꽤나 있을 것 같은 풍채 좋은 남자로, 윤기가 도는 크고 붉은 얼굴을하고 있었다. 이야기를 들어 보니, 도쿄의 긴자와 요코하마에 임대

빌딩을 갖고 있는 모양이었다. 키는 작았지만, 날카롭게 사람을 쏘아보는 그 거만한 눈빛이 아무래도 은근하면서도 무례한 남자라는 느낌을 주는 바람에 남승지는 그다지 좋지 인상을 받지 못했다. 그는 모금의 대상자로서 고의천이 부르는 바람에 일부러 왔던 것이다.

그런데 강몽구는 모금과 관련하여 여느 때처럼 조국의 정치 상황 등을 장황하게 설명하는, 소위 '정치 공작'을 할 필요가 없었다. 한종만은 세 사람이 보는 앞에서 양복 안주머니의 수표책을 꺼내더니, 말없이 10만 엔의 금액을 써넣고는 강몽구에게 건네주었던 것이다. 모금의 목적에 대한 설명보다도, 얼마나 필요한지 금액만 말하라는 식의 분위기를 풍기면서. 소개받은 지 아직 30분도 채 지나지 않고 있었다.

남승지는 순간 멍한 모습으로 한종만의 커다란 얼굴을 바라보았다. 약간 일그러진 만족스러운 미소가 한종만의 얼굴에 떠올랐다. 과연 강몽구도 뜻밖이었던 모양이다. 그는 일어나서 탁자 너머로 손을 내밀어 한종만과 악수를 하면서 고맙다고 말했다. 함께 일어선 남승지도 그 옆에서 정중히 인사를 했다. 고의천은 한종만 옆에 앉은 채로, 한 동무, 고맙소라고 한마디 했을 뿐이다. 아마도 고의천의 전화를 통해 사정을 들었을 때부터 이미 마음을 정하고 온 것이 틀림없었다. 그렇다 해도 참으로 멋진 방법의 협력이라 하지 않을 수 없었다.

강몽구는 수표를 받고 나서, 다시 5·10 남한의 단독선거와 제주도 무장봉기의 의의에 대하여 이야기를 계속했다. 자금 지원을 고맙게 생각하면서도, 왜 일본에까지 모금을 왔는지 그 의미를 납득하지 못한 채 한종만이 돈을 낸 듯한 느낌을 받았기 때문이었다. 그것이 단순히 고의천의 '체면'을 세워 주기 위해서라든가, 선생에게 부탁을 받았기 때문에 어쩔 수 없이 돈을 낸 것뿐이라면, 모금의 의의는 희석되고 말 것이 틀림없었다. '무장봉기', 남한혁명에 대한 지지와 그에 대한 정신적인 참가의 의지가 필요한 것이었다. 이런 돈이 모여서 유격대의 피가 되고 살이 되고 발이 되어 적을 무찌르게 되는 것이다. 그러한 상상력이 바람직한 것이었다. 그것은 또한 투쟁의 지속을 위해서도 필요할 것이었다. 적의 무기나 물자를 빼앗아 무장하는 것과는 근본적으로 달랐다. 그와 동시에, 그저 돈만 내면 된다는 식이어서는 강몽구의 자존심이 그냥 내버려 두고 지나칠 리가 없었다.

강몽구는 이야기를 계속했다. 처음에는 제주도를 포함한 남한의 상황을 도저히 믿을 수 없다는 듯한 거부감이 상대의 얼굴에 나타난 것도 무리는 아니었다. 그러나 이야기가 제주도에 와 있는 '서북'들의 횡포, 남한에 있어서 그 서북청년회의 성립 과정 등으로 점차 구체화되어 가자, 한종만은 일본에서는 상상도 하지 못한 고향의 실상에 충격을 받은 모양이었다. 그 이야기가 정말인가, 실제로 그런 일이 있었는가, 라는 등의 남승지가 보기에도 실없는 질문이 한종만의 마음속에 일어난 변화를 보여 주고 있었다. 한종만의 얼굴에 돈을 내길 잘했다는 자연스러운 감정으로 가득 찬 것은 그 이후였다.

조련 본부를 나온 것은 네 시 반이었다. 고의천은 강몽구와 남승지를 데리고 다음 목적지인 아타치 구(足立區) 니시아라이(西新井)로 향했다. 도쿄에서는 조선인들이 가장 많이 사는 지역이었다. 한종만이 스스로 운전하는 외제차로 세 사람을 인가가 밀집한 언저리의 고무 공장 앞까지 태워 주었다. 고의천이 미리 연락을 해 둔 동포가 경영하는 공장이었다.

벌써 날이 저물어가고 있었다. 공장 지붕을 뚫고 솟아오른 전신주 크기의 굴뚝이 유달리 짙은 그림자로 보였지만, 굴뚝 꼭대기에는 불꽃처럼 불똥이 맹렬히 솟구치고 있었다. 아직도 여전히 일이 계속되고 있는 모양이었다. 굴뚝에 페인트로 쓴 듯한 글자는 희미하여 잘 보이지 않았지만, 공장 문에는 삼양고무주식회사라는 작은 간판이 걸려 있었다. 롤러에서 부서지는 생고무의 탄력 있는 날카로운 소리가 밖에까지 들려왔다.

작업복을 입은 주인은 서로 인사가 끝나자마자 곧바로 저녁식사 준비를 시킬 정도로 환대했다. 자금 지원은 이미 각오가 되어 있겠지만, 고의천 선생의 방문에 긍지를 느끼고 있음을 알 수 있었다. 그도 10만 엔의 기부에 응했다.

처음부터 성과가 있는 것이, 도쿄에서의 모금은 순조롭게 진행될 것 같았다. 이미 고의천이 틀림없는 곳을 선택하여 공작하고 있는 게 분명했다(실제로 고의천 자신이 강몽구도 모르는, 평소에 별로 모금 공작의 대상이 되지 않는 서너 군데 리스트에 올려놓고 있었다). 이것은 일종의 권위주의라 할 수 있었다. 거절하면 고의천의 체면이 서질 않는다, 즉 거절할 수가 없었다. 호출에 응하거나, 집까지 와 달라고 한 것은 이미 모금에 대한 협조를 의미했다. 바꿔 말하면 이것은 고의천의 '권위'가 사람들로부터 지지와 신뢰를 받고 있다는 뜻이기도 했다. 그렇지만 역시 거기에는 피식민지배 민족으로서 고생을 거듭해 온 재일조선인들의 조국과 고향에 대한 애정이 전제돼 있었다. 어쨌든 고의천은 입 밖에 내놓고 말하지는 않았지만, 스스로 적극적으로 움직여 강몽구의 모금 공작에 협력하고 있었다.

점심 무렵 조련 본부에서 고의천은 남한 정세에 관한 강몽구의 이야기를 듣고 모금 공작을 의논하면서 한마디 흘린 말이 있었다. 일본공산당과 조국의 당 사이에 노선의 차이가 있어서, 다른 말이 나오거나 또 기분 상하는 일이 있을지도 모르겠지만, 이해해 주기 바란다. 내가 강 동무와 함께 모금 공작에 나서는 것도 개인의 뜻이 아니라 당의 승인에 따른 것임을 알아달라는 말이었다. 넌지시 '무기' 문제를 가리킨다는 것을 알 수 있었지만, 곁에 있는 남승지는 그 말을 감명 깊게 들었다. 거기에는 일본공산당 조선인 간부로서 지닌 고충의 단면이 엿보이는 것 같은 기분이 들었다. 음, 어제 김우재의 경우도 예외는 아닐 것이다. 그는 강몽구를 직접 상대해야 될 입장이어서 훨씬 괴로 웠을지도 모른다. 어제 일본공산당 본부에서 남승지는 실망감을 억누를 수 없었지만, 그때 김우재의 사무적이고 애매한 태도 속에 숨겨진 고충을 새삼 이해할 수 있을 것만 같은 기분이 들었다. 만약 강몽구가 납득할 수 없다면서 그것을 문제 삼았다면, 일은 묘하게 뒤틀렸을 게 뻔했다. 그런 의미에서는 일종의 타협이었다.

저녁식사를 대접받고 삼양고무를 나온 시각은 여덟 시가 좀 지나서였다. 비는 계속 내리고 있었다. 도쿄의 밤공기는 차가웠다. 남승지는 무심코 코트 깃을 세웠다. 2월에는 봄이 온 것처럼 따뜻했는데, 2월과 3월이 거꾸로 온 것 같다고, 밖으로 따라 나온 주인이 말했다. 음, 제주도에서도 그랬었다. 주인은 전화로 부른 근처의 택시회사 차에 세 사람을 태워 보냈다. 고의천은 도중의 우에노에서 두 사람을 내려주고 고마고메(駒込)로 향했다.

모금 공작은 다음날도 이어졌다. 비는 그쳤지만 두꺼운 구름이 뒤덮인 하늘은 희뿌옇게 음울한 표정이었다. 해는 어디쯤 떠 있는지 짐작도 가지 않았다. 추웠다.

강몽구와 남승지는 오후 네 시에 아사가야(阿佐ヶ谷) 역 앞에 있는 다방에서 고의천을 만났다. 낮에는 고의천에게 볼일이 있었지만, 이제부터 갈 곳은 병원이라서, 오후 진찰시간이 끝날 무렵에 가지 않으면 안 된다.

역 주변에는 막소주집 같은 작은 선술집들이 많았다. 역의 남쪽 입구는 공터처럼 포장되지 않은 넓은 도로가 뻗어 있었고, 침목을 박아 놓은 철로 변 울타리에는 몇 대의 텅 빈 포장마차가 무료하게 보였다. 포장마차의 양철지붕 위에서 움직이는 것이 있어서 깜짝 놀라 바라보니 고양이었다. 고양이 두 마리가 나란히 놓인 포장마차 지붕 위에 웅크리고 앉아 서로를 바라보고 있는데, 왠지 그 모습이 우스웠다. 한 마리가 묘한 교성을 내며 조심스럽게 뒷걸음질을 쳤다. 그 모습이 우물거리는 울음소리와 맞물려 도발적이었다. 두 마리는 암컷과 수컷으로, 뒷걸음질 친 녀석이 암컷인지도 모른다. 아마 뒤쪽의 선로 변 울타리를 통해 뛰어오른 것으로 생각되었다.

역 부근은 밤이 되면 각각의 빨간 초롱에 불이 켜지고, 시끌벅적한 대중 술집의 거리로 바뀔 것이었다. 앞으로 두세 시간만 지나면, 퇴근하는 샐러리맨들을 맞아들여 활기를 띨 것이 틀림없었다. 남승지는 이 근처가 주택가라고 들었는데, 이렇게 혼잡한 술집들이 있다는 것이 의외였다. 그는 걸으면서 문득 유달현이 전쟁 전에 아사가야 부근에서 하숙했다는 말을 생각해 냈다. 유달현은 일찍이 일본 제국의 융성을 믿고서 열심히 법률을 공부하여 언젠가는 조선총독부의 고급 관리가 될 꿈을 꾸고 있었을 터였다. 물론 그가 당시의 시류에 편승했다고 자기 입으로 말한 것은 아니었다. 언젠가 양준오를 통해 알게 된 일이었다. 그런 점에서, 일제 때 겪은 좌절에 아직도 벗어나지 못한 것 같은 이방근과는 분명한 차이가 있었다. 음, 그리고 보니, 이방근이 있던 곳은 이타바시(板橋)라고 했었지……, 아니, 몇 군데를 전전했다고 들은 것 같아.

목적지인 병원은 그리 멀지 않았다. 병원은 공터 같은 길을 그대로 곧장 동쪽으로 가서 선로와 반대편인 오른쪽으로 돌아 들어간 주택가에 있었다. 세 사람은 자연히 고의천을 가운데 두고 걷고 있었는데, 남승지는 그의 바로 옆에서 걷다가 이따금 서로의 팔이 스치는 그 위치가 친밀감을 느낄 수 있어서 더욱 좋았다. 길은 포장돼 있었고, 얼마 지나지 않아 네거리 맞은편에 '내과 하타나카(畑中)의원'이라는 간판이 걸린 이층건물이 보였다. 아마 저 병원일 것이다. 하타나카……, 조선인치고는 지나치게 일본인 냄새가 나는 성이었다.

"음, 그렇지, 병원이 일본 이름으로 되어 있는 것은 일본에 귀화한 사람이라 그렇소."

장신의 고의천이 천천히 걸으면서 불쑥 말했다.

"호오, 그렇습니까……. 그렇다면 하타나카 씨는 일본인이로군요."

"글쎄요, 그렇게 되나요, 국적상으로는 일본인이지만, 좀처럼 조국을 버리지 못하는 모양입니다. 하타나카 군은 성실한 사람입니다."

귀화, 귀화한 사람……, 그 말을 들었을 때 남승지는 반사적으로 고의천의 얼굴을 올려다보고 있었다. 지금 찾아가는 사람이 귀화한 조선인이라는 것도 조금 의외였지만, 동시에 '귀화', '귀화인'이라는 단어가 마치 활자처럼 머릿속의 공간에서 춤을 추며, 자꾸만 어떤 잠재의식을 자극하는 것을 느꼈다. 남승지는 가볍게 머리를 저었다. 어떻게 된 거야, 머릿속에 뭔가 있나 보다. 남승지는 수건으로라도 머리를 쥐어짜서 그것을 밖으로 끄집어내려 애썼다. 눈앞의 하타나카의원 건물이 뭔가에 대한 회답을 재촉하듯 갑자기 압박감으로 다가왔다. 혹시……, 마치 구슬이 튕겨 나오듯 어떤 생각이 머리를 스쳤다. 음, 어쩌면……, 의사로서 귀화를 하였고, 도쿄에 살고 있으며, 아내는 일본인이고……, 하타나카의 아내에 대해서는 아무것도 몰랐지만, 혹시 일본인이라면…… 남승지는 심장이 불규칙하고 높게 뛰는 것을 느꼈다. 어쩌면 이방근의 형님이 아닐까? 아니, 이건 가정에 불과하지만, 그럴 가능성이 없다고는 할 수 없다. 우리의 성씨는? 만약 이씨라면, 음, 이방근의 형, 이방근이 그런 이야기를 할 리도 없었지만,

이방근의 형이 도쿄에서 의사를 한다는 말을 양준오에게 들은 적이 있었다. 전쟁 전에 일본 여자와 결혼했는데, 전쟁 후에도 아내의 호적에 그대로 남아 일본인이 되었다는 이야기도 들었다.

주위에 산울타리를 둘러친 병원 현관에 고의천이 서서 벨을 눌렀다. '하타나카 요시오(畑中義雄)'라는 문패가 걸려 있었다. 하타나카 요시오…… 일본인이구나 하고 남승지는 생각했다. 고의천이 찾아온 걸 보면 나름대로 가능성이 있기 때문이겠지만, 과연 버리고 떠난 조국의 혁명에 관심을 가지고, 그를 위해 자금을 내놓을까.

문이 열리고 젊은 간호사가 나와서 안으로 맞아들였다. 소독약 냄새가 코를 찔렀다. 한가운데로 복도가 나 있고, 현관 바로 오른쪽이 진찰실, 왼쪽이 대기실이었다. 진찰실과 나란히 붙어 있는 약국 카운터 위에 놓인 작은 꽃병에는 잎사귀가 달린 새빨간 동백꽃이 한 송이 꽂혀 있었다.

진찰실로 들어간 간호사와 교대로 진료기록이라도 정리하고 있었던 것처럼 보이는 하타나카가 (아마, 하타나카가 틀림없었다) 흰 가운을 입은 채 나오면서, 고 선생님, 일부러 오시게 해서 죄송합니다, 라고 인사를 했다. 고의천이 먼저 손을 내밀어 악수를 했다. 나이는 마흔이 채 안 되어 보이는 꼼꼼한 인상을 주는 남자였다. 겉보기에 나이는 틀림없이 이방근보다 위였지만, 형제라고 하기에는 얼굴이 별로 닮지 않았다. 극단적으로 말하자면, 전혀 닮지 않았다. 꼼꼼한 인상도, 세심하지만 활달하고 호방한 이방근과는 전혀 동떨어진 느낌이다. 첫인상으로는 이방근과 형제라는 직감을 자극할 만한 구석이 없었다. 남승지는 가벼운 실망감이 솟아오르는 것을 느꼈다.

흰 가운을 벗어 간호사에게 넘겨준 하타나카는 앞장서서 대기실 옆의 응접실로 세 사람을 안내했다. 응접실은 코트를 벗고 싶을 만큼 따뜻했다. 화로에 불이 들어 있었다. 고의천이 서로를 소개시켰다. 그 때 그는 하타나카 군의 우리 성은(이때만은 우리말로 했다) 이 씨라고 말했다. 이 씨……! 이방근과 같은 성이 아닌가. 남승지는 자신도 모르게 속으로 외치며 상대의 단정한 얼굴을 응시하였다. 좁지 않은 이마, 그 부드러운 눈빛이 이따금 엿보이는 이방근의 어린애 같은 눈빛과 닮은 것도 같았다.

얼마 지나지 않아 수수한 투피스 차림의 여주인이 차를 가져와서는 정중하게 인사를 했다. 부인은 일본인이었다. 품위 있는 인사 자세로 보아 양갓집 규수였던 모양이다. 게다가 얼굴이 갸름한 미인이었다. 요염하다기보다는 매사를 신중하게 생각하는 지적인 타입의 여성이었는데, 몸은 별로 튼튼해 보이지 않았다. 아직 젊은데도 가슴의 볼륨이 미미했다. 우리의 성이 이 씨, 그리고 일본인 아내……, 음, 그렇다면 이방근의 형이 틀림없었다.

"……동무들은 담배를 피우시오. 난 피우지 않으니까. 어젯밤에는 모금에 협력해 달라고 부탁하면서도, 흐흠, 부탁만 했을 뿐, 그것이 무엇을 위한 자금인지는 말하지 않았소. 전화로 오래 이야기할 성질도 못 돼서 하지 않았소만, 오늘은 하타나카 군에게 꼭 그 이야기를 들려주고 싶소이다. 그래서 제주도에서 그 일 때문에 일부러 일본에 온 동무들과 함께 이렇게 찾아오게 되었소. 으흠."

고의천은 잠시 잡담을 하다가 그렇게 말을 꺼냈다. 그리고는 현지의 생생한 이야기는 나중에 강 동무에게 들어달라고 전제를 하고는, 남한의 정세와 무장봉기에 관하여 요점만 대충 설명했다. 말하지만 강몽구를 위한 사전준비였다.

하타나카는 자신의 오른편에 앉은 고의천의 이야기에 가만히 귀를 기울였다. 얼굴이 단정한데다 회색 양복에 푸른색 계통 넥타이를 매고 있어서 한층 냉정해 보였다. 그러나 그 냉정함은 이내 흐려졌다. 그는 매우 놀라 마치 하늘을 손으로 잡으려는 듯한 표정으로 마주 앉은 강몽구를 바라보았던 것이다. 고의천의 이야기는 그의 마음속까지 파고들지 못했다. 아니, 귀는 열어 놓고 있었지만, 그의 이해 범위를 뛰어넘는 것이라 할 수 있었다. 하타나카는 아랫입술을 조금 내밀고 담배 끝을 탁자에 톡톡 두드린 뒤 입에 물었다. 이때 남승지는 깜짝 놀라며 그의 입매에 시선을 빼앗겼다. 그 입술의 움직이는 모습이, 아랫입술이 조금 튀어나온 유원의 입술과 너무도 비슷했던 것이다.

"지금 협력의 문제는 별도로 하고 말하는 것입니다만, 저는 고 선생님의 말씀하시는 내용을 제대로 이해하지 못해서……, 물론 제가 일본인이 되었기 때문일지도 모르겠습니다만……." 하타나카는 잠시 침묵을 지키다가 말을 이었다. "제주도는 제 고향이고, 피를 나눈 아버지와 형제들도 있지만, 지금의 제주도가 어떻게 되어 있는지는 전혀 모릅니다. 제주도라면…… 음, 생각나는군요(그는 얼굴을 조금 찡그렸다. 이방근같이 잘 웃는 사람은 아니다), 제게는 옛날의 평화롭고 아름다운 자연의 섬이라는 이미지밖에 없습니다……."

"그렇겠군."

고의천이 고개를 끄덕였다. 고개만 끄덕였을 뿐, 그 이상 말을 계속하지는 않았다.

"음, 그건 당연한 말씀이시죠……."

강몽구가 상대방에 맞추어 일본어로 이야기를 시작했다. 하타나카는 강의라도 듣는 것처럼 진지하게 귀를 기울였다. 이따금 눈을 가볍게 깜박여 당혹과 사색의 빛을 내비치면서.

남승지는 하타나카의 냉정한 인품에서 차가움을 느끼기는 했지만, 의사에게서 흔히 볼 수 있는 무뚝뚝함이 없어서 호감이 갔다. 만일 이방근의 형이라면, 기막힌 우연이라고 해야 할 것이다. 아니, 분명 이방근의 형에 틀림없었다.

강몽구는 말을 계속했다.

눈앞 정면의 벽에 걸려 있는 추상과 구상이 뒤섞인 듯한 유화(파란색과 빨간색이 주조를 이루고 있었다)를 바라보고 있던 남승지는 문득 왼쪽에 난 창문으로 시선을 옮겼다. 그리고 시선을 더욱 옆으로 달려, 창문 옆에 있는 책장 위에서 멎었다. 그곳에는 백자 항아리와 고려청자, 그림접시 등이 놓여 있었다. 청자의 부드럽게 부풀어 오른 어깨선에서 잘록한 허리로 흐르는 선이 아름다웠지만, 남승지의 주의는 백자 쪽으로 향하고 있었다. 창문으로 비쳐 드는 흐린 석양빛을 가장 먼저 섬세하게 받아들여 번지듯 차분한 색조를 보이고 있는 백자에, 아아, 바로 저거야, 라고 남승지는 생각했다. 이방근의 서재 책장 위에 나란히 놓여 있던 백자 두 개와 똑같은 것이 지금 눈앞에 있지 않은가. 그것이 하타나카와 이방근이 형제라는 증거는 아니었지만, 남승지는 거의 단정적으로 형제라고 생각했다. 자신도 모르게 친밀감이 솟아오르는 것을 느꼈다.

하지만 왜 같은 형제이면서 이렇게도 인상이 다를까 하는 생각이 들었다. 같은 부모로부터 태어났다고 한다면, 이방근의 집안 혈통에는 뭔가 커다란 진폭이 있을 것 같은 기분이 들었다. 음, 물어봐야겠다. 강몽구의 이야기가 끝나고 기회가 생기면, 성내에 사는 이방근이라는 사람을 알고 있는지 물어봐야겠다는 생각을 했다. 남승지는 일본에까지 와서 생각지도 않던 곳에서 이방근을 떠올리며, 그의 그림자를 접하고 있는 듯한 기분을 느꼈다.

갑자기, '징징둥둥' 하는 징과 북소리가 병원 앞길 쪽에서 들려왔다. 악기를 연주하며 물건을 파는 행상이었다. 그리운 소리였다. 남승지는 미소를 흘렸다. 그때 클라리넷이 어디선가 들어 본 적이 있는 멜로디를 연주하기 시작했다. 징과 큰북, 그 사이를 메우듯 들려오는 클라리넷의 음색이 허리를 뒤틀며 걷는 피에로나 사무라이 차림의 가장행렬을 연상시켰다. 조금은 우스꽝스럽기도 하고 조금은 슬프기도 한 떠돌이 행상의 멜로디. 곡은 일본에 온 뒤 라디오 등에서 들었던 '별은 흐르고'였다. 고베의 사촌 형 집에 있는 행자가 부엌일을 하면서 자주 이 노래를 흥얼거렸다.

3

　일단 사라졌다고 생각했던 행상의 멜로디가 다시 들려왔을 때는 석양빛이 창문에 배어들 듯 가까이 다가와 있었다. 당장이라도 빛이 털썩 미끄러져 떨어질 것만 같았다.

　행상이 돌아왔을 때 남승지는 조금 의외라는 생각이 들기도 했지만, 그들은 남승지 일행이 조금 전에 지나온 네거리 부근을 빙글빙글 돌고 있는지(아마 이 일대에 중점을 둔 모양이었다) 마지막 기세를 올리듯이 격렬한 템포로 징과 북, 그리고 클라리넷을 계속 울려 댔다. 행상이 허리를 흔들며 거의 춤추는 듯한 모습, 그 등과 큰북에 매달린 광고가 보이지 않는 만큼, 격렬한 '징징둥둥' 하는 소리가 한결 광적인 분위기를 띠고 들려왔다. 얼마 지나지 않아 마지막 클라이맥스가 끝나는 순간, 음악이 일제히 멈췄다. 그리고 방심한 듯한 한순간의 침묵이 흐른 후, 마음과 팔의 긴장을 풀듯이 박자에 맞지 않는 징 소리가 '징, 징징……' 하고 칠칠맞게, 아니 아마도 안도하는 숨결을 타는 것처럼 끊어질 듯

말 듯 울려왔다. 석양이 하루 일과의 마감을 알려 주었을 것이다.

강몽구의 조선식 일본어는 하타나카의 질문에 대한 대답과 중첩되면서 계속되고 있었다. 고의천은 팔짱을 끼고 잠자듯 눈을 감고 있었다. 어쩌면 정말로 잠들어 버렸는지도 모른다는 생각도 들었다.

고의천의 뒷편 벽에 걸린 유화의 색조가 점점 선명함을 잃어 가는 것이 보였다. 그런 만큼 색조가 날카로운 터치의 윤곽은 허물어지고 음영이 한층 깊어 보였다. 무슨 그림일까. 10호 남짓한 그리 크지 않은 화면 한가운데에 두 사람이 어지럽게 춤추는 모습 같기도 한 빨간 불꽃 모양이 있고, 주위에는 청색을 주조로 한 검은색과 녹색의 날카로운 터치, 그리고 그 두꺼운 청색을 침식하듯 바깥쪽에서 붉은색이 격렬하게 압박하는 그림이었다. 푸른색이 바다인지 하늘인지는 알 수 없었다. 푸른색이 바다라면 그 바깥쪽의 붉은색은 무엇일까. 보기에 따라 인간의 내장 세계와 심장의 풍경이 뒤섞인 듯한 느낌으로 비춰지는 것은 이곳 응접실까지 알코올과 소독약 냄새가 배어 있는 병원이기 때문인지도 모른다. 설마 행상 탓은 아니겠지만, 남승지는 그림에서 뭔가 광적인 것을 느꼈다. 그림의 동적인 움직임과 책장 위에 놓인 백자와 청자의 고요함이 이루는 대치도 기묘한 느낌을 주었다. 그러나 남승지의 머릿속에 떠오르는 이 이상하리만큼 광적인 느낌은 이 방 주인인 하타나카가 아니라, 이방근과 연결돼 있었던 것이다. 이방근과는 아무런 관계도 없는 그림을 보면서 그에게서 광기를 느끼는 것은, 아니, 그의 마음속에 잠재하고 있을지도 모를 광기를 보는 듯한 느낌이 드는 건 무슨 까닭일까. 남승지는 마치 이 방의 유화와 백자 항아리처럼 서로 모순되는 눈빛을 가진 이방근의 얼굴을 떠올리면서, 잔물결처럼 소름이 돋아나는 것을 의식하고 어깨를 움찔했다.

하타나카가 행상에게 재촉이라도 받은 것처럼, 잠깐 실례한다며 자리에서 일어나더니, 문 옆 기둥에 있는 전등 스위치를 눌렀다. 방 안이 밝은 빛으로 넘쳤다. 전등을 켠 하타나카는 그대로 문을 열고 방을 나갔다. 고의천이 천천히 눈을 뜨고 문 쪽을 바라보았다. 자고 있지는 않았던 모양이다. 시간은 다섯 시 반이었다. 벌써 한 시간 남짓 지나 있었다. 고의천의 옆 빈자리에서 하타나카와 함께 긴장도 사라져 버린 것 같아, 남승지는 조금 마음이 누그러지는 기분이 들었다.

"고의천 선생님, 피곤하시죠."

강몽구가 비스듬히 맞은편에 앉은 고의천을 향해 말하고 나서 담배에 불을 붙였다.

"피곤하지 않아요."

고의천이 옅은 갈색 반점이 있는 얼굴을 천천히 가로저었다.

"그렇다면 안심입니다. 그런데 고 선생님, 하타나카 씨의 본명은, 이…… 뭐라고 합니까?"

일본 이름이 본명이겠지만, 강몽구는 콧구멍으로 담배 연기를 조용히 내뿜으며 그런 말투를 썼다. 귀화했다고는 하지만, 실제로는 조선인을, 더구나 고향의 문제를 화제 삼을 수 있는 동향인을 앞에 두고 '일본인'이라는 실감이 나지 않는 모양이었다. 이른바 '하타나카 요시오'는 재일조선인의 대부분이 전쟁 후에도 그대로 사용하고 있는 통명(通名) 같은 것이니, 당연히 그 이전의 본명이 있을 거라는 전제에서 나온 질문이 틀림없었다.

"음, 본명이라……, 아마, 이용근이라고 했던 것 같은데, 넣는다고 할 때의 용(容) 자 말이오."

고의천은 무슨 생각을 하고 있는 것인지, 팔짱을 낀 채 강몽구의 말투에 응하듯 대답했다.

"이용근, 음, 이용근이라는 말씀이군요."

강몽구는 그렇구나 하는 얼굴로 고개를 끄덕였지만, 그뿐이었다. 그냥 별 생각 없이 물어본 모양이었다.

남승지는 이때 '용근'이라는 이름에 귀를 바싹 갖다 댔다. 이용근, ……이방근, 이것은 형제간의 이름이 아닌가. 남승지는 이방근 형의 이름은 몰랐지만, 같은 '항렬자(行列字)'인 뿌리 근(根)을 쓰고 있는 것만 보더라도, 하타나카가 이방근의 형이라는 것은 더 이상 의심할 여지가 없었다.

음, 음……, 역시 그렇군. 행상이 바로 집 앞을 돌고 있는 저녁 무렵의 도쿄 일각에서 이방근의 형과 만나고 있다. 인간의 인연의 눈에 보이지 않는 불가사의한 힘이 남승지를 감동시켰다.

"저기요, 형님……."

남승지가 오른쪽으로 몸을 기울여 강몽구에게 말을 걸었을 때, 복도에 발소리가 나더니 문이 열리고 하타나카가 들어왔다. 그가 자리를 비운 것은 몇 분에 불과했지만, 그것보다 긴 시간이 흐른 느낌이었다.

"응, 무슨 일이야?"

강몽구가 고개를 돌려 남승지를 똑바로 쳐다보며 물었다.

"아니, 문득 생각난 것이 있는데, 나중에 말씀드리죠."

남승지는 거북이가 황급히 고개를 움츠리듯 말을 삼켰다. 혹시 말이죠, 하타나카 씨가 이방근의 형님일지도 몰라요, 하고 말하려던 참이었다. 하타나카는 실례가 많았다고 정중히 말하고는, 강몽구의 맞은편 소파에 앉았다.

"하타나카 선생님, 별로 재미도 없는 지루한 이야기라서, 머리가 아프신 거 아닌지 모르겠습니다, 핫핫하."

강몽구가 웃으면서 말했다.

"글쎄요, 뭐라고 말해야 좋을지 모르겠다는 게 솔직한 심정입니다."

하타나카는 다리를 포개 앉은 무릎 위에서 손깍지를 끼며 말하고는, 냉정한 시선을 남승지 쪽으로 돌렸다. 남승지는 위쪽 눈꺼풀이 찌릿하고 경련이 일어나는 것을 느끼면서, 상대방의 시선을 받자마자 가볍게 고개를 끄덕였다. 의미는 없었다.

"강 선생님 말씀에 나온 서북청년회라는, '서북'인가요, 그 테러 단체 말인데요, 식민지 상태에서 독립한 신생국에 왜 그런 단체가 생겨나는 건지. 히틀러가 나타난 제2차 세계대전 중이라면 몰라도, 비참한 전쟁이 끝나고 평화를 회복한 세상에 왜 그런 인간집단이 생기는 것인지. 물론 반공단체라고 해 버리면 그뿐이겠지만, 같은 민족끼리, 즉 인간, 인간관계라는 문제로서 생각하면 아무래도 이해가 안 갑니다."

강몽구는 음, 그건 당연한 말씀이라고 고개를 끄덕였다. 그리고 지금까지 이야기한 정도로는 충분히 납득할 수 없는 것도 무리가 아니다. 아니, 이야기를 그렇게 깊이 이해해 주어서 고맙다고 말했다. 그러나 그는 바로 다음 말을 잇지는 않았다. 말은 그렇게 하면서도, 강몽구는 이미 자신이 한 이야기의 효과를 계산하면서, 이야기를 상대방의 이해도에 맞추어 진행하는 요령과 냉정함을 지니고 있었다. 애당초 한 시간 남짓한 이야기로 모든 사정을 이해시킬 수는 없었다. 그러나 그 한 시간 남짓한 짧은 시간에 담긴 이야기가 하타나카에게 준 충격을 정확히 알고 있는 것 같았다. 강몽구는 여러 가지의 경험으로 자신감을 가지고 있었던 것이다.

"다만 제 심정의 문제입니다. 좀 전에 고 선생님 말씀을 들었을 때도 그랬지만, 지금 강 선생님의 이야기를 들으면서도 완전히 이해를 하지 못한 게 사실입니다. 지금까지의 이야기를 통해서 저쪽 사정은 대충 안 것 같기도 한데, 그 지식과 심정이 일치되지 않습니다. 예를 들어 병을 진단해서 치료한다고 합시다. 물론 살아 있는 인간이 걸리기 때문에 병이라고 합니다만, 진단한 다음 치료를 위해서는 결심이 필요합니다. 의학서에는 그러한 것이 쓰여 있지 않습니다. 과학, 즉 지식으로 충분하다는 것이겠지요. 그걸 적용하면 되는 겁니다. 기술입니다. 먼 장래에는 정교한 로봇이 사람을 수술하게 될지도 모릅니다." 하타나카는 억양이 없는 담담한 어조로 말했다. 남승지는 무슨 말인지 알아들을 수가 없었다. 심정, 심정……, 로봇이 인간을 수술한다…… 설마 지금 협조를 완곡하게 거부하는 건 아니겠지. 그럴 리가 없었다. 하타나카는, 이야기가 잠깐 빗나가 버렸지만……라고 하면서 말을 이었다. "강 선생님 이야기를 들으면서 내 머리에 떠오르는 것은 지금의 제주도가 아닙니다. 옛날 제주도의 모습과 자연뿐인데, 그것이 현재의 제주도의 정경 앞을 가로막아 선 듯한 느낌입니다. 그 때문에 지금의 제주도가 보이지 않는다는 겁니다. 그런 의미에서 역시 심정적으로는 딱 와 닿지 않아요. 이건 제가 '일본인'인 탓이겠습니다만. 음, 그래도 이야기의 취지는 알겠습니다. 뭔가 본질적인 문제 한 가지만 알면 되겠지요. 저는 일본 국적을 가진 인간임에 틀림이 없지만, 일본 어딘가에, 예를 들면 도쿄라든가 혹은 야마나시(山梨)나 나가노(長野) 현의 시골에 내 고향이 있다고는 생각지 않습니다. 그러니까, 그렇기 때문에, 제주도가 고향인 것은 틀림없는 사실이라는 겁니다. 읍(邑)인 성내, 그렇습니다, 제주도의 성내가 제가 태어난 곳임에 틀림없습니다만, 번지까지 기억하고 있습니다만, 그것이 지금의 이야기를 듣고 나서는 보이질 않는다는 겁니다."

하타나카는 갑자기 입가에 뜻 모를 미소를 떠올리고(처음 보인 웃음이었다) 한쪽 엄지손가락을 손바닥 안에 쥐고 관절뼈를 울렸다. 그리고는 맞장구라도 쳐 달라는 듯 남승지 쪽을 바라보았다. 허벅지 위에 올려놓은 주먹 쥔 왼손이 사람의 얼굴처럼 표정을 띠고 있었다.

"저어, 하타나카 선생님⋯⋯."

남승지는 상대방의 시선에 이끌리듯 반사적으로 튀어나온 자신의 목소리를 듣고 깜짝 놀랐다. 그러나 이미 늦었다. 순간 표정을 가다듬고 남승지를 본 상대는 자신에게 던져진 말이 이어지기를 기다리고 있었다. ⋯⋯예, 물론 그렇고말고요, 성내, 그곳은 당신의 고향, 당신의 가족이 지금도 살고 있는 곳이죠. 동생 이방근이 서재 소파에 누워 있는 곳이지요.

"⋯⋯" 자신도 모르게 말이 나와 버린 남승지는 아차, 하는 생각에 당황하면서도, 발언의 승낙을 구하듯 강몽구의 얼굴을 바라보았다. 마침 남승지를 돌아보던 강몽구의 의아해하던 눈빛이 바로 바뀌며, 무슨 일이야, 어서 말해 봐, 라는 신호를 보냈다. 남승지는 갑자기 오그라든 목구멍의 저항을 억누르며 단숨에 말을 쏟아 냈다. "방금 하타나카 선생님은 제주도의 성내가 고향이라고 하셨는데, 성내의 이방근 씨를 아십니까? 이방근 씨, 성내의 북국민학교 뒤편에 살고 있는 이방근 씨 말입니다."

자신의 목소리가 마치 남의 목소리처럼 목구멍 아래에서 울렸다.

"이·방·근⋯⋯?"

하타나카의 입에서 이방근의 이름이 다시 튀어나왔다. 그 목소리는 중얼거림이었지만, 벽에 맞은 공처럼 거의 본인의 의지를 초월하고 있었다. 하타나카는 그 순간 깜짝 놀라 남승지를 바라보았지만, 곧 얼굴이 준비된 표정으로 정돈되었다. 그것은 허를 찔린 놀라움을 발산하는 생리적인 반응, 아니, 분명히 이방근의 이름을 알면서도 그것을 억지로 숨기려는 순간적인 힘이 얽힌 복잡한 표정이었다. 하타나카는 꼬고 앉은 다리를 바꾸면서 몇 초간 말을 끊었다. 그 몇 초간의 침묵은 몇 시간이 한 점에 응축된 긴장감을 동반하고 있었다.

"이방근······, 아, 아, 이방근 말이군요." 하타나카는 방금 전에 꼬았던 다리를 풀고 바로 앉았다. 뭔가 체념이라도 한 듯한 느낌이 전해져 왔다. 잉크에 얼룩진 손가락이 파란 넥타이를 만지작거렸다. "성내의 이방근이라면 알고 있습니다만, 당신은 그 사람과 아는 사이입니까?"

"예, 이방근 씨를 알고 있습니다. 저어, 하타나카 선생님은 이방근 씨의 형님이 아니십니까?"

남승지는 단도직입적으로 물었다.

"형? ······ (하타나카는 턱을 당겼다) 예, 그렇습니다, 저는 그의 형입니다. 음, 그렇군요, 지금은 형이었다고 하는 편이 옳을지도 모르지만 말입니다."

지금까지 눈앞에 보이던 동요는 없었다. 그것이 착각이라 여겨질 만큼 태도를 싹 바꾼 하타나카가 담담하게 대답했다. 상당히 뻔뻔스럽다는 느낌이 들었다. ······형이었다고 하는 편이 옳을지도 모른다. 음, 그렇지, 이치상으로는 그렇지, 그러나 그렇다 하더라도 동생에 대해 그런 식으로 말해도 되는 것일까. 이방근에 대한 언급에 저항감을 느끼고 있는지도 몰랐다. 하지만 성내가 자신의 고향이라든가, 아버지와 형제가 거기에 살고 있다고 자기 입으로 말한 것만이 아니다. 강몽구 등과 함께 조국과 고향의 이야기를 나누면서도, 그 고향에 있는 가족에 대해서는 왜 저항감이 생기는 걸까?

"이방근 씨에 대해 여쭤본 것 때문에 기분이 상하셨습니까?"

"아니, 그렇지 않습니다. 그럴 리가 있습니까. 다만 너무 갑작스러워서 깜짝 놀랐을 뿐입니다."

하타나카는 담배를 한 대 뽑아 손가락 사이에 끼웠다.

"으흠, 하타나카 선생님, 이건 정말 우연이로군요. 놀랐습니다." 두 사람의 대화를 듣고 있던 강몽구가 끼어들었다. "저도 동생인 이방근 동무를 알고 있습니다. 그는 꽤 멋진 친굽니다. 성내 유치장에 함께 갇혀 있었는데 말이죠."

"유치장이라고요……?"

하타나카의 주름 없는 이마가 흐려졌다.

"으음, 유치장 이야기는 하지 말 걸 그랬습니다." 강몽구가 멋쩍게 웃으면서 말했다. "핫핫, 그러니까 말입니다, 좀 전에 말한 서북청년회가 이방근 동무에게 생트집을 잡는 바람에 말이죠, 그래서 그놈들을 실컷 두들겨 팬 것이지요. 하룻밤 자고 나갔습니다만. 음, 성내는 동생 이야기로 들끓었습니다."

"예에……."

하타나카는 말꼬리를 흐리며 고개를 끄덕였다. 그다지 흥미가 없는 모양이었다.

"……호오, 두 분이 하타나카 군의 아버님과도 아는 사이라는 건가요." 소파에 몸을 기대고 있던 고의천이 상반신을 일으키며 말했다. 거의 졸고 있었던 모양이다. 오토토상[동생]을 오토상[아버지]으로 잘못 들었는지도 모른다.

"아니, 아버지가 아니라 동생입니다." 하타나카가 미소를 지으며 말했다.

"아, 동생, 동생 이야기였단 말이지. 그랬구만……, 넓은 도쿄에서도 이런 식으로 인연이 있는 사람은 만나기 마련이지. 그러니까, 하타나카 군, 나도 어쩌다 귀한 손님을 데려온 셈이 되는 거로구만. 으ー, 흐음."

"두 분 모두 동생을 알고 계신다니, 정말 기이한 인연이군요……."

그러나 하타나카의 표정은 밝지 않았다. 동생에 대한 반응으로서는 남승지가 기대했던 만큼의 감동도 박력도 없었다.

하타나카가 이방근의 형이라는 것도 의외의 발견이었지만, 그보다 더 의외였던 것은, 그가 동생에 대해 이렇다 할 그리운 감정을 내색하지 않았다는 점이었다. 가족과 헤어진 지 몇 년이 되는지는 몰라도, 하다못해 아버지와 형제의 안부 정도는 묻는 것이 인정일 것이다. 비록 본인이 '일본인'이 되었다 해도 말이다…….

노크 소리가 나고 문이 열리더니, 하타나카의 아내가 실례합니다, 하고 인사를 하면서 들어왔다. 손에 숯불을 담은 부삽을 들고 있었다. 그녀는 빨갛게 타고 있는 숯불을 화로에 넣고 나서 그 위에 주전자를 올려놓고는 곧바로 방을 나갔다. 그리고 이번에는 큰 접시에 담긴 생선회와 초밥 등의 요리를 가져왔다. 좀 전에 옆에 있는 부엌 입구에서 단골 상인인 듯한 사람의 목소리가 들렸는데, 주문한 음식을 가져온 모양이었다. 그렇다 하더라도, 의사인 이 집에 식모도 없는 것일까. 술이랑 컵 등을 가져오느라 하타나카의 아내 혼자서 부지런히 움직이고 있었다. 그러고 보니 벌써 저녁때가 다 되었는데 아이들의 기척도 나지 않았다. 아직 간호사가 남아 있는 듯했지만, 조용한 느낌을 주는 집이었다.

탁자가 늘어놓은 음식으로 가득 찼다. 하타나카의 아내가 일일이 맥주와 술을 따라 주고 나서, 유리문에 커튼을 치고 방을 나갔다. 부인도 함께……라고 강몽구가 권하자, 그녀가 미처 사양의 말을 다 끝내기도 전에, 당신은 나가 있으라고 거의 명령조로 하타나카가 말하는 바람에 조금 불쾌해졌다. 남승지는 우연히 첫인상과는 다른 하타나카의 일면을 보았다고 생각했다. 고국과 조선인의 가정에서 흔히 볼 수 있는 가부장적인 면을 많이 지니고 있는 듯했다.

고의천이 고생 많다는 말로 강몽구와 남승지를 위로하면서 건배의 잔을 들자 하타나카도 거기에 따랐다. 강몽구는 전등 불빛을 반짝하고 반사하는 술잔에 담긴 청주를 단숨에 비웠다. 남승지는 맥주잔을 입에 대었지만, 고의천 같은 사람들의 앞이라서 단숨에 비우지는 않았다. 반쯤 마신 맥주는 술이라기보다 쌉쌀한 청량음료처럼 가볍게 목구멍을 자극하며 흘러 떨어지는 감촉이 상쾌했고, 뒷맛도 좋았다.

조촐한 술자리가 시작되어 술잔이 오고 가면, 아무래도 딱딱한 이야기는 피하게 된다. 그래서 자연히 본래의 이야기는 중단된 채 이방근의 이야기로 옮아갔지만, 남승지는 이방근 이름을 꺼낸 것은 역시 잘못된 게 아닌가 하고 후회했다. 하타나카 스스로가 다시 제주도 사태에 관한 질문을 계속하며 가족 이야기를 피하려는 것처럼 보였기 때문이다. 만일 이것이 마이너스로 작용한다면, 모금 액수에도 영향이 미치지 않을까 하는 생각까지 들었다. 강몽구도 하타나카의 그런 낌새를 눈치 챈 모양이었다. 그래서 하타나카의 질문에 대답하는 척하며 본론으로 돌아갔던 것이다.

그러나 이야기는 그다지 활기를 띠지 못했다. 일단 이방근의 이름이 나왔음에도 불구하고 이를 묵살함으로써 주위에 미치는 위화감은 하타나카 자신까지 감싸 버린 것이었다. 이유야 어떻든 간에, 육친 동생인 만큼 상당히 부자연스럽다고 할 수밖에 없었다.

본론으로 돌아간 이야기는, 그런 탓도 있었겠지만, 급속히 구체적인 결론으로 향했다. 하타나카가 고의천에게 자금 지원의 금액을 물었던 것이다. 고의천이, 하타나카 군, 5만 엔쯤 낼 수 있겠느냐는 식으로 액수를 제시하자 (이미 어젯밤의 전화로 대강의 지원 금액이 이야기되었는지는 모르지만), 하타나카는 잠시 침묵을 지키다가 고개를 끄덕이며, 고 선생님, 알겠습니다, 그렇게 하겠습니다, 라고 대답했다.

하타나카의원에서의 볼일은 일단 끝났다. 원래는 이제 돌아가도 좋았지만, 무언가 뒷맛이 나쁜 침전물이 마음 한구석에 남아 있었다. 이방근의 일이 그랬다. 잡담이 한동안 계속되었지만, 서로 간에 뭔가 개운치 않은 느낌을 떨쳐 버릴 수는 없었다. 하타나카 스스로도 때를 놓치고 나서 새삼스럽게 말을 꺼낼 수 없는 입장에 자신을 몰아넣었는지도 몰랐다.

남승지는 얼른 돌아가는 편이 오히려 낫지 않을까 생각했다. 고향이니 고국이니 하는 일반적인 화제에는 아무렇지도 않게 어울리다가, 이방근의 이름이 튀어나오자마자 왜 거부반응을 보이는 걸까. 이방근과의 사이에 다툼이라도 있었던 걸까. 아니면, 인연을 끊었을 가족, 즉 개인적인 영역으로 이야기가 침투해 오는 것을 두려워한 것일까.

"나는 이제 슬슬 돌아가야겠는데 말이야." 손목시계를 보며 고의천이 말했다. 시간은 여섯 시 반이 지나 있었다. 전등 불빛을 받은 베이지색 커튼이 불투명하게 유리창을 덮고 있어서 바로 밖에까지 밤이 밀려와 있음을 알 수 있었다. "강 동무는 시간이 있으면, 모처럼 왔으니 천천히 있다 오면 어떻소. 하타나카 군의 동생과 아는 사이라니, 하타나카 군도 여러 가지로 고향소식을 듣고 싶을 테고……, 이런 기회는 좀처럼 없을 거요."

"고 선생님, 아직 여섯 시 반이고 이제 막 초저녁이 되지 않았습니까. 좀 더 계시다 가시지요."

하타나카가 몸을 고의천에게 돌리고 납득할 수 없다는 듯이 말했다. 갑작스런 화제의 전환으로 탁자 위의 공기가 흔들리며 움직였다. 작은 바람구멍이 생겼다. 고의천의 옆에 있던 화로에서 주전자의 물 끓는 소리가 쉭쉭 하며 들렸다.

"음, 그렇게 하고는 싶지만, 일곱 시에 역전 다방에서 사람을 만나, 당 본부로 가야 돼서 말이지."

"당의 일입니까?"

"그렇소."

이어서 강몽구가 우리도 이만…… 하고 말을 꺼내자, 하타나카가 분명히 그 냉정한 얼굴을 일그러뜨리며 엉거주춤하게 일어나 모처럼 오셨으니 좀 더 계시다 가시라며 상대의 말을 막았다.

"그렇게 하시오, 강 동무, 제주도에 돌아가면 하타나카 군 남동생과 만나게 될지도 모르잖소. 그때 일본에 갔다 온 일을 말해도 좋은 상황 이라면, 화젯거리가 될 거요. 이대로 일어나 헤어져 버린다는 건 섭섭한 일이잖소."

그랬다. 형제간에 무슨 일이 있었는지는 모르지만, 이대로 헤어져 서는 이방근을 만났을 때 뭐라고 하면 좋을지 남승지는 생각해 보았 다. 이방근을 만나야 하는 건 남승지만이 아니었다. 강몽구도 공작을 위해 이방근을 만나지 않으면 안 될 터였다.

잠시 후에 (강몽구와 내일의 일정을 두세 마디로 간단하게 이야기하고 나 서) 고의천은 자리에서 일어났다. 세 사람도 함께 복도로 나오자, 하 타나카의 아내와 평상복으로 갈아입은 간호사가 인사를 하기 위해 얼굴을 내밀었다. 하타나카가 역 앞까지 고의천을 전송하기 위해 밖 으로 나갔다.

두 사람은 응접실로 돌아왔다. 순간, 남승지의 안경 렌즈가 수증기 로 흐려져 시야가 젖빛으로 가렸다. 안경을 벗고 문을 뒤로 닫은 뒤 아무 생각 없이 방 안을 둘러보다가, 순간적으로 몸이 얼어붙듯이 왼 쪽 벽의 한 점에 시선이 사로잡혔다. 목제 가면〔能面 : 전통극 노의 공연 에서 쓰는 가면〕하나가 벽에 걸려 있었다. 쿵쾅쿵쾅 두들기는 듯한 격 렬한 고동이 울렸다. 벽에 걸린 죽은 자의 목, 마치 벽 내부에서 얼굴 의 돌출부만 튀어나와 있는 것처럼 보였다. 둥근 두 개의 동공을 도려 낸 어둡고 무한한 구멍. 반쯤 벌어진 입술 사이로 엿보이는 공동(空 洞), 흐름이 멎은 표정의 반들반들한 안면······. 주인 없는 5평 남짓한 방을, 이 가면은 순식간에 숨이 막힐 듯한 괴이한 공간으로 만들었다.

남승지는 눈에 보이지 않는 추상의 공간을 부숴 버리기라도 하듯이 몸을 움직여 소파로 돌아와 안경을 닦았다. 소파로 돌아가면서 두 눈을 모으듯 가늘게 뜨고, 이제껏 뒷벽에 걸려 있어서 보지 못했던 가면을 다시 한 번 쳐다보았지만, 처음 몇 초 동안 느꼈던 충격은 어느새 사라져 있었다. 그저 벽에 걸린 하나의 조각이었다. 그렇다 해도 가슴을 옥죄는 듯한 아픔은 무엇이었을까. 아니, 단지 갑자기 눈에 띈 가면에 놀랐을 뿐이다. 소파에 앉자, 구상화인지 추상화인지 알 수 없는 붉은 색과 푸른색의 유화가 눈에 들어왔다. 고의천과 하타나카가 앉았던 자리에서는 반대로 유화와 마주 보고 있는 가면이 보이고 있던 것이다.

하타나카의 아내가 들어왔다.

재떨이를 바꾸고, 고의천이 앉았던 탁자 위를 치우고 나서, 방금 데운 술을 강몽구에게 따랐다. 그리고 남승지에게 맥주를 따라 주었다. 바로 맥주의 하얀 거품이 부풀어 올라 흘러넘칠 듯하다가 간신히 컵 가장자리에서 멎은 뒤 서서히 가라앉았다.

"어머나, 죄송합니다. ……다행이네요."

그녀는 마치 소녀처럼 맑은 목소리로 말했다. 그것이 한순간의 수다처럼 들린 것이 이상했다.

그녀가 치울 것들을 가지고 나갔다.

"형님, 제가 이방근 씨 이름을 말한 것이 잘못된 것일까요?"

남승지는 그렇게 말하고 초밥을 한 개 집어 입에 넣었다.

"글쎄, 잘 모르겠는데." 강몽구는 조금 촉촉해진 목소리로 말했다. 그 숨결에는 벌써 술 냄새가 배어 있었다. "이방근과 형제간인데도 그다지 보고 싶어 하는 얼굴빛이 아니었어. 어찌 된 일인지, 그 점은 잘 모르겠어. 음, 그러나 승지는 용케도 이방근의 형이라는 걸 알아맞혔어. 나는 네가 도대체 무슨 말을 하고 있는 건지 깜짝 놀랐지만, 정말로 형제간이어서 두 번 놀란 셈이야, 정확히 맞췄으니 말이지. 핫핫하."

"감이에요. 하타나카 선생님의 우리 이름이 이용근이라 하길래, 직감적으로 알겠더군요. 도쿄에서 의사를 하고 있고, 부인이 일본인이고…… 약간의 예비지식이 있었어요."

남승지는 내심, 헤헤헤, 내 직감도 전혀 엉터리는 아니야, 하며 갑자기 콧대가 높아진 기분으로 말했다.

"어쨌든 놀랐어. 본인도 너무 갑작스러운 일이라 깜짝 놀랐을걸. 음, 그런데, 무언가 응어리가 있는 게 틀림없는 것 같아. 생각을 해 보라구, 왜정 36년의 질곡에서 조국과 민족이 해방되었는데, 원수의 나라인 일본에 귀화하다니……, 음, 돈을 받고 난 뒤 본인도 없는 곳에서 이런 말을 하는 건 실례지만, 아무리 형제지간이라 하더라도 말이야, 아아, 그렇습니까, 하고 넘어갈 수는 없는 거 아니냐 이거지. 게다가 이방근은 만만한 남자가 아니니 말이야. 모처럼의 '발견'이 쓸모없게 된 것 같아 미안하지만, 우리 쪽에서는 되도록 거론하지 않는 편이 좋을 거야."

"……역시 일본인이구나."

남승지가 독백처럼 불쑥 말했다.

"일본인……, 일본인이라, 음, 당연한 일이겠지. 그는 스스로 일본인이 되었어. 부인은 원래 일본인이고, 대체로 귀화한 사람은 일본인보다 더 철저한 일본인이 되려고 하는 법이야. 냄새, 조선인의 냄새를 없애고……, 그렇게 하지 않을 수 없겠지. 내가 아는 사람 중에 이런 사람이 있어. 지금도 오사카의 고노하나 구(此花區)에 살고 있는데, 이 사람은 설날이 되면 기모노 정장 차림으로 신사참배를 한다구. 나보다도 훨씬 서툰 조선식 일본어 밖에 모르는 주제에, 으흠, 이 죽여도

시원찮을 놈이, 연회만 있으면 꼭 일본 전통노래와 일본 시가를 읊는 거야. 아내한테는 일본 무용을 시켜서 유명한 무용가가 되었고. 이 작자는 절대로 조선인과는 상종하지 않아. 이게 하나의 예인데, 불가사의하다면 불가사의한 일이지. 이미 일본인 아내의 호적에 들어가 있겠지만 말이야. 이건 귀화한 경우만이 아니라, 인간의 심리가 원래 그런가 봐. 일제강점기에도 그랬으니까. 협화회 등에서 내선일체, 황국신민화 운동을 열심히 전개하던 자들은 일본인보다 훨씬 적극적으로 일본인이 되려고 했으니까. 엄연히 우리말이 있는데도 일체 사용하려 들지 않으니……, 너도 알고 있잖아(남승지는 고개를 끄덕였다). 그건 일본인 경우도 마찬가지야. 주민회(町內會) 임원이나 재향군인회, 청년단 같은 민간인이 군인보다 훨씬 더 군인티를 내며 돌아다녔지, 미국과 영국을 타도하자고 외치면서 말이야. 그 당시는, 으음, 인간이란 원래 그런 건지도 모르지만, 그걸 생각하면, 어쨌든 이렇게 우리를 만나 주었으니까, 하타나카 씨 같은 사람은 조금 드문 사람이 아닐까……."

"……"

사실이 그러했지만, 그렇지 않다고 남승지는 반사적으로 생각했다. 하타나카도 강몽구가 말한 '귀화일본인'의 세계에서 크게 벗어나 있지 않은 오십보백보나 마찬가지였다. 왜 가면이었을까, 등 뒤로 그 구멍 뚫린 시선을 의식하면서 생각했다. 남승지는 조금 전에 이유도 없이 벽에 걸린 가면을 보고 충격을 받았지만, 지금은 하타나카에 대한 실망감이 그 자리를 대신하고 있었다. 책장 위의 고려청자나 백자 항아리는 특별히 조선적인 것을 의미하는 건 아닐 것이다. 조선 항아리와 일본 가면, 이것은 하타나카에게 있어서는 동일한 의미를 갖는 물건일 것이다. 조선 항아리는 돈 많은 일본인이 애완하는 골동품으로써 저기에 있을 뿐이다. 하타나카의 조선에 대한 관심을 그것을 통해 확인하려 든 건 좀 성급했던 거야. 저녁 무렵 고의천이 여기로 오는 길에, 국적상으로는 일본인이지만 조선인으로서의 마음이 좀처럼 사라지지 않는 듯하다고 한 것은, 하나의 현상일 뿐 하타나카의 본질은 아닐 거야.

현관문이 열리고 하타나카가 돌아온 모양이었다. 그는 응접실 앞을 그대로 지나쳐 안쪽으로 복도를 곧장 걸어갔다. 잠시 후 응접실로 돌아왔을 때는 손에 수표를 들고 있었다. 강몽구는 고맙게 그것을 받아 들었다. 그리고는, 오늘 하타나카 선생에게서 자금 협력을 받은 것은 잊을 수 없는 일이다. 자신의 심정은 복잡하지만, 그래서 더욱 감동했다고 덧붙였다.

"내가 할 수 있는 일은 그 정도 밖에 없습니다."

하타나카는 술기운으로 달아올랐던 볼이 밤공기를 맞은 탓인지 하얗게 긴장된 채로 말했다. 그리고는 두 사람에게 술을 따르고 권했다. 강몽구는 맥주로 바꾸어 마셨다.

강몽구가 하타나카의 컵에 맥주를 따랐다. 하타나카는 상대가 다 따르자마자 바로 잔을 비우고는, 말을 미리 준비하고 있었다는 듯이 남승지에게 말했다.

"남 상. ……, 남 상이라 했지요?"

"예, 그렇습니다."

남승지는 무심코 긴장하여 자세를 바로 했다.

"그러니까, 이방근, 즉 내 남동생 말입니다만, 그 애가 남 상의 친구입니까?"

냉정한 말투에 비해 목소리가 조금 들떠 있는 듯했다.

"글쎄요, 친구……라기보다는 선배입니다. 저는 이방근 씨를 존경하고 있습니다." 웬일인지 남승지는 침착성을 잃고 말까지 딱딱해져 버렸다.

"최근에 동생과 만났습니까?"

"예, 마침 제주도를 떠나기 2, 3일 전에……, 일본에 온 지 열흘 정도 지났으니까, 2주일쯤 전에 만난 셈입니다. 여동생도 함께 만났습니다."

남승지는 하타나카에게서 일어난 뜻밖의 변화와 함께 전개되는 이야기에 가슴이 두근거렸다.

"여동생……, 여동생." 하타나카는 마치 여동생 따위는 있지도 않은 것처럼 중얼거렸다. "아, 그렇습니까, 그 애는 지금도 제주도에 있습니까? 서울에 있다고 들은 것 같은데……."

"예, 그렇습니다. 저는 서울 시절부터 친구입니다만, 아무래도 제사가 있어서 서울에서 내려왔던 모양이던데……."

남승지는 아차 싶어서 말을 끊었다. 제사, 분명 그들 어머니의 제사일 터였다. 하타나카에게 그런 말까지 할 필요는 없었던 것이다.

"제사라…… 오랜만에 들어 보는 말이로군요. 일본식으로 말하자면 호지〔法事〕가 되겠군요……."

하타나카는 남승지의 어깨 너머로 벽을 응시한 채 아무렇지도 않게 말했지만, 그 이상은 언급하지 않았다. 그 눈에는 가면이 비치고 있었을지도 모르지만, 눈빛은 안으로 향하고 방금 한 말을 곱씹고 있는 듯했다.

"두 분을 만나서, 설마 여동생 이야기까지 들을 줄은 몰랐습니다." 짧은 침묵이 흐른 뒤 하타나카가 말했다. "나는 일본인이니까, 조선인이 날 경멸하든, 배반자라고 매도를 하든, 나는 일본인……."

"아니, 그렇지 않습니다. 누가 그런 경박한 말을 하겠습니까?"

강몽구가 상대방의 말을 가로막고, 자못 말도 안 된다는 듯이 말했다.

남승지는 뭔가 뒤가 켕기는 느낌에 가슴이 욱신거렸다. '귀화'에 대한 그러한 선입관은 남승지도 가지고 있었다. 아니, 지금도 가지고 있다. 그것은 사리를 분별을 떠나서 생리적인 발발과 혐오감을 불러

일으키는 것이었다. 누가 그런 말을 한단 말입니까……, 강몽구로서도 이 자리를 얼버무리려고 그런 말을 했을 것이다.

"그런 일이 없지는 않지만……, 어쨌든 상관없습니다. 저는 일본인입니다. 무지한……, 무지라고 하면 기분이 상하실지 모르겠습니다만, 무지한 조선인들로부터 공격당하면 당할수록, 제가 일본인이라는 사실은 흔들리지 않습니다. 이건 가족이나 혈연과도 관계없는 일이고, 핏줄이라고는 하지만 결국에는 추상적인 것이 되어 버립니다. 핏줄이 구체적이기 위해서는, 즉 그 핏줄을 보장하기 위해서는, 뭔가 가족제도 같은 것으로 말이죠, 형식적으로 서로를 묶어 둘 필요가 있습니다. ……여동생은 말이죠, 그 애는 지금도 편지를 보내옵니다. 어릴 적부터 기가 센 고집쟁이였지만, 자상한 마음이 엿보이는 편지를 보내옵니다. '오빠'를 어딘가에 묶어 두려고 하는 것처럼 말이죠. 그 애뿐입니다."

"고향을 떠난 지 얼마나 되셨습니까? 벌써 꽤 되었겠지요."

강몽구가 물었다.

"글쎄요, 몇 년이나 됐을까요, 고향이라기보다도 내 경우에는 소학교를 졸업하고 본토의 중학교에, 그 당시에 고등보통학교에 들어갔으니 말이죠, 조선을 떠난 것이 쇼와(昭和) 초기니까 벌써 20년이 돼 가는군요, 저도 이제 곧 마흔이니, 나이를 먹었다는 생각이 듭니다. 그 사이에 이따금 제주도에 돌아갔습니다만, 결혼하여 집사람의 호적에 올린 뒤부터는 결정적으로 멀어졌습니다. 제가 장남이었으니까요. 그게 10년 전인가 그렇습니다……. 일본인과 조선인의 결혼은 어렵습니다. 이건 국제결혼이 아니라, 원수끼리의 결혼이지요. 후후, 로미오와 줄리엣 같다고나 할까, 좀 이상한 예가 되겠습니다만, 있잖습니까. 양쪽 집안이 원수 사이라는……, 이쪽은 집안 규모가 아니라 민족이니까요. 하지만 국적 문제는 역시 좀 더 현대적인 시각에서 이해할 필요가 있습니다. 이렇게 말하면 코스모폴리탄이라는 말을 들을지도 모르겠습니다만. 어쨌든 조선과 일본, 이쪽의 문제는 어렵습니다."

잠시 자리를 비우고 역까지 갔다 오는 동안에 무슨 일이 있었던 것일까. 왕복하는 데 걸린 30분 남짓한 그 짧은 시간 동안 하타나카의 태도는 놀랄 만큼 달라져 있었다. 아까와는 전혀 다르게 말을 계속 쏟아 내는 것이었다.

겨우 고집스러워 보였던 마음이 열리기 시작한 모양이었다. 과연 마음이 열리면 그리움이 마음속에 솟아나는 걸까. 하타나카는 가족의 소식을 남승지에게 물었다.

남승지는 알고 있는 범위 내에서 이방근과 유원의 근황 등을 말해 주었다. 그들의 부친과는 만나지 않았기 때문에 추측으로 건강하신 모양이라고 말할 수밖에 없었지만, 우연히 식모인 부엌이의 이름이 나오자, 하타나카는 아아, 부엌이, 그 식모 말이군요, 내가 몇 번 일본에서 제주도로 돌아갔을 때 만났는데, 음, 아직도 있습니까……. 하타나카는 그리운 듯이 말했다. 그는 어느새 고의천이 앉아 있던 쪽으로 자리를 옮겨 남승지와 마주 앉았다.

뭔가의 응어리가, 형제들 사이의 감정에 장벽이 있는 것은 아닌가 생각했던 것은 아무래도 오해였던 모양이다. 남승지는 다행이라고 생각했다. 갑자기 하타나카가 변한 것인지, 아니면 이쪽의 시각이 변한 것인지 알 수 없었다. 적어도 지금 눈앞에 있는 그의 태도와 말투에서 남동생에 대한 독기는 보이지 않았다.

남승지는 하타나카와 이런 대화를 나누면서, 오랜만에 해방감을 맛보고 있었다. 지금까지의 모금 공작에서는 벙어리나 마찬가지였는데,

오늘에야 비로소 자신이 발언할 수 있는 무대를 얻었다는 생각이 그를 즐겁게 만들었다.

청주 술병은 한두 병씩 몇 차례 다시 나왔으나, 맥주는 빈 병이 카펫 위에 두세 개 세워져 있을 뿐이었다. 아까 서너 병 마셨으니까, 예닐곱 병은 마신 셈이었다. 그러나 고의천을 포함한 네 사람의 주량으로는 아직 취할 정도는 아니었다. 남승지도 조심스럽게 마셨기 때문에, 아직 그 가운데 한 병도 비우지 못했을 것이다.

"인간은 역시 서로 이야기를 나눠 봐야 하겠군요. 이야기를 나누지 않으면 서로의 마음을 알 수가 없어요." 강몽구는 두세 번 혼자서 고개를 끄덕였다. 그리고는 하타나카가 담배를 집어 들자, 얼른 성냥을 켜서 상대방에게 내밀며, 그런데…… 하고 말을 이었다. "하타나카 선생님은 고의천 선생님과 알고 지내신 지는 오래 되었습니까?"

"전쟁이 끝난 후에 알게 됐습니다. 아직 1, 2년밖에 안 됐지만, 저는 고 선생님을 존경하고 있습니다. 노동자 출신의 훌륭한 투사니까요. 그렇게 보이지 않는 점이 좋아요. 게다가 인격자이고, 훌륭한 조선인입니다(그는 조금 취기가 도는지, 여기서 목소리를 높였다), 고 선생님이 일본공산당 최고 간부의 한 사람인 것을 저는 자랑스럽게 생각하지만, 생각해 보면 이건 좀 이상한 일이지요. 제 안에서 사라져 버렸을 조선인의 피가 꿈틀거리고 있으니 말입니다…… 이건 민족주의입니다, 하하핫, 저는 이렇게 분열증상을 일으켜 버리고…… 자신을 배신하는 줏대 없는 사람이 될 것 같습니다." 하타나카는 가볍게 웃고 일단 말을 끊었다. "……마침 이 근처에 구로다(黑田)라는 조선인 간부당원, 중앙위원 후보가 살고 있는데, 그 사람은 성이 김이고 일본 국적입니다. 그 구로다 씨가 우리 병원에 자주 오는데 말이죠, 제가 주치의나 마찬가지입니다만, 고 선생님은 구로다 씨의 소개로 알게 됐습니다."

"음, 그렇습니까." 강몽구는 고개를 끄덕이며 컵에 든 맥주를 비웠다. 그리고는 무릎 위에 양쪽 팔꿈치를 세우고 두 손을 맞잡으며 윗몸을 앞으로 굽힌 편안한 자세를 취하더니, 저어…… 하고 말을 이었다. 얼굴의 가무잡잡한 피부 아래로 불그스름하게 술기운이 올라와 있었다. "저는 하타나카 선생과 마주 앉아 있으면 말입니다. 선생님이 이방근 동무의 형님이라 그렇기도 하겠지만, 도무지 일본인 같은 기분이 들지 않는군요. ……그런데, 선생님께 이런 질문을 해도 괜찮을지 모르겠습니다. 후후, 실례가 안 되려나……." 강몽구는 조금 교활하게 웃었다. 그 웃음에 악의는 없었다.

"뭡니까, 어서 말씀해 주세요."

"흐음……." 강몽구는 술 냄새 나는 숨을 한 번 토했다. "선생님 같은 분이 왜 일본인이 되었는지 궁금해서 말이죠, 아까부터 줄곧 그런 생각을 했는데, 이건 우리 민족의 손실입니다."

"하하핫…… 그런 이야기는 그만둡시다." 하타나카의 눈자위는 술기운으로 불그스름하게 물들어 있었지만, 얼굴에는 취기가 나타나 있지 않았다. 그러나 촉촉해진 목소리가 흔들렸다. "실례가 될지 모르겠습니다만, 저는 그런 이야기에는 진절머리가 납니다. 강 선생님. 조선인과의 교제를 끊은 것은 그게 큰 원인이었습니다. 그들은 모두 훌륭한 설교자라서……, 음, 불쾌하실지도 모르겠습니다만, 그 민족의 손실 운운하는 말은 지금까지 그들이 나를 비난하고 공격하기 위해서 사용해 온 말입니다. 결국은 민족에 손실을 주었다는 뜻이 되니 말입니다. 그 책임을 어떻게 할 것이냐, 민족의 기대를 저버린 그 책임을……. 나는 어느새 민족의 기대를 짊어진 책임 있는 존재가 되어 버린 겁니다. 나는 어쩔 도리가 없다는 생각을 합니다. 이것은 초민족

주의라 할 수 있는 겁니다. ······조선인의 그 차별의식이라는 거, 나는
처음 겪어 봤습니다만, 일본인 이상입니다. 일본인에게서는 볼 수 없
는 독기와 증오가 있습니다······. 지금도 강 선생님은 제가 일본인처
럼 생각되지는 않는다고 하셨지만, 그건 좀 이상한 말씀입니다. 그
말을 극단적으로 바꿔 말하면, 일본인에게 일본인이 아니라고 말하는
것과 같은 이치가 됩니다."

하타나카는 컵을 들어 맥주를 마셨다. 거의 술기운이 배어 나오지
않는 얼굴에 불만이 있어 보였다. 적어도 술기운으로 밝고 붉게 물든
얼굴과는 상당히 다르게 보이는 것이 사실이었다.

"으음, 그렇군요······, 그러고 보니 과연 그런 것 같습니다."

이미 상반신을 일으키고 있던 강몽구의 표정이 반사적으로 긴장하
였으나, 과연 그답게 천천히 고개를 끄덕여 보임으로써 그러한 분위
기를 완화시켰다. 각을 세우고 싶지 않은 모양이었다. 하타나카는, 같
은 이치가 된다고 단정적으로 말했지만, 과연 그럴까. 갑자기 태도를
바꾼 듯한 말투에 남승지는 조금 불쾌해졌다.

서로 간에 대화가 끊어졌다. 강몽구는 상대에게 맥주를 따르고, 기
분이 좋아졌다며 잔을 마주쳤다. 잠시 이야기가 멈추고, 탁자 위의
음식으로 세 사람의 젓가락이 움직였다. 조용한 밤이 집 전체를 감싸
고 있었다. 이상할 만큼 조용한 집이었다. 주전자의 물이 계속 끓으면
서 수증기를 내뿜는 소리가 들려왔다. 입안에서 음식을 씹는 점액질
소리가 선명하게 들렸다. 이런 종류의 소리는 그다지 품위가 있다고
는 할 수 없다. 바람 소리도 들리지 않았다. 이따금 전차의 레일을
울리는 바퀴 소리가 밤하늘에 구름이 퍼져 나가듯 들려왔다.

"강 선생님······, 그게 말입니다, 제가 거드름을 피우려는 게 아닙니
다, 왜 귀화했는지 말씀드리죠, 간단합니다. 한마디로 말하면, 저는

과거에, 즉 전쟁 전 일입니다만, '일본인'이었다는 것입니다. 저는 식민지 출신의 '일본인'이었습니다. 그리고 '일본인'이라는 것을 의식적으로 의심하려고 하지 않았습니다. 저는 오로지 착실한 학생으로 공부를 열심히 했고, 진짜 일본인에게도 뒤지지 않는 노력으로 의사가 되려고 했을 뿐입니다. 그리고 민족의 문제에는 외면해 왔던 겁니다. ……의사가 된 뒤에도, 적극적으로는 당시의 시국에 편승하지는 않았지만, 저는 조선인으로서 저항도, 아니 그런 사상도 가지고 있지 않았습니다. 으음, 가지려고 하지 않았다고 하는 편이 옳겠지요, 남동생과는 반대로 말이죠. 남동생이 사상범으로 체포되자, 저는 제 자신에게 영향이 미칠 것을 두려워하여 그를 위해서라기보다 제 자신을 위해서 고심했습니다. 저는 '의사'라는 직업으로 도망친 겁니다. 일본인이 되는 것과 의사가 되는 것은 저에게 있어서는 동일한 것이었습니다." 하타나카는 아랫입술을 깨물고 이마를 찌푸렸다. 갑자기 술기운이 오르는지, 그 하얀 얼굴에 붉은 빛이 배어 나왔다. 무릎 위로 맞잡은 두 손이 움직이더니, 두둑 하고 손가락 관절에서 소리가 났다. "……그렇기 때문에 전쟁이 끝난 뒤에도 제가 일본인이라는 것에는 변함이 없었습니다. '해방'이 되었다고 해서 새삼스럽게 조선인이 될 수는 없잖습니까. '일본인'으로서 죽창을 들고 본토에서 최후의 결전을 벌이자고 외치던 사람들이, 전쟁이 끝난 뒤에는 애국적인 조선인이 되어 버렸지만, 저는 '일본인' 그대로……, 아내가 일본인이라는 점도 있고 해서, 이게 전부입니다. 즉 저는 조선인으로 돌아가지 않았다……, 조선인이 될 수가 없었던 겁니다. ……다만, 저는 의사였다는 특수성이 있습니다. 의사에게는 조선인도 일본인도 미국인도 없습니다. 환자도 마찬가지로, 전 수의사가 아니니까, 상대가 인간이면 됩니다. 해부학적으로 같은 생체 구조를 가진 인간이란 말입니다. 듣는 사람은 억지라고 생각할지도 모르지만, 의사에는 조선인도 일본인도 없다는 생각이, 저를 과거의 '일본인'에서 조선인으로 되돌아가지 않게 만들었다고 할 수도 있겠지요. 귀화란 자신의 모든 것을 부정하는 것이고, 그렇다면 새로이 살지 않으면 안 되겠지요, 인간으로서……. 그런 의미에서 저에게는 조선인의 오만함이 잘 보입니다. 조선인은 말이죠, 강 선생님, 조국이나 민족을 절대시하는 강한 습성이 있지 않습니까. 좌익을 포함해서 말입니다. 국제적이지 못합니다. 인터내셔널 운운하지만, 그렇지 않습니다. 과거에 식민지였기 때문에 그렇다 해도, 바로 그런 점에서 바람직하지 못한 오만함까지 나오는 게 아닌가 하고 저는 생각합니다."

"——"

강몽구는, 음, 하고 낮은 신음소리를 내고는 담뱃불을 재떨이에 눌러 껐다. 그러나 이야기를 반박하려는 기색은 없었다. 남승지는 왠지 궤변 같은 느낌이 들면서 동정과 반발이 뒤섞였다. 두 사람 모두 입을 다물고 있었다. 침묵은 말을 재촉했다. ……그런데 말이죠, 라며 하타나카가 말을 계속했다. 그는 가슴에 쌓인 것을 토해 내듯이 자신의 이야기에 열을 올리고 있었다.

"좀 전에, 제 남동생 이야기가 나왔습니다만, ……정말로 그 애의, 이방근이라는 이름이 나왔을 때는 깜짝 놀랐습니다. 저는 자신도 모르게 옛 상처를 할퀸 듯한 기분으로 몇 발자국 뒷걸음질 쳤습니다. 특별히 그 애가 나에게 상처를 입혔다는 의미는 아닙니다. 그 애의 이름이 나오지 않았다면, 오늘 강 선생님이 질문을 하셨더라도 귀화 같은 얘기는 하지 않았을 겁니다. 생각해 보면, 그 애는 나와는 정반대였습니다(남승지는 귀를 쫑긋 세우며 하타나카를 바라보았다). 그 애는 멋진 사내입니다. 저는 동생한테 배우기만 했습니다. 그 애는 차남이어

서 자기 멋대로 할 수 있었다는 점도 있습니다. 저는 장남이었다는 게 오히려 제 자신의 운명을 망치게 만들었고, 으음, 삶의 방식을 바꾼 게 사실입니다(하타나카는 황급히 말을 바꿨지만, 속으로는 운명을 망쳤다고 생각하고 있는지도 몰랐다). ……그는 철저한 반일정신의 소유자로서 말이죠, 저한테는 특히 강경한 태도를 취하고 가혹하게 대했습니다. 그래도 동정심은 있어서 뒤에서는 언제나 저를 감싸주었습니다. ……형님, 형님은 의사로서의 일만 잘하면 된다, 의사의 상대는 인간이다, 의사의 세계에는 조선도 일본도 없다는 식으로 말이죠, 상당히 일리 있는 말로 지혜를 주었습니다. 솔직히 말하면, 저의 이 생각은 동생한테 얻은 지혜라고 할 수 있습니다, 하하하, 그 애도 특이한 발상으로 '일본인'인 나를 감싸고 타협한 겁니다. 게다가 그것도 말이죠, 제가 의사 이외의 일에, 당시 시국의 흐름에 말려들지 않도록 하기 위한 견제였던 겁니다. 전쟁 때 아사가야(阿佐ヶ谷)에 일본 이름이 야나기자와(柳澤)라고 해서, 야나기자와 다쓰겐(達鉉), 즉 유(柳)가 있었습니다만……."

"유, 유달현? ……"

강몽구가 끼어들었다.

"예, 유달현, 음, 그렇습니다, 야나기자와 다쓰겐, 유달현, 그 남자를 아십니까? ……지금은 조선에 돌아가 있을 텐데요."

"예, 좀 압니다. 제주도에서 중학교 선생을 하고 있지요."

"흐음, 중학교 선생, 그렇습니까……. 그는 법과(法科)를 나온 남동생과 소학교 동창입니다만, 내선일체, 일억(一億)총력전 운동의 열성분자로 경시청에서 표창을 받은 적이 있습니다. 지금 생각해 보면, 야나기자와의 일에 깊이 말려들지 않고 끝난 건 동생 덕분이라고 할 수 있습니다. 음, 그렇습니까, 야나기자와를 알고 계신다니, 정말 세상은 좁군요……."

남승지는 설마 이런 곳에서 유달현의 이름을 들을 거라고는 생각지 못했지만, 그가 전쟁 중에 경시청으로부터 표창을 받았다는 이야기에는 적잖이 놀랐다. 협화회에 관계하고 있었다는 정도는 어렴풋이 알고 있었지만, 표창을 받았다는 말은 금시초문이었다. 그러나 그 점이 이제 와서 새삼스럽게 문제될 건 없었다. 오히려 그가 과거를 완전히 감추고 시치미를 떼려는 데에 문제가 있었다.

시간은 여덟 시가 훨씬 지나 여덟 시 반이 돼 가고 있었다. 그리고 나서도 맥주병을 몇 병인가 더 비었다. 하타나카는 드디어 취기가 도는 듯, 목소리가 이따금 취한 발걸음처럼 비틀비틀 중심을 잡으며 흔들리고 있었다. 어디서 나는 것인지 바깥공기를 타고 라디오 소리가 들려왔다. 통행인이 내는 맑은 게타 소리가 밤길에 반사되어 메아리쳤다. 이제 슬슬 돌아가야만 했다.

"그런데요, 하타나카 선생님." 남승지는 그렇게 말하고 나서, 왼쪽 구석의 책장 쪽으로 얼굴을 돌렸다. "저기 있는 고려청자 옆 둥근 백자 말인데요, 이방근 씨 방 책장 위에도 마침 똑같은 게 저런 모양으로 놓여 있습니다. 전 처음에 저걸 보고 깜짝 놀랐습니다. 직감적으로 하타나카 선생님은 이방근 씨와 형제일지도 모른다고 생각했습니다."

"음, 그렇습니까. 아버지 방에도 있을 겁니다. 모두 책장 위 같은 곳에 올려놓았겠지요." 어이없는 대답이었다. 뭔가 생각에 잠긴 눈으로 책장에서 시선을 거둔 하타나카는 만지작거리고 있던 성냥갑을 탁자 위에 놓고 강몽구 쪽을 보았다. 그리고는, 강 선생님, 지금의 저로서는 무척 말하기 힘든 일입니다만…… 하고 화제를 바꾸어 말했다. "아시겠지만, 아버지는 제주도에서는 몇 안 되는 자산가입니다. 게다가 말할 것도 없이 정부 쪽 사람일 걸로 생각합니다. 원래 부자나 자본가는 그런 법이니까요. 그러나 강 선생님이나 여러분은 제가 모금에 협조를 했듯이 무장봉기를 일으켜 그런 부자들을 타도하려는 입장이 아닙니까. 말하자면, 폭력혁명을 일으키려는 혁명파인 셈이지요. 안 그렇습니까, 그래야만 하겠지요. 그리고 무장봉기를 일으키면, 필연적으로 우리 아버지 같은 사람들은 타도 대상이 됩니다. 그럴 거라고 저는 생각합니다. 아니, 이런 걸 묻는 것은 어리석은 일이죠."

하타나카는 똑바로 쳐다보던 강몽구에게서 시선을 떨어뜨리고 고개를 숙였는데, 그늘진 얼굴이 일그러졌다. 그는 담배 끝을 탁자에 두드리고 나서 입에 물고, 말없이 성냥을 켰다.

"핫핫핫……." 강몽구는 소리 내어 웃었다. "하타나카 선생님은 무슨 말씀을 하시는 겁니까. 취하셨습니까? 타도 대상은 선생의 아버님이 아닙니다. 우리의 타도 대상은 미 제국주의와 그 앞잡이인 이승만 일파입니다. 좁은 제주도에 몇 있을까 말까한 민족자본이 왜 타도 대상이 되겠습니까, 자신의 발을 도끼로 찍는 것과 마찬가지입니다. 남해자동차의 이 사장님은 선량한 민간인입니다."

"헤헤헤, 뭐가 선량합니까, 일본 제국주의 시대에도 아버지는 선량하지 않았습니다. 관헌에 붙어서 재산을 모았습니다. 역시 아버지가 정해 준 여자를 제가 걷어차고 일본 여자와 결혼했을 때는 아버지도 화를 냈지만, 그때까지는 내가 일본화되고 일본인인 체해도 반대하시질 않았습니다. 기뻐했지요……. 오히려 아버지는 나보다도 차남인 방근이와 대립해서 아들을 저주한 사람입니다. 으흠, 그런 사람은 타도의 대상이 돼야만 합니다." 충혈된 하타나카의 눈이 반짝하고 무겁게 빛났는데, 눈물이 솟구친 모양이었다. "애당초 제가 모금에 협조를 하고 나서 아버지 이야기를 꺼낸 것이 잘못이라는 걸 잘 알고 있습니다, 알다마다요. 으, 음, 강 선생님, 좀 취한 저를 비웃고 계십니까, 이 일본인을 말이죠……."

하타나카는 처음부터 줄곧 아버지의 일을 의식하고 있으면서, 그 이야기를 꺼낼 기회만 노리고 있었던 모양이다. 그는 속으로 우리 아버지를 해치지 말라고 부탁하고 있는 게 틀림없었다.

남승지는, 해서는 안 될 말을 하듯 조심스럽게 꺼낸, 아마도 미리 준비하고 있었던 것으로 보이는 하타나카의 그 말에 충격을 받았다. 꼼꼼하고 틀에 박힌 느낌을 주던 하타나카의 내면이 의외로 복잡하다는 것을 알게 된 느낌이었다. 강몽구와 남승지는 이제 막 돌아가려는 찰나에, 기묘한 형태로 하타나카에 대해 우위의 입장에 서고 말았다. 음, 이방근의 형, 하타나카 요시오……, 남승지는 상대의 이름을 마음속으로 중얼거리며 당혹감에 사로잡혔다.

"그런 말씀을 다 하시다니, 아무래도 하타나카 선생님은 정말로 취하신 모양입니다. 그건 말도 안 됩니다. 선생님의 생각은 틀렸습니다, 절대 그렇지 않습니다……." 강몽구는 나무라는 듯한 어조로 말했다. "선생님처럼 현명하신 분이 그래서는 곤란합니다. 하타나카 선생님은 일본인이라도 평범한 일본인은 아닙니다. 안 그렇습니까, 우리와 피로 이어진 새로운 일본인입니다."

"……"

하타나카는 팔짱을 낀 채 말이 없었다.

잠시 후 서로 건배를 하고 나서, 강몽구와 남승지는 돌아가려고 자리에서 일어났다. 두 사람은 일어선 하타나카와 굳은 악수를 나누었다.

"우리가 고향에 돌아가서 선생님 가족에게 뭔가 전할 말은 없습니까?" 강몽구가 말했다.

"어차피 나를 만났다는 이야기는 하시겠지요."

"하타나카 선생님과 이렇게 만난 일을 말하면 안 됩니까?" 그 자리에 멈춰 선 채 강몽구가 말했다. "일본에 온 것은 우리 조직상의 비밀이라서 아무에게나 말할 수는 없습니다만, 이방근 동무에게는 말해도 괜찮을 것 같습니다."

"강 선생님 쪽의 형편만 좋으시다면, 저는 말해도 상관없습니다. 특별히 전할 말은 없습니다만, 음, 글쎄요, 충분한 금액은 아니더라도 무장봉기 측에 자금 지원을 했다는 말이라도 전해 주십시오."

하타나카는 취기가 돈 탓인지, 약간 쉰 목소리로 말하고는 웃었다. 강몽구는 거듭해서 고마움을 표시했다.

복도로 나가자 하타나카의 아내가 나왔다. 손님의 시중을 들기 위해 몇 번이나 응접실을 드나들면서도, 마지막까지 자리를 함께하지 않았다.

하타나카 부부가 현관 밖에까지 두 사람을 배웅했다. 두 사람은 술로 벌겋게 달아오른 볼에 차가운 밤공기를 맞으며 역 쪽으로 향했다. 응접실을 나올 때 보았던 유화와 가면, 그리고 백자로 이어지는 공간이 남승지의 머릿속에 선명하게 남아 있었다.

4

하타나카의원에서 우에노의 여관으로 돌아온 강몽구는 일본을 출발할 때까지의 일정을 구체적으로 짰다. 21일에 오사카를 출항하기는 상당히 어려울 것 같았다. 아무래도 하루 이틀은 어긋났다. 모금 대상은 이제 네 군데가 남아 있었다. 강몽구 개인의 '안면'으로 세 사람, 고의천이 한 사람, 모두 고의천이 동행할 예정으로 되어 있는데, 내일 19일 하루로는 무리였다. 어떻게든 강행군을 해서라도(예정된 상대가 있으니까), 내일 19일 밤차로 도쿄를 떠나야 했다. 그리고 20일 오전에 고베에 도착. 윤동수의 소개로 제주도에서 귀환한 나카무라를 만나지 않으면 안 된다. 그것만으로도 벌써 21일의 출발에는 맞출 수 없을 것 같았다. 어쩌면 그것이 뜬소문이라 할지라도 그대로 흘려들을 이야기는 아니었다. 게다가 일본공산당과의 사이에 일본에서 무기 반출을 하지 않기로 약속을 했기 때문에, 그 보물찾기와도 같은 이야기가 새삼 의미를 갖기 시작한 셈이었다.

21일 출발은 선장 쪽의 사정 때문에 되도록 그 날짜에 맞추어 달라는 부탁을 받고 있었다. 선장은 20일까지 짐을 싣고, 화주(貨主)의 승선은 출발 당일인 21일(시간미정)로 생각하고 있었다. 당일이 일요일과 춘분이 겹치는 휴일이어서 평일보다 안전하다는 것이 그 이유였다. 배에 관한 문제는 선장의 뜻에 따르지 않으면 안 된다. 선장 쪽에서도 가장 큰 화주인 강몽구의 형편에 따라 하루 이틀쯤은 어긋날 각오를 하는 모양이었지만, 다른 화주들에게는 출발 날짜를 21일로 말해 두었기 때문에, 가능하면 당일에 출발하고 싶다고 강몽구에게 요청했었다.

강몽구로서도 출발이 22, 23일로 늦어지는 것은 그다지 좋지 않았다. 6일에 제주도를 떠난 지 벌써 열흘 남짓, 우물쭈물하다 보면 긴급을 요하는 이 시기에 일본을 왕래하느라 20일 이상이나 소비하게 될 것이다. 귀국을 서두를 필요가 있었다.

시간에 대지 못할 경우 다른 배가 없는 것은 아니었지만, 가능한 한 안면이 있는 선장의 지휘 아래 타고 왔던 배를 이용하는 것이 안심되었다. 만일 내일 하루 만에 집중적으로 모금을 마무리 짓고 야간열차로 도쿄를 출발할 수만 있다면, 간신히 출항 날짜에 댈 수 있을지도 모른다. 그러나 그것도 그쪽 사정과는 별개로 이쪽의 예정대로 나카무라를 만난다는 전제가 성립되어야 했다. 나카무라가 그날 집을 비우거나 여행이라도 떠난다면 당장 계산이 빗나가 버린다. 전화가 있는 것도 아니어서, 직접 가 보지 않으면 본인을 만날 수 있을지도 의심스럽다. 물건의 선적, 그밖에 일도 아직 남아 있었다. 일본을 출발할 때까지의 일정은 그야말로 시간 단위로 치밀하게 짤 수밖에 없었지만, 모금은 순조롭게 진행될 것으로 예상되었다.

강몽구는 도쿄에 온 뒤에도 매일같이 오사카의 동해고무와 전화연락을 하면서 고무장화나 운동화 외에 약품, 의료기구, 의류, 학용품 등의 구입을 빈틈없이 추진하고 있었다. 고베의 남승일에게도 부지런히 전화를 걸어 의논을 게을리하지 않았다. 다만 선장과는 연락을 하기가 어려웠지만, 방금 전에 동해고무를 통하여 그로부터 전화가 걸려 와, 출항날짜를 상의한 참이었다.

"음, 아무래도 21일 출항은 어려울 것 같은데. 신 선장 쪽에서 하루나 이틀 늦춰도 좋다는 말이 나오기는 했지만……."

이미 깔아 놓은 이부자리 옆에 있는 화로에 손을 쬐면서 솜을 넣은 잠옷으로 갈아입은 강몽구가 말했다. 그는 자기 전에 가볍게 한잔하고 있는 참이었다. 신 선장에게는 내일 밤 확답을 주기로 하고 전화를 끊었던 것이다. 화로를 앞에 놓고 혼자 술을 마시는 강몽구의 두꺼운 솜옷 차림이 잘 어울렸다. 어디 일본 어촌의 촌장 같은 느낌이 들었다. 왠지 모르게 바다 냄새가 났던 것이다. 그것이 이상했다. 일본식 솜옷을 입고 있는데 바다 냄새가 난다고 느끼는 것이 재미있었다.

"어떻게 하시려구요, 출발을 늦추실 겁니까?"

이부자리에 엎드려 있던 남승지가 강몽구의 말에 순간 안도의 한숨을 내쉬며 말했으나, 그 마음은 찜찜한 기분으로 흔들렸다. 그는 일본 출발이 21, 22일경으로 확실히 결정되자 갑자기 벽에 가로막힌 것처럼 초조해지기 시작한 것이었다. 당연히 예상했던 일인데도, 며칠 뒤로 다가온 출발 날짜가 당돌하고 어색하게만 느껴졌다. 비록 하루만이라도 더 오래 일본에서 시간을 보내고 싶다는 거의 무의식적인 갈망과 경계선을 이룬 천박한 충동이 그의 마음을 들쑤시고 있었다.

"결론은 내일 밤까지 내리기로 하고……. 음, 뭐랄까, 내일 밤차로 도쿄를 떠날 수만 있다면, 우선 짐을 실어 두고 21일 출항 시간에 맞출 수 있을 텐데 말이야." 강몽구는 술을 한 모금 목구멍으로 흘려 넣고 나서 고개를 가로저었다. "아니, 역시 내일 밤차로 도쿄를 떠나기로 하자구."

"으−응, 나카무라 씨 있는 곳에도 가 봐야 되잖아요."

"물론이지, 지금 그걸 생각하고 있어. 그래서 곤란한 거야." 강몽구는 땅콩을 입에 던져 넣으며 말했다. "그러니까, 가능하면 21일에 배를 먼저 출항시키고, 우리는 나중에 뒤따라가면 어떨까."

"나중에 뒤따라간다니요……."

남승지는 안경 벗은 눈을 가늘게 뜨고, 창가 쪽의 강몽구를 바라보았다. 이때 남승지는 혼자 웃음을 터트릴 뻔했다. 강몽구의 말을 들으면서 웬일인지 먼저 떠난 배를 뒤쫓아 해변을 따라 필사적으로 달려가는 자신들의 모습을 눈앞에서 떠올렸던 것이다. 그것은 고향의 소년 시절, 앞바다를 지나는 기선을 발견하고 마을 개구쟁이들과 함께 맨발로 쫓아가던 기억과 연결되어 있었다.

"기차로 시모노세키까지 가서, 거기서 승선하는 방법도 있어."

"배를 뒤쫓아 간다는 것인데요. 그래도 괜찮을까요?"

"뭐가 말야?"

"어쩌다 배를 찾지 못하거나, 엇갈리거나 하면……." 남승지는 일어나 두터운 내복솜옷을 입은 채로 화로 옆에 앉았다. 쟁반 위의 작은 접시에 담긴 땅콩을 집었다.

"음, 그게 말이지요, 형님, 그러니까 그런 캄캄한 선창에 갇히는 것 보다는 그게 훨씬 낫긴 하지만요, 그렇다고 그런 번거로운 일을 선장 이 응하겠어요?"

"응하고말고. 믿을 수 있으니까 그렇게 하는 거지. 만일 그대로 짐을 싣고 도망가 버리면 어떻게 하려고, 음, 웃을 일이 아니야. 핫핫하, 정말 웃을 일이 아닌데, 핫핫하."

"만일 시모노세키에서 승선할 경우, 얼마나 시간을 벌 수 있습니까?"

"그건 물어보지 않으면 모르겠지만, 하여간 그 배로는 하루 하고 반 나절은 족히 걸릴 거야. 가령 오늘 밤에 오사카를 떠난다 해도, 내일, 모레 아침, 아니 낮에나 도착할 거야."

"……"

남승지는 부드러운 흰 재로 변해 가는 얼마 남지 않은 숯불에 손을 쬐면서 말없이 고개를 끄덕였다. 화로의 약한 열기 위로 술 냄새가 퍼져 나갔다. 시간은 이미 열한 시를 가리키고 있었지만, 모레 낮으로 잡으면 30시간 이상이 걸리는 셈이다. 하루 반이라는 시간의 확보. 가령 21일 밤에 배가 떠난다 해도, 시모노세키 도착은 23일 낮, 22일 밤차를 타면 충분히 뒤쫓아 갈 수 있을 것이었다. 아니 오히려 이쪽이 더 빨리 도착하게 된다……. 하지만 그렇게 해 봤자 고작 하루 차이 가 아닌가. 남승지는 조금 실망했다. 지금 남승지의 머릿속에는 어느 틈에 다가왔는지 어머니와 여동생의 얼굴이 번갈아 떠오르며 빙글빙 글 돌고 있었다. 그들만이 아니었다. 사촌 형 남승일 부부, 새빨간 스 커트의 행자, 낮부터 술 냄새를 풍기던 우상배 등의 얼굴이 눈앞에 어른거렸다. 남승지는 가족과 헤어지기 어렵게 만드는 석별의 정이 자꾸만 고개를 들었다. 당연히 '한 가정의 기둥'으로서의 책임을 생각 하면 견디기 어려웠지만, 지금 이 순간에 이별에 대한 공포를 동반한 감정은 분명히 다른 것이었다. 도대체 뭐가 어떻게 된 것일까. 이것은 마치 어딘가에 남아 있는 아직 젖을 떼지 못한 유아성(幼兒性)의 출현이 아니고 뭐란 말인가. 감상이다, 감상이야, 그럼, 그렇지……, 그는 땅콩을 먹으며 마지막으로 혼자 고개를 크게 끄덕인 탓일까, 속으로 중얼거리던 말이 밖으로 새어 나왔다.

"……그럼, 그렇지."

"으-응, 뭐라고 했나?"

쟁반에서 두 홉들이 호리병을 들어 술을 따르고 있던 강몽구가 천천히 얼굴을 들고 물었다.

"아니요, 아무것도 아닙니다." 남승지는 당황스러움을 웃음으로 얼버무리고는, 다시 이불 속으로 기어들어 갔다. "형님은 아직 안 주무세요?"

"자야지, 그런데 아직 술이 바닥에 조금 남아서 말이야."

강몽구는 호리병을 귓가에 대고 가볍게 흔들었다. 술병의 밑바닥을 스치는 액체의 가벼운 소리가 남승지의 귀에까지 들려온다. 강몽구의 말대로 밑바닥에 조금 남은 정도인 모양이었다.

"정말로 형님은 술을 좋아하시네요."

남승지는 자못 감탄하듯 말했다. 지금 강몽구에게 마음의 동요를 읽히고 싶지 않았다.

10분도 지나지 않아 술을 다 마신 강몽구가 이불 속으로 들어와 담배를 한 대 피웠다. 그리고는 문득 생각난 듯 하타나카의 이름을 들먹이며, 고마운 사람, 고마운 사람이야, 라고 되풀이하였다. 일본인이 된 그 기분은 도무지 이해할 수가 없다고 한마디 불쑥 덧붙였다. …… 하타나카 씨는 여러 가지 이야기를 했지만, 그래도 역시 모르겠어, 알 것 같으면서도 모르겠어, 음……. 곧 강몽구는 담배를 재떨이에 비벼 껐다. 남승지가 일어나 전등을 껐다. 하타나카…… 이용근, 아니 이용근이라는 이름은 기억 속의 환상에 불과하다. 일본인으로서의 하타나카. 남승지는 마지막 헤어질 때 한 그의 말이 잊혀지지 않았다. 고향에 있는 가족에게 전할 말이 없느냐는 강몽구의 질문에, 특별히 전할 말은 없지만, 무장봉기에 자금 협력을 했다는 말이나 전해 달라고 말한 것을 잊을 수가 없었다. 가족이라 해도 이 경우에는 동생인 이방근을 가리키는 것이었지만, 남승지는 이 말에 감동했다. 이 말에는 여러 가지 복잡한 속내가 담겨 있었을 것이다.

방 안이 어두워지자, 갑자기 갖가지 소리가 잘 들렸다. 여관 거리인데다 춘천장 근처에는 조선인들의 음식점이 많기 때문일 것이다. 이런 시간에도 사람의 왕래가 많았다. 취객의 목소리도 들렸다. 큰길을 달리는 택시의 경적, 큰길 저편의 고가철로를 달리는 전차의 울림 소리가 바로 옆에서 나는 것처럼 가깝게 들려온다. 아무래도 전등 불빛은 소리를 반사시키고, 어둠은 소리를 빨아들이는 모양이었다. 신경을 쓰고 있자니 상당히 귀에 거슬렸다. 머지않아 강몽구의 코 고는 소리가 시작될 것이다.

귀국 일정을 구체적으로 짠 것은 일본에 온 뒤 처음이었다. 21일이 될지, 하루 이틀 늦어질지 결론이 나지는 않았지만, 더 이상 피할 수 없는 시간이 다가온 것이었다. 그것은 마치 무언가에 사방을 포위당한 채 그 투명한 막이 좁혀와 꼼짝달싹 할 수 없게 된 느낌이었다. 이젠 이대로 짐짝처럼 시간 속에 갇혀 고향으로 운반돼 버릴 게다. 남승지의 마음속에 일본에 남고 싶다는 갈망의 속삭임이 없다고 하면 거짓말이었을 것이다. 그쪽에서 도망쳐 오는 사람도 많다. 일본에는 자신에게 의지하려는 가족이 있다. 더구나 사촌 형에게는 자금 지원을 '담보'로 결혼 약속까지 하지 않았는가. ……도회지의 밝은 전등 불빛, 그 빛의 찬란함. 그곳을 떠나 굶주림과 위험에 노출된 어둠 속으로 돌아가고 싶지 않다. 대체 무엇 때문에 자신이 '타관사람' 취급을 받는 그 외딴섬의 가혹한 생활로 돌아가야 한단 말인가. 아니, 아니다, 생활이 아니다. 투쟁이다. 남승지는 반사적으로 베개에 파묻힌 고개를 흔들었다. 귓가에서 사각거리는 베개 속의 메밀껍질이 파도처럼 소란스럽게 괴로운 소리를 냈다. ……승지야, 너 일본에 와서 좀 살찐 거 같은데, 핫핫하, 어머니 젖을 먹은 탓이야……. 좀 전에 목욕을 하고 나왔을 때 강몽구가 말했었다. 아니, 정말요? 그런가……. 남승지는 왠지 가슴이 덜컹하며 자신도 모르게 얼굴이 붉어지는 것을 간신히 눌렀을 정도였다. 스스로는 깨닫지 못했었다. 그는 새삼스럽게 자기 얼굴을 손가락으로 꼬집어 보며, 분명히 살이 좀 붙은 것 같다고 생각했다. 그것은 통렬한 수치심을 불러일으켰지만, 다음 순간 어이없는 웃음이 나왔다. ……제주도를 떠난 지 열흘 만에 얼굴에 살이 붙었다. 이미 짧은 일본에서의 생활에 익숙해진 증거이자, 매일 배불리 먹어 기분이 좋았던 것이다. 참으로 현실적인 반응이었다. ……속물, 속물은 멀리 있는 게 아니라 지금 내 얼굴에 붙은 살 속에 있다. 사람들이 보고 알아볼 만큼 붙은 살, 그게 증거 아닌가. 문득 귀국한 후의 생활에 적응할 일이 두려워지기까지 했다. 광대뼈 언저리에 여드름이 뽀쪽 돋아나 있었다. 남승지는 강몽구의 코 고는 소리를 들으며 자신의 얼굴을 쓰다듬은 뒤 신경에 거슬리는 여드름을 계속 만지작거렸다. 어머니 젖이라, 2, 3일 지나면 어머니를 만나야 한다. 하하, 정말로 살이 쪘다면 어머니가 기뻐하시겠지……. 이윽고 창문 커튼에 희미하게 스며드는 바깥 불빛이 남승지의 눈 속에서 몽롱해지기 시작했다.

다음날의 모금은 순조롭게 진행되었지만, 한군데는 상대편 사정도 있고 해서 돈을 거두지 못했다. 살아 있는 인간을 상대하는 것이고, 하물며 돈을 받는 일이니만큼, 공장에서 물건을 만들 듯 기계적으로 진행될 리는 만무했다. 그래서 결국 선장과 전화연락을 하여, 짐은 하루 늦춰 출발 예정일인 21일에 싣기로 하고, 21일 밤이나 22일 이른 아침에 출항하기로 결정했으며, 예정대로 오늘 밤 밤차를 타고 도쿄를 떠나기로 했다.

저녁까지 모금을 마치고 여관에 돌아온 두 사람은 식사를 끝내자마자 도쿄 역으로 향했다. 여덟 시경에 기차를 타면, 다음날 아침 여덟 시에는 고베에 도착한다. 그런데 남승일과의 전화통화에 의하면, 운이 없게도 윤동수가 감기에 걸려 몸져 누워 있다는 것이었다. 사카이에 직접 안내할 수는 없지만 소개장을 써 주겠다……고 했다는 것이다. 감기가 아니더라도 사업가가 먼 곳까지 동행하느라 하루를 허비하기는 어려울 것이다. 소개장을 가지고 단독으로 찾아갈 수밖에 없었다. 과연 결과가 어떻게 될지 앞날을 예측할 수 없지만, 어느 쪽이든 빨리 결말을 내지 않으면 그것 때문에 우물쭈물하다가 꼼짝도 못하게 될 우려가 있었다. 현실주의자인 강몽구는 불확실한 일에 기대를 걸지는 않지만, 그렇기 때문에 더욱 그 이야기의 진위를 빨리 확인해 볼 필요가 있었다.

강몽구는 여관을 나올 때 숙박비를 정확히 계산해서 지불함으로써 손님으로서의 입장을 지켰다. 좀체 돈을 받으려 들지 않았기 때문이다. 싹싹한 성격에 큰 몸집인 말상의 안주인이 머리를 조아리며 송구스러워했다. 일부러 도쿄 역까지 배웅을 나온 주인 김태구는, 형님, 숙박비를 내시다니, 그런 법이 어디 있습니까, 라고 계속 중얼거리더니, 하다못해 이것만이라도 받아 달라며 두 사람의 삼등 차표와 급행권을 샀다.

다음날 아침 여덟 시가 조금 지나 고베 역에 도착한 두 사람은 남승일에게 전화를 걸고 바로 찾아갔다. 집 안으로 들어가자, 부엌에 행자의 모습이 보였다. 행자는 여느 때처럼 입술 끝을 일그러뜨리며 생긋 웃어 보였는데, 반가움이 얼굴에 흘러넘치고 있었다. 여전히 빨간 스커트였다. 스커트가 하나밖에 없나 하는 생각이 들 만큼 몸에 꼭 끼는 새빨간 스커트로 탄력 있는 허리를 졸라매고 있었다. 그리고 오늘은 노란색의 밝은 스웨터, 눈을 떼지 못하게 만드는 풍만한 가슴. ……아, 그녀와도 이별이구나, 라는 묘한 감상이 피어올랐다. 그렇지, 그때 2층에서 아무 일도 없었던 것이 다행이었다. 만약 서로의 육체가 합쳐지고 육체를 통하여 정이 옮아갔다면 어떻게 되었을까. 그것은 이별을 고통스럽게 만들었을 것이다. 그때는 그렇게 끝나길 잘했어……, 남승지는 잘 발달된 행자의 엉덩이에서 황급히 눈길을 돌리며 생각했다. 아니, 도망친 것이다. 그렇다 하더라도 왜 빨간 스커트일까, 피의 색깔. 왜 튀어나온 엉덩이가 빨간 것인가……, 남승지는 시선의 기억을 안으로 감추고, 강몽구와 함께 2층으로 계단을 올라갔다.

　강몽구는 식사를 마치고 나서, 남승일과 내일 배에 실을 짐 문제를 상의했다. 이곳에 있는 고무장화와 운동화는 오늘 중으로 공장에서 포장하여, 내일 트럭으로 오사카까지 운반한다. 사카이 시 교외의 나카무라에 대한 소개장은 이미 남승일이 받아 놓았는데, 주소와 그다지 잘 그렸다고 하기 어려운 간단한 약도도 첨부되어 있었다.

　남승일은 강몽구와 짐 실을 준비를 진행하면서, 배가 21일인 내일 떠난다는 말에 놀란 모양이었다. 게다가 그 배로 사촌 동생인 승지도 함께 데려가는 거냐고, 남승지가 얼굴을 들 수 없을 정도로 아주 난처한 질문을 강몽구에게 했던 것이다. 아니, 어쩌면 일부러 그런 말을 했는지도 모른다. 그는 이미 오사카로 남승지의 어머니를 찾아가 결혼 이야기를 해 놓았다고도 말했다.

"……"

창가에 앉은 강몽구는 둥근 탁자에 팔꿈치를 괴고 담배를 문 채 아무런 말도 하지 않았다. 왜 대답을 하지 않는 걸까. 이 자명한 일을 무엇 때문에 말하지 않는 것일까.

"우리는 기차로 갈 겁니다."

남승지가 왼쪽에 앉은 강몽구에게 시선을 던지고 나서 말했다.

"뭐, 기차로 간다……, 어디를 기차로 간다는 거냐?"

"하루 정도 늦게 시모노세키로 가서 거기서 만나 승선하게 될 거라고 생각해요."

"호오, 그렇다면 뭐냐. 너는 모레에는 출발한다는 거로구나. 그래서야 되겠느냐, 어머니한테는 언제 갈 작정이야? 숙모님은 네가 결혼한다니까 소식에 무척 기뻐하고 계신다. 눈물까지 흘리셨어, 지금까지 살아온 보람이 있다고 하시면서 말이야. 말순이도 그렇고……. 네가 결혼하면 그 애도 시집을 보내야 되겠지."

남승일은 무표정했다. 그 무표정이 예리한 음영을 띠고 있었다. 무슨 생각을 하고 있는지 알 수 없는, 살 속에 파묻힌 가느다란 눈 속에서 검은 눈동자가 주의 깊게 움직였다. 남승지는 갑자기 양쪽 발목에 무거운 족쇄가 채워진 듯한 느낌에 사로잡혀 아무런 대꾸도 할 수 없었다. 가슴이 답답했다. 어떻게 그런 속된 말을 하는 것일까. 눈물을 흘리고 있었다, 지금까지 살아온 보람이……. 도대체 저 사람은 누군가, 남승지는 그를 힐끗 돌아보고 시선을 피한 사촌 형의 살찐 이중턱을 바라보았다. 기름기가 번질거리는 코를 보았다. 생리적이 아니라 어지럼증 같은 일종의 착각이 일었다. 눈앞에 있는 사람이 사촌 형인 남승일로 보이지 않았던 것이다. 남승지는 눈을 깜빡거리다가 안경을 벗고 손수건으로 닦았다. 착각에 빠진 자신에게 화가 나 견딜 수가 없었다. 아니, 착각 속에 비친 뚱뚱하고 큰 몸집의 사촌 형에게 화가 치밀었다.

강몽구는 탁자 위에 시선을 떨어뜨린 채 가볍게 두세 번 고개를 끄덕였지만, 그것은 남의 말에 대한 동의는 아니었다. 머릿속에서 어떤 생각이 격렬하게 움직이고 있어서, 그 반동으로 얼굴이 흔들린 것 같은 끄덕임이었다.

"저기, 형님, 결혼은 할 겁니다. 물론 언젠가는 결혼하고말고요. 하겠습니다. 하지만 지금 당장에라도 결혼할 것처럼 말씀하시는데, 어떻게 하시겠다는 겁니까. 도대체 어머니한테는 뭐라고 하셨어요. 생각해 보세요, 바로 제주도로 돌아가야 할 사람이……. 물론 저 때문에 이렇게 걱정을 끼쳐서 죄송하게는 생각하고 있어요."

"뭐냐, 그 말투는. 네가 나한테 남 같은 말투를 쓰다니 별일도 다 있구나." 남승일은 실망한 듯한 표정으로 점퍼 주머니에서 꺼낸 라이터를 켜 담배에 불을 붙였다. 그다지 사용하지 않던 라이터였다. "결혼은 결혼이야. 너는 지금 당장에라도 결혼해야 될 입장이야. 일본에서 할 수 없다면, 제주도에 가서라도 좋아. 꼭 갈 작정이라면 말이야 (남승지는 어이없는 얼굴로 사촌 형의 얼굴을 바라보았다. 꼭 갈 작정이라면……? 이거 정말 놀랍군. 결혼을 기정사실로 만드는군), 몽구 사돈님이 책임지고 결혼 절차를 밟아 주시겠지. 그러나 내 말은, 내일이나 모레 떠나게 되면 네 어머니와 여동생이 깜짝 놀랄 거라는 거야. 너는 가족이 가엾지도 않냐? 내 말 좀 들어 봐, 너도 사람의 자식이야. 그리고 나한테는 자식이 없는 이상, 너는 남씨 가문의 종손으로서 개인의 몸이 아니야. 나는 못 배웠지만, 이래 봬도 사려분별은 할 줄 아는 인간이야. 몰락하긴 했지만, 적어도 과거에 우리 가문은 양반 중에서도 양반이었어. 인간에게는 도리라는 게 있잖아. 난 지금 그걸 말하고 있는 거야. 일본에 온 김에, 다만 며칠간이라도 늙으신 어머니와 함께 지내주는 것이 자식의 부모에 대한 정이고 도리가 아니냐고. 그리고 이형의 입장도 좀 생각해 봐라……."

"저어, 사돈님. 잠깐만 기다려 주십시오." 강몽구가 조금 괴로운 듯한 표정을 입가의 미소로 얼버무리며 남승일의 말을 가로막았다. "사돈님 말씀은 지당하십니다. 이거 제가 꾸중을 듣고 있는 것 같아서 면목이 없습니다. 모두 저의 책임이니……, 제가 미처 생각이 미치지 못해서 이렇게 돼 버렸습니다만, 음, 이 일은 일단 제게 맡겨 주십시오."

"몽구 사돈님은 왜 또 그런 식으로 말씀하십니까. 책임이라느니, 저한테 꾸지람을 받는 것 같다느니, 그런 말도 안 되는, 후후후……. 사돈님은 남로당 간부로서 중요한 일 때문에 일본에 오신 거지요……. 사돈님의 모금 공작에 응한 것도 제가 그런 입장을 잘 이해하고 있기 때문입니다. 다만, 저는 장사하는 사람이지만, 저에게도 제 나름의 입장이 있어서, 괴로운 것이……."

이 마지막 말에는 남승일 개인으로만 40만 엔의 자금 협조, 그의 연줄로 30만 엔, 합계 70만 엔의 자금이 갖는 묵직한 무게가 담겨 있었다. 도쿄에서도 70만 엔 정도의 성과가 있었지만, 10만 엔이 개인의 최고액이라는 것을 생각하면, 남승일의 40만 엔은 묵직했다.

강몽구가 고개를 끄덕였다. 그것은 분명히 상대방의 입장을 이해한다는 신호이기도 했다. 제게 맡겨 주십시오……란 말은 도대체 무슨 뜻일까. 그러나 남승지로서는 지금 끼어들 여지가 없었다. 무엇보다도 시간이 느긋하게 마음을 가라앉히고 엉덩이를 따뜻하게 만들 여유를 주지 않았다. 벌써 열한 시가 다 되어서, 지금부터 윤동수의 소개장을 들고 사카이 시 남쪽 변두리에 산다는 나카무라를 찾아가지 않으면 안 된다. 시간은 주위를 살펴볼 자유를 빼앗고 오로지 인간을 앞으로만 몰아붙이는 경우가 있다. 남승지는 일본에 와서 간신히 고베 역에 도착했을 때, 배나 기차가 아니라 시간이 자신을 운반해 왔다는 감개무량함에 빠졌었는데, 그것은 열린 시간의 감각이었다. 그러나 지금은 시간이 몇 겹이나 겹쳐 인간을 가두고 있는 듯한 느낌에 사로잡혀 있었다. 시간이 시야를 가로막는다.

오사카 역에서 고가철로를 달리는 조토 선(城東線)으로 갈아타고 덴노지(天王寺) 역을 나왔을 때는 오후 한 시가 되어 있었다. 도중에 쓰루하시 역을 지나가는 전차의 창밖으로 펼쳐지는 이카이노(猪飼野) 일대의 거리를 내다보며, 좁은 방 안에서 돋보기를 끼고 재봉틀을 돌리고 있을 어머니의 모습을 상상했다. 사촌 형의 조금 독기 서린 말투로 보더라도 귀국할 때까지(그것도 앞으로 2, 3일로 임박해 있지만) 뭔가 한바탕 파란이 일어날 듯한 기분이 들었다.

어두컴컴한 덴노지 역 플랫폼에서 목조로 만들어진 연계계단을 올라가, 바깥 풍경이 보이는 한와 선(阪和線) 구내로 나왔다. 와카야마(和歌山)와 신구(新宮) 방면의 시발역이다. 매표소 윗벽에 페인트로 그린 커다란 철도지도가 옆으로 길게 매달려 있었다. 소개장에 첨부된 약도에 목적지인 U역은 덴노지 역에서 열 번째 역이었다. 대략 40분 정도 걸린다고 한다. 나카무라의 집에는 두 시가 지나서야 도착할 것이다. 그러나 나카무라가 시코쿠(四國)나 규슈(九州) 같은 곳에 살고 있었다면 이렇게 찾아오지도 못했을 게 분명하다. 표를 산 두 사람은 개찰구로 들어가기 전에 밖으로 나와, 역 앞 제과점으로 들어갔다. 빈손이라는 것을 깨닫고 선물을 마련해서 가기로 한 것이다. 두 사람은 잠시 망설이다가 오동나무 상자에 든 카스텔라를 샀다. 선물은 남승지가 들었다. 가방을 가지고 나왔기 때문에 양손은 짐으로 가득했다.

그런데, 선물까지 준비했지만, 예고도 없이 가는 길이어서, 정작 상대방을 만날 수 있을지 어떨지 알 수가 없었다. 만약 만나지 못할 경우에는 배의 출발을 하루 이틀 늦춰 봤자 별수가 없었다. 오늘 밤은 오사카에서 자고 내일 아침에 다시 한 번 찾아오려고 강몽구는 생각하고 있었다.

U역은 완행열차밖에 서지 않는 작은 시골역이지만, 주위는 별장지대였다. 역 전체가, 역사의 지붕도 선로도 철로의 건널목도 모두 녹슨 것처럼 불그스름한 다갈색을 띠고 있는 게 인상적이었다. 물론 그것은 레일을 깎는 기차 바퀴가 날리는 쇳가루의 녹이었지만, 밝은 태양 아래에서 그 빛깔은 마치 그림물감처럼 선명한 느낌이 주며 시선을 끌어당겼다. 이 역에서는 쇠의 녹 그 자체의 빛깔이 살아 숨 쉬고 있는 것 같았다. 그림으로 그린다면, 녹슨 빛이라기보다는 다갈색 역이 될 것이었다. 그것도 유화가 아니고 수채화가 어울릴 것 같았다.

약도에 그려진 대로, 꽤 넓은 길을 동쪽으로 걸어갔다. 한참 걷다가 긴 다리를 건넜는데, 좌우로 보이는 것은 큰 강물의 흐름이 아니라 넓게 펼쳐진 논밭이었다. 다리를 건너자 오르막길이 나오고, 길옆과 언덕 위에는 높은 담을 둘러친 호화로운 저택이 있었다. 왼쪽 언덕에 서양의 옛성〔古城〕을 본뜬 듯한 원통형 건물이 울창한 숲 사이로 머리를 내밀고 있었다. 언덕길은 한동안 계속되었다. 포장되지 않은 길에는 돌멩이가 깔려 있어서 걷기 어려웠다. 이마에 살며시 땀이 번지고, 등에도 땀이 젖어 왔다. 남승지는 양손에 든 짐을 땅에 내려놓고 코트를 벗었다. 도쿄와는 달리, 고베와 오사카는 따뜻했다. 통행인은 거의 찾아보기 어려웠다. 질주하는 전차 소리가 푸른 하늘 가득히 퍼지듯 흩어졌다가 머리 위로 쏟아져 내리듯 들려왔다. 숲 속에서 새 소리가 나고, 어디선가 개가 짖었다.

"으흠, 엄청난 곳으로 들어왔는데." 강몽구도 멈춰 서서 코트를 벗으며 쓴웃음을 지었다. "설마 뭐가 잘못된 건 아니겠지. U역에 내려서, 와카야마를 향하여 왼쪽, 즉 동쪽으로 가면 다리가 있다. 강물도 흐르지 않는 이상한 다리지만, 분명히 약도에 있는 그 다리야."

"그 나카무라라는 사람은 이 근처 별장에 살고 있습니까?"

남승지는 오만하게 버티고 서 있는 집들을 바라보면서 말했다.

"그러니까 이상하지. 농부가 이런 집에 살 리가 있나. 그는 농부라고 하지 않았나?"

"저는 몰라요, 형님이 그렇게 말했지요. 윤동수 씨한테 그렇게 들었잖아요."

"그래, 그렇고말고, 승지는 윤동수 씨를 만나지 않았으니 모르겠지만, 그는 분명히 농부라고 말했어." 언덕길을 올라가면서 강몽구는 응, 흥 하는 신음소리를 냈다. "만일에 말이야, 상대가 이런 집에 사는 부르주아라면 곤란한데. 우리와는 뜻이 통하지 않을 거야. 게다가 우리가 신분을 밝히고 그런 얘기를 할 수 있을지 어떨지도 의문이고……, 음, 좀 곤란한데, 안 그러냐, 승지야."

"글쎄요, 좀 이상해요. 아니, 이런 집에 살면서 전화가 없다는 것도 좀 이상하지 않아요?"

"아, 전화 말이지, ……그렇군. 그래, 그거 이상하군. 음, 그래도 당황할 필요는 없어. O부락은 아직 언덕 저편이니까, 여기는 아직 O부락이 아니니까 말이야. 정말이지 사람 놀라게 만드는 별장들이군."

언덕 위로 올라가도 평탄한 길 양편에는 똑같은 집들이 늘어서 있었다. 도저히 시골 농촌이라고 할 수가 없었다. 오른쪽에 두세 개 채소가

게와 술집 따위의 작은 상점들이 있고, 그중 하나인 이발소 앞에는 하얀 가운을 입은 이발소 주인인 듯한 남자가 맛있게 담배를 피우고 있었다.

남승지가 ○부락으로 가는 길을 물었다. 온화한 얼굴을 한 초로의 주인은 전방을 손가락으로 가리키며 친절히 알려 주었다.

그렇게 가깝지는 않아요, 아직도 한참 더 가야 돼요. 이발소 주인은, 남승지가 조금만 가면 되냐고 묻자, 아니라고 고개를 저으며 여기서 반 시간은 족히 걸릴 거라고 말했다. 길을 가면서 펜으로 그린 약도를 보고 두 사람은 쓴웃음을 지었다. 약도에 그려진 ○부락은 U역에서 5분이나 10분만 걸으면 될 것처럼 그려져 있었던 것이다. 이미 그 정도의 시간은 벌써 지나 있었다.

이윽고 길가의 집들이 사라지면서 시야가 트였고, 빈터나 숲, 전답이 펼쳐진 평범한 시골 풍경이 눈앞에 나타났다. 마치 숲 속에서 헤매다가 나온 느낌이었다. 멀리 오른쪽으로 농가인 듯한 작은 집들이 드문드문 보였다. 하얀 길이 저편으로 사라져 간 울창한 숲 상공에서는 솔개가 눈에 보이지 않는 기류를 탄 듯 유유히 커다란 원을 그리며 날고 있었다. 도회지에서는 볼 수 없는 한가로운 풍경이었다. 밝은 태양과 넓은 하늘, 부드러운 바람, 벌써 봄기운은 들판 위에서 술렁이고 있었다. 남승지의 어깨가 갑자기 가벼워졌다. 지금까지 등에 달라붙어 떨어지지 않고 쫓아오는 것 같았던 시간의 감각이 한꺼번에 증발해서 사라져 버린 기분이 들면서 상쾌했다.

남승지는 방금 지나온 길을 뒤돌아보았다. 막 빠져나온 별장지대와 갑자기 펼쳐진 촌스러운 시골 풍경이 단절되어 그다지 잘 어울리지 않는다. 거리를 두고 바라보니, 역에서 이쪽 언덕 일대를 차지한 별장지대 전체가 마치 주위 사람의 접근을 허용하지 않는 작은 성채도시처럼 우뚝 서 있었다. 남승지는 지금 정확히 시골과 성채도시를 잇는 경계선, 아니 단층지대에 서 있었다. 언덕을 올라올 때 보았던 고성(古城) 같은 별장이 여기에서도 유달리 눈에 띄게 잘 보였다.

"도대체 저런 성 같은 집에는 어떤 사람이 살고 있을까요."

순간 남승지의 머릿속이 화염과 핏빛으로 새빨갛게 물들고, 고성이 폭파되는 거대한 불꽃이 솟구쳐 올랐다. 새빨간 스커트.

"……가진 놈이 살고 있겠지, 가난뱅이의 기름을 듬뿍 빨아먹은 자본가나 지주 같은 놈들 말이야, 그럴 거야." 강몽구는 돌아보지도 않고 말했다. 당연하고 뻔한 누구나 다 아는 이야기지만, 그것은 진리였다. 그런 틀에 박힌 대답을 들으려고 말한 건 아니었지만, 역시 그런 대답이 나오지 않으면 곤란했다. "돈이 있으면 왕궁도 짓고, 가난뱅이는 죽지. 가난뱅이의 기름이라는 말이 나오니까 생각나는데, 춘향전 마지막 구절에 암행어사 이 도령이 나오는 대목이 있잖아, 클라이맥스 말이야……, 거기서, 금잔의 술은 천인의 피요(金樽美酒千人血), 옥쟁반의 좋은 안주는 만백성의 기름이라(玉盤佳肴萬姓膏)……, 하는 구절 말이야."

"양초 눈물 떨어질 때 백성의 눈물도 떨어지고……."

"그래, 계속해 봐——"

"노랫소리 높은 곳에 원성도 높네. ……."

"그러나 세상은 춘향전의 마지막처럼 그렇게 멋지게 마무리되진 않는단 말이야. 음, 예전에 내 친구 중에 춘향전 연극에 미친 녀석이 있었지……."

갑자기 강몽구는 '춘향전'의 한 소절에 가락을 붙여 읊기 시작했다.

"……암행어사 출두야, 하고 외치는 소리. 하늘이 무너지고, 땅이 뒤집어지고, 초목이 떨고, 금수가 부들부들 떤다…… 남문에서도 암행어사 출두야, 북문에서도, 동문에서도, 서문에서도 암행어사 출두야, 음, 에…… 이 고을 사또는 똥을 쌀 만큼 당황해서, 어이 춥다. 문 들어온다, 바람 닫아라. 물이 마르다, 목 가져와라……, 헷헤헤, 문 들어온다, 바람 닫아라, 옛날 사람은 꽤 재미있어, 익살스런 표현을 잘도 한다구. 당황하여 어찌할 바를 몰라 갓 대신 밥상을 머리에 이고, 칼집을 쥐고서 오줌을 질질 싼다(남승지는 입을 벌리고 웃었다. 요즘 같으면 맥주병이 될 것이다)……, 기생들은 음식을 나른다는 것이 문짝을 머리에 이고 달린다……. 아아, 오늘은 날씨 참 좋다. 노래라도 한 곡 부르고 싶어지는구나."

강몽구는 기지개를 펴고 하품을 했다. 어젯밤은 기차 안에서 보냈기 때문에 졸리는 것이 당연했다. 당연히 피곤할 것이다. 남승지도 잠은 모자랐지만, 피곤하지는 않았다. 무엇보다도 유쾌한 시골길이다. 연못이 있는 숲길을 새들의 노랫소리를 들으며 지나가고, 하늘 높이 날고 있는 솔개도 올려다보고, 강몽구의 춘향전도 한 구절 듣고, 오랜만에 한가한 기분으로 걷는 시골길이었다.

햇살이 스며드는 숲길을 지나자, 오른쪽에 ○부락인 듯한 촌락이 모습을 드러냈다. 길은 세 갈래로 갈라져 있었지만, 두 사람의 발길은 자연히 촌락 쪽으로 향했다. 마을이 보이는 곳까지 와 보니, 아주 알기 쉬운 길이었다. 역에서 동쪽으로 곧장 걸어와 오른쪽으로 돌기만 하면 되는데, 약도에는 그 길이 역에서 너무나 가깝게 그려져 있었던 것이다. 그러나 마을에 다가가도 인적이 드문 것은 무슨 일일까. 길은 찾기 쉬웠는데 왠지 이상했다. 아무래도 여기는 마을 입구가 아닌 모양이었다. 다른 곳에 제대로 된 입구가 있는 게 틀림없었다. 무엇보다 마을 사람들이 그런 성채도시 같은 별장지대를 지나 역으로 갈 리가 없었다.

이윽고 앞쪽에 연못이 보였다. 수면에 반사된 햇빛이 눈을 찔렀다.

연못 오른쪽 언저리에 단층집들이 늘어서 있고, 제일 앞쪽 건물 주위에 사람 그림자가 어른거리다가 사라졌다. 약도에 따르면 아무래도 그 주변이 나카무라의 집 같았다. 사람 그림자는 어린애인 듯했는데, 과연 나카무라는 집에 있을 것인가. 불안이 긴장을 불렀다.

 연못에 접한 두 채의 연립주택 앞까지 와서 두 사람은 문패를 확인했지만, 모두 나카무라의 성은 아니었다. 남의 집 문패를 보고 돌아다니는 것은 어쨌든 수상쩍은 인상을 주는 법이다. 먹이를 찾아 쪼아 먹던 두세 마리의 닭들도 두 사람이 가까이 다가가자 치켜든 꽁무니를 흔들며 도망쳐 버렸다. 아까 멀리서 얼핏 보였던 어린애의 그림자도 찾아보기 어려웠다. 아무도 없나 하고 주위를 돌아보는데, 연립주택 옆의 나무 그늘에서 한 남자가 벗겨진 대머리를 햇빛에 반짝이며 불쑥 나타나 사람을 놀라게 했다. 게다가 순간적으로 가슴이 덜컹했던 것은 손에 커다란 톱을 들고 있었기 때문이다. 뭔가 목공일을 하고 있었던 모양이다. 노인은 낡은 작업복에다가 더럽고 찢어진 고무장화를 신고 있었다.

 아무래도 이 노인이 아까 얼핏 보였던 사람 그림자인 듯했다. 노인도 그때 낯선 두 사람의 모습을 재빨리 알아보고, 마을에 들어온 기척이 난 곳으로 나와 본 모양이었다. 노인을 어린애로 착각한 것은 무엇 때문일까. 어쩌면 벗겨진 머리 때문인지도 몰랐다. 남승지는 어린애로 잘못 보는 실례를 범한 노인을 앞에 두고, 자신도 모르게 나오려는 웃음을 억눌렀다.

 "누구네 집을 찾아온 거요?"

 무뚝뚝한 노인이었다.

 "나카무라 씨 댁은 어딥니까?"

 남승지가 말했다.

"나카무라? ……내가 나카무라인데, 무슨 일이오?"

"고베의 후지모토 씨 소개로 왔습니다만."

강몽구가 정중하게 말했다.

"고베의 후지모토? ……그 후지모토라면 고무 회사 사장 말인가?"

"그렇습니다."

"아아, 그 후지모토 씨라면 잘 알고 있소. 윤 상을 말하는 것일 테지. 그런데 댁은 누구요?"

강몽구가 윗옷 안주머니에서 흰 봉투를 꺼내어 노인에게 건네주었다. 윤동수의 소개장이 들어 있었다. 강몽구는 계속해서 히로시(博) 씨를 만나고 싶은데 지금 집에 있는지 물었다.

"히로시 말이군. 그럼 내 아들한테 볼일이 있구먼. 히로시는 저쪽에 있어요."

두 사람의 표정이 밝아졌다. 근심이 사라지는 듯한 기분이 들었던 것이다. 남승지는 안도의 한숨을 내쉬고 그 무엇인가에 감사를 드렸다. 아아, 만났다……, 나카무라는 실존하는 인간이었던 것이다. 고향인 제주도에서 돌아왔다는 이야기 속에나 등장하는 가공의 인물만은 아니었다. 자신들이 걸어온 하얀 먼지가 피어오르는 한가로운 시골길도 가공은 아니었다. 거대한 프레스 기계처럼 압축해 들어오는 시간 속에서, 내일 다시 오지 않아도 된다는 것이었다.

나카무라 노인(아직 정정하고, 나이도 기껏해야 오십 후반이나 예순쯤 돼 보였다)은 봉투를 든 채 커다란 장화를 질질 끌며 앞장서 걸어갔다. 그때 어딘지 멀지 않은 곳에서 돼지 울음소리가 들려왔다. 한두 마리가 아니었다. 여러 마리의 울음소리였다. 관목 사이를 지나 오른쪽으로 서서히 구부러진 길까지 나오자, 10미터쯤 앞에 지붕이 낮은 판자 건물이 보이고, 돼지 울음소리가 뚜렷하게 들려왔다. 돼지우리였다.

돼지우리 앞에서 검은 고무로 된 앞치마를 두르고 장화를 신은 젊은 남자가 양동이 물을 끼얹으면서 빗자루로 청소를 하고 있었다. 나카무라 노인은 돼지우리 쪽으로 걸어갔다. 가까이 다가가자 분뇨 냄새와 썩은 지푸라기 냄새가 뒤섞인 악취가 코를 찔렀다. 남자가 이쪽을 돌아보았다. 저 애가 아들이라고 노인이 말했다. 얼굴이 둥글고, 어딘지 모르게 노인과 비슷한 분위기가 몸매와 동작에서 아지랑이처럼 피어올랐다. 목에 수건을 두르고 있었다. 남승지는 나카무라 히로시의 모습에 친밀감을 느꼈다. 지금 이렇게 돼지우리에서 일하는 사람을 도중에 본 별장에 사는 사람으로 잘못 생각한 것이 우습고 즐거웠다. 윤동수 말대로 농사를 짓고 있는 것이 분명했다. 양돈을 겸업하고 있는 모양이었다.

"당신들은 후지모토 씨의 친척인가?"

우리 조선인들이 모두 친척 관계로 보이는지도 몰랐다. 강몽구는 친척은 아니지만 같은 마을 사람이라고 적당히 얼버무렸다.

"응, 같은 마을에 사람이란 말이지, 우리도 전에는 같은 마을에 살았지. 후지모토 씨는 전쟁 전에 말이지, 이 마을로 피난을 왔어요. 저기, 저쪽에 큰 나무가 있지요, 그 옆 골목으로 들어간 집에서 살았다오."

세 사람은 돼지우리까지 왔다. 가늘고 긴 돼지우리는 예닐곱 개로 나무판자를 이용하여 칸막이가 되어 있었고, 하나의 우리에 대여섯 마리가 서로 몸을 비벼대고 있었다. 사람 모습을 보더니 울타리 쪽으로 다가와 코를 내밀고 꿀꿀거렸다. 아들은 돼지우리의 맨 끝에 있었다. 남승지는 돼지우리 앞을 지나면서, 하얀, 핑크빛에 가까운 돼지의 무리, 하얗게, 꿈틀거리는 하얀 고깃덩어리가 이상하게 느껴졌다. 제주도의 흑돼지에 완전히 익숙한 탓이었다. 흰 돼지를 본 지는 몇 년인가 되었지만, 탈색을 했든가 색이 바랜 듯한, 원래 있어야 할 것이 없어져 버린 듯한 허전함에서 오는 왠지 기분 나쁜 느낌이 들었다. 누워 있는 돼지들은 끝이 꼬인 꼬리를 탁탁 튕기며 바닥을 쓸고 있었다.

"이거 읽어 봐라."

아들 앞에까지 온 나카무라 노인이 무뚝뚝하게 말했다.

"뭡니까?"

청소를 끝낸 듯한 아들이 빗자루를 든 채 말했다.

"읽어 보면 알겠지. 이분들은 널 만나러 왔대. 고베의 후지모토 씨 소개라는군."

"후지모토라면 윤 상 말입니까?"

나카무라는 강몽구와 남승지의 시선과 마주치자 서로 고개 숙여 인사를 했다.

"그래."

"흠, 그래요, 무슨 일일까……."

나카무라는 빗자루를 옆에 있는 리어카에 던져 넣고, 드럼통에서 퍼낸 양동이물로 손을 씻은 뒤 목에 걸친 수건으로 손을 닦았다. 그리고는 봉투를 받아들고 내용을 읽었다.

"음……." 나카무라는 무뚝뚝한 표정으로 고개를 끄덕였다. "그렇습니까, 강몽구 씨라면서요. 처음 뵙겠습니다. 나카무라입니다."

강몽구가 고개를 끄덕여 가볍게 인사를 하고, 이어서 남승지도 자기소개를 했는데, 저는 남이라고 합니다, 라는 한마디뿐이었다. 조금 떨어진 길 위에서 초라한 옷차림을 한, 분명히 농가의 여인들로 보이는 두세 명이 신기한 듯 이쪽을 힐끔거리며 뭔가 이야기를 나누고 있었다. 때가 묻어 새까만 얼굴을 한 어린애가 어머니의 소맷자락을 계속 잡아끌며 뭔가를 조르고 있었다. 흰 개가 꼬리를 흔들며 어린애의 엉덩이에 코를 대고 킁킁 냄새를 맡았다. 어머니가 소맷자락을 뿌리치며 아이를 꾸짖고, 까까머리를 손바닥으로 찰싹 때렸다. 아이가 울기 시작하자 개가 놀라서 도망쳤다.

"나는 갈 테니, 손님을 집으로 모시는 게 어떠냐."

나카무라 노인은 커다란 톱을 손에 들고 왔던 길을 되돌아갔다. 조선인들에 대해 그렇게 나쁜 감정은 갖고 있지 않은 모양이었다. 무뚝뚝한 만큼 오히려 꾸밈이 없어서 좋았다. 일본인이 조선인들을 바라볼 때의 그 은근한 눈에 보이지 않는 것 같으면서도 느껴지는 경멸의, 그리고 경계하는 듯한 눈빛이 느껴지지 않았다.

"갑자기 바쁘신데 이렇게 폐를 끼쳐서 죄송합니다. 나카무라 씨에게 꼭 말씀드리고 싶은 일이 있어서, 그래서 찾아왔습니다. 윤동수 씨와 함께 올 예정이었는데, 그만 감기에 걸리는 바람에 우리 둘만 폐를 끼치게 된 겁니다."

"윤 상과 함께 올 예정이었다니, 뭔가 중대한 이야기입니까?"

"예, 그렇습니다……." 강몽구가 웃으며 잠시 망설이다 말했다. "나카무라 씨가 제주도에 계셨다는 말을 윤동수 씨에게 들었습니다만, 그 이야기를 직접 듣고 싶어서 왔습니다."

"제주도란 말이죠, ……제주도, 그렇군요……."

제주도라는 지명이 나카무라의 표정을 바꿨다. 순간, 눈의 동공이 크게 열린 듯한 느낌이 들었다. 일본인의 입에서 나온 '제주도'라는 우리말이 남승지의 가슴을 울렸다. 이런 경우에 우리 조선인들이 자주 느끼는 감상이었다.

나카무라는 고무 앞치마를 벗어 리어카 가장자리에 걸쳐 두고 나서, 두 사람을 집으로 안내했다. 나카무라 노인은 길에서 조금 들어간 마당처럼 생긴 집 앞에서 대머리를 반짝거리며 목공일을 계속하고 있었다. 뭔가 커다란 나무 상자를 만들고 있었다.

나카무라는 현관으로 들어가지 않고, 나무가 심어진 왼쪽 뜰과 집 사이를 지나 부엌문인 듯한 뒷문 쪽으로 갔다. 그러나 위치로 보아 부엌문 같기는 했지만, 정식 현관으로 꾸며져 있었고, 바로 봉당과 마룻방이 이어져 있었다. 앞쪽 현관과 같은 건물이긴 했지만, 이쪽은 ㄱ자형으로 본채에 덧붙여 증축한 연립주택식 독립가옥이었다.

"여보, 어디 있어."

"예에."

젊은 여자 목소리가 들렸다.

"손님 오셨어."

젊은 아내가 남편과 손님을 맞아들였다. 나카무라는 앞장서서 마룻방 옆의 세 평짜리 방으로 들어갔다. 유리문이 열려 있는 툇마루 너머로 뒤뜰이 보였다. 아무래도 툇마루가 옆에 있는 부친의 집과 뒤뜰을 둘러싸고 직각 형태로 연결되어 있는 모양이었다. 뒤뜰은 공동으로 사용하고 있는 것 같았다. 아들이 돌아온 뒤 결혼하자, 툇마루로 이어진 옆집에 분가시킨 게 틀림없었다.

나카무라는 아내를 소개한 뒤, 점퍼와 코르덴 바지로 갈아입고 나왔다. 탁자 위에는 막과자와 함께 선물로 가져온 카스텔라가 놓였다. 시간은 두 시 40분, 뒤뜰에 비친 햇살은 밝았다.

"제주도란 말이죠." 두 사람과 마주 앉은 나카무라가 차를 홀짝이며 불쑥 말을 흘리듯이 꺼냈다. "제주, 제주…… 제주도는 내가 청춘의 기로를 맞았던 곳이라 그리운 고장입니다. 일본으로 돌아오고 나서 여러 가지 일을 알게 되었지만……."

"불쑥 찾아와서, 나카무라 씨에게 전쟁의 싫은 기억을 되살린 건 아닌지 모르겠습니다……."

"아닙니다. 싫다는 말로 끝낼 일은 아니죠. 나는 그 전쟁은 잘못되었

다고 생각하고 있으니까요. ……제주도가 그립다고 말했는데, 오해
는 마십시오."

나카무라는 왠지는 모르지만 웃으면서 말했다. 둥근 얼굴 탓도 있
겠지만, 무뚝뚝한 표정에는 어울리지 않는 자상한 웃음이었다.

"우리 고향을 그리워해 주시는데, 왜 오해 같은 걸 하겠습니까. 저는
오히려 감사드립니다."

강몽구가 웃는 얼굴로 대답했다.

"내가 말하는 건……." 나카무라는 일단 말을 끊었다가 계속했다.
"조선에 있었던 일본인은 모두 조선을 그리워하고 있습니다. 즉 식민
지에 거주한 일본인 말입니다. 나는 군대에 있었으니까, 그들과는 직
접 관계가 없었지만, 나도 일본인의 한 사람이었기 때문에, 군인으로
서 그들을 지켜 준 셈이지요. 일찍이 식민지에 정착한 일본인들은 조
선을 자신들의 소유물로 생각하고, 그걸 잃어버렸기 때문에 그리워하
는 겁니다. 나는 그런 요량으로 그리워하는 건 아니지만 말입니다.
스이타(吹田)에 박이라는 조선인 친구가 있는데, 학생 시절부터 친하
게 지낸 독실한 기독교인입니다. 한번은 그 친구 앞에서 조선이 그립
다, 다시 한 번 제주도에 가고 싶다고 말한 적이 있습니다. 그런데
그 친구가 몹시 화를 내더란 말입니다. 조선이여 다시 한 번, 꿈이여
다시 한 번, 하면서 아직도 조선에 미련을 가지고 있는 식민지주의자
들이 있는데, 너도 그런 놈들과 똑같은 거 아니냐는 식으로 아주 혼이
난 적이 있습니다. 음, 그렇지만 제주도에 있었던 이야기라고는 해도,
난 전쟁 말기에 반년 정도밖에 있지 않았기 때문에 별로 할 얘기도
없다고 생각하는데, 어떤 이야기를 말하는 겁니까?" 나카무라는 더듬
거리는 말투로 물었다.

"나카무라 씨가 제주도에 계셨을 때 말이죠, 일본 군대의 종전처리

에 관한 이야기를 듣고 싶습니다. 나카무라 씨는 당시에 육군 중위셨다고 들었습니다만?"

"나는 포츠담선언 후에 소위로 급조된 장교입니다. 학도병이었으니까, 대단한 것도 아니지요. 고참 하사관들이 깔보았으니까요. 군대의 종전처리라고는 해도, 그건 사령부가 하는 일이라 나는 잘 모르고…… 음, 그걸 조사해서 무슨 책이라도 쓰실 생각입니까?"

"아니, 그렇게 고상한 일은 아닙니다." 강몽구는 웃음으로 얼버무려 부정하고는, 조금 더듬거리며 말을 이었다. "……제 말이 좀 분명치 못했습니다만, 종전처리, 즉 패전처리에는 무장해제가 있어서, 무기를 처분해야 했을 겁니다. 제가 듣기로는, 제주도에 있던 일본군이 무장해제를 당하고 나서 무기를 처분하기 위해 바다에 가지고 가서 버리거나 했다더군요."

강몽구는 신중했다. 모금 공작의 대상인 동포에게 '정치 공작'을 하듯, 금방 '무장봉기' 이야기를 꺼낼 수는 없었다. 그러나 우물쭈물하거나 목적도 확실히 밝히지 않은 채 일본군의 무기처분에 관한 내막을 캐물을 수도 없었다. 모처럼 만난 상대방의 마음속에 불필요한 의혹이나 불쾌한 선입관을 심어 주고 말 것이다.

"……무기처분 말이군요, 무장해제 때의 무기처분──" 고개를 뒤뜰 쪽으로 돌린 나카무라의 눈이 먼 곳을 바라보고 있었다. 지금 나카무라의 머릿속에는 제주도가 완전히 자리를 잡은 게 틀림없었다. 남승지에게는 그것이 눈에 보이는 듯했다. 나카무라는 고개를 끄덕이며 시선을 돌리더니 강몽구를 바라보았다. "윤 상한테 들었다는 이야기가 그거로군요. 흐음, 그러고 보니, 언젠가 그런 이야기를 한 기억이 납니다. 하지만, 어째서 그런 일로 일부러 여기까지 오셨습니까. 대단한 이야기도 아니고 얼마나 도움이 될지는 모르지만, 그 정도의 이야기라면 말씀드리겠습니다."

"그렇습니까, 나카무라 씨, 정말 고맙습니다."

남승지는 담배에 불을 붙이는 나카무라를 바라보며, 역시, 이건 아니다, 이대로 그에게 이야기를 계속 시켜서는 안 된다고 생각했다. 그는 무엇 때문에 무기처분에 관한 이야기를 듣고 싶은지, 그 목적은 무엇인지를 아직 손님에게 캐묻지 않았지만, 이야기를 하는 입장에서는 그것을 물을 필요가 있을 것이다. 아니, 지금 담배를 피우면서 본론으로 들어가기 전에 천천히 그 말부터 꺼낼 게 틀림없었다. 그가 먼저 물어서는 이미 때는 늦어 버린다. 역시 이쪽에서 먼저 사정을 털어놓는 게 순서일 것이다. ……저어, 형님, 남승지는 나카무라 앞에서 우리말을 쓰는 것이 조금 신경 쓰였지만, 오른쪽의 툇마루 옆에 앉아 있는 강몽구에게 얼굴을 돌리고 작은 목소리로 말했다. ……제주도에서 왔다고 먼저 말하는 편이 좋지 않을까요, 그게 예의입니다. 음, 강몽구가 바로 그 말이 맞다는 듯이 고개를 끄덕였다.

"나카무라 씨……." 말없이 두 사람의 대화를 지켜보고 있던 나카무라를 향해 강몽구가 말했다. "어쩌다 말씀드리는 것이 좀 늦어졌습니다만, 나카무라 씨께 이야기를 듣기 전에, 우리들의 입장, 뭐랄까 신분을 밝히고, 나카무라 씨의 양해를 구하고 싶은 것이 있습니다. 사실 저희는 제주도에서 왔습니다."

"……" 나카무라는 말뜻을 금방 이해하지 못한 듯했다. "강 선생은 제주도 분이 맞지 않습니까? ……아니면, 뭡니까, 지금 현재 사는 곳이 제주도라는 겁니까?"

"그렇습니다. 제주도에서 일본에 볼일이 있어서 왔습니다."

나카무라 노인이 못을 박는 망치 소리가 유달리 크게 울렸다. 벽에 코를 비벼대고 있는 듯한 돼지들의 꿀꿀거리는 소리가 여기까지 들려왔다. 단지 3, 4초, 시간을 그 부분만 도려낸 듯한 침묵이 흘렀다.

"호오, 난 또 고베에 살고 계신 줄로만 생각했습니다. 그렇군요, 물론 배로 오셨겠죠."

"그렇습니다. 흐흠, 큰 목소리로 말할 수는 없지만, 솔직히 말해서 밀항선을 타고 왔습니다. 그 점은 부디 이해해 주시기 바랍니다."

"그랬군요……." 나카무라는 한 모금 깊이 빨아들인 담배 연기를 천천히 음미하듯 뿜어냈다. 연기가 나카무라 앞의 탁자 위를 살아 있는 동물처럼 부드럽게 기어서 사방으로 도망쳤다.

"알겠습니다. 그런 것까지 말씀해 주시다니 내가 오히려 송구스럽습니다. 하지만 그것에 비하면, 내가 말씀드릴 이야기는 강 선생에게 그만한 가치가 있는 것이 아닙니다."

"아니, 그렇지 않습니다. 제가 여러 가지로 현재의 제주도 상황을 설명해야 되겠습니다만, 지금 단적으로 결론부터 말씀드리자면, 제주도에서는 이승만과 투쟁하기 위하여 인민군대가 조직되어 있습니다."

"인민군대……? 인민군?"

"군대에 계셨으니까 잘 아시겠지만, 인민유격대입니다. 무장봉기를 일으켜 제주도에서 빨치산 투쟁을 벌이려는 겁니다."

"……"

나카무라는 말없이 고개를 끄덕였지만, 그 동작은 금방 멎었다. 아마도 '빨치산 투쟁'과 아까부터 말이 나온 '무기처분' 이야기가 그의 머릿속에서 결부된 순간을 뒤늦게 납득했다는 동작이었음에 틀림없었다. 그는 당혹스러워하고 있었다. 강몽구가 무슨 말을 하고 있는 건지 알 수가 없었던 것이다. 그러나 이제는 분명히 놀라움의 표정이 당혹감을 밀어내고 그의 얼굴 전체를 새롭게 덮고 있었다. 빨치산 투쟁이라는 말 한마디로 제대군인 나카무라는 직감적으로 무언가 심상치 않은 상황을 느낀 게 틀림없었다. 그는, 강 선생, 당신이 자세한 이야기를 해 주시오, 라고 강몽구에게 부탁했다.

5

"강 선생은 지금 제주도에서 인민군이 봉기하여 빨치산 투쟁을 벌일 거라고 하셨지요. 제주도에 잠시 있었을 뿐, 난 아무것도 모르고 있으니 지장이 없다면 그 이야기를 좀 해 주시겠습니까." 나카무라는 기름기 없는 짧은 머리카락을 한 손으로 쓸어 올리며 말했다. 햇볕에 탄 얼굴, 뼈가 굵은 큼직한 손은 농부다웠지만, 이야기 도중에 머리카락을 쓸어 올리는 동작은 농부의 몸짓이 아니었다. "……무기처분에 대해 내가 아 는 것이라고는 고베의 윤 상한테 말한 정도지만, 듣는 사람의 입장이 다르면 비슷한 이야기를 하더라도 역시 의미가 달라지겠지요. 내가 지 금 단순하게 생각하고 있었던 것과는 일의 성격이 다른 것 같습니다."

나카무라의 질문으로 탁자 위의 공기에 숨통이 트였다.

"고맙습니다……. 그것은 오히려 제 쪽에서 나카무라 씨에게 꼭 들 려드리고 싶었던 이야기입니다. 그래서 당신의 이해와 협력을 구하고 싶습니다."

나카무라는 잠자코 고개를 끄덕이며, 남승지에게 차와 과자를 권하 고, 자신도 카스텔라 한 조각을 포크로 찍어 입으로 가져갔다. 남승지 는 반들반들 빛나는 밤만두를 집어 입에 넣었다. 카스텔라도 다과도 남승지에게는 진기한 것이었다. 특별히 없다고 곤란한 것은 아니었지 만, 제주도에 돌아가면 좀처럼 먹을 수 없을 것이다.

강몽구가 담배를 한 대 피우면서, 저어, 나카무라 씨도 아시다시피 조선은 남북으로 분단되어 있어서……라고 말을 꺼냈다. 그리고 해방 후 남한의 상황에서부터 올해 5월에 강행되는 남한만의 단독선거와 단독정부 수립의 움직임, 그 결과 초래될 조선 분단의 고착화에 대해 이야기했다. 그리고 자신들은 이 반민족적인 단독선거를 분쇄하지 않으면 안 되고, 그 투쟁의 첫 번째 무장봉기가 제주도에서 일어날 예정이며, 지금 현지에서는 봉기 준비가 진행되고 있다는 등의 이야기를 계속했다. 그다지 능숙한 일본어는 아니었지만, 요령 있게 압축하여 말했음에도 반 시간 남짓 시간이 지나 있었다. 일본인에게 우리 말투가 섞인 일본어로 말하는 강몽구의 이야기는 이상하게도 유창한 일본어보다 오히려 일종의 무게와 설득력을 지니고 있었다.

　나카무라는 강몽구의 이야기를 들으면서 몇 번이나, 음, 그렇습니까, 하고 반복했다. 당연한 것이지만, 똑같이 미군의 점령하에 있는 일본의 바로 옆 제주도에서 일어나고 있는 사태가 믿어지지 않는다고 해도 무리는 아니었다. 제주도 출신 재일조선인들조차도 금방 믿기 어려운 일이었기 때문이다. 나카무라의 경우에는 객관적으로 볼 수 있는 입장의 일본인이었기 때문에, 평화로운 일본과 대비하여 재일조선인들과는 또 다른 충격을 받은 듯했다. 물론 거기에는 그 자신이 제주도에 대해 어느 정도의 감정 이입이 가능한 바탕을 지니고 있었기 때문일 것이다.

　더 나아가 강몽구는, 좀 전에 우리가 일본에 볼일이 있어서 왔다고 말한 것은, 재일조선인들로부터 무장봉기에 필요한 지금을 모으기 위해서이고, 고베의 윤동수도 모금에 협력한 사람이라고 덧붙였다.

　"윤동수 씨는 나카무라 씨를 믿을 만한 사람이라고 하시더군요. 저는 지금 이렇게 나카무라 씨를 직접 만나 뵈니, 그런 믿음이 더한층 강해지는 것 같습니다. 이런 이야기는 같은 조선인끼리도 함부로 할 수 있는 것이 아니니까요. 핫하하."

강몽구는 조금 일방적으로 보이는 말투를 썼지만, 그렇게 터놓고 말하는 태도가 오히려 사람의 마음을 누그러뜨렸다. 농부의 아들로서 일제강점기부터 노동운동으로 단련된 만큼, 거드름을 피우지 않고 사람을 끌어당기는 힘을 가지고 있었다.

"제주도에서 빨치산 투쟁을 하게 되면, 그러니까…… 그 산 이름이, 한라산이지요……."

"한라산, 그렇습니다. 나카무라 씨는 기억력이 좋으시군요."

강몽구가 웃으면서 말했다.

"그러면 한라산이 빨치산의 본거지가 되는 겁니까?"

지금까지 거의 질문을 하지 않고 듣기만 하던 나카무라가 진지한 표정으로 물었다.

"그렇습니다. 한라산이 근거지입니다."

"……그렇습니까, 우리 일본군도 그때 한라산에 들어가 옥쇄(玉碎)할 예정이었지요, 한라산은 멋진 산이에요." 나카무라는 뒤뜰의 넓은 공간으로 시선을 던지며 말했다. 산울타리 옆에 반쯤 핀 벚꽃이 눈에 부셨다. 어디로 들어왔는지, 아까 길에서 본 닭 한 마리가 벚나무 밑에서 부리에 문 지렁이 같은 벌레를 계속 땅에 내동댕이치며 쪼고 있었다. 마치 물을 마시듯 부리를 하늘로 쳐들고 꿀꺽 삼켰다. "……전황에 따라서는 우리도 한라산을 근거지로 게릴라가 될 참이었습니다. 대본영은 오키나와 다음의 결전장으로 제주도를 생각하고 있어서 말이죠, 제주도 전체를 요새화한 거지요. 한라산 중턱에 토치카가 많이 만들어졌어요. 전쟁이 끝나기 한 달 전인 7월에는 일본인 재류민 가운데 어린이와 여자들을 모두 조선 본토로 피난시켰고, 뒤에 남은 일본의 민간인 남자들은 미군이 상륙하면 한라산에 들어와 우리 군인과 함께 옥쇄할 준비를 했던 것입니다. 우리는 제국 군인으로서 절대로 적의 포로가 돼서는 안 되었던 것입니다. ……후후후, 그런데 우스운 것은 종전이 되자 미군이 상륙하질 않았고, 옥쇄하는 것이 정말 어리석게 생각되더군요. 지금까지는 절대로 포로가 되지 말라고 하더니, 어느 틈엔가 '대원수 각하의 명령에 따라 영광스러운 포로가 되라'느니, '이번에 한하여 폐하는 포로라고 생각지 않으신다'라는 말을 하기에 이르렀습니다. 그래서 무장해제를 하고 무사히 귀환한 겁니다. 일본인 재류민들도 툭하면 총독부의 힘이 어떻고 군대의 힘이 어떻고 하더니만, 종전이 되자 모래성처럼 무너져 버리더군요. 오키나와 옥쇄 같은 것을 생각하면 가슴이 아프지만, 제주도에서 옥쇄할 뻔한 일을 생각하면 난 지금도 소름이 끼쳐요. 게다가 제주도 도민은 일본인과는 다르잖아요. 그런 만큼 이제 와서 생각하면, 자꾸만 두려운 생각이 들어요. 그러지 않아도 비행장이나 항만, 도로의 정비, 토지의 강제수용, 도민을 강제로 동원하기도 하는 등, 섬 주민들에게는 여러 가지로 심한 짓을 했으니 말입니다……."

"으-음……." 강몽구는 가볍게 신음소리를 내며 고개를 끄덕였다. "나카무라 씨가 일본에 돌아온 것은 언제쯤입니까?"

"그때가, 종전하던 해 11월 초였으니까 비교적 빨랐지요. 11월 5일입니다. 9월 말에 미군이 상륙하여 10월 10일경부터 미군의 LST, 즉 수송선으로 귀환이 시작되었는데, 모두 규슈의 사세보(佐世保)로 실려 왔습니다. 생각해 보면 옥쇄하지 않고 끝나서 너무 잘된 일이지만, 내 친구 중에는 오키나와에서 옥쇄한 사람도 있습니다. 그런 걸 생각하면 괴롭습니다. 나는 후쿠오카 연대, 즉 제292연대, 제92사단 소속이었는데, 전쟁이 끝나던 해 초에 급히 편성되었습니다. 제주도

제6장 **119**

에 배치된 제38군은 모두 급히 만들어진 사단으로 편성돼 있었어요. 우리는 편성되자마자 바로 제주도로 파견되었지만, 오키나와라도 갔더라면, 하하하, 어떻게 되었겠습니까, 지금쯤은 옥쇄해 버려서 제주도와도 인연을 맺지 못했을 겁니다. 도대체 무엇을 위한 전쟁이었는지 지금도 생각할 때가 있습니다. 귀환한 뒤 1년 동안은 좀처럼 허탈 상태에서 빠져나오질 못했어요. 정신 상태가 삭막해져서 멍해 있었지만, 머리는 언제나 쨍 소리가 날 것처럼 뭔가 강철인 양 묘하게 맑았어요. 마치 깊은 생각에 잠겨 방심한 사람처럼 말이에요. 그래서 나는 열심히 육체노동을 했습니다. 농사짓는 것은 싫어서, 고베의 윤 상을 소개받아, 오사카의 이마미야(今宮)에 있는 고무 공장에서 보일러 때는 일을 했습니다. 조선 사람의 공장에서 말입니다……. 헤헤헤, 이런 일을 화제로 삼는 경우는 좀처럼 없지만, 부모와 이야기할 수 있는 것도 아니고, 애당초 부모에게는 알리지도 않았으니까요." 처음 만났을 때의 무뚝뚝하여 접근하기 힘든 인상이 점차 엷어질 정도로, 나카무라는 더듬거리면서도 많은 말을 했다. "난 전쟁이라면 이제 지긋지긋합니다. 실제로 전쟁터에 끌려가 옥쇄를 각오한 자가 아니면, 전쟁이 얼마나 무섭고 어리석은지를 모르는 법이지요. 무엇 때문에 모두들 죽었는지 모르겠습니다. ……그런데 뭡니까, 지금 강 선생 이야기를 들어 보니, 제주도에서 무장봉기가 시작된다. 즉 무기를 손에 들고 적과 싸운다니까, 그것도 일종의 전쟁입니다. 어쩔 수 없는, 그럴 만한 필연성이 있겠지만, 일본군에 의한 옥쇄를 면했던 제주도에서 전투가 벌어진다는 이야기를 들으니 왠지 가슴이 아픕니다. 관계도 없는 타관 사람인 내가 이런 말을 하는 건 주제넘겠지만……."

"음……." 강몽구는 고개를 끄덕였지만, 이내 고개를 가로저었다. "아니, 그렇지 않습니다. 나카무라 씨를 뵐 수 있어서 저는 정말로 기뽑니다. 나카무라 씨가 그렇게 깊이 생각하고 계시는 분인 줄은 미처 몰랐습니다. 말씀을 듣다 보니 여러 가지로 생각하게 되는군요."

남승지도 강몽구와 동감이었다. 옥쇄를 면한 제주도에서 전투가 벌어지는 것이 가슴 아프다는 나카무라의 말에 그는 정신이 번쩍 들만큼 마음에 충격을 받아 자신도 모르게 상대를 똑바로 쳐다보았을 정도였다. 그 말에는 실제로 전쟁터에서 싸웠던 인간의 실감이 담겨 있었다. 아니, 일본군이 도민들까지 끌어들여 제주도에서 옥쇄를 준비했다는 말은 금시초문이었다. 일본군의 체질로 보아, 제주도를 제2의 오키나와로 상정했을 경우에는 '옥쇄'라는 결론이 나오는 것도 이상할 건 없지만, 그 당사자인 구일본군인에게 직접 이야기를 듣고 보니 남승지는 몸서리가 쳐졌다. 조직 내에는 '무장봉기'를 영웅주의적으로 생각하고 있는 자가 많았고, 남승지 자신도 그런 경향이 없지는 않았다. 그런 만큼 나카무라의 말은 무거웠다. 다만, 투쟁 그 자체는 필요하다. 투쟁의 연장으로서의, 즉 결정적인 형태로서의 봉기, 무장봉기는 필요한 것이다…… 아니, 일본에 있으면 그런 한가로운 말도 할 수 있는 법이다……, 남승지는 양반다리를 하고 앉은 자세를 고치며 속으로 중얼거렸다.

"아, 이거 이야기가 엉뚱하게 빗나가 버린 것 같아 정말 죄송합니다. 말이 나온 무기처분에 관한 이야기를 해야 되는 건데……."

"그 얘기를 좀 해 주시겠습니까, 부탁합니다. 제가 방금 전에 한 이야기로 우리 목적이 무엇인지는 짐작하셨을 줄로 압니다만, 나카무라 씨의 무기처분 이야기를 듣고 만일 무기 은닉 장소를 알아낼 수만 있다면 말이죠, 우리로서는 그 무기를 확보하고자 합니다."

"……그렇겠지요. 강 선생의 말씀을 듣고, 나도 그 목적을 분명히 알았습니다. 다만, 무기가 필요하다고 하는데, 얼마나 도움이 될까 하는 겁니다만……." 나카무라는 잠깐 무언가를 생각하듯 미간을 찌푸렸다. "아까도 이야기가 나왔지만, 강 선생도 아시다시피 미군이 상륙하자마자 곧 무장해제가 시작되어, 2해리 밖의 바다에 무기와 탄약을 버렸습니다. 2해리 밖의 바다라는 것은 미군의 명령이었습니다. 그러나 몇만 명의 대군이 결전에 대비하여 집결해 있었으니까, 그 방대한 무기를 간단하게 2해리나 되는 먼 바다에 다 버릴 수는 없었습니다. 해안에 가까운 각 비행장이나 성내 산지 부두의 무기창고에 있던 것들은 제일 먼저 처분했지만, 한라산까지 올려다 놓은 무기는 적당히 얼버무려 숨긴 겁니다. ……그게 말입니다, 폐하의 무기를 바다에 던져버릴 수는 없다는 논리가 버젓이 통했으니까요. 그래도 폐하의 무기를 적에게 넘겨주는 것보다는 나았지만, 어쨌든 대의명분이 자꾸만 변했으니 말입니다……. 그러나 실제로 귀환이 시작되자, 그대로 놓아두고 갈 수는 없잖습니까. 문제는 은닉 장소입니다만, 나는 소대장을 맡고 있어서 몇 군데를 입회했습니다. 음…… 그러니까, 대여섯 군데는 입회한 것 같습니다. 내가 소속된 대대는 제주도 서쪽 애월면의 N산과 B산 주변의, 모두 한라산의 산악부 쪽이었는데요, 그쪽에 포진하고 있었습니다만, 전부 천 미터 가까운 밀림지대였습니다. 적당한 곳에 구덩이를 판 뒤 그 구덩이를 시멘트로 굳히고 나서, 거기에 기관총, 소총, 수류탄, 탄약, 일본도 등, 약 2중대 분량의 무기를 묻고 흙으로 덮었습니다. 물론 곳곳에 무기가 묻혔으니까, 그 수량은 상당할 것입니다만. ……묻을 때 텐트 같은 것으로 덮기는 했지만, 녹슨 것도 많이 있을 겁니다. 그래도 손질하면 사용하는 데 문제는 없을 겁니다. 음, 그런데 말이죠……, 그 은닉 장소를 어떻게 찾느냐가 문제로군요."

"으흠, 그렇군요……, 애월면의 N산과 B산의 주변이란 말씀이죠."

강몽구의 낮은 목소리는 흥분으로 들떠 있었다.

"그렇습니다. 강 선생은 그 산을 알고 계십니까?"

"애월면 쪽 한라산 기슭에 있다는 건 알고 있습니다만, 올라가 본 적은 없습니다. 어쨌든 제주에는 4백여 개의 산, 제주도 말로 '오름'이 있으니까요. 핫핫하……."

"그렇습니다, 생각났습니다. 오름, 즉 기생화산을 말하는 거지요. 가는 곳마다 오름이 있어서 정말로 경치가 기막히지요. 제주도의 자연은 굉장합니다……."

나카무라는 먼 곳을 바라보듯 뜰로 시선을 던지는가 싶더니, 잠깐 실례한다며 옆방으로 갔다. 강몽구는 남승지와 얼굴을 마주보며 몇 번이나 고개를 끄덕이고는 애월의 N산, B산이라……면서 중얼거렸다. 두 사람의 얼굴은 긴장으로 조금 굳어 있었다. 역시 정말이었다. 헛소문은 아니었다. 해방 후 제주도에 널리 퍼졌던 무기은닉의 전설은 결코 실체 없는 소문이 아니라 사실이었다. 그 산증인이 여기에 있었다. 소총만이 아니라 기관총까지 있다. 나카무라의 입에서 기관총이라는 말이 나왔을 때, 강몽구는 자기도 모르게 흐음 하는 신음소리를 냈다. 약 2중대, 약 5백 명 분의 결전을 대비한 풍부한 무기가 지금 나카무라의 기억 속에 있는 제주도의 특정 지점에 묻혀 있는 것이다.

곧 돌아온 나카무라는 편지지와 연필을 들고 있었다. 그는 탁자 앞에 앉아 편지지에 약도를 그리기 시작했다. 강몽구가 부탁도 하기 전에 스스로 그리기 시작한 것이었다. 한라산 서쪽에 위치한 N산과 B산 부근의 지도를 그리고 있었지만, 자세하게 그리려고 해도, 마을 이름이나 도로, 기타 목표물이 갖추어진 시내의 지도와는 사정이 달랐다. 예를 들어, 나카무라 말대로 군대가 나무를 베어서 길을 뚫어 놓았고, 그것이 하나의 표지는 될 수 있을지 모르지만, 밀림 속의 한 점이나 마찬가지인 위치를 작은 지도에 재현하고 정착시키는 것은 사실상 불가능했다. 게다가 그로부터 2년 반, 그동안 풀이 무성하게 자랐다면, 더더욱 약도에만 의지하여 찾아낼 수 있는 상황은 아니었다.

"쳇, 역시 약도만으로는 무리로군." 나카무라는 두세 번이나 고쳐 그린 뒤 겨우 완성된 약도를 탁자 위에 내던지듯 놓고 나서, 담배 한 대를 피워 물었다. "현장에 직접 가 보면 말이죠, 설사 풀이 자라 있건 눈이 덮여 있건, 내 눈으로 보면 알 수 있는데 말입니다."

"……그야 물론 그렇겠지요. 이것만 있어도, 나카무라 씨, 약도까지 그려 주셔서 감사합니다. 이 정도의 약도만 있으면, 대충 짐작은 할 수 있으니까요."

강몽구는 탁자 위의 지도를 손에 들고 들여다보며 말했다.

"알아볼 수 있을지 어떨지……, 음, 그런데 말입니다. 조선에는 군대가 있었던 것도 아니고, 그러면 그 인민군 병사라고 하는 것은 제주도 농촌의 사람들인가요?"

"말하자면, 그런 셈이죠."

"호오, 그럼 인민군은 누가 지휘합니까?"

"조선인 학도병입니다. 나카무라 씨와 마찬가지로 일본군에 징집되었던 조선인 청년 귀환병들이 훈련을 맡고 있지요. 재미있는 것은, 일본 군대에서 받은 군사교육이 지금 조국 재건의 투쟁에 도움이 되고 있다는 겁니다."

"예에, 그렇습니까……. 잘만 되면 일본군의 무기도 도움이 될 수 있겠군요."

그러나 말로만 듣고 구체적인 단서가 없는 것보다는 한결 나았지만, 막상 약도를 받고 보니 당초의 기대와는 상당히 어긋나 있다는 기분이 들었다. 아니, 기대라고는 해도 그것은 아주 막연한 형태를 띠고 있었지만, 막상 약도를 보고 있자니, 이것만 있으면 다 될 것처럼 지나친 기대를 하고 있었다는 생각이 들었다. 은닉장소가 있느냐 없느냐에만 정신을 빼앗겨, 기억만으로 그린 약도의 불확실성을 계산에 넣지 않았던 것이다. 하지만 그렇다 해도, 이보다 더 나은 방법이 어디에 있단 말인가. 남승지는 약도를 함께 들여다보면서, 손이 닿지 않은 유리창 저편에 필요한 물건을 본 듯한 초조감을 느꼈다.

멀리서 들리는 전차의 경적이 조용한 시골 공기를 흔들었다. 레일과 맞물리는 기차 바퀴의 굉음이 마치 하늘을 휘저어 놓듯 가득 퍼졌다가 뜰에까지 떨어져 내렸다. 도회지에서는 도저히 들리지 않을 만큼 먼 곳을 달리고 있는 전차 소리가 그랬다. 시골 공기가 맑고 조용한 탓일 것이다. 마치 아수라장 같은 느낌을 주는 소리가 지나갔다. 눈에 보였다면, 아마도 소리의 파장이 선명하고 아름다운 포물선을 하늘 가득히 그리고 있었을 것이다.

돼지 울음소리는 들리고 있었지만, 나카무라 노인의 망치질 소리는 어느새 멎어 있었다. 목공일이 끝난 모양이었다. 옆집에 가 있었던 것으로 보이는 나카무라의 아내 목소리가 앞쪽 현관 근처에서 들려왔다. 상대의 젊지 않은 여자 목소리는 나카무라의 어머니일지도 모른다.

흑갈색의 탁자 위에 놓인 하얀 지도가 눈부셨다. 어찌 되었건 정성스럽게 그려진 이 약도는 '보물찾기'의 유일한 희망이자, 무기 그 자체는 아니지만, 무기와 아주 가까운 것임에는 틀림없었다. '무기처분'에 관한 이야기를 듣고, 게다가 친절하게 그려 준 약도를 손에 넣었으니, 두 사람이 나카무라를 찾아온 목적은 달성된 셈이었다. 윤동수와 함께 왔더라도 이 이상의 성과는 얻지 못했을 테니까, 윤동수에게 신세를 지지 않은 것이 오히려 다행이었다. 말하자면 운이 좋은, 행복한 방문이었다. 볼일을 다 끝낸 이상, 너무 오래 머물지 않고 감사를 표한 뒤 적당히 물러가는 게 예의였다. 그런데 묘하게도 탁자가 두 사람을 끌어당기고 있었다. 아니, 나카무라의 소박한 인품이 볼일 끝낸 손님을 기계적으로 보내 버리지 않고 오히려 탁자로 끌어들이는 작용을 하고 있었다. 그는 아내를 불러 다시 차를 내오게 하고는, 모처럼 오셨으니 천천히 쉬시기 바란다. 그리고 별일 없으면 오늘 밤 여기서 자고 가는 게 어떠냐고까지 말했다. 그러한 기분은 우리 민족의 생활 감정과 상통하는 것이었다. 어느 시골에나 나그네를 대접하는 데 있어서 그런 공동체적인 배려가 남아 있는 것일까.

게다가 나카무라는 아까부터 몇 차례나 약도를 들고 뭔가 묘안이라도 짜낼 것처럼 들여다보고 있었기 때문에, 볼일이 아직 끝난 게 아니었다.

"으−음, 역시 이건 도움이 안 되겠어……." 나카무라는 지도를 손에 든 채 혼잣말을 하고 나서, 강몽구에게 시선을 돌리고 말을 계속했다. "강 선생은 은닉장소를 알면 무기를 입수하고 싶다고 하셨는데, 그러기 위해서는 무기를 손에 넣을 수 있는 지도라야만 합니다. 이 약도로는 여러분의 기대를 채워 드릴 수가 없습니다. 나는 은닉장소를 알고 있지만, 뭡니까, 여러분에게 확실하게 전달할 방법이 없으니……."

"나카무라 씨, 그것만으로도 충분합니다. 그 정도의 약도만 있으면 어떻게든 찾아낼 수가 있을 겁니다."

강몽구가 말했다.

"으−음……."

나카무라는 강몽구의 말에는 대답하지 않고, 입술을 꽉 다물며 신음소리를 냈다. 그리고는, 그렇지……라고 중얼거리는가 싶더니 갑자기, 이보시오, 강 선생, 내가 함께 제주도로 가면 어떨까요, 라고 말해 사람을 놀라게 했다. 제주도까지 함께 간다고? 설마……, 두 사람이 농담으로 받아들였다 해도 무리는 아닐 것이다. 그러나 농담이 아니었다. 나카무라는 다그치듯 상반신을 내밀며 탁자를 주먹으로 탕 내리치고는 눈을 계속 반짝거렸다.

"음, 내가 함께 가겠습니다. 제주도에 함께 가서 내가 현장으로 안내하겠습니다. 그렇게 하면 틀림없습니다."

"……"

두 사람은 할 말을 잃었다. 남승지는 순간 강렬한 불빛에 쏘인 것처럼 멍하니 상대방을 바라보았다. 나카무라의 말에 일격을 당한 것처럼 심장이 격렬하게 뛰었다. 남승지의 눈에 나카무라의 얼굴이 신처럼 빛나 보였다 해도 이상하지 않았을 것이다. 그 대단한 강몽구도 어이가 없는지 상대방을 가만히 쳐다보고 있었는데, 역시 할 말을 잃은 듯 싱긋 웃어만 보였다. 그러자 상대도 따라 웃었다. 남승지도 두 사람의 얼굴을 보고 웃었다. 갑자기 이유도 없이, 세 사람이 서로 얼굴을 마주 보며 웃다가, 결국 큰 소리로 웃음을 터뜨렸다. 이웃집에까지 들릴 만큼 요란한 웃음소리였다. 남승지는 자신이 왜 웃는지 이유를 몰랐지만, 그것이 더한층 웃음의 감정을 부추기고 있었다.

웃음이 가라앉고 나서 강몽구는 간신히 정말 고맙다고 인사를 한 뒤, 하지만 그렇게까지 폐를 끼칠 수는 없다며 거절했다.

"……그럴 수밖에 없습니다. 오늘 처음 나카무라 씨를 만난 사람들이 말이죠. 생각해 보십시오. 규슈나 도쿄까지 가는 것도 큰일인데, 어떻게 그런 무리한 부탁을 드릴 수가 있겠습니까. 저도 꽤 배짱이 있는 사람이지만, 그렇게까지 요구할 수는 없습니다. 핫핫하……."

"……갑자기 꺼낸 말이라 좀 당황하셨겠지만, 내가 내 뜻에 따라서 가는 것이니, 즉 당사자인 제가 좋으면 그만인 문제입니다. 물론 강 선생 쪽에 지장이 있다면 이야기가 다르지만 말이죠(강몽구는 고개를 세차게 내저으며 천만의 말씀이라고 부정했다). 그리고 말이죠, 너는 무슨 그런 한가한 말을 하느냐고 나무라실지도 모르지만, 덕분에 그리운 내 하이델베르크가 아닌, 나의 제주도에 가 보고 싶다는 마음도 있습니다. 전부터 한번 가 보고 싶다고 생각하고 있었는데, 마침 이번 기회에 함께 데려가 주셨으면 합니다. 왠지 놀러 가는 것 같은 기분으로 말씀드려 죄송합니다만……"

나카무라는 말을 끊고 싱긋 웃었는데, 그 웃음이 또 보기에 좋았다. 무뚝뚝한 표정이 어린애 같은 웃음에 흡수되어 자상하게 번졌기 때문에 한층 더 그 웃음이 인상적으로 비쳤다. 꾸밈없는 말이 또 좋았다. 그는 이번 기회에 그리운 제주도에 가 보고 싶다고 말했다. 그러나 그것만은 아닐 것이다. 그리고 그 말은 부끄러움에서 나온 말인지도 몰랐다. 잡담 중에 나카무라는 조선인과 사귀는 동안에 이제까지 알지 못했던 것을 깨닫게 되었다고 말했는데, 평소에 나카무라 자신이 가지고 있던 생각이 배경이 되었을 것이다.

"핫하, 그렇습니까. 그렇지만 제주도에 간다고 해도 말입니다. 쇠로 만들어진 커다란 배로 운반되던 옛날과는 달리 무척 고달픕니다. 작은 밀항선을 타고 캄캄한 선창에 며칠씩 갇혀서 가야 하니 말입니다."

"괜찮습니다. 난 옛날에 군대에 있던 사람입니다." 강몽구는 웃으면서 상대의 말을 받아넘기려 농담처럼 말했지만, 나카무라는 진지하게 대답했다. "그런데 며칠 정도 걸립니까?"

"……음, 글쎄요. 오사카에서 3, 4일, 아니 4, 5일쯤 걸립니다."

강몽구는 마지못해 대답했다.

"4, 5일……, 으흠, 언제쯤 출발합니까?"

나카무라의 이야기는 점차 구체성을 띠고 있었다. 그는 아무래도 현실의 행동으로서 머릿속에 그리고 있는 모양이었다.

"……"

강몽구는 이야기가 의외의 방향으로 전개되자 약간 당황하면서, 모레 오사카 항에서 출발할 예정이라고 대답했다.

"아니, 모레요? ……"

나카무라가 놀라서 되물었다.

"그렇습니다. 시간이 없어서 말입니다."

"모레, 모레라는 말씀이죠……, 음, 간다고 하면 내일 하루밖에 없군요."

나카무라는 탁자 위에 올려놓은 자신의 왼손 주먹을 바라보면서 혼자 중얼거렸다. 그리고는 모레 몇 시에 떠나느냐고 계속해서 물었다.

"……"

그 질문에 구체적으로 대답하는 것은 이미 나카무라의 의향을 받아들였다는 의미를 지니게 될 것이다. 농담으로 끝날 일이 아니었다. 그러나 당혹스러운 웃음을 지으면서도 강몽구는 대답하지 않을 수 없었다. 그는 배의 출항은 내일 밤이나 모레 이른 아침으로 예정되어 있지만, 우리는 모레 밤기차로 시모노세키까지 쫓아갈 생각이라고 사정을 설명하고 나서, 부모와 부인이 계시는데, 가족의 양해도 없이 혼자서 결정해 버릴 수는 없지 않느냐고 상대방을 견제했다. 강몽구로서는 나카무라를 제주도로 데려가기 위해 공작하러 온 것처럼 되어 버리는 것을 두려워하지 않을 수 없었다. 당치도 않은 일이다. 처음 찾아온 집에서 젊은 아내나 양친의 오해를 살 만한 일이 있어서는 안 된다. 아들을 부추겼다는 오해를 받으면, 이야기가 어떻게 확대될지 알 수가 없었다.

그러나 이때 견제했던 강몽구의 발언에는, 가족만 양해한다면 함께 가자는 적극적인 뜻이 엿보이고 있었다. 사실 호박이 덩굴째 굴러들어온 듯한 이야기를, 게다가 상대방이 자발적으로 원하는 것을 거절하는 건 좋지 않았다. 나카무라를 찾아온 것은 단순히 약도를 얻기 위해서가 아니라, 결국은 무기 그 자체를 얻기 위해서가 아니었던가. 지금 눈앞에 그 무기를 '제공'해 줄 적합한 인간이 있다. 조직의 힘으로 나카무라의 안전은 보장할 수 있으니까, 상대의 제의를 받아들여 이용하는 것이 혁명을 하는 자의 의무일 것이다. 그런 기회를 놓치는 것은 혁명에 불성실했다는 질책을 받아도 어쩔 수 없는 일일 것이다.

나카무라는 그 말이 옳다고 대답했다. 결국 가족의 동의를 얻겠다는 뜻이었으므로, 이제 강몽구의 견제는 의미가 없어졌다. 아니, 이미 강몽구의 견제는 가족의 동의라는 전제하에 간접적으로 제주도 현장으로 안내를 부탁하는 형태로 변해 있었던 것이다. 그렇다면, 남은 일은 가족의 양해를 받는 일뿐이었다. 그러자 나카무라는 얼른 가족들과 의논하기 위하여, 마침 얼굴을 내민 아내를 데리고 툇마루를 지나 안채로 갔다. 사태가 묘하게, 거의 믿을 수 없을 만큼 척척 움직여 가고 있었다. 나카무라 부부가 사라진 툇마루와 정원에 그늘이 지고, 한낮의 밝음이 빠른 속도로 후퇴하기 시작했다. 시간은 네 시가 가까웠다.

나카무라가 돌아왔을 때는 담 너머로 펼쳐진 하늘이 투명한 광택을 잃고, 거대한 날개를 쉴 수 있는 황혼으로 물들어가는 시간이었다. 이미 한 시간 가까이 지나고 있었던 것이다. 기대와 불안이 엇갈리는 긴장 속에서 기다리고 있던 두 사람이 본 나카무라는 발걸음이 불만스러웠고 표정이 밝지 않았다. 직감으로 틀렸다는 것을 알 수 있었지만, 나카무라는 역시 정말로 갈 작정으로 가족들을 만났던 것이다.

"흥, 말귀를 못 알아듣는다니까, 노인네들은……."

탁자 앞에 앉으며 나카무라가 말했다.

한마디로 말해 외아들을 위험한 곳에 보낼 수 없다는 부모의 걱정이 장애물이라는 이야기였다. 그건 그럴 것이다. 기대는 어이없이 허물어지고 말았지만, 그러나 그건 그럴 것이라고 남승지는 생각했다. 너무나 우연한 일에 건 기대였기 때문에, 실망하는 것 자체가 우습다고 말할 수밖에 없었다. 강몽구는 웃으면서, 없었던 이야기로 하자고 달랬지만, 나카무라는 아직 완전히 단념한 게 아니었다. 그러는 사이에 일이 커지고 말았다. 얼마 지나지 않아 나카무라의 부모와 아내, 세 가족이 이쪽 방으로 몰려와 강몽구에게 죄송하지만 아들의 제주도행을 막아 달라고 간청하듯 압박해 왔던 것이다.

　나카무라는 언짢은 표정으로 부모에게 걱정 말라는 말을 되풀이하면서, 강몽구의 입을 빌려 부모를 설득하려고 했지만, 강몽구는 부모의 편에 섰다. 부모 편에 버티고 서서 나카무라가 한 모처럼의 제의를 물리쳤다. 부모가 머리를 숙여 가며 부탁할 만한 일이 아니었다. 당치도 않은 일이었다. 나카무라가 조선인도 아니고, 또 일본의 혁명을 위해서 가는 것도 아닌데, 반대하는 노부모를 억지로 설득할 만한 명분이 없었다. 확실한 것은 아닐지도 모르지만, 약도 한 장 받은 것만 해도 얼마나 고마운 일인가. 나카무라의 젊은 아내는 잠자코 있었지만, 그 태도나 표정으로 볼 때 남편의 의향에 반대하지 않는 것 같아 신경이 쓰였다. 좀 전에 방으로 돌아온 나카무라가 노인네들이란 말귀를 못 알아듣는다……고 말했는데, 그녀는 안채에서 남편의 의향에 동의했는지도 모른다. 남편을 닮아 둥글고 건강해 보이는 귀여운 얼굴을 한 여자로, 줄곧 눈을 깜박이며 이야기를 듣고 있었다.

　나카무라의 제주도행은 갑자기 쏘아올린 꽃불처럼 번쩍이다 사라졌다. 그것은 갑자기 나타났다 갑자기 사라져 버린 꿈이었지만, 그 꽃불의 찬란한 빛이 어느 일본인의 선의를 환하게 비쳐 주었다.

　두 사람은 저녁 대접을 받게 되었다. 식사 시간이 가까워진 탓도 있었지만, 돌아가려는 두 사람을 억지로 붙잡았던 것이다.

　식사를 끝내고 나카무라의 집을 나온 것이 여섯 시 반, 밖은 이미 완전히 어두워져 있었다. 어두운 연못 수면 위로 달랑 떠오른 돼지우리 앞 가로등 불빛이 이따금 일어나는 잔물결에 부드럽게 흔들려 부서졌다가 모습을 되찾곤 했다. 돼지우리 앞을 지나자, 돼지들이 울타리로 몰려와 코를 비벼대며 꿀꿀거렸다. 컵으로 한두 잔 마신 얼굴의 술기운과 서늘하게 볼에 와 닿는 밤공기가 장난치는 것 같아 상쾌했다.

나카무라가 역까지 안내해 주었다. 낮에 왔던 길과는 반대편에 인가가 옹기종기 모인 방향으로 들어갔다. 역시나 U역에서 마을로 들어오는 제대로 된 또 다른 길이 있었던 것이다. 윤동수가 약도에 그려 준 길은 나카무라의 집이 마을에서도 변두리였기 때문에, U역에서 알기 쉽고 가깝게 그려져 있었던 것이다. 나카무라는 마을 사람들이 역을 오가는 데 있어 별장지대를 지나는 일은 거의 없다고 말했다. 마을 변두리에 사는 사람들도 그 길은 이용하지 않는다고 했다. 같은 역의 플랫폼에 서서 전차를 기다리는 동안에도 마을 사람들과 역 근처 별장에 사는 사람들은 한데 모여 있지 않는다고도 말했다. 역 주변을 점령한 호화롭고 웅장한 건물들이 늘어선 주택지대, 그곳에 사는 인간들과 같은 역을 이용하는 시골의 인간. 남승지는 쓰디쓴 물이 가슴에서 솟아나 입안에 고이는 것 같아서 침을 꿀꺽 삼켰다. 별이 흩뿌려진 밤하늘을 올려다보며, 낮에 보았던 그 서양의 고성 같은 건물은 대체 무엇일까 하고 생각했다. 언덕 위의 나무 사이로 원통형 머리를 불쑥 내밀고, 주위를 굽어보는 괴기한 건물. 언젠가는 U역에 급행열차가 정차하게 될 것 같았다.

마을길은 백열전구의 가로등이 달랑 서 있을 뿐, 빛이 닿지 않는 곳은 어두웠다. 나카무라가 손에 든 회중전등으로 길을 뒤덮은 어둠을 밀어내며 가다가, 시골길을 오른쪽으로 구부러지자 이내 건널목으로 통하는 길이 나왔다. 도중에 작은 대나무 숲이 있어서 왠지 으스스했다. 제주도의 대나무 숲에서는 잠복한 적도 있었는데, 묘한 느낌이었다. 건널목을 지나 다시 오른쪽으로 돌면, 즉 북쪽을 향해 제방처럼 쌓아 올린 철길을 따라가면 U역이 나온다고 했다.

역 쪽에서 강렬한 경적 소리와 어둠을 태워 없애는 듯한 불빛이 급격하게 달려왔다. 가선(架線)이 뚜렷하게 어둠 속에서 비쳐 보일 정도로 굉장한 소리와 빛을 발하며 스파크가 계속 튀었다. 와카야마 방면으로 가는 전차가 거대한 강철의 굉음을 울리며 오른쪽에서 왼쪽을 향해 맹렬히 돌진해 갔다. 밝은 차창 불빛의 흐름이 동화 속에 나오는 전차처럼 정겨웠다. 연결된 차량 수나 속도로 보아 U역을 서지 않고 통과하는 특급열차인지도 몰랐다. 마치 지상을 스치듯 날아가는 혜성의 흐름이었다.

강몽구는 사람의 통행이 없는 시골길을 걸으면서, 오늘 신세 진 빚은 어떻게 청구할 작정이냐고 농담 삼아 말했다. 핫핫하, 그러면 나카무라 씨, 언제 한번 우리 제주도에 와 주십시오. 그때는 제가 초대할 테니까……. 남승지도 강몽구를 따라 같은 말을 하였다. 아직도 완전히 체념하지 못한 듯한 나카무라는 고개를 끄덕였다. 그리고 다음에 일본에 올 일이 있으면 이 시골까지 꼭 와 달라고 말했다.

나카무라는 역의 개찰구까지 두 사람을 전송하고, 헤어지면서 악수를 했다. 남승지는 자신과 나이 차가 별로 나지 않는 나카무라의 두툼한 손을 잡았을 때, 가슴에 아린 통증을 느꼈다.

플랫폼에 들어온 2량짜리 완행전차는 텅 비어 있었다. 내리는 사람도 타는 사람도 거의 없었다. 강몽구와 남승지 외에 두세 명 정도였다. 지금 시간대는 아침과는 반대로 덴노지 방면에서 들어오는 하행전차가 붐빌 것이었다. 두 사람은 앞 차량의 뒤쪽 출입구로 들어가 오른쪽 자리에 나란히 앉았다. 손님이 없는 맞은편 좌석의 어두운 창문 유리에 두 사람의 모습이 비치고 있었다. 강몽구의 술 냄새가 섞인 숨결이 무겁다. 조금만 있으면 일곱 시 반인데, 덴노지 도착은 여덟 시경이 될 것이다.

"저어, 형님……, 주무세요?"

남승지는 오른쪽에 앉은 강몽구에게 얼굴을 돌리고 물었다.

"……응, 뭔데?"

눈감고 있던 강몽구가 쉰 목소리로 대답했다. 약간 술기운이 돌자, 어젯밤의 피로까지 겹쳐서 졸린 모양이었다. 그래도 남승지는 굳이 말을 걸었다.

"○부락으로 오기 전에, 아침에 고베에 들렀잖아요……."

"응, 고베에 들렀지."

강몽구는 씰룩거리는 눈을 뜨고, 유리창에 비친 남승지의 얼굴을 노려보듯 바라보며 말했다.

"고베의 집에서는 시간도 없었고, 또 ○부락에 갈 때까지는 나카무라의 일도 있고 해서 입 밖에 내지 않았는데요, 고베의 형님이 한 말씀은 대체 뭡니까?" 남승지의 말투에는 분명 모가 나 있었다. 속력을 내는 전차의 울림이 말소리를 휩쓸어갔다. 자연히 목소리가 커졌다. "저한테, 너, 무슨 일이 있어도 꼭 제주도에 갈 작정이냐, 라는 식으로 말했잖아요."

"응……"

강몽구는 고개를 끄덕였다. 남승지에게는 그것이 공범자의 끄덕임으로 보였다.

"저는 고베의 형님이 그렇게 말하는 것도 무리는 아니라 생각하지만요, 그래도 그것과 저를 여기에 억지로 붙잡아 앉히려고 하는 것과는 문제가 다르잖아요. 저를 모레의 배로 함께 데리고 갈 거냐고 형님에게 물은 건 도대체 뭡니까. 제 형님이지만, 정말 실망했어요. 40만 엔의 자금, 그리고 그 연줄로 30만 엔, 그것이 크기는 하겠지만요. 게다가 정작 중요한 몽구 형님까지, 사돈님 말씀은 지당하니까, 그 일은 자신에게 맡겨 달라는 식으로 말했잖아요."

"응."

강몽구는 부정하지도 않았고 시치미도 떼지 않았다. 남승지로부터 무슨 항변이 있으리라는 것을 이미 예측하고 있는 듯한 냄새가 풍겼다.

"그건 대체 어떻게 된 겁니까?"

"──" 별로 말문이 막힌 것처럼 보이지도 않는데, 강몽구는 대답하지 않았다. 한동안 눈을 감고 침묵을 지키다가 불쑥 말했다. "지금은 전차 안이야. 내일이라도 이야기를 해 보자."

"내일요? 흐응, 어머니와 여동생 앞에서 이야기할 작정입니까?"

"뭐라고? 음, 뭘 네 어머니에게 말한다는 거야."

"아니, 그럴 거잖아요, 형님은 어머니 앞에서 저더러 일본에…… 아니, 여기에 남으라고 말할 작정이잖아요." 남승지도 금방은 물러서지도 않았다. "헷헤, 그렇게 허를 찌르는 건 비겁해요, 전 다 알고 있다구요……. 몽구 형님의 생각을 알고 있어요, 그렇게는 안 될 걸요."

"호호오, 너 취한 건 아니겠지, 쓸데없는 소리 하지 마."

강몽구는 술 냄새 나는 숨결을 남승지의 오른쪽 뺨에 뿜어내면서, 불쾌한 듯이 말했다.

"전혀 취하지 않았어요."

"그럼 됐어. 어쨌든 전철 안이야. 여기에서는 그런 이야기는 그만두자구." 강몽구는 남승지의 입을 막았다.

"알았어요. 나중에 이야기하더라도 말해 두겠는데요, 형님이 무슨 말을 해도 전 여기에 남진 않을 거예요."

오오, 너, 정말이냐, 정말이야, 정말이냐고……, 남승지는 술기운도 한몫하여 감정의 흐름을 타고 있었다. 순간, 일본에 남고 싶다는 마음의 속삭임도 뒤가 켕기는 마음의 흔들림도 발길에 채여 흩어졌다. 동시에 '일본'과 가족이 몸의 내부를 할퀴면서 밖으로, 밖의 넓은 공간으로 튀어나가는 것을 의식했다. 의식이라기보다는 스쳐 지나가면서 일으키는 마찰의 쓰라린 감각이었다.

"알았어."

강몽구는 남승지를 상대하지 않고 눈을 감았다. 남승지는 화가 울컥 치밀었지만, 강몽구한테 화를 내 봤자 별수가 없었다. 게다가 상대는 알았다고 말하고 있었다. 강몽구는 어디서나 잠을 잘 자니까 종점까지 2, 30분(벌써 두세 정거장을 통과하고 있었다) 동안 적당히 눈을 붙일 것이다. 아니, 그건 알 수 없었다. 그의 머리는 잠긴 눈 속의 공간에서 계속 움직이고 있을지도 모른다.

뒤 차량에서 차장이 건너왔지만, 특별히 표를 검사하지도 않고 운전대 쪽에 잠깐 얼굴을 내밀고는 다시 돌아갔다. 다음 역에서 탄 손님 하나가 두 사람 앞자리에 앉았다. 자신도 모르게 그 새빨간 색깔인 행자의 스커트를 떠올리고 깜짝 놀랐지만, 빨간 모자와 빨간 코트 차림을 한 젊은 여자였다. 엷게 화장한 평범한 얼굴이었지만, 갈색 하이힐을 신은 각선미가 아름다웠다. 유리창에 비친 남승지의 모습을 가리는 자리에 앉은 그녀는 천천히 핸드백에서 빛나는 은색 콤팩트를 꺼낸 뒤 비스듬히 비껴 앉았다. 그리고는 조금 교태를 부리는 듯한 표정으로 거울을 들여다보았다. 술집 여자는 아닌 듯했다. 그렇다고 사무원 같지도 않았다. 차양 달린 둥근 모자를 쓰고 있는 걸 보면 괜찮은 집안의 딸인지도 모르지만, 그렇다고 하기에는 아무래도 그 행실이 마음에 걸렸다. 다른 사람 앞에서 대담하게 빨간 입술을 움직이고(조심성은 있는지 혀끝은 보이지 않았다), 분을 바르지는 않았지만, 입술연지가 칠해진 정도를 살펴보고 있었다. 설마 키스를 한 뒤의 점검은 아니겠지. 그녀는 바로 콤팩트 뚜껑을 닫아 갈색 핸드백에 넣으면서 남승지를 힐끗 쳐다보았다. 그리고는 핸드백을 옆에 내려놓더니, 양손을 머리 뒤로 가져가 세팅하여 부풀어 오른 머리카락을 확인이라도 하려는 듯한 모습으로 모자를 가볍게 눌렀다. 그리고 서글서글한 표정으로 자세를 고쳐 앉더니 시선을 둘 곳을 찾았다.

남승지는 눈을 감았다. 눈앞에서 타오르는 듯한 빨간빛. 마치 색의 반사가 몸을 감싸는 듯했다. 차체의 진동과 굉음 속에서 빨간빛이 흔들린다. 빨강, 빨강, 빨강, 빨간색. 닫힌 눈 뒤쪽의 공간에 빨강이 넘치고, 끈적거리는 액체가 되어 흐른다. 백과 흑의 흑백사진, 제주도의 색의 기조는 백과 흑이다. 눈과 바위, 그리고 겨울의 거무스름한 바다와 하얀 갈매기, 빛나는 파도. 아니, 겨울이 지나면 색깔이 산야에 분출되듯 불타오른다. 바다가 해안을 따라 청록색 고양이 눈 같은 색으로 투명하게 빛난다. 바다와 하늘과 산과 드러난 바위를 채색하는 자연의 눈부신 광채. ……도화지의 색, 이른 아침 번화가의 뒷골목처럼 흘러넘치고 뒤집히는 잡다한 색. 사계절 내내 똑같은 색이 발효하듯 부글부글 끓어오른다. 왜 이렇게도 빨간색이 눈을 끄는 것일까. 남승지는 눈을 뜨고, 여자의 코트와 모자가 정말로 빨간색인지를 확인한다. 피의 색이었다. 빨간색의 방사가 동공을 열고, 기름을 들이마신 것처럼 무겁게 위에 내려앉는다. 신경이 날카로워져 있는지도 모른다. ……넌 무언가를 두려워하고 있는 것이 아니냐. 무엇을……?

여덟 시를 조금 넘겨 덴노지 역에 도착했다. 빨간 여자는 앞 역에서 내렸다. 막 도착한 전차의 엔진과 쇠바퀴의 열이 느껴지고 기름 냄새

풍기는 플랫폼을 지나 개찰구를 나왔다. 남승지는 역사 바깥에 있는 거리의 불빛을 보았을 때, 아, 그렇지 하며 문득 생각나는 것이 있어서 강몽구와 함께 밖으로 나왔다.

낮에 카스텔라를 샀던 제과점 등의 가게가 늘어서 있는 길모퉁이를 덴노지 서문 쪽으로 돌아가면, 분명히 가게 몇 개를 지나 서양화 재료를 파는 화구상이 있을 터였다. 바로 그 옆에 동물원과 나란히 붙어 있는 덴노지 공원에는 일찍이 양준오에게 이끌려 이따금 온 적이 있었다. 미술관과 식물원, 야외공회당, 그리고 야구장, 나무가 무성한 산책로가 있는가 하면, 공원 변두리에는 통천각(通天閣)이 우뚝 솟아 있는 신세계 번화가도 있었다. 동물원은 며칠 전에 어머니와 여동생에게 함께 가자고 공수표만 남발한 그곳이었다. 화구상은 덴노지 역에서 공원 쪽으로 가는 길목에 있었던 것을 기억하고 있다. 진열장 안에 한쪽 팔이 없는 비너스 석고상이 눈에 띄었던 것이다. 남승지는 가게가 아직 열려 있을지 신경 쓰였지만, 그곳에 들러 양준오에게 부탁받은 대로 여동생에게 줄 선물을 살 작정이었다. 낮에 카스텔라를 사면서 생각이 났지만, 그만 깜박 잊고 있었던 것이다. 모레로 다가온 출발을 앞두고, 어머니와 여동생을 데리고 어디론가 나갈 시간은 더 이상 없었다.

가게는 아직 열려 있었다. 남승지는 18가지 색깔로 갖추어진 그림물감 두 상자를 샀다. 하나는 오빠의 작은 선물로. 강몽구도 '한몫' 끼겠다고 했지만, 그림물감을 세 상자나 살 필요도 없었고, 캔버스 같은 걸 산다 해도 지금 가지고 가기에는 적당치 않았다. 등산모를 쓴 남자 점원이 유리 진열장 위에서 포장하는 걸 바라보면서, 가게는 몇 시까지 여느냐고 묻자, 열 시 폐점이라고 답했다. ……아아, 그렇습니까. 늦게까지 하는군요, 남승지는 의미도 없이 묻고, 의미도 없이 감탄하며 대답했다. 물건이 길어서 가방에는 들어가지 않았기 때문에 손에 들었더니 제법 묵직했다. 문득 학생에게 학용품을 사 주는 교사 티가 났지만, 상대는 여동생이다. 사 주면 어떤가 하고 생각했다.

강몽구는 횡단보도 앞에서 택시를 잡아, 이카이노로 향했다. 그리 멀지는 않았다. 다마쓰쿠리 방면으로 가는 전찻길을 따라 달리다가, 도중에 가쓰야마(勝山) 거리를 오른쪽으로 돌아가면 된다. 강몽구는 동해고무로 직행할 예정이었지만, 남승지에게는 도중에 내려서 어머니 집에 가라고 일렀다. 남승지는 전차 속에서 꺼낸 이야기를 오늘 밤 중이라도 확실히 해 두고 싶었지만, 강몽구가 받아들이지 않았다. 어쨌든 오늘 밤은 어머니 집에서 자고, 그 이야기는 내일 하자고 명령하듯 말했다.

남승지는 집 방향으로 들어가는 골목과 교차되는 길모퉁이에서 차를 내렸다. 술은 이제 완전히 깨어 있었다. 양 손에 짐을 들고 골목길을 북쪽으로 걸어갔다. 집으로 들어가는 골목 모퉁이의 백열전구 가로등이 보였다. 어머니 집에 오는 것은……, 아차차, 내 집이다, 자기 집이라고 하지 않으면 여동생 녀석에게 혼쭐날 테니 말이야. 집을 향해 걸으면서, 헤헤, 도대체 내 집치고는 역시 너무 익숙지 않은 길이야, 라고 중얼거렸다. 남승지는 이별을 앞두고 어머니와 여동생을 만나는 게 괴로웠지만, 왠지 발걸음은 가벼웠다.

집에는 어머니가 계셨다. 말순이는 아직 안 돌아왔느냐고 묻자, 어머니는 웃으면서, 네가 오니까 깜짝 놀라서 자기 방으로 도망쳐 들어갔다고 한다.

"방에서 뭘 하고 있습니까?"

남승지는 둔한 질문을 했다. 그 순간, 오빠, 문 열지 마, 안 돼, 안 돼…… 하고 여동생의 좁은 방에서 비명 소리가 들렸다. 여동생으로서는 드문 일이었다. 마치 아이들이 들떠서 떠드는 듯한 목소리였다. 뭔가 그림이라도 그리고 있었나 싶었지만, 아마 옷을 갈아입는 모양이었다. 왠지, 아아, 여동생도 어른이 되었구나…… 하는 생각이 들었다. 음…… 남승지는 전차 안에서 보았던 빨간 코트의 여자를 생각해 내었다. 그림물감이 아니라, 미리 좀 더 생각해서 콤팩트라도 사주었으면 좋았을 것을……, 아니, 아직 우리 나이로 스물한 살이다. 게다가 그런 건 오빠가 할 일도 아니고.

"방금 전에 돌아왔는데, 배고프다고 하길래 먼저 저녁밥을 먹었다."

어머니의 목소리는 밝았다. 여동생도 그랬다. 좀 전에 현관을 들어올 때 남승지를 맞이하던 어머니가 기다리고 있었다고 밝은 얼굴로 말했었는데, 이미 아들이 오늘 밤 돌아올 것을 예상하고 있었던 모양이다.

"빨리 나와, 선물을 가져왔으니까."

화로 옆에 펼쳐진, 만들다 만 붉은 저고리에 시선을 쏟으며, 아, 또 빨강이다, 빨강……이라고 생각했다. 작은 꽃무늬가 들어간 아름다운 비단저고리였다. 그밖에 광택이 나는 하얀 무늬가 새겨진 옷감도 있었다.

말순이가 밝은 목소리로 대답하고는 장지문을 열고 큰방으로 들어왔다. 오렌지색 셔츠 위에 하얀 스웨터, 짙은 감색 바지. 갑자기 키가 커진 느낌이 들었다. 여동생은 커다란 눈을 반짝이며 선물을 양 손에 들자, 뭔데 이렇게 두툼하지……? 하며 고개를 갸웃거렸다. 그림물감 상자 두 개가 겹쳐 있는 것을 금방 눈치 채지 못한 모양이었다.

"지금 열어 봐도 돼?"

"그럼, 물어볼 필요도 없잖아……."

일본어로 대화가 이루어졌다. 물어볼 필요도 없잖아……, 필요 없는 이 한마디를 쓸데없이 덧붙인 게 오히려 남승지의 마음을 편하게 만들었다. 포장을 연 여동생은, 어머나, 그림물감이네, 두 상자나 있어, 라며 낮은 목소리로 환성을 질렀다. 남승지는 뭔가 오래도록 지니고 있을 만한 물건을 사려고 했지만, 시간이 없어서(아차, 하면서, 모레의 출발을 오늘 밤에 알릴까, 내일로 연기할까 망설였다), 이런 것밖에 못 샀다, 이해해라, 양준오와 오빠 두 사람 몫이다, 라고 말했다. ……마침 그림물감이 필요했었어, 기뻐요, 음, 그렇지만 오빠, 괜찮은 거야? 돈이 없을 텐데…… 여동생은 갑자기 얌전해졌다. 나도 오빠한테 뭔가 사 줘야지……. 이런 바보, 쓸데없는 소리 하지 마, 음, 그 대신 네 그림이나 보여 줘. 싫어, 절대로 싫어. 부끄럽단 말이야……. 여동생은 하얀 볼을 붉혔다. 그림물감이 어쩌고저쩌고 해 보았자 어머니에게는 별세계의 화제였지만, 그녀는 남매의 대화를 가만히 지켜보면서 행복한 듯한 미소를 지었다.

저고리와 바느질 도구를 치우고 나서, 세 식구가 화로 곁에 둘러앉았다. 불이 피워져 있는 건 어머니의 일이 오늘도 계속되었기 때문일 것이다. 재봉틀 위에 놓은 돋보기 알이 빛의 굴절로 하얗게 흐려진 것처럼 보였다. 남승지는 상의를 입은 채 넥타이를 풀었다. 여동생이 일어나서 코트와 함께 벽의 옷걸이에 걸었다. 집에 돌아오면서, 밖에서 해결하다니……, 식사는 필요 없다는 오빠를 향해 그녀는 한마디 잔소리를 했다.

"오빠는 오늘 사카이까지 갔다 왔지?"

자리로 돌아온 말순이 우리말로 물었다.

"뭐라고……?"

남승지는 멍해져서, 아니, 속으로 움찔하면서 여동생의 얼굴을 바라보았다.

"왜 그래? 사카이 쪽에 갔다 왔냐고 말했을 뿐인데."

말순이는 소녀처럼 순진한 눈으로 오빠를 바라보았다.

"아니, 아니야, 아무렇지도 않아. 어떻게 네가 그런 걸 알고 있나 싶어서, 그래서 좀 놀랐을 뿐이야."

남승지는 미소를 지으며 말했지만, 여동생의 말에 순간적으로 나카무라를 만난 일까지 모두 꿰뚫어 본 듯한 기분이 들어서 오싹해졌다. 음, 그건 알 수 없지, 아직 방심해서는 안 돼…….

"그 일은……, 어머니도 알고 계셔. 오늘 점심시간에 어머니랑 고베의 승일 오빠한테 전화를 했거든."

"음, 고베에 전화를 했어? 왜 전화 같은 걸 했어."

남승지는 자신도 모르게 나무라는 듯한 말투를 하고는 이내 후회했다. 여동생의 얼굴이 멋쩍은 듯 씰룩거리다 흐려진 것이다.

"……"

"전화를 하면 뭔가 안 되는 일이라도 있냐? 전화는 내가 시킨 거야." 어머니가 조금 걱정되는 목소리로 말했다.

"아니에요, 그런 건 없습니다. 말순아, 말투가 좀 심했던 것 같구나, 미안하다." 남승지는 왼손을 뻗어 여동생의 등을 가볍게 두드렸다. 스웨터를 통하여 손바닥을 빨아들이는 부드러운 등, 육친의 등이었다. 말순은 곧 원래의 밝은 표정으로 돌아와서는, 아니야, 괜찮아, 하면서 고개를 저었다. "하지만 어머니, 뭡니까, 일부러 전화를 하지 않아도, 그저께 승일 형님이 오사카에 왔었잖아요. 오늘 아침에 형님을 만났더니 말해 주더라구요."

"승일이가 오사카에 왔을 때, 넌 도쿄에 가 있었잖아. 혹시나 도쿄에서 돌아왔나 궁금해서……, 그래서 전화를 걸어 본 거야. 승일이도 여러 모로 바쁠 텐데, 그래도 일부러 네 일을 걱정해서 와 준 게 고마웠다, 너무나 고마웠어……."

"말순아──" 남승지는 화로 가장자리에 올려놓은 자신의 오른손 손가락을 어머니가 어루만지도록 내맡기고는, 그 말을 가로막듯이 여동생에게 말했다. "승일 형님은 내가 사카이에 간 일로 뭔가 다른 말씀은 안 하셨어?"

"응, 어머니한테 금방 전화를 바꿔서 잘은 모르겠지만, 사카이에 일이 있어서 몽구 오빠와 함께 갔다고…… 그렇죠, 어머니, 그렇게 말했죠?"

"그래……, 네가 오늘 아침 도쿄에서 돌아온 뒤, 몽구에게 일이 생겼는데 거기를 따라갔다고 하더라……."

"으-응, 그랬군요."

남승지는 안심했다. ……그럴 테지, 아무리 그래도 어머니한테 나카무라 이야기를 하거나 하는 바보 같은 짓은 할 리가 없지…….

"그런데 승지야. 어머니는 정말로 기쁘구나……." 어머니는 아들의 손을 꽉 움켜잡았다. 남승지는 잠시 숨을 죽였다. 여전히 딱딱한 손이었다. 어머니의 목소리가 떨리고, 코끝이 찡한 듯 붉게 물드는 것을 알 수 있었다. "승일이한테 들었는데, 네가 드디어 결혼할 마음을 먹었다면서, 아이고, 어머니는 이렇게 기쁠 수가 없구나, 정말로……."

어머니는 코를 훌쩍이며 울기 시작했다. 아들의 손을 놓고 저고리 고름 끝을 눈가로 가져갔다. 어머니가 눈물을 흘리며 기뻤다는 말은 거짓이 아니었다. 각오는 하고 있었던 일이다.

"……"

그러나 남승지는 금방 대답할 수가 없었다. 사촌 형 남승일에게 결혼하겠다고 말한 것은 사실이었지만, 어머니에게는 그렇다고 대답할 수는 없었다.

"왜 너는 잠자코 있어, 그게 맞겠지, 승일이가 한 말이 정말이지."

어머니는 이미 붉게 물든 눈을 크게 뜨고, 아들의 눈 속을 살펴며,

도망치려 하는 검은 눈동자의 움직임을 쫓았다.

"……예, 그렇습니다."

"왜 그러는 게야, 그렇게 마음에도 없는 대답을 하고, 설마 거짓말은 아니겠지?"

"어머니." 여동생이 어머니의 오른 손목을 잡고 흔들었다. "어머니도 참, 왜 그렇게 캐묻듯이 말하세요."

"넌 잠자코 있어."

"어머니, 왜 그러세요, 그렇다고 말씀드리지 않았습니까. ……그 말이 맞아요. 승일 형님에게 분명히 결혼하겠다고 말했어요."

남승지는 자신의 속마음과는 다른 말을 하면서 웃었다. 이렇게라도 말하지 않을 수가 없었다. ……분명히 말했어요, 분명히, 분명히, 분명히 말했다구요……, 귓속에서 울리는 목소리. 에잇, 제기랄, 뭔가의 함정에 빠졌어. 어딘가 깊은 어둠 속으로 발이 통째로 끌려들어가는 느낌이야…….

"아이고, 너도 참 이상한 아이로구나, 바로 그렇다고 확실하게 대답을 해 주면 좋을 텐데……."

울적해 있던 어머니의 얼굴에 멋쩍은 웃음이 돌았다. 뜻밖에도, 지금까지는 아들에게 웬만해서는 보이지 않았던 어머니의 억척스러운 성격이 조금 얼굴을 내밀었다. 아니, 평상시의 어머니와 어울리지 않게, 갑자기 침착성을 잃은 것 같았다.

"그건 그렇고, 승일 형님은 뭐라고 했습니까?"

남승지는 화제를 바꾸려고 어머니에게 물었다. 오사카로 찾아온 사촌 형이 어머니에게 무슨 말을 했는지 알 수가 없었다. 설마 '공작'하러 온 사실을 넌지시 비춘 것은 아닌지 의심스러웠다. 만일 어머니가 아들과 강몽구가 '공작'하러 온 조직원이라는 걸 알면 어떻게 될까.

괴로워하다가 결국은 아들의 귀국을 허락하겠지. '위험한 전쟁터'인 줄 알면서도 고향에 돌아가는 것을 막지는 않을 것이다. 그러나 그것은 너무 잔인한 이별이었다. 그는 자신의 입장을 어머니나 여동생에게 알리고 싶지 않았다. 더구나 그렇게 되면, 어머니와 여동생은 제주도에 돌아가 아들과 위험을 함께하겠다고 나올 것이 분명했다.

"승일이는 별다른 말을 하지 않았어, 원래 그다지 말이 없는 사람이니까 말야. 네가 결혼한다니까, 그저 기뻐서……, 그래서 말이지, 이것저것 의논을 좀 했지."

"상담……, 후후후, 무슨 의논을 그렇게 일찍부터 합니까?

남승지는 억지웃음을 지으며, 이거 점점 골치 아프게 되어 간다고 생각하면서 말했다.

"……그야 뭐, 의논이라 해 봤자…… 네 사촌 형도 오랜만에 왔고 해서, 결혼 얘기랑, 또 여러 가지 이야기가 나왔는데……, 그리고……."

어머니는 애매하게 말을 끊었다.

"……그리고 뭡니까?"

남승지는 어머니를 보고 말했다. 어머니는 가볍게 고개를 끄덕였을 뿐, 어린 소녀처럼 시선을 돌려 말순이의 가슴께를 바라보았다. 얼굴의 주름살이 부쩍 눈에 띄었다. 반들반들한 딸의 고운 낯빛에 반사된 것처럼 주름살이 두드러져 보였다. 어머니는 지금 아들의 귀국 문제를 이리저리 생각하고 있는지도 몰랐다. ……사돈님, 모레 떠나는 그 배로 승지도 함께 데려가는 겁니까. ……결혼은 결혼이야, 일본에서 할 수 없으면 제주도에 돌아가서 해도 돼, 네가 무슨 일이 있어도 돌아간다고 하면 말이야……, 오늘 아침 사촌 형 남승일이 한 말이었다. 낯이 두껍다고나 할까, 노회(老獪)함에서 오는 불쾌감이 붙어 다니는 느낌을 주었다. 남승일은 어쩌면 사촌 동생을 일본에 붙잡아 두라고 어머니에게 말했을지도 모른다. 으흠, 오늘 전화로 이야기를 했다고 하지만, 사촌 형은 내가 모레 떠나는 걸 알면서도 어머니에게 아무 말도 하지 않은 것이 틀림없다. 만약 어머니가 알았다면 난리가 났겠지. 이렇게 태연히 '결혼 이야기'를 하실 리가 없었다. 게다가 강몽구가 모레로 다가온 출발을 가족에게 알리라고도 알리지 말라고도 하지 않은 건 어찌 된 일일까.

재봉틀과 나란히 놓인 장롱 위의 자명종시계 소리가 갑자기 귓전에 달라붙은 것처럼 선명하게 들려왔다. 마치 바늘 끝으로 뭔가를 쿡쿡 찌르는 듯한 소리였다. 돌아보니 벌써 아홉 시가 가까웠다. 아홉 시 10분 전이야……라고 여동생이 일부러 말해 주었다. 오빠는 고개를 끄덕였다. 그 상냥한 목소리가 좋았다.

남승지는 일어나서 변소에 갔다. 오줌이 마렵기도 했지만, 잠시 자리를 비우고 싶었다. 머릿속에서 꿈틀거리는 송충이들(그중에는 차라리 이대로 일본에 남고 싶다고 꿈틀거리는 송충이도 있었다)을 죽이지 않으면 안 된다. 좁은 뒤뜰 툇마루로 나온 그는 손을 뒤로 돌려 유리문을 닫고, 두 손을 가볍게 벌려 심호흡을 했다. 방 안의 불빛을 받은 키 큰 팔손이나무의 커다란 잎사귀가 바람을 받아 이리저리 무겁게 흔들리고 있었다. 춥지는 않았지만, 싸늘한 느낌을 주는 바람이었다. 하늘에는 ○부락의 시골길에서 올려다보았던 것처럼 별이 가득 흩뿌려져 있었다.

어떻게 할 것인가……, 남승지는 소변통 앞에 서서, 심한 암모니아 냄새에 눈과 코를 자극받으며 생각했다. 이틀 뒤로 다가온 출발, 모레라는 벽을 향하여 뒤쪽으로부터 시간의 문이 서서히 밀고 들어온다. 아직은, 오늘 밤 안에는, 22일의 출발을 '모레'라고 말할 수 있다. 적어도 이틀간은 여유가 있었다. 내일이 되어, 어머니와 여동생에게, 난 내일 조국으로 돌아간다고 말할 수 있을까. 그렇다고 지금부터 모레의 출발을 알리게 되면 어떻게 될까……. '어차피 맞을 매라면 빨리 맞는 게 낫다'는 말도 있지만, 나만의 문제가 아니고 상대가 결부되어 있는 문제였다. 드디어 빼도 박도 못하는 상황에 다다랐다는 기분이 들었다. 음, 이럴 때, 보는 사람을 화석으로 만들 것 같은 눈을 가진 이방근이라면, 그리고 강인한 정신과 의지의 소유자인 양준오라면 어떻게 할까──. 마음이 부글부글 거품을 내며 타들어 갔다. 소변을 마치자 몸이 부르르 떨렸다. 맥주를 한 병 마시고 싶었다. 조금 전에는 막 술이 깬 탓도 있었지만, 맥주도 사다 놓았다며 여동생이 꺼내러 가는 것을 말렸던 그 맥주를 마시고 싶다고 생각했다. 변소에서 툇마루로 돌아온 남승지는 다시 한 번 밤하늘을 쳐다보았다. 아아, 묘안이 없을까, 어쨌든 강한 의지가 필요했다.

6

흐린 날 같은 잿빛 햇살 속으로 남승지는 나왔다. 바로 옆에서 돼지 울음소리가 들렸고, 방금 나온 부엌 아궁이에는 커다란 가마솥과 냄비가 걸려 있었다. 남승지는 이상하다, 여기는 제주도와 비슷한데, 라고 생각하면서, 지금부터 제주도로 떠난다고 어머니와 여동생에게 이별을 고했던 것이다. 바깥은 축축하게 젖은 벌판으로, 저 멀리에 부서져 흩어지는 하얀 파도가 보였다. 바다였다. 어머니와 여동생이 슬피 울며 붙잡는 것을 뿌리친 남승지는 항구로 향했다. 남승지의 마음은 아무것도 없이 텅 빈 눈앞의 벌판처럼 슬펐지만, 헤로이즘이 그를 충분히 영웅적인 기분으로 만들어 놓고 있었다. 갑자기 그는 달리기 시작했다. 어머니와 누이동생이 쫓아오고 있었던 것이다. 어리석게도 그 뒤에 경찰이 바싹 따라오는 줄도 모르고 쫓아오고 있었다. 남승지는 어느새 번화가에 들어섰는가 싶었는데 벌써 번화가는 끝나 있었다. 우거진 나무들이 울창한 숲을 이루고 있었고, 서늘한 밤 같은 숲 속을 빠져나가자, 저편에 납빛으로 빛나는 바위산이 보였다. 숲으로 도망쳐 들어가 어머니와 여동생을 멋지게 따돌린 남승지는 도망친 것을 몹시 후회했다. 그러나 어쨌든 경찰이 뒤쫓아 오고 있으니 어쩔 수 없이 않은가. 가능하다면 다시 한 번 어머니에게로 돌아가고 싶었지만, 이미 멀리, 너무 멀리 떨어진 곳으로 온 듯한 기분이 들어 되돌아갈 수가 없었다. 어디에선가 돼지 울음소리가 다시 들려왔다. 아니, 여기는 나카무라 씨 집 근처로군. 바위산의 모습이 흘러가듯 사라지고, 문득 눈에 비친 것은 돌계단 위에 세워진 낡은 교실 같은 텅 빈 건물이었다. 돌계단의 한가운데쯤에서 마을 사람 셋이 당장이라도 빠져 버릴 것 같은 하얀 토끼 사체의 긴 귀를 잡고 서서 이야기를 하고 있었다. 갈라진 토끼의 배에서 창자가 마치 밧줄처럼 몇 미터나 흐물흐물 돌계단 아래 지면에까지 널려 있었다. 남승지를 본 마을 사람들은 마치 광부처럼 새까만 얼굴을 번들거리며, 이걸 좀 보시게, 개가 토끼우리의 철망을 아래쪽에서 물어뜯고 토끼를 세 마리나 끌고 나와 물어 죽였다고 하소연했다. 마을 사람들은 이제부터 토끼 시체를 둘러메고 복수하기 위해 개를 찾으러 간다는 것이었다. 왜 사람들은 총을 메지 않는 걸까라고 생각하고 있을 때, 낡은 건물 안에서 오르간 소리가 들려왔다. 아니, 여긴 역시 학교로군. 어느 틈엔가 사다리처럼 높고 가팔라진 계단을 하나하나 간신히 올라가 건물에 다가가자, 오르간에 맞추어 노랫소리가 들려왔다. 저 아래 돌계단에 서 있는 마을 사람들은 언제까지나 개한테 복수할 이야기만 하고 있었다. 남승지는 문이 없는 낡은 창문을 이번에는 뱀처럼 스르르 간단하게 타고 넘어 건물 안으로 미끄러져 들어갔다. 아니, 이럴 수가, 이런 곳에 강몽구가……, 오르간을 연주하고 있는 것은 분명히 강몽구였다. 도대체 조국에도 돌아가지 않고 여기서 뭘 하고 있는 거지? 노래를 부르고 있는 것은 어느 낯선 남자였다. 그때 얼굴도 확실치 않은 유령 같은 남자가 오르간 위에 뛰어올라 춤을 추기 시작했다. 그도 그럴 것이, 오르간은 그랜드피아노와 같은 모습의 그랜드오르간이어서 굉장히 컸던 것이다. 형님, 뭘 하시는 겁니까, 라고 말을 걸며 다가간 순간, 갑자기 몸이 굳어 움직일 수 없게 되었다. 아니, 어떻게 된 거야, 이건……, 쇠사슬에 묶인 상태로 화석처럼 방바닥에 발을 쑤셔 넣은 채 힘겨운 숨을 쉬고 있었다. 그러자 어느 틈엔가 토끼 시체를 든 마을 사람들이 차례로 창문을 넘어 들어와, 저놈이다! 저놈이야! 라고 외치면서 포승줄 대신에 피투성이가 된 토끼 내장을 휘두르며 남승지에게 덤벼들었던 것이다. 남승지는 강몽구와 정체불명의 남자의 이름, 알 리도 없는 그 이름을 열심히 부르며 도움을 청했지만, 음악과 춤에 미친 상대에게 그 소리는 들리지 않았다. 귓속을 거꾸로 달려 자신의 머릿속에서 메아리가 되어 퍼져 가는 그 목소리는, 꿈의 벽을 넘어 바깥세상으로 나가 버렸다…….

남승지는 눈을 떴다. 분명히 현실 속에서 자신의 목소리가 들렸던 것이다. 아니, 꿈과 현실 양쪽에서 똑같은 자신의 목소리가 들려왔다. 입안이 바짝 말라 있었는데, 잠꼬대로 두 사람의 이름을 불렀는지도 모른다. 아직 익숙지 않은 아침 햇살이 적셔진 잠에서 막 깬 눈을 크게 뜨고 천장과 좌우를 둘러보았다. 어젯밤 어머니와 여동생 앞에서 맥주를 마신 큰방이었다. 방밖으로는 어디로도 나가지 않았다. 틀림없이 꿈이었다. 다행이다……, 남승지는 속으로 중얼거리다가, 후우

하는 안도의 한숨을 쉬었다.

아직 일곱 시 전이었지만, 왼쪽 한가운데에 깔려 있는 어머니의 이부자리는 텅 비어 있었고, 부엌에서 어머니의 기척이 났다. 그 건너편 이불이 부드러운 선으로 발치까지 솟아올라 있고, 여동생 말순이가 마침 얼굴을 이쪽으로 돌린 채 잠들어 있었다. 남승지는 가슴이 철렁 내려앉는 기분으로 턱을 당기고 그 모습을 바라보면서, 아무래도 큰 소리로 외치지는 않은 것 같아 안심했다.

천진난만함과 아름다움이 멋지게 섞인 여동생의 잠든 얼굴이었다. 자신의 여동생이면서도, 여자의 맨살에 조금 기름기가 오른 얼굴로 편안하게 잠든 모습이 이처럼 아름다운 것인가 하고 놀랐다. 남승지는 눈부신 것이라도 보는 것처럼 눈을 가늘게 뜨고 숨을 죽인 채 여동생을 가만히 바라보았다. 거의 훔쳐보는 듯한 심정이었다. 빛나는 이마 밑으로 또렷이 그려진 좌우의 눈썹 하나하나, 이마와 관자놀이에 흐트러진 머리카락 하나하나를 셀 수 있을 것 같은 느낌의, 마치 표적이 된 것처럼 움직이지 않는 얼굴. 아아, 여동생의 귀 모양이 이랬구나 하고, 마치 그 모습을 처음 발견하고 확인한 것처럼 계속 바라보았다. 꽤 생생한 박력을 지니고 있었다. 분명히 이성이고 여자였다. 우리 나이로 스물하나, 나하고 세 살 차인가……. 드러난 천진난만함은 여동생이었고, 어른스러운 아름다움은 이성의 것이었다. 여동생의 몸을 감싼 이불의, 잠의 숨결과 함께 파도치는 부드러운 곡선과 그 존재감이 남승지에게 약간의 혼란을 불러일으킬 것만 같았다. 여동생. 잠의 숨결이 여동생의 체취를 전해 오는 것만 같았다. 남승지는 문득, 실제로는 전해지지 않는 그 체취에 이끌려 여동생 곁에 다가가 볼에 가벼운 키스를 해 주고 싶은 욕망을 느꼈다. 으흠, 그렇지, 그건 지난 달 말에 성내에 갔을 때 유달현의 집에서 꾸었던 꿈이다. 이방근의 여동생과 서로 껴안고 있으면서, 그것이 여동생의 모습과 이중으로 겹쳐지는 착각 때문에 꿈속에서 괴로워하던 느낌이 눈앞의 자는 얼굴을 통해 지그시 되살아났다. 남승지는 움찔하여 시선을 피하면서 동시에 얼굴도 돌렸다. 그리고는 가벼운 한숨을 내쉬며 미소를 지었다. 꿈이다, 꿈, 꿈……, 아아, 이 녀석의 결혼 이야기도 막 나왔을 뿐이었다. 그 결말도 못 짓고 나는 가 버린다…….

남승지는 일어나 장롱 위의 재떨이를 가져다가 다시 이불 속에 엎드려 담배를 한 대 피웠다. 눈앞에 마침 어머니가 안 계셨기 때문에 한 대 피우고 싶은 마음이 생겼던 것이다. 그렇다고 해서 어머니 몰래 피우겠다는 것은 아니었다. 단지 어머니 앞에서는 삼가고 있을 뿐이다. 어디선가 고양이가 계속 울고 있었다. 아무래도 지붕 위인 모양이었다.

묘한 꿈이었다. 강몽구는 오르간 따위를 칠 줄 모르는데, 꿈속에서는 그런 의문이 일어나지 않으니 이상한 일이다. 그리고 정체불명의 미친 듯이 춤추던 유령 같은 인간은 무엇일까……. 남승지는 고개를 좌우로 흔들고 뒷머리에 한 손을 갖다 댔다. 뒷머리 주위에 꿈속에서 추적자로부터 도망 다닌 피로감 같은 게 아직도 남아 있어서, 꿈의 기억과 함께 괴로운 감각으로 살아 있었다. 꿈의 기억은 아직도 묘하게 사람을 슬프게 만드는 힘을 가지고 있었다. 어젯밤에는 결국, 떠난다는 이야기를 꺼내지 못하고 말았는데, 그것이 재빨리 꿈으로 나타난 모양이었다.

남승지가 어젯밤 귀국 이야기를 꺼내지 못한 것은, 말할 기회를 잡지 못한 것도 있지만, 마음이 약해서 그런 것은 아니었다. 남승지는 스스로가 그렇게 자신에게 속삭이고 있었다. 그래, 마음이 약한 탓은 아냐, 의지의 문제가 아니라고 의식적으로 생각을 하면서도, 자신에게 그 말을 되풀이했다. 그리고 택시 안에서 강몽구가 '그 이야기'는 내일 어머니 집에서 하자고 말한 걸 새삼 생각해 냈던 것이다. '그 이야기'라는 것은, 그러나 구체적인 게 아니었다. 대체 강몽구가 나를 일본에 남겨 두고 갈 작정인지 어떤지, 그걸 알 수가 없었다. 도쿄를 오가며 행동을 함께하는 동안에도, 여관에서도, 야간열차 안에서도, 그것을 암시하는 아무런 눈치를 보이지 않았다. 남승지는 어제가 되어서야 비로소, 강몽구가 남승일과 무슨 약속을 한 것이 아닐까 하는 의심을 굳혔지만, 그래도 그가 무슨 생각을 하고 있는지 도무지 알 수가 없었다. 강몽구는 소탈하고 꾸밈없는 성격이었지만, 그래도 비밀조직의 일원인 만큼, 입 밖에 내서는 안 될 말은 마음속에 꼭 담아 놓고, 표정이나 태도에 전혀 드러내 보이지 않았다. 그러나 출발이 내일로 다가왔으니, 강몽구 자신이 뭔가 이야기를 꺼내지 않으면 안 될 것이다. 어쩌면 어머니 앞에서, 일본에 남으라고 자신을 설득하려 들지도 모른다. 그때 귀국 이야기는 자연스레 나올 것이다. 더 이상 피할 길은 없었다. 강몽구의 이야기가 어떤 식으로 나올지는 확실히 파악할 수 없었지만, 어떻든 남승지가 귀국을 결심한 이상, 한바탕 파란이 일어나리라는 것은 각오해야만 했다. 그때까지 기다리는 편이 나을 것 같은 생각이 들었다. 지금부터 가족의 마음을 어지럽힐 필요는 없었다.

남승지는 우물쭈물하고 있을 수 없다는 생각이 들어서, 뭔가에 쫓기듯 자리에서 벌떡 일어났다. 할 일은 없었지만, 잠을 깬 이상 한가롭게 누워 있을 수 있는 기분이 아니었다.

여동생이 눈을 떴다. 느닷없이 눈을 번쩍 뜨더니(설마, 이 녀석이 자는 체하고 있었던 것은 아니겠지), 어머나, 미안해요, 내가 늦잠을 자버렸네……, 오빠는 좀 더 푹 자지 그래……라며 상반신을 일으키고 흐트러진 머리카락을 양 손으로 쓸어 넘기며 말했다.

"푹 잤어. 너야말로 좀 더 자, 오늘은 일요일이야."

남승지는 애써 자상하게 말했다. 그렇다, 오늘은 일요일에다 춘분날, 3월 21일, 배의 출항 예정일이다. 오빠는 오늘 바쁘다. 마음이 급해. 오늘은 힘든 날이란다……, 말순아, 난 미안하게 생각하고 있단다…….

"오빤 심술쟁이야. 오빠가 일어났는데, 여동생인 내가 느긋하게 누워 있다니, 그럴 수는 없잖아. 그랬다가는 어머니한테 빗자루로 엉덩이를 맞을 거야." 여동생이 밝게 웃으며 일어나 잠자리에서 나왔다.

"후후후, 그렇구나, 오빠의 권위도 쓸모가 있는데, 그럼, 일어나."

남승지도 웃었다.

"글쎄, 이렇다니까."

여동생이 응수했다.

"다들 일어났나?"

부엌에서 어머니 목소리가 나더니, 바로 여동생에게 이불을 개키라고 일렀다.

"흥, 일일이 말하지 않아도 다 알아서 할 텐데……."

여동생이 응석을 부리듯 일부러 뾰로통한 얼굴을 지어 보였다.

"내가 도와줄까?"

"안 돼요."

섣불리 참견했다가는 여동생에게 야단을 맞을 것이다. 그녀는 뒤뜰로 나 있는 유리문을 열고 이불을 개키기 시작했다. 남승지는 여동생에게 맡겨 두고 부엌으로 나와 그냥 어머니를 지켜보았다. 된장국을 끓이고 있는지 따뜻한 냄새가 아침의 빈속을 기분 좋게 자극했다.

"푹 잤어?"

어머니가 도마 위에서 파를 썰며 말했다.

"예, 푹 잤어요. ……저어, 있잖아요, 어머니, 자다가 무슨 잠꼬대라도 하지 않던가요?"

"누가 말이냐, 네가 그랬냐고?"

어머니는 칼질하던 손을 멈추고 남승지를 올려다보며 말했다.

"예, 그래요."

남승지는 마루방이 높아서, 부엌 토방에 서 있는 어머니와 키를 맞추려고 쭈그려 앉으며 말했다. 마치 어린애처럼. 파의 자극적인 냄새가 눈과 코를 찔렀지만, 어머니는 태연했다.

"달리 아무 일도 없었던 것 같구나. 난 네 곁에 누워 자고 있었으니 말이야, 네가 소리를 지르거나 했다면 금방 알았겠지. 왜 그러니, 무슨 나쁜 꿈이라도 꾸었냐?"

"아니에요. 생각 좀 해 보세요. 어머니와 여동생이랑 함께 자는데, 제가 나쁜 꿈을 꿀 리가 없잖아요. 나쁜 귀신이 아예 다가오지도 못할 걸요."

남승지는 웃으며 말했다.

"그런가, 넌 참 자상한 아이야."

어머니는 고개를 끄덕이고는, 다시 부엌칼을 들고 도마를 울리며 솜씨 좋게 파를 썰기 시작했다. 이상한 일이다. 꿈속에서 속삭이기만 해도 잠꼬대가 되어 실제 목소리로 나오는 경우가 있는데, 그렇게 크게 외치는 목소리가 밖으로 새 나오지 않았다니 어찌 된 일일까. 자신이 외치는 소리가 분명히 꿈의 테두리를 넘어 바깥세상으로 퍼져 가는 것을 내 귀로 똑똑히 듣고 있었다. 그 감각이 지금도 뚜렷하게 남아 있다. 아니, 그 자체가 꿈속에서의 착각이고, 현실에서는 아무 일도 없었는지도 모른다.

아침 식사가 끝나자 여덟 시가 지났다. 이제 슬슬 동해고무로 전화를 걸어도 좋을 것이다. 짐 싣는 작업이 끝나면 오후에라도 강몽구가 집으로 온다고 했지만, 어쨌든 아침나절에 전화를 걸기로 했었다.

남승지는 넥타이를 매고 코트를 걸친 뒤 밖으로 나왔다. 가족에게는 강몽구에게 전화를 하러 나가는 길인데, 형편에 따라서는 그 길로 그와 만나 저녁 늦게 돌아올지도 모른다고 말해 두었다.

거리로 나왔다. 조선시장에서 가까운 네거리의 공중전화박스에 들어가 동해고무에 전화를 걸자, 고달준 사장이 직접 받아서 강몽구를 바꿔 주었다. 짐 싣는 일은 어떻게 됐느냐고 묻자, 지금 막 도와줄 사람들이 도착했다고 한다. 도와줄 사람들이란 조선인 폭력조직인 맹도회(盟道會)의 하야시(林)가(그를 통해 강몽구는 권총을 구입하기로 되어 있었다) 부하들을 몇 명 데리고 왔다는 것이다.

"저는 어떻게 하면 됩니까?"

"집에 있으면 돼. 내가 일을 끝내고 갈 테니까."

"집에 있는 건 싫어요. 적당히 좀 하세요."

"뭘 적당히 하라는 거야?"

"숨이 막힐 지경이에요. 저는 아직 어머니에게 내일 출발한다고 말을 못했지만, 더 이상 침묵만 지키고 있을 수도 없고……, 그렇잖아요."

남승지는 특별히 강몽구로부터 그런 말을 하지 말라고 들은 적이 없음에도 그렇게 말하고 나서 아차 싶었다. 강몽구는 바로 알았다고 대답했다. 그는 남승지가 그 일을 자신에게 맡긴 것으로 받아들였을지도 모른다. 사실, 강몽구는 그런 식으로 말을 이었다.

"네 입장은 알고 있어. 내가 가서 고모님께 말씀드릴 테니까, 그때까지 잠자코 있으면 돼."

선수를 빼앗겼다고 느낀 남승지는 수화기를 귀에 댄 채, 드디어 충돌이구나 하고 속으로 중얼거렸다. 전화박스의 창틀과 기둥의 색 바랜 하늘색 페인트를 손톱으로 긁자, 마치 금이 간 작은 갑각류의 등딱지처럼 벗겨져 떨어졌다. ……알고 있어, 내가 가서 말씀드릴 테니까. 무슨 말을 한다는 거야, 일본에 남으라고 말인가. 아무래도 그런 냄새가 수화기 너머에서 풍겼다.

남승지는 전화박스 앞을 하얗게 칠한 자전거를 탄 경찰관이 지나가는 것을 더러워진 유리창 너머로 바라보면서 이야기를 계속했다. 들개 한 마리가 전화박스로 다가오더니 요령 있게 한쪽 다리를 들고 오줌을 눈 뒤 종종걸음으로 사라져 갔다.

"예, 나온 김에, 지금 그쪽으로 가겠습니다……."

개, 개……, 으-음. 무슨 개인지 머릿속에서 꿈틀거린다. 어찌 된 걸까, 개가 나타났다 사라졌다 하면서, 이누, 이누……, 일본말인 '이누'와 겹쳐지며 되살아났다. 남승지는 전화를 끊고 문을 열었을 때, 확 풍겨 오는 개의 오줌 냄새에 꿈속에서 토끼 시체를 들고 개한테 물려 죽었다고 하소연하던 마을 사람들이 머릿속에 떠올라 혼자 웃었다. 이상한 꿈이었다. 피범벅이 된 내장이 길게 빠져나온 토끼의 사체. 그 토끼의 복수를 위해 관계도 없는 나한테 덤벼들었으니, 아무리 꿈이라 해도 너무 엉터리가 아닌가.

동해고무까지는 걸어서 10분 정도의 거리였다. 버스가 다니는 길로 나오자, 바로 맞은편 주택가의 지붕 너머로 연기를 내뿜고 있는 동해고무의 굴뚝이 보였다. 사무실은 쉬어도 공장의 현장은 일요일과 관계가 없는 모양이었다.

남승지는 넓은 버스 도로를 건너다가, 검붉고 끈적끈적하게 빛나는, 눌려서 내장이 튀어나온 쥐의 사체를 발견했다. 사체 옆의 땅바닥에 끈적끈적한 피가 타이어 자국으로 눌러 붙어 있는 것을 보면, 트럭에라도 치인 모양이었다. 남승지는 마른침을 삼켰다. ……분명히 토끼의 피범벅이 된 사체에는 색깔이 없었는데……, 묘하게 꿈속의 기억이 끈적거리며 고개를 쳐들었다. 어쩌면 지금 꿈속의 자신과 바깥세상과의 경계가 확실치 않은 길을 걷고 있어서, 앞으로 가는 길에 토끼 사체를 든 세 명의 마을 사람들이 나올 것 같은 착각에 사로잡혔다. 설마 이렇게 밝은 태양 아래에서……즉 현실…… 지금 바람이 내 볼을 어루만지고, 내 몸을 지탱하는 딱딱한 도로에 구둣발 소리가 울리는 것은 현실이다. 그렇지 않을 리가 없다. 설마 꿈속은 아닐 것이다. 핫하하, 어리석은 생각이야, 완전히, 지금 내가 가는 곳은 동해고무주식회사란 말이다……. 꿈속의 길을 걸어서 세 명의 마을 사람들이 있는 곳으로 가는 게 아니다. 물론 그렇지, 남승지는 주의해서 건넌 버스도로를 돌아보고, 여전히 찌부러진 채 남아 있는 쥐의 사체를 확인했다.

사무실에서 비스듬히 맞은편에 있는 공장 뒷문을 발견하고, 그 옆에 있는 쪽문으로 들어가자, 눈앞에 녹색의 대형 트럭이 있었다.

작업복 차림의 남자 대여섯 명이 영차, 영차, 하면서 짐 싣는 작업을 하고 있었다. 짧고 각진 머리를 정성스레 손질한 모습, 그리고 그 움직이는 동작으로 보아 그들이 동해고무의 종업원이 아니라는 것은 금방 알 수 있었다. 문과 연결되어 있는 도로 안쪽은 공장의 일부로, 고무 공장 특유의, 생고무를 으깨고 바수는 여러 대의 롤러와 덜컹거리며 맞물리는 톱니바퀴 소리가 높은 천장에 메아리치면서 남승지가 서 있는 발밑의 지면에까지 땅울림으로 전해졌다. 약품과 고무 타는 냄새가 공장 밖에까지 흘러넘쳐 코를 찔렀다. 정문으로 이어진 긴 통로와 뒷문으로 이어진 통로가 T자형으로 만나고 있었다. 상당히 큰 공장이었다. 고베에 있는 남승일의 공장보다 몇 배는 큰 것 같았다.

양복 차림의 한 남자가 지휘를 하고 있었는데, 그가 맹도회의 하야시인 모양이었다. 강몽구의 모습도 트럭 저편에 보였다. 사장인 고달준도 있었다. 남승지는 트럭 앞을 빙 돌아가 사장에게 인사를 했다.

고달준은 인사를 받으면서 악수를 청했다. 남승지는 공손하게 악수에 응했다. 강몽구는 짐을 하나하나 체크하고 있었다.

남승지는 하야시로 생각되는 남자를 보고 놀랐다. 그는 얼핏 보아 도저히 깡패라고는 생각되지 않을 뿐만 아니라, 살결이 희고 얼굴이 갸름한 미남자였다. 넥타이를 맨 말쑥한 차림을 하고 있었는데, 흔히 볼 수 있는 깡패풍의 복장과는 거리가 멀었다. 선입견 없이 처음 만나는 사람이라면 하야시를 폭력단의 간부라고는 생각하기 어려울 것이다. 나이는 갓 서른을 넘긴 듯했고, 저 정도라면 필시 여자들에게 인기가 많을 거야, 라고 남승지는 가벼운 질투까지 느끼면서 두서없는 생각을 했다. 그러나 얼핏 부드럽고 온화한 남자처럼 보이는 것은 사실이지만, 그 날카로운 눈초리와 볼이랑 턱 주위에 특이하게 발달된 근육질의 얼굴, 그리고 다부진 몸매는 역시 보통 사람과는 달랐다. 그리고 보니, 조금 튀어나온 광대뼈 언저리에 그림자 진 부분이 무서워 보였다. 뭔가 시퍼런 칼날 같은 빛이 엿보였다. 유도 고단자로 도장도 운영하고 있다고 강몽구가 말했으니까, 어느 정도 견실한 생활인일지도 모른다. 남승지는 그 점을 잘 알 수가 없었다.

짐은 모두 사방 1미터 정도의 튼튼한 나무 상자였는데, 새끼 대신 짙은 보라색으로 빛나는 얇은 강철 띠를 두르고 못으로 고정되어 있었다. 내용물은 셔츠와 양말 따위의 의류, 그리고 돈으로 바꿀 의약품, 즉 페니실린이나 비타민 등의 주사약과 옥도정기, 머큐로크롬 등의 외상약, 외과기구인 메스, 가위, 청진기에서부터 링거주사 세트, 주사기, 흰 가운, 가제, 탈지면에 이르기까지 모두 갖추어져 있을 터였다. 돈으로 치자면 120에서 130만 엔을 넘는 물건이었다. 짐은 창고 앞에 쌓여 있었다. 트럭에 이미 실린 것까지 합하면, 열두세 상자 정도여서, 트럭 한 대로 충분할 것 같았다. 이 짐들에는 후쿠오카의 어떤 회사 앞으로 동해고무가 발행한 운송장이 붙어 있었다. 고베에서 오사카 항까지 운반되는 짐에도 동해고무의 운송장이 붙게 된다.

……영차, 영차, 영차, 됐다, 무거운 짐이 실릴 때마다 트럭이 약간씩 흔들렸다. 남승지는 가만히 서서 보고 있을 수만은 없어서, 코트와 상의를 벗어 옆에 네모지게 쌓여 있는 생고무 위에 올려놓고, 넥타이를 와이셔츠 속에 집어넣었다. 애당초 운송회사에 부탁한 것도 아니었다. 이것은 자신의 일이었다. 트럭 위에 두 사람이 올라가 있었기 때문에, 트럭까지 운반하는 일은 네 사람이 맡고 있었다. 그런데 기회를 보고 있다가, 나도 함께하겠다고 남자들 사이에 남승지가 끼어든 순간, 단박에 거절당하고 말았다. 한 사람이 목장갑 낀 손을 흔들며 소리쳤다.

"이봐요, 안경 쓴 형씨, 거기 좀 비켜요, 비켜, 방해하지 말고……."

남승지는, 예, 하면서 물러났지만, 조금 멋쩍은 느낌을 거둘 수 없었다. 마치 쫓겨난 개구쟁이 꼬마 같았다. 일하는데 쓸데없는 참견하지 말라는 뜻일 것이다. 안경 쓴 형씨……라니, 남승지는 넥타이를 끄집어내서 원래대로 늘어뜨리고, 상의와 코트를 입으며 트럭 옆에 섰다.

"도와주러 왔으니까, 맡겨 두면 돼."

강몽구가 담배를 한 대 물면서 말했다.

"좀 주제넘게 나선 꼴이 돼 버렸어요. 그래도 고맙군요. 저 사람들은 짐과 함께 배까지 가 주는 겁니까?"

공장의 높은 천장에서 반사되어 떨어지는 소음이 이 주변까지 감싸고 있어서, 목소리가 커졌다.

"그래, 모두 가는 건 아니지만, 음, 임(林) 동무가 함께 가 주니까 든든해."

강몽구는 트럭 뒤쪽에 조금 거리를 두고 서서 짐 싣는 작업을 보고 있는 하야시에게 힐끗 시선을 던지며 말했다.

"역시 저 사람이 임 동무로군요. 그런 일에 관계하고 있는 사람으로
는 보이지 않는데요."

"그럼에도 대단한 거물이야."

"흐음……." 남승지는 왠지 모르게 감탄했다. 하야시가 거물이라면,
그 '두목'격인 강몽구는 훨씬 더 거물일 것이었다. "물론 형님도 함께
가겠지요?"

강몽구는 담배 연기를 천천히 콧구멍으로 내보내면서 고개를 끄덕
였다. 남승지도 현장까지 함께 가고 싶었지만, 트럭에 끼어 탈 자리가
없어 보였고, 보통의 경우와는 달랐기 때문에 그야말로 주제넘게 나
설 필요가 없었다.

"음, 어젯밤에 우상배를 만났어."

"우상배? 어젯밤이었단 말이죠……."

"그래, 저쪽 사무실에서 만났지. 너를 택시에서 내려 주고 나서 이리
로 와 보니, 사무실에 앉아 있더군. ……호통을 쳐 주었어."

"또, 무슨 일이 있었어요?"

남승지는 우상배라는 이름에 가슴이 조금 욱신거리는 것을 느끼며
말했다. 일전에 사무실에서 만났을 때도, 대낮부터 술 냄새를 풍기는
우상배에게 생트집을 잡히면서도 꾹 참았던 강몽구였다. 참기 어려운
일이 있었던 모양이었다.

"핫핫하, 그 친구가 나한테 엉겨 붙었어. 잔뜩 취해 있었지만, 그렇
다고 내버려 둘 수 없는 경우도 있잖아. 골치 아픈 자야. 그 친구는
일종의 정신분열증 환자야. 나는 아무 말도 하지 않았는데 느닷없이,
강 선생, 당신 혼자만 혁명가인 줄로 착각하지 마, 이렇게 나오는 거
야. 나도 공산주의자야, 당신들 못지않은 공산주의 사상과 이론을 가

지고 있다며 시비를 걸어왔어. 핫하, 어처구니가 없어서, 음, 처음 얼마 동안은 내버려 두었는데 말이야. 조직을 나와 고무장화 브로커 따위나 하면서 술만 마시는 공산주의자가 어디 있나. 나도 술은 좋아하지만, 그건 아니야. 그자는 타락분자야." 강몽구는 지금도 분이 풀리지 않았는지, 담배꽁초를 땅에 내던지고 구두로 짓밟았다. "너를 만나게 해 달라며 귀찮게 달라붙어서 어쩔 수가 없었어. 승지 군을 숨겨 놓지 말고 내놔라, 당신이 만나게 해 주지 않으면 내가 찾아내겠다고, 마치 물건이라도 요구하는 것처럼 윽박지르더군. 그 친구는 네가 어지간히 마음에 들었나 봐. 앞으로도 우상배의 영향을 받아서는 안 돼."

"······"

뭐? 앞으로도 우상배의 영향을 받아서는 안 된다고······. 이게 대체 무슨 뜻인가. 게다가 앞으로도, 라는 말은······. 남승지는 코트를 열고 상의 호주머니에서 담배를 꺼냈다. 결코 우상배를 편드는 것은 아니었지만, 그에 대한 강몽구의 태도가 너무나 단죄하듯 무자비해 보였다. 물론 현실의 가혹한 혁명 속에 몸을 던진 사람으로서는 당연한 일이겠지만, 그것만으로는 철학과 문학을 논하는 우상배의 내면에 닿을 수가 없을 것이다. 아니, 닿지 않아도 좋다, 강몽구는 지금 그런 것을 필요로 하지 않는다. 잘난 체하지 않는 그 혁명가다운 성격의 강몽구를 존경하면서도, 우상배에 대한 일방적인 매도에는 저항감이 일었다.

"근데 말이죠······."

남승지가 강몽구에게 말을 걸었을 때, 사무실에서 식모가 나와 강몽구에게 고베의 미나미 씨라는 분으로부터 전화가 왔다고 말했다. 강몽구가 그 자리를 떠났다. 근데 말이죠······, 형님, 앞으로도 우상배의 영향을 받지 말라는 것은 무슨 뜻입니까? 남승지는 강몽구에게 되묻고 싶었다. 우상배가 함께 제주도에 갈 리도 없고, 하루 이틀 뒤에 일본을 떠날 사람에게 앞으로도, 라는 것은……. 아니, 그럴 필요는 없었다. 이제 거의 확실해진 것 같았다. 문득 흘린 말. 사촌 형인 남승일과 한패가 되어 있을 것이다. 사실이 그렇다면 예기치 못한 사태가 일어난 셈이다.

남승지는 바깥공기를 마시고 싶어 쪽문을 나왔다. 공장의 커다란 회색 벽을 따라 뻗어 있는 그다지 넓지 않은 길에는 사람의 왕래가 없었다. 비스듬히 오른쪽으로 뻗은 길과 만나는 버스도로를 달리는 차들의 왕래가 보였다. 경적 소리도 들렸다. ……어차피 배에 짐을 다 싣고 오후에 집으로 돌아가면, 가족 앞에서 이야기가 나올 것이다. 이미 시간이 그런 상황으로 몰고 와 버렸다. 그리고 시간은 막무가내로 충돌을 일으킬 것이다. 남승지는 그런 예감이 들었다.

"집에 돌아가는 거냐?"

사무실에서 나온 강몽구가 말했다.

"그게 아니라……."

남승지가 고개를 저었다.

"고베의 형님한테서 온 전화야. 그쪽에서는 지금 출발한다는구나. 음, 고맙구나, 정말 고마워. ……너 아까 무슨 말을 한 거지?"

"아니요, 아무것도 아니에요." 남승지가 말했다. 고맙구나, 정말 고마워……, 이상하게 새삼스런 느낌이 들었다. "승일 형님도 트럭으로 오사카까지 오는 겁니까?"

"그렇다는군. 방금 전화로 짐과 함께 타고 온다고 말씀하셨어." 강몽구는 순간적으로 남승지의 안경 속의 눈매를 살피려는 듯 큰 눈을 반짝였다.

"그렇다면 뭡니까, 짐을 다 실으면 함께 집으로 온다는 겁니까?"

"모처럼 오사카에 왔으니 아마 들르려 하지 않을까. 늘 올 수 있는 것도 아니고, 집에 들러도 상관없을 것 같은데."

"물론, 상관은 없지요."

아마라니, 으흠, 고베의 형님까지 합세하겠군. 아마가 아닌 것 같은데, 틀림없이 올 거야. 암, 오고말고, 한패인데 뭘……. 남승지는 강몽구의 뒤를 따라 쪽문을 통해 다시 공장 안으로 들어갔다. 모처럼 왔으니 트럭의 출발을 지켜본 뒤 돌아가는 편이 좋을 것이다.

트럭을 보내고 동해고무를 나온 남승지는 곧장 집으로 돌아갈 마음이 내키지 않았다. 지금 열 시도 안 되었는데 강몽구가 돌아오려면 빨라도 오후 두세 시는 되어야 할 것이다. 그렇다고 특별히 갈 곳도 없었다. 그래서 좌우지간 트럭이 떠난 버스도로 쪽으로 어슬렁어슬렁 걸어갔다. 아니, 눈에 띄게 어슬렁거리며 걸어서는 안 된다. 버스가 다니는 도로로 나오자 길가의 집들 담벼락에 붙어 있는 영화 포스터가 눈에 들어왔다. '워너브라더즈의 대작, 해적 브래드'와, '도호(東宝) 영화, 오코우치덴지로(大河内伝次郎) 일생일대의 명연기 시미즈노지로초(清水次郎長)'의 일본과 서양 영화 두 편을 상영하고 있었다.

빵집 모퉁이를 오른쪽으로 돌아, 동쪽의 이마자토를 향해 조금만 가면 영화관이 있었다. 남승지는 문득 칼싸움 영화를 보고 싶다고 생각하면서, 어느새 영화관 앞에 와 있었다. 그곳은 도로까지 물을 뿌려 놓고, 입구 양쪽에는 재수가 좋으라고 소금을 담아 놓았지만, 손님의 모습은 보이지 않았다. 미리 표를 사서 들어가 있던 것으로 보이는 개구쟁이 두셋이 밖으로 뛰쳐나와 서로 쫓아다니며 장난을 쳤다. 열 시 반에 상영한다는 표찰이 걸려 있는 것으로 보아, 방금 문을 연 모양이었다.

남승지는 영화간판과 스틸사진을 곁눈질하면서 영화관 앞을 그냥 지나쳤다. 곧 작은 다리가 나왔다. 그는 아침 햇살에 반짝이는 냇물을 바라보면서 다리를 건너고 나서도 그대로 계속 걸었다. 잠시 걸으니,

왼쪽에 버드나무와 벗나무에 둘러싸인 공원이 보이고, 아이들이 공을 차거나 미끄럼틀과 그네를 타면서 떠들어 대고 있었다. 어린애의 손을 잡은 젊은 어머니의 모습도 보였다.

이 근처가 유곽인 탓도 있었지만, 주위는 조용하고 아직은 인적이 드물었다. 공원에서 노는 아이들 목소리가 맑고 또렷하게 들려올 만큼 조용했다. 맞은편에서 걸어오는 젊은 남자는 아마 어젯밤 이곳 유곽에서 묵은 손님일 것이다. 집 앞에 물을 뿌리고 있는 노파는 포주였다. 담배를 물고 유곽에서 나온 사내는 왠지 눈부신 듯한 얼굴을 하고 있다. 햇빛이 눈부신 걸까, 남의 눈이 부끄러운 걸까, 아니면 졸려서 그런 것을 남승지 쪽에서 멋대로 그렇게 생각하는 것일까.

이곳 유곽은 남승지에게 추억 어린 곳이었다. 오른쪽으로 구부러져 유곽 안으로 곧장 들어가면, 지금도 그 집을 찾을 수 있을 것이다. 미요(美代)라는 여자의 이름도 얼굴도 기억하고 있다. 하얗고 동그란 얼굴에다 콧망울 옆에는 새까만 점이 있는 여자였다. 날짜는 잊었지만, 해방되던 해, 가족들과 헤어져 조국으로 돌아가기 바로 전인 11월 어느 날, 우상배에게 끌려와 그녀에게 말하자면 창녀에게 동정을 '바쳤던' 것이다. 술기운을 빌어, 두려움과 기대로 가슴을 두근거리며 '유곽'의 문지방을 넘었던 것이다.

애초에 순진하던 그는 여자와 함께 잠자리에 들자, 몸도 마음도 움츠러드는 바람에 여자에게 감히 손도 대지 못했다. 그래서 나란히 엎드려 이런저런 이야기를 주고받는 동안에 '시간'이 다 지나 버렸다. 시간 다 됐어요, 라는 포주 할멈의 목소리가 들렸다. 옆방에서 우상배가, 어이 승지 군, 그만 일어나 하고 소리쳤다. 여자가, 아직 안 했다고 대답했다. 결국 시간을 추가하여 '두 시간' 동안 그녀와 같이 잤던 곳이다. 그리고 일을 끝냈던 것이다. 아직 익숙지 않은 술을 몇 잔이

나 마셔서 상당히 취해 있었지만, 나무인형처럼 서로 맨살을 맞댄 채 가만히 누워서 술김에 이런저런 이야기를 하던 일이 아직도 기억난다. 부드럽고 하얀 살결이었다. 움켜쥔 손바닥을 천천히 밀어내던 탄력 있는 젖가슴, 그 여신에 버금갈 만한 아름다움, 그녀의 손에 이끌려 조심조심 만져 본 귀여운 배꼽(간지러워요, 여자가 웃었다), 배꼽에서 하복부를 따라 좀 더 내려가면, 손가락을 붙잡고 놓지 않는 뻣뻣한 털이 무성한 곳……. 당신은 이상한 사람이군요, 여자가 말했다. 왜? 왜라니요, 정말 이상한 사람……. 남승지는 공원 주위를 한 바퀴 돌면서, 자신보다 두세 살 위인 그녀가 어쩌면 아직도 같은 집에 있을지도 모른다고 생각했다.

남승지는 같은 길로 되돌아와 반대 방향으로 걸어갔다. 좀 전에 유곽에서 나와 눈부신 듯한 얼굴을 하고 있던 젊은 남자처럼. 다시 다리를 건너 영화관 앞으로 왔다. 외박한 것도 아니고, 시간도 너무 이른데다. 넥타이를 단정히 매고 새 코트를 입은 차림으로 변두리 영화관에 들어가는 것은 조금 부자연스러워서 남의 눈에 쉽게 띌 것이다. 영화관 앞까지 오자, 나막신을 신고 점퍼를 입은 아버지로 보이는 남자가 아이를 데리고 와 표를 사고 있었다. 대충 짐작이 갔다. 거리의 불량배가 아닌 다음에야, 아침부터 한껏 멋을 부리고 영화관에 들어가지는 않을 것이었다.

"……"

남승지는 영화관을 그대로 지나쳐, 집과는 반대 방향인 이마자토 로터리 쪽으로 걸어가면서 중얼거렸다. 음, 지금부터 난바(難波)로 가 볼까. 미나미(南) 센니치마에(千日前)로 가면 어떨까. 고베의 유흥가보다 몇 배나 큰 번화가였다. 그는 잠시 멈춰 서서 등을 구부리고 담배에 불을 붙였다. 길가에 싹을 틔우기 시작한 버드나무의 치렁치렁한

가지가 부드러운 바람을 타고 남승지의 머리와 어깨를 어루만졌다. 이마자토까지 걸어가서 전차를 타고 센니치마에로 간다. 버스도 있을 터였다. 그쪽에 도착하면 열한 시를 넘길 것이고, 일요일의 번화가가 슬슬 혼잡해질 시간이다. 거기라면 걱정할 게 없었다. 게다가 새 코트를 입고 번화가를 한 번 걸어 보고 싶기도 했다. 신사이바시스지(心齋橋筋)와 은행나무 가로수가 있던 미도스지(御堂筋)도 그리웠다.

이 주변을 걷고 있노라니, 갑자기 옆 골목에서 불쑥 양준오가 나타날 것만 같은 착각에 빠졌다. 아니, 양준오가 아니라, 정말로 우상배가 어슬렁거리며 나타날지도 몰랐다. 이봐……, 그는 움찔하여 멈춰 서려고 했다. 뒤에서 들려온 목소리의 주인공을 우상배라고 생각한 것은 아니었다. 반사적인 반응이었다. 남승지 옆을 걷고 있던 한 여자가 멈춰 섰다. 멀지 않은 곳에 육교가 보였다. 잠시 걷다가 육교 아래에 서자, 마침 전차가 굉음을 내며 머리 위를 통과했다. ……그만두자, 그만둬, 가기는 어딜 간다고……. 그는 어두컴컴한 건널목 맞은편의 밝은 곳으로 다시 나왔다. 걸으면서도 공연히 화가 치밀어서 견딜 수가 없었다. 강몽구에게 화가 났다.

육교를 지나 5, 6분 걸으면 이마자토 로터리였다. 로터리 주변은 자동차의 왕래로 시끄러웠다. 맞은편에 보이는 은행의 묵직한 석조건물은 커다란 셔터가 굳게 닫혀 있었다. 모퉁이를 왼쪽으로, 쓰루하시 역 쪽으로 돌아 전차 정류장으로 다가가자, 사람들의 왕래가 많았다. 왼쪽의 번화한 상점가에서 사람들이 나왔다.

그만두자, 가기는 어딜 간다고……. 이 주변은 그리운 곳이었다. 식당 등이 줄지어 있는 왼쪽으로 낯익은 선술집이 보였다. 유리문 안쪽에서 하얀 커튼이 내려져 있었지만, 지난날 우상배와 양준오에게 이끌려 이따금 온 적이 있는 술집이었다. 그렇지, 야하타야(八幡屋), 간판에 야하타야라고 쓰여 있었다.

남승지는 선술집 옆에, 대중음악이 흘러나오는 다방으로 들어갔다. 아무르. 세련된 이름이었다. 변두리의 아무르. 옛날에는 분명히 이런 다방은 없었을 것이다. 단골인 듯한 남자 손님 두 사람이 카운터 안에 앉은 여주인과 이야기를 나누고 있었다. 남승지는 커피를 마시고, 탱고 음악에 저절로 휘감기는 듯한 마음을 잠시 내맡긴 채, 벽에 걸린 알프스의 천연색 사진을 바라보았다. ……앞으로도 우상배의 영향을 받아선 안 된다. 탱고 음악의 선율 속에서 강몽구의 목소리가 들려왔다. 우상배를 만나고 싶었다. 막소주가 든 컵으로 낡은 탁자를 탕 치고는, 이봐 하고 소리친다. 그 취기 어린 목소리. 바로 옆에 있는 선술집이었다. 이봐 승지 군, 이 술 밑바닥에 있는 게 뭔지, 자네는 아나? 컵 밑바닥에 있는 건 슬픔이야, 즐거움이 아니야, 알겠지, 자네, 이봐, 승지 군……. 일전에 동해고무에서 만났던 우상배의 모습에 그 무렵의 모습이 겹쳐 떠오른다. 지금 우상배를 만난다면, 무슨 말이든 마구 지껄일 것만 같았다. 그가 있는 곳을 안다면, 강몽구 몰래 찾아갈지도 모른다.

그만두자, 가기는 어딜 간다고……. 일본에 살고 있는 게 아니다. 여긴 '외국'……, 멋대로 나가서 슬쩍 기분을 풀 곳이 아니다. 그만두자, 그만둬, 남승지는 자신의 마음이 해이해진 것을 깨닫는다. 조금 들떠서 침착성을 잃은 탓이었다. 그러나 센니치마에에 갈 것인지 말 것인지가 문제는 아니었다. 그는 지금 시간을 주체하지 못하고 있었다. 강몽구와 사촌 형이 돌아오는 그 결정적인 시간. 그리고 그때까지 남은 시간.

남승지는 반 시간쯤 뒤에 다방을 나왔다. 오래 머무는 것은 금물이다. 그는 결국 미나미의 번화가 센니치마에에는 가지 않았다. 바로 옆 상점가에도 영화관이 두세 개 있었지만, 그 앞을 그냥 지나쳤다. 그는 상점가를 지나 남쪽으로 가다가, 아까와 마찬가지로 전차가 다니는 육교 밑을 지나 이카이노로 들어갔다. 그리고 운하로 나와, 메탄가스가 끓어오를 것처럼 더러운 냇가 길을 따라 집으로 돌아왔다. 열한 시였다. 그는 조금 잠이 부족하다며 잠깐 이불 속으로 들어갔는데, 정말로 잠들어 버렸다.

강몽구와 남승일이 온 것은 세 시 반경이었는데, 역시나 사촌 형도 함께였다. 강몽구가 말한 것처럼, 아마도……, 가 아니었던 것이다. 남승지는 이미 일어나 있었는데, 현관에 두 사람이 온 것 같은 인기척을 느끼자마자, 어험……, 하는 사촌 형의 헛기침 소리가 들렸다. 순간적으로 마치 제주도에서 손님을 맞이하는 듯한 착각을 불러일으키는 헛기침 소리였다.

7

남승지는 사촌 형의 거드름 피우는 헛기침이 마음에 들지 않았다. 재일조선인 가운데 웬만큼 나이 든 사람이나 노인들 사이에서는 방문의 신호로 헛기침을 하는 습관이 사라지지 않고 남아 있어 결코 드문일은 아니었지만, 남승지는 사촌 형의 헛기침이 왠지 싫었다(조국에서도 농민 같은 일반인은 헛기침을 하지 않는다. '양반'이라든가 '지식층' 사이에서는 아직도 사용하는 경우가 있었다). 뭐가 어험……이야, 나를 강제로 일본에 묶어 두고 결혼을 시키기 위해 왔다는 신호로서의 헛기침이 아닌가. 그렇게는 안 될 거야. 남승지는 바로 그런 반응을 보였는데, 그 마음은 이미 상당한 고집불통으로 변해 있었다고 할 수밖에 없었다.

어머니는 친척인 두 사람을 환영했다. 남승일은 아들의 결혼을 추진해 주는 사람이었고, 강몽구는 그녀의 사촌 오빠의 아들로 피를 나눈 조카였기 때문에, 그들의 방문이 기뻤던 것이다.

남승일과 강몽구는 각자 코트를 벗고, 모두 다 같이 화로를 둘러싸고 앉았다. 춥지는 않았지만, 어머니가 방금 전까지 재봉 일을 계속하고 있었고, 또 두 사람이 올 것을 미리 알고 있었기 때문에 불을 끄지 않고 놓아두었던 것이다.

두 사람이 나란히 앉자, 원래 덩치가 큰 남승일은 더욱 커 보였다. 그러나 몸집은 작지만 다부진 체격의 강몽구도 권투선수 같은 탄력이 몸 전체에 느껴지는 터라 결코 만만해 보이지는 않았다. 말순이가 두 사람의 코트에 옷걸이를 넣어 벽에 걸고 나서, 화로 위에서 끓고 있는 주전자를 들고 부엌으로 갔다.

"승일이 조카, 정말 고맙네, 바쁜데 그 먼 곳에서 몇 번씩 와 주고, 신세만 지고 있으니, 난 정말이지 너무 고맙게 생각하고 있다네."

어머니는 자신이 부탁하기라도 한 것처럼 말했다. 조카라고는 해도, 어머니와 남승일은 대여섯 살밖에 차이가 나지 않기 때문에, 아무리 유교의 도덕관념이 깊이 뿌리내린 조선인 사회라고 해도, 함부로 상대를 아랫사람 취급할 수는 없었다. 무표정한 남승일은 입가에 가벼운 미소만 지은 채, 알았다는 듯이 고개를 끄덕일 뿐 아무 말도 하지 않았다. 말순이가 차를 가져와 세 사람 앞에 놓았다. 어머니는 아직까지도 입에 맞지 않는다며 일본차를 마시지 않았다. 마시는 것은 보리차 정도였다.

남승일은 상의 안주머니에서 지갑을 꺼내더니, 백 엔짜리 지폐로 2천 엔을 세어 말순에게 건네면서, 슬슬 저녁때가 다 되었으니 이 돈으로 술과 음식을 장만하고 거스름돈은 그냥 가지라고 일렀다. 여동생은 망설였고, 어머니도 그런 걱정까지 하지 않아도 된다고 말렸지만, 일단 꺼낸 돈을 도로 집어넣을 리가 없었다. 강몽구도, 사돈님, 그건 제가 낼 테니까……, 말순아, 이걸 가지고 가거라, 라면서 지갑을 꺼내다가 이내 생각을 바꿨는지 다시 집어넣으며 남승일의 말에 따랐다. 이미 내놓은 돈이고, 그걸 굳이 말리는 것은 어른스럽지 못한 일이었다. 말순은 사촌 오빠의 말을 따랐다.

"승일 사돈님께 맡기겠습니다. 사장님 앞에서 주제넘게 나서는 건 실례니까요. 핫핫하……."

강몽구가 그다지 세련되지 못한 농담을 하며 그 자리를 얼버무렸다. 여동생이 어머니를 부엌으로 불러내서는 사 와야 할 음식재료를 상의한 다음 밖으로 나갔다.

"몽구는 일본에 온 지 한참 됐는데도, 얼굴 보기가 어렵구나. 첫날밤에도 여기 와서 잠깐 앉아 있다가 금방 어디론가 가 버리지 않았나."

부엌에서 돌아온 어머니가 말했다.

"오늘은 잠시 머물겠습니다."

"잠시라는 게 무슨 소리야. 오늘 밤에도 다른 데 갈 작정이냐? 하룻밤쯤은 자고 가도 좋잖아."

"예, 고모님. 그렇게 됐습니다, 저도 하룻밤 자면서 여러 가지 고향 이야기도 하고 싶습니다만, 그게 말이죠, 생각처럼 안 돼서……."

"승지한테도 바쁘다는 이야기는 들었어. 그런데 뱃일 쪽은 잘 돼 가나?"

"예, 그럭저럭요. 이번에는 승일 사돈님에게 물건과 화물을 소개받다 보니 여러 가지로 신세를 지고 있습니다."

"아이고, 고맙네, 승일이 조카……."

남승일은 눈앞에 재떨이가 있는데도, 화로에 손을 뻗어 손가락으로 담뱃재를 톡 떨뜨렸다. 사촌 형과 어머니 사이에 앉은 남승지는 고개를 숙인 채 흘러내린 안경을 손가락으로 밀어 올리고 코끝을 만지작거리며 이야기에 귀를 기울이고 있었다. 둥근 안경 안쪽의 눈이 깜박이지도 않았다. 그는 강몽구가 언제 이야기를 꺼낼지 기다리고 있었다. 과연 어떤 방식으로 내일 예정된 출발을 어머니에게 전하려는 것일까. 심신을 지치게 만든 어젯밤의 꿈도 번거로웠지만, 이제 막다른 순간에 이르자 더한층 마음이 다급해져서 빨리 결론이 나기를 바랐다. 그러나 어른들의 지혜인지 한동안 세상 돌아가는 이야기가 계속될 뿐, 강몽구는 물론이고 아마도 부두에서 만나 여기까지 함께 오는 동안에 서로 의논했을 게 뻔한 사촌 형도 금방 말을 꺼내려 하지 않았다. 아니, 그러는 게 오히려 좋았다. 자연스럽고 부드럽게 넌지시 이야기가 나오는 편이 나았다. 어머니와 여동생이 받을 충격을 생각하면, 지금 이야기를 서둘러 꺼내는 것이 무척이나 두려웠다.

"……그런데, 몽구는 언제쯤 고향으로 돌아가는 건가?"

어머니가 물었다. 남승지는 움찔하여 강몽구를 바라보았다.

"……" 강몽구는 금방 대답을 하지 않았으나, 날카롭게 쏘아보는 남승지를 힐끗 돌아보고 나서, 으흠, 그게 말입니다……라며 얼굴에 미소를 띤 채 말했다. "갑작스런 일이 생겨서 말입니다, 내일 밤에는 떠나야 할 것 같습니다. 그래서 오늘은 인사차 찾아뵀었습니다."

"내일 밤……?" 어머니는 놀란 듯이 되물었다. "내일 밤에 떠난다는 것은, 이제 고향으로 가 버린다는 말인가?"

강몽구가 고개를 끄덕였다.

"그럼, 이 아이는 어떻게 되나?"

어머니는 갑작스레 물었다.

"음, 그걸 말이죠, 승일 사돈님도 계신 곳에서 고모님과 함께 의논을 드리고 싶습니다."

"그야 좋은 일이지, 무슨 일이든 의논이 중요하니까……." 어머니의 표정이 불안으로 흐려졌다. "그런데, 의논을 한다는 것은, 뭔가, 이 아이에 대해 아직 아무것도 결정된 것이 없다는 말인가?"

"예, 그렇습니다……."

뭐가 그렇습니다란 말인가……, 결정되었다고 말하지 않은 것만 해도 다행이긴 했지만, 바꿔 말하면 귀국하는 것도 결정되지 않았다는 의미가 되는 것이다. 남승지는 어머니 앞이라 애써 태연한 척했지만, 긴장한 탓인지 가슴 안쪽이 바늘로 쿡쿡 찌르는 것처럼 아팠다.

"그렇다면 고향에 함께 가 버린다는 건가? 그럴 리는 없겠지. 승일 조카는 이 아이를 일본에서 결혼시킨다고 말했잖아. 그리고 어젯밤에는 이 아이도 결혼한다고 제 여동생 앞에서 자기 입으로 말한 지 얼마나 지났다고……."

남승일 쪽으로 고개를 돌린 어머니의 눈빛은 떨리고 있었다. 남승일은 담배를 계속 피워대면서 말없이 고개를 끄덕였다.

"어머니는 좀 잠자코 형님들 이야기를 들어 보셔요."

남승지는 어머니가 말을 계속하려는 것을 가로막고, 이런 말투는 좋지 않다고 생각하면서 모나게 들리지 않도록 억제된 목소리로 말했다. 그러나 어젯밤에 어머니의 추궁을 받고 간접적으로나마 그런 대답을 한 건 사실이었다. 그때 어딘가 어둠 속으로 발이 통째로 미끄러져 들어가는 듯한 느낌이 되살아났다. 결혼……, 지금은 마치 부글부글 메탄가스를 뿜어내는 늪 같은 기분이 들었다. 대체 무슨 결혼을 한단 말인가.

"……너 안색이 좋지 않은 것 같은데, 어디 안 좋은 곳이라도 있나?

아까도 계속 잠만 자고, 뭔가 이상하다고는 생각하고 있었지만……."

"좀 피곤할 뿐이에요. 걱정하실 거 없어요."

남승지는 팔을 뻗어 부젓가락을 집어 들고 숯불을 뒤집으면서 말했다. 잠시 서로의 대화가 끊어지고 침묵이 흘렀다. 현관문이 열리더니, 여동생이 장바구니를 들고 돌아왔다. 남승지는 여동생에게 다시 차를 내오라고 일렀다. 담배를 피울 수는 없어 자꾸만 찻잔으로 손이 갔다. 여동생은 다시 술을 사러 나갔다. 한두 병이 아니니까 배달을 시키면 좋을 텐데, 일부러 자기가 직접 들고 오겠다며 굳이 장바구니를 두 개나 들고 나갔다. 그 고집은 쉽게 꺾을 수가 없다.

"저어, 승지야, 내 말을 잘 들어줬으면 좋겠구나. 음, 이건 내가 처음부터 너한테 줄곧 해 왔던 이야기야……. 여러 가지로 생각도 해 보고, 몽구 사돈님과 의논도 해 봤지만, 음, 역시 넌 이번 기회에 어머니 계신 곳에 남는 게 좋을 것 같다는 생각이 든다. 몽구 사돈님도 양해를 하고 계신다."

남승일이 드디어 입을 열고 말했다. 좀처럼 나올 것 같지 않던 이야기가 엉뚱하게도 마치 느닷없이 벌어진 조개처럼 속을 보이기 시작했다.

"몽구 형님의 양해라는 것은 무얼 말하는 겁니까?"

남승지가 퉁명스럽게 말했다. 말투에 가시가 돋친 것을 의식했지만, 어쩔 수 없었다. 그는 한 손으로 집으려던 찻잔을 도로 내려놓고 강몽구를 바라보았다. 강몽구는 가볍게 고개를 끄덕이며, 그게 대답이기라도 한 것처럼 남승지의 시선을 자상하게 받아들였다. 보기 싫었다. 원래 낙천적인 사람이기는 하지만, 이런 자리에 와서까지 생각지도 않은 상냥하고 태연한 얼굴을 하고 있는 게 못마땅했다. 화가 치밀어 오르는 것을 느꼈다.

"음, 양해라기보다는 의견이나 생각이라고 해도 좋아. 결국은 내용의 문제인데, 몽구 사돈님도 네가 이대로 일본에 남는 것에 찬성했다는 말이야."

"예, 그렇습니까. 역시 그랬군요……." 남승지가 말했다. 예상은 하고 있었지만, 이게 대체 어찌 된 일인가. "몽구 형님, 정말입니까? 왜 이제야 그런 이야기를 꺼내는 겁니까. 저는 어제 ○부락에서 돌아올 때도 형님에게 여러 가지로 물었지 않습니까, 왠지 그런 느낌이 들어서 물었던 겁니다."

"음, 승일 사돈님 말씀대로야." 강몽구가 망설임 없이 대답했다. 남승일이 의외로 저자세인 데 비해, 강몽구는 평소와 다름이 없었다. "변명은 아니고 너와 의논하려는 생각은 있었지만 확실한 결심이 서질 않았다. 나도 여러 가지로 생각해 보았다. 그러다 오늘 사돈님을 만나고 나서, 결국 네게 이야기하기로 결정한 거야. 출발은 내일 밤에 못하면, 모래 아침에 떠나도 어떻게든 시간에는 댈 수가 있어. 넌 이제 와서 그런 말을 한다고 말하지만, 나로서는 네게 이야기하는 것이 늦었다고는 생각지 않는다. 적어도 어젯밤까지는 이야기할 수 있는 상태가 아니었던 게 사실이니까 말야. 게다가 시간도 없었다. 생각해 봐라, 전철이나 택시 안에서 할 수 있는 이야기가 아니잖아. 넌 분명히 어젯밤 안에 이야기를 확실히 해 두고 싶다고 말했지만, 맹도회의 임 군과도 어젯밤 안으로 만나야 했고, 동해고무와는 여러 가지로 물건을 점검하고 계산을 마무리 짓는 중요한 볼일이 남아 있었어. 어젯밤에도 새벽 두 시를 넘겨서야 마무리했다. 그럼에도 내일 밤 출발하기 전에 또 사람을 만나야 할 일이 남아 있는 상황이다. 게다가 어젯밤에는 내 마음이 아직 확실히 정해지지 않은 상태였다. 나도 생각해 봤지만 역시 일본에 남는 편이 가족을 위해서나 너를 위해서나 좋을 것 같다는 생각이 들었다. 오늘 고베의 사돈님을 만나 그런 결론을 내렸다."

"흥, 그렇습니까, 시간이 없었다는 건 알고 있어요. 하지만 의외로 군요, 정말 뜻밖이에요. 몽구 형님이, 내가 존경하는 몽구 형님이 그 럴 줄은 몰랐어요."

남승지는 실망했다. 찻잔을 들어 차를 마셨다. 몸 깊은 곳에서 솟아 난 실망의 신물이 목구멍을 내려가는 미지근한 차와 뒤섞여 퍼지면서 가슴이 검게 물들었다. 그것은 점차 단단한 응어리가 되고 분노로 변 해 갔다. 분노로 변해 가는 감정의 흔들림 속에서 강몽구의 모습이 흔들렸다. 아지랑이에 감싸인 것처럼 하늘하늘 흔들리는 그 얼굴에 초점을 맞추려고 눈을 깜박였을 정도였다. 꿈속에서 '그랜드오르간'을 치고 있던 그를 떠올렸다. 아까부터 판자벽 뒤로 사람이 지나다니지 않는 골목에서 고양이가 울고 있었다. 아침에 눈을 떴을 때 지붕 위에 서 나던 고양이 울음소리와 같다는 기분이 들었다. 어쩌면 요사스러 운 그 오르간 소리는 고양이 울음소리가 꿈속에서 변한 것인지도 몰 랐다. 그래, 고양이 울음소리에 맞추어 좀 더 오르간을 쳐 보라고 해. 그러면 내가 춤을 출 테니까. 그 유령 같은 정체불명의 남자는 분명히 나였어. 아니, 내가 춤을 왜 추는데, 그렇게는 안 되지……. 지금은 이미 일본에 남고 싶다는 망설임의 마음, 어젯밤까지 남승지의 머릿 속에서 꿈틀거리고 있던 송충이가 모습을 감추어 버렸다. 주변의 강 제와 포위가 오히려 그 벌레를 죽여 버린 것이었다.

"승지야, 너 형님한테 무슨 말버릇이냐."

어머니가 아들을 나무랐다.

"고모님, 괜찮습니다. 좀 그럴 만한 사정이 있어서 그런 거니까요."

"어떤 사정이 있는지 난 잘 모르겠지만, 얘기가 왜 이리도 꼬여 버렸 나 모르겠네."

"어머니, 좀 잠자코 계셔 주세요."

남승지는 다시 어머니의 말을 가로막았다. 어머니가 끼어들어 문제가 더욱 복잡해지기 전에 강몽구와 사촌 형의 진의를 파악하고 싶었다.

"그래, 잠자코 있을게……, 그래도 이것만은 묻고 싶구나. 몽구가 한 얘기가 네게 있어 의외라는 건, 너도 내일 고향으로 돌아가겠다는 말이냐?"

"……그렇습니다."

남승지는 자신의 말이 지금 상대의 가슴에 비수가 되어 꽂히는 것을 의식하면서 단정적으로 말했다. 두려워하던 순간이 이런 방식으로 나타났다. 독 기운은 이미 어머니의 가슴을 시커멓게 물들이며 퍼져 가고 있을 것이다. 그게 보였다.

"──"

순간 망연자실한 어머니의 얼굴이 바로 곁에 있는 아들을 바라보았다. 남승지는 얼굴 모습도 표정도 갑자기 조그맣게 오그라들어가는 어머니의 시선을 견딜 수가 없었다. 꿈속에 가득했던 그 흐린 날의 햇빛 같은 감정이 되살아나, 생생한 슬픔을 촉발시킨다. 꿈에서 이별할 때처럼 어머니가 슬피 울까 봐 두려웠다. 어머니에게서 시선을 피해 다시 찻잔에 손을 댔지만, 갑자기 목이 메는 것 같아 다시 내려놓고 참았다. 감상주의자가 돼서는 안 된다, 안 돼……. 어머니가 참고 있던 숨을 밀어내듯 천천히 커다란 한숨을 쉬었다.

"너, 그렇습니다가 뭐야. 어머니께 무슨 말버릇이냐, 응? 몽구 사돈님도 말했듯이, 여기서 모두 함께 의논하고 있는 거잖아. 넌 일본에 온 첫날부터 내가 그렇게 여러 차례 얘길 했건만, 조금도 이해를 못했단 말이냐."

"의논이고 뭐고, 돌아가는 게 당연한 거 아닙니까? 형님도 사정을 잘 알고 계시잖아요."

침착해야지, 침착해야 돼……, 머릿속에서 삐걱거리는 소리가 들리고, 목소리가 떨렸다. 체내에서 뿜어져 올라오는 독이 남승지에게 감상을 허락지 않았다.

"너는 어떻게 그런 말을 할 수가 있냐. 뭐가 돌아가는 게 당연하다는 거야. 몽구 사돈님이 양해했다는 건 고향에 돌아간 뒤에도 몽구 사돈님이 너에 대해 책임을 진다는 뜻이야(하지만 말이죠, 개인의 혁명적 의지에 대해서까지 책임을 질 수는 없어요, 남승지는 속으로 중얼거렸다). 넌 어머니의 마음을 그렇게 짓밟아도 되는 게냐. 어머니 앞에서 그런 피도 눈물도 없는 말을 잘도 하는구나."

남승일이 살 속에 파묻힌 가는 눈을 부릅뜨고 사촌 동생을 꾸짖듯 말했다.

"아이고, 그렇게 서로 화내지들 말고 이야길 해 보렴. 도대체 무슨 얘기냐, 그 사정이란 게? 내 앞에선 할 수 없는 얘기냐?

어머니는 냉정했다.

"특별히 사정이고 뭐고 없습니다. 승지가 여기에 온 김에 그대로 남으면 되는 거니까……."

남승일이 팔짱을 끼고 말했다.

"승지야, 너 내일 제주도로 떠나야 할 무슨 특별한 사정이라도 있는 거냐?" 어머니가 아들의 손을 잡고 애원하듯 말했다. 그러나 어머니의 목소리는 침착하고 흐트러짐이 없었다. 눈앞에 불쑥 튀어나온, 아들이 내일 출발한다는 생각지도 못한 현실이 슬퍼할 여유를 주지 않았던 것이다. 남승지는 순간 자신의 손가락이 경직되는 것을 느끼면서, 어머니의 굳은 손에 자기 손을 맡겼다. "어머니가 그 일을 알면 안 되는 거냐, 괜찮다면 이야기해다오. 아니면 학교 일에 무슨 문제가 있느냐? 일본에는 임시로 왔으니까 언젠가는 네가 고향에 돌아갈 거라고 생각은 했다만, 아무리 그래도 내일 떠난다는 건 좀 너무하구나. 안 그러냐? 내일 네가 돌아가다니……. 네가 일본에 온 뒤로 어젯밤까지 집에서 고작 사흘밖에 자지 않았다. 학교는 아직 방학이지 않느냐. 어머니는 지금 어떻게 해야 좋을지, 기분을 추스를 수가 없구나. 승일이 조카 이야기를 듣고, 어쩌면 네가 일본에 그냥 남아 줄지도 모른다고까지 생각하고 있었다. 학교 일이 아닌 무슨 딴 일이 있는 거냐? 고향에서 함께 온 몽구까지 일본에 있으라고 하는데, 너 혼자 말을 듣지 않는 건 어찌 된 일이냐?"

"……"

완고한 마음이 어머니의 말에 좌우로 흔들리는 듯한 기분이 들었다. 코끝이 찡하고 울렸다. 무너져서는 안 된다. 나의 독을 날려 버리려는 마귀의 유혹이다. 남승지는 거의 반사적으로 엉거주춤 일어나 뒷걸음질 치려고 했지만, 어머니의 손은 꿈쩍도 하지 않았다. ……사정이고 뭐고 없습니다. 승지가 일본에 남으면 되니까. 어머니의 손이 아들의 손에게 속삭인다. 그렇단다, 당 간부인 강몽구가 분명히 양해한 일이니, 네가 이대로 남기만 하면 끝나는 일이다. 모든 일은 평화롭게 잘 수습될 것이다. 이 평화로운 일본에 남으면, 어머니랑 여동생과 함께 평화롭게 살 수 있다. 넌 가족들의 평화를 어지럽히러 온 것 같구나. 내 말 듣거라, 승지야……. 꽉 잡은 어머니의 손에 힘이 들어갔다.

"——"

"몽구야, 넌 알고 있겠지?"

"알고 있거나 말거나……, 본인이 일본에 남겠다고 마음만 정하면, 내일 꼭 가야되는 건 아닙니다."

"몽구 형님, 무슨 말씀이세요, 어떻게 그렇게 말씀하실 수 있어요?"

남승지는 울컥 화가 치밀어 쏘아붙였다. "내일 떠나야 되잖아요."

"그러니까, 말했잖아. 네가 일본에 남고 싶다면, 그걸 내가 인정하겠다는 말이야."

"……인정한다는 건 뭡니까?"

남승지는, 남지 않겠습니다……라고 말하려다가 그만두었다. 자신의 손을 계속 움켜잡고 있는 어머니의 굳어 있었지만 따뜻한 손을 의식하자, 말이 나오지 않았다. 어머니의 손을 살짝 떼어 내고, 안경을 벗어 손수건으로 닦았다. 아니, 안경을 닦는 척하면서 어머니의 손을 떼어 낸 것이다. 무거운 짐이었다. 숨 막힐 듯한 공기가 좁은 공간에 머물러 있었다. 두 사람이 오늘 자신을 직접 어머니 앞에 드러낸 형태로 이야기를 꺼낸 것은, 나를 어머니의 '눈물 전술'에 빠뜨리기 위한 것이 아닐까 하고 남승지는 의심했다.

현관문이 열리고 밖에 자전거를 세우는 기척이 나더니, 맥주병 부딪치는 소리가 들려왔다. 술집에서 집까지 술을 운반해 준 모양이었다. 결국 여동생은 빈 장바구니를 들고 돌아왔다. 현관 입구에 여러 개의 맥주병을 내려놓는 것이 방 안에서도 느껴졌다. 매번 감사합니다……, 술집 주인인 듯한 중년 남자의 목소리가 들리고 이어서 자전거 페달을 밟는 소리가 났다.

"어머니, 아직 시작하지 않았어요? 이제 곧 네 시 반인데."

부엌 마루방으로 맥주병을 옮긴 여동생이 밝은 목소리로 말했다.

어머니가 말없이 자리에서 일어나 부엌으로 나갔다. 여동생은 방으로 들어와, 거스름돈이 많이 남았다면서 사촌 오빠에게 돌려주었지만, 남승일은 받지 않았다. 말순이는 부엌으로 돌아갔다. 어머니는 시장에서 사 온 꾸러미를 풀어 놓으면서, 식사 준비를 위해 딸과 이런저런 이야기를 나누었다.

"왜 그러세요? 어머니."

여동생의 목소리였다. 왜 그러세요? 남승지는 그 목소리에 움찔하여 부엌 쪽으로 시선을 돌렸다. 남승지의 자리에서 열린 유리문으로 부엌의 모습이 반쯤 보였지만, 여동생의 등에 가려 어머니의 얼굴은 보이지 않았다.

어머니는 말순의 말에는 대답하지 않고, 마늘을 다지고 파를 썰라느니, 고추장과 참기름을 어떻게 하라는 따위의 지시를 하고, 딸에게 초장을 만들도록 시키는 모양이었다. 설마 부엌에서 눈물을 보이시는 건 아니겠지.

"저기, 어머니, 무슨 일이 있었어요? 왜 그러세요."

"아무것도 아니야."

어머니는 땅바닥에 놓아둔 그릇에 수돗물을 받아 무언가를 씻기 시작했다. 여동생이 칼질하는 소리가 들려왔다.

"승지야, 넌 정말로 남을 생각이 없냐?"

강몽구는 무뚝뚝한 표정으로, 상반신을 굽혀 상대를 압박하는 듯한 자세로 말했다.

"왜 몽구 형님까지 그런 식으로 질문을 하세요?"

"호오, 내가 물으면 이상한 건가. 난 네 본심을 알고 싶어서 묻는 거야. 승일 사돈님께 듣지 않아도 난 네가 처한 입장을 잘 알고 있어. 만약 네가 그런 입장을 생각해서 이대로 일본에 남고 싶다면, 귀국한 후 조직의 문제는 내가 책임지고 처리해 주겠다는 거야. 네가 만일 그게 마음에 걸린다면 걱정할 필요 없어. ……후후후, 네가 그렇게 고집이 센 줄은 몰랐네, 좀 뜻밖이야, 핫하아."

강몽구는 조금 감탄했다는 어투로 말을 맺으며 가볍게 웃었다.

"의외라고 생각하는 건 제 쪽입니다."

하하, 이건 마치 날 인형 취급하는 거나 다름없구먼. 남승지는 문득 강몽구가 지금까지 나를 그렇게 보고 있었나 하고 다시 생각해 보았다. 의외로 나를 가볍게 보고 있는지도 모른다는 수치스런 감정이 불쾌하리만큼 솟아올라 자존심이 상했다. 아니, 잠깐만, 설마 시험당하고 있는 건 아니겠지…….

"으흠, 과연……." 강몽구의 표정에는 거리낌이 없었다.

"……그럼 어머니나 여동생, 그리고 승일 형님의 배려와 걱정은 어떻게 할 작정이냐?"

"그것과는 다른 문제죠. 대체 전 뭣 때문에 일본에 온 겁니까? 전 형님들 거래의 희생물이 아니란 말입니다."

"거래? 무슨 거래를 말하는 거냐." 강몽구가 말했다. "흐음, 승일 사돈님의 협력을 말하는 거냐?"

"……"

"넌 그걸 거래라고 생각한단 말이냐? 음, 무슨 말을 하는지 모르겠다. 말이 좀 지나친데……."

"뭐가 거래고, 희생이란 말이냐." 남승일이 강몽구의 말을 가로채듯 거친 목소리로 말했다. "누가 무슨 거래를 하고, 무슨 개인적인 이익을 위해 움직인다는 거냐? 분명히 내가 못 배우기는 했지만, 사리 분별은 할 줄 아는 사람이야. 이제 그만 좀 하고, 네 입장을 생각해 보려무나. 넌 가문과 네 가족을 뭐라고 생각하고 있는지 모르겠다. 도대체 네 머릿속에는 뭐가 들어 있는 거냐. 음, 그래가지고서 혁명을 한다니, 시건방지게…… 그게 혁명이냐."

"사돈님……."

강몽구가 말렸다.

부엌에서 마룻방으로 올라온 여동생이 문 뒤에 서 있다가 겁먹은 소녀처럼 얼굴을 조심스럽게 내밀었다. 어머니는 부엌에 있었지만, 귀를 기울이고 있는 게 틀림없었다.

"저로서도 말입니다. 여러 가지로 생각하고 있습니다." 남승지는 분해서 입술을 깨무는 심정으로 강몽구에게 말했다. 순간 사촌 형의 얼굴은 보고 싶지 않았다. 이해를 못하고 있다, 이해할 리가 없다……. "우리 집안의 과거라든가, 승일 형님이 말했듯이 우리 가문의 핏줄이 끊어지면 안 된다는 것도 저 나름대로 생각하고 있고, 게다가 어머니와 여동생에 대해서도……(목이 메여 고개를 숙이고, 잠시 말을 끊었다. 음, 음……. 가문이, 혈통이 무엇인가, 자손이 무엇인가, 이런 건 아무것도 아니다. 이방근도 자식이 없을 뿐 아니라, 생각도 않고 있다. 양준오도 마찬가지 아닌가), 제, 제가 고향으로 돌아가려는 건 제 나름의 생각과 의지가 있기 때문입니다. ……그렇습니다, 그렇지 않으면, 제가 해방 후에 혼자서 조국으로 돌아간 의미가 어디에 있겠습니까. 건방지게 들릴지는 모르겠습니다만, 제 나름대로 혁명을 생각하고 있고, 그렇지 않다면 누가 그런 곳에서 고생을 하겠습니까. 몽구 형님은 말이죠, 저를 조금도 주체적인 인간으로 보아 주질 않아요. 형님이 양해한다느니, 조직상의 책임을 진다느니……, 전 제 자신에 대해 책임을 지고 싶습니다. 그게 원칙이라는 거 아니겠습니까. 제 말이 틀렸나요?"

남승지는 여동생이 보는 앞에서 굳이 혁명이니 조직이니 하는 말을 입 밖에 냈다. '혁명'이라는 말을 먼저 입 밖에 낸 건 남승일이었지만, 어차피 그가 조직원이라는 사실은 이미 가족들이 알아 버렸을 것이다. 그래, 이제 와서 숨길 필요는 없는 것이다. 나는 결코 부끄러운 일을 하고 있는 게 아니다. 조직원이기 때문에 돌아간다고 이번 기회에 확실히 말해 두자. 내가 돌아가기 위해서는 그 길 밖에 없다…….

"원칙이라고?" 강몽구가 말했다. "……으흠, 그렇군, 그래서 네가 원칙적이라면, 나는 비원칙적인 입장에 서 있는 셈이로군. 그런데 대체 뭐가 원칙이고 뭐가 비원칙이라는 거냐. 원칙이라는 것은 교조(敎條)완 달라. 탁 터놓고 말해서, 혁명은 할 수 있는 사람이 하면 되는 거야. 이 세상에는 혁명에 직접 참가할 수 없는 입장인 사람들도 있어. 나는 네가 그런 입장에 있다고 생각하고 있을 뿐이야. 그러니까 그 원칙이라는 걸 빌미로 너를 제주도에 끌고 갈 권리는 가지고 있지 않아. 음, 끌고 간다는 표현은 좋지 않은 것 같군."

"전 제 자신의 의지로, 제 책임으로 가겠다는 겁니다."

"호오, 자신에게 책임을 가지고, 자신의 책임으로 간다. 그거 훌륭한 일이군." 남승일이 말했다. "네 말을 이해하지 못하는 것은 아니지만, 그러나 네 눈에는 자신이라는 것, 자신의 입장이라는 것이 한 면밖에 보이지 않고 있어. 내가 여러 차례 말했듯이, 네게 만약 일이 생기면 우리 가문은 끝장이야……. 너도 고베의 집에 있는 족보를 본 적이 있을 거야. 종가의 종손은 나와 너를 끝으로 끊어지고, 그 뒤는 아무것도 없어. ……이제는 더 이상, 여기까지 말해도 못 알아듣겠다면 할 수 없다. 그러니까, 자신의 책임이라든가, 그럴듯한 말은 하지 마, 이젠 듣기 싫어. 뭐가 자신의 책임이라는 거야."

어머니가 마룻방에서 올라와 딸 곁에 앉아서, 핏기가 가신 얼굴로 세 사람을 말없이 바라보았다. 남승일이 담배를 재떨이에 눌러 끄고 일어나 변소에 갔다.

"……"

남승지는 말이 나오질 않았다.

"으흠……."

지금까지 의외로 거리낌 없는 태도를 보이던 강몽구가 이마를 찌푸리며 가볍게 헛기침을 하고는 한숨을 내쉬었다. 남승지에게는 그것이 강몽구의 조그만 변화처럼 느껴졌다.

"말순아, 멍하니 서 있지 말고 어서 상을 차려야지."

남승일이 자리로 돌아오자, 어머니가 서둘러 부엌으로 내려갔다. 돼지고기 덩어리를 삶고 있는 가마솥에 물이 끓어 넘치려 했던 것이다. 날고기가 익는 냄새가 한꺼번에 방으로 밀려들어 왔다.

여동생이 화로를 옆으로 치우고, 접이식 다리의 둥근 밥상을 세 사람 사이에 놓았다. 그리고는 무 절임과 순대, 김치 등을 담은 접시를 가져와 늘어놓고, 맥주병 마개를 딴 뒤 제일 연장자인 남승일부터 따라 주었다. 남승지는 여동생이 두 손으로 따르는 맥주를 컵에 받았다. 맥주의 하얀 크고 작은 거품에 마음속의 작은 거품들이 터지는 것 같은 기분이었다. 저기, 말순아, 이건 네가 이별주로 따라 주는 술이란다……, 이별이란다. 아침에 보았던 무심하게 잠든 얼굴에다가 표정이 움직이는 지금의 깨어 있는 얼굴 위에 겹쳐 보려 했지만, 어느 한쪽이 불거져 나와 좀처럼 겹쳐지질 않는다. 이미 표정이 안으로 움츠러들어 있었다. 아침의 자는 얼굴이 안으로 부풀어 오른 나무인형 같은 얼굴이라면, 지금의 얼굴은 차가운 대리석 같은 느낌을 주었다. 눈이 마주쳤다. 원래 우수 어린 눈이 불안한 듯 어둡게 움직였다.

모두들 컵을 입으로 가져갔다. 남승지도 맥주를 마셨다. 평소보다 쓴 맛이었다. 목구멍이 갑자기 오그라든 것처럼, 맥주가 고체라도 되는 양 목구멍에 걸리면서 지그재그로 흘러 떨어졌다. 잠시 대화가 끊어졌다. 여동생이 자리에서 일어났다. 남승지가 두 사람에게 맥주를 따랐다.

남승지의 마음은 두꺼운 등딱지라도 뒤집어쓴 것처럼 풀기 어려울 만큼 굳어져 있었다. 그럼에도 불구하고, 불현듯 맥주 거품처럼 부글부글…… 싫다, 싫어……라는 마음속의 중얼거림을 들었다. 입술에 컵을 갖다 대고 마셔도 뭔가 꺼지지 않는 거품처럼 위장 밑에서, 부글

부글…… 제주도의 생활은 싫다, 싫어……라고 중얼거리는 소리를 들었다. 남승지는 아직도 몸속 어딘가에서 흔들리고 있는, 뭔가의 구멍에 끌려 들어갈 것 같은 자신의 마음속 움직임, 간절한 소망에 놀랐다. 아니, 머릿속의 송충이가 아직도 꾸물꾸물 살아 있었던 것이다. 그는 있는 힘을 다 짜내어 자신을 괴롭히는 그 벌레를 죽이려 했다. 새빨간 색……. 스커트 색깔, 여자의 코트와 모자의 색깔이 형태를 잃고 색깔 그 자체가 되어 눈 속의 망막에 퍼진다. 넌 뭔가를 두려워하고 있는 게 아니냐, 뭔가를……. 혁명의 피의 색깔을……, 그건 말도 안 돼.

남승일이 남승지를 무시하듯 화제를 바꾸어, 강몽구와 둘이서 이야기를 하기 시작했다. 다음에 일본에 올 때는 어떻게든 미리 공작을 해서, 본토의 부산 같은 곳에서 생고무를 싣고 올 방법이 없겠느냐, 배는 신 선장의 것을 이용하는 게 좋다, 그렇게 하면 상당히 많은 보답품을 보내 줄 수 있을 것이라는 이야기였다.

남승지가 자리에서 일어나 별 생각 없이 부엌의 마루방으로 갔다. 어머니가 초장 비슷한 양념에 오징어와 미나리를 버무려 회를 만들고 있었다. 부엌에 들어온 남승지를 올려다보는 눈이 빨갰다. 여동생이 밖에서 불을 피운 풍로를 가지고 부엌으로 들어왔는데, 남승지와 마주친 그 눈이 젖어 있었다. 연기 탓이 아니었다. 말은 않고 있었지만, 여동생도 이미 방 안의 낌새를 눈치 챈 모양이었다. 어머니도 아들의 귀국을 체념한 듯했다. 꿈속에서 슬피 울며 뒤따라오던 모습과는 달리 태연했지만, 그것은 가슴을 찌르는 날카로운 칼날을 지니고 있었다.

"흠, 전골을 만들려고? 그러고 보니, 집에 돌아온 첫날밤에도 전골을 먹었었지."

남승지가 여동생을 보고 조금 익살스럽게 일본어로 말했다. 고기 그 자체가 선명한 핏빛을 띤 소고기와 군두부, 내장, 가늘게 썬 곤약

등이 담긴 커다란 접시가 마루방에 놓여 있었다.

"응, 하지만 가스의 고무호스가 방까지 안 닿아서 풍로를 갖다 놓으려고……, 여기서 먼저 고기 같은 걸 삶아 버리면, 맛이 없어져 버릴 것 같아."

"응, 그래. 풍로가 좋겠다. 불은 그걸로 된 것 같고. 자아, 이쪽으로 가져와 봐."

"……오빠, 역시 가 버린다는 거지."

여동생이 풍로를 우선 부엌 바닥에 내려놓고 나서, 오빠를 똑바로 올려다보며 말했다. 마주 보는 눈빛이 떨렸다.

"……음." 역시 가 버린다는 거지……, 남승지는 가슴을 푹 찌르는 그 말을 털어내 버렸다. "그 이야기는 나중에 다시 천천히 하자. 풍로를 이리 줘."

"괜찮아, 오빤 방에 가 앉아 있어, 우리가 할 테니까."

"괜찮아, 이리 줘 봐."

남승지는 풍로를 방으로 가지고 들어갔다. 그러나 그대로 밥상 위에 놓으면 너무 높아서 젓가락질하기가 어렵다. 그래서 상다리를 접어 높이를 낮추고, 그 위에 풍로를 놓으려고 했더니, 사촌 형이 뭘 하는 거냐고 묻는다. 전골이라고 대답하자, 지금 한창 이야기하는 중이니까, 요리는 나중에 먹자며 물리쳤다.

"숙모님도 그 정도로 해 두시고 이리 오시는 게 어때요. 말순아, 너도 이리 와서 앉으렴."

어머니가 이제 곧 끝나니까……라는 대답을 하는 순간, 노크도 없이 현관문이 드르륵 열리는 소리가 나고, 말순이 어머니 있어, 라는 여자의 목소리가 들렸다. 우리말이었다. 남승지는 순간 가슴이 덜컹했지만, 별일 아니었다. 근처에 사는 어머니의 지인일 것이다. 어머니가 부엌에서 나와 손님을 맞았는데, 주문한 저고리를 찾으러 온 모양이었다.

"아이고, 언니, 일부러 가지러 오셨네요. 내가 밤에 갖다 드리려 했는데⋯⋯."

"내가 와서 나쁠 건 없겠지, 동생도 수고를 덜 수 있을 테고. ⋯⋯무슨 좋은 냄새가 나네, 설마 제사 준비를 하는 건 아니겠지, 제사 같은 일이 있으면 꼭 알려줘. ⋯⋯하지만 분명히 요맘때는 제사 같은 건 없었잖아. 아, 손님이 오셨구만."

"예, 그렇답니다. 하지만 모두 친척이니까⋯⋯, 잠깐 그쪽에라도 좀 앉으세요. 정말 일부러 와 주셔서 고마워요."

"괜찮아, 그런 건 신경 쓰지 마. 손님이 오셨는데 괜찮겠어? 식사 준비를 하고 있잖아, 그럼 잠깐 앉았다 갈까. 금방 갈게."

남승지의 어머니가 현관 입구에 손님과 나란히 앉아, 말순이에게 재봉틀 위에 올려놓은 저고리를 싼 보따리를 가져오게 했다.

"그건 그렇고, 동생, 아들이 돌아왔다면서? 춘자 어머니한테 들었어. 나한테는 알려 주지도 않고⋯⋯."

춘자 어머니는 전화를 받을 때 신세를 지는 이웃에 사는 동향인이었다.

"예, 맞아요. 아이고, 언니, 돌아왔지요, 우리 아들이 돌아왔어요⋯⋯." 어머니는 어찌 된 일인지 갑자기 울먹이는 소리를 내더니 말을 잇지 못하고 코를 훌쩍였다. "⋯⋯하지만 계속 바빠서 집에도 있지 못하고⋯⋯."

"그런 모양이더라고, 아이고, 다 알아, 다 알다마다, 기뻐서 그러는구만. 그렇게 만나고 싶어 하던 외아들을 드디어 만났으니, 오죽이나 기쁠까⋯⋯."

상대는 아마도 어머니의 눈물을 잘못 이해하고는 맞장구를 쳤다.

이리 와서 인사드리라는 어머니의 부름에 따라 남승지는 현관으로 나갔다. 손님은 듬직한 체격에 아랫배가 튀어나온 하마 같은 할머니로, 조선시장 옆에 살고 있는 아는 사이였다. 남승지는 다다미에 두 손과 무릎을 짚고 깊이 고개를 숙였다.

"여러 모로 어머니가 신세를 지고 있단다. 네가 인사하러 찾아뵈었어야 하는 건데 이런 곳에서…… 이 아이는 도쿄에 갔다가 어제야 돌아왔답니다. 이분이 전부터 네게 딱 맞는 참한 색시가 있다고 말씀하셨다……"

"오오, 오오, 도쿄까지 갔다 왔다고. 아이고, 정말로 많이 컸구만."

많이 컸다니, 도대체 무슨 말을 하고 있는 건지, 이건 완전히 어린애 취급이로군. 꽤 붙임성이 좋은 할머니는 반가운 듯 남승지의 어깨에 두 손을 얹고는, 아이고, 이렇게 훌륭한 아들이…… 하면서 그의 몸을 두세 번 흔들고 나서, 어머니도 나이가 들어 쓸쓸한데 이젠 함께 살아야지, 좋은 색시도 얻고 말이야…… 하며 말을 이었다. 어머니가 눈부신 듯이 그 모습을 바라보았다. "동생, 정말로 이렇게 훌륭한 아들이 있으니, 동생은 이제 아무 걱정 없겠네."

"그럴까요. 정말이지 밀항만 아니었다면, 여기저기 데리고 다니면서, 이게 내 아들이오, 하고 세상 사람들한테 자랑하고 싶을 정도랍니다. 아들이 없는 과부는 남한테 무시를 당하는 법이니까요."

"무슨 말을 하는 거야, 이 사람이. 누가 동생을 괄시한다는 거야, 아니 그럼, 내가 동생을 괄시하기라도 했다는 건가? 쓸데없는 소린 하는 게 아니야……"

조금 있다가 할머니는 손님이 오셨으니까 빨리 돌아가는 편이 나을 것 같다며 자리에서 일어나더니, 남승지에게 내일이라도 집에 놀러 오라는 말을 남기고 돌아갔다. 어머니는 내일로 다가온 아들의 귀국에 대해서는 한마디도 하지 않았다.

어머니가 다시 부엌으로 돌아가, 오징어 회와 삶은 돼지고기 편육을 말순이에게 방으로 나르도록 했다.

할머니가 어머니와 나눈 대화는 어머니의 심정이 그대로 다른 사람의 입을 빌어 나온 거나 마찬가지였다. 그리고 아들을 데리고 다니며 온 세상 사람들에게 자랑하고 싶다는 어머니의 말……. 남승지는 가슴이 쓰리고 아팠다. 육친의 말이 때로는 잔혹한 법이다.

어머니와 여동생이 모두와 함께 밥상을 둘러싸고 앉자, 남승일이 다시 얘기를 꺼내어, 남승지에게 내일 꼭 돌아갈 작정이냐고 캐물었다. 남승지는 시선을 떨어뜨린 채 고개를 끄덕였다.

"내일……?" 여동생이 조금 쉰 듯한 놀란 목소리로 나지막하게 외쳤다. "내일 간다고? 오빠, 어떻게 그런……, 어머니, 그게 정말이에요?"

여동생은 펄쩍 뛰어오를 듯이 놀라 상반신을 꼿꼿이 세우고, 좌우의 오빠와 어머니의 얼굴을 번갈아 바라보았지만, 두 사람 모두 대답이 없었다.

"있잖아, 오빠, 내일이라고?"

"그래."

남승지는 여동생을 힐끗 쳐다보고는 이내 시선을 피하며 무뚝뚝하게 대답했다. 아니, 그 무뚝뚝함은 여동생을 향한 것이 아니었다. 자기 자신의 대답, 그래, 라는 피하고 싶은 대답 그 자체를 향한 것이었다.

일그러진 여동생의 얼굴이 이윽고 창백해지더니, 바로 자리에서 일어나 옆에 있는 자신의 방으로 들어가 문을 탁 닫아 버렸다.

"음, 내일 돌아간단 말이지……." 남승일이 크게 한숨을 내쉬며 말을 이었다. "몽구 사돈님 생각은 어떻습니까?"

"……" 강몽구는 이제까지와는 다른 차분한 표정으로, 두꺼운 아랫

입술을 조금 내밀고 나서 입을 열었다. "음, 아까부터 일이 좀 곤란하게 됐다는 생각을 하고 있습니다만, 뭐라고 할까요, 솔직히 말해서 저는 놀랐습니다. 나는 의외로 간단하게 생각하고 있었으니까요. 등잔 밑이 어둡다고나 할까요, 어쨌든 제 생각이 부족한 탓입니다만, 승지가 이렇게 나올 줄은 몰랐습니다. 감탄하고 있습니다. 이렇게 되면 더 이상 방법이 없지 않나 싶은데……."

남승지는 반짝이는 눈을 크게 뜨고 강몽구를 바라보았다. 이게 어떻게 된 일이지? 가라는 신호가 아닌가. 뜻밖이었다. 아아, 이젠 갈 수 있다. 갑자기 마음 한구석에 쌓여 있던 강몽구에 대한 분노가 싹 가시는 느낌이 들었다. 강몽구는 이제야 겨우 나를 인정한 것이다……. 실제로 강몽구는 남승지의 기개를 보고 태도를 바꾸었을 것이다. 그러나 남승지는 동시에, 이제 일본에 남을 수 있는 길은 끊겼다는 쓸쓸한 감정이 밤하늘의 유성처럼 빛을 발하며 가슴속을 뚫고 지나가는 것을 느꼈다.

"그렇군요, ……흐흠, 그렇군요……."

남승일의 살집 좋은 이중 턱 큰 얼굴에도 침통한 그림자가 드리워졌다. 원래 표정을 잘 드러내지 않는 얼굴인 만큼 그것이 더욱 눈에 띄었다. 턱의 근육을 씰룩거리며 어금니를 악물고 있었다. 살 속에 파묻힌 가느다란 눈이 강하게 빛나며 움직였는데, 강몽구에 대한 실망의 표시일지도 몰랐다. 그는 맥주를 일단 입안에 머금었다가 천천히 목구멍으로 흘려보내고는, 늦게 물어 죄송합니다만, 숙모님은 어떠십니까, 하고 남승지의 어머니에게 말했다.

"어떻고말고가 아니라……, 이제는 내가 이러쿵저러쿵 말할 입장은 아닌 것 같다는 생각이 들어. 고향에서 몽구도 이 아이도 조직에 관계하고 있는 모양인데(강몽구가, 예, 하고 대답하며 고개를 끄덕였다). 아까부터 뭔가 사정이 있다고 말하는데, 그게 사정이라면 내가 무슨 말을 하겠어. 조직을 위해 일하는 것이 민족과 나라를 위해 일하는 거라는 데……. 나는 이 아이가 어차피 다니러 온 길이니까 돌아갈 거라고는 생각하고 있었어. 그래도 어쩌면 승일이 조카가 말했듯이, 일본에 온 김에 어쩌면 결혼이라도 해 주지 않을까 싶어서, 며칠 내로 맞선을 보게 하려고 상대의 처녀를 물색하고 있었는데……, 흐―음, 자아, 어서들 들어, 모처럼 만이니, 아직 따뜻하니까 식기 전에 먹자구. 식으면 기름이 뭉쳐서 고기가 맛이 없어."

침묵이 각자의 목구멍에 마른침처럼 덩어리져 주변에 번졌고, 그것을 흘려보내려는 듯이 남승일과 강몽구는 맥주를 마셨다. 그리고 아직 따뜻한 돼지고기를 입에 넣었다. 입안에서 음식을 씹는 소리가 또렷이 들렸다. 장롱 위의 자명종시계가 사람을 밀쳐 내듯 무심한 소리로 시간을 새겨 간다. 아아, 어머니가 민족과 나라를 위해서라고 말했다……, 남승지는 가슴이 아렸다. 어머니의 속마음이야 어떻든 간에, 지금 그 말은 그를 안심시키고 구원해 주었다. 동시에 어머니라는 말이 부드럽고 끈적끈적한 덩어리가 되어 몸속에서 목구멍으로 치밀어 올라왔다. 어머니……. 너도 먹어야지……어머니의 얼굴이 이쪽을 향해 말한다.

"어머니……, 제가 승일 형님한테 결혼하기로 약속한 건 말입니다. 결혼은 고향에 돌아가서 할 테니까요, 꼭 하겠습니다."

갑자기 튀어나온 말이었지만, 그만큼 더 단정적으로 들렸다.

"흠, 누군가 상대라도 있는 것 같은 말투구나."

남승일이 말했다.

"있습니다."

"있어?" 세 사람의 시선이 남승지에게 집중되었다. 사촌 형이 말을 이었다. "그렇다면 왜 여태 잠자코 있는 거야."

"이야기할 필요가 없었으니까요." 남승지는 딱 잘라 말했다. 의심하고 있군, 나이 들면 의심이 많아지지. 하지만 지금은 그 의심이 맞았어……. "아직 약혼을 한 것도 아니고, 결혼 날짜가 정해진 것도 아니라서."

"으-음, 그게 어디 사는 누구냐?"

강몽구가 말했다. 그 표정은 놀라움에 흔들리고 있었다. 제주도에 함께 있었으니까, 그야말로 등잔 밑이 어두운 격으로, 세 사람 가운데 가장 놀란 것은 강몽구일지도 몰랐다.

"형님도 알고 있는 이방근 씨 여동생이에요."

남승지는 아무렇지 않게 말해 버렸다. 그러나 갑자기 입에서 튀어나왔다고는 하지만, 말이 구체성을 띠게 되자, 아아, 이젠 돌이킬 수 없게 되어 버렸구나 하는 생각이 서서히 몸에 퍼졌다.

"그 성내에 사는 이방근의 여동생, 그러고 보니, 그 사람에게 여동생이 있는 모양이더구나. ……너도 보통내기가 아니구나. 전혀 그런 기색을 보이지 않았는데 말야. 그래서, 무슨 결혼 이야기라도 나왔냐?"

"아니, 아직 그런 단계는 아니지만, 조만간 이제 이야기가 진전되면, 몽구 형님을 통해서 청혼하면 되겠지요." 음, 이거 정말 큰일 났는데, 젠장, 필요하면 거짓말도 해야 한다잖아……. 남승지는 이마에 식은땀이 솟아오르는 것을 느끼며 말을 이었다. "다만, 승일 형님한테도 약속했고, 지금 어머니 앞에서 결혼하겠다고 말씀드리는 이유가 있어요. 그러니까, 출발이 내일로 다가온 지금 단계에서 실현 가능성이 없는 일본에서의 결혼 이야기는 이 정도로 끝내 주셨으면 하는 거예요."

"……말순아." 어머니가 여동생을 불렀다. "뭘 하고 있는 게냐, 어린애도 아니고…… 이제 그만 나오렴. 쌀도 아직 안 씻었고, 국도 아직 안 끓였잖아. 저애는 심지가 강하면서도 마음이 약해가지고서는, 일부러 불러내지 않으면 좀처럼 혼자서는 나오질 못한다니까. 이 아이도 내성적인 것은 마찬가지지만."

어머니가 아들의 얼굴을 새삼스럽게 바라보았다. 말순이 조용히 장지문을 열고 나오더니, 생긋 웃어 보이며 미안하다고 인사를 하고는 부엌으로 나갔다. 어머니가, 돼지고기 삶은 국물로 미역국을 끓이라고 일렀다.

전등을 켜자, 방 안을 적시기 시작한 황혼의 그림자가 밖으로 밀려나갔다. 세간다운 세간도 없이 칙칙한 느낌으로 모녀만이 살고 있는 작은 집. 검소한 생활의 숨결이 배어 있는 벽과 낡은 다다미. 그리고 자주 걸레질을 하여 검게 빛나는 소박한 마루방. 전등 아래의 방 안 풍경이 한낮의 강한 햇살에 드러난 것처럼, 얼마 안 있어 눈앞에서 사라져 버릴 꿈속의 광경을 연상케 했다.

이방근의 여동생에 대한 이야기는 어머니와 사촌 형의 관심을 끄는 바람에, 내일의 출발과 얽혀서 서먹서먹하고 침울했던 방 안 공기를 어느 정도 누그러뜨려 주었다. 남승지는 마음에 두고 있던 사람이기는 하지만(사실 자신도 놀랄 만큼 그녀는 그의 마음 깊숙이 들어와 있는 것 같았다), 아직 결정된 일이 아니라고 발뺌을 하면서, 이유원과 그 가족에 관한 이야기를 의식적으로 피했다. 그래도 이방근이라는 남자가 강몽구도 아는 실존 인물이라는 사실이 어머니와 사촌 형을 믿게 만들었을 것이다. 그리고 강몽구가, 승지의 결혼 문제는 자신이 책임을 지겠다고 약속함으로써 일단 어머니를 진정시켰던 것이다. 말다툼으로 끝나 버릴지도 모른다고까지 생각했는데, 일이 너무 어이없게 끝나 버리는 바람에 남승지는 오히려 괴로웠다. 지금에 와서야, 나는 좀 더

꾸중을 듣고 상처를 입는 게 당연한 것처럼 느껴졌다.

식사를 끝내고 난 뒤 일곱 시가 조금 지나 남승일과 강몽구가 함께 집을 나갔다. 남승일은 직접 고베로 가야만 했다. 강몽구는 내일 밤 출발하기 전까지 만나야 할 사람들이 있었다. 배는 오늘 밤 늦게, 아니면 내일 아침 일찍 떠나겠지만, 그 정확한 시간에 대해서는 동해고무로 연락이 올 것이라고 했다. 어떻든 내일 밤에는 기차를 타고 시모노세키까지 배를 따라잡아야 하는데, 내일 일정은 남승지가 아침에 동해고무로 전화를 해서 결정하기로 했다. 이것으로 일단 일은 마무리되었다. 모든 것이 가차 없는 시간의 압박 아래 이루어졌다.

남승지에게, 아니 어머니와 여동생에게도, 오늘 밤은 가족이 함께 보내는 마지막 밤이었다. 이것은 슬픈 밤이다. 남승지가 집에 돌아온 첫날밤 어머니는, 나는 벌써 네가 고향으로 돌아가 버릴 것 같다는 말을 아들에게 했는데, 그 말이 현실이 된 슬픈 밤이 될 것이다. 그래, 어젯밤 꿈속에 있었던 일들이 아직 끝나지 않은 것이다. 꿈속에서처럼 어머니와 여동생이 슬피 울지도 모르지만, 그편이 오히려 나을지도 모른다. 이별은 슬프니까, 역시 우는 게 좋을 것이다. 그리고 나도 오늘 밤은 마음의 장벽을 허물고 눈물을 흘릴지도 모른다.

그렇다 해도, 이방근의 여동생과의 결혼, 입에서 나오는 대로 지껄인 거짓말이기는 했지만 걸작이었다. 이건 슬픈 밤에 피어난 수꽃이라고나 할까. 아아, 결혼, 결혼만세……, 딴 따다딴, 딴 따다딴……. 자신도 모르게 떠오른 이 착상은, 생각해 보면 어쩐지 두려운 거짓말이었지만, 남승지의 마음을 은근히 즐겁게 해 준 것도 사실이었다. 어처구니없는 일이라는 것을 알면서도, 남승지는 유원이 있는 서울까지 가볍게 일직선으로 날아갈 수 있는 상상의 날개에 마음을 싣고, 혼자 까닭 없는 웃음을 웃었다. 설마 이런 일로 이유원에게 신세를

질 줄이야……. 거짓말, 거짓말이야말로 묘하게 그의 완고한 마음을
누그러뜨리기 시작했다.

8

 바람이 불기 시작한 탓인지, 밤공기가 한층 싸늘했다. 변소에 서 있
자니, 뒤뜰에 몰아치는 바람이 차가웠다. 그러나 화로 하나를 둘러싸
고 온가족이 함께 마지막 밤을 보내기에는 이편이 차라리 나을지도
모른다. 깊은 눈에 갇힌 밤, 마음이 맞는 사람끼리 모닥불을 둘러싸고
이야기를 나누듯이. 세 사람은 마치 사이좋은 아이들이 하는 것처럼
화로를 둘러싸고 세상 이야기를 나누었다. 이런 일을 좋아하지 않는
남승지는 여느 때 같았으면 그렇게 언제까지나 어머니랑 여동생과 함
께 화로 옆에 앉아 있지는 않았을 것이다.
 어머니는 뒤뜰에 있는 팔손이나무 잎사귀를 요란스레 흔들어 대는
바람 소리에 귀를 기울이면서, 바람이 그치고 좋은 날씨가 계속되면
좋을 텐데…… 하고, 벌써부터 시모노세키 출항 후의 항해를 걱정했
다. 뒤뜰 구석에 있는 헛간의 함석지붕 한 장이 바람에 강하게 흔들려
도, 어머니 마음속에서는 지난날 건너왔던 현해탄의 거친 파도를 생
각할 것이다.
 여동생 말순이는 화로 옆에서 열심히 하늘색 스웨터를 짜고 있었다.
오빠에게 줄 선물이었다. 남승지는 단지 두세 시간 전에, 사촌 형과
강몽구가 돌아간 뒤에야 그것이 자신의 스웨터라는 걸 알아차렸다.
여동생이 꽤나 오래전부터 뜨개질을 하고 있는 건 알고 있었지만, 별

로 마음에 두지 않았고, 또 여동생도 그것이 오빠 스웨터라고 말하지도 않았다. 처음에는 형태를 알 수 없는 털실에 불과했기 때문에, 남자용인지 여자용인지조차 분간할 수 없었다. 그런데 오늘 보니, 스웨터는 이미 몸통이 완성되었고 역삼각형의 깃이 모양을 이루고 있었다. 그것은 아무리 보아도 남자용이었다. 남자 것임을 알았을 때 남승지는, 도대체 누구 스웨터를 짜고 있는 거냐? 설마 너한테 애인이라도 생긴 건 아니겠지, 하고 진지한 얼굴로 물어보았다. 정말이지 어리석은 질문이었다. 이럴 때는 어머니도 심술궂게 모르는 척하고 공동 전선을 편다. 아이, 오빠도 참, 애인 같은 게 있을 리 없잖아, 이건 제 오빠 거예요. 뭐? 내 거라니……, 남승지는 자신도 모르게 가슴이 뜨거워지는 것을 느끼면서, 아직 소매를 달지 않은 몸통만 있는 스웨터를 만져 보았던 것이다.

한쪽 소매는 이미 완성되어 있었고, 지금 능숙하게 코를 뜨면서 뜨개바늘을 움직이고 있는 것은 다른 쪽 소매였다. 지금 막 소맷부리를 짜기 시작한 참인데, 완성되면 하나씩 몸통에 붙인다고 했다.

"오빠……." 뜨개질하던 손을 잠시 멈춘 여동생이 하얀 손가락 끝으로 화로 가장자리에 놓인 오빠의 손등에 무슨 선이라도 그리듯이 만졌다. "난 오빠가 집에 돌아왔을 때부터, 왜 다시 제주도로 돌아가야 하나 하는 생각을 줄곧 해 왔는데, 이젠 알았어. 오빠는 몽구 오라버니와 함께 큰일을 하고 있다는 걸 말야. 아깐 몽구 오빠와 승일 오빠도 있는데 방에 틀어박혀 있었던 거…… 미안해. 하지만 정말로 슬퍼서 어쩔 수 없었어. 글쎄 갑자기 내일 돌아간다니까……, 그럴 수밖에 없잖아. 어머니가 불러서 방에서 나올 때 생긋 웃었지만, 사실 내 마음은 그렇지 않았어. 방 안에서 이를 악물고 오빠를 미워했는걸. 그리고 울었어, 너무 분해서, 얼마나 무정한 사람인가 하면서 말이지……."

말순이의 눈이 촉촉해지면서 코끝이 빨개졌다.

"말순아, 그만해라."

어머니가 말했다.

"내버려 두세요, 어머니." 남승지가 웃음을 지으며 말했다. "난 말야, 오늘 너한테 뺨을 맞아도 상관없어."

"오빠 그런 식으로 말해서 내 맘을 아프게 한다니까. 그런 게 아니야. 처음엔 오빠가 학기말이라서 몽구 오빠 일도 도와줄 겸 일본에 따라왔다고 했잖아. 그렇다면 오빠는 그대로 일본에 남을 수 있겠구나 하고 생각했어. 난 오빠를 보내지 않을 작정이었으니까. 이 스웨터를 짜면서도, 어떻게든 가지 못하게 할 작정이었어. 학교 선생도 책임이 있는 중요한 자리니까, 멋대로 그만둘 수는 없겠지만, 오빠의 경우는 다르잖아. 다른 사람이 하면 되니까 말야, 그렇잖아. 그렇게 생각하고 있었어……. 응, 하지만 지금은 그런 말을 할 수 없게 돼 버렸어."

"말순아, 고맙다." 남승지는 여동생의 눈을 가만히 마주 보며 말했다. "어머니나 네가 그렇게 자상하게 나를 보내 주니 오히려 마음이 괴롭지만 어쩔 수가 없구나. 너도 이제 다 큰 어른이지만, 오빠도 어른으로서 스스로 책임을 지지 않으면 안 될 나이야. 물론 승일 형님한테 꾸지람을 당해도 할 말은 없어. 집안 사정을 생각하면 말야. 하지만 남자는 집안 사정만 생각할 수 없는 경우도 있어. 그것도 잠시 동안이지만 말야. 물론 남한의 정세가 만만치 않은 건 사실이지만, 혁명 투쟁은 반드시 승리할 거야. 그렇게 되면 앞으로 몇 년 뒤에는 어머니도 너도 고향으로 돌아와서 함께 살 수 있게 되겠지. 그러니까, 편지에 쓴 것처럼, 지금 서둘러 고향에 돌아가지 않아도 돼. 그건 앞을 내다보지 못하는 인간이나 하는 일이야. 어머니, 정말이에요. 저를 생각해서 고향에 돌아오실 필요는 없어요. 저도 이렇게 한 번은 집에 돌아왔고(어머니는 말없이 아들의 말에 귀를 귀울였다). 그 때문에라도 투쟁의 현장을 떠나서는 안 돼요. 고향에서 모두가 기다리고 있어요."

남승지는 그렇게 말하면서도, 만만치 않은 남한 정세에 대해서는 가족에게 위험한 투쟁이라는 인상을 주지 않기 위해 가급적 언급하지 않았다.

"고향에서는 그 사람도 오빠가 돌아오기를 기다리고 있겠네?"

"뭐? 그 사람? ……"

남승지는 순간 의아스러운 표정으로 여동생의 얼굴을 바라보았다.

"그 사람을 모르다니……." 이번에는 여동생이 의아한 얼굴로 웃음을 머금으며 말했다. "오빠도 참 둔해요, 오빠 결혼 상대 말이야."

"내 결혼 상대?" 남승지는 자신에게 되묻는 순간 움찔했다. 몇 시간 전에 자신의 입으로 말한 거짓말을 깜빡 잊고 있었던 것이다. 그래서 서투른 거짓말을 해서는 안 된다. 핫핫핫, 그는 자신도 모르게 소리 내어 웃으며 말을 계속했지만, 동시에 여자 아이처럼 볼이 확 달아오르는 것을 느꼈다.

"뭐야, 이 녀석, 난 또 누구라고. 오빨 놀리면 못써. 그 여자는 일부러 날 기다리거나 하진 않아."

그래, 유원은 나를 기다리고 있진 않을 것이다. 설사 내가 일본에 와 있다는 걸 안다 해도, 날 기다리지는 않을 것이다……, 남승지는 순간적으로 빨갛게 물든 자신의 얼굴을 다정하게 쳐다보는 여동생의 빛나는 얼굴을 마주 보았다.

"그래도 결혼할 사람이잖아. 오빠 부끄러운가 봐, 그렇죠, 어머니……."

어머니가 미소로서 딸의 웃음에 응했다.

"특별히 약혼을 한 것도 아니고, 게다가 그 여자는 지금 서울에 살고 있어. 그러니까 내가 이렇게 일본에 온 줄도 몰라. 설사 제주도에 있다 해도, 이런 비밀스러운 일로 일본에 왕복하는 것을 일일이 말할 수는 없어. 그래서 기다릴 리가 없다고 말한 거야."

남승지는 그럴듯하게 둘러대고 나서 웃었다. 제법 그럴듯하게 둘러댄 자신이 우스웠던 것이다.

"으-응." 여동생은 그럴 수도 있겠다는 듯이 고개를 끄덕이며 말했다. "그 사람은 서울에 있어?"

"그래."

그래, 그 사람은 서울에 있단 말이지, 라며 어머니가 감탄하듯 말했다. 서울이라면 예로부터 조선의 수도였을 뿐만 아니라, 조국에 돌아가는 아들이 맨 처음 목적지로 삼았던 곳이었다. 이렇게 가공의 결혼 상대가 되어 버린 이유원에 대한 관심에서 화제는 자연히 그쪽으로 쏠렸다. 그녀의 이름과 나이, 그리고 여동생이 가장 큰 관심을 보인 것은 여자아이답게도 이유원의 얼굴이 예쁜지 어떤지였다. 그 사람 예쁜 여자야? 하고 여동생이 물었다. 그래, 예쁜 여자라고 답하자, 어머나, 좋겠다, 얼마나 예쁜데? 하며 또 묻는다. 글쎄다. 오빠 여동생보다도 미인이야? 순수한 농담이자 질문이었다. 아니, 내 여동생다는 못하지, 라고 대답하자, 거짓말, 그것만으로도 여동생의 볼이 발갛게 물들었다.

"맘에 없는 소리도 잘하셔……, 유원 씨 앞에서는 그렇게 말하지도 못할 거면서. 그때는 정반대로 말하겠지. 여동생은 당신보다 못생겼다느니 하면서."

"바보 같은 소리 하지 마."

남승지는 웃으며 주먹으로 여동생의 이마를 가볍게 쥐어박았다. 그의 머릿속에, 이 녀석이 유원을 조금 질투하고 있는 게 아닐까 하는 생각이 뇌리를 스쳤으나, 얼마든지 있을 수 있는 일이었다. 그걸 질투라고 할 수 있을지는 제쳐 두더라도, 내 여동생을 데려갈 청년에게 나는 그런 감정을 전혀 갖지 않을 수 있을까. 아버지도 '질투'를 한다는데.

어머니는 연장자답게 집안 형편 등을 물었지만, 남승지는 깊이 들어가지 않고 피하면서 이유원에 대해서도 적당히 대답해 두었다. 그러나 이야기에 나온 이유원의 얼굴 모습과 성격 등이, 남승지의 마음 속에 있는 이유원의 존재와 완전히 동떨어진 건 아니었다. 가족들 사이에서 그녀의 이름이 자꾸만 되풀이되는 사이에, 남승지는 정말로 이유원과 결혼 약속이라도 한 듯한 묘한 현실감에 사로잡혔다. 이유원과의 결혼 이야기는 궁지에 몰린 끝에 만들어진 거짓말이었고, 그 점에 관해서는 본인 스스로도 걸작이라고 생각했지만, 이제는 거짓말로 끝낼 수 없게 되어 버렸다는 마음의 동요에, 남승지는 가슴이 철렁했다. 거짓말로 끝낼 수 없다는 것은 어떻게 된다는 말인가. 그는 자신의 그런 마음의 움직임에 이유원의 모습이 달라붙는 것을 느끼면서 망상을 떨쳐 버리려는 듯 고개를 저었다.

남승지는 화제를 바꿨다. 지금까지 맞선보기를 계속 거절해 온 여동생의 결혼이 마음에 걸렸기 때문인데, 말순은 끝내 오빠의 말을 받아들이지 않았다. 오빠가 결혼한 뒤에라도 결코 늦지 않고, 게다가 지금 결혼을 해 버리면 어머니는 혼자서 쓸쓸하실 거라고 했다. 그건 시집갈 딸이 걱정할 일이 아니다. 나이찬 딸이 시집가지 않는 편이 부모를 걱정시키는 법이라고 어머니는 대꾸했지만, 여동생의 말에 남승지는 고개를 끄덕였다. 내가 결혼해 버리면 어머니는 훨씬 쓸쓸해진다구……. 그럴 것이다. 결혼해서도 여동생이 어머니와 함께 살 거라고 막연하게 생각하고 있었던 것은 전적으로 혼자만의 생각에 지나지 않았다. 아들이 장가를 든다면 몰라도, 딸의 경우에는 '출가'라서 그렇게 할 수가 없다. 특히 우리 조국의 풍습은 그랬다. 여동생의 결혼 문제 하나만 놓고 보아도, 나는 오빠로서 도움이 되기는커녕 부담만 주고 있다는 것을 남승지는 확인할 수 있었다. 훨씬 쓸쓸해진다구, 훨씬. 어떻게 해야 하나, 자연스럽게 튀어나온 여동생의 말이 남승지의 가슴을 찔렀다.

"승지야, 어머니는 말이다, 네가 고향으로 돌아가서 또 비쩍 마를 걸 생각하니 가슴이 아프구나." 어머니가 갑자기 그렇게 말하고는, 부젓가락으로 숯불을 쑤시고 있는 아들의 손을 잡았다. "후후후후, 어머니는 지금까지 아무 말 않고 있었다만, 네가 일본에 처음 왔을 때는 삐쩍 말라 가지고 말이지……, 그러던 네가 도쿄에 갔다 왔잖니, 그게 그 사이에 얼굴이 동그래진 것 같고, 아무리 보아도 살이 붙은 거라. 나는 속으로 감탄하고 말았지. 일본에 온 지 보름 만에 살이 쪘으니 말이다. 말라 있던 네가 통통해졌다니까. 그런데 고향에 돌아가면 다시 야윌 거라고 생각하니……."

"후후후, 내가 그렇게 뚱뚱해졌나, 그런 말을 들으니 부끄러워지네요."

남승지는 한 손을 어머니의 딱딱한 손에 내맡긴 채, 왼손으로 자신의 볼을 꼬집어 보며, 멋쩍은 듯이 웃었다. 어머니 말대로 분명히 살찐 것을 느낄 수 있었다. 그러나 그 멋쩍은 웃음은 창피해서가 아니라, 거기까지 신경을 쓰고 있는 어머니의 심정이 괴로웠기 때문이었다. 부모는 그 애정 때문에 무슨 일이든 자식에게 간섭하고 싶어지는가 보다.

"너도 참 이상한 말을 다 하는구나. 통통한 게 왜 부끄럽다는 거냐? 남의 것을 훔쳐 먹은 것도 아닌데, 하기야 돼지처럼 자기 혼자만 먹고 지나치게 살찌는 건 좋지 않지만, 역시 조금은 살이 쪄서 몸집이 불어야 듬직하고 건강해지는 법이다."

"너무 걱정하지 않으셔도 이 이상은 마르지 않을 거예요. 그런 것까지 일일이 걱정하다가는 어머니가 견디지 못하세요. 그렇다면 조국에 사는 사람들은 다들 어떻게 되겠어요."

"그래도 다른 사람은 모두 가족이랑 함께 살고 있잖아."

여동생이 스웨터 소매를 짜면서 어머니에 가세했다.

"그렇지 않은 사람도 있어, ……음, 양준오도 그렇고." 양준오는 그랬지만, 조직원들 가운데 남승지처럼 해방 후에 단신으로 귀국한 사람은 그가 아는 범위 내에서는 한 사람도 없었다. 모두 부모나 형제가 이미 조국에 살고 있었던 것이다. "그리고 일본에 올 때까지는 조금 야위어 있었는지는 모르지만, 제주도에서는 아주 건강해서 병 같은 건 한 번도 걸린 적이 없어. 감기도 걸려 본 적이 없어."

"아이고, 승지야, 그런 이야기는 이제 그만두자. 네가 객지에서 병이라도 나면 어찌 되겠냐, 아마 죽고 말 거다. 정말로 죽을지도 모른다. 이제 그런 얘기는 그만하거라."

"예, 그만할게요. 어머니도요." 남승지는 어머니 입에서 불쑥 튀어나온 '객지'라는 말이 마음에 걸렸다. 어머니에게 있어서 아들은 결국 객지에 있다는 뜻일 것이다. "제가 말랐다는 둥 살쪘다는 둥. 살찐 만큼 좋긴 하지요. 부모들은 금방 그렇게 지나친 걱정을 하니까 자식들이 힘들어요. 게다가 기분이 우울해지거든요."

어머니는 두 손으로 아들의 손을 쓰다듬으며 고개를 끄덕였다. 낮에 강몽구와 사촌 형의 대화에 끼어들던 억척스러운 어머니의 모습은 보이지 않았다.

남승지는 사촌 형 남승일과 강몽구 두 사람이 돌아간 뒤, 이 마지막 밤이 슬픔에 젖어 버리지나 않을지 내심 두려워했다. 어쨌든 조선 여인의 슬픔을 표현하는 방식은 예부터 야단스러운 구석이 있었다. 그는 어머니와 여동생이 슬피 울면서 열심히 그를 쫓아오던 어젯밤의 꿈을 알아차린 두 사람이, 그로 인해 더욱 슬퍼하는 것은 아닐까 걱정했을 정도였다. 그러나 그가 두려워했던, 어젯밤에 꾼 꿈과 같은 일은 일어나지 않았다. 물론 스쳐 지나가는 말에 눈시울을 붉히거나, 저고리 고름으로 눈물을 닦기는 했지만, 어머니도 그리고 여동생도 평온한 편이었다.

모든 일이 다 그렇겠지만, 지나고 보면 맥없이 김이 빠지게 마련이다. 오로지 목적지를 향해 가는 자만이 그 맥 빠지는 현상에서 벗어날 수 있었다. 일본에 온 지 벌써 보름, 그것도 지금은 커다란 시간의 흐름에 밀려 단숨에 과거로 밀려나는 느낌이 들었다. 이별의 슬픔도, 그저 헤어짐이 슬프다는 게 아니라, 그 맥 빠지는 현상 때문에 더욱 슬픔이 커지는 모양이었다. 장롱 위에서 자명종시계가 계속해서 시간을 새기고 있었다. 팔손이나무 잎사귀를 뒤흔들던 바람이 함석지붕을 두드리고, 유리문을 흔들어 대고, 변소 문을 삐걱거리는 와중에도 시계는 째깍째깍 계속 울리고 있었다. 시간은 저렇게 새겨지고, 소리를 내지 않으면 안 되는 것일까. 저 순간순간 내는 소리에는 언제나 현재밖에 없다. 그리고 한결같이 인간을 앞으로 몰아붙여 이별은 현실이 되고 머지않아 과거가 된다. 어머니가 일본에 온 아들을 만난 첫날밤부터 벌써 이별의 불안에 떨고 있었던 것은, 그때부터 이미 이별을 각오하기 있었기 때문이기도 했고, 그것 역시 삶을 살아가는 자의 지혜라 할 수 있었다.

그동안 실현될 것처럼 보였던 아들과의 동거에 대한 꿈이 좌절된 어머니는 슬피 울지도 않았고 아들을 나무라지도 않았다. 이미 각오하고 있던 일을 오늘 새삼 확인하고, 슬픔을 마음속 깊이 묻어 버린 모양이

었다. 거기에는 또 조직을 위한 일이 곧 민족을 위한 길이라는 '대의명
분'의 힘이 작용했다고 할 수 있었다. 설사 문맹이라 할지라도, 식민지
민족으로서의 고통을 몸소 겪어 온 조선의 어머니들은 옛날부터 나라
와 민족의 독립을 위해서라면 자식을 언제라도 떠나보낼 마음의 토양
이 있었다. 지하조직 활동가는 애국자이고, 일제강점기부터 사회주의
자나 민족주의자는 나라와 민족을 위해 투쟁해 왔다는 신뢰감이 있었
다. 그것은 소박한 신앙이기까지 했다. 따라서 그 '대의명분'이 눈앞에
확실히 제시된 이상, 더는 할 말이 없었다. 이런 상황에서 말을 한다는
것은 개인적인 감정을 끝까지 밀고 나가겠다는 것으로 해석될 수밖에
없기 때문이다. 낮에 모두가 모인 자리에서 어머니가, 조직을 위해 일
하는 것은 민족과 나라를 위해 일하는 것이라고들 하는데……라고 한
말은, 조선의 어머니들이 지닌 기풍의 하나를 보여 주는 것이었다.

　이윽고 여느 때와 마찬가지로 어머니를 한가운데에 두고 편 이부자
리에 누울 시간이 되었다. 한 시였다. 이렇게 해서 서로 간에 잠이
들면 오늘 밤은 끝나는 것이고, 눈을 뜨면 출발 당일의 아침이었다.
말순이는 자신의 이불 위에서 내일에 맞춰 완성하기 위해 스웨터를
계속 짜고 있었다.

　아무 일도 없이 끝낸 하루였다. 낮 동안 예민해져 있었던 남승지의
마음은 연기처럼 사라졌다. 남승일과 강몽구 두 사람에 대해 왜 그토
록 화를 내며 무슨 대결이라도 하듯 긴장해 있었는지, 마치 꿈속의
일만 같아서 이젠 웃음까지 나왔다. 어머니가 평정심을 잃지 않은 건
무엇보다 다행이었지만, 그것 또한 남승지에게는 괴로웠다. 하루를
무사히 지내고 보니, 이럴 때는 어머니도 여동생도 이별을 슬퍼하고
한탄하며 우는 편이 오히려 마음이 개운할지도 모른다는 생각조차 들
었다. ……정말이지 밀항만 아니었다면, 이 아이를 여기저기 데리고

다니면서, 이게 내 아들이오, 하고 세상 사람들한테 자랑하고 싶을 정도랍니다. 아들 없는 과부는 남한테 괄시를 받는 법이니까요…….

낮에 저고리를 가지러 온 이웃 할머니에게 어머니가 했던 말이 가슴 속에 삐걱거리며 밀고 들어와 박힌다. 이렇게 훌륭한 아들이 있는데……, 어머니도 나이 들어 쓸쓸하니까, 이젠 함께 살아야지, 좋은 색시를 얻어서 말이지, 참한 색시를 내가 소개시켜 주고말고……, 붙임성 좋은 할머니가 남승지의 어깨에 두 손을 얹으며 한 말이었다. 내가 결혼해 버리면 어머니는 훨씬 더 쓸쓸해질 거야……. 훨씬 더 쓸쓸해질 거라구, 훨씬, 훨씬, 훨씬……. 남승지는 어머니와 여동생보다 먼저 곯아 떨어졌다.

날이 밝아 출발하는 날이 되었다.

밤새 몸부림치듯 불어 대던 바람도 가라앉고, 아침부터 맑게 갠 하늘에는 바람이 깨끗이 쓸어가 버렸는지 구름도 한 조각 없었다. 그림이나 사진이었다면 단조로울 만큼, 하늘에는 아무것도 없었다.

"아이고, 오늘은 날씨가 좋구나. 바람도 완전히 멎었고……."

어머니의 밝은 목소리였다. 오사카의 날씨와 현해탄의 날씨가 직접 관련되어 있는 건 아니라 해도, 바람이 계속 불면 그만큼 어머니가 마음을 졸이게 될 것이다. 그런 만큼 맑은 하늘이 고마웠다. 지금 어디까지 갔는지는 모르지만, 배를 위해서도 좋은 날씨였다. 어떻게든 이 날씨가 현해탄을 넘어, 풍파가 많은 제주 바다를 다 건널 때까지 계속되었으면 좋겠다는 생각을 하였다.

어머니와 여동생에게 어제의 침울함은 없었다. 스웨터의 마지막 마무리를 서두르고 있는 여동생은 농담까지 했다. 오빠가 결혼하면 어떻게든 빨리 올케언니를 만나고 싶어, 그렇지 않으면 언니와 사이가 좋아지지 않을 테니까, 라든가 어떤 아기가 태어날까……라든가 결혼을 기정사실로 생각하는 듯한 무심한 말을 했다. 남승지가 대답을 못 해 우물쭈물하거나, 둘러다 붙이는 대답을 하면 여지없이 그 허점을 꼬집곤 했다. 출근 준비를 마친 여동생은 여덟 시를 조금 넘겨 서둘러 집을 나갔다. 오전 중에 일을 정리하고 점심때부터 조퇴해서 돌아온다고 한다. 집을 나가면서 농담조로, 그러나 어린애처럼 불안한 표정으로, 내가 돌아올 때까지 가면 안 돼, 스웨터도 이제 소매만 붙이면 다 되니까, 라며 어머니와 오빠에게 다짐을 하고 웃었다.

남승지는 아홉 시 조금 지나서 근처 공중전화에서 동해고무에 연락을 취했다. 집을 나올 때 어머니가, 점심때까지는 돌아오겠지만 곧 외출해야 한다면서 아들에게 열쇠를 건네주었다. 그가 곧 돌아오지 않을지도 모른다고 말했기 때문이다. 전화는 여사무원을 통해 사장실로 연결되는가 싶더니, 사장인 고달준이 일단 받았다가 강몽구를 바꿔주었다. 그는 배가 어젯밤 출항하여 시모노세키에는 내일 오후 일찍 도착할 예정이니, 늦어도 오늘 밤 막차를 타야 된다고 말했다. 고달준 사장에게도 인사를 해야 하니까, 어쨌든 동해고무로 오라고 했다.

강몽구는 아직 볼일을 모두 마치지 못한 모양이었다. 고달준과 마지막 결산도 해야 하고, 오사카의 조직 관계자들과도 만나지 않으면 안 된다. 그리고 맹도회의 임(林)을 만나 권총을 손에 넣어야 할 것이다. 남승지는 봄볕이 부드러운 시내를 걸으면서, 동해고무에서 우연히라도 우상배를 만날 수 있었으면 좋겠다고 생각했다. 설령 그가 동해고무에 온다고 해도 아침이 너무 일러서 그와 만날 가능성은 거의 없었지만, 가능하면 옛날처럼 밤에라도 만나 술이나 한잔 나누고 싶다는 생각을 했다. 전쟁 전에는 사상범으로 오랜 형무소 생활을 했고, 전쟁 후에는 조직활동을 도중에 그만두고 술주정뱅이가 되어 있었기 때문에, 강몽구는 그를 타락분자로 마구 몰아붙이지만, 남승지는 그 때문에 더욱 우상배에게 관심이 가는 것이었다. ……시시한 작자야, 조직을 그만두고 고무장화 브로커 노릇이나 하면서 술만 마시고 있다구, 그자는. 하지만 남을 팔아넘기거나 할 인간은 아니야, 그 정도의 악인이라도 되면, 어떻게든 잘 먹고 살 방법도 있겠지만 말이야……. 이것이 강몽구의 말이었는데, 그래서 더욱 우상배를 만나 보고 싶었다. 그리고 윤상길과도 만나고 싶었다. 일부러 당의 가짜 신임장을 만들어, 조직의 결정으로 일본에 밀항했다고 거짓말을 한 과거의 중학교 동료. 아니, 이젠 그가 나를 피할 것이다. 오사카의 조련(朝連) 위원장에게 부탁하면, 위원장 부인의 친척이라는 윤상길의 거처를 알 수 있을지도 모르겠지만, 어쨌든 이제는 시간이 없었다.

동해고무에서 고달준 사장에게 인사를 끝낸 남승지는 그곳에서 고베로 전화를 걸었다. 고베에는 이제 들르지 않고, 오늘 밤 오사카 역에서 시모노세키로 직행해야 했다. 사촌 형이 사 준 봄 코트 대신 고베에 놓고 온 겨울 외투도 어제 고베에서 운반해 온 짐과 함께 이미 배에 실려 있었기 때문에, 고베에는 아무런 짐도 없었다.

남승지는 전화를 받은 사촌 형에게 새삼 작별인사를 하면서, 묘하게 눈시울이 뜨거워지는 것을 느꼈다. 사촌 형 승일은 몸조심하면서 열심히 분발하라고 말했다. 고마웠다. 너무나 고마웠다. 이어서 형수인 경자에게 작별인사를 하고, 형수는 그럴 필요 없다고 했지만, 마지막으로 행자를 바꿔 달라고 부탁했다.

"여보세요, 저 사치코예요. 벌써 돌아가시나요……."

조금 코에 걸린 듯한 그 목소리가 수화기에서 슬프게 울렸다. 그녀는 승차시간을 알면 시모노세키행 열차가 고베 역을 통과할 때 플랫폼에 나가 배웅하고 싶다고 말했다. 남승지는 그녀의 새빨간 스커트로 타이트하게 감싼 탄력 있는 허리선과, 미인이긴 하지만 왠지 토라진 듯한 인상을 주는 혈색 나쁜 얼굴을 떠올리면서 수화기를 들고 있었다. 그녀는 좀처럼 전화를 끊지 않았다. 아직 기차 시간이 확실치 않다며 거절하고, 그럼 건강하게 지내라고 말하자, 순간 목이 메는 기색이 전해지는가 싶더니, 안녕히 가세요……라는 말과 함께 전화가 끊겼다. 남승지는 수화기를 놓으면서, 그녀에게 지금까지와는 다른 애정을 느꼈다.

전화기 옆에, 크고 작은 고무장화를 진열해 놓은 사람 키 높이의 선반이 있었다. 이방근의 방에 있는 책장과 비슷한 모양을 하고 있었다. 창문으로 비쳐 든 아침 햇살을 반사하는 유리문 안에서 검은 점이 섞인 빨간색의 작은 여아용 고무장화가 미소를 짓는 것처럼 밝아 보였다. 공장에서 소음과 먼지에 휩싸인 채 양산되는 고무장화가 이렇게 사장실 진열장에 놓여 있으면, 꽤 고가의 물건처럼 보이는 게 이상했다. 탁자를 사이에 두고 소파에 마주 앉은 고달준과 강몽구는 마치 하루 일과를 끝낸 것처럼 여유 있게 담배를 피우며 이야기를 나누고 있었다. 차 대신 마신 우유의 흔적이 유리컵 바닥에 하얀 원을 그리며 남아 있었다.

"승일 사돈님이 전화로 아무 말씀도 안 하시더냐, 응?"

남승지가 전화를 끝내고 소파로 돌아오자, 옆에 앉은 강몽구가 웃으며 말했다.

"예, 별다른 말씀은 없었어요." ……안녕히 가세요, 마치 하늘 저 멀리에서 들려오는 소리처럼 전화 저편에서 울리다 사라진 행자의 목소리를 귓전에 떠올리며 남승지가 말했다. "후후후, 그저 열심히 분발하라고만 했어요. 속마음은 어떤지 모르지만요. 상당히 기분이 상해 있을 거라고 생각했는데, 그러지 않아서 다행이라는 기분이 들었습니다."

"열심히 분발하라고 했단 말이지, 어쨌든 고마운 분이야. 애국자시지. 어젯밤 집을 나와 함께 돌아오면서, 거듭해서 승지 너를 잘 부탁한다고 하더구나. 너도 이젠 어른이니 나한테 부탁하고말고 할 것도 없는 일이지만, 어쨌든 승지에게도 좋은 형님에는 틀림없어."

"젊은 동무가 대단하군. 모처럼 일본에 와서 가족과 친척을 만나자마자 헤어진다는 건 정말 괴로운 일일 텐데, 어쨌든 수고가 많네."

고달준이 거무스름한 얼굴에 온화한 미소를 띠며 나직한 어조로 말했다. 남승지는 조금 멋쩍은 듯이, 아닙니다 하며 고개를 저었다.

"어린애도 아니고, 그만큼 어머니 젖을 먹었으면 됐지 않나. 그래도 아직 모자라나."

강몽구는 다른 사람 앞이라 그럴 수도 있었지만, 웃는 얼굴이면서도 어제와는 전혀 다른 냉담한 말투를 하였다.

"아니요, 몽구 형님 말씀대로입니다. 지겨울 정도로 먹었어요."

남승지는 강몽구가 건넨 농담조의 말을 순순히 받아들였다. 지겨울 정도로 가족들과 오랜 시간을 보낸 것은 물론 아니었지만(동물원조차 함께 가지 못했다), 오늘 밤 헤어지게 되는데도 의외로 마음이 가벼웠다. 사실, 이대로 쭉 일본에 남을 거라면 몰라도, 더 이상 하루 이틀 날짜를 질질 끄는 것은 고통스러울 뿐이다. 어머니와 여동생이 들으면 슬퍼하겠지만, 지금은 오히려 하루라도 빨리 출발하여 가족과의 인연을 끊어 버리고 싶다는 마음이 앞섰다. 그래, 떠나면 그만이다, 떠나 버리면 그 다음은 운명에 맡길 수밖에 없는 곳으로 갈 뿐이다. 바다에 가로막힌 곳으로.

"음, 하지만, 지금은 배가 잔뜩 불러 있어도, 나중에 또 젖을 먹고 싶어질지도 모른다구, 핫하하, 달준 씨, 이 친구가 이래 봬도 상당한 투사랍니다."

"으흠, 이래 봬도라는 말은 승지 동무에게 실례가 아닌가. 꽤 성실한 청년이라고 나는 보고 있는데……."

고달준이 진지한 얼굴로 말했다.

"몽구 형님, 적당히 좀 하세요. 투사가 뭡니까." ……투사, 내게는 참으로 어색한 느낌을 주는 말이다. 풋내기 투사가 어디 있단 말인가. 무슨 소리를 하고 있는지 모르겠군. 남승지는 불쾌감마저 느끼며 말했다.

"전 그런 투사가 아니라니까요."

"바보 같은 소리, 혁명투사야. 조국의 혁명을 위해 적극적으로 싸우는 동지는 모두 투사야. 핫하하, 하지만 네가 싫다면 그만두마. 이 친구는 부끄럼쟁이거든요."

"그게 좋은 거야. 재일동포 조직에도 젊은데 용감한 자가 너무 많아서 탈이야. 혁명은 자기 혼자 하는 것처럼 우쭐대는 애국자들이 오사카에도 많아, 후후후."

고달준은 억양 없는 담담한 어조로 말했다.

"그런데, 오늘 밤 떠날 준비는 다 됐나?"

"예, 준비할 것도 별로 없습니다. 몸 하나만 가면 되니까요……."

"그건 그런데, 내가 말하고 있는 건 어머니와 여동생의 일이야. 서로 간 마음의 준비 말야……. 사실 어머니는 몹시 괴로우실 테니까."

"그건 괜찮습니다. 그보다도 어머니가 가능하면 저녁에 집에 들러 식사를 하고 가라고 하시던데……."

"음, 좀 어렵겠는데." 강몽구는 마주 앉은 고달준의 의향을 묻기라도 하듯 그쪽으로 시선을 돌리며 말했다. 고달준이 가볍게 두세 번 고개를 끄덕였다. "잠시 후에 여길 나갔다가, 저녁에는 다시 돌아와야 해. 경우에 따라서는 여기서 어제 본 임 군과도 만나게 될 거야. 집에 들를 시간적인 여유가 없을 것 같으니, 네가 잘 말씀드려."

"예……, 그러면 저는 어떻게 하면 되나요?"

"뭐? 핫핫하, 설마 승지를 떼어 놓고 갈 수는 없겠지……." 강몽구는 입을 크게 벌리고 담배 연기를 내뿜으며 웃었다. "글쎄다, 여기로, ……으음, 밤 아홉 시까지 오면 돼, 여기서 출발할 거니까."

"아홉 시, 예, 알겠습니다. 아홉 시에 여기로 오겠습니다."

아홉 시라, 아홉 시, 아홉 시, 동해고무에서 출발……, 오사카 역까지 배웅하러 가겠다던 여동생의 생각은 깨진다, 깨져 버린다…….

강몽구와 남승지는 열한 시에 동해고무를 나왔다. 버스가 오가는 도로까지 함께 나온 강몽구는 택시를 타고 조련 오사카 본부로 향했다. 이마자토 방향으로 달려가는 택시의 뒷모습을 쫓는 남승지의 눈에 버스도로 맞은편 주택가의 지붕 너머로 우뚝 솟은 화장장의 굴뚝이 보였다. 검게 그을린 붉은 벽돌의 육각형 굴뚝에서 남은 열기가 뿜어져 나오듯 어렴풋이 연기가 피어오른다. 남승지는 눈을 가늘게 뜨고 집게손가락으로 흘러내리려는 안경을 밀어 올린 뒤, 바람이 멎어 맑게 갠 하늘로 피어오르는 옅은 갈색의 연기를 바라보았다.

남승지는 버스도로를 건너갔다. 맞은편 보도를 한복 차림의 노파가 팔자걸음으로 유유히 걸어갔다. 안짱걸음으로 서둘러 걷는 모습은 거의 보이지 않는다. 버스도로 건너편 보도 저 멀리로 시선을 돌리자, 노파와 비슷한 흰 한복 차림이 언뜻언뜻 보였다. 마음먹고 찾으려 든다면, 불과 10분만 걸어도 반드시 두세 명의 한복 차림 여자들을 만날 수 있을 것이다. 아침에, 행선지는 말하지 않았지만, 지금쯤 어머니도 저런 모습으로 이카이노의 어딘가를 걷고 있을지도 모른다. 조선인 마을이라는 별명이 붙어 있는 이카이노 일대는 같은 지역에 살고 있는 일본인이 싫어할 뿐 아니라, 이카이노에 살고 있는 조선인 청년들도 한 번쯤은 이카이노에서의 탈출을 시도한다. 재일조선인으로 태어난 반발심 때문에, 그들에게 '이카이노'는 민족차별과 치욕을 집약한 지역으로 여겨지는 탓이었다. 과거에 양준오도 그런 시기가 있었다는데, 그것을 극복하고 난 후에 그는 열렬한 이카이노 예찬론자가 되었다. 그리고 남승지도 그런 양준오에게서 많은 영향을 받았다.

그러나 조선의 어머니들은, 남승지의 어머니도 그렇지만, 한결같이 그렇지 않았다. 그녀들은 식민지 시대부터 지금 눈앞을 걷고 있는 노파와 똑같은 모습으로 묵묵히 거리를 걷고, 전혀 말이 되지 않는 일본어로 물건을 사거나 때로는 전차를 타면서, 조선인이라는 것을 드러낸 채 살아왔다. 거기에는 남자들에게서는 볼 수 없는, 침범하기 힘든 뿌리 깊은 민족적인 핵이 있었다.

이전에는 익숙해진 탓인지 일본 거리를 걷는 노파의 모습이 그렇게 강렬한 인상을 주지는 않았지만, 해방 후 2, 3년간 조선에서 생활해 온 남승지에게는 하나하나가 선명하게, 눈에 아로새겨지듯 비쳐왔다. 그곳에 자기 육친이 살고 있다고 생각하면 더욱 그랬다.

오른쪽에 늘어선 이층집 가운데 하나가 조선인 의사가 하고 있는 작은 병원이었는데, 조금 전의 노파는 삐걱거리는 혜인의원이라고 쓰인 문을 열고서, 그 안으로 모습을 감추었다. 아하, 병원에 가는 길이었구나……, 얼핏 보기에 병자라고는 생각되지 않는 노파였다. 남승지는 몇 대의 자전거와 어린이용 세발자전거가 세워진 병원 앞을 지나, 코트 주머니에 찔러 넣은 손으로 열쇠를 만지작거리며 집을 향해 걸어갔다. 어머니는 벌써 돌아와 계실지도 모른다. 여동생도 곧 돌아올 것이다. 잠시만 더 거리를 거닐어 보자. 언제 다시 돌아올 수나 있을지, 오늘이 마지막이 될지도 모르는 이카이노 거리였다. 조국이 아닌, 이국땅에서 접하는 조국의 냄새도 오늘로 작별이었다.

남승지는 운하의 다리를 건넌 뒤 집 근처 골목을 지나쳐 조선시장 주위를 한 바퀴 돌고 나서 집으로 돌아왔다. 이미 어머니가 돌아와 있어서 열쇠를 사용할 필요는 없었지만, 손으로 만지작거리면서 걸어왔기 때문에 손에 냄새가 밴 열쇠를 어머니에게 건넬 때, 서로 간에 타인처럼 서먹서먹한 예기치 못한 바람이 스쳐 지나가는 듯했다. 어머니는 짐이 되지 않을 정도의 양말과 러닝셔츠 등의 속옷을 사 왔다. 그리고 환약으로 만든 보약을 가져가라고 했다. 얇은 종이로 싼 탁구공보다 조금 작은 환약으로 적당한 크기의 상자에 30개 정도가 들어 있었다. 하루에 한 알씩 한 달만 먹으면 된다고 했다. 한방에서도 귀하고 값비싼 약인 듯했다. 같은 보약이라도 달이는 약은 부피가 크고, 게다가 혼자 살면서 한약을 달여 먹을 수는 없기 때문에 비싼 환약으로 산 것이었다. 어리석은 일이다. 이걸 먹어서 몸에 나쁠 건 없겠지만, 비싼 돈을 들이면서까지 약을 들려 보내는 것은 역시 어리석은 짓이다.

여동생 말순은 아침에 말한 대로, 정오를 조금 지나 집으로 돌아왔다. 오빠의 모습을 보더니 생긋 웃으며, 아이고, 오빠가 벌써 가 버린 거 아닐까 하고 걱정이 돼서 견딜 수가 없었어…… 하며, 아침에 농담하던 때와 변함없는 밝은 목소리로 말했다. 남승지는 여동생의 밝은 목소리에 당찬 느낌을 받았다.

점심식사를 끝내자마자 말순이는 바로 오빠의 스웨터를 짜기 시작했는데, 이미 마지막 단계까지 와 있었는지 한 시간도 안 되서 옷을 완성했다. 여동생이 오빠를 불러 입어 보라고 했다. 그녀는 스웨터를 입은 오빠의 모습을 바라보면서, 만족스러운 듯이 잘 어울린다고 말하고는, 오빠, 직접 경대 앞에 서서 보라고 요구했다. 남승지는 핫하하 겸연쩍은 웃음을 지으며, 좌우지간 여동생이 시키는 대로 경대 앞에 서 보았다. 그리고는 만족스러운 듯이 고개를 끄덕였다. 비록 남매간이긴 해도, 그것이 일종의 감사하는 마음의 표시라 할 수 있었다. 그런데 원래 세면도구밖에 들어 있지 않았던 가방에 속옷과 약 상자는 들어갔지만, 거기에 스웨터까지 집어넣을 수는 없었다. 그래서 두꺼운 종이에 싸서(그것도 아무런 무늬가 없는 종이라야만 했다. 제주도에 상륙한 뒤 만에 하나라도 종이 때문에 밀항이 발각되면 곤란하다) 끈으로 묶고, 그것을 다시 보자기에 싸기로 했다.

남승지는 드디어 여동생의 그림을 보았다. 처음에는 지금까지와 마찬가지로 거부했으나, 출발을 앞둔 오빠 앞에서 결국은 고집을 꺾고, 어디에 숨겨 놓았는지 자기 방에서 캔버스를 세 개씩이나 꺼내 왔다. 하나는 어머니의 초상화였고, 나머지는 둘 다 풍경화였다. 풍경화 가운데 하나는 숲 속 오솔길로부터 좁은 출구 저편으로 펼쳐진 하늘을 그린, 말하자면 사실적인 구상화였다. 남승지가 그림을 잘 아는 건 아니었지만, 어머니의 초상화도 썩 잘 되어 있었고, 아마추어치고는 상당한 솜씨라는 느낌이 저절로 솟아났다. 아니, 가슴을 쿡 찌르는 무언가가 있었다. 그것은 어머니의 초상화도 그랬지만, 화면에 흐르고 있는 우수의 그림자였다. 초상화에 그려진 어머니의 표정에 엿보이는 슬픔은 작가 내면의 표출이거나, 아니면 어머니 내부의 우수를 표현한 것이겠지만, 청록색이 주조를 이루어 따뜻한 색이 그다지 보이지 않는 숲 속의 풍경도 왠지 어두운 느낌을 주고 있어서 마음에 걸렸다.

여동생은, 이제 보여 줬으니까 됐지, 라며 초등학생처럼 재촉하는 것을, 바보야, 아직 덜 봤어, 잠깐만 기다려, 하고 오빠가 가로막았다. 남승지는, 내가 잘은 모르지만 차분한 느낌이 전해져 오는 좋은 그림이라고 여동생을 칭찬해 주었다. 그리고 숲 속만이 아니라, 숲 바깥의 꽃 같은 것은 안 그리느냐고 간접적으로 묻자, 여동생은 오빠의 생각을 민감하게 알아챈 듯, 좀 더 로맨틱한 그림도 있지만 창피해서……

라며 꽁무니를 뺐다. 그건 그렇다 쳐도, 액자에 정성껏 넣어서 벽에 걸어 둔 고갱의 '타히티의 여인들' 같은 그 평면적인 그림과는 무슨 관계가 있는 걸까. 아니, 모르겠다. 고갱의 그 남쪽 태양빛의 밝음 속에 우수의 흐름이 느껴지는지도 모를 일이다.

밤, 가족 세 사람만의 식사를 끝내고(그야말로 최후의 만찬이라고 해도 좋을 만큼, 어머니의 정성이 담긴 음식이었다), 여덟 시 반경에 집을 나왔다. 어머니는 집 앞 골목 입구까지 아들을 전송했다. 그녀는 백열전구 가로등이 만들어 내는 원 안에 멈춰 선 채, 그곳에서 한 발짝도 나오려 하지 않았다.

"어머니, 그럼 저는 가겠습니다."

남승지는 조금만 늦추면 뒤틀려 허물어져 버릴 것 같은 어머니의 얼굴을 보며 말했다. 그래, 다녀오겠습니다, 가 아니라, 가겠습니다, 그게 맞는 표현이다.

"그래, 조심해서 가거라……."

어머니는 살짝 열리다 만 입술을 다물고 고개를 끄덕였다.

여동생이 스웨터와 어머니가 만들어 준 2인분의 도시락을 싼 보따리를 들고 오빠와 함께 거리로 나왔다. 길모퉁이를 돌아설 때, 남승지는 어두운 골목을 돌아보았다. 가로등의 부드러운 빛 속에 어머니가 유령처럼 우뚝 서 있었다. 그것은 검의 날을 가진 화석이었다. 남승지는 보름 전 밤에 강몽구와 함께 여기서 택시를 내려 집에 찾아가던 때의 광경을 또렷이 떠올리면서, 어머니의 모습을 향하여, 그럼 어머니, 전 가겠습니다, 라고 중얼거리며 인사를 하고는 상대의 시야에서 모습을 감추었다.

말순이는 동해고무 근처까지라도 배웅을 하겠다며, 오빠와 함께 이카이노의 밤거리를 걸어갔다. 시간을 확실히 알면 나중에 오사카 역까지 가겠다고 했지만, 오빠는 그럴 필요가 없다고 거절했던 것이다. 오사카 역까지 와서 배웅해 봤자 달라질 것도 없었다. 여동생 혼자 돌아가는 길이 괴로워질 뿐이다. 오히려 이대로, 그래, 승차하기 몇 시간 전에 헤어져 버리는 편이 서로에게 좋을 것이었다. 여동생은 어머니와 함께 있는 게 좋다. 도시의 지붕 위로 밝은 달이 떠 있었다. 어디선가 하모니카 소리가 들려왔다. 기분 탓인지, 밤공기에 떨리는 경쾌한 음색은 누군가를 사모하듯, 이별을 아쉬워하듯 구구절절한 울림을 지닌 채 들려왔다. 어딘가 2층 창가에라도 걸터앉아 누군가에 대한 사랑을 담아 열심히 불고 있는지도 모른다. 기타와 함께, 하모니카의 음색은 서민의 거리에 어울렸다. 두 사람은 거의 말을 하지 않았다. 이제 와서 새삼스럽게 할 말도 없었고, 두세 마디 이따금 말을 거는 것에 충실감을 느꼈다. 이제 와서 서로 간에 많은 말은 필요 없었다. 그것은 오히려 공허감을 불러일으킬 뿐이었다. 그러나 남승지는 걸으면서, 지금 말하지 않으면 무언가 중요한 말을 전할 기회를 영원히 잃고 말 것 같은 절박감에 짓눌려, 한 걸음 한 걸음 앞으로 내딛는 발걸음이 무거워지는 기분이었다.

이윽고 실내등을 환하게 밝힌 버스가 지나다니는 큰길에 다다랐을 때, 오빠, 몽구 오빠랑 함께 다시 올 수는 없는 거야? 하고 여동생이 말했다. ……나하고 말순이가 고향에 갈 수 없다면, 네가 또 몽구랑 함께 일본에 올 수는 없는 거냐? 저녁 식사를 하면서 어머니가 물었었다. 여동생은 그 질문을 되풀이한 것이었다. ……음, 잘은 모르지만, 좀 어려울 거예요. 아니, 어렵다기보다도, 이제 다시는 이런 기회가 없을 거라고 생각하면서도, 남승지는 어머니에게 그렇게 대답했다. 응, 그러냐, 그렇겠지, 아직 젊은 네가 그렇게 자주 조국과 일본을 왕래할 수 있는 것도 아닐 테고, 어머니도 그 정도는 알고 있단다. 아니,

하지만 어머니, 또 올 수 있을지도 모르니까…….

"음, 어려울 거야. 그야 오빠로서도 자주 오고 싶지. 하지만 나 같은 풋내기가 그렇게 자주 수행원으로 동행할 수는 없어. 이번에도 승일 형님의 협력이 필요했기 때문에 올 수 있었던 거니까. 하지만 또 모르는 일이지. 또 그런 기회가 올지도 모르는 일이야. 혹은 싫은데도 와야만 하는 경우가 있을지도 몰라."

"……"

남승지는 한 손으로 여동생의 부드러운 어깨를 두드렸다. 그리고는, 자아, 이제 그만 돌아가, 라고 말했다. 버스도로를 건너면 바로 동해고무였다. 버스도로 쪽을 돌아본 여동생은 하얀 목을 똑바로 세우고 동해고무 옆까지 따라가겠다고 우겼지만, 남승지는 그럴 필요가 없다고 타일렀다.

"알았어."

여동생은 오빠를 거역하지 않고 순순히 고개를 끄덕였다.

"그럼, 건강히 지내거라."

남승지는 여동생으로부터 보따리를 받아들며, 그 손을 다정하게 쥐었다.

갑자기 여동생이 고개를 푹 숙이며 오빠의 가슴에 얼굴을 묻었다. 양쪽 어깨가 들먹거리고 울음이 새어 나왔다.

"이런 바보." 순간적으로 튀어나온 말이었다. 그는 반사적으로 남의 눈을 경계하여 당황했던 것이다. 지나다니는 사람은 많지 않았지만, 두 사람이 서 있는 길모퉁이 담뱃가게에서, 방금 가게 앞에 자전거를 세운 사내가 이쪽을 유심히 쳐다보며 휘익 하고 휘파람을 불었다. "바보같이, 왜 울고 그래. 오빠를 난처하게 만들면 안 돼. 정신 차려. 남들 눈에 띈다구."

남승지는 짐짓 화난 목소리로 말하면서, 여동생의 등을 가볍게 두드렸다. 눈 밑에서 떨고 있는 여동생의 깔끔하게 뒤로 묶은 머리에서 피어오르는 냄새가 호흡과 함께 콧속 깊숙이 들어왔다. 단순한 이별의 순간이었다면, 지금처럼 매정하게 여동생을 뿌리치지는 못했을 것이다. 2년 반쯤 전에, 서울로 향하는 오빠를 배웅하기 위해 오사카 덴포잔(天保山) 부두까지 나왔을 때, 말순이 보여 주었던 그 밝고 다부진 모습은 이제 보이지 않았다.

그러나 말순은 오빠의 말에 울음을 뚝 그치고, 얼른 손수건으로 눈물을 닦아내고는 고개를 들었다. 그리고 웃어 보였다. 그 웃음이 갈기갈기 찢어졌다. 가로등 불빛에 그늘진 그 창백하고 긴장된 표정의 여동생이 갑자기 오빠까지도 접근하지 못하게 만드는 어른스러운 위엄과 아름다움으로 빛나고 있는 모습을 남승지는 보았다.

남승지는 보도 가장자리에 우뚝 서 있는 여동생을 남기고 버스도로를 건넜다. 어머니와 마찬가지로 너도 화석의 칼이 되어, 뒤에서 내 가슴을 찌를 셈이냐. 남승지는 버스도로를 건너 한 단 높은 보도로 올라섰다. 버스도로를 사이에 두고 헤어지는 기묘한 이별이었다. 여동생이 넘어서는 안 될 강을 사이에 둔 것처럼. 남승지는 보도를 걸으면서 맞은편 보도를 돌아보았다. 여동생은 담뱃가게를 배경으로 한 희미한 가로등 불빛 아래서 좀 전에 어머니와 같은 모습으로 우두커니 서 있었다. 더 이상 표정은 알아볼 수 없었다. 남승지가 보따리를 가방과 함께 한 손에 쥐고 가볍게 손을 흔들자, 여동생도 손을 흔들어 화답했다. 두세 대 스쳐 지나간 차가 순간적으로 여동생의 모습을 가렸다. 남승지는 그대로 방향을 돌려 성큼성큼 걸어갔다. 등에 여동생의 시선이 꽂히는 것을 느끼면서. 이윽고 동해고무 쪽으로 구부러지는 길을 왼쪽으로 돌았다.

동해고무에 도착한 것은 아홉 시 10분 전이었지만, 아직 강몽구는 와 있지 않았다. 사장인 고달준도 자리에 없는 모양이었다. 식모 대신 일하고 있던 고달준의 친척인 듯한 여자가 안내해 주는 대로 응접실에서 기다리기로 했다.

혼자 소파에 앉아 있으려니, 네 평도 채 못 되는 방이 넓게 느껴졌다. 남승지는 코트를 벗어 짐과 함께 옆에 놓고는, 오랜만에 담배 한 대를 피웠다. 그저께 밤 집에 돌아간 뒤로 담배를 피울 기회가 거의 없었다. 깨끗이 씻어 놓은 재떨이를 더럽히기가 좀 미안했지만, 상관없었다. 특별히 사장과 같은 연장자 앞에서 피우는 것도 아니니까. 아무도 없는 방에서 가만히 진열장을 바라보고 있자니, 전등 불빛에 검게 빛나는 수십 켤레의 장화 무리가 괴기스럽게 보였다.

강몽구는 좀처럼 오지 않았다. 도대체 오늘 밤 출발할 수 있을지 어떨지 마음을 졸이고 있을 때, 아홉 시 반이 다 되어 강몽구에게 전화가 걸려 왔다. 지금부터 그쪽으로 가겠다고 했다.

"지금 어디 계십니까?"

"임 군과 함께 미나미 번화가에 와 있는데, 이제 곧 출발할 거야."

음, 어쩌면 권총을 아직 입수하지 못했는지도 모르겠군. 이럴 줄 알았다면 집에서 좀 더 있다 나올 걸. 아니, 시간은 용서 없이 밀고 들어와 결국 헤어져야 할 사람들을 갈라놓는다. 아까 헤어지길 잘했다. 일은 이제 막 끝났을 뿐이다. 겨우 열 시가 다 되어서야 사무실 앞에 택시 멎는 소리가 났다. 아니, 강몽구과 함께 고달준을 비롯한 맹도회의 임과 그 부하로 보이는 두 사내가 응접실로 들어온 뒤에도 택시가 출발하는 기척이 없었으므로, 어쩌면 자가용인지도 몰랐다. 강몽구과 고달준의 얼굴은 취기를 띠고 술 냄새를 풍겼지만, 임과 그 부하들은 맨 정신인 듯했다.

한꺼번에 우르르 들어왔던 사람들은 곧 주인인 고달준만 남기고 다시 자리에서 일어났다. 열한 시 5분발 시모노세키행 마지막 급행을 타기 위해서는 슬슬 나가 봐야 했다. 고달준은 강몽구와 남승지의 손을 잡고 굳은 악수를 나눴다.

사무실 밖에 낡은 외제차가 서 있었다. 역시 택시가 아니었다. 운전석과 조수석에 두 남자가 타고, 뒷좌석에 세 사람이, 강몽구를 가운데 두고 남승지가 제일 안쪽에 앉았다. 마지막으로 올라탄 임은 응접실에 들어올 때처럼 강몽구의 가방을 들고 있었다. 마치 강몽구의 비서나 되는 것처럼. 자동차는 고달준 부부와 오늘 처음 본 친척 여성의 전송을 받으며 동해고무를 나와 오사카 역으로 향했다.

오사카 역에는 열한 시 15분 전에 도착했다. 역 구내는 각 방면으로 떠나는 승객들의 행렬이 몇 줄이나 생겨 있어서 상당히 혼잡했고, 높은 천장에 사람들의 웅성거림이 울려서 소란스러웠다. 승차권 매표창구까지 온 임은, 형님, 제게 맡겨 주십시오, 하고는 2등 차표 두 장과 입장권 세 장을 사서 나눠 주었다.

2등 차표는 특권의 표시였다. 겨우 조금씩 움직이기 시작한 3등 승객의 행렬 뒤에 줄을 설 필요도 없이, 직접 개찰을 끝내고 플랫폼으로 갔다. 역 구내에서 차례로 개찰구를 통과하는 3등 승객들은 거의 필사적으로 움직이고 있었다. 그중에는 와아, 하는 함성을 지르며 플랫폼으로 가는 계단을 뛰어오르는 사람도 있었다. 모처럼 앞에 줄을 서 있어도, 짐이 많은 사람이나 걸음이 빠르지 못한 노인들은 플랫폼에 닿기 전에 뒤로 밀려나 버릴 수도 있었다.

플랫폼에 올라간 승객들은 줄줄이 오사카발 열차 안으로 빨려 들어갔다. 먼저 올라타 자리를 잡은 사람이 창문을 열고 일행을 그곳으로 끌어올렸다. 다른 사람이 끼어들려고 하자, 창문을 사이에 두고 싸움이 일어났다. 강몽구와 남승지는 3등 차표를 샀다면 아마 자리를 잡지 못했을 것이다. 두세 량이 연결된 2등 칸은 텅 비어서 조용했다. 승객은 좌석의 3분의 1도 차지 않았다. 같은 시모노세키행 열차 안에 전혀 다른 세계가 있었다. 2등 칸을 처음 타 보는 남승지는 3등 칸과는 다른 분위기와 밝은 조명 탓도 있었지만, 낯간지러움과 함께 착잡한 기분이 들었다. 돈의 위력을 눈앞에서 생생히 보고 있는 느낌이었다. 기분 탓인지, 승객들이 모두 나는 2등 손님이라는 딱지를 얼굴에 써 붙이고 있는 것처럼 보였다. 텅 빈 차량이 그 분위기를 더 한층 고조시켰다. 여자 승객이 갑자기 귀부인처럼 보이니 묘한 일이었다. 표를 사서 플랫폼으로 오는 도중에 임이 말하기를, 2등 칸에 타면 차장의 태도까지 달라지고, 검표도 거의 하지 않고 지나간다고 했다. 그게 정말일까, 정말이라면 그 이유는 무엇일까. 차장은 국가철도의 노동자다. 시내의 파출소 순경이라면 또 모르지만, 노동자의 태도가 2등 손님과 3등 손님에 따라 달라진다는 건 어찌 된 일일까. 그렇다면 1등 손님에게는 어떤 태도로 대하는 걸까.

3등 칸과는 달리 좌석이 모두 앞을 향하고 있는 것이 좋았다. 최소한의 비밀은 유지될 수 있었다. 차량 한가운데쯤에 있는 창가 자리에 강몽구가 앉아 임이 차 안에까지 가지고 들어온 가방을 받아 옆에 놓았다. 그 안에 권총이 들어 있을 것이었다. 곧 발차의 벨이 울렸다. 플랫폼에 내려선 임은 기다리고 있던 부하와 함께 천천히 움직이기 시작하는 기차의 창문 너머에서 인사를 했다. 강몽구는 가볍게 손을 흔들며 고개를 끄덕였고, 남승지는 자리에서 일어나 인사를 했다.

이윽고 열차는 긴 플랫폼을 빠져나와, 깊은 밤에 기적 소리를 울리며 속력을 내기 시작했다. 남승지는 안도의 숨을 내쉬며 좌석에 몸을 기댔다. 고급 소파처럼 푹신하고 편안했다. 아니, 익숙지 않은 남승지는 처음 의자에 앉은 순간 엉덩이가 푹 가라앉아 버리는 것 같아 벌떡 일어섰을 정도였다. 그리고는 다시 엉덩이를 살짝 들어 올린 상태에서 조심스럽게 앉았다.

"너도 위스키 마실래?"

강몽구가 두 홉들이 술병의 마개를 따고, 병에 붙어 있는 잔에 술을 따르면서 말했다.

"아니요. 청주를 마시겠습니다."

"그래, 그럼 이걸 마셔."

강몽구가 먼저 잔을 비우고 남승지에게 건네준 뒤 청주를 따라 주었다. 청주와 위스키는 임에게 받은 것이었다.

"도시락 반찬을 꺼낼까요? 맛있는 게 들어 있는데요."

"아니 됐어. 이 정도 술에 무슨 안주가 필요해. 여기 마른안주도 있고."

차 안이 조용한 만큼, 속도를 올려 격렬하게 레일과 맞물리는 기차 바퀴의 소음이 크게 났다. 승객이 적은 탓도 있어서, 웬만한 이야기 소리는 돌진하는 차체의 진동과 굉음에 묻혀 버렸다. 비스듬히 뒤쪽 좌석에 두 사람의 남자가 앉아 있을 뿐, 앞뒤와 옆 좌석까지도 비어 있었다.

"형님, 임 씨와의 일은 잘됐습니까?"

"응, 잘됐어." 강몽구는 고개를 끄덕이며 말했다. "어쨌든 이번 일은 전체적으로 잘된 편이야. 승일 사돈님의 힘이 컸지. 고맙게 생각하고 있어. 핫핫하, 그리고 말이지, 나는 이번에 사돈님을 상대하는 널 다시 봤어. 네가 그렇게 고집불통인 줄을 몰랐다니, 내가 좀 어리석었던 게야."

남승지는 강몽구의 그 말이 기뻤다. 어제 사촌 형 남승일과 강몽구를 향해 마치 대결이라도 하듯 공격적인 태도를 취한 자신이 새삼 부끄러워졌다. 그렇게 외곬으로 고집을 부린다는 것은 역시 내가 아직 어리다는 증거였다. 결국 강몽구가 못 이기는 척 받아 준 결과가 되지 않았던가. 강몽구가 남승지를 남승일에 대한 자금 공작을 위한 단순한 동반자로서가 아니라, 그리고 '자금거래의 희생물'로서가 아니라, 혁명 투쟁에 함께 참가하는 동지로 인정해 준 일은 중요한 사안이었다. 남승지는 강몽구의 말에 새삼스럽게 가슴이 부풀어 오르는 것을 느꼈다.

이번 일은 전체적으로 잘 되었다…… 그 말인데. 250만 엔의 예정 금액에는 미치지 못했지만, 185만 엔 가운데 도쿄에서 70만 엔, 오사카에서 45만 엔, 그리고 고베에서의 70만 엔은 남승일 개인의 40만 엔을 포함하여 그의 안면에 의한 모금이었으므로, 모금 총액에서 남승일이 차지하는 비중은 컸다. 남승일이 모금에 응한 데에는 분명 남승지를 동반한 것이 큰 힘이 되었다. 어두운 창밖에 아까부터 밤하늘에 높이 떠올라 있던 달이 열차와 거의 같은 속도로 날아가고 있었다. 마치 하늘을 나는 달과 땅 위를 달리는 열차의 경주 같았다. 때로는 달이 약간 앞서 달리면서, 열차가 쫓아오는 것을 미소로 기다렸다. ……음, 그렇다 하더라도, 도쿄에서 이방근의 형을 우연히 만난 건 정말 놀라운 일이었다. 하타나카 요시오──이용근. 자금을 낸 많은 사람들 가운데 그의 이름이 들어 있는 것은, 지금 돌이켜 생각해 봐도 역시 신선한 감동을 불러일으켰다. 일본인인 이용근……. 하타나카를 만난 것은 이방근을 포섭하려는 강몽구에게 어쩌면 긍정적인 힘이 될지도 모른다. ……사카이 시 변두리의 ○부락에 사는 농부 나카무라 히로시, 제주도까지 함께 가겠다는 엉뚱한 말을 꺼낸 남자. 좋은 우연이 겹친 느낌이었다. 나카무라가 그려 준 약도……. 음, 그렇다

하더라도, 무기를 묻은 구덩이를 시멘트로 다지거나 시트를 덮거나
한 것은 어쩌면 일본군이 다시 올 계획을 세우고 있었던 것은 아닐까?
나카무라는 그런 이야기를 전혀 하지 않았지만, 그렇지 않다면 왜 무
기의 보존을 염두에 둔 조치를 취했던 것일까…….

기차는 고베 시로 들어가 산노미야 역을 통과했다. 이미 짙은 밤이
번화가를 뒤덮고, 늘어선 가로등 불빛만이 어둠 속에서 지면을 부드
럽게 비추고 있었다. 기차는 산노미야 역을 지나 2, 3분 만에 고베
역 플랫폼에 들어가 정차했다. 보름 전, 반대 방향에서 온 열차에서
내렸던 플랫폼이었다. 그 플랫폼을 차창으로 내려다보았다. 도시락,
도시락, 도시락 어떻습니까, 도시락……. 그때 정말로 이 플랫폼에
내려섰던 것일까. 그야말로 꿈같은 기분이 들었다. 도시락, 도시
락……, 그때 들었던 관서 사투리의 판매원이 외치는 소리였다. 2등
칸에 손님 몇 명이 올라탔다. 3등 칸은 자리를 잡기는커녕 올라타는
것도 어려울 것이었다.

고베 역을 떠나자 시내는 더욱 어두워졌다. 이제 곧 열두 시가 되어
서 그런지, 고가철도 위를 달리는 기차에서 보이는 시내는 이미 조용
히 잠들어 있었다.

"이제 곧 승일 형님 집이에요."

"으흠, 그렇구나……."

남승지는 숨을 죽이고 오른쪽 창밖을 바라보았다. 앞으로 2, 3분만
지나면 기차는 사촌 형의 집 바로 옆에 있는 고가철도를 통과할 것이
다. 서고베의 K초(町), 그가 청소년 시절을 보낸, 제2의 고향이라고
할 수 있는 곳이었다. 아직 속력을 내지 않은 기차가 신미나토 강(新湊
川)을 건너갔다. 가로등 덕분에 분간할 수 있는 남북관통도로가 눈
아래로 사라졌다. 아, 이 다음이구나 하고 생각했을 때, 마치 하나의

선이 순간적으로 그어졌다 사라지듯, 사촌 형 집 앞을 달리는 도로가
뒤편의 어둠 속으로 사라져 버렸다.

"보이더냐?"

"집 앞의 도로는 보였는데……."

두 사람은 얼굴을 마주 보며 웃었다. 잘 있어라, 고베 거리여, 그리
고 오사카 이카이노 거리여……. 남승지의 머릿속에서 방금 스쳐 지
나간, 어둠 속에 검게 잠겨 있는 K초와 이카이노의 거리가 겹쳐서 사
라져 갔다. 시 외곽으로 나오자, 기적 소리가 짙은 어둠을 가르며 울
부짖었고, 기차는 전속력으로 달려갔다.

다음 날 열한 시가 되기 전에 기차는 시모노세키 역에 도착했다.
두 사람은 과거의 어두운 기억과 이어진 관부연락선 잔교 쪽과는 반
대 방향에 있는 출입구를 통하여 역을 나왔다. 남승지는 전쟁 당시
플랫폼에서 직접 관부연락선으로 연결되는 출입구를 지나 길고 긴 통
로를 걸어서 쫓기듯 배를 탄 적은 있었지만, 탁 트인 역 앞으로 나와
본 것은 지금이 처음이었다.

역 앞에서 올려다본 시모노세키의 하늘은 흐려 있었다. 바람이 없
어서 바다는 거칠어지지 않을지 모른다. 배는 아직 도착하지 않았을
거라고 강몽구가 말했다. 두 사람은 역 앞에서 택시를 타고, 시의 동
북쪽인 히가시오쓰보초(東大坪町)로 향했다. 역 앞에 있는 중앙우체
국 옆길로 들어간 곳에 있는 다케사키초(竹崎町)에 조련 야마구치
현(山口縣) 본부가 있는 모양이었지만, 강몽구는 그곳에 들르지 않
고 직행했다.

10분 만에 도착한 히가시오쓰보 근처인 버스도로에서 택시를 내리
자, 강몽구는 앞장서서 포장되지 않은 길을 북쪽으로 걸어갔다. 시모
노세키에서는 이 근처에 조선인들이 상당히 많이 살고 있다고 했다.

잠시 걷자 왼쪽으로 약간 높은 지대가 나오고, 흙을 깎아 낸 흔적인 듯 붉은 흙이 드러나 있었다. 근처에서 무슨 토목공사라도 하는 모양이었다. 붉은 흙과 마주 보듯 오른쪽으로 인가가 늘어서 있었는데, 그 대부분이 판잣집이나 다름없는 조선의 음식점이었다. 가까이 다가가자 풍겨 오는 불고기 냄새가 상쾌하게 콧속을 간질이며 뱃속에 이르렀다. 차 안에서 어머니의 정성이 담긴 도시락을 먹은 게 여덟 시경이었기 때문에, 그다지 배가 고프지 않았음에도 이상하게 식욕을 자극하는 냄새였다. 으흠, 제주도에 돌아간 뒤가 걱정되는군……

강몽구는 늘어선 몇몇 음식점 가운데 어느 음식점 안으로 들어갔다. 세 평 남짓한 넓이에 탁자가 대여섯 개 놓인 작은 식당이었다. 손님 네댓 명이 고기를 구우면서 사발로 막걸리를 마시고 있었다. 주방에서 얼굴을 내민, 마치 사촌 형 남승일처럼 뚱뚱한 오십 대 남자가, 아이고, 형님…… 하고 눈을 동그랗게 뜨면서 강몽구를 맞이했다. 형님이라고 부르는 걸 보니, 강몽구보다 나이가 적은 모양이지만, 그래 봤자 두세 살 정도일 것 같았다. 강몽구의 출현에 놀라는 걸 보면, 강몽구 말한 대로 배는 아직 도착하지 않은 게 틀림없었다. 여기가 신 선장과 연락을 취하기로 되어 있던 곳이었다.

주인은 가게의 음식재료를 사가지고 돌아온 아내에게 주방을 맡기고, 옆에 있는 좁은 계단을 통해 두 사람을 2층으로 안내했다. 2층이라고는 해도 천장이 낮은 중 2층으로, 방은 두 개가 나란히 붙어 있었다. 계단을 올라간 첫 번째 방에는 탁자가 놓여 있었는데, 2층에도 손님을 받는 모양이었다.

강몽구는 신 선장한테서 연락이 없었느냐고 묻고 나서(역시 주인은 연락이 없다고 대답했다), 보름 전에 일본에 왔는데, 이제 같은 배로 제주도에 돌아가는 길이라고 주인에게 말했다. 식당주인은 해방 후에 귀국하려고 재산을 정리하여 오사카에서 시모노세키로 왔지만, 결국 배를 타지 못하고 돈을 다 써 버리는 바람에, 그대로 시모노세키에 눌러앉은 과거가 있다고 했다. 강몽구와는 오사카에 있을 때부터 아는 사이인 모양이었다. 두 사람은 주인이 직접 담근 막걸리를 곁들여 불고기로 점심을 마치고 나서, 2층에서 그대로 신 선장의 연락을 기다렸다.

강몽구는 둘만이 남자, 자신의 가방에서 팥죽색 비로드 천으로 둘둘 말은 권총을 꺼내어, 히죽 웃으면서 남승지에게 보여 주었다. '브라우닝'이라는 소형의, 검게 빛나는 멋진 자동장전식 권총이었다. 실탄이 들어 있지만, 안전장치가 걸려 있어서 괜찮다고 했다. 손에 든 순간 묵직하다고 느꼈으나, 그렇게 무겁지는 않았다. 상의 안쪽 주머니에 숨기고 다녀도 일상적인 행동에 불편이 없을 것 같았다.

"그건 형님이 사용합니까?"

남승지가 권총을 가방에 넣는 강몽구를 보며 말했다.

"그렇게 결정된 것은 아니야. 이건 개인의 물건이 아니라서 말이지. 난 그저 가지고 돌아가는 것뿐이야. 누군가 필요한 간부가 사용하게 되겠지. 내게 필요하면 내가 사용할 수도 있고. 음, 이건 호신용으로는 안성맞춤이야, 7연발이지. 핫핫하."

강몽구는 조금 지나자, 막걸리에 취했는지 코를 골면서 선잠을 잤다. 남승지는 그의 코트와 자기 코트를 겹쳐서 덮어 주었다. 그리고 자신도 가방을 베개 삼아 좁은 방에 벌렁 드러누웠다. 누운 채 손을 뻗어도 닿을 것 같은 중 2층의 낮은 천장, 제주도 시골의 온돌방보다도 낮아서, 자칫 머리가 부딪힐 것만 같았다. 일본의 혼슈(本州) 서쪽 끝인 이곳에서 배를 타면, 바로 일본의 외해로 나간다. 생각해 보면, 난생 처음 2등 칸도 타 보았고, 매일 배불리 먹은 사치스러운 일본에서의 생활이었다. 같은 인간이 제주도와 일본에서 이렇게나 다른 생활을 할 수 있는 현실이 믿기 어려울 정도였다. 자아, 지금부터 조와 보리밥뿐인 세계로 돌아간다……. 그는 크게 몸을 뒤척여 다다미 위에 배를 깔고는 담배 한 대를 피웠다. 질주하는 기차 안에서 여러 가지를 돌이켜 생각해 보았지만, 이젠 가족에 대해서도 감상적인 기분은 없었다. 잔혹한 이별이었는지도 모르지만, 어쨌든 가족을 만날 수 있었고, 어머니와 누이동생이 제주도에 돌아오려는 생각을 단념하게 한 것만으로도 일본에 온 보람이 있었다. 그리고 남승지는 어쩐지 자기가 변한 듯한, 아니, 뭐라고 딱 꼬집어 말하기는 힘들지만, 이제 곧 일본 땅을 떠남에 있어서, 무어라 형용하기 어려운 충실감 같은 것을 느꼈다. 그러한 충실감, 결코 허세에서 비롯된 것이 아닌 충실감, 그것은 일본에 온 덕분에, 일본을 깨끗하게 정리할 수 있게 되었다는 기분을 말하는 것이었다. 제주도에서는 마치 미련이라도 남은 것처럼 항상 머리에 달라붙어 떠나지 않았던 일본이, 이제 이곳 시모노세키에서 깨끗이 정리되고 있음을 절감했다. 어머니도 여동생도 완전히 정리되고 있었다. 그것이 마음을 충실하게 했다…….

저녁이 다 돼서야 신 선장이 왔다. 그저께 밤 아홉 시경에 오사카 항을 떠났다고 하니까, 거의 이틀 낮밤, 40시간 정도 걸린 셈이다. 시속 7노트 밖에 나오지 않는 소형 디젤엔진의 십여 톤짜리 배로는 그럴 수밖에 없었을 것이다. 게다가 이번에는 전체 화물의 양이 강몽구의 짐 때문에 만선에 가까운 상태가 된 것도 영향을 미친 모양이었다. 그러나 10톤도 안 되는 더 작은 배보다는 제법 빠른 편이었다.

신 선장과 함께, 선원 한 사람과 화주 두 사람이 따라와 있었다. 화주는 두 사람 모두 외국인등록증과 가짜 선원수첩을 가지고 항상 남한과 일본을 왕래하는, 말하자면 일본에 본거지를 두고 있는 남자들이었다. 화주는 이외에도 둘이 더 있었지만, 선원들과 함께 배에 남아 있었다.

남승지는 대낮에 배를 항구에 대놓고 공공연히 상륙했다는 것에 놀랐지만, 생각해 보면 신 선장의 배는 규슈 하카다가 목적지로 되어 있어서, 특별한 일이 없는 한 문제될 게 없었다. 간몬(關門) 해협을 지나 일본 내해로 들어올 경우, 즉 밀입국할 때가 훨씬 위험했지만, 그래도 순시선에 들키는 밀항선은 거의 없었다. 따라서 가장 위험한 것은 역시 상륙지점이라는 이야기가 된다. 그중에서도 주고쿠(中國)와 기타큐슈(北九州) 연안이 위험했기 때문에, 규슈 남쪽을 빙 돌아 시고쿠(四國) 앞바다에서 와카야마(和歌山) 근처로 향하는 배도 있었다.

기관장을 겸하고 있는 신 선장은 요기를 끝낸 화주와 선원을 먼저 배로 돌려보내, 나머지 선원과 화주를 교대로 식당에 보내 요기를 하도록 했다. 그리고 식사를 끝낸 그들에게 소 내장과 돼지고기, 김치 따위를 사서 돌려보내고, 자신은 일곱 시가 다 돼서야 강몽구와 남승지를 대동하여 배로 돌아갔다.

세 사람은 시모노세키 역 앞에서 다시 남쪽으로 3, 4백 미터쯤 떨어진 부두 근처에서 택시를 내렸다. 옛날 관부 연락선의 발착장이었던 제1제방 앞 콘크리트 부두에는 모두 비슷비슷한 소형 목선들이 늘어서 있었고, 신 선장의 배는 그 틈에 끼어 접안돼 있었다. 시간이 아직 이른 탓도 있었지만, 창고와 거대한 하치장이 늘어선 부두 주위에는 사람 왕래가 눈에 띄게 많았다. 강몽구 일행으로서는 오히려 그편이 남의 눈에 띄지 않아 좋았다.

선장이 돌아오자, 배는 곧 출항하여 간몬 해협으로 향했다. 남승지 일행은 제주도를 출발할 때와는 달리 선창에 내려가지 않고 조타실 뒤에 있는 작은 선실로 들어갔다. 조금 전에 히가시오쓰보에 왔던 화주들도 함께였다. 해협을 지나면 바로 현해탄이었고 곧 일본 외해에 들어가게 되는데, 그때는 선창에 들어가 달라고 했다.

보름 만에 탄 배는 흐느껴 우는 듯한 엔진의 진동 때문에 다다미 위에 앉은 엉덩이를 밀어 올렸다. 남승지는 일어나서 한동안 선실 창으로 밖을 내다보았다. 거대한 크레인과 정박 중인 기선을 환히 비추는 강렬한 라이트를 뒤에서 포근히 감싸 안듯 멀리서 반짝이는 거리의 불빛도, 그 빛을 반사하며 흔들리는 밤바다도 더 이상 감상을 자아내지 않았다. 보름 전, 대낮에 캄캄한 선창에 틀어박힌 채 해협을 통과하던 때의 긴장과, 해방 후 서울로 향하면서 갑판 위에서 바라보던 해협의 풍경을 번갈아 떠올리며, 별이 보이지 않는 밤하늘을 올려다보았다. 이제부터 약 이틀 밤낮이 걸릴 항해였다. 이제야 겨우 원래의 내 생활로 돌아가는구나 하는 생각이 가슴을 뭉클하게 했다. 그랬다, 이번 보름 동안 보낸 일본에서의 생활은 허구나 마찬가지였던 셈이다.

현해탄에 들어선 배는 많이 흔들리면서도 곧장 서쪽을 향해 순조롭게 항해를 계속했다. 화주들은 선장의 지시에 따라, 좁은 선창에서 짐과 함께 틀어박히거나 밖으로 나갔다. 배에서는, 특히 이런 배에서는 선장이 절대자와 같은 지위에 있었다. 환자를 치료하는 의사와 같은 권위를 가지고 있는 것이다.

다음날은 약한 바람이 불었지만, 하늘을 뒤덮고 있던 구름이 흩어져 군데군데 푸른 하늘이 보이고, 오후에는 저 멀리 오른쪽으로 대마도를 바라보면서 달렸다. 그런데 밤이 되자 바람이 불기 시작했고, 구름 사이에서 별이 빛나고 있던 밤하늘도 바다도 하나같이 어둠 속에 묻혀 버렸다. 다만, 밤눈에도 보이는 커다랗게 부서지는 하얀 파도만이 무수한 괴물들이 꿈틀거리며 솟아오르는 바다를 상상하게 만들 뿐, 배는 출렁이는 파도를 뒤집어쓰면서 앞으로만 나아갔다.

날이 밝아도 바람은 그치지 않았다. 제주도 근해로 다가감에 따라 풍파가 더욱 거세졌다. 저녁처럼 어둡게 잔뜩 찌푸린 하늘에는 불길하게 무리 지은 구름이 달리고 바다는 거칠었다. 배가 날카롭게 삐걱거리며 기울어지자, 몸이 반대편 벽으로 미끄러져 부딪쳤다. 갑판으로 밀고 올라온 파도가 선실문과 벽을 옆으로 후려치고, 유리창을 때렸다. 소용돌이치는 구름이 낮게 드리워진 바다는 파도의 굉음과 처참한 바람 소리로 가득했다. 파도와 파도가 서로 부딪쳐 싸우고, 바람에 빨려 들어 높이 치솟은 거대한 파도는 그 동굴과도 같은 뱃속에 배를 삼켜 버리려고 했다. 필사적으로 돌아가는 엔진도, 파도에 희롱당하는 배 안에서는 공회전을 할 때와 마찬가지로 숨 가쁜 신음만 토해 낼 뿐이었다. 복원력을 완전히 잃어버린 것은 아닌가 싶을 정도로 바닷속에 처박히듯 기울어진 배는 사람들을 공포 속으로 몰아넣었다. 키를 잡아, 파도를 옆으로 맞지 마! 선실 바로 밖에서 탱크 물이 넘쳐 텅 비었다고 외치는 선원의 목소리가 들렸다. 그 외침도 바람과 파도 소리에 묻혀 잘 들리지 않았다. 기관실에 해수가 들어가지 못하게 해! 사람들의 얼굴은 공포로 굳어져 있었다. 남승지도 새파래진 얼굴로 다다미에 찰싹 달라붙어, 기울어진 배에 그대로 몸을 내맡기면서 어떻게든 균형을 유지하고 있었다. 다만 익숙해진 탓인지 뱃멀미가 나지 않는 것만도 다행이었다. 화주 한 사람이 대마도 근처까지 돌아가자고 말을 꺼냈다. 제주 근해에 다가갈수록 바다가 거칠어지는 것을 두려워했던 것이다.

물보라에 작업복이 흠뻑 젖은 선장이 방에 들어와, 항해의 위험성을 알렸다. 자아, 모두 침착하게 들어주시오, 배가 앞으로 나가질 못하고 있소. 위험을 벗어나려면 짐의 절반은 바다에 버려야 될 것이오──. 뭐라고! 사람들은 얼굴을 마주 보며 선장에게 따지고 덤볐다. 나는 싫어, 라고 한 사람이 말하자, 또 한 사람이 내 물건은 보통 물건이 아니야, 내 전 재산이 걸려 있어, 안 돼! 하고 외쳤다. 이대로 돌파해 나가는 게 선장의 책임이란 말이오.

"그런 말을 하고 있을 때가 아니오. 지금 1분 1초를 다투고 있단 말이오. 배에 대해서는 선장인 내가 알고 있소. 이건 선장의 명령이오. 목숨이 최우선이오. 짐을 바다에 버리겠소."

"싫소, 난 죽고 싶지 않소. 지금부터 일본으로 돌아가 주시오!"

"바보 같은 소리! 이제 와서 되돌릴 수 있을 것 같소. 돌아간다 해도 마찬가지요. 죽고 싶지 않거든 짐을 버리시오, 알겠소, 그러면 살 수 있소. 배가 앞으로 나간단 말이오."

"이봐, 잠깐만 기다려." 강몽구가 선실 문을 열려는 신 선장을 향해 외쳤다. "신 선장, 그 짐이 어떤 건지 잘 알고 있겠지, 절대로 그 짐에는 손대지 마."

"도대체 당신까지 무슨 말을 하는 거요? 배가 침몰한다니까."

선장이 강몽구를 노려보며 호통을 쳤다.

"다른 짐을 버려. 내 말대로 해."

강몽구의 얼굴에 기분 나쁜 살기가 넘쳤다. 남승지가 그에게로 다가갔다. 화주 네 명이 모두 일어서려는 순간, 배가 크게 요동치는 바람에 고꾸라졌다가, 다시 기어오르듯 몸을 바로 세우고 강몽구에게 덤벼들었다.

"움직이지 마!" 어느 틈에 가방에서 꺼냈는지, 강몽구는 오른손에 권총을 쥐고 있었다. 문이 열리고 물에 흠뻑 젖은 젊은 선원이 뛰어들어 왔지만, 권총에 놀라 숨을 죽였다. 강몽구는 화주들을 방구석에 나란히 세우고 말했다. "손은 내려도 좋다. 각자 사정은 있겠지만, 당신들은 장사꾼이다. 돈은 또 벌 수가 있다. 그러나 내가 가져가는 짐은 개인의 물건이 아니다, 돈을 벌기 위한 물건이 아니란 말이다. 당신들은 지금 짐이 아깝다고 목숨까지 버리려 들다니."

아까부터 일본으로 돌아가자고 하던, 퉁방울눈에 머리가 벗겨진 사내가 반미치광이처럼, 도둑이다, 해적이다, 라고 아우성치며 울기 시작했다. 강몽구는 문 옆에 서 있는 선장과 선원들을 비키라고 하더니, 삐걱거리는 문을 열고 팔을 뻗더니 바람이 휘몰아치는 하늘을 향해 총을 한 방 쏘았다. 빈 탄피가 문밖에 떨어졌다. 깜짝 놀란 대머리 사내가 울음을 뚝 그치고는 흑흑흑 하며 속으로 흐느껴 울었다. 사내는 옷에 오줌을 지린 모양이다. 주저앉은 사내의 가랑이가 금방 젖더니 바지 밖으로 오줌이 새어 나왔다. 강몽구가 선장에게, 빨리 버려! 라고 명령했다. 선장은 알았다며 마치 공범자처럼 고개를 끄덕이고는, 선원들과 함께 갑판으로 나갔다. 그 뒤로 강몽구가 문을 움켜잡고 나가자 남승지도 따라 나갔다. 강몽구가, 넌 거기 있어! 라고 호통을 쳤지만, 남승지는 따르지 않았다. 아니, 본능적으로 선실에 남는 것을 피했다. 망상일지도 몰랐지만, 화주들과 함께 있다가는 살해될 것만 같은 불안을 느꼈던 것이다.

"조심해, 로프를 단단히 붙잡아."

"예?"

로프를 꽉 붙잡으란 말이야! 강몽구의 외침 소리가 바람에 날리면서 들려왔다. 남승지는 선실 벽에 붙어 있는 로프를 필사적으로 잡고, 갑판에 들러붙듯이 기어서 뱃머리 쪽으로 갔다. 파도가 커다란 바위라도 두들기듯 쾅음과 함께 뱃전을 때렸다. 그래도 배는 용케 파도를 헤치고 뱃전이 해면에 닿을 듯 말 듯 기울어진 선체를 바로 세우며 앞으로 나아갔다. 전신에 쏟아져 내리는 차가운 물보라를 뒤집어쓰면서, 남승지는 공포심도 잊고 거친 바다와 맞서는 작은 배에 감탄했다. 내 말대로 해 주시오, 웬만해서는 배는 가라앉지 않도록 되어 있소! 아까 선장이 하던 말이 뺨을 때리는 파도 소리와 함께 머리를 스쳤다. 남승지는 물보라에 젖은 안경을 한 손으로 벗어 재빨리 주머니에 집어 놓고, 선원들의 작업을 바라보았다.

시트를 벗기고 뚜껑을 연 선창의 짐 위에 선 두 사람의 선원이 앞쪽의 짐을 닥치는 대로 갑판 위로 던져 올렸다. 선장과 또 한 선원이 그 짐을 뱃전 너머 바다에 던져 버렸다. 사방 1미터나 되는 커다란 짐들이 순식간에 파도에 휩쓸려 사라졌다. 강몽구는 남승지에게 선실 쪽을 주의해서 보라고 이르고는, 권총을 상의 안주머니에 넣고 일을 거들었다.

파도를 뒤집어쓰며 흔들리는 배 위에서 선원들은 짐을 계속해서 바다에 버렸다. 한 시간도 채 못 되는 사이에 20여 개의 커다란 짐짝을 바다에 버렸는데, 그것만으로도 배는 해면 위로 쑤욱 올라왔고, 선체가 가벼워져 한결 가뿐하게 파도를 타는 듯한 느낌이 갑판에 버티고 선 발밑에서부터 온몸으로 전해졌다. 짐은 아직 선창 한쪽에 십여 개가 쌓여 있었는데, 강몽구는 뒤쪽에 몇 겹이나 쌓아 올린 짐을 갑판에 꺼내라고 선장에게 지시했다. 몇 개의 짐이 아래로 굴러떨어져 있었는데, 그것은 장화나 운동화 따위가 들어 있는 상자였다. 값비싼 의약품을 버릴 수는 없었다. 선원들은 망설이지 않고 그 상자에 손을 댔다. 짐 상자를 8개까지 바다에 버렸을 때, 선장이 이제 됐으니까 그만하라고 선원들에게 명령했다. 선창이 닫히고 시트가 덮이고, 바람에 날리지 않도록 그 위에 다시 로프가 걸렸다. 짐의 절반 가까이, 약 2톤 분량이 바다에 버려졌다. 위기를 벗어난 선원들의 얼굴에 겨우 화색이 돌았다. 선장이 강몽구와 악수를 나누었다.

배는 풍파에 휘말리면서도 거짓말처럼 파도를 넘으며 달리고 있었다. 더욱 힘차게 전진을 재촉하는 것을 느낄 수 있는 엔진 소리였다.

선장은 조타실에 신호를 보내고 나서, 강몽구와 함께 화주들이 있는 선실로 갔다. 그들과 마찬가지로 물에 흠뻑 젖은 남승지가 그 뒤를 따랐다.

제7장

1

점심식사를 끝낸 이방근은 서재 소파에 앉아 담배 한 대를 피우며, 안뜰을 바라보고 있었다. 뒤뜰의 동백나무와 꽃봉오리를 내밀기 시작한 장미에서 풍기는 향기가 바람을 타고 방 안을 천천히 지나갔다.

최근 2, 3일간 거칠게 불어 대던 바람도 겨우 잠잠해진 모양이었다. 하늘은 여전히 찌푸려 있었지만, 하늘 그 자체가 미쳐 버린 듯 계속 으르렁거리던 바람이 그치자, 자연은 정말로 거짓말처럼 조용해졌다. 어디선가 들리는 아이 울음소리가 더 이상 윙윙거리는 바람 소리에 가로막히지 않고 뚜렷이 들려오는 것도, 폭풍이 지난 뒤에 작은 새들의 지저귐처럼 상쾌하게 다가왔다.

그러나 바람이 거칠게 불기 전에도, 바람이 부는 동안에도 이 집 안의 공기는 햇볕이 닿지 않는 창고처럼 여전히 침체돼 있었다. 이달 초 어머니 제사를 전후로 한 며칠 동안 여동생이 와 있었기 때문에, 집 안은 어수선할 만큼 갑자기 밝아지면서 무거운 공기를 몰아내 버렸지만, 그녀가 없어지자 공기는 다시 창고 안처럼 침체되고 말았다. 그리고 이방근의 나날의 일상 또한 아버지의 기대에도 불구하고 무엇 하나 변한 구석이 없었다.

아버지 이태수는 제사 때 이방근이 자신을 대신하여 보여 준 상주다운 경건한 태도와 나무랄 데 없는 행동에 흡족해하고, 이제야 아들이 올바른 평상심으로 돌아와 부자간의 교류에 실마리가 엿보인다며 기뻐했다. 그런데 그것도 잠시뿐, 제사가 끝나자마자 이방근은 다시 원래의 생활로 돌아가 버렸다.

지금도 이방근은 여느 때처럼 안뜰을 바라보고 있을 뿐, 거기에 전과 다른 무언가가 있는 게 아니었다. 맑은 하늘에는 가로지르는 구름의 형상과 변해 가는 집의 모습이 비치고, 때로는 공기의 색깔이나 바람의 빛깔이 변화하는 것도 보인다. 또한 변함없이 안뜰과 건너편 툇마루를 가족들의 그림자가 오가지만, 그것도 툇마루의 기둥이나 방의 벽, 문지방의 선과 마찬가지로 제각각 추상적인 선이 되어 사라지는 것을, 그렇게 앉아서 바라보고 있을 뿐이었다. 그는 어쨌든 앉았다 하면, 그 자리가 누군가에게 배정받은 지정석이라도 되는 것처럼, 소파 구석에 몸을 기대고 팔걸이에 오른쪽 팔꿈치를 괸 채, 한 시간이건 두 시간이건, 아니 하루 종일이라도 그렇게 계속 앉아 있었다. 면벽수행 9년, 달마대사는 다리가 썩어 버렸다지만, 이방근은 물론 깨달음을 얻는다거나, 뭔가를 생각한다거나, 특별히 의식적으로 계속 앉아 있는 것도 아니고, 그것이 그의 생활에서 하나의 버릇이 되어 있었다. 버릇이 되었다면 그다지 심심할 것도 없다. 그냥 안뜰 쪽을 향한 채 눈을 뜨고 있을 뿐이어서, 그대로 꾸벅꾸벅 조는 일도 있었다. 아무것도 보지 않는다고 해도 좋았다. 아니, 그럴지도 모르지만, 어쩌면 그 시선의 끝은 땅을 기어가는 개미 한 마리의 움직임까지도 포착할 수 있게 되었는지도 몰랐다.

어쨌든 그게 버릇이라는 것은 요즘 새끼 고양이가 함께 살기 시작한 뒤부터 이방근 자신도 확실히 깨닫고 있었다. 여동생이 만들어 준 귤색 털목걸이를 아직껏 두르고 있는 새끼 고양이는 온종일 계속 잠만 자거나 아니면 하루 종일 그 황금색으로 빛나는 신비로운 눈을 크게 뜬 채 가만히 웅크리고 있거나 한다. 무엇을 향해 그 눈은 열려 있는 걸까, 무엇을 생각하는 걸까. 그 아름답고 커다란 눈은 마치 하나의 우주를 비추는 것처럼 신비롭게 반짝인다. 그것은 심심하지 않을까 하고 걱정스러워질 만큼, 그 정지된 모습은 완벽하다. 사람이 불러도 눈 하나 까딱하지 않는다. 인간의 24시간과는 분명히 다를 법한 고양이의, 그것도 새끼 고양이의 24시간은 어떤 내면을 갖고 있는지는 모르겠지만, 꼼짝도 하지 않는다. 이방근은 고양이를 보고 있는 동안에, 저게 고양이의 습성이라면, 내가 계속 앉아 있게 된 것도 언제부터인가 내 몸에 배어 버린 생활의 습성, 즉 버릇이구나 하고 새삼스레 깨달았다. 그래, 이것은 분명히 버릇이다. 내 생활에서 소파가 사라진다면 순식간에 발밑의 토대가 무너져 버릴지도 모르는, 그러한 습성이었다. 그러나 소파의 배치도 그렇지만, 버릇이 되기 전에 이방근의 의지가 작용하고 있었던 셈이다.

탁자를 사이에 둔 두 개의 소파 위치는 처음 온 손님이라면 조금 당혹스러워할지도 모른다. 그 이유는 손님이 출입구 쪽으로 등을 돌리고 앉고, 이방근은 정면에 안뜰이 보이는 지금의 소파 위치에 앉는 경우가 대부분이어서 그 자리를 바꾸려 들지 않았기 때문이다. 안쪽 그 자리가 말하자면 상석이겠지만, 그는 그것을 무시했다. 응접세트로서 세 사람이 넉넉히 앉을 수 있는 소파를 놓긴 했지만, 그것은 손님을 위해서라기보다는 어디까지나 자신이 안뜰을 바라보기 위해서였다. 손님의 입장을 고려한다면, 지금처럼 남북으로 놓을 게 아니라 동서로, 즉 어느 쪽 소파에서나 고개를 조금 옆으로 돌려 안뜰이나 뒤뜰을 바라볼 수 있게 배치해야겠지만, 그는 자신의 필요 때문에 그렇게 하지 않았다. 전쟁 전부터도 그랬고, 일본이 패전하여 조선이 해방된 뒤에도 그렇게 앉아서 아무것도 없는 안뜰을 계속 바라보고 있는 것이 완전히 버릇이 되어 버렸던 것이다.

그런데 최근에 그 소파가 움직이기 시작한 듯한 느낌이 들었다. 위치를 말하는 게 아니었다. 소파 그 자체가 삐걱삐걱 욱신거리듯 발밑에서부터 움직일 것만 같았다. 이방근은 그걸 의식적으로 생각지는 않았지만, 멍하니 안뜰에 던진 시선의 끝이 한 마리의 개미의 움직임을 포착할 수 있듯이(물론 실제로는 보일 리가 없었으나, 시선은 개미의 움직임을 포착하고, 지면의 작은 구멍으로 숨어드는 그 모습까지 볼 수 있는 것이다), 소파를 떠받친 지면보다 아래쪽에서 꿈틀거리는 어떤 움직임도 느낄 수가 있었다. 미약한 땅울림처럼 발밑에서부터 소파에 앉은 몸으로 전해져 오는 것을 부정할 수가 없었다. 자신은 인정하고 싶지 않았지만, 분명히 말하면 그것은 어떤 불안이었다. 파도처럼 서서히 밀려드는 불안이, 너는 과연 언제까지 그렇게 똑같은 자세로 소파에 계속 앉아 있을 수 있느냐고 묻고 있었다. 어떠냐, 음, 어때, 소파에 앉아 있는 느낌이……, 발밑에 닿은 희미한 땅울림이 속삭이는 소리로 변한다. 으흠, 이방근은 커다란 몸을 소파에 묵직하게 기대면서, 내가 아무래도 동요하는 모양이구나 하고 생각했다. 소파에 계속 앉아 있는 버릇이 생긴 뒤로 처음 있는 일이었다.

동요. 불안. 얼마나 하찮은 말인가, 마음의 작용일 뿐이다. 이방근은 꿈틀하며 미간을 찡그리듯 움직이며 일어나, 방을 나와 툇마루 끝에 섰다. 그리고 담배를 문 채 땅을 내려다보았다. 가만히 초점을 맞추면 개미들의 움직임이 보인다. 개미만이 아니었다. 지금은 여러 벌레들이 땅 밑에서 기어 나오는 계절이다. ……지하의 움직임, 내가 모르는 곳에서 땅울림을 점차 크게 일으키면서 움직이고 있는 것, 내게는 확실히 들리지 않는 그 무엇. 음, 이방근은 그 나름대로 지하의 맥박에 귀를 기울이고 있었다. 무장봉기인가, 앗핫하, 이것이 나를 불안하게 하는 정체란 말인가. ……무장봉기, 제기랄, 유달현, 그 박쥐 같은 놈…….

"유달현──."

그는 화가 치미는 기분으로 그 이름을 중얼거리다가, 입에서 튀어

나온 유달현이라는 이름에 더욱 불쾌해서 다시 방으로 돌아온 뒤, 소파에는 앉지 않고 그 주위를 이리저리 걷기 시작했다. 문득, 방구석의 책상 위에 내팽개치듯 아무렇게나 놓인 『문예세계』가 눈에 띄었다. 중앙의 문예지에 처음으로 실렸다면서 김동진이 일부러 가지고 온 것으로, 목차란 여백에 '혜존 이방근 선생'이라고 단행본이나 되는 것처럼 서명이 되어 있었다. 1, 2년 전에 재경(在京) 제주도 출신 학우회 기관지인 「학광(學光)」에 발표했던 것을 개작하고, 제목도 「해변의 발자국 소리」에서 「도망」으로 바꾸었다.

잡지를 집어 든 이방근은 방 안을 이리저리 오가면서 페이지를 훌훌 넘겨 보았다. "……갑자기 어둠의 불안이 그의 목을 옥죄어 왔다. 그는 가위에 눌리고, 불안이 큰북 소리를 내며 그의 뒤통수를 때리기 시작했다……" 핫핫하, 뭐라, 불안이 큰북 소리를 내며 뒤통수를 때린다. ……재미있는 표현이었다. 일전에 읽었을 때는 그냥 지나쳐 버린 곳이었다. 그는 두세 번 방 안을 돌다가 책상 옆에 와서는 잡지를 덮어서는 책상 위로 내던졌다.

불안……, 내게 불안이 있는가, 어둠 속의 발자국 소리, 울림, 나 자신의 내부로부터가 아니라 외부로부터 서서히 다가오는 형태가 없는 불안……. 분명히 있다, 그걸 인정하지 않으면 안 된다. 그 정보를 맨 먼저 가져와서는 나를 멀리서부터 둘러싸고 서서히 포위해 오는 놈이 유달현이었다. 일전에 억지로 내 방에 밀고 들어와서는 '특별한 선'이 있다는 식으로 지껄였었다. 제주도의 조직과는 전혀 별개의 선과 접촉하고 있다는 뉘앙스를 풍기면서…….

이방근은 '무장봉기'에 결코 적극적이지는 않았지만, 자기 나름의 촉각으로 탐색하려 하였다. 무관심한 척하면서도, 역시 무관심할 수는 없었던 것이다. 유달현의 출입을 금하지 않았던 것도 그 때문이었다. 게다가 지하의 움직임과 관계가 있는 것은 유달현만이 아니었다. 아버지 회사의 트럭 운전수인 박산봉조차도, 아니, 문학청년 행세를 하는 김동진 기자선생도, 일전의 남승지도, 그리고 양준오까지도 뭔가 이 섬을 밑바닥부터 뒤흔들 수도 있는 땅울림에 이미 가담하고 있는 듯한 낌새가 느껴졌다. 유달현은 개인이 아니다. 그 배후에는 조직이라는, 지금 내 눈에는 보이지 않는 어둠 속에 숨은 괴물 같은 것이 버티고 있다. 난 내가 알지 못하는 곳에서 격렬하게 움직이는 커다란 흐름 바깥에 서 있는 거나 다름없다. 그게 지금 외부로부터 불안감을 안겨 주기 시작했다…….

"서방님, 유원 아가씨한테서 편지 왔수다."

부엌이를 따라온 새끼 고양이 흰둥이가 검은 치마로 가린 그녀의 발부리에 휘감기며 재롱을 부리고 있었다. 지금은 완전히 부엌이에게 길들어, 그녀의 이불 속에서 함께 잘 정도가 되었다. 처음 여동생이 데려왔을 때는 철사처럼 말라 있던 것이, 이제는 살집이 꽤 붙어서, 몸집이 새끼 고양이답게 둥그스름해졌다.

"응."

이방근은 문 쪽으로 가 편지를 받아 들었다. 여동생이 보낸 편지였다. 부엌이는 까막눈이었지만, 여동생의 편지는 금방 알아보았다. 부엌이는 재롱을 부리는 새끼 고양이를 발끝으로 가볍게 걷어 올리며 걸어갔다. 일부러 나뒹구는 시늉을 하는 새끼 고양이는 곧바로 고무 공처럼 발딱 일어나 쫄랑쫄랑 그녀 뒤를 쫓아간다. 다른 사람에게는 무릎에 올라앉는 정도였지, 그렇게까지는 따르지 않았다. 마치 강아지와 같은 동작이었다. 동물들도 어릴 때는 닮아 있는 건지도 모른다.

이방근은 겉봉을 뜯으면서 소파에 앉은 뒤 편지를 꺼냈다. 질이 좋지 않은 편지지 세 장에 한글만으로 쓴 잔글씨가 빽빽이 채워져 있었다. 이방근은 봄방학 때 집에 오겠다는 내용일 텐데 뭘 이렇게 길게 썼을까, 라는 생각을 하면서 편지를 읽기 시작했다. 늘 그렇듯이 '존경하는 나의 오빠에게'라는 서두를 잊지 않았다.

3월 21일에 쓴 그 편지에는 예상대로, 오는 26일에 서울을 출발할 예정이라고 쓰여 있었는데(26일이라면 내일이다. 앞으로 2, 3일만 있으면 여동생이 돌아올 것이다), 이방근의 편지에 대한 답장도 겸하고 있었다. 그는 어머니 제사를 위해 돌아온 유원이 성내를 떠나던 바로 그날, 음악공부를 하러 일본에 가고 싶다는 상담을 받고도 결론을 내리지 못한 채 여동생을 서울로 떠나보냈다. 게다가 그날은 손님으로 찾아온 최용학이 이방근에게 면박을 당하고 쫓겨난 일도 있어서, 아버지가 돌아온 뒤에 집안 공기가 험악해져 버렸다. 아버지는 딸의 결혼 이야기를 마무리지려 했고, 유원은 그것을 받아들이지 않은 채 무거운 마음으로 그날 밤 성내를 떠났던 것이다. 그리고 나서 얼마 후 이방근은 여동생에게 편지지 한 장짜리 간단한 편지를 썼다.

……너의 일본 유학에 대해 아버지와도 상의할 생각이었지만, 아직 실행하지 못하고 있다. 일전에 너에게 청혼하러 온 최 청년의 일도 있고(아버지는 그 일로 상당히 당황하셨단다), 아버지에게 그런 상의를 드리는 것은 긁어 부스럼이 될지도 모른다. 너 혼자서 가는 게 안 된다면, 제가 함께 가면 여동생을 일본에 보내 줄 수 있냐고 말해 보면 어떨까. 아버지는 화를 내고 슬퍼하실 게 틀림없어. 너희들은 이 집만으로는 부족해서 부모도 조상도 버릴 작정이냐고 하시면서 말이지. 어쨌든 방학 때는 돌아와서 아버지와 함께 상의해 보기로 하자. 네가 꼭 가야겠다면, 못 갈 것도 없는 일이야(이방근은 편지를 쓰면서도 마음 한구석에서, 이 바보, 바보 유원아, 넌 일본에 갈 수가 없단다. 보내고 싶기는 하지만 보낼 수가 없단다, 라고 불쾌한 목소리로 중얼거리는 또 다른 목소리를 듣고

있었다. 그것은 그때 그의 머릿속에 들어앉은 남승지가 속삭인 말이었다).

"……성내를 떠나던 날에 있었던 일은 마음에 두지 마세요. 여동생은 괜찮답니다. 글쓰기를 싫어하는 오빠가 용케도 편지를 보냈구나 하는 생각이 드네요. 하지만 여동생을 위해서잖아요, 그렇겠죠. 마치 꿈같은 편지였어요. 오빠가 유원이와 함께 일본에 가다니. 왠지 동화 속의 세계에 있는 기분이 들어서 한동안 멍하니 앉아 있었답니다. 그러나 그건 거짓말일 거예요. 그런 멋진 일이 실현되다니, 그건 거짓말이 분명해요. 아버지가 허락하지 않으실 것은 자명할 뿐더러, 오빠가 제주도를 떠나지 않으리라는 건 제가 잘 알고 있으니까요. 하지만, 그래도 역시 오빠의 생각은 옳지 않아요. 그래서는 아버지가 너무나 불쌍해요. 장남인 용근 오빠뿐만이 아니라, 남매가 모두 일본에 가 버리다니. 갈 수만 있다면 나 혼자서 가겠어요. 어차피 아버지 뜻에 따를 수 없는 저로서는, 아버지께 필요 이상으로 걱정을 끼쳐 드리거나, 또 아버지를 원망하고 싶지도 않아요……."

여동생의 편지는 계속되고 있었다.

"……그렇다고 해도, 최용학 씨라는 사람은 한심한 남자예요. 못 봐 줄 정도로 간들거리는 남자로(오빠가 한 말을 흉내 내고 있었다) 후안무치, 경멸받아 마땅하다는 건 바로 그런 인간을 가리키는 거예요. 일주일 전쯤 그 사람이 학교 정문에서 내가 나오기를 기다리고 있었어요. 광주의 은행에서 서울 본점으로 출장을 왔는데, 꼭 만나서 얘기하고 싶다는 거예요. 그때 나 혼자였다면, 어딘가 다방에라도 함께 들어가지 않고는 못 배길 만큼 치근거리며 따라왔어요. 하지만 마침 친구 서넛이 함께 있었기 때문에 겨우 쫓아 버렸지요. 그런데 다음날에도 같은 장소에서 기다리고 있는 거예요. 그 사람 변태가 아닌지 모르겠어요. 기분이 나쁘다 못해 너무나 화가 나서……. 사흘째는 오지 않았지만,

2, 3일 뒤에 학교를 통해 제 앞으로 속달편지가 왔어요. 학교로 남자한테서 속달편지가 오다니, 얼마나 창피하겠어요. 무슨 그런 사람이 다 있나 싶어요. 오빠가 몰상식하고 예의범절을 모르는 오만하고 무서운 사람이라는 편지를 여동생인 나한테 보냈다니까요. 마치 내가 악당 오빠를 두어서 몹시 난처해 한다는 것을, 자기가 백마 탄 기사가 되어 구출해 줄 것처럼 착각하고 있더라니까요. 이상한 사람, 오빠는 어떻게 생각하세요? 도대체가 세상을 살면서 자기 주관만으로 사물을 해석하고 행동하려는 사람이 있다는 걸 알았어요. 역시 내가 존경하는 오빠의 직감이 대단하다는 걸 그때 새삼 깨달았어요⋯⋯."

그날 이방근에게 호통을 당하고 허둥지둥 도망치듯 돌아간 최용학은 제일은행에 있는 자기 아버지에게 어떻게든 이방근을 혼내 달라고 어른스럽지 못하게 하소연했다. 아버지도 그러했지만, 그 어머니가 잠자코 있지 않았다. 애지중지하는, 게다가 엘리트이며 효자인 아들이 모욕을 당했으니 말이다. 그래서 이태수를 능가하는 실력자인 아버지는 사촌 동생으로 전직 판사이자 국회의원 입후보 예정자인 최상화를 통해 이방근의 아버지에게 항의의 뜻을 전하도록 했다. 이태수는 거래 관계로 볼 때도 그렇고, 또한 상식적으로 아들의 잘못이 인정되었기 때문에, 아들과는 상의도 없이 중개자인 최상화를 통하여 '유감의 뜻'을 표했던 것이다. 순식간에, 대낮부터 술에 취한 이방근이(술은 마시지도 않았다) 방문객을 호통 쳐서 내쫓았다는 소문이 점차 과장되어 성내에 퍼진 것은 두말할 것도 없었다.

그럼에도 불구하고 최용학은 한술 더 떠 서울까지 가서 누이동생을 쫓아다녔다는 것이다. 흐흥, 이 녀석은 꽤나 머리가 모자란 데다, 뻔뻔스럽기 그지없는데, 엘리트 은행원이라니. 제기랄, 여자같이 간들거리는 재수 없는 놈이! 이방근은 당시에 호통까지 친 것을 조금 후회하고 있었는데, 아니, 그때 실컷 패 주었더라면 좋았겠다는 생각이 새삼스레 불쾌함과 함께 솟아올랐다.

안채 응접실 쪽에서 전화벨이 울리는 것 같았다. 전화를 받은 부엌이가 툇마루를 따라 이쪽으로 다가오는 기척이 났다. 음, 누굴까. 이방근은 편지를 탁자 위에 놓고 소파에서 일어났다.

"서방님, 중학교 유 선생님한테 전화 왔수다." 부엌이가 문 앞까지 나온 이방근에게 말했다. "어떻게 할까요, 안 계신다고 전할까요?"

"아니, 괜찮아, 내가 받을 테니까."

이방근은 앞장서서 응접실 쪽으로 걸어갔다. 후후, 오늘은 유달현이 붙어 따라다니는군. 그래도 효과가 빠른데, 아니, 유달현 이놈, 일부러 일을 제대로 처리한다는 걸 보여 주려는 게야…….

최근 4, 5일쯤 전에 유달현이 찾아왔을 때, 이방근은 마침 김동진에게서 받은 『문예세계』를 읽고 있던 중이었다. 김동진의 창작소설을 읽으면서, 그의 지금 입장, 신문기자를 하면서 어쩌면 조직에 관계하고 있을지도 모르는 입장을 넌지시 암시하는 대목은 없을까 하는, 약간은 엿보는 취미와 비슷한 기분이었다. 그래도 손님이 오면 책을 덮고 맞아들이면 그만이지만, 그는 그럴 마음이 내키지 않았다. 그래서 머리가 아파 자고 있다고 뻔히 속보이는 거짓말로 부엌이를 통해 거절시켰다. 그런데 그 낌새를 눈치 챘는지, 유달현은 억지로 안뜰을 지나 서재 쪽으로 밀고 들어왔던 것이다. 그는 이따금, 특히 '무장봉기'의 비밀을 말해 준 뒤에는 그런 식으로 무리하게 찾아들곤 했다. 두 사람은 서로 간에 그 상황을 잘 이해하는 측면이 있었다. 이방근은 소파에 앉은 채, 툇마루까지 다가와서, 아아, 잘 있었나, 자네 건강해 보이는구만 그래, 하면서 웃고 있는 유달현을 맞아들였다. 이제 와서 돌아가라고 호통을 칠 수도 없었다. 아니, 이상하게도 상대방의 억지를 물리칠 수가 없었다. ……이 동무는 유달리 내게 심술 맞게 구는 것 같아, 그저 잠시만 앉아 있다가 바로 물러가겠네. ……내가 심술부린다 해도 자네가 그렇게 태연하게 나오니, 심술이랄 것도 없겠지. ……여전히 빈정거리는 말로 나를 구박하는군 그래. ……빈정거리는 말이 아니야, 내 말이 빈정거리는 소리로 들렸다면, 자네가 빈정 상하는 일을 하고 있다는 거겠지. ……또 시작이군 그래, 내가 하는 일이 이방근 동무가 보기에는, 음, 어떤가, 순정적으로 보이지 않는가? 자네에 비하면 나는 정말로 순정파야. ……어쨌든 나도 여러 가지로 사정이 있는 사람이니, 앞으로는 미리 전화를 하고 와 주지 않겠나. 그때야말로 이방근은 모처럼 싫은 소리를 했던 것이다.

지금 전화가 걸려 온 것은 그 때문일 것이다. 아마 다른 볼일이 아니라, 곧 방문하겠다는 통지일 것이다.

수화기를 귀에 대자, 유달현의 억제하고 있는 듯한 나직한 목소리가 끈적끈적 고막에 달라붙듯이 들려왔다. 예상대로, 오늘 저녁 꼭 그쪽으로 찾아가고 싶다고 말했다.

"헤헤, 일전에 자네의 엄한 가르침을 받아서 그대로 전화하는 걸세. 미리 전화를 하는 건 거절당할 가능성을 인정하는 것이지만, 그런 것까지 생각하고 있는 내 심정을 살펴서라도 거절하진 말기 바라네."

낮게, 후후후, 하고 입안에 머금은 웃음소리를 냈다. 비열한 느낌이 들었다.

"자넨 지금 어디 있나?"

"아직 학교에 있다네. 이미 방학은 했지만, 학년주임의 업무가 아직 남아 있어서 말일세. 고등중학 입시가 6월이라 여러 가지로 잡무가 쌓여 있다네. 나는 여전히 바쁜 몸일세. 자네가 부럽네. 아니, 잠시 얘기가 옆길로 새고 말았는데, 몇 시쯤이면 되겠나, 다섯 시쯤이면 어떨까?"

억지로 강요하는 듯한, 무슨 약속의 이행을 재촉하는 듯 말했다.

"알겠네. 시간은 자네 형편에 맞추도록 하겠네."

"고맙네. 실은 전화로 오지 말라는 소리를 들을까 봐 조마조마했는데, 고맙구만. 그럼 다섯 시로 하세. 꼭 찾아가겠네. ……알아서 하겠지만, 다른 손님과 마주치지 않도록 시간을 잘 조정해 주시게나."

유달현은 땅을 기어가는 듯한 낮은 목소리를 밝고 탄력 있게 바꿔서, 자, 저녁 다섯 시에, 라고 말하고는 전화를 끊었다. 음, 다섯 시라, 별문제 없을 것이다. 전화로 거절해도 이 자는 어차피 찾아오게 돼 있다. 집에 있으면서 없다고 해도, 아예 외출을 해 버린다 해도, 내일이건 모레건 다시 찾아올 것이다.

이방근이 속으로 중얼거렸듯이, 유달현은 이방근을 조직의 선에 연결시키든가, 아니면 포섭 공작이 결렬되어 그에게 출입을 금지당하든가의 '결론'이 날 때까지 방문을 그만두지 않을 것이다. 아니, '공작'은 필요하기 때문에 결렬되어서는 안 된다. 물론 이방근으로서도 기왕에 유달현에게 '무장봉기'의 정보를 얻은 바에는 무턱대고 그를 멀리할 까닭이 없었다. 지금까지도 '공작'에는 응할 수 없다고 말해 왔지만(지금도 응할 생각은 전혀 없었다), 그런다고 상대가 물러설 리도 없었다. 그런 사정도 있어서, 이방근은 아직 결정적인 거절의 표시를 하지 않았던 것이다. 세상사에 모른 체 눈을 감고, 객관세계의 움직임에는 관심도 흥미도 없는 이방근이었지만, 그러나 과연 이 섬을 밑둥부터 뒤흔들지도 모를 '무장봉기'에 대해서는 차츰 관심을 갖지 않을 수 없게 된 사정이 작용했다.

유달현은 1분도 틀리지 않는 다섯 시 정각에 찾아왔다. 마치 시간이 되기 전에 미리 대문 앞에 와 있다가 시계를 보고 들어온 것처럼 정확했다. 그는 넥타이를 맨 감색 양복 차림에 가죽으로 된 낡은 사무용

가방을 들고 있었다. 전화에서 말한 대로 학교에서 곧장 온 모양이었다. 해가 많이 길어졌지만, 바람이 완전히 멎은 대신 비라도 쏟아질 것 같은 날씨여서, 안뜰의 공기는 이미 황혼 빛에 물들기 시작했다.

두 사람은 탁자를 사이에 두고 소파에 마주 앉았다.

"이방근 동무, 전화로 시간 약속을 받았을 때 난 감격했네."

유달현은 소파에 앉고 나서 옆에 가방을 내려놓으며 말했다. 사람의 얼굴을 보자마자 벌써 지껄이기 시작하는구나, 하는 생각이 들도록 이야기를 꺼냈다. 마치 그리운 사람이라도 만난 것처럼. 그리고는 처음 온 사람처럼 방 안을 둘러보았다. "이 동무는 결코 전화로 거절할 사람이 아니라는 건 알고 있었지만, 그래도 역시 신경이 쓰이더군(유달현은 담배 한 대를 입에 물고 라이터를 켜서 불을 붙이고는 연기를 천천히 내뿜으며 말을 이어갔다). 지금까진 말일세, 자네 집에 찾아오거나 밖에서 만날 기회가 있어도, 늘 시간이 제약되어 있어서 천천히 얘기를 나누지 못했던 게 유감이었네. 그러나 오늘은 일부러 미리 시간을 내줘서 고맙게 생각하네. 생각해 보면, 오히려 전화를 한 게 잘된 셈인데, 헤헤, 전화위복이라고나 할까……"

부엌이가 귤차를 끓여 와 찻잔을 두 사람 앞에 놓았다. 순간 눈이 번쩍 뜨일 그윽한 향기가 김에 실려 피어올랐다. 말없이 상대방의 얼굴을 보고 있던 이방근은 손님에게 먼저 권하고 나서 뜨거운 차를 한 모금 마셨다. 두서없는 말을 하고 있는 상대의 얇은 입술에 비해, 표정을 알기 힘든 가는 눈매 속 눈동자의 움직임은 신중했다. 흘낏흘낏 피하던 시선을 되돌려 이방근과 시선이 마주쳤을 때, 얼굴 미소와는 반대로 눈동자의 움직임에 가시가 서 있었다. 유달현은 탁자 위의 재떨이에 시선을 떨어뜨리고는, 손가락으로 담뱃재를 톡톡 떨어뜨리며 말을 계속했다.

"이 동무는 내가 무리하게 밀어붙인다고 화내지는 말게. 내가 요즘 같은 시기에, 그렇지, 이 요즘 같은 시기라는 말을 주의해서 들어주게. 요즘 같은 시기에 내가 자네와 이렇게 만나고 있는 것은……, 음, 이방근 동무는 현명하니까, 충분히 눈치 챘을 걸로 나는 생각하네만, 특별히 내 개인의 이익이라든가 개인의 문제를 위해서가 아니라는 점을 오늘 다시 한 번 반복해서 말해 두고 싶네. '우정' 때문이라네. 내가 이렇게 찾아온 건. 난 자네에게 우정을 느끼고 있는 걸 영광으로 생각하는 사람이라서 말이지, 음……."

유달현은 등지고 앉은 안뜰 쪽이 마음에 걸리는 듯 뒤를 돌아보았다. 그 목을 뒤로 천천히 비트는 동작이 꽤나 거드름 피우는 것처럼 보였다. 황혼 빛이 짙은 봄 안개처럼 안뜰의 땅바닥을 덮기 시작하고 있었다. 가까이에서 까마귀 울음소리가 들렸지만, 인기척은 없었다.

"괜찮네. 아무도 없으니까……."

"아니, 뭐 그래서 그런 것은 아니고, 그만 습관이 나와 버린 것뿐이야, 그래도 늘 경계심은 필요하다네. 혁명적 경계심이라는 거지. 후후후……, 나는 그 뭐랄까, 자네 앞에서는 나도 모르게 익살을 부리고 싶어지니 이상한 일이야."

"설마, 그럴 리가 있겠나."

이방근이 말했다. 익살을 부리고 싶어진다. 그런 시늉을 하는 거겠지. 그러면서 아랫사람에게는 자못 잘난 척 거드름을 피운다. 이 남자는…….

"아니, 정말일세. 이 동무는 날 믿지 않는군, 내가 자넬 믿는 만큼 말일세. 그렇지, 안 그런가?"

"글쎄, 어떻게 말하면 좋을까, 핫하, 그 비율의 정도를 말이야……. 음, 문을 닫도록 하지, 그렇지, 벌써 배전시간이 되었군."

이방근은 일어나 방문을 닫고는 벽의 스위치를 돌려 전등을 켰다. 방 안에 흘러넘치는 밝은 불빛 아래로 어둠에서 벗어난 유달현은 의외로 작은 체구 때문에 소파 위에 달랑 올라앉은 것처럼 보였다. 모처럼 안뜰에서 방 안으로 서서히 밀려들던 석양빛이 일순간 사라지자, 아쉬운 기분이 들었다.

"아, 이거 수고를 끼쳐 미안하네. 이제 됐네, 아니 아니지, 됐다기보다는 기분이 안정되는군."

"그거 다행이군. 자아, 어서 차를 들게. 벌써 식은 건 아닌지 모르겠네."

"나는 뜨거운 차는 못 마시는 편이라네." 유달현은 고개를 끄덕이며 차를 마시더니 입맛을 다셨다. 그리고는 두세 번 연달아 찻잔을 기울여, 거의 다 마셔 버렸다. "음, 참 맛있군, 향기도 좋고, 오랜만에 귤차를 마셨네 그려. 우리나라 사람들은 차 마시는 습관을 잃어버렸지만, 자네 집엔 귤차 마시는 것만으로도 찾아올 가치가 충분하다네."

"한 잔 더 마시겠나?"

일전에 왔을 때도 마신 주제에 뭐가 오랜만이란 말인가, 라고 생각하면서 이방근이 말했다.

"지금은 됐네. 나중에 마시도록 하지……, 그런데." 유달현이 중단했던 이야기를 계속했다. "아까 하던 이야기를 계속하겠네만, 언젠가 내가 자넬 동지로 생각하고 싶다고 말해서 이 동무의 냉소를 산 적이 있잖은가. 응, 그런 일이 있었다네. 그건 내 솔직한 기분을 말한 것으로, 지금도 그 생각은 변함이 없다네. 무엇보다 내가 이 동무를 믿고 있다는 걸 자네가 더 잘 알고 있을 거야. 난 자네에게 버스를 놓치면 안 된다고도 말했어. 정말 그렇다네. 버스는 지금 움직이기 시작했으니까. 벌써 움직이고 있단 말일세. 게다가 이건 비단 이방근 개인에게 한정된 문제가 아니란 말일세. 즉, 다시 말하자면, 지금 격동하는 이

시대가 자네 같은 인물을 필요로 하고 있다는 말이네. 시대의 요청인 셈이지. 시대라는 버스에 자네를 태우지 않으면 안 되네. 우리와 함께 말일세. 이것은 이 동무에게 아양을 떨려고 하는 말이 아니야. 말을 함부로 하는 자들은 자네를 무뢰한 다루듯 경멸하여 심한 욕을 하고 있지만, 그자들은 모두들 속으로 자네를 두려워하고 있는 것이 사실이야(말을 함부로 하는 자들이란 말이지. 이건 마치 유달현 자신을 말하고 있는 거나 다름없군. 이방근은 속으로 웃었다). 자넨 그런 인간일세. 자네가 보통 사람이 아니라 특별한 인간이라는 내 인식과 평가를 무시하지 말아 주게. 자넨 자신의 무한한 가능성과 힘을 스스로 죽이고 있다는 사실을 알아야만 하네. 그걸 조국에 대한 애국심으로 일깨워, 혁명, 혁명을 위해 기여한다……, 음, 이건 얼마나 훌륭한 일인가 말일세……."

마지막에는 서양인처럼 제스처를 섞어 가며 이야기하던 유달현은 일단 말을 끊고 담배를 물었다.

후후후, 조국, 애국심, 혁명, 모두 그럴듯한 말뿐이로군……, 이방근은 담배 한 대를 손가락 사이에 끼웠다. 그리고는 핏빛이 선명한 입술 끝에 엷은 미소를 떠올리며 가볍게 고개를 끄덕였다. 유달현이 일단 껐던 라이터를 찰칵 켜서 이방근에게 불을 내밀었다.

이방근이 고개를 끄덕인 것은 상대방의 말에 동의했기 때문은 아니었다. 말하자면 유달현의 이야기에 탄력을 주기 위한 신호와 같은 것이었다. 이쪽이 잠자코 있으면 있을수록 상대는 계속 말을 할 것이다. 이방근은 유달현이 자신 앞에서 침묵을 견딜 수 있는 남자가 아니라는 것을 알고 있었다. 따라서 이방근이 침묵을 지키면 손님은 혼자서 계속 이야기를 떠들게 되기 때문이었다.

"이 동무는 아무 말도 하지 않는군, 음, 아직 말할 단계가 아니라는 것이겠지. 뭐, 좋아, 나만이라도 계속 말을 하겠네. 내가 계속하지."

유달현은 담배를 피우면서 말을 이어 나갔다. "내가 말할 필요도 없이, 이 동무도 잘 알고 있는 일이지만, 지금 우리 조국의 정세는 민족 분열의 위기를 극복하고, 통일이라는 넓은 바다를 향해 도도히 흘러가고 있네. '단독선거' 반대의 기치를 분명히 밝힌 김구와 김규식 같은 우익의 거물들이 북한 지도자에게 남북정치지도자협상회의를 열자고 제안했고, 그에 대해 북한도 동의한다는 뜻을 밝혔지 않은가. 음, 그랬지, 그리고 드디어 내달 중에라도 평양에서 남북협상, 즉 조선 전체의 정당 및 사회단체대표 연락회의가 열리게 되었네. 이것은 남북이 통일중앙정부 수립을 위한 협력태세를 갖추고, 남한만의 매국, 반민족적인 5월 단독선거를 단호히 배격하고 분쇄하는 역사적인 민족회의란 말일세. 이승만과 김성수 일파를 제외한 우파와 중도파에 이르는 광범위한 정당 및 사회단체가 참가하는, 그야말로 역사적인 위업을 달성하기 위한 회의라 할 수 있지. 이방근 동무, 알고 있나, 이것은 김구가 북한에 보낸 남북협상을 호소하는 서한이 계기가 되었지만, 실제로는 남로당 조직의 힘과 준비에 의하여 성립된 것일세. 단독선거라는 음모를 꾸미고 있는 매국 행위를 규탄하고, 2·7투쟁(1948년 2월 7일. 미국의 남한 단독선거 강행정책에 반대하여 일어난 대규모 반대 투쟁. 노동자를 중심으로 하는 총파업으로 2백만 민중이 참가했다) 이후 끈질기게 '남북통일'과 '민족자결'을 전면에 내세워, 남북정치 협상의 준비를 강력히 추진해 온 남로당의 투쟁 결과라는 점을 알아주기 바라네. 지금은 문자 그대로 혁명 전야일세. 자주독립의 길을 열고 혁명을 성취하기 위하여 인민대중은 피로 얼룩진 투쟁을 벌이고 있네. 이 시대의 큰 흐름을 자네가 외면해서는 안 되네. 자네 개인을 위해서도, 그리고 우리 사회를 위해서도……, 그렇지 않은가. 이 동무는 내가 하려는 말을 이해해 줄 걸로 믿네. '우정'일세, 동지로서의 '우정' 말이네. 자네는 알고 있겠지. 이 동무, 게다가 이 땅에서 우리는 단독선거 반대의 선봉으로서 무장봉기를 일으키네. 인민의 발자국 소리가 이제 곧 온 섬에 울릴 걸세. 그렇다네, 결전의 시각은 다가오고, 무장봉기는 구체적인 일정이 짜여 있다네."

"……음."

팔짱을 낀 채 말없이 듣고 있던 이방근은 '무장봉기'라는 말에 무심코 고개를 끄덕였다. 유달현은 자신이 이방근 앞에서 말이 많아지고 있다는 것을 충분히 의식하고 있었겠지만, 아무래도 그의 이야기는 열기를 띠기 시작한 모양이다. 유달현은 거의 빈 찻잔을 집어 들고, 바닥에 고인 몇 방울의 차를 홀짝였다. 그리고는 다시 이야기를 계속하려 하자, 이방근이 그것을 제지하듯 일어나 툇마루로 나가더니 부엌이를 불렀다. 잠깐 사이를 두었다가, 다시 한 번 불렀다.

"부엌아—"

"예—……."

주방 쪽에서 부엌이의 느긋한 목소리가 돌아왔다. 바깥은 이미 완전히 어두워져 있었다. 별이 반짝이지 않는 하늘은, 밤에도 그 무게를 이마에, 어깨에, 피부에 느끼게 한다. 아버지도, 점심 전에 시골에 간 계모 선옥도 아직 돌아오지 않았다. 안뜰 건너편의 안채는 완전히 밤의 어둠에 감싸여 있었다.

이방근은 등 뒤로 유달현의 시선을 의식하면서 어두운 밤하늘을 향하여 심호흡을 했다. 조용히 호흡을 반복하여 가슴에 고였던 공기를 바꾸어 넣었다. 유달현이 피우고 있는 담배 연기가 이방근이 서 있는 문 쪽으로 서서히 흘러나왔다. 음……, 유달현의 점차 열기를 띠어가는 이야기를 듣고 있자니, 문득 그가 진짜 애국자처럼 생각되는 게 이상했다. 아니, 그게 아니다, 이건 나의 오만이라는 것이다, 후후후, 유달현이 애국자라서 나쁠 게 뭐가 있나, 모든 인간이 애국자라면 좋은 일 아닌가……. 음, 땅울림, 온 섬을 뒤흔드는 인민의 발소리…….

부엌이가 커다란 몸집을 천천히 흔들며 툇마루를 걸어왔다. 냄새, 냄새……, 부엌이의 냄새. 냄새 주머니처럼 몸속에 몇 겹이나 되는 두꺼운 체취를 간직한 시골 여자. 부스럼영감과 마찬가지로, '아름다움'과는 거리가 멀고 '추함'에 가까운, 그러면서도 '추하지' 않은 여자, 여체. 알몸이 된 전신의 털구멍을 열고서 일제히 냄새를, 낮과는 다른 밤에만 풍기는 듯한 냄새를 풍긴다…….

"서방님, 무슨 일이우꽈, 식사 준비는 다 됐수다."

"음……, 고양이는 어디 갔지?"

이방근은 어찌 된 셈인지, 부엌이의 말에는 대답을 하지 않고, 자신도 생각지 못한 것을 물었다. 아니, 아무 생각 없이 불쑥 튀어나온 말이었다.

"고양이 말이우꽈, 흰둥이는 자고 있수다. 부엌 아궁이 위에서 쪼그만 것이 커다랗게 코를 골면서 자고 있수다."

부엌이의 커다란 눈이, 어둠 속에서 빛을 흡수하여 동공을 확대시키는 고양이 눈처럼 촉촉하게 빛났다.

이방근은 식사는 나중에 할 테니까 다시 한 번 차를 내온 뒤 술상을 차리라고 일렀다. 부엌이가 돌절구처럼 묵직한 허리를 돌려 부엌 쪽으로 사라졌다. ……무장봉기의 시기는 이미 구체적인 일정이 짜여 있네……, 그녀의 뒷모습을 바라보면서 이방근은 거의 무의식중에 유달현의 말을 반복하고 있었다. 와글와글, 고막 안쪽이 술렁거리고, 땅울림과 발자국 소리, 인민대중의 지축을 흔드는 발소리, 제기랄, 기분 나쁜 말이다. 바닷소리, 밤바다의 소리가 들려온다.

그래, 뒤에 있는 유달현이 이쪽을 돌아보지만 않았다면, 오늘 밤 오라는 '신호'로 부엌이의 그 커다란 손을 살짝 잡을 참이었다. 한순간이었지만, 머리를 가득 채운 그녀의 냄새에 자극받은 감정이 크게 물결쳤던 것이다. 벌써 보름 남짓 그녀와 자지 않았다. 아니, 다른 누구와도 자지 않았다. 명선관의 마담이나 단선과도 충분한 기회가 있었지만 자지 않았다. 벌써 오랫동안 여자와 자지 않았던 것이다.

중년의 하녀, 인민의 발소리, 희미한 땅울림……, 부엌이. 곰처럼 느린 시골 여자, 나와 대등한 여자. 대등한 것이 아니다. 이 여자의 냄새에 의하여 퍼지는 육체는, 육체이면서 육체가 아닌, 나로서는 어찌할 수 없는 자연의 공간, 관념이었다. 남의 코에는 닿지 않을지도 모르는, 나만이 맡을 수 있는, 그리고 냄새가 풍겨 오면 희미한 불안과 전율을 불러일으키며, 이미 하나의 여체를 뛰어넘어 추상적인 자연의 공간으로 들어간다. 커다랗고 검은 치마 속, 바다 밑바닥. 왜 나는 전화를 받은 뒤 은근히 기다리고 있던 유달현, '무장봉기'가 임박했다고 말하는 유달현을 뒤에 남겨 둔 채, 지금 갑자기 그녀의 냄새에 정신이 그림물감처럼 흠뻑 젖어드는 걸 느끼는가, 피곤하다……. 이방근은 방으로 들어가 손을 뒤로 돌려 미닫이를 닫았다.

그 '무장봉기'를 귀뜸해 준 날부터 오늘까지 서너 차례 찾아왔지만, 지금까지 유달현에게 술을 대접하지 않았다는 것을 머리에 떠올리며 이방근은 자기 자리로 돌아왔다. 분명히 그는 언제나 차 정도만 마시고 돌아갔던 것이다. 음, 그랬었구나, 그건 좀 미안하게 됐군……. 미운 놈에게 떡 하나 더 준다는 속담도 있질 않은가. 아니, 그렇게 하면 이 남자는 그걸 구실로 더 오래 눌러앉아 있을 것이다. 내 비위에는 안 맞지만, 그렇다고 굳이 쌍심지를 켜며 미워할 존재도 아니고…….

"이거 실례했네. 그런데 유 동무는 지금 무장봉기의 구체적인 일정이 짜여 있다고 말했지 않은가." 이방근은 소파에 앉아 다리를 꼬면서 넌지시 물었다. "역시 약간은 마음에 걸리는 이야기로군. 그 구체적인 일정이라는 게 언제쯤을 말하는가, 물어서는 안 될지도 모르지만 말일세."

"……" 유달현은 놀란 듯이 턱을 당기며 말했다.

"음, 물어봐도 상관없네, 필요한 것은 말해 줄 용의가 있으니까. 음, 사실은 그걸 아직 모른다네, 정말일세. 정말로 모른다네. 훗후후후……."

"으―음, 그렇구만."

이방근은 왼쪽 팔을 소파 등받이에 얹고, 상대방의 은밀한 미소가 사라지는 것을 지켜보면서 냉정하게 대답했다. 입 밖으로는 내지 않았지만, 자네는 방금 전에 본인의 입으로 그렇게 말하지 않았는가, 라고 따지고 있었다.

"이 동무, 자넨 날 의심하는 모양인데, 정말일세. 솔직히 말해서……(유달현은 슬쩍 시선을 피하더니 또다시 목을 비틀어 뒤를 돌아보려 하였다), 4월 중에는 봉기를 결행하지만, 아직 날짜까지는 결정되지 않았네. 거짓말이 아닐세, 믿어 주게. 그러나 어찌 되었든 정세가 긴박한 것만은 사실일세. 자네도 그걸 인식해 주었으면 좋겠네. 거듭 말하지만 내 '우정'에서 나온 충고일세. 아마도 자넨 '두문불출'하고 있어서 알아차리지 못했을지도 모르지만 말일세, 게다가 또 겉보기에 평온한 성내에 살고 있으면 섬 주민의 움직임을 모르겠지만, 성내를 벗어난 여러 촌락에서는 이미 봉기 준비가 착착 진행되고 있다네. 최근만 해도 한림면에서는 '서북'과 경찰의 부당한 탄압에 마을 청년들이 38식 보병총과 수류탄, 일본도를 들고 맞서서, 적들이 감히 마을에 들어오지 못하게 했고, 또……."

문이 열리고, 부엌이가 술과 안주를 담은 커다란 쟁반을 들고 방으로 들어왔다. 탁자 위에 좁쌀 소주가 든 호리병, 술잔, 삶은 돼지고기와 순대를 담은 접시, 김치 등을 올려놓았다. 그리고 함께 가져온 오지 주전자의 귤차를 따랐다. 이방근이 술병을 들어 손님의 잔에 술을 채웠다. 소주 특유의 눈는 듯한 향기가 섞인 상큼한 냄새가 코를 톡 쏘며 자극했다. 유달현도 술병을 들어 이방근에게 술을 따랐다.

"음, 그리고 말이지." 유달현이 술잔을 놓아둔 채 차를 한 모금 마시고 나서 말했다. "같은 한림면의 H촌에서는 앞바다에 표착한 해안경비정이 마을 민위대의 공작으로 인민 편에 가담했다네. 다섯 명의 경비대원이 타고 있었는데, 그들은 미제 총과 신호포(信號砲) 10정을 제공하고 도민의 투쟁을 지지해 왔다는군. 물론 군대 안에도 조직이 있네. 알고 있겠지만, 프락치라는 세포조직 말일세. 그리고 경찰 안에까지 조직이 뻗어 있다는 걸 생각해 보게. 여러 촌락에서 일어나고 있는 투쟁은 봉기의 전초전인 셈이지. 이 성내의 평온함도 계속될 순 없을 걸세. 자넨 사회의 흐름에서 너무 벗어나 버린 게 아닌가 싶네. 단독선거의 음모를 분쇄하고, 곧 제주도 전체가, 이어서 남한 전체가 해방될 때가 이제 올 걸세. 그리고 통일된 조국의 빛나는 중앙정부 수립……. 지금이야말로 이 동무는 투쟁하는 민중의 편에 서지 않으면 안 되네. 그렇다고 무기를 들고 민중과 함께 봉기에 참가하란 말은 아니고, 그렇지, 그런 공공연한 투쟁에 가담하라는 뜻은 결코 아니야, 무슨 말인지 알 걸세."

이방근은 잔을 들어 입술에 대고는, 부드러운 점막이 저리듯 톡 쏘는 독한 소주를 입에 머금었다가, 음미하듯 흘려 넣었다. 그는 상대의 이야기를 들으면서 가볍게 고개를 끄덕이고 있었다. 유달현이 말하는 내용이 하나의 사실로서 현실감을 가지고 다가오는 것을 부정할 수 없었다. 유달현의 이야기는 결코 허세가 아니었다. 자연스레 고개를 가볍게 끄덕였지만, 그것은 더 이상 상대방의 말에 장단을 맞추려는

'신호'가 아니었다. 이방근은 지금 눈앞의 유달현에게 압도당하고 있는 자신을 느꼈다. 아니, 유달현이 아니었다. 이 남자의 배후에 있는 '조직', 그리고 '인민대중', 군중의 그림자가, 발자국 소리, 땅울림이 묵직하게 압박해 왔다.

유달현은 전등 불빛을 반사하는 소주잔을 들어 한 모금 마신 뒤에, 카아― 하고 혀를 톡 쏘는 술의 뒷맛을 음미하듯 숨을 토했다. 그리고는 흘낏 살피는 듯한 눈초리로 이방근을 본 그 표정이 약간 굳어졌으나, 불쑥 상반신을 탁자 위로 내밀며, 이 동무…… 하고 속삭이듯 말했다. 일전에 어머니 제삿날 밤에 찾아왔을 때도, 특히 다른 사람들 앞에서 그러는 경향이 있지만, 무슨 비밀이야기라도 속삭이듯 불쑥 몸을 바싹 갖다 대고 이야기하는 버릇이 있었는데, 지금도 그와 똑같은 느낌이었다.

이방근은 꼬았던 다리를 풀고 자세를 고쳐 앉았다. 그의 눈 깊은 곳에서 빛이 났다.

"그런데 이방근 동무, 며칠 뒤 본토에서 어떤 인물이, 즉, 동지가 말이지, 동지……, 나는 자네를 믿으니까 이런 말을 하는 거지만, 그 선의 중요한 위치에 있는 동지가 제주도에 오는데, 만나 보지 않겠나?"

"……"

이방근은 술잔을 입에 대고 조금 흘려 넣은 입가에 엷은 미소를 띠우며 유달현의 얼굴을 물끄러미 쳐다보았다. 입안에 소주의 쓴맛이 감돌았다.

"……" 유달현은 이방근의 시선을 피하면서, 소주를 쪼옥 하는 소리를 내며 마셨다. "자네가 꼭 만나 줬으면 좋겠네."

"후후, 그런 대답을 바로 하기는 어렵군." 이방근은 소파 팔걸이에 한쪽 팔꿈치를 괴고 다시 다리를 꼬면서 말했다. "만나서 또 어떻게 하라는 겐가, 핫핫하, 여러 가지로⋯⋯."

"만나면 알게 되네. 만나 보기만 하면 돼."

"왜 만나야 되나?"

유달현은 순간 움찔하며 대답을 하지 못했다.

"왜라니, 자네 묘한 말을 하는군. 그건 이 동무가 잘 알고 있지 않는
가. 그에 관한 이야기를 내가 지금까지 해 왔으니 말일세."

"자네야말로 그렇게 말하면 안 될 것 같은데. 이건 내 문제라기보다
자네 자신의 문제라고 난 생각하고 있다네."

이방근의 말투에 모가 나 있었다.

"그런 식으로 받아들이다니, 좀 뜻밖이군. 그야 내 문제이기도 하고,
자네 문제이기도 하지만, 요컨대 우리 공통의 문제라는 관점이 전제
돼야만 할 걸세. 안 그런가. 어쨌든 그 동지를 한번 만나 봐 주지 않겠
나. 그는 자네에 대해 알고 있고, 깊은 관심을 가지고 있다네."

"나에 대해 알고 있다니⋯⋯, '깊은 관심'이라, 핫, 핫하, 이거 황송
하기 그지없군. 자네가 이야기했겠지. 제주도 어디에 이런 남자가 있
다고 말이야⋯⋯, 이제 그런 이야기는 그만두세. 자아, 한잔하지."

이방근은 상대의 술잔에 아직 그다지 줄지 않은 술병의 술을 기울
였다.

"자네, 그렇게까지 말하는 건 나에 대한 실례야. 게다가 자네는 유감
스럽게도 내게 실례를 범하는 동시에 자신을 모욕하고 있어. 난 자네
앞에서 광대라도 되겠다고 말했지만, 자네는 광대가 될 필요는 없어.
말해 두겠는데, 내가 말하지 않아도, 아는 사람은 다 알고 있는 일이
네. 자넨 자신을 모르고 있어, 자신에 대해 무지하고 자신의 존재를
너무 가볍게 여긴단 말일세. 자신의 내부에만 틀어박혀 있지 말고,
이번 기회에 창문을 열고 바깥 세계로 나와야 해. 그러니까 그 동지와

도 만나야 돼. 아니, 이건 내 쪽에서 꼭 만나 달라고 부탁하고 싶네."

"도대체 그 인물은 누군가?"

이방근이 술잔에 유달현의 술을 받으면서 말했다.

"특별한 인물은 아냐. 동지, 아까도 말했듯이 그 선의 동지일 뿐야."

유달현이 근엄한 어조로 말했다.

그 '선'이라는 것은 당 조직과는 별개의, 당원조차도 모르는 비밀조직을 말하고 있었다. 따라서 당이 합법정당이었을 때부터 그런 '지하조직'은 있었지만, 여러 개의 '선'이 얽혀 있는 경우가 있었고, 그중에는 수상쩍은 것도 있었다. 때로는 '권위 있는 선'이라는 말도 사용되었는데, 그것은 북한의 당과 연결되어 있다는 의미였다. 유달현은 제주도의 당 조직원임과 동시에, 한두 사람 이상은 연락을 취하지 않는, 즉 그 이상의 상부조직에 대해서는 알지 못하는 비밀조직과도 관계하는 모양이었다. 물론 이방근이 그 내막을 알 리도 없었지만, 설령 유달현 자신이 이야기한다 해도 한정된 범위 이상은 알 수가 없었다.

"그 선 말인가, '특별한 선'인가 뭔가 하는." 이방근은 소주를 입안에 털어 넣듯이 마셨다. "예전에 내가 서울에서 '권위 있는 선'과 연결되어 있다는 남자를 만난 적이 있는데, 물론 그 '권위 있는 선'도 나에겐 권위로 보이지 않았지만, 지금은 그런 게 지겨워졌다네. 특별이든 보통이든 내겐 흥미가 없어. 지금까지 말해 온 것처럼, 난 싫다네. 자네가 말하는 '당 속의 당' 같은 것도 딱 질색이야. 그런 선과 연결되는 '접선'은 이번 기회에 분명히 거절하겠네."

"……" 유달현은 숨을 죽이고 있었다. 그는 몸을 조금 움직여 다리를 꼬고는, 으음, 그렇군……이라는 듯이 혼자 고개를 끄덕였다. 갑작스러운 침묵이 찾아왔다. 순간, 시간이 정지해 버린 것처럼 갑갑해졌다. 이방근이 담배를 물고 성냥을 켰다. 코앞에 있는 성냥 불꽃이 묘하게 밝고 커 보였다. 유달현은 더러워진 재떨이에서 성냥불이 꺼져 가는 것을 바라보다가, 겨우 입을 열었다. "후후, 하지만 자네가 조국의 현실에 눈을 감거나 대세의 흐름에 무지한 인간이라고는 도저히 믿어지지가 않네. 자네가 말은 그렇게 하지만 언젠가는 애국전선에 참가할 인간이라고 난 확신하고 있네. 그래서 나는 이렇게 몇 번씩이나 자네를 설득하러 오는 걸세. 그게 혁명을 실천하는 자의 의무이기 때문이지. 음, 혹시, 무언가 내 이야기에 응할 수 없는 특별한 이유라도 있나?"

"마치 심문이라도 하는 것 같구만."

이방근은 입술 끝을 일그러뜨리며 쓴웃음을 지었지만, 드디어 그 눈빛에 독기를 품기 시작했다.

"심문하는 게 아닐세. 어떻게 내가 자네 같은 사람을 심문할 수 있겠나. 자네가 경찰이 아니듯이, 나도 경찰이 아닐세. 나는 자넬 동지로 생각하는 입장을 바꾸지 않았네. 지금까지 논의한 건 혁명의 문제지만, 이제 곧 우리는 일대 무장투쟁을 전개하게 되네. 자네 입장이나, 자네 가족의 입장을 생각해 볼 필요가 있네."

갑자기 이방근이 껄껄껄 웃기 시작했다. 겨우 돌기 시작한 가벼운 취기가 더욱 웃음을 자극하면서, 부글부글 끓고 있는 분노에 불을 붙이려 했다. 그는 자리에서 일어났다. 그리고는 웃음을 가라앉히려는지 소파 주위를 두세 번이나 돌았다.

"이보게, 유 동무, 내가 무슨 조건을 달아서 자네에게 도움이나 요청할 사람으로 보이나. 이건 마치, 혁명이라도 일어나면 우린 당장 단두대로 끌려갈 거라는 협박 아닌가? 보통 때 같았으면, 당장 여기서 나가라고 쫓아 버렸을 거야."

"남의 집에 와서 화를 내는 건 실례지만, 자네가 나한테 호통 칠 일은 없지 않은가." 유달현이 소파로 돌아온 이방근을 노려보면서 그 낮은 목소리로 거칠게 말했다. 두 사람의 시선이 칼날처럼 쨍쨍 소리를 내며 마주쳤는데, 유달현의 눈빛은 강인하고 차가왔다. 으흠, 이방근은 속으로 으르렁거렸다. "자넨 오해하고 있네. 자넨 대체로 남이 자넬 신뢰하고 그 때문에 여러 모로 애쓰고 있는 수고를 인정하려 들지 않는 인간이야. 남의 우정에서 나오는 노력을 물거품으로 만들고도 아무렇지도 않게 생각하는 인간이지. 그러나 난 단념하지 않을 게고, 당황하지도 않아. 난 자네의 애국심에 확신을 가지고 있으니까……."

난 단념하지 않을 게고, 당황하지도 않아……, 이방근은 어이가 없다는 표정으로 유달현을 바라보았다. 그러자 유달현은 감정을 억누른 듯한 무표정한 얼굴, 거의 무념에 가까운 얼굴 표정으로 옆에 놓아두었던 가방을 무릎 위에 올려놓고 나서 열었다. 그리고 서류와 몇 권의 책 사이에서 낡고 보잘것없는 책 한 권을 꺼내 이방근에게 내밀었다.

"이 책을 알겠지."

"무슨 책인가?"

이방근은 내미는 대로 표지가 찢겨나간 200페이지가량 되는 '사회과학사전'을 받아들고, 내심 깜짝 놀랐다. 그 책은 해방 이듬해 가을, 서울의 등대사라는 좌익계 출판사에서 사회과학대사전을 편찬하기 위한 준비작업의 일환으로 펴낸 것이었다. 이방근이 놀란 것은, 지금 그 출판사는 망해서 없어졌지만, 당시 이방근이 남몰래 상당한 출자를 했기 때문이었다. 그걸 유달현이 서울에 있을 때부터 눈치 채고 있었던 모양이다.

"난 자네가 등대사에 관계하고 있었던 사실을 알고 있네."

유달현이 차갑게 말했다.

"음, 그렇구만, ……그게 어떻다는 것인가?"

이방근은 부정하지 않았다. 도대체 이 자는 무엇 때문에 이제 와서 등대사의 일을 끄집어내는 것일까…….

"이 동무는 금방 그런 식으로 이야기를 곡해해서 탈이야. 자넨 사회적인 일에는 관심이 없는 것처럼 말하면서도, 남몰래 이런 일을 해 온 실적이 있단 말일세."

"남몰래 해 오다니, 무슨 말인가. 음. 난 분명히 등대사에 자금을 대고 있었지만, 조직과는 관계가 없었네. 이제 와서 남의 과거를 들춰내는 이유가 뭔가?"

"들춰내는 게 아닐세. 자네, 제발 그렇게 감정적으로 나오지 말게나. 난 자네가 내 엉덩이를 걷어차도 광대처럼 일부러 두세 걸음 비틀거리다가 멋지게 굴러 보일 기분은 아직 잃지 않았네." 유달현은 갑자기 비굴하게 여겨질 만한 농담을 섞어 말하면서도 냉정함을 잃지 않았다. 이따금 굳은 표정을 짓긴 했지만, 이방근 이상으로 침착함을 유지하고 있었다. 게다가 자못 겸손한 척하면서도 뻔뻔스럽게 달라붙기 때문에, 이방근의 독기가 무력해진 느낌이었다. "난 자네 실적을 높이 평가해서 하는 말일세. 예를 들면 이 한 권의 책에도, 그리고 사회과학대사전의 편찬 사업에 있어서도 자네의 애국심이 나타나 있다는 것이지. 자넨 과거에 이렇게 중요한 일을 하고 있었다네. 조직과의 관계가 있고 없고는 문제가 아닐세. 혁명적 출판물을 출판한다고 하는 애국적인 일을 했다는 사실이야말로 중요한 걸세. 그러한 자네의 업적을 평가했기 때문에, 그 동지가 자넬 만나고 싶어 하는 거라네."

유달현은 술잔을 기울이고, 삶은 돼지고기를 김치에 싸서 입에 넣었다.

그 업적을 평가했기 때문이라…… 이방근은 화가 난다기보다도 기분이 나빠졌다. 이 한 권의 책, 이건 나에 대한 일종의 협박 자료가 아닌가. 아까부터 바로 이 자리에서 호통을 쳐서 쫓아낸 최용학의 느글거리는 얼굴이 자꾸만 머리를 스치더니, 그 그림자가 이제는 이방근의 감정을 억누르고 있었다. 최용학을 호통 친 것처럼 해서는 안 된다. 왠지 이방근은 그렇게 생각했다. 그렇다 해도, 이게 어찌 된 일인가. 이럴 리가 없는데, 유달현을 앞에 두고 이방근은 오히려 자신 쪽이 초조해지는 것을 느꼈다. 한 마리의 작은 파리가 날아다녀도 신경이 곤두서고 감정이 흔들리는데, 자신과 같은 크기의 인간이 한 발 한 발 서서히 다가온다. 유달현으로부터 단 한마디 '무장봉기'라는 말을 들은 것만으로, 나는 어느 틈엔가 이 작자에게 휘둘리고, 자유를 잃어버린 게다.

"음, 이거 맛있군."

유달현의 입속에서 고기를 씹는 점액질 소리가 났다. 이방근은 뒤쪽의 책상 위에서 울리는 탁상시계 소리가 또렷이 뒤통수에 닿는 것을 의식했다. 탁상시계 옆에 놓아둔『문예세계』가 눈 뒤쪽으로 보였다. 김동진 작 「도망」……. "……불안이 큰북 소리를 내며 그의 뒤통수를 때린다……."

"유달현 동무, 어쨌든, 자네도 어지간히 끈질기군."

"그런가, 자네가 그렇게 말해 주니 고맙네." 유달현은 입 안의 음식을 삼킨 뒤 소주 한 모금을 마시고 나서 말했다. "이 경우에 끈질김은 혁명적 열정이 지속된다는 뜻이니 말일세. 혁명은 끈기 있게 지치지 않고 밀어붙여야 한다네. 다만, 그걸 이제 와서 인정해 주는 게 조금 섭섭하군. 헤헤, 이건 농담이지만 말일세."

"자넨 그런 식으로 이야기를 얼버무리려 하지만, 난 만나지 않겠네. 자네도 도리를 모르는 인간은 아니니까, 이만하면 내 기분을 알았을 것이라 생각하네. 이 이야기는 이 정도로 끝내고, 술이나 마시세. 모처럼 온 손님이니까, 손님을 대접하는 데 인색하지는 않다네."

"……" 유달현은 가볍게 고개를 끄덕이며, 잠시 침묵을 지키다가 말했다. "알았네. 그럼 한마디만 묻겠네. 역시 그렇게 생각하는 데에는 무슨 이유라도 있나?"

그 시선이 집요하게 빛나며 이방근의 시선을 파고들었다.

"그건 자네와 상관없는 일이 아닌가." 이방근은 말했다. ……대체 얼마나 더 치근덕거릴 셈인가. "애당초 나는 혁명에 흥미가 없네."

"뭐, 혁명에 흥미가 없다…… 홋호오, 자네가 그런 말까지 하다니……. 그러나 난 믿지 않네. ……참, 이방근 동무, 이건 전혀 다른 이야기지만, 있잖은가, 요전에 자네가 '서북' 놈들을 두들겨 패는 바람에 경찰서에서 콩밥을 먹었지 않은가. 음, 이곳 경찰은 콩밥 정도가 아니지만 말이네. 그때 유치장에서 강몽구와 함께 있었을 거야. 그 사람은 꽤 훌륭한 투사라네. 그때 그 사람이 석방돼서 돌아가는 길에 자넬 찾아왔으리라 생각하네만, 그래, 자네 어머님 제삿날 밤에 정세용 경무계장도 그런 말을 했었지만 말이야. 그리고 나서 2, 3일 뒤에 다시 강몽구를 만나지 않았나? ……"

"……" 이방근은 몸 밑바닥에서 부글부글 끓고 있던 분노의 불꽃이 확 타오르는 것을 느꼈다. 그는 술잔을 들고 목을 뒤로 꺾어 단숨에 쭈욱 들이켰다. 목구멍에서 식도를 태우며 떨어지는 소주의 흐름이 마치 덩어리처럼 위장 밑바닥에 고였다가 퍼져 간다. "자네, 강몽구가 어떻다는 거야. 대체 뭣 때문에 강몽구 얘길 하는 건가. 난 지금 적어도 자네한테 예의를 갖춰 대하려고 노력 중이야. 미리 전화를 하고 찾아온 손님이니까 말이야. 그러나 부탁이니 제발 더 이상 날 화나게 만들지 말아 주게. 자넨 내가 폭력배로 소문난 걸 알고 있을 거야. 그 최용학, 제일은행 이사장 아들을 호통 쳐서 쫓아 보낸 거 말일세.

난 지금도 후회하지 않아, 실컷 두들겨 패주지 못한 게 유감스러울 정도야. 알겠나, 자네가 계속해서 같은 말을 반복할 거면 일찌감치 돌아가 주게, 돌아가란 말일세. 그러지 않으려거든 손님으로서 얌전히 술이나 마시게."

유달현은 소파에 등을 딱 붙이고 자세를 취하듯 몸을 뒤로 젖혔지만, 불그스름해진 얼굴에서 핏기가 싹 가시는 듯한 기색이 엿보였다.

"이거, 미안하네, 자, 자넬 화나게 해 버린 것 같아, 미안하네." 유달현의 눈빛에 엿보이던 가시가 겁먹은 듯이 물결치고, 목소리가 조금 떨렸다. "난 말이네, 다른 큰 적을 앞에 두고 자네를 화나게 하거나, 자네와 싸우고 싶은 생각은 추호도 없네. 이 집 주인인 자네의 말대로 하겠네. 난 폐를 끼치고 있는 손님이니까……. 음, 하지만 나는 술을 마시러 온 게 아닐세. 자네 기분도 좋지 않은 모양이니, 오늘은 이걸로 실례하는 게 좋을 것 같네."

유달현이 입가에 미소를 지으며, 책을 넣은 가방을 들고 일어섰다. 미소가 어색하게 일그러지며 무너졌다.

이방근은 잡지 않았다. 말없이 그러냐는 듯 고개를 끄덕이고는 자리에서 일어나 앞장서서 미닫이를 열었다.

"부엌아, 손님 돌아가신다."

이방근은 툇마루에 서서, 부엌에 있는 듯한 부엌이를 불렀다.

구두를 신은 유달현이 어두운 안뜰에 서서 이방근을 돌아보았을 때, 부엌이가 급하게 안뜰을 건너 이쪽으로 다가왔다.

"그럼, 실례하겠네."

유달현은 한 손을 가볍게 들어 올리며 떠나갔지만, 서재의 전등 불빛에 비친 그의 얼굴은 창백하게 굳어 있었다.

이방근은 문을 열어 둔 채 소파에 돌아와 앉았다. 뭔가 오늘은 이만

이야, 더 이상 만나지 않을 건데……, 내뱉듯이 중얼거리며, 잔에 술병을 기울여 투명하게 빛나는 액체를 따랐다. ……왜 난 오늘 유달현이란 놈을 집에 맞아들였던 걸까. 이건 좀 어리석었어. 나도 가끔은 얼이 빠져 있다니까, 핫핫하……, 이방근은 소주를 입안에 흘려 넣었다.

2

　이방근은 소파에 앉은 채 대문까지 손님을 전송하고 안뜰로 돌아온 부엌이를 불러, 서재 미닫이를 닫고 가라고 일렀다. 왠지 소파를 떠나는 게 귀찮았던 것이다. 시각은 여섯 시를 조금 지나 있었다. 계모인 선옥도, 그리고 다른 곳에 들르지 않는다면 아버지도 돌아올 무렵이었다. 문을 활짝 열어 놓은 밝은 서재에서 안뜰 쪽을 바라보며 술을 마시고 있는 아들의 모습을 아버지에게 보이는 것은 좋지 않았다.
　안뜰에서 일단 툇마루로 올라와 문지방 앞에 선 부엌이가, 식사를 차려 올까요 하고 물었지만, 이방근은 아직 괜찮다고 말했다. 그녀는 양쪽 미닫이를 닫더니 다시 안뜰로 내려선 뒤 부엌으로 걸어갔다. 그리고는 다시 한 번 툇마루를 따라 들어와서는 가져온 쟁반에 남은 음식 등을 담아 방을 나갔다.
　"……핫, 핫하."
　이방근은 혼자 웃었다. 혼자 따른 술잔을 기울이고 나서, 목구멍을 스치는 독한 술의 자극에 목이 메기라도 한 듯 소리 내어 웃었지만, 왠지 맥 빠진 기분이었다. 가볍게 돌기 시작한 취기조차도 바람에 날리는 종잇조각처럼 허공에 떠오른 느낌이라 어쩐지 불안했다. 그는 담배를 손에 들고 불을 붙인 다음, 드러눕듯이 소파 등받이에 몸을 기댔다. 방금 전까지 유달현이 끈질기게 앉아 있던 눈앞의 텅 빈 소파. 핫하아……, 대체 무슨 일이 있었단 말인가. 한 시간이 채 못 되게 앉아 있었지만, 뭔가 바람처럼 왔다가, 혼자 떠들고 나서 바람처럼 사라져 버렸다. 공기와 마찬가지로, 억제하려 해도 억제할 구석이 없는 느낌이었다. 유달현이란 놈, 제법 만만치 않아. 과연 한 지구의 책임자라고 할 만해. 이방근은 담배 연기를 천천히 뿜어내면서, 유달현이 분연히 자리를 박차고 돌아갈 때까지 떠들었던 이야기와 끈질기게 물고 늘어지는 듯한 그 표정을 머리에 떠올렸다. 겸손한 척하면서 뻔뻔스럽게 얽혀 들어오고, 게다가 그 나름대로 강단을, 아니 독을 가지고 있다는 걸 오늘 비로소 발견했다고 생각했다. 목소리부터 그랬지만, 그 끈질김은 아무래도 파충류의 이미지와 비슷하다고 할 것이다. 아직까지도 텅 빈 소파에 묘한 열기가 남아 있는 것처럼 느껴졌다. 음, 이방근은 고개를 끄덕이면서, 자신의 마음속에서 유달현을 얕보아서는 안 된다는 생각이 들었다.

그와 동시에, 소파가 흔들리며 움직일 듯한 불안, 그 불안을 몰고 오는 것이 아주 구체적인 윤곽으로 나타나고 있었다. 불쾌하지만 그 윤곽 주위로 이따금 유달현의 얼굴과 그림자가 어른거렸다. 이제 불안은 확실히 유달현이라는 망토를 걸치고 다가온 것이다. 그 망토를 벗겨 내지 않으면 안 된다. …… 하다못해 '윤곽'에서 그 주위에 어른거리는 유달현의 그림자를 떼어 내지 않으면 안 된다고 생각했다.

그렇다 해도, 유달현은 무엇 때문에 강몽구에 대해 물었을까. …… 그러니까, 내 이야기에 응할 수 없는 건 역시 어떤 이유가 있다는 말인가? ……. 강몽구와 유치장에서 함께 있었다는 것뿐만 아니라, 그가 일부러 여기에 찾아온 일까지 유달현이 알고 있는 것은 그렇다 해도, 2, 3일 뒤에 다시 만나지 않았느냐고 물은 건 대체 무슨 까닭일까. 아무렇지도 않게 물었지만, 신중한 사내이니 무언가 속셈이 있는 게 틀림없다. 이방근은 그때 직감적으로, 유달현이 뭔가를 꾸미고 있는 게 아닐까 하고 느꼈다. 그것이 묘하게 마음에 걸렸다.

아버지가 돌아온 모양이었다. 계모인 선옥의 목소리도 들렸다. 시골에서 돌아오는 길에 선옥이 아버지와 우연히 만났든가, 아니면 아버지가 있는 사무실에 들렀다가 함께 돌아왔는지도 모른다.

"방근이는 집에 있냐?"

아버지가 대문으로 맞으러 나간 부엌이에게 무뚝뚝하게 묻는다. 방에 사람이 있는 것을 알면서 일부러 묻는 듯한 느낌이 전해지는 목소리였다. 이방근은 밝은 서재를 힐끗 쳐다보는 아버지의 시선을 느꼈다.

"예, 서방님은 하루 종일 방에 계셨수다."

'하루 종일'이란 말은 쓸데없는 사족이었지만, 부엌이 나름의 기교를 부린 말투일 것이다.

"으―음."

안뜰로 건너가는 여러 개의 발소리가 방 안에 틀어박힌 이방근의 귀에 들려올 뿐, 아버지는 아들의 서재에 들르지 않는다. 그게 이 집의 생활습관이었다. 그러나 알 수 없는 일이었다. 오늘 밤쯤, 방에 올라가 조금 쉰 뒤, 아들을 부르는 아버지의 목소리가 들려올지도 모른다.

이방근이 여동생 유원에게 쓴 편지에서 한마디 언급했듯이, 아버지가 최용학의 일로 골머리를 썩인 것은 사실이었다. 게다가 그날 밤, 서울로 출발할 시간을 두세 시간 앞둔 유원까지, 최의 청혼을 받아들일 마음이 전혀 없다고 아버지 앞에서 단호하게 잘라 말했던 것이다. 선옥은 아버지 대신에 어떻게든 유원을 달래 보려 했지만, 고집스레 말을 듣지 않았다. 지금까지도 재학 중이라며 약혼 이야기에는 별로 관심을 보이지 않았지만, 여동생은 분하다는 듯이 눈물을 흘리며, 이런 식으로 나오면 더 이상 집에 돌아오고 싶지 않다고까지 말하고는 서울로 떠났었다.

아버지 태수는 그로부터 2, 3일 뒤 저녁 식사 때, 아들을 방으로 불러 술을 나누면서 여동생의 결혼 문제는 언급하지 않고, 여러 가지 소문이 나돌고 있어서 고개를 들고 나다닐 수가 없다고 푸념한 적이 있었다. 그러자 옆에 있던 선옥이 끼어들어, 아버지와 아들 양쪽을 추켜세우며 의견을 조정하는 역할을 맡았다. ……있잖아, 방근이, 아버지는 그렇게 말씀하시지만, 아버지의 속마음은 방근이도 알고 있잖아. 방근이 같은 아들을 둔 것을 몹시 자랑스러워해서. 그래서 말씀은 그렇게 하셔도, 언제나 당당히 걸어 다니신다구. 저쪽에 최상화 씨를 통해서 사과한 것도 자신이 있기 때문이야. 괜히 울컥해서 싸움 같은 걸 할 필요는 없잖아. 그러니까, 그런 일은 만들지 않는 게 제일 좋겠지. 그때만 해도 방근이 정도 되니까 울컥하지 말고, 상대방의 머리를 쓰다듬어 주는 셈치고 웃으며 돌려보냈더라면 좋았을 거야. 대낮부터 술에 취해 손님에게 폭력을 휘둘렀다느니, 폭력단에 관계하고 있다느니……, 홋호호호, 정말로 어처구니없는 그런 소문도 나돌지 않고 끝났을 게고, 아버지로서도 이상한 일에 신경 쓰지 않아도 됐을 것을. 눈으로 직접 현장을 직접 보지 않는 사람은 그런 어처구니없는 소문도 믿어 버리게 된다니까…….

그래도 '유감의 뜻'을 표한 것으로, 상대방은 불쾌한 일은 서로 간에다 지난 일로 잊어버리고 계속해서 혼담을 추진하고 싶다는 의사를 전달해 온 모양이었다. 한편으로는 체면을 유지하면서도 또 한편으로는 실리를 챙기려는, 그야말로 은행가다운 방식이라고나 할까. 그 결과가 오늘 받은 편지에도 쓰여 있듯이, 무슨 착각을 했는지 최용학이 서울까지 가서 여동생의 뒤를 쫓아다니게 되었던 것이다.

　아버지가 고개를 들고 나다닐 수 없다고 푸념을 한 것은 새삼스러운
일이 아니었다. 과거에 만취 상태로 거듭해서 유치장 신세를 졌을 무
렵에 몇 번인가 반복해서 들은 말이었다. 반은 협박으로, 반은 체념으
로. 그러나 올해 들어서는 엉망으로 취한 적이 거의 없다고 해도 좋았
고, 게다가 취해서 행패를 부린 적도 없었다. '서북'을 두들겨 팬 사건
으로 소동을 일으켜 아버지에게 걱정을 끼친 것은 사실이지만, 그 후
로는 청혼하러 온 최용학을 쫓아 보낸 정도인데, 그래도 아버지는 질
린 모양이었다. 분명히 선옥의 말대로 아버지의 말투에는 전과 같은
절망의 기색은 없었지만, 그때 이방근은 문득 제주도를 떠나 어디론
가 가 버릴까 하는 생각을 했다. 그래서 변덕스럽게도 훌쩍 일본에나
가 버릴까 하는 마음을 먹기도 했던 것이다. 으흠, 여동생이 음악공부
를 하러 일본에 가고 싶다고 했을 때였다. 그렇지, 하다못해 여동생을
데리고 가면 어떨까? …….

　그렇다 해도 이방근에게는 본래부터 이 섬을 떠날 생각은 없었다.
이 섬이 자신의 고향이기 때문이라든가, 아버지가 슬퍼하기 때문이라
든가, 특별히 매력이 있어서 집착하는 건 아니었다. 여행을 한다면
또 모르겠지만, 다른 곳에서 살 마음이 생기질 않았던 것이다. 그에게
는 어딜 가나 마찬가지였다. 지금 자신이 있는 곳, 움직이지 않아도
되는 곳, 가만히 그대로 앉아 있는 게 습관이 된 소파가 있는 곳. 그것
이 그의 '현상 긍정'이었고, 그것이 이 섬이었다. 그런데 그 섬 전체가
지금 크게 흔들리려 하고 있었다.

　이방근은 술병에 조금 남았던 술을 따른 잔을 비우고, 어린애 손바
닥 크기의 삶은 돼지고기를 입안에 넣었다. 타원형으로 보기 좋게 자
른 고기순대의 쌉싸름한 맛도 일품이었지만, 역시 돼지고기는 맛있었

다. 비계가 붙은 분홍빛 얇은 살점이 입안에서 소주를 빨아들여, 씹히는 느낌과 함께 녹아드는 감촉은 많이 먹어 익숙해진 음식이라 해도 역시 맛있었다. 이 섬의 쫀득쫀득한 흑돼지 맛을 알게 되면 다른 곳에서는 돼지고기를 먹을 마음이 나지 않는다. 이방근은 마치 돼지고기를 처음 먹어 보기라도 하듯 맛을 음미하면서, 뇌에 번져 가는 취기를 즐기고 있었다. 아니, 즐긴다는 말은 정확하지 않다. 그는 안주를 먹고 짜릿하게 번져 가는 취기를 의식하면서, 실은 그 의식의 밑바닥에서 초조함이 아지랑이처럼 흐늘거리는 것을 보고 있었다. 취기가 한 단계 더 진행된 모양이었다. 서 홉들이 술병이 벌써 바닥을 드러내려 하고 있었다. 유달현은 채 한 홉도 마시지 않고 돌아가 버렸으니까, 이방근이 두 홉은 마신 셈이었다. 도수가 센 술이라서, 취기는 기분 좋게 온몸으로 퍼지기 시작했다. 전신을 감도는 조용한 취기의 소리, 무두질한 가죽에 술이 스며드는 소리⋯⋯.

이방근은 눈을 떴다. 그리고는 자신이 어느새 눈을 감고 있었음을 알았다. 눈 속으로 방 안에 가득 찬 밝은 빛이 스며든다.

"으흠——."

이방근은 가볍게 헛기침을 하더니 갑자기 무슨 생각이 났는지 벌떡 일어나 자리를 벗어났다. 고개를 돌려 책상 위의 탁상시계를 보니, 여섯 시 15분, 손목시계를 차고 있으면서도 왠지 뒤를 돌아보고 있었다. 무두질한 가죽⋯⋯, 큰북 소리, 큰북의 울림 소리를 내며 불안이 엄습했다⋯⋯. 미닫이를 열고 툇마루로 나온 이방근은 응접실로 향했다. 바다 냄새를 머금은 부드러운 밤바람이 툇마루를 걸어가는 이방근의 볼을 쓰다듬었다. 조금 눅눅한 것이 비가 올 전조인지, 이제는 봄바람이라 해도 좋을 만큼 상쾌한 느낌이었다. 바람을 타고 바닷소리가 들려왔다.

이방근은 목욕간 쪽으로 난 옆 출입구를 통하여 어두운 응접실로 들어가 전등 스위치를 돌렸다. 전등 불빛에 어두운 그림자를 흘려보낸 4, 5평 남짓한 텅 빈 방의 모습이 무기물처럼 눈앞에 펼쳐졌다. 그는 잠깐 망설이다가, 바로 옆 벽에 설치된 전화통의 수화기를 들고 교환수에게 아버지 자동차회사의 전화번호를 댔다. 여섯 시가 지나서 아무도 없는 게 아닌가 생각했지만, 전화는 통했다. 이방근은 현장에서 일하는 박산봉을 바꿔 달라고 부탁했다. 상대방은 이방근인 걸 알자, 송구스러워하며 바로 현장으로 달려갔다.

이방근은 통 모양의 수화기를 귀에 댄 채 아무런 생각 없이 인기척이 없는 방 안을 둘러보았다. 방 안의 가구는 공기가 정체된 창고 안의 물건이라고나 할까. 아니, 방 한가운데의 소파와 안락의자에 둘러싸인 탁자 위의 둥근 유리 재떨이가 아름답게 반짝이고 있듯이, 방은 언제나 부엌이의 손에 말끔히 닦여 있었다. 재떨이의 차가운 빛이 아무도 없는 소파와 안락의자 주위의 고요한 공기를 더한층 두드러지게 만들었다. 정면 출입구와 마주 보는 벽 쪽으로 유리문이 달린 흑단 진열장이 있었다. 인삼주, 호골주, 녹용주 따위의 술병이 늘어서 있고, 열 권 남짓한 한문서적이 두껍게 쌓여 있었다. 그 옆에 여동생의 피아노가 있었다. 피아노 위에 몇 권의 악보가 깨끗이 정리되어 있는데, 거기에는 지금 당장이라도 여동생이 와서 피아노를 칠 것만 같은, 아니, 방금 피아노 덮개를 닫고 방을 나간 듯한 기척, 여동생의 숨결이 아련히 감돌고 있는 것처럼 느껴졌다.

"어머나, 방근이였군 그래." 선옥이 응접실을 들여다보며 말했다. 혹시 아버지가 아들의 기척을 눈치 채고 방으로 부른 게 아닐까 하고 걱정했었는데, 선옥이 말을 이었다.

"방근이는 아직 식사 안 했지. 아버지도 방금 돌아오셨으니, 함께하는 게 어떨까……."

"괜찮습니다. 잠깐 밖에 나갈 일이 있어서요."

"지금 나간다고?"

이방근은 수화기를 귀에 댄 채 고개를 끄덕였다.

"으-음, 응, 음……."

수화기에서 들린 목소리가 현장에 없는 걸 보니 아무래도 집에 돌아간 모양이라고 전했다. 용건을 말씀해 주시면 박산봉의 하숙집까지 단숨에 달려갔다 오겠노라고 말했지만, 이방근은 괜찮다면서 전화를 끊었다. 이방근은 곧바로 『한라신문』 편집부로 전화를 걸어 김동진을 불러냈다. 그도 자리에 없었다.

이방근은 응접실의 불을 끄고 자기 방으로 돌아와 일단 소파에 앉았다. 나갈 생각이었는데, 어떻게 할까. 지금부터 찾아갈 거라면, 역시 박산봉 쪽일 것이다. 이방근은 순간 잔혹한 기분에 사로잡히는 자신을 의식하며, 약한 자를 괴롭힌다는 조금 찜찜한 느낌도 들었지만, 역시 박산봉의 집으로 가야겠다고 생각했다.

"음, 어쨌든 밖으로 나가자."

이방근은 혼자 중얼거리며 일어나더니, 점퍼를 벗고 양복 윗도리를 걸친 다음 집을 나섰다. 아마 조직원임이 틀림없는 김동진을 만나 봤자, 지금 당장 문제의 실마리를 찾아낼 수 있는 것도 아니다. 그가 설령 조직의 비밀을 알고 있다 해도, 오늘 밤 만나서 갑자기 이야기를 할 리도 없다. 아니, 비밀을 알기 위해 두세 번 계속 만난다고 해서, 그에게서 이야기를 끌어낼 수 있다는 보장은 없다. 그런 점에서는 유달현보다도 훨씬 먼 존재라고 할 수밖에 없었다. 양준오? 지금 그를 찾아갈 마음은 나지 않았다. 그는 2, 3일 안으로 군정청 통역을 그만두고, 내달부터 도청 경리과장, 그것도 도지사 비서 자격으로 취임하게 되었지만, 조직원은 아니었다. 남승지와 통하고 있다는 것은 이전에 세 사람이 함께 그의 하숙집에서 만났을 정도니까 이미 알고 있었지만, 조직원이 아닌 이상 구체적인 내용을 알고 있을 리가 없었다. 그렇다면 역시 박산봉이었다. 그는 이미 자백하고 있었다. 일전에 찾아와서 스스로 당원이라고 고백했을 때, 부들부들 떨면서 금방 울음이라도 터뜨릴 것 같은 얼굴로, 무엇이든 물어보라고 했었다. ……전 선생님께 거짓말을 할 수 없습니다. 선생을 속일 수는 없기 때문입니다. 전 이미 비밀을 말해 버렸으니까, 선생님이 물어보시기만 하면 제가 알고 있는 걸 털어놓겠습니다. 저는 배신자, 배반자입니다……. 이봐, 이봐, 적당히 좀 하라구……. 그때 박산봉은 겁탈당하기를 기다리기라도 하는 여자처럼, 고백의 충동에 사로잡혀 강요하듯 말했던 것이다.

북국민학교 옆을 돌아 관덕정 광장까지 왔을 때, 이방근은 이미 망설임 없이 박산봉의 하숙집을 향해 걷고 있었다. 아직 초저녁이라서 가게의 불빛도 밝고 사람 통행도 제법 많았다. 마지막 버스가 들어왔다. 야간 운행 트럭이 달리고 있었다. 그는 광장을 가로질러 관덕정 건물 옆에 있는 신작로를 서문길 방향으로 걸어갔다. 서문교를 건너면 박산봉의 하숙집이 멀지 않았다. 발걸음이 가벼운 듯하면서도 무거운 것은 술기운 탓일 것이다. 상대가 박산봉이라 하더라도 이번에 알아낼 수 있는 일이라면 알아 두어야 한다고 생각했다. 술기운이 그 생각을 자극했다. 이미 오늘 유달현의 이야기를 듣고 '무장봉기'가 단지 말뿐이 아니라 눈앞의 사태로 임박해 있음을 확실히 실감할 수 있었으나, 구체적인 움직임을 알고 싶었다. 나는 제삼자이고, 새삼스러운 느낌이 없는 것도 아니지만, 가능하면 알아 두어야 할 것이다. 유달현의 '부하'인 박산봉은 그걸 알고 있다. 나보다 구체적으로 알고 있는 게 틀림없다. 유달현이 창문을 열고 밖으로 나오라고 친절히 말해 주었지만, 나는 역시 무관심을 가장하고 있었던 것이다.

　이방근은 길을 오가는 행인들의 얼굴이나 풍채를 매섭게 쏘아보며 걸어갔다. 안면 있는 사람들과도 스쳐 지나가면서 마치 낯선 거리라도 걷고 있는 것처럼. 행인들 중에, 아니 성내 주민 가운데서 얼마나 많은 사람들이 '무장봉기'를 대비하며 그 평온해 보이는 나날을 꾸려가고 있는 것일까. 군대만이 아니라 경찰에도 프락치가 있다……. 말을 듣고 보면 당연한 일이지만, 조직의 세력이 거의 모든 곳에 침투해 있다는 것은 엄연한 사실일 것이다. 그 사실을 모르는 사람은 나뿐이란 말인가. 게다가 나는 속세로부터 초연한 척하며 무관심을 가장한다. 정말 무관심한 것일까, 가장하고 있는 것일 뿐이다, 무관심을──. 음, 안됐지만, 박산봉이란 놈을 쥐어짜 봐야겠다……. 박산봉은 마치 죄라도 지은 인간처럼, 지금 이방근의 마음속에서 놀림을 당하고 있었다. 이방근의 양손이 자신도 모르게 상대방의 목을 조른다. 자아, 실토해, 실토하란 말이야, 목구멍 안에 쌓여 있는 것을 깨끗이 토해 내란 말이야! 아아. 박산봉 같은 놈을 쥐어짜다니, 나는 얼마나 비열한 짓을 하려 하는가. 비열하다, 비열해…….

　얕은 여울을 흐르는 물소리를 들으며 서문교를 건너, 시장 건물 뒤편의 골목을 왼쪽으로 돌자마자 얼마 안 되서 박산봉의 하숙집이 나왔다. 대문이 없는 돌담 사이의 출입구에 서서, 왼쪽 구석에 별채처럼 지어져 있는 박산봉의 작은 방을 바라보았지만, 희뿌연 장지문에는 불빛이 없었다. 집에 없는 모양이었다. 저녁밥을 먹고 있는 것인지, 초가지붕인 정면의 불 켜진 안채 쪽에서 이야기 소리가 새어 나왔다. 골목길과 그대로 이어진 안뜰을 지나 박산봉의 방까지 간 이방근은 장지문에 손을 대어 보았으나, 열쇠가 걸려 있어서 열리지 않았다. 그는 다시 안뜰을 가로질러 밖으로 나왔다. 이방근의 구둣발 소리가 집안에 있는 사람들에게 들렸다 해도, 이쪽에서 말을 걸지 않는 한 나와 보지 않는다. 집주인에게 박산봉의 행선지를 물어볼 필요도 없지만, 또한 알 리도 없다.

주위는 백열전구 가로등 하나가 달랑 불을 밝히고 있을 뿐, 사람이 거의 오가지 않는 골목이었다. 구둣발 소리가 잘 울렸다.

으흠……, 이방근은 땅에 침을 탁 내뱉었다. 오늘은 아무래도 재수가 없군. 도대체 어디로 가 버린 거야. 이방근은 원래 왔던 길을 되돌아 신작로가 놓인 서문길로 나왔다. 서문교까지 온 그는 낮은 다리난간에 걸터앉아 가벼운 밤바람을 맞으며 담배 한 대를 피웠다. 강 하류 쪽에서 밀려오는 파도 소리가 먼 땅울림처럼 전해져 왔다. 도대체 내가 왜 이러는 거지. 핫, 핫, 핫, 그러니까 나는 누군가에게 쫓겨서 부탁받지도 않았는데 여기저기 전화를 걸고 남의 집을 찾아다니고 있다. 그는 자신의 의지가 아닌 무언가에 조종당하듯 저물녘의 성내 거리를 방황하는 모습이 스스로도 마음에 들지 않았다. 왜 방 안의 소파에 가만히 앉아 있질 못하는가. 소파 다리가 움직여 흔들리기 시작한 것이 불안해서 밖으로 나온 것인가. 이방근은 결국 유달현이 그의 주변에 퍼뜨린 불안에 쫓겨, 마치 연기에 희롱당하는 모기처럼 비틀거리며 뛰쳐나왔다고, 누군가에게 비웃음을 당해도 부정할 수 없었다. 결국 한심한 이야기지만 지금도 유달현에게 휘둘리는 셈이었다. 으음, 유달현 이 자식……. 불안, 동요. 무관심하고 태연하게 있을 수가 없었다. 나는 무언가를 두려워하고 있다. 무언가에 대한 공포, 말도 안 돼, 바보같이……. 그는 난간에서 일어나, 담배꽁초를 손가락으로 어두운 냇물에 튕겨 보낸 뒤 걷기 시작했다.

곧 신작로에서 길이 갈라진 삼거리로 나왔다. 곧장 가면 관덕정 광장, 오른쪽으로 돌면 영화관이 있는 거리로, 그 조금 앞쪽으로 단골

요릿집 명선관이 있다. 이방근은 영화관 거리 쪽으로 들어갔다. 거리를 걸으면서, 일전에, 이미 한 달 가까이 되어 가지만, 박산봉의 하숙집에 찾아갔다가 돌아오는 길에도 오늘과 똑같은 코스로 명선관을 향했던 일을 생각해 냈다. 그래도 오늘 밤에는 거기서 늦도록 술을 마실 생각은 없었다. 조금 전에 다리 위에서 담배를 피우고 있자니, 갑자기 뱃속이 텅 빈 느낌에 사로잡혔는데, 그제야 아직 저녁을 먹지 않았음을 깨달았던 것이다. 그래, 가볍게 한두 잔 마시면서 식사를 해야겠다. 거의 무의식적인 현상이었으나, 유달현의 얼굴이 어른거려 그다지 술을 마시고 싶지 않았다.

시각은 일곱 시가 조금 지나 있었다. 마침 저녁 프로와 바뀌는 시간이라 그런지 사람들의 출입이 빈번해진 영화관 앞을 지나 이방근은 명선관까지 걸어갔다. 그는 삐걱거리는 문을 밀고 가게 안으로 들어갔는데, 가볍게 식사만 할 거라면 명선관까지 가지 않아도 무방했다.

이방근은 아무도 없는 가게 앞의 작은 계산대 앞에 앉았다. 가게 안쪽의 통로를 따라 칸막이 방에서 여러 손님들의 목소리가 들려왔다. 손님이 들어온 기척에 가게 앞으로 나와 계산대 앞의 이방근을 발견한 마담 명선은 하얗고 통통한 얼굴에 자못 놀란 표정을 지으며 곧장 다가왔다. 지분 냄새가 코를 찔렀다.

"아이고, 이 선생님, 어서 오세요. 어쩐 일이세요, 그런 곳에 혼자 앉아 계시고……. 선생님도 참 짓궂으시네요. 명선관까지 오셔서 계산대 앞에 앉아 계시다니요."

"계산대 앞에 앉으면 안 되나?"

"아뇨, 물론 그런 건 아니지요. 하지만 선생님을 위해서라면 언제든지 방을 내드릴 수 있어요."

"으―음, 아첨도 잘하는군. 지나던 길에 잠깐 식사나 하고 갈까 해서 말이야."

"아첨이 아니에요. ……지나가다 들렀다니, 선생님은 언제부터 그런 냉정한 말씀을 하시게 됐어요. 식사를 하실 거라면 더더욱 방으로 올라가셔서 천천히 드셔야죠……. 방으로 올라가셔도 소중한 선생님을 잡아먹거나 하진 않아요. 그렇게 여자가 싫으실까. 정말 미워요……(마담은 이방근의 오른쪽 허벅지를 가볍게 꼬집었다. 이봐, 이봐, 아프다구, 그만둬), 우리 단선이가 울겠어요. 이런 냉정한 남자들이 여자를 말려 죽인다니까……, 정말로 미워 죽겠어요. 선생님, 자아, 어서 방으로 올라가세요. 여자가 싫으시다면, 여자애를 방으로 올려 보내지 않으면 되니까요. 그 대신 전 괜찮겠죠. 애당초 선생님은 저를 할망구 취급하니까 말이에요……. 홋호호, 이건 농담이에요. 단선이 그 애는 제 귀여운 동생이나 마찬가지예요. 단선이를 잊지 말아 주세요. 어머나, 선생님은 벌써 술을 하셨네요. 냄새가 좋아요……."

"음, 가볍게 한잔했어."

이방근은 방으로 올라가면 술을 마시게 될 거라고 생각하면서도, 계산대 앞의 둥근 의자에서 일어났다.

그때 출입문이 열리고 손님이 들어왔다. 이방근은 삐걱거리는 문쪽을 바라보기 전에 손님을 본 마담의 안색이 갑자기 변한 것에 이끌리듯 손님들 쪽으로 고개를 돌렸다. 과연 마담은 원래의 표정을 짓고 있었지만, 안으로 들어온 것은 최용학의 아버지 최상규와 그 일행이었다. 마담의 표정이 순간적으로 변한 것은, 아마 이방근이 최용학을 내쫓았다는 소문을 들었기 때문일 것이다.

풍채 좋은 노신사라는 인상을 주는 최상규는 거의 벗겨진 대머리를 반짝이며 안으로 들어오다가 이방근과 시선이 마주치자, 무심코 얼굴 근육이 험악하게 튀어나올 것처럼 움직이며 갑자기 멈춰 서는 것처럼 보였다. 한순간이었지만, 발을 앞으로 내딛지 못한 채 우뚝 서 있었던 것이다. 그것을 놓치지 않은 이방근은 의외라는 얼굴로 지나가는 사람이라도 우연히 만난 것처럼 자연스럽게, 그리고 냉담하게 상대를 바라보았다. 노신사의 소중한 엘리트 아들을 호통 쳐서 내쫓은 뒤로, 당사자 측의 한 사람과 얼굴을 마주치기는 처음이었다.

마담이 날카롭게 속삭이듯, 선생님, 잠깐만 기다리세요…… 돌아가시면 안돼요, 라며 이방근의 옆을 떠나 손님들을 맞았다.

"아이고, 최 사장님, 어서 오세요, 자아, 안으로 들어오세요. 선생님도 안으로 드세요, 잘 오셨어요……."

이방근은 최상규를 향해 고개를 가볍게 숙여 인사를 했다.

"최 선생님, 안녕하십니까."

"아, 잘 지내나……, 으―음, 자네는 혼자인가."

손님들은 마담의 안내로 가게 안쪽으로 모습을 감췄다. 마담은 손님을 2층으로 안내한 모양이었다. 교대하듯 바로 단선이가 부끄러운 듯, 그러나 밝은 얼굴로 가게 앞으로 나와, 어서 오세요, 오랜만이에요, 하고 인사를 했다. 그녀는 요전날 밤과 같은 2층 계단 옆방으로 안내했다. 음, 오늘 밤은 이럴 작정이 아니었는데……. 그는 여느 때와 마찬가지로 하얀 치마저고리를 입은(그것이 단선이와 잘 어울렸다) 그녀의 뒷모습을 바라보면서 2층으로 계단을 올라갔다. 최상규는 한 방 건너, 앞쪽 도로와 접한 큰 방에 있는 듯, 그쪽에서 목소리가 들려왔다.

방에 들어가자, 단선이 다시 인사를 했다. 이방근은 잠시 동안, 아니, 그 사시 눈의 흡입력에 이끌려 2, 30초 정도 가만히 그녀의 얼굴을 바라보았다. 그녀가 시선을 피했다. 시선이 마주치면, 그 초점이 어긋나 얽히는 상황에 자신도 모르게 마음이 흔들리는 이상한 눈이었다. 그녀는 시선을 떨어뜨렸다. 사팔뜨기의 아름다운 눈이 육감적이고 큰 입매와 어울려, 어떤 관능의 도발적인 그림자를 숨기고 있었다. 그것은 일종의 백치 같은 표정이 되어 나타나기도 했지만, 동시에 아름다운 콧날과 함께 얼굴 전체에 침범하기 어려운 기품을 더해 주고 있었다. 말하자면 음란함과 성스러움이 공존하는 듯한 불균형적인 얼굴로, 그녀는 그것을 스스로 의식하고, 가게에서는 언제나 하얀 비단 치마저고리를 입고 있는지도 모른다.

이방근은 목이 말랐기 때문에, 맥주와 배를 채울 음식을 주문했다. 그녀는 술자리에서는 말을 잘하는 편이었지만, 이방근과 얼굴을 마주치면 갑자기 말수가 적어졌다. 이방근은 탁자 위에 올려놓은 손을 쑥 뻗어 그녀의 부드러운 손을 잡았다. ……핫하아……, 그 손에 맥박의 고동이 느껴졌다. 그대로 뒤에서 허리를 안아 무릎 위에 올리고 싶었다. 그녀는 눈을 내리뜬 채 숨을 죽이고 가만히 있었지만, 이방근이 손에 힘을 늦추자 살며시 손을 빼고 일어나 방을 나갔다.

……그 애는 절개가 굳어서 지사님 말씀도 듣지 않아요. 그건 알 수 없었지만, 그러나 나를 기다리는 여자라는 것은 사실이었다. 그렇다 해도, 어찌 된 일일까. 그날 밤과 똑같은 일이 지금 되풀이되고 있었다. 오늘 밤은 시간이 조금 빠를 뿐이었다. 그날 밤도 이 방에서 그녀를 옆에 앉히고 술을 마셨다. 차가운 달빛이 비쳐 드는 창가에서 포옹하고, 깊은 입맞춤을 하고, 그리고 이 탁자 옆에서 무릎베개를 하고, 하얀 저고리 위로 그 풍만한 젖가슴을 살짝 감싸 안듯 만져 보기도 하고……, 그러나 단지 그뿐이었다. 그녀를 돌려보내고, 취한 나는 이 방에서 잠을 잤다.

단선이는 우선 맥주와 마른안주 대신에 굴젓 따위 소소한 요리를 들고 올라왔다. 맛있는 조기조림을 만들고 있는데, 조금 시간이 걸릴 거라고 했다. 이방근은 맥주를 단숨에 비우고, 빈 잔을 그녀에게 건넨 뒤 맥주를 따랐다. 그녀도 이방근을 따라 컵을 입에 댄 채 천천히 다 마시고 나서, 이제 술은 그만하겠다며 이방근에게 잔을 돌려주었다.

"선생님은 무슨 생각할 일이라도 있으세요?"

단선이가 맥주병을 두 손으로 받쳐 들고 잔에 따르면서 말했다.

"아니, ……음, 어쩌면 단선이를 생각하고 있었는지도 모르지. 핫 핫하."

"선생님은 늘 그런 농담만 하시고……."

단선이는 술장사하는 여자에 어울리지 않게 그만한 일로 얼굴이 새 빨개져서, 당장이라도 울 듯한 표정을 지으며 말했다. 결코 교태도 어리광도 아니었다. 이방근을 대하고 있을 때만 나타나는 표정의 변 화일 것이다. 그것을 이방근은 느꼈다.

잠시 후 바깥 복도에서 마담의 목소리가 나더니, 최 사장님이 보냈 다면서 맥주 두 병을 들고 들어왔다. 이방근은 고마움보다는 오히려 기분이 조금 복잡해지는 것을 느꼈다. 그냥 돌려보낼 수는 없었다. 그렇다고 해서, 뚜껑을 따서 마시고 싶은 마음도 없었다.

"이러면 입장이 곤란해지는데."

"아무렴 어때요. 저쪽의 호의라고 생각하면 되잖아요. 이 선생님, 아까는 정말 간담이 서늘했어요. 하지만 선생님이 먼저 인사를 하셨 잖아요. 정말 훌륭하세요……."

"이봐, 마담, 이상한 아첨은 그만하라구."

"어머나, 아첨이 아니에요. 정말로 훌륭하셨다구요. 그래서 저쪽 사 장님도 이렇게 마음을 쓰신 거예요. 안심했어요. 이건 화해의 표시일 거예요."

"화해의 표시? 흥, 뭐가 화해의 표시야. 상대가 그런 말을 하던가?"

이방근은 마담을 노려보듯 말했다.

"아니, 아니에요, 그런 게 아니에요. 제가 그렇게 느꼈을 뿐이에요. 선생님, 무슨 일이 있었어요? 오늘 밤은 신경이 날카로우신 것 같은데……. 얘, 단선아. 선생님 잘 모셔라."

"핫하아, 그렇게 보이나, 단선이 책임이 무겁군."

이방근은 웃으면서 마담의 말을 받아넘겼다. 그리고 이쪽에서도 저쪽에 맥주 다섯 병을 보내라고 마담에게 일렀다. 그녀는 그럴 필요가 없다고 말했지만, 이방근은 거듭 보내라고 명령하듯 말했다.

"뭐, 어때서, 이쪽도 화해의 표시인데."

이윽고 단선이 자리에서 일어나, 김이 모락모락 피어오르는 조기조림을 담은 큰 접시를 두 손으로 껴안듯이 들고 들어왔다. 냄새만 맡아도 목구멍에 침이 넘어갔다. 조기를 통째로 넣고 무와 마늘, 풋고추 등을 곁들여 간장에 조린 요리인데, 원형을 그대로 유지한 생선이 커다란 접시 위에 육중하게 누워 있었다. 술안주로도 밥반찬으로도 좋았다.

이방근이 부드럽고 하얀 생선살을 젓가락으로 집어 입에 넣었을 때, 다시 마담이 송구스러워하면서 방으로 들어왔다. 그리고 아까 보낸 맥주는 연장자가 손아랫사람에게 준 것이니, 그 답례를 받을 수는 없지만, 모처럼 보낸 것이니 받기로 하고, 그 대신 술자리를 함께하고 싶으니까 자기네 방으로 건너오지 않겠느냐는 최상규의 뜻을 전했다. 말하자면 조건부로 맥주를 받겠다는 것이었다. 그러지 않으면 다섯 병의 맥주는 되돌아올 것이다. 맥주가 되돌아와도 특별히 신경 쓸 일은 없었다. 이쪽도 맥주 두 병을 돌려보내면 된다. 모난 행동이겠지만, 그건 피차 마찬가지다. 마담의 입장이 난처해진다 해도 어쩔 수 없는 일이고, 굳이 조건부로 맥주를 마실 필요는 없었다.

무엇보다 최상규와 자리를 함께할 의무는 없었다. 이방근은 마음이 내키지 않았지만, 마담의 말을 받아들여 잠시 얼굴을 내밀기로 했다. 그것이 아버지의 지인이자 연장자에 대한 예의가 될 것이다. 그렇다 하더라도, 다 큰 아들 문제로 최상화를 통해 본인도 아닌 아버지 이태수에게 항의하고, '유감의 뜻'을 표하게 하는 행태로 체면을 차리려 하는 그런 지인이 어디 있는가. 사실 이방근은 아까 홀에서 최상규와 얼굴을 마주쳤을 때부터 기분이 상했고, 마음이 혼란스러워 안정을 찾지 못하고 있었다. 그는 마담의 의견을 받아들이는 척하며 자리에서 일어섰지만, 실제로는 자신의 마음속에 숨어 있던 자극적인 독(毒)이 그를 일으켜 세웠던 것이다.

이방근은 아버지의 지인이자 연장자에 대한 경의를 표한다는 허구의 명목으로 자리에서 일어섰다. 그러나 지금 그의 마음속에 자리 잡은 최상규는 뻔뻔스럽게 맥주 두 병을 보내오는, 나이에 걸맞게 처신할 줄 모르는 비열한 인간 이외의 아무것도 아니었다. 설사 그것이 선의라 해도 선의 그 자체가 치졸했다…….

최상규는 마담의 안내를 받아 이방근이 그가 있는 방에 들어와 앉자마자, 오늘 자네 아버님을 만났는데, 하고 이야기를 꺼냈다. 그리고는, 국회의원 입후보자인 최상화의 추천인이 되어 주기로 최종적인 결정을 내렸다든가, 자식의 자랑을 장황하게 늘어놓기 시작했다. 세상에는 자식 자랑을 시작하면 멈출 줄 모르는 인간이 적지 않지만, 최상규가 바로 그런 부류였다. 천하에 수재가 많다지만, 우리 아들보다 더 똑똑한 사람은 없다는 식으로, 광주은행에서 가장 우수한 인재이고, 중앙으로의 영전이 보장되어 있다느니(원대한 미래의 꿈은 중앙은행총재라 했나. 어디선가 들은 적이 있는 이야기였다. 제주도 출신으로는 '출세'할 수가 없기 때문에, 그래서 본적을 본토 쪽으로 옮겼을 것이다. 이 섬에 돌아와서까지 간살스러운 서울말을 쓰고 있는 것도 모두 그 때문이라면 이해할 만했다), 말끝마다 '우리 용학이'를 반복하면서 이야기를 계속했다. 이제 그것은 하나의 환상이었다.

이방근은 애당초 맥주나 두세 잔 마시고 일어설 작정이었지만, 상대방의 어리석음에 이끌려 좀 더 앉아 있어 주자라는 도발적인 기분이 되어 버렸다. 그렇게 된 것은 소주로 취기가 있었던 데다. 저녁 무렵부터 줄곧 기분이 언짢았던 탓도 있었다. 그러다가 결국 말썽을 일으키고 말았다.

"……그러고 보니 일전에 내 아들 용학이가 자네 집을 찾아간 적이 있었지, 음, 그런데, 그건 좋지 않아, 손님 대접을 그런 식으로 하는 게 아니야. 그건 이미 끝난 일이지만 말이야."

최상규가 의식적으로 그런 것인지 어떤지는 모르지만, 일전의 일을 언급하며 웃었다.

"끝난 일? 뭐가 끝난 일이라는 겁니까."

"분란을 일으키기 싫어서, 이 군 아버님과 이야기하여 다 끝난 일로 했다네."

"아니요, 끝나지 않았습니다."

"흐흥, 자네, 젊은 사람이 그게 무슨 말버릇인가. 남에 대한 무례는 솔직히 인정해야지. 이쪽은 모처럼 끝난 일로 하기로 했는데……."

이방근은 아버지의 지인이자 연장자라서 참고 있었지만, 이 문제에 있어서는 상대방의 말꼬리를 잡아 따지고 들기 시작했다.

아니, 아직 끝나지 않았다. 제가 모르는 사이에 아버지가 '유감의 뜻'을 표한 모양인데, 당사자는 아버지가 아니라 바로 나고, 사실 저는 아버지의 처리방식을 '유감'으로 생각하고 있다. 도대체 유치원에 다니는 어린애도 아니고, 두들겨 맞았다느니, 호통을 당했느니 하면서, 부끄러운 기색도 없이 거짓말까지 덧붙여 부모에게 하소연하는 게 말이 되느냐. 국민학생이라도 웬만한 아이는 그렇게 하지 않을 것이다. 그러니 제 눈에 아드님이 혼자 걸어 다니지도 못하는 '철부지'로 보여도 할 수 없지 않느냐. 게다가 여동생으로부터 연락이 왔는데, 아드님은 서울까지 가서, 학교 교문에서 여동생을 기다렸다가 귀찮게 쫓아다니고, 퇴짜를 맞자 학교 앞으로 속달을 보내어 구혼을 했다고 한다. 그게 저한테 폭행을 당하고 쫓겨났다는 인간의 행동이라고는 도저히 믿기 어렵다. ……핫핫하, 아드님의 그 편지를 보여 드릴까요. 재미있는 건, 무슨 착각을 했는지, 그 편지에는 저에 대한 비방과 중상이 잔뜩 써 있더군요. 후후, 저는 그 편지를 여동생 대신 소중히 보관하고 있습니다만(이방근은 거짓말을 했다). ……말도 안 되는, 자, 자네는 무슨 터무니없는 거짓말을 하는 거야. 자네야말로 남을 중상모략하고 있구만, 그만두라구. 그런 말도 안 되는 거짓말은 그만두라구. 바람직한 일이 아니야. 다른 사람 같았으면 명예훼손감이라구, 명예훼손……. 그러나 이 굴욕적인 사실의 폭로 앞에 최상규가 안색을 잃고 말을 잃어버리는 데에는 그리 오랜 시간이 걸리지 않았다. 그 분노도 힘이 되지 못하고, 얼굴에서 술기운마저 가시는 바람에 거의 창백해져 버렸던 것이다. ……최 선생님, 잘 들으세요. 거짓말이 아닙니다. 전 광주에 있는 댁의 아드님처럼 거짓말을 지어 내진 않습니다. 증거가 있어요. 저는 그 편지를 공표할 수도 있습니다, 여동생이 보내온 편지내용과 함께 말입니다. 아드님의 그 정열에는 감탄하기도 했고, 부러운 마음까지 듭니다만, 저로서는 그런 사람에게 여동생을 줄 수는 없습니다. 아시겠습니까, 이 점을 잊지 말아 주십시오. 앞으로도 여동생에게 손가락 하나 까딱하지 못하게 하겠습니다. 이런 말투는 연장자에게 실례가 될지 모르겠습니다만, 부모 자식 모두 부끄러워할 줄 알아야 한다고 전 생각합니다. 명예훼손이니 뭐니 할 수 있는 상황이 아니지 않습

니까, 그건 오히려 이쪽에서 하고 싶은 말입니다……. 이방근은 자리
에서 일어나, 멍하게 앉아 있는 상대방을 무시하고 방을 나왔다.

이방근은 방을 나오자 마담이 복도까지, 단선이는 가게 밖까지 따
라 나왔지만, 그는 그녀와 두세 마디 말을 나누고 그 어깨를 부드럽게
토닥여 가게 안으로 돌려보냈다.

"후후, 뭐라고? ……"

거리로 나온 이방근이 중얼거렸다. ……여동생은 정말 참한 아가
씨라는 평판이 자자하다네. 우리 집에서는 특히 평판이 좋으니, 기뻐
해 주게……. 으흥, 집사람이 유원이에게 홀딱 반했다느니, 어머니
를 끔찍이 생각하는 아들이 유원에게 완전히 마음을 빼앗긴 모양이
라는둥 뻔뻔스럽게 잘도 지껄이더군. 대머리 작자야, 입안에 맥주병
을 틀어넣지 않은 것만도 다행인 줄 알아라. 그게 다 노인에 대한 예
의를 차린 것이다. 이방근은 걸으면서 기분이 나빠져서 침을 내뱉었
다. 도대체 아버지는 왜 그런 노인과 어울려 유원이를 화제로 삼는
것일까…….

그러면, 이제 어떻게 할 것인가. 영화관 앞을 지나 신작로까지 나온
이방근은 좌우로 둘러보았다. 왼쪽으로 돌면 박산봉의 하숙집 방향이
었지만, 새삼스럽게 찾아갈 마음은 나지 않았다. 잠시 시간이 지나고
보니, 전화를 걸거나 하숙집으로 찾아간 일이 어리석게 여겨졌다. 게
다가 더 이상 유달현의 그림자에 휘둘려 방황하는 것은 싫었다. 그러
나 어딘가에 가서 다시 술을 마셔야만 했다. 아무래도 마음이 진정될
것 같지 않았다. 그는 담배를 물고 오른쪽으로 돌아, 관덕정 광장을
향해 신작로를 걸어갔다.

벌써 여덟 시였다. 관덕정 건물 옆에 서 있는 돌하르방의 짙은 그림
자를 왼쪽으로 보면서, 이방근은 광장의 탁 트인 길을 걸었다. 화산암

으로 만들어진 돌하르방의 조금은 괴기한 모습을 보면, 늘 보아서 익숙해졌는데도 이따금 부엌이를 연상하게 되는 게 묘했다. 그녀와 잠자리를 같이 하면서 인간의 배나 되는 커다란 돌하르방을 머리에 떠올리는 일도 있었다.

이방근은 허기를 느꼈다. 집에서 술안주로 돼지고기를 두세 점 먹었을 뿐이었다. 모처럼 맛있는 조기조림 요리가 나왔었는데, 최상규 덕분에 먹어 보지도 못하게 돼 버렸다. 핫핫하, 나도 사람이 꽤 짓궂어. 아들의 편지로 조금 협박을 했더니, 최 선생 얼굴이 새파랗게 질렸었지……. 유원이는 그 편지를 갖고 돌아올 것이다. 오빠에게 보여 주기 위해, 그 간살스러운 녀석을 오빠 앞에서 비웃어 주기 위해 여동생은 편지를 가져올 게 틀림없다.

음, 배가 고프다. ……이제 어디로 가시게요? 묘하게 뱃속으로 스며드는 듯한 여자 목소리, 조금 전 단선의 목소리였다. 글쎄, 어디 가서 가볍게 한잔 마시고 돌아가야지. 댁으로 그냥 돌아가시게요? 음……. 선생님, 나중에 이쪽에 들러 주세요……, 기다리고 있을게요. 후후, 잘 모르겠는데……. 처음부터 그럴 생각은 없었지만, 명선관에 들르기에는 시간이 너무 이른 것 같았다. 최상규는 나를 악당으로 만들어 기염을 토하고 있을 텐데, 앞으로 한 시간은 명선관에 앉아 있을 것이다. 아니, 의외로 사안의 중대함에 놀라, 술을 마시고 있을 때가 아니라면서 급히 자리를 일어났을지도 모른다. 어쨌든 가게 문을 닫으려면 앞으로 세 시간이 남았다. 이방근은 머릿속 넓은 공간에서 단선의 하얀 몸이 뒹구는 것을 보았다. 순식간에 벗겨진 하얀 치마저고리. 사팔뜨기의 하얗고 풍만한 육체……. 그러자, 뒤쪽에서 부엌이의 커다란 그림자가 구름처럼 솟아오르는 냄새와 함께 뒤덮어 오는 것을 느꼈다. ……이방근은 순간 고양이 같은 어깨를 더욱 움츠리며 멈춰 섰지만, 별 게 아니었다. 방금 스쳐 지나간 목욕탕에서 돌아오는 여자들의 비누 냄새 섞인 체취였을 뿐이고, 광장 저편에 우뚝 서 있는 돌하르방의 주먹보다 큰 퉁방울눈의 시선일 뿐이었다.

이방근은 광장을 가로질러, 문 닫은 이발소 모퉁이를 돌아 번화한 C길 쪽으로 들어갔지만, 빈속이 목구멍을 잡아당기는 듯한 공복감으로 번지면서 혼자 마실 마음이 나지 않았다. 그렇다고 해서, 새삼스럽게 친구를 찾아가 불러낼 마음도 생기지 않았다. 그는 머릿속에서 단선이의 몸이 희끄무레하게 흔들리고 있는 것을 의식했다. 이방근은 단선이를 안고 싶다고 생각하고 있었다. 신기한 일이었다. 왜 그럴까. 욕정에 이유 따위는 없다. 안고 싶으니까 안는다. 앞뒤를 생각하면서 여자를 안는 것이 아니라는 것을 알면서도, 왜 단선이를 안고 싶은 것인지 생각해 보았다. 이방근은 욕정의 움직임을 흘러넘치기 쉬운 그릇에라도 담아 놓은 것처럼 살며시 조심스럽게 걸어갔다. 어딘가 술집에라도 들린다면, 그릇이 기울어 액체처럼 넘쳐 버릴 것 같은 느낌이 들었다.

이방근은 어느새 C길을 도중에서 왼쪽으로 돌아, 북국민학교 앞에서부터 뻗어 있는 북신작로로 나와, 다시 좁은 골목길을 몇 번인가 구부러져 걷고 있었다. 길은 멀리 돌았지만 집 쪽을 향하고 있었다. 집에 일단 돌아가면 나오기가 귀찮아질 것이라 생각하면서도, 집 쪽을 향해 걸어갔다.

집으로 돌아오자, 이방근은 소파에 커다란 몸을 묻으며 누웠다. 피곤했다. 한 일도 없이 두 시간이 채 못 되는 외출에 피곤함을 느꼈다.

"아이구—, 서방님. 지금까지 어딜 가계셨수꽈, 식사도 안 드시고……."

부엌이는 이방근이 아직껏 식사를 하지 않은 것을 알자, 나무라듯이 말했다.

"뭐 국 같은 거 없나?"

"깔끔한 조깃국이 있수다."

"응, 그거 좋겠네."

이방근은 식사는 간단히 준비하고, 술을 함께 가져오라고 일렀다. 부엌이는, 또 술이냐고 가볍게 혀를 차면서 방을 나갔다.

후후, 이건 묘한데. 이방근은 소파에 누운 채 생각해 보았다. 왜 그 여자를 안고 싶어졌을까. 욕정의 명령이라면, 개도 역시 하는 일이다. 왜 그럴까? 아하, 그 사람을 놀라게 하는 사시 눈의 흡인력 때문인지도 모른다. 갑자기 얼굴 한가운데로 바람이 빠져나간 것처럼 멍한 표정을 만드는 그녀의 사팔뜨기 눈. 취객들로부터 사팔뜨기라고 놀림을 받아 크게 신경을 쓰는 그 눈이 얼굴 한가운데에 공백의 표정을 지을 때가 있다. 아니, 그것은 공백이 아니다. 무언가 사람을 빨아들일 것 같은 동굴, 깊은 동굴이 그 표정의 이면에 있을 것 같았다. 단선의 눈의 표정은 그녀의 육체의 어느 부분과 연결돼 있는 걸까.

부엌이가 식사를 들여왔다. 이방근은 큰 사발에 가득 담긴 조깃국을 안주 삼아 소주를 마셨다. 모처럼 대한 밥은 밥상 구석으로 밀려나 식어갈 뿐, 거의 손도 대지 않았다.

또다시 취기가 몸속에서 천천히 한 번 물결치고, 또 한 번 물결쳤다. 눈앞에 한동안 어른거렸던 욕정의 그림자, 단선이의 흔들리는 육체를 뒤쪽에서 포렴처럼 걷어 젖히며, 헤헤헤, 잘 있었나, 자넨 건강해 보이는군, 하고 유달현이 얼굴을 내밀며 인사를 했다. 이윽고 단선의 몸은 옆으로 밀려나고, 유달현의 그림자가 맞은편 텅 빈 소파에 앉으려고 한다. 박산봉 일행을 데리고. ⋯⋯그 선의 중요한 동지가 오는데, 만나 보지 않겠나⋯⋯. 꼭 좀 만나 주지 않겠나. 만난다고 약속하면……, 싫다고, 싫어. 지금까지 마음 한구석에 숨어 있던 유달현이 또 다시 눈앞에 나타나 이방근을 부추겼다. 아니, 아니야, 더 이상 상대하지 않을 거야. 이방근은 혼자 쓴웃음을 지으며 고개를 저었다.

취기가 돌기 시작하자, 이방근은 이게 마지막이라는 듯이 소파에 꼼짝도 하지 않고 앉아서 잔을 기울였다. 단선이 기다리겠다고 말한 것이 조금 마음에 걸리기는 했지만, 가지 않으면 그뿐이었다. 그저 잠을 청하려고 다시 명선관까지 나갈 마음은 나지 않았다. 여기가 명선관이었다면 그대로 잠들어 버렸을 것이다. 그리고 오늘 밤은 단선을 안았을지도 모른다. 지금 단선이는 이방근의 마음속에 여자의 몸 그 자체가 아니라, 그의 욕정의 움직임을 비춰 내는 그림자로서 존재하는지 모른다. 따라서 욕정의 움직임이 멈추면, 그 그림자는 사라진다.

그는 부엌이에게 밤의 신호를 보내지 않았다. 바다의 어둠처럼 펼쳐지는 부엌이의 육체……. 이윽고 이방근은 소파에 기댄 채 잠들어 버렸다. 눈을 뜬 것은 한밤중이었는데 그제야 이불 속으로 들어갔다.

3

다음날 점심때를 지나, 박산봉이 전화도 하지 않고 직접 찾아왔다. 이미 혼자서 무슨 각오를 했는지 표정이 굳어 있었다. 이방근은 문득 생각난 일이 있어서 전화를 했는데, 이제 됐다고 얼버무리며 툇마루에서 그대로 돌려보냈다. 상대는 하숙까지 찾아간 줄은 모르는 모양이었는데, 오히려 잘된 일이었다.

박산봉이 돌아가고 나서 얼마 지나지 않아 생각지도 못한 인물에게서 전화가 걸려 왔다. 강몽구였다. 게다가 뜻밖에도 성내에서 전화를 걸었다고 했다.

"호오, 성내라구요."

어쩐지 전화 목소리가 가깝다 생각했는데, 상대는 꼭 만나고 싶은데 형편이 어떠냐고 물었다.

이방근은, 좋습니다, 내방을 기다리고 있겠습니다, 라며 전화를 끊었다.

강몽구……, 이건 도대체 어찌 된 일인가. 이방근은 강몽구의 이름을 두세 번 반복해서 중얼거리면서 툇마루를 지나 서재로 걸어갔다. 이제 곧 강몽구가 여기에 온다……, 방금 끊은 전화가 믿어지지 않았다. 어제 유달현으로부터 그 이후에 강몽구를 만나지 않았느냐는 질문을 받고 생각이 나긴 했지만, 이렇다 할 관계가 없는 사람이었으므로 강몽구에 대해서는 거의 잊고 지냈다. 무슨 용건인지는 모르지만, 그 예기치 못한 방문은 이방근에게 결코 무의미한 것은 아니었다. 유달현을 멀리하고, 박산봉을 족치려던 생각을 단념한 그의 마음에, 슬며시 강몽구의 가슴을 두드려 보자는 움직임이 일고 있었던 것이다.

서재로 돌아온 이방근은 벽면에 깊은 공간을 펼치며 빛나고 있는 둥근 거울 앞에 섰다. 가까이 다가가면 머리 부분도 다 비추지 못하는 거울 속의 얼굴 뒤로 안뜰이 보였다. 안뜰을 보던 눈이 자신의 얼굴을 보았다. 무관심한 눈이었다. 그 눈이 조금 교활하게 웃는다. 안색이 그다지 좋지 않은 셈치고는 입술 색깔이 붉었다. 위아래 입술을 몇 번 번갈아 깨물고 핥으면, 붉은 핏빛은 한층 선명해진다. 이 입술 색깔은 나를 정직하게 드러내고 있는가, 아니면 정직하게 드러냄으로써 뭔가를 덮어 감추고 있는가. 자신이 보기에도 때로는 천해 보이는 입술 색깔이었다. 목 주위가 술에 탄 것처럼 붉게 물들어 있었다. 조금 과음한 다음날 아침에는 그것이 퍼져서, 하얀 살결 때문에 더욱 눈에 띄었다. 젊은 사람이 목에 주독이 다 생기고, 이제 곧 코까지 빨개질 거야…… 하는 경멸의 시선을 받곤 했다. ……후후, 난 이제 결코 젊지 않다. 별 생각 없이 한 손으로 얼굴을 쓸어내리자, 거칠게 자란 수염이 손바닥에 껄끄럽게 만져졌다.

이방근은 부엌이를 불러 다른 손님이나 전화를 거절하도록 이르고 나서 소파에 앉았다가 바로 자세를 고쳐 책상다리를 하였다. 그는 옅은 회색의 비단 한복을 입고, 저고리 위에 연둣빛 조끼를 받쳐 입고 있었다. 소파 위에서도 이따금 결가부좌와 비슷한 자세로 좌선하듯 앉아 있으면 마음이 차분해진다. 그러나 지금 그의 마음이 차분하지 않는 건 아니다. 한복을 입고 있으면 자세가 자연히 그렇게 되기 쉬운 법이다.

유치장에서 하룻밤을 함께 지낸 강몽구가 처음 찾아온 것은 3월 1일 삼일절이었기 때문에 날짜는 잘 기억하고 있었다. '삼일절 특사'로 대거 석방된 당일에, 이른바 유치장 동지로서 '인사차' 들렀다고 말했는데, 그로부터 벌써 한 달 가까이 지났다. 키는 작지만 다부진 몸매를 한, 커다란 퉁방울눈에 웬만한 일에는 꿈쩍도 하지 않을 것 같은 얼굴, 거침없이 말하는 성격이 인상에 남아 있었다. ……그는 걸물이야, 경찰서에서도 인정하고 있지. 강몽구가 찾아오기 직전에, 일부러 그의 방문을 알려 주기라도 하듯 전화를 걸어온 경무계장 정세용의 말이었다. ……나는 동무를 믿고 있소. 이방근은 그때 강몽구가 한 말이 생각나 자신도 모르게 웃음이 나왔다. 그는 남승지의 외가 쪽 육촌 형이라고 자기소개를 하고 나서, 이방근이 불쑥 남승지를 만나고 싶다고 하자, 상대는 선뜻 자신이 책임지고 만나게 해 주겠다며 말했었다. 그리고는 지정된 장소로 시간을 지켜서 혼자 오라고까지 말했었는데, 어쩌면 그들의 '해방구'에 들어가게 될지도 모르기에, 그 것은 매우 대담한 대답이었다고 할 수 있었다. 그때 어이가 없어서 조금 당황했던 이방근에게, 나는 동무를 믿고 있소, 라고 강몽구는 딱 한마디만 했던 것이다.

한 시간 가까이 지나 강몽구가 찾아왔을 때, 이방근은 안뜰까지 나가 그를 맞아들였다. 여전히 날카롭고 강인한 얼굴 표정으로 노타이 와이셔츠 위에 양복저고리만 걸친 평범한 차림을 하고 있었다.

"이 동무, 갑자기 폐를 끼쳐서 미안하오."

강몽구는 얼굴 가득히 긴장된 미소를 지으며 듬직한 손을 내밀어 악수를 청했다. 이방근이 키가 크기 때문에 손님의 작은 키가 한층 눈에 띄었고, 머리가 상대의 어깨에 닿을락 말락하는 정도에서 움직이고 있었다.

"아닙니다, 폐라니요, 당치도 않습니다, 전혀 괘념치 마십시오. 저는 시간이 남아도는 사람입니다."

이방근은 팔을 뒤로 돌려 상대방의 어깨를 가볍게 감싸 안듯이 하고는 툇마루에서 서재로 안내했다. 이방근이 이따금 보여 주는 환영의 몸짓이었다. 이방근은 일전에 찾아왔을 때에도 그랬지만, 손님을 먼저 창가 쪽 언제나 자신이 앉아 있는 소파에 앉히고, 자신은 안뜰을 등지고 앉았다.

"이 동무는 별로 안색이 좋지 않아 보이는데……."

강몽구는 앉자마자 상의 주머니에서 담배를 꺼내 불을 붙이며 말했다.

"핫, 하아, 그렇습니까, 아마 가벼운 숙취 탓일 겁니다. 아직도 머릿속에 알코올 기운이 조금 남아 있습니다."

"흠, 숙취라니? 젊은 사람이 숙취로 맥을 못 춘다는 것은 말이 안 되지."

"저는 이제 젊지 않습니다. 서른이 넘었으니까요. ……몽구 씨는 어떻습니까, 별로 안색이 좋지 않은 것 같은데, 숙취 탓이 아닙니까? 아니, 이건 농담입니다. 몽구 씨의 경우에는 여러 가지로 술 마실 틈도 없을 테니 말입니다."

"헷헤, 실은 나도 술 좀 마시지. '두주불사(斗酒不辭)'까지는 못 되지만, '술 없이 무슨 인생이냐'는 주의야. 아니, 이것도 옛날이야기야. 그러나 지금도 웬만큼 마셔서는 숙취를 느끼지 않아. 음, 옛날에는 술을 마실 때 날무우를 안주 삼아 씹어 먹었지. 그게 참 좋았어. 껍질을 벗겨서 그대로 된장을 찍어 먹으면, 무 한두 개는 금방 없어졌으니까."

"무를 씹어 먹었다. 으—음, 무를 씹어 먹으며 맬술을 마다하지 않았다……."

탁자를 사이에 두고 마주 앉자마자 한동안 술 이야기가 계속되었는데, 이런 두서없는 이야기가 부드러운 분위기를 만드는 데 일조를 했다. 그것은 강몽구의 소탈한 성격 탓도 있었지만, 의외로 미리 계산된 행동인지도 몰랐다. 그런데 무슨 용건일까. 성내에는 자주 올 수도 없으니까 이번 기회에 꼭 만나고 싶다고 말했듯이, 그저 성내에 온 김에 훌쩍 들른 게 아닌 것만은 확실했다.

부엌이가 차를 가져와 두 사람 앞에 찻잔을 놓은 뒤, 이방근을 향해 식사 준비가 돼 있수다만……이라고 말했으나, 강몽구는 방금 먹고 왔다면서 사양했다.

"술이라도 가져오게 할까요? 두주도 불사하신다니……."

"아니, 아니야. 괜찮아. 그거야 말이 그렇다는 얘기고, 난 낮술은 마시지 않는 주의거든. 이 귤차로 충분해. 신경 쓰지 마. 나는 본래 필요할 때는 사양하지 않아. 우리 같은 인간은 체면이 필요 없다는 생각의 소유자지. 후후, 알고 있나, 이 말 뜻을……." 강몽구는 부엌이를 힐 끗 쳐다보았다. "그러니까, 귤차만으로 충분해, 나중에 차나 한 잔 더 부탁하기로 하지."

부엌이가 방을 나갔다.

"지금 이렇게 몽구 씨와 마주 앉아 있자니, 같은 감방에서 하룻밤을 보낸 게 마치 어젯밤 같은 기분이 드는군요. 몽구 씨가 일전에 유치장 에서 나와 여기 들른 게 분명 3월 1일이었죠. 그게 아주 오래된 일 같기 도 하고, 바로 어제 일 같기도 하네요. 말하자면 제 경우에는 하는 일이 없으니까. 그런 일이 기억에 생생하게 남는 거겠지요." 이방근은 일단 말을 끊고 강몽구에게 차를 권한 후, 찻잔을 들고 피어오르는 김을 코 로 들이마시며 뜨거운 차를 홀짝였다. "……그건 그렇고, 몽구 씨는 일 전에 고일대라는 가명을 사용한다고 하셨는데, 오늘은 강몽구라는 본 명을 쓰셨거든요. 그렇다면 오늘은 자유롭게 성내에 오신 겁니까?"

"자유롭다고 말하면 이상하지만, 그런 셈이지, 장사하러 왔으니까."

"장사? ……호오, 몽구 씨는 장사도 하십니까?"

이방근은 '장사'라는 강몽구의 말에 반사적으로 의혹이 일어나는 것 을 느끼면서, 마음에도 없는 말을 했다.

"그럼, 하고말고, 필요하다면 장사도 해야지……, 핫핫하, 그렇지, 필요, 필요, 뭐든지, 그 장사 이야기는 나중에 천천히 하기로 하자구. 오늘은 이 동무에게 여러 가지로 할 이야기가 있어서 말이지. 게다가 반가운 이야기 선물 보따리도 가져왔고."

"이야기 선물 보따리? 제게 말입니까, 저에게요……."

강몽구가 미소를 지으며 고개를 끄덕였다.

"호호오, 선물이라면 고맙게 받아야겠습니다만, 뭡니까, 그 선물이 라는 게?"

이방근은 영문을 몰라서 어안이 벙벙했지만, 일부러 조금 몸을 뒤로 젖히며 말했다.

"선물이란 빨리 보여 주면 그만큼 즐거움이 줄어드는 법일세……. 그런데 이 동무는 방금 유치장에서 나하고 함께 지낸 이야기를 했는데, 그때 '서북'을 두들겨 팼었지. 그 일은 어떻게 됐나? 놈들이 재판을 한다느니 어쩌느니 떠들어 댄 모양인데……, 그건 괜히 기선을 잡으려는 것이니, 적당히 타협하는 게 좋겠지."

"예, 그렇습니다, 잘 아시는군요. 그런데 몽구 씨도 경찰서 경무계장인 정세용을 아시겠지요……."

"그럼, 알고 있지. 내 조서를 꾸민 사람인데, 유치장에서 나오던 날 아침에 그 사람 방에서 잠깐 얘기를 했는데, 꽤 만만찮은 사람이야. 미남자에다 겉보기에 상냥한 남자로, 후후, 물론 우리 이방근 동무도 미남이지만, 그 남자와는 종류가 달라(이방근은 부드러운 얼굴을 강몽구에게 향했을 뿐, 멋쩍은 웃음도 웃지 않았다). 참, 그 사람은 이 동무의 어머니 쪽 친척이라면서. 그는 아직 젊은 사람인데도 속마음의 움직임을 거의 밖으로 드러내지 않는 사람이야. 무슨 생각을 하고 있는지 알 수 없는 남자지. 그런 만큼 무섭다는 생각이 들어."

"그러면서도 의외로 이야기가 잘 통합니다."

"음, 그렇더군."

"그가 중간에 서서, 몽구 씨 말대로 협상을 했습니다."

"그랬군, '서북'이란 원래 그런 법이지."

"10만 원……, 거금이지요." 이방근은 상대가 묻지도 않았는데, '서북'으로 건너간 금액을 말했다. "몽구 씨는 그런 돈이 그들의 조직을 강화하는 데 도움이 된다고 비난하시겠지만."

"아니, 그렇지 않아, 그건 이 동무에게 필요한 일이고, 별개의 문제지. 10만 원도 큰돈이지만, 이 동무가 그들, 세상에 거리낄 것 없는 폭력테러단에게 '폭력'을 휘두른 일의 가치 쪽이 비교할 수 없을 만큼 크다고 봐야지. 핫핫하. 만약 '선거'에 입후보하면, 그 일 하나만으로도 당선은 틀림없을 거야. 10만 원으로 조선 역사상 최초의 '국회의원'이 될 수 있는 거지. 어쨌든 많은 사람들이 보는 앞에서 '서북'을 두들겨 패고도 비록 거금이긴 하지만 10만 원이라는 돈으로 간단히 수습되는 경우는 없네. 물론 그들은 처음부터 재판 같은 걸 할 생각은 추호도 없었겠지. 고소하겠다고 으름장을 놓는 것 자체가 그들로서는 대단한 양보이고, 타협을 하자는 수작이지. 보통의 경우는 '서북'을 두들겨 패놓고 이렇게 무사한 경우는 없네. 재판이 문제가 아니야. 이방근 본인이든 아니면 가족이든 상관없이, 놈들의 사무소로 끌고 가 반쯤 죽여 놓고 협박이라도 하면, 회사 하나쯤 가로챌 수도 있어. 그런 의미에서는 10만 원도 싼 편이지. 이 동무와 아버님이신 이태수 씨의 존재를 무시할 수 없었기 때문에, 놈들로서는 신사적으로 그런 수법을 쓴 것이겠지."

"……"

이방근은 강몽구의 얼굴을 물끄러미 응시한 채 아무 말도 하지 않고 두세 번 고개를 끄덕였다. 과연 그 말이 옳다고 생각했다. 이방근이 유치장에서 나온 날 아침, 경무계장실에서 정세용을 만났을 때, 그는 '서북'이 고소를 위해 제출한 '상해진단서'를 보이면서, 방금 강몽구가 말한 것과 같은 판단을 내렸었다.

어머니 제삿날 밤에 찾아와서, 상의 안쪽에 권총을 늘어뜨린 채 영전에 배례한 서북청년회 제주지부 부회장 마완도. 그는 한번 보기 드물게 혼자서 찾아와(그들은 결코 혼자서 외출하지 않는다) 잠시 잡담을 나누고 돌아간 적이 있었다. 그러나 그 사건에 대해서는 한마디도 하지 않았다. 그 후 다시 이번에는 제삿날 밤에 동행했던 미국영화에 나오는 '살인청부업자' 같은 부하를 데리고 정세용의 안내를 받아 아버지 이태수를 찾아왔다. 이방근도 자리를 함께했지만, 마완도는 그때도 '타협'에 관한 이야기는 하지 않았고, 정치 정세나 5월 총선거의 의의, 반공입국(反共立國) 따위의 이야기만 했다. 즉 '타협'에 관해서는 직접 '얼굴'을 보여 주기만 하고, 구체적인 이야기는 이미 정세용을 통해 추진하고 있었던 것이다.

그런데 재미있는 일은 마완도가 혼자서 찾아왔을 때, 이방근이 묻지도 않았는데, 자신은 해방 전에 북한의 함흥경찰서에서 고등계 형사였다고 말한 점이었다. 그것은 지금 '반공·멸공'의 애국운동에 얼마나 도움이 되는지 모른다고 태연하게 이야기했었다. '일제'의 앞잡이였다는 사실에 대한 부끄러움의 느낌은 전혀 없었다. 거기에는 해방 전과 해방 후의 단절이 '공산주의에 대한 증오'에 의해 교묘하게 묻혀 있었다. 게다가 일부러 아름답지도 않은 자신의 과거를 밝힌 것은 듣는 사람에게 어떤 위협을 가하려는 속셈이었다고도 말할 수 있다. 고등경찰……, 이 말은 선악의 가치판단을 넘어 공포심을 일으킨다. '반공·멸공'이라는 정의의 실현을 위해서는 모든 것이 일본 제국주의의 망령과 한 몸이 되는 것도 선이고, 그중에서도 귀중한 '특고(特高)'의 체험은 애국을 위해 살려야 한다는 취지였다.

강몽구의 말대로 폭력은 물론, '빨갱이'라는 구실로 부녀자를 강간하거나 살인을 해도 결국은 불문에 붙여지는 '서북'의 횡포를 감안하면, 이번에 보인 그들의 태도는 상상 외로 부드러웠다고 새삼 생각하지 않을 수 없었다. 이방근은 강몽구의 말 뒤에 숨겨진 아버지 이태수의 그림자가 커다랗게 부풀어 올라 이리저리 흔들리며 다가오는 것을 느꼈다. 정세용이 중개한 힘이 있었던 건 사실이지만, 아버지가 가진 사회적 배경의 그늘에서 자신이 비호받고 있다는 생각을 부정할 수가 없었다. 10만 원이라는 돈은 아버지의 도움이 싫어서 스스로 마련했지만, 그렇다고 아버지의 영향권을 벗어났다고는 할 수 없었다. 적어도 이 점에서는, 아버지가 툇마루의 기둥이나 문지방의 선처럼 추상적인 존재만은 아니었다.

담배를 피우는 강몽구의 아버지와 약간 비슷한 그 퉁방울눈의 웃음 위로 빙긋이 웃는 아버지의 얼굴이 겹쳐졌다. 타협이 성립되었다는 소식을 정세용에게서 전해 들었을 때, 아버지는 그렇게 빙그레 웃었다. 아들이 '서북'과 재판정에서 싸우는 것을 몹시 두려워했던 아버지는 그 나름대로 공작을 해서 성립한 타협을 무조건 기뻐했지만, 그것은 동시에 자신의 사회적인 힘을 증명한 것이기도 했다. 아들은 그걸 순순히 인정할 수밖에 없었다. 분명히 아버지의 '덕'을 입은 것이었다. 그걸 인정한다. 타협이 성립되었을 때, 아버지, 여러 가지로 걱정을 끼쳐 드려서 죄송합니다. 아버지 덕분에 살았습니다……라고 말했더니, 아버지는 이 사소한 말에도 내심 감동까지 한 모양이었다.

부엌이가 뜨거운 차를 담은 오지 주전자를 가져와, 손님과 주인의 비어 있는 찻잔에 각각 차를 따랐다. 공손하긴 하지만 무뚝뚝하여 쓸데없는 말은 하지 않는 여자였다. 알아차리지 못한다면 할 수 없지만, 그녀는 말없이 오지 주전자를 탁자 위에 올려놓고 방을 나갔다.

부엌이의 출입이 강몽구에게 화제를 바꿀 계기가 된 모양이었다. 그는 막 따른 뜨거운 차를 두세 모금 마시고 나서, 저어, 이 동무……라며 상대의 얼굴을 들여다보듯이 상반신을 내밀고 입을 열었다.

"이방근 동무, 좀 전에 이야기 선물 보따리가 있다고 말했는데, 동무의 형님이 일본 도쿄에 계시더군."

"제 형님이라구요?"

"그래……."

"형님이란 말이죠…… 핫, 핫, 그 말씀은 왜 꺼내시는 거예요?"

이방근의 반응은 냉담했다.

"이건 우리만의 비밀얘긴데……." 강몽구는 상대가 가벼운 웃음으로 흘려 넘기려는 차가운 반응이 의외였는지, 반사적으로 약간 표정이 굳어지며 말했다. 비밀얘기라면서도, 강몽구는 유달현처럼 주위를 신경 쓰는 제스처는 보이지 않았다. 그것은 어떤 의미에서는 이 집 주인인 이방근을 전적으로 신뢰한다는 몸짓일 것이다. 아니, 그는 안뜰에 들어온 뒤 이미 주위를 충분히 관찰해 놓고 있었다. 사람의 유무, 집의 구조, 비밀이야기를 해도 되는지 어떤지. 서재에 발을 들여놓은 뒤에도 그랬다. "나는 그때, 저기 있는(강몽구는 경찰서가 있는 방향을 턱으로 가리켜 보였다) 유치장에서 나온 뒤 바로 일본에 갔다가, 어젯밤에야 돌아왔다네. 승지도 함께 갔었지."

"일본에……?" 뜻밖의 이야기에 이방근은 무심코 상반신을 소파에서 일으켜 앞으로 내밀며 되물었다. ……남승지와 함께였다……. 이건 또 무슨 이야기인가. 그동안 남승지는 이 섬에 없었다는 거잖아……, 뭐야 이거, 핫, 하아, 이방근은 웃음이 나왔다. "그렇습니까, 일본에 갔었군요. 조직의 일로?"

"그런 셈이지."

강몽구는 커다란 퉁방울눈을 빛내며 말했다. 이방근이 순간적으로 웃음소리를 낸 게 마음에 걸리는 모양이었다.

"으흠." 이방근은 순순히 고개를 끄덕였다. "하지만 어제 돌아왔다면요 며칠간 바다가 거칠었으니 도중에 고생하지 않으셨어요?"

"고생 정도가 아니었어. 하마터면 고기밥이 될 뻔했으니까. 현해탄에서 대한해협을 지나 슬슬 제주 근해로 들어올 무렵부터 바람이 불기 시작하는데 견딜 재간이 없더군. 성산포의 우도 입구에 저녁 무렵 도착해서 잠시 쉬었다가, 밤에 S촌 방파제에 닿았는데, 어쨌든 목숨은 건져 돌아온 셈이지."

"고생이 많으셨군요, 수고하셨습니다. 피곤하시겠네요. 그러고 보니 아까는 농담으로 말하길 잘했네요, 안색이 좋지 않은 건 숙취 탓이 아니라 피곤해서 그런 거였군요."

이방근이 웃으면서 말했다. 일본, 일본에 다녀왔단 말이지, 남승지와 함께. 내가 매일 소파에 멍하니 앉아 있는 동안에.

"그런 일이 있었어." 강몽구는 이방근의 위로의 말에는 대답하지 않고 말을 이었다. "도쿄에서 우연이긴 했지만, 이 동무 형님을 만났다네."

"……제 형님을 말이죠." '형'을 만나다니……. 이방근은 반사적으로 불쾌한 감정이 솟아오르는 걸 느끼면서, 아까와 똑같은 말을 했다. 그러나 그것은 전혀 미움과 같은 감정 때문이 아니었다. 불필요한, 관계없는 일을 떠올린 순간에 일어난 감정의 마찰이라고 하는 편이 좋았다. 관계가 없는 일이다, 관계가……. "그렇습니까……, 모처럼 말씀해 주셨는데 죄송하지만, 그 사람은 제 형님이 아닙니다. 하타나카 요시오……, 내가 알고 있는 어떤 일본인입니다."

"이 동무는 이상하게 형식적인 말투를 쓰는군. 난 이 동무를 그런 식으로 보지 않았는데……. 형님 이야기를 하면 반가워할 줄 알았지." 강몽구는 소파 등에 몸을 기대고 다리를 꼬면서 조금 놀랍다는 듯이 웃었다. 그의 눈이, 이봐, 그 말이 진심인가, 하고 묻고 있었다. "아무리 그래도, 내가 아는 어떤 일본인이라니, 그건 좀 심한 말이군. 그런 식으로 말해서는 안 되지. 실제 피를 나눈 형제가 아닌가. 만나 보니 꽤 훌륭한 사람이더군. 의사로서도 훌륭할 거라고 생각해. 승지도 감탄하고 있었고……."

"그렇다면 남승지 군도 함께 만났다는 말이군요."

왜 하타나카의 이야기를 꺼낸 것일까. 형제든 아니든, 그것과는 상관없이 하타나카는 독립된 인간이다. 과거에는 분명히 이용근이었지만, 지금은 하타나카 요시오 외에 아무도 아니다. 그러면 충분한 것이고, 형식이나 교조의 대상도 아니다.

"그래." 강몽구는 고개를 끄덕이며 다시 몸을 앞으로 내밀고는 상대를 노려보듯 쏘아보았다. "그런데 이 동무, 도쿄의 형님 얘긴 나중에 하기로 하고, 내가 방금 조직의 일로 일본에 다녀왔다는 사실을 말했는데, 우리 조직, 아니, 이건 제쳐 두자고, 이 동무와는 직접 관계가 없는 일이니까, 그래도 우리 조국의 운명과 관련된 중대한 일이야. 그러니 내가 허풍떤다고 생각지 말고 들어주었으면 하는데, 괜찮겠나?"

"……"

강몽구는 이방근에게서 시선을 떨어뜨리고는 담배를 물고 불을 붙였다. 음, 이방근은 이유도 없이 움찔하면서, 강몽구가 '무장봉기'에 대해 이야기를 하는 게 아닐까 하고 생각했다. 눈이 빛을 뿜어내기 시작했다. 방 안의 투명한 공기에 유달현의 그림자가 어른거렸다. 유달현을 통해서만 형상화되는, 종잡을 수 없는 '무장봉기'. 유달현이 억지로 안겨 준 불안의 밑바닥에 있는 것. 그것이 지금 상대로부터 가슴을 열고 이방근이 앉아 있는 소파로 다가온 것이다. 두세 시간 전까지는 생각지도 못한 일이었다. 이방근은 차를 한 모금 목구멍에 흘려 넣고, 내가 말을 하지 않아도 이 동무도 알고 있다시피…… 하고 말을 꺼낸 강몽구의 이야기에 귀를 기울였다. 아니 아니지, 강몽구가 반드시 그 이야기를 한다고는 단정할 수 없다…….

그러나 강몽구의 이야기는 역시 그 방향으로 진행되었다. 이런 경우 활동가에게 엿보이는 버릇이겠지만, 강몽구는 한바탕 정치정세를 나름대로 분석하면서, 5월 '단독선거'의 강행이 38선으로 분단된 조국의 미래에 미칠 중대한 영향에 관해 이야기했다. 화를 자손만대에 남기지 않기 위해서라도 지금 화근을 도려내지 않으면 안 된다는 고리타분한 말까지 했다. 그리고 남한에서 일어나는 반대 투쟁의 일환으로서, 또한 '서북' 따위를 몰아내고 이 섬을 해방시키기 위한 투쟁으로서 '무장봉기'가 결행되는 것이라고 말했다. 유달현이 이 방을 빙글빙글 돌면서 '우리는 무장봉기를 할 것이네'라고 말했을 때 엿보이던 흥분을 강몽구에게서는 찾아보기 어려웠다. 평온하고 차분했다.

"음……, 무장봉기…… 무력 투쟁을 벌이겠다는 것이군요." 이방근은 물끄러미 상대방의 깜박이는 눈을 뒤쫓듯이 마주 보며 크게 고개를 끄덕여 보였다. 강몽구는 유달현이 같은 이야기를 이방근에게 한 줄을 모르는 모양이었다. 무장봉기…… 요즘 한 달 동안 구체적인 내용도 모른 채 무의식 속에서 몇 번이나 속으로 중얼거려 왔던가. "이 섬에서 무력 투쟁을 한다……, 으음, 이런 질문을 해도 될지 망설여지지만, 그건 언제쯤 결행할 예정입니까? ……아니, 대답하기 곤란한, 실례되는 질문이라면 굳이 대답하실 필요는 없습니다."

강몽구도 냉정했지만, 이방근도 냉정했다. 그는 담배 한 대를 집어 들고는 손가락으로 끝을 가볍게 주무른 뒤 입에 물고 불을 붙였다. 부드럽게 풀린 담배 끝이 작은 불꽃을 올리며 타오르듯 성냥불을 빨아들였다. 바로 이 방에서 맨 처음 유달현으로부터 '무장봉기'라는 말을 들었을 때는 놀란 속마음을 억누르고 태연한 척하느라 숨이 막힐 지경이었다. 차를 마시고 싶어도 찻잔을 드는 순간 손이 떨릴까 봐 두려워 내려놓았을 정도로 마음이 혼란스러웠다. 담배를 손에 들면 손가락이 가늘게 떨릴지도 몰랐다.

이방근은 당시에 서로 간에 일던 긴장감과 자신의 반응을 머리에

제7장 305

떠올리고는 담배 연기를 천천히 뿜어내면서 꽤나 태연한 척 자신을 꾸미고 있다는 것을 의식했다.

이방근은 탁자 위의 오지 주전자를 들어 손님의 찻잔에 따랐다.

"후후, 대답하기 곤란하고말고가 아니라……, 나는 그저 단순하게 잡담이나 하려고 이런 이야기를 아무렇게나 꺼낸 것은 아니야. 상대방을 믿고서 하는 이야기에 거래는 있을 수 없어. 그게 예의라는 것일 테고, 그렇지 않나? ……그런데, 그 봉기의 결행 날짜는 아직 결정되지 않았네(음, 이방근은 상대방에게 고개를 끄덕여 보이면서, 유달현이란 놈이 말한 게 거짓이 아니었다는 마음속의 목소리를 듣고 있었다). 그러나 일본에 다녀온 것도 그 때문이었지만, 그 이전부터 줄곧 준비가 진행되어 왔어. 조만간 가까운 시일 내에 결행될 걸세. 며칠 내로 결론이 날 거야. 이 동무에게 굳이 이런 말을 할 필요도 없겠지만, 이건 우리의 중요한 기밀에 속한다는 것을 염두에 두기 바라네. 기밀을 마지막까지 유지하는 것은 승리의 중요한 담보가 되지. 철저한 경계심이 필요하네."

강몽구는 찻잔을 들고 차를 마셨다.

"잘 알겠습니다. 당연한 일이지요. 그건 약속하겠습니다. 몽구 씨가 오늘 여기서 말씀하신 건 모두 내 가슴속에 묻어 둘 뿐, 다른 사람에게 누설되는 일이 없을 겁니다. 믿어 주십시오. 듣는 입장인 저로선 그 말밖에는 달리 할 말이 없습니다."

"아니, 그 한마디면 충분해, 고맙네."

"고마운 건 오히려 제 쪽이겠지요, 그런 중요한 얘길 해 주셨으니 말입니다."

이방근은 가슴에 묵직한 것이 들어앉는 것을 느꼈다. 그는 지금 새로운 긴장이 생겨나는 동시에 안도하는 마음의 움직임을 느꼈다. …… 어젯밤 박산봉을 만나지 않길 잘했다. 명선관을 나와 다시 그의 하숙집에 찾아가지 않기를 잘했다. 갔더라면, 박산봉을 잡고 그 입에서 조직의 비밀을 토해 내게 만드는 비열한 짓을 할 뻔했다. 아니, 그렇게 하지는 않았을 것이다. 이방근 스스로 자기 마음의 움직임을 보고 있었지만, 어젯밤에는 밖에 나가 어영부영 시간을 보내는 동안에, 유달현에게 휘둘려 박산봉의 뒤를 쫓아다니는 것이 어리석게 느껴졌을 뿐이었다. 그러지 않았다면, 역시 박산봉의 목을 졸라 노예를 다루는 주인처럼 그의 내부에 들어 있는 것을 토설하게 했을 게 틀림없었다.

그렇다 하더라도 강몽구는 완전히 경계심을 잊어버린 것처럼 거리낌 없는 태도로 이야기를 했다. 그가 이방근을 믿고 있다 해도(이방근 자신도 그에게 신뢰감 같은 것을 느끼면서도 이것이 대체 어찌 된 일인가 싶었다), 뒤에서 남을 협박할 속셈을 감추고 있는 유달현과는 역시 대조적이었다.

책상 위의 탁상시계가 세 시를 가리키려 하고 있었다.

"몽구 씨, 어떻습니까, 맥주라도 한잔하시겠습니까? 차 대신 목을 축이는 정도라면 괜찮겠지요."

강몽구는 웃으며, 이 동무도 그렇겠지만, 술로 목을 축인다는 것은 줄타기처럼 어려운 곡예라서……라고 말한 뒤 고개를 끄덕였다.

이방근은 자리에서 일어나 미닫이를 열고 툇마루로 나갔다. 방 안에서는 몰랐는데, 보슬비가 내려 안뜰의 마른 땅이 검게 젖어들고 있었다. 지붕 너머로 흐린 하늘을 올려다보니, 온 하늘이 잿빛으로 펼쳐져 있을 뿐, 구름의 움직임은 없었다. 큰비가 올 것 같지는 않았다.

응접실 앞 툇마루에서 걸레질을 하고 있던 부엌이가 기척을 느끼고 허리를 일으켰다. 이방근은 서재 앞까지 온 그녀에게 맥주와 간단한 안주를 가져오도록 일렀다.

"식사는 어떻게 하셤수꽈."

"아직 괜찮아."

"예—."

부엌이의 듬직한 뒷모습이 천천히 툇마루 쪽으로 사라졌다.

"비가 오는군요. 큰 비는 아닌 것 같은데, 조금 내리고 말지도……, 몽구 씨는 지금부터 예정이 어떻게 됩니까? 만일 성내에 그래도 머무르실 거라면, 여기서 주무셔도 됩니다."

"고맙네. 지금 시간이…… 세 시로군. 다섯 시에는 성내를 떠나야하네. 실은 그때까지 아직 시간이 있으니 이 동무와 이야기를 계속하고 싶군. 그런 다음 이 동무가 생각해 주었으면 하는 일도 있어. 강요하는 듯한 말투를 써서 미안하네. 잠시 내 이야기를 좀 들어주겠나, 실은 하룻밤 신세를 지면서 천천히 밤새도록 이야기하고 싶은 심정이네. 일전에 같이한 하룻밤은 초면이었고 더구나 유치장 안이었으니 말이야."

"듣는 건 상관없습니다. 그건 저를 위한 일도 되겠지요." 이방근은 입술 끝에 미소를 띠며 말했다. 대체 뭘 생각해 달라는 말인가. 이 남자도 유달현과는 다르지만, 상당히 주장이 센 인간이군……

"다만, 무슨 이야긴지는 모르지만, 생각해 본다는 것은 즉답을 요구하는 것보다도 마음이 무거워질 것 같은데요."

부엌이가 쟁반에 맥주 두 병과 김치, 삶은 돼지고기 등을 담아들고 왔다. 돼지고기는 이 집에서는 흔한 음식이지만, 손님에게는 역시 환대받을 만한 좋은 안주였다. 보통의 가정에서는 손님이 왔다고 해서 금방 삶은 돼지고기를 내놓을 수는 없었다.

부엌이가 탁자 위를 치우고 나서 방을 나가자마자, 이방근은 얼른 맥주병 마개를 따서 거품 섞인 액체를 강몽구의 잔에 따랐다. 강몽구도 이방근의 잔에 맥주를 따랐다.

"정말 고생 많으셨습니다."

이방근이 일본에 다녀온 노고를 위로하며 강몽구를 위해 건배했다.

"아냐, 어쨌든 고맙네. 이거 맛있군 그래. 귤차도 맛있지만, 맥주는 더 좋군." 단숨에 잔을 비운 강몽구는 막걸리를 사발로 마신 것처럼 손으로 두꺼운 입술을 쓰윽 닦았다. "그런데 말일세, 이 동무, 도쿄의 형님 얘길 하면 동무의 기분이 상할까?"

"아니, 그런 건 아닙니다. 그렇게까지 신경 쓰실 건 없습니다." 이방근은 손님의 빈 잔에 맥주를 채웠다. "좀 전에 몽구 씨는 피를 나눈 형제라는 식으로 말씀하셨지만, 피는 절대적인 게 아니라는 것뿐이고, 도쿄의 그 사람은 그 나름대로 살아가는 거니까, 특별히 문제될 건 없다고 생각합니다. 애당초 그 사람 생각이 그랬고, 그 이상도 그 이하도 아닙니다."

"난 잘 모르겠군. 도쿄에 있는 하타나카 씨가 일본에 귀화했다 해도 형제인 것만은 틀림없는 사실이야. 일본인이 된 걸 용서할 수 없다는 심정과 그것과는 별개의 문제라고 생각하네. 좀 더 넓게 생각할 필요가 있지 않을까."

"선배님 말씀을 가로막아서 죄송합니다만, 그 이야긴 아무래도 상관없습니다. 지금 여기서 중요한 화제가 될 만한 이야기가 아닙니다. 하타나카 이야기는 그만 됐으니, 어서 다음 이야기를 계속하시죠."

"음."

강몽구는 고개를 끄덕이고 나서, 목운동이라도 하듯 천천히 방 안을 두세 번 둘러보았다. 그리고 책장 위에서 주위의 조용한 빛을 빨아들여 희미하게 빛나고 있는 백자 항아리에 잠시 시선을 멈추었다. 눈을 깜박이기도 하고 고개를 갸웃거리며 시선을 돌렸다가 다시 백자 항아리 쪽으로 시선을 돌렸다. 갑자기 강몽구는, 아아, 그렇구나……

하는 엉뚱한 소리를 내며 자신의 무릎을 쳤다.

　이방근은 상대방의 동작에 이끌려 왼쪽 책장 위로 눈길을 돌렸다. 책장의 유리문 안쪽에 쳐져 있는 녹색 커튼의 침묵과 마찬가지로, 백자가 늘 있던 그 자리를 조용히 지키고 있을 뿐이었다.

　"이거 미안하군, 이상한 소리를 내 버려서……, 왠지 자꾸만 백자가 눈에 띄어서 말일세. 저건 도쿄에 있는 것과 똑같군 그래. 어디선가 똑같은 걸 본 듯한 기분이 들었는데, 아무리 해도 생각나지 않았네. 그러니까 유치장에서 나와 여기 들렀을 때 본 것 같기도 하고, 아닌 것 같기도 하고, 도무지 이상하더란 말일세. 어디선가 전혀 다른 곳에서, 박물관도 아니고, 훗후후, 나야 원래 그런 곳에는 별로 가지 않으니 그런 곳이 아닌 것만은 틀림없는데……. 그러다 생각난 것이 도쿄일세. 도쿄, 이 동무의 형님이 계신 병원이었던 거야. 이상하군 그래. 거기 응접실에서 보았는데, 그게 저것과 같은 모양의 항아리고, 비슷한 책장 위에 놓여 있는 것도 똑같단 말일세. 아이고, 이거 좀 놀랐네. 우연치고는 너무 똑같아."

　"그렇습니까……."

　이방근은 한마디 대답했지만, 그뿐이었다. 백자는 전쟁 중에 하타나카가 집에서 가져간 게 분명했다. 이방근은 하타나카의 응접실에 그 백자가 있다는 사실보다도, 오히려 그것을 도쿄에서 직접 보았다는 강몽구의 놀라는 표정이 감동적이었다. 음, 하타나카 요시오, 그렇지, 이용근이었던 남자……. 아버지는 맏아들 이야기를 전혀 입에 올리지 않았지만, 이 이야기를 들으면 반가워하실 것이다. 아니, 아직도 감정이 남아 있어서, 그런 이야기는 아예 배척해 버릴지도 모른다.

　"이 동무, 도쿄의 형님은 철저한 일본인으로 살고 있다고 말하면서도, 여전히 괴로워하고 있는 것 같더군. 자신은 동생과 달리 전쟁 전부터 '일본인'으로서 민족이라든가 조국의 문제를 외면하고 살아온 인간이라고 솔직히 말하면서, 동생은 훌륭하다고 칭찬하던데, 그만큼 지금의 자신을 꾸밈없이 말할 수 있는 형님은 훌륭한 분일세. 동무를 동생이라고 부르면서, 가족 소식을 듣고는 몹시 그리워하더군. 봉기 이야기가 나오자 아버지를 걱정했을 정도야. 후후, 이른바 타도 대상이 되지나 않을까 하는 거지. 아버님인 이태수 씨는 민족자본가다, 그런 말도 안 되는 일은 없을 것이라고 강변하여 안심시켰네."

"봉기? 그에게 '무장봉기' 이야기를 하다니……."

이방근은 막 집어 든 맥주잔을 탁자 위에 내려놓으며 말했다.

"그렇군, 이야기를 순서대로 하지 않으면 안 되겠지만, 일본에는 주로 제주도 출신 재일동포로부터 '무장봉기'를 위한 자금을 모으러 일본에 건너갔네. 그런데 도쿄에서 우연히 안내받아간 곳이 형님의 병원이더군. 소개를 받고 이런저런 이야기를 하는 동안에, 이방근 동무의 형님이라는 걸 알게 된 셈이지. ……자금 지원을 부탁한 이상에는 그 목적을 말해야 되겠지. 그렇다 하더라도 넓은 도쿄에서 정말 놀랐어."

"으흠, 그랬군요……." 이방근은 한숨을 내쉬듯 억양을 붙여서 말을 길게 끌었다. "그래서……, 자금 지원은 받았습니까?"

"응해 주었네. 그쪽 돈으로 5만 엔이었어. 큰돈이야. 말하자면, '일본인'이 우리 무장봉기에 자금을 대 준 셈이지. 고마운 일이야. 오사카나 도쿄 등지에서 많은 동포를 만나 캄파 공작을 하며 돌아다녔지만, 형님의 경우는 여러 가지로 많은 것을 생각하게 하더군."

"아, 그렇습니까. 이거 세상도 많이 변했군요." 이방근은 조용한, 그러나 자칫하면 비웃음으로 받아들여질 수도 있는 웃음을 띠며 말했다. 이방근의 속내는 그렇지 않았지만 왠지 말투가 불쾌하게 들렸다.

"그리고." 강몽구는 이방근의 말투가 마음에 걸렸는지, 조금 얼굴을 찡그리며 말했다. "우리가 고향으로 돌아가서 동생께 뭔가 전할 말은 없느냐고 물었더니, 하타나카 씨는 특별히 할 이야기는 없지만, 무장봉기에 자금을 냈다는 말을 전해 달라고 하더군."

"그래요, 알겠습니다." 이방근은 이어서 독백을 하듯 말했다. "하타나카도 별 쓸데없는 부탁을 다 하게 되었군요."

동생에게 말을 전한다? 도대체 이게 무슨 말인가. 언제부터 공산당 조직 같은 곳에 자금지원하게 되었단 말인가. 진보적 일본인이라는 것인가. 그리고 동생에게 일부러 말을 전해 달라고 부탁을 했다. 이방근은 '형'이 하타나카가 갑자기 자신 앞에 이유도 없이 쑥 팔을 뻗어온 듯한 기분이 들었다.

"음, 그건 형님이 아니라, 마치 손아래 동생에게 하는 듯한 말투군. 이 동무는 뭔가 나를 오해하고 있는 건 아닌가……. 설마 내가 거짓말을 한다고 생각하는 건 아니겠지."

"몽구 씨, 어떻게 그런 일이 있을 수 있겠습니까." 이방근은 상체를 흔들며 한 손을 크게 저었다. "강몽구 씨답지 않은 말씀입니다. 그건 좀 저에게 실례되는 말이 될 수도 있습니다. 몽구 씨는 적어도 지금 이방근에게 환영받고 있는 손님입니다. 게다가 다른 곳도 아닌 유치장에서 알게 된 '동지'구요. 안 그렇습니까, 핫, 핫핫. 전 다만 하타나카의……, 제가 알고 있는 이용근의 '변화'에 놀라고 있을 뿐입니다."

사실이 그랬다. 강몽구가 찾아온 목적은 이제 곧 확실해지겠지만(어쩌면 캄파인지도 모른다. 유달현식의 공작보다는 긴급한 자금 요청인지도 모른다. 서로 알게 되자마자 바로 찾아왔으니 말이다), 하타나카가 자금 지원에 응했다는 건 누구의 소개인지는 몰라도 믿기 어려웠다. 도저히 생각할 수 없는 일이라 해도 과언이 아니었다. 이방근의 가슴에는 지금까지의 반발심과는 반대로, 그 고지식한 용근 형이 제주도 무장봉기에 자금을 냈구나 하는 생각이 저리듯 솟아나 번지면서 조용한 감동의 파문 같은 것이 일고 있었다.

맥주 두 병은 금방 비웠지만, 강몽구는 그 이상 마시지 않았다. 아마 차 대신 마셨다는 생각으로 참는 모양이었다. 이방근이, 그럼 슬슬 식사라도 할까요 하고 권하자, 강몽구는 시계를 보더니 좀 더 있다가 먹겠다고 대답했다.

그가 처음에 성내로 장사하러 왔다고 말한 것은, 일본에서 가져온 약품과 고무장화 같은 물건을 고무협동조합이나 상점을 통하여 유통 시키기 위해 상담하러 왔다는 뜻이었다. 짐은 육상으로 올리지 않고 S촌에 들어온 배에 그대로 놓아두었다고 했다.

그런데 항해 도중에 배가 침몰하지 않도록 하려고 다른 화주들의 짐과 함께 약 3분의 1이나 되는 짐을 바다에 버렸다는 이야기는, 이방 근의 가슴을 때렸다. 무엇보다, 지금 눈앞의 소파에서 '무장봉기'를 이 야기하는 남자가 자칫하면 남승지와 함께 거친 바다에 잠겨 버렸을지 도 모르는 것이었다. 이방근은 강몽구의 얼굴을 찬찬히 들여다보면 서, 그가 이렇게 무장봉기를 이야기하는 것 자체가 자꾸만 이상하게 여겨져서 견딜 수 없었다. 그리고 눈에 보이지 않는 '봉기'의 움직임 자체가 전에 없던 생동감으로 압박해 들어왔다.

이윽고 부엌이가 일러두었던 식사를 내왔다. 벌써 네 시를 지나고 있어서, 이제 식사를 마치면 강몽구는 곧 이곳을 떠나게 될 것이었다. 잠시 문을 열어 둔 채, 담배 연기로 혼탁해진 방 안을 환기시켰다. 비는 조용히 이어졌고, 가느다란 빗줄기가 하얗게 석양에 빛나고 있 었다. 탁자 가득 음식이 차려졌다. 작은 종지에 담긴 멸치젓. 멸치를 소금에 절여서 만든 말로 표현하기 어려운 젓갈 냄새. 그 냄새가 탁자 위로 퍼졌다. 손님은 맡을 수 없는 부엌이의 냄새였다. 검은 치마로 둘러싸인 부엌이의 육체 속에서 꽃가루 냄새와 뒤섞여 풍기는 냄새.

"으−음, 이거 맛있겠군."

강몽구는 상치와 젓갈에 식욕이 돋는 듯, 세면장에 가서 손을 씻고 왔다. 어디서나 먹을 수 있는 시골음식이라 신기할 것도 없었지만, 강몽구는 얼른 상치 잎에다 밥을 얹고 거기에 멸치젓을 듬뿍 발라 싸더니, 입을 크게 벌리고 잔뜩 틀어넣어 먹어 대기 시작했다. 강몽구는 잘 먹었다. 혼자서 삶은 돼지고기를 빨간 고춧가루가 묻어 있어 보기만 해도 군침이 도는 김치에 싸고, 거기에 다시 젓갈을 얹어 볼이 미어지도록 먹었다. 돼지고기와 멸치 젓갈은 궁합이 잘 맞았다. 이방근은 저녁식사를 하기에는 조금 이른 시간이었지만, 강몽구와 함께 먹었다. 잘게 썬 무와 함께 끓인 갈칫국이 시원해서 좋았다.

강몽구의 이야기는 대충 끝난 모양이었지만, 자금 지원 같은 구체적인 이야기를 꺼낼 기미는 보이지 않았다. 그보다는 식사가 끝나고 잠시 아무 관계도 없는 잡담을 하다가 문득 생각난 듯이, 이 동무에게 여동생이 있는 모양인데, 라며 화제를 바꾸었다.

"여동생? 예, 서울에서 공부하는 아이가 하나 있습니다. 지금 여기 없습니다만."

"그렇지, 서울에서 공부 중이라고 하더군."

"여동생에 대해 뭔가 아시는 게 있습니까?"

이방근이 말했다. 조금 뭔가를 생각하는 듯한 상대방의 말투였다.

"아니, 그런 건 아니고, 꽤 훌륭한 아가씨인 모양인데…… 승지한테서 조금 들었을 뿐이지만."

"아, 그렇습니까. 남승지 군이 여동생 이야기를 하던가요?"

"그나저나, 그렇지, 이름이 유원 씨라고 하던데. 그 유원 동무와 남승지가 친하게 사귀는 사인지 모르겠군. 서로 멀리 떨어져 있으니,

친하게 사귈 시간도 기회도 없겠지만, 오빠인 이 동무라면 알고 있지 않을까 싶어서 말이야."

"뭐라고요?"

이방근은 상대방의 말에 담긴 뉘앙스를 알아차리지 못하고 되물었다. 도대체 무슨 말을 하는 것인가. 강몽구가 또 묘한 질문을 하는군……. 이때 이방근은 상대방의 질문과는 관계없이, 사이가 좋다고 대답하고 싶은 내적 충동에 사로잡혔지만, 두 사람은 서울 시절부터 아는 사이인 모양이라고 애매하게 얼버무렸다.

"아는 사이인 모양이라니, 그럼 이 동무도 잘 모른다는 게로군. 승지 녀석이, ……오빠 앞에서 이런 말을 하는 게 좀 걸리기도 하지만, 아무래도 여동생에게 마음이 있는 모양이야. 그래서 서로 사이가 좋은가 보다 하고 생각했지."

"아니, 방금 그렇게 말한 건……." 이방근은 지금 했던 말을 강하게 부정하는 듯한 말투로 말했다. "두 사람의 서울 시절에 대해선 저도 잘 모릅니다. 둘은 그 무렵부터 친구였지만, 나는 남승지 군을 제주도에 온 뒤에 알게 되었으니까요……. 그러나 몽구 씨도 아시겠지만, 저는 승지 군을 알게 된 뒤로는 줄곧 승지 군에게 관심을 가지고 있었습니다. 그리고 여동생과도 자주 만날 기회는 없겠지만, 그래도 핫하, 하아, 서로 마음이 맞는 모양입니다. 아이고, 이거 또 애매한 말투를 써 버렸습니다만, 젊은 남녀의 미묘한 심리를 제가 그 속내까지 들여다보고 있는 건 아니니까요. 그렇지만 아무래도 두 사람 사이가 좋다는 건 제가 보기에도 사실인 것 같습니다. 일전에도, ……그러니까, 몽구 씨가 승지와 함께 일본에 가기 직전에 성내에 왔었는데 말이죠. 그때 마침 어머님 제사 때문에 내려와 있던 여동생과도 만났답니다. 그런데 몽구 씨는 왜 이런 이야기를 꺼내시는 겁니까?"

이방근은 갑자기 말이 많아져서는, 두 사람 사이가 좋은 것 같다는 둥 있지도 않은 일을 강조해서 말했다.

"그렇군, 역시 젊은 사람들은 허투로 볼 수가 없어. 실은 승지의 친형이나 다름없는 사촌 형이 고베에 살고 있는데, 승지가 종가의 종손이라서 말이지, 일본에 간 김에 어떻게든 결혼을 시켜서 어머니와 함께 살게 하려고 했다네. 그런데 본인이 완강하게 거절을 하는 거야. 그래서 한바탕 언쟁이 벌어졌지. 결국 본인이 고향에 돌아가서 결혼하겠다고 가족들에게 약속하는 걸로 일은 수습되었는데, 마음을 둔 상대가 있다는 거야. 물론, 하고 싶지 않은 결혼을 재촉하니까 '도망'을 친 것이겠지. 그렇게 생각하고 있었는데, 그러나 아무래도 완전한 거짓말은 아닌 것 같더군."

강몽구는 식후의 담배를 맛있게 피우면서 말했다. 그러나 그 표정에는 좀 전에 이야기를 할 때와 마찬가지로 엄격함이 남아 있었다.

"……그 상대가 제 여동생이란 말입니까?"

"말하자면, 그런 셈이지."

"핫, 핫하, 그렇군요."

이방근은 의외라는 생각이 들었다. 여동생과 남승지를 허구의, 서로 좋아하고 있다는 착각 위에서 맺어 주려 했던 것은 사실이고, 두 사람의 정감 위에 떨어진 효모균이 '사랑'을 향해 발효하기 시작한 것도 틀림없었다. 그러나 '결혼'은 염두에 없었다. 무엇보다 아버지가 허락할 리도 없었지만(애당초 최용학 같은 간살스러운 녀석에게 딸을 주어도 좋다고 생각하는 아버지다), '결혼'은 지금 같아서는 이방근의 관념이 작용하는 범위 밖에 있다고 해도 좋았다.

"그렇군요, 그런 일이 있었습니까. 승지 동무가 아직 결혼하고 싶지 않다는 심정은 잘 알 것 같습니다. 하지만 두 사람 모두 지금은 결혼

같은 걸 생각할 때가 아닙니다."

이방근은 갑자기 어떤 비밀에 밝은 빛이 닿은 것 같은 기분이 들어서, 의식적으로 이야기를 잘랐다. 두 사람 사이에는 이제서야 겨우 허구가 성립하기 시작했지만, 언제 그것이 허물어질지는 알 수 없었다. 다른 사람이 거기에 관심을 보이거나 말참견을 할 성질의 문제도 아니었고, 또 그럴 때도 아니었다. 이방근은 좀 전에 분위기에 휘말려 자신도 모르게 필요 이상의 언급을 했다는 후회를 했다.

"나는 승지가 한 말이 좀 마음에 걸렸을 뿐일세. 그럴 생각으로 물어본 건 아니야. ……그런데." 강몽구는 화제를 바꾸어 말했다. "이제 슬슬 여기를 떠나야 할 시간인데, 내가 처음에 말한 본론으로 돌아가자면 말이네, 이 동무. 동무의 의견을 묻지도 않고 일방적으로 이야기를 진행시킨 게 주제넘은 일이겠지만, 이해해 주겠나. 여기서 결론을 낼 수 없다는 건 충분히 알고 있네. 내가 오늘 찾아온 건 이방근 동무에게 우리의 '봉기'를 지지해 달라고 부탁하기 위해서일세. 이방근 동무가 우리 당 조직의 투쟁을 지지해 주었으면 하네. 이 정도 말하면 이해했겠지. 이건 우리 조직으로서의 요청이지만, 조국의 비상시에 직면한 이방근 동무의 민족적 의무라는 걸 함께 생각해 주길 바라네."

강몽구의 목소리는 짜낸 것처럼 낮고 날카로웠다.

"뭘 어떻게 하라는 겁니까? 예를 들어 자금 지원이라든가……."

이방근은 상대의 주의 깊게 빛나는 퉁방울눈의 움직임을 자신의 눈 속에 빨아들이듯 바라보면서, 차분한 목소리로 말했다.

"아니, 그런 문제가 아니네. 으음, 자금 지원은 필요하지만, 그게 당면한 문제는 아니야. 언제 또 이 동무와 다시 이야기를 나눠야겠지만, 우리가 바라는 것은 '협조' 이상의 것, 당원, 즉 특별(비밀)당원으로서 조직에 참가하는 걸세. 물론 추천인은 내가 되겠네."

"……"

이방근은 팔짱을 긴 채 아무 말도 않고 가볍게 고개를 끄덕였다.

"어떤가. 생각해 보겠는가?"

"말씀은 잘 알겠습니다. 말씀대로, 이 문제는 역시 생각 좀 해 봐야될 것 같습니다."

역시 유달현식의 공작이었다. '특별한 선', '권위 있는 선' ……중얼중얼, 유달현의 땅을 기듯 속삭이는 목소리, 가느다란 눈의 몸을 휘감아 오는 듯한 시선. 이방근은 순간 강몽구의 자리에 유달현이 들어와 앉아 있는 착각에 빠졌다. 그러나 유달현과 마주 앉았을 때와는 달리 불쾌한 감정은 없었다. 유달현식 공작이기는 했지만, '특별한 선'이라느니 '권위 있는 선' 같은 것이 아니라, 도당(島黨) 직속의 입당 공작이었다. ……무언가가 계속 달라붙어 떨어지지 않는 느낌. 이것이 주위를 씻어 내는 시대의 흐름, 격렬한 흐름의 물보라인지도 모른다. 해안에서 멀리 떨어진 나에게까지 그 물보라가 쏟아져 내린다.

이방근은 강몽구의 입당 권유에 입에서 나오려던 말을 삼켜 버렸다. 깊이 생각해 보지도 않고 오늘 강몽구를 만난 김에, 그들의 비밀 '근거지'에 안내해 줄 수 없느냐고 부탁할 작정이었다. 언젠가 강몽구가 지정된 장소에 시간을 지켜서 혼자 오라고 말했듯이, 그것이 불가능한 일은 아닐 터였다. 그곳에 가면 적어도 '봉기'의 움직임이 구체적으로 다가올 것이다. 현실의 숨결을 느낄 수가 있을 것이었다. 한번 가 보고 싶다. 그러나 지금 이 자리에서 그 이야기를 꺼낼 수는 없었다. 강몽구가 오해할지도 모른다. 강몽구의 이야기에 대한 긍정적인 반응으로 받아들여질 우려가 있었다.

부엌이가 식사 뒷정리를 하기 위해 방으로 들어왔다. 그리고는 방금 중학교 유 선생으로부터 전화가 왔는데, 서방님이 안 계신다며 따돌렸다고 한다.

"뭔가 다른 말은 없었고?"

"예―, 어디 가셨느냐고 집요하게 물었수다."

댁의 서방님은 웬만해서는 밖에 나가는 사람이 아닌데, 집에 있는 거 아니냐고까지 말했다고 한다. 어제 내쫓기듯 돌아간 작자가 질리지도 않고 전화를 걸어왔다……, 유달현다웠다. 이방근은 부엌이의 말을 듣고 어제 보여 준 유달현의 억지스런 집요함을 떠올렸다. 어쩌면 유달현이란 놈, 싱글거리면서 또 찾아올지도 모른다. 더 이상 상대를 말아야 한다, 상대를…….

"지금 이야기는 유달현을 말하는 겁니다."

부엌이가 방을 나간 뒤 이방근이 말했다. 강몽구가 유달현을 알고 있다는 것을 전제로 한 말투였다.

"유달현……, 아, ○중학교 선생을 하고 있는 유달현이로군." 강몽구는 시치미를 떼거나 하지는 않았다. 그러나 자못 거리를 둔 서먹서먹한 느낌을 주는 말투였다. 그들이 같은 조직원이라는 것을 이방근이 알지 못한다고 생각하는지도 몰랐다. "그가 여기에 자주 오나?"

"가끔 찾아올 뿐입니다. 그렇게 친한 사이도 아니니까요. 그러고 보니, 그는 몽구 씨가 석방된 날 여기 들른 것을 알고 있는 것 같더군요."

"음, 그야 알고 있을지도 모르지. 석방된 사람이니까 어디든지 마음대로 들를 수도 있고, 그것을 누군가가 보거나 듣거나 해서 알고 있어도 상관없는 일이야. 나는 댁에 몰래 찾아온 건 아니니까."

이방근은 고개를 끄덕이고는 자리에서 일어나 전등 스위치를 돌렸다. 송전 시각인 다섯 시를 지나 있었다. 비 내리는 석양빛에 젖어들던 방 안이 밝은 전등 불빛 때문에 그 그림자가 밀려나 밋밋해져 버렸다. 소파로 돌아온 이방근은 당신이 여기 들른 것에 유달현이 적지 않은 관심을 갖고 있는 모양이라고 말하려다 그만두었다. 이제 이야기를 나눌 시간도 없었지만, 생각해 보면 어른스럽지 못한 고자질처럼 들릴 것 같았기 때문이었다. 관심을 가지고 있다 해도 그건 어디까지나 억측이고, 구체적으로는 어떠한 것인지 알 수가 없었다. 그러나 이방근은 직감적으로 유달현이 상당한 관심을 가지고 있음을 느낀 것만큼은 사실이었다.

강몽구는 낡은 양산을 빌려 쓰고 이방근의 집을 나섰다. 유달현이란 놈이 불쑥 찾아오면 어쩌나 하고 생각하면서 이방근은 손님을 대문 밖까지 전송했다. 서로 악수를 나누고 서재를 나올 때 이방근은, 언젠가 남승지가 성내에 오거든 집에 들러 달라는 전언을 부탁했다.

음, 남승지……, 이방근은 강몽구의 뒷모습을 바라보면서 중얼거렸다. 강몽구는 그렇다 하더라도, 모처럼 일본에 돌아간 남승지가 가족들이 붙잡는 것도 뿌리치고 다시 제주도로 돌아왔다는 사실에, 이방근은 기특한 생각을 하고 있었다.

4

이방근은 강몽구를 전송하고 서재로 돌아오자, 무슨 짐이라도 내려놓은 것처럼 큰 한숨을 쉬면서 혼자 고개를 끄덕였다. 두세 번 반복해서 끄덕였다.

어느 틈에 방에 들어왔는지, 새끼 고양이 흰둥이가 소파 위에 웅크리고 앉아 있었다. 이방근이 이름을 부르자, 기어들어 가는 소리로 야옹 하고 대답은 했지만, 양쪽 앞다리로 얼굴을 감춘 채 쳐다보지도 않았다. 사람이 잠깐 자리를 비운 사이 들어온 주제에 불러도 모른 척하는 걸 보면 꽤 뻔뻔스럽다고 할 수밖에 없었다. 개와는 달랐다, 그 점에서 완전히 다른 것이다. 그러나 마치 인간이 하는 것처럼 얼굴을 감춘 모습이 우습고 사랑스러웠다.

방 안을 두세 번 빙글빙글 돌다가 창가의 책상 앞에 앉은 이방근은 대충 신문을 훑어본 뒤 고양이 곁으로 가서 앉았다.

좀 전에 온 전화 때문에 약간 신경이 쓰였지만, 유달현은 결국 오지 않았다. 그러나 그라면 또 다시 전화를 할지도 몰랐다. 비가 오는 탓인지 날이 일찍 저물었다. 이방근은 고양이의 둥근 등을 쓰다듬어 주면서, 조용히 봄비가 내리는, 서재의 불빛만이 비치는 어두운 안뜰을 바라보고 있었다.

강몽구의 방문은 이방근의 주위에서 유달현의 그림자가 만들어 내는 망토를 벗겨 내는 데 힘이 되었지만, 그것은 역시 하나의 새로운 충격이라고 하기에 충분했다. 이제까지 유달현에게 휘둘리면서 정체를 파악하지 못했던 '무장봉기' 그 자체가 생생한 형태로, 즉 틀림없는 현실의 사태로서 이방근 앞에 펼쳐진 것이었다. 무엇보다도 봉기를 위한 자금을 모으러 일본까지 건너갔다 돌아왔다는 사실. 형인 하타나카의 집에까지 갔었다는 것은 우연이라 해도 믿기 어려웠다. 게다가 하타나카가 자금 지원을 했다고 하지 않은가. 알 수 없는 일이다, 으흠, 이방근은 고개를 가로저었다. 게다가 한술 더 떠서 모은 자금으로 사 온 물건을 처리하기 위해 성내에 '장사'를 하러 왔다니……. 이제 사태는 거의 그들의 계획대로 진전되고 있다고 보지 않으면 안 될 것이었다. 봉기는 이제 말뿐이 아니라 현실로서 파악해야만 했다.

함께 일본에 갔던 남승지가 돌아왔다는 강몽구의 이야기는 이방근에게 색깔이 조금 다른 충격을 주었다. 해방 후 일단 귀국했던 자들이 다시 고향인 섬을 빠져나가 일본으로 밀항하고 있는 상황 속에서, 남승지는 가족들이 붙잡는 것도 뿌리치고 왜 돌아왔을까. ……내 여동생에 반해서? 설마. 남승지의 귀향은 이방근에게 질투와도 비슷한 감정, 아니 허를 찔러 그 존재를 위태롭게 만들지도 모르는 어떤 종류의 위기감 같은 것을 일으키도록 만들었다. 자신이 갖지 못한 것을 갑자기 본 듯한 기분이 들었던 것이다. 이방근이 마음 한구석에 경멸하고 있는 '혁명운동'에 대한 그 끈질긴 집념이 놀라웠다. 남승지가 그대로 일본 땅에 주저앉았다면, 이방근은 내심 그것 보라며 쾌재를 불렀을지도 모른다. 아니, 그렇지 않다고 그는 그러한 마음의 움직임에 반발했던 것이다. 역시 이 섬에 돌아오길 잘한 것이었다. 혁명가니 활동가니 하는 자들의 어수룩한 낙천주의. 그 속에 숨어 있는 자기과시와 영웅주의. '노동자·농민'이 관념의 최상위에 있는 것처럼 받들어 올리는 인텔리들의 관념주의. 물론 반공이 아니면 애국이 아니라는 '서북'과 동일시할 수는 없지만, 공산당이 아니면 애국이 아니다, 아니 인간이 아니라는 주장은 닮지 않은 것도 아니었다. 조국을 위해, 혁명을 위해서……라며 유달현이란 놈이 열심히 내 애국심을 부추겼지만, 결국 강몽구도 조국의 비상시에 있어서의 민족적 의무니 뭐니 하는 말을 하지 않았던가. 남승지에게는 아직 풋내가 나지만 (그렇게 외곬인 청년은 자칫하면 교조에 빠지기 쉬운 법이다), 어수룩한 낙천주의자가 아닌 것만은 사실이다. 그래, 그에게는 페시미즘이 있다. 조직은 그것을 용납하지 않겠지만, 그래서 좋다. 다른 자들에게는 없는 게 있어서 좋다.

고양이가 몸을 뒤척이면서 꼬리를 두세 번 흔들었다. 그리고는 앞다리로 자신의 얼굴을 쓰다듬더니 다시 얼굴을 감추고 몸을 둥글게 오므렸다. 이방근은 고양이의 몸에 손을 대려다 그만두었다. 고양이는 기분이 좋지 않으면 꼬리를 흔들어 감정을 나타낸다. 조그만 주제에 꼬리를 만지거나 하면, 건방지게도 으르렁거리는 소리를 내며 물려고 덤볐다. 이 집 식구가 된 지 벌써 한 달 가까워 오는데, 어떨까. 목포에서 일부러 데려온 여동생이 돌아오면, 그 얼굴이나 냄새를 기억하고 있을까. 슬슬 발톱을 갈기 시작했기 때문에, 선옥은 부엌이에게 고양이를 방 안에 들여놓지 말라고 일렀다. 그녀도 고양이를 귀여워했지만, 고양이가 방 안에 있을 때면 마치 갓난아기를 대하듯 고양이에게서 눈을 떼지 않았다. 새끼 고양이라고는 해도 실제로 날카로운 발톱으로 장판을 몇 번 할퀴면 바로 구멍이 뚫려 버릴 것이다. 음, 오늘이군, 이방근은 여동생이 26일에 서울을 출발한다고 편지에 썼던 것을 생각해 냈다. 만약 오늘 아침에 출발했다면, 오늘 밤 목포에 도착해 열 시에 출발하는 연락선으로 내일 아침 여기에 도착할 것이었다.

응접실 쪽에서 전화가 울리고 있었다. 이방근은 일어섰다. 어쩌면 유달현인지도 모른다고 생각했기 때문이다. 거기에는 조롱도 섞여 있었지만, 만약 그놈이라면 한번 전화를 받아 주자는 그리운 마음이 갑자기 일어나는 게 묘한 일이었다. 내버려 두면 부엌이가 전화통에서 따돌려 버릴지도 모른다. 이방근이 응접실로 다가가자, 전화를 받은 부엌이가 툇마루로 나왔다. 어슴푸레한 툇마루에 마주 서면서 이방근이 말했다.

"누구야, 유달현인가?"

"아니우다. 영감마님 전화우다."

"뭐? 아버지한테서……, 나한테 볼일이 있다는 거야?"

흥, 별일이 다 있군……. 이방근이 전화 쪽으로 가려는 것을 말리며 부엌이가 말했다.

"전화는 끊으셨수다. 서방님이 집에 계신지 어떤지 물으십디다. 금방 돌아오신댑디다."

"집에 있는지 없는지를 묻다니……, 대체 무슨 말을 하는 거야, 다른 말은 없었고?"

이방근은 자기도 모르게 불쾌한 목소리로 말했다.

"서방님." 부엌이가 고개를 끄덕이고 나서 어두워진 이방근의 얼굴을 똑바로 바라보며 말했다. "아버님을 그런 식으로 말씀하시는 게 아니우다."

이방근은 웃으며 자기 방으로 돌아가려다 문득 생각이 나서, 유달현의 전화가 오거든 바꿔 달라고 일렀다. 오늘 밤은 아버지에게서 무슨 말씀이 있을지도 모른다. 아버지가 이방근에게 직접 전화를 걸어 온 적은 거의 없었지만, 이것은 간접적인 신호로 받아들여도 좋았다. 이야기가 있다면, 대체 뭘까. 음, 어쩌면 어젯밤 명선관에서 있었던 일 때문인지도 모른다…….

예상대로, 얼마 안 있어 유달현에게서 전화가 걸려 왔다. 이방근은 유달현이 무슨 말을 하는지 들어 보고 싶은 일종의 호기심으로 전화를 받았다. 유달현이 자네 앞에서라면 광대라도 되겠다고 말을 했는데, 그 집요함도 이쯤 되면 미워하려 해도 미워할 수 없는 심정이 되는 법이다.

"아아, 이 동무로군, 오늘은 어떤가, 건강한가, 헷헤헤." 원통형 수화기에서 유달현의 나직한 웃음소리가 울려왔다. 어젯밤에 만났는데 건강이고 뭐고 물을 필요가 있는가. "자네가 전화를 받아줘서 안심했네. 이젠 상대도 안 해 주는 게 아닐까 하고 걱정했거든. 역시 이 동무는 속이 넓은 사람이야. 어제는 실례를 범해서 아무래도 자네를 화나게 했을 것 같은데, 미안하네, 미안해. 무례를 사과하겠네. 난 자네가 화를 내면 무섭다네. 오늘은 특별한 용건은 없다네. 그저 인사, 어제 찾아간 답례라도 하려고 전화한 것일세. 갑자기 그쪽으로 찾아가는 것도 좋지 않을 것 같아서, 그저 그뿐일세. 그런데 자넨 오늘 외출했었나?"

"그래, 잠깐."

"그랬군, 저녁 무렵에도 전화를 한 번 했었는데, 그래서인지 집에 없다고 하더군. 이번이 두 번째 전화일세. ……그런데 이 동무, 그 뒤로 뭔가 다른 일은 없었나……."

"그 뒤로 다른 일……, 핫, 핫하, 여기는 신문사도 아니고. 다른 일이라니. 예를 들면……." 이방근의 목소리에는 짐짓 상대방을 다루는 듯한 여유가 있었다.

"홋후후, 예를 들어 보라니, 이방근 동무도 꽤 심술궂어. 여러 가지 일이 있었으니, 그중에서 골라 보라는 식이로군. 아니, 그건 이방근 식의 친절한 마음의 발로인지도 모르지만. 이야기를 유도하고 있으니 말일세. 헤헤헤, 그 유도에 응해서 한 가지 물어볼까. 괜찮겠나? ……그래, 괜찮단 말이지, 그럼, 예를 들면 진귀한 손님이 찾아갔다든가……."

"손님은 없었지만, 나를 찾아온 손님이 있었다 해도 자네완 관계가 없을 것 같은데."

"그야 그렇지, 자네 말이 옳아. 다만, 혹시 손님이 찾아갔다면, 개중에는 내가 알고 있는 사람이 있을지도 모른다 싶어서 물어본 것뿐일세."

"알고 있는 사람이라면?"

이방근은 상대방을 부추겼다.

"……" 유달현은 잠시 말문이 막힌 듯했지만, 가볍게 헛기침을 하더니, 헤헤헤 웃으며 말했다. "자넨 지금 나를 놀리고 있군. 화내지 말게. 자넨 의외로 성급한 면이 있어. 그럼, 자네니까 솔직히 말하지. 오늘 그쪽에 강몽구가 찾아가지 않았나?"

"강몽구? 오지 않았네. 안 왔는데, 으흠, 자네는 그 사람에게 관심이 많은 모양이군. 어제도 그랬지만, 유달현 동무, 자넨 강몽구와 나를 그렇게 엮어 보고 싶은 건가."

이방근은 감정이 삐걱거리는 것을 느끼며 냉정하게 말했다. 역시 이 녀석은 강몽구에게 큰 관심을 갖고 있는 게 틀림없다. 뭔가를 꾸미고 있는지도 모른다…….

"아니, 엮는다는 식으로 말하는 건 자네의 오해야. 이 동무가 화를 낸다면 난 묻지 않겠네. 자네가 모처럼 질문을 유도하기에 물어본 것뿐인데, 그는 오늘 성내에 와 있었다네. 그래서 혹시 그쪽에라도 들렀나 하고 생각한 것뿐일세."

"강몽구가 성내에 왔다고? 그럼 자넨 만나지 않았나?"

"서로 바빠서 말이지, 내가 만났다면 자네에게 물을 리가 없지."

잘도 둘러대는군……. 이방근은 한두 마디를 더 나누다가 전화를 끊었다. 강몽구가 돌아간 직후 파도를 타듯 출렁이는 감정에 장난치는 기분으로 전화를 받았지만, 수화기를 놓자 왠지 기분이 상했다. 어제 일이 가슴에 치밀고 올라오듯이 머리에 떠올랐던 것이다. 그러나 상대의 그럼 실례……라며 전화를 끊는 목소리는 의외로 밝았다. 뭔가 빙긋 웃는 기색마저 전해져 오는 듯했다. 지금 한 통화가 다행히 어제 헤어질 때의 어색한 분위기를 푸는 계기가 되었다고 생각하는 게 분명했다. 유달현은 일부러 찾아왔다가 오히려 이방근과의 유대 관계가 끊어질까 두려워하고 있는 게 분명했다.

이방근은 전화를 끊은 뒤 좀 더 강하게 뿌리칠 걸 하고 후회했다. 자신도 모르게 상대방의 겸손한 태도와 아양 떨듯 달라붙는 수작에 마음이 풀어지고 말았던 것이다. 이제 또 자신의 그 특별한 선에 있는 중요한 동지를 만나 달라고 집요하게 요구할 게 뻔했다. 강몽구를 만난 지금으로서는 그런 틈새를 보여서는 안 된다. 게다가 어제 이미 유달현을 상대하지 않기로 결심했으니까, 그 결심을 계속 밀어붙였어야 했다.

얼마 지나지 않아 아버지가 돌아왔다.

용무가 있다면 식사 때라도 부르러 올 것이다. 이방근은 쌕쌕거리며 코 막힌 듯한 숨소리를 내며 잠든 새끼 고양이를 바라보며(어쨌든 잘도 잔다. 마치 겨울잠을 자는 동물처럼, 하루 종일 잠만 자는 것 같았다), 막상 아버지를 만나서 무슨 말을 하면 좋을지 생각해 보았다. 상대편에 볼일이 있는 거니까, 이쪽은 그저 듣기만 하면 될 것이었다. 아니, 용무가 있다 해도 아버지 쪽에서 먼저 말을 꺼내지는 않을 것이다. 먼저 방바닥에 무릎을 꿇고, 아버님 건강하시죠……라는 식으로 인사를 한다. 그러면, 음, 오랜만이로구나 하는 대답이 돌아온다. 한 지붕 밑에 살면서 좀 기묘한 인사이긴 하지만, 익숙해지면 아무렇지도 않았고, 이것이 일종의 관용구처럼 되어 있었다. 아버님은 건강하시지요? 음, 건강하고말고……. 이렇게 이야기가 진행될 것이다. 아니, 가만 있어 보자, 그게 문제가 아니지……, 그는 문득 헤어진 지 얼마 되지 않은 아버지의 얼굴에 겹쳐진 퉁방울눈의 강몽구를 떠올렸다. 음……, 이방근은 혼자 고개를 끄덕이면서, 담배 한 대를 물고 불을 붙였다. 그래, 형편에 따라서는 내가 먼저 아버지에게 말을 걸 필요가 있을 것이다. ……특별(비밀)당원이라, 내가 조직원이 된다? 그렇다 하더라도 '무장봉기'의 움직임을 알려 준 대가치고는 강몽구가 내놓은 '조건'이 너무 무거웠다. 전혀 관계없는 생각이 그의 머리에 스쳤다.

이방근이 커다란 한숨과 함께 담배 연기를 토해 내고 있을 때, 툇마루가 삐걱거리는 소리가 들렸다. 나를 부르러 오고 있다. 무겁고 느긋한 발걸음으로 보아 아무래도 부엌이인 모양이다. 몸이 가벼운 선옥의 발걸음은 아니었다. 그런데 발자국 소리가 가까이 다가오면서 부엌이치고는 좀 이상하다고 생각한 순간, 갑자기 에헴! 하며 내방을 알리는 아버지의 헛기침 소리가 들렸다. 이방근은 놀라 소파에서 벌떡 일어서면서, 담뱃불을 재떨이에 눌러 껐다. 아버지가 아들의 방에 발걸음을 한 것은 참으로 오랜만이었다.

"방에 있냐?"

문 앞까지 온 아버지의 목소리였다.

"예."

소파를 떠난 이방근이 문 앞에 서는 순간, 마침 아버지 이태수가 미닫이를 열었다. 순간, 문지방을 사이에 둔 아버지와 아들이 얼굴을 정면으로 마주 보듯 우뚝 섰다. 아버지의 커다랗고 붉은 얼굴 표정이 뭐야 너로구나 하고 말하듯이 밝아졌다. 이렇게 코앞에서 얼굴과 얼굴을 맞대는 것은 처음인지도 몰랐다. 두 얼굴 사이에 일어나는 풍압의 느낌. 이것은 아버지와 아들이라기보다, 남자와 남자, 자신과 남을 구분하는 하나의 선일 것이었다. 아버지의 얼굴에 씁쓸한 웃음이 흘렀다.

"아버지, 웬일이십니까?" 이방근이 두세 걸음 물러나 한복으로 갈아입은 아버지를 방으로 맞아들이면서 말했다. 묘하게 우스꽝스러운 기분이 들었다.

"아버지 웬일이냐고? 하하하, 그게 오랜만에 만난 애비에 대한 인사냐?"

"자, 이쪽으로 앉으세요." 이방근은 여태껏 앉아 있던 창가의 소파를 아버지에게 권했다. 진귀한 손님이다 보니, 어느 정도는 남남처럼 대하지 않을 수 없었다. 그는 가벼운 웃음을 입가에 띠며 말했다. "아버지가 여기에 오시는 건 드문 일이라서 말이죠. 그래서 좀 놀랐습니다."

"이쪽으로 오기엔 좀 멀어서 말이야. 그리고 교통편이 좋지 않아(농담인지, 비꼬는 것인지. 상대의 말을 받아넘기려는 비유인지. 어떤 것인가에 따라 아버지의 마음도 판가름 날 것이다). 넌 여전하구나. 예의 바르긴 하지만,

독이 있어. 애비인데도 남 대하듯 정이 없어." 아버지 이태수는 뒷짐을 진 채 방 안을 한 바퀴 둘러보고는, 옆의 온돌방으로 다가갔다. "넌 언제나 여기에 독상을 놓고 혼자 식사를 한단 말이지. 으흠, 독신 생활이 몇 년이냐……, 그건 그렇다 치고. 내가 오늘 밤은 너와 함께 여기서 함께 식사를 할까 하는데……. 음, 흰둥이는 이런 곳에서 자고 있나." 방 안을 한 바퀴 돌아본 이태수는 고양이 옆에 앉았다. "그런데 유원이는 언제 돌아오는 거냐. 그 불효자식은 오빠한테는 편지를 쓰면서, 부모에겐 편질 안 쓰다니 어찌 된 노릇인지 모르겠구나. 집에 돌아오면 애비 생각도 해 주고 상냥히 굴면서, 집을 떠났다 하면 나 몰라라 한단 말야. 애비한테 걱정만 끼치고, 앞날이 걱정되는구나."

"제가 그 애의 연락책인데요, 내일이나 모레는 돌아올 겁니다."

아버지와 마주 앉은 이방근이 말했다. 아버지는 딸이 없는 곳에서는 이렇게 투덜거리기도 하지만, 유원이 앞에서는 털끝만큼도 그런 기색을 보이지 않는다. 딸을 너무도 소중히 여겼다.

"내일이나 모레라……, 으-음, 연락책인 너도 여동생에겐 물러." 아버지는 노려보듯 이방근을 힐끔 쳐다보더니 저고리 주머니에서 담배를 꺼내 불을 붙였다.

"너도 담배를 피우거라."

과연, 너도 여동생에겐 물러, 그 말은 참으로 멋진 표현이었다……. 문밖에서 부엌이 목소리가 나더니 식사를 날라왔다. 미닫이가 열리자마자, 마늘과 풋고추를 넣은 생선조림의 매콤한 냄새와 굴젓 따위의 젓갈 냄새가 흘러들어왔다. 좁쌀 소주 냄새가 코를 찌르는 호리병도 있었다. 벌써 부엌에서 문 앞까지 한 차례 더 왕복해서 가져왔는지, 부엌이는 또 다른 쟁반에 담긴 죽을 가지고 들어왔다. 하얀 사발에 담긴 전복죽 표면에서 뜨거운 김과 함께 향긋한 냄새가 피어올랐다.

약간 섞은 참기름의 형언하기 어려운 고소한 냄새가 죽 전체의 향기를 더욱 북돋아 주었다.

부엌이가 온돌방에서 드시겠느냐고 아버지에게 물었다.

"여기도 괜찮아, 이 탁자 위에서 먹자구."

부엌이는 탁자 위를 치우고 그 자리에다 음식을 늘어놓고는, 고양이를 보더니 작은 소리로 중얼거린다. 아이고, 흰둥아, 여기는 네가 잘 곳이 아니야. 떡하니 네 '집'이 있잖아. 서방님 곁에서 거드름을 피우고……, 서방님, 조그만 게 코까지 골고 있수다…… 귀엽지요, 라고 말하고 싶은 듯 그 무표정한 얼굴의 근육이 꿈틀 움직였다. 그냥 내버려 둬, 아버지가 말했다. 부엌이는 아니라고 고개를 저으며 새끼 고양이를 덥석 들어 올리더니, 깜짝 놀라 눈을 동그랗게 뜨고 목구멍을 골골 울리는 고양이를 그 두툼한 가슴에 안아 들고 말없이 방을 나갔다.

이방근은 서 홉들이 무거운 술병을 양손으로 들고 아버지의 잔에다 술을 따랐다. 아들은 아버지가 따라 주는 술을 양손으로 받았다.

"요즘은 뭘 하고 지내느냐, 여전하냐? 너와 얼굴 맞대는 것도 그 후론 처음이구나. '서북'과 화해가 성립된 뒤로 얼굴을 못 봤으니, 음……, 열흘은 되겠군. '서북'이 재판을 포기한 건 잘된 일이다. 난 지금도 그렇게 생각한다. 음, 인간이 싸움을 하더라도 제대로 된 자를 상대해야지."

아버지는 천천히 잔을 입술에 대고 누르듯이 술을 마셨다. 그리고 소주의 자극을 발산시키듯 가볍게 헛기침을 하고 나서 손바닥으로 입을 닦는 시늉을 했다. 마치 멋진 수염이라도 쓸어내리듯이. 이 노인의 버릇이라고 해도 좋았다. 아버지는 방에 들어오자마자 의외로 싹싹하게 말을 걸고, 여동생에 대한 불평도 한마디 했기 때문에(사실은 불평이라고 할 정도는 아니고, 아들 앞에서 딸을 화제로 삼아 짐짓 토라져 보인 것뿐일

터였다), 가볍게 한잔하셨나 생각했지만, 맨 정신인 것 같았다.

"예."

이방근은 고개를 끄덕였다. 아버지의 어떤 이야기를 긍정하는 것인지 알 수 없는 끄덕임이었다. 아버지 말씀은 무조건 옳다는 식의 기계적인 반응으로 받아들여질 수도 있을 것이었다. ……여전하냐? 이것은, 요즘 뭘 하고 지내느냐고 물으면 여전하다고 대답하는 아들의 말을 비꼰 것이었다. 이방근은 잔을 손에 들었다. 찻잔의 절반쯤 되는 크기의 질그릇 잔으로, 초벌구이만 한 탓에 까슬까슬한 느낌을 간직한 잔이었다. 그는 술 냄새를 맡듯이 천천히 잔을 들어 올려, 투명한 액체에 떨어뜨렸던 시선을 원래의 자리로 되돌리듯이 목을 뒤로 조금 젖히면서 술을 마셨다. 휘발성이 강한 자극이 입안 전체에 퍼진 뒤 목구멍을 쥐어짜듯 위 아래쪽으로 떨어져 갔다.

"넌 지금도 매일 그렇게 술을 마시냐?"

이태수는 별로 대단한 음주법도 아닌데 잔을 내려놓는 아들을 보며 말했다.

"조금은 마시고 있지만, 매일 마시는 건 아닙니다."

이방근이 말했다.

간섭하는 듯한, 한순간 옛날로 돌아간 듯한 아버지의 말투였다.

"으—음……."

아버지는 의연하게 고개를 끄덕였지만, 그 표정은 분명 입 밖으로 나오려던 말을 억누르고 있었다. 술은 적당히 마시는 게 좋다느니 하는 의견을 말하려 했을지도 모른다.

아버지는 두세 잔 마시고 나더니 놋수저를 들고 죽을 먹기 시작했다. 잘 닦인 신주의 가늘고 긴 손잡이가 반짝거리며 전등 불빛을 반사하고 있었다.

"너도 식기 전에 좀 먹어라."

"……예."

아버지의 말을 거역할 필요는 없었다. 진객으로서 모처럼 찾아온 아버지와 함께 죽 한 그릇을 먹는 일도 예의일 것이었다. 강몽구와 함께한 이른 저녁식사 때는 갈칫국을 한 그릇 먹었을 뿐이었다. 시각은 일곱 시, 그 후로 두 시간이나 지나 있었다.

이방근은 술을 한 잔 더 비우고, 아버지보다 조금 늦게 수저를 들었다. 술잔으로 네 잔 남짓, 마신 술은 한 홉 반쯤 될 것이다. 그래도 취기가 서서히 몸속을 돌기 시작했다. 그리고 얼굴에 닿는 공기의 감촉이 달리 느껴졌다. 눈앞의 공기가 한층 투명하게 빛나고, 어렴풋이 아지랑이처럼 흔들렸다. 그 흔들림 너머로, 아니 눈앞에 술기운이 번진 아버지의 커다랗고 붉은 얼굴이 있었다. 눈앞에 앉아 있는 한 남자, 노인. 아버지. 아버지의 면전이다. 너무 마시지 않는 게 좋을 것이었다. 양 눈 밑 광대뼈 언저리가 저리듯 경련을 일으키고 눈이 촉촉해지는 것을 알 수 있었다. 언제 마시든 매일 마시든 취기는 늘 새로운 느낌으로 다가왔다.

한동안 두 사람은 마주 앉은 채 죽을 먹었다. 조용했다. 아버지와 단둘이서 식사를 하는 것은, 이 방에서는 물론 다른 곳에서도 없던 일이었다. 바람이 멎은 탓인지 파도 소리도 끊기고, 검은 바다가 어둠이 짙어지면서 함께 움직임을 멈춘 듯했다. 빗소리도 책상 위의 탁상시계 소리도 주위의 정적을 강조하는 것처럼 들려왔다.

식사란 여러 가지로 잡음을 동반하는 법이었다. 그중에서도 두꺼운 그릇 바닥이나 가장자리에 부딪치는 수저의 금속성 소리가 뜻밖에 시끄러웠다. 그 소리가 빈번히 되풀이되면서 죽의 양은 점차 줄어들었다.

말없이 식사를 하는 것은 언제나 '독상', 즉 혼자 밥을 먹는 이방근의 버릇이 되어 있었다. 말없이 머리를 텅 비우고 식사를 한다. 그러나 이따금 혼잣말을 하거나 혼자 웃기도 하는 것은 역시 머리가 항상 움직이고 있다는 증거일 터였다. 어쨌든 이방근은 식사 중에는 입이 무거웠다. 따라서 지금 그다지 답답함을 느끼지 못하고 있었지만, 집에서는 항상 선옥과 둘이서 식사를 하는 아버지에게는 침묵이 따분할 것이다. 그게 서먹서먹한 사이라면 침묵의 공기는 무겁고 견디기 힘들어질 것이다. 이방근은 내가 잠자코 있기 때문에 아버지가 이야기의 실마리를 찾지 못하는 것일까 하는 생각을 해 보았다. 아니, 그렇지는 않을 것이다. 아버지는 그런 걸 개의치 않는 분이다. 원래 아들을 조심스럽게 대하는 아버지지만, 그런 것에 신경 쓸 사람은 아니다. 전복죽이 맛있는 모양이었다. 아들의 방에서 먹으니까 더욱 맛이 있는지도 몰랐다…….

이윽고 아버지가 수저를 놓았다. 숟가락은 반쯤 줄어든 죽그릇에 그대로 꽂은 채 손잡이가 사발 가장자리에 걸쳐져 있었다. 아버지는 가볍게 헛기침을 하고 나서, 그런데 방근아……, 요즘 정세에 대해 어떻게 생각하느냐며 말문을 열었다. 그러고 보면 이 또한 상투적인 대화법이 될 것이었다. 끊임없이 정치동향에 관심을 쏟고 있는 아버지 쪽이 온갖 정보를 접하고 있을 터인데도, 아들의 의견을 묻고 있었다. 이방근의 정치적 관심을 넌지시 탐색해 보려는 의도도 있었겠지만(거기에 넘어갈 이방근이 아니라는 것을 아버지는 알고 있었다), 역시 아들의 판단을 듣고 싶은 모양이었다. 그러나 이방근은 적당히 대답할 수밖에 없었다. 즉 좌익들처럼 미군정이나 이승만의 움직임을 정면으로 부정하지는 않았다. 과격한 말이 튀어나오지 않는 것만으로도 아버지는 안심했다. 아들이 좌익운동이나 '혁명'에 뛰어들기보다는 방탕한 생활을 해 주는 편이 아버지로서는 얼마나 마음 편한 일인지 몰랐다.

이방근은 수저를 내려놓고 상당히 가벼워진 술병의 술을 자신의 잔에 따랐다. 아버지는 이런 식으로 잡담을 하다가 넌지시 본론으로, 즉 어젯밤에 명선관에서 있었던 말썽으로 화제를 옮겨 갈 생각인지도 모른다. 아마도 이미 아버지의 귀에 들어간 게 틀림없는 모양이었다. 일부러 이 방에 찾아온 것도 그 때문일 것이었다.

잡담을 나누면서 두 사람 모두 식사를 끝냈지만, 아버지는 최용학의 부친 최상규에 대한 이야기는 입 밖에 내지 않았다.

"아버지는 저에게 뭔가 할 이야기가 있는 거 아닙니까? 여기까지 일부러 오셨으니 말이죠." 이방근은 성냥을 켜서 아버지가 손가락에 끼운 담배에 불을 붙이며 말했다. "아까 전화하셨다는 말씀은 부엌이한테 들었습니다."

"음……." 아버지는 담배 연기를 토해 내고 나서 말했다. "그래, 그 일도 있지만, 저쪽 방으로 널 부르는 것만이 능사는 아니지. 네 방에 와 보고 싶었다. 부모란 그런 법이야. ……너는 라이터가 없냐?"

"아니요. 있긴 하지만, 책상 서랍에 넣어 뒀습니다. 저는 아무래도 라이터를 주머니에 넣고 다니는 게 성미가 맞지 않아서요. 성냥이 가볍고 좋습니다."

서랍 속에 있다는 말은 거짓이었지만, 전에도 쓰지 않고 내팽개쳐 둔 건 사실이었다. 그런데 언젠가 양준오의 하숙에서 남승지를 만났을 때 그것을 가지고 나갔다가 돌아오는 길에 바다로 차 버렸던 것이다. 다시 라이터를 갖고 싶은 생각은 없었다. 탁자 위에 놓아두는 것도 성냥으로 충분했다.

부엌이가 차를 내왔다. 술안주만 남기고 탁자 위의 그릇을 정리해 가져갔다.

"그렇군, 그럴 수도 있겠지." 이태수는 아들이 라이터를 갖고 있지 않으면, 자기 것을 주려고 했는지도 모른다. "그런데 말이다, 내 말을 오해하면 곤란하지만, 요즘 너를 찾아오는 손님이 많으냐?"

"손님 출입이요? ……그건 또 무슨 말씀이세요. 손님 출입이야 옛날부터 있었고, 많다는 것은 무슨 말씀이세요. 어머니나 부엌이가 그런 말을 하던가요?"

취기에 젖은 자신의 목소리가 귀 안팎에서 동시에 고막을 울렸다.

"저런 저런, 그런 게 아니야. 나는 네 생활에 간섭할 생각은 조금도 없어. 오늘도 손님이 왔겠지?"

"뭐라고요?" 이방근은 반사적으로 턱을 당기며, 얼핏 교활한 빛을 띤 것 같은 아버지의 눈을 퍼뜩 쏘아보았다. 이방근의 눈에 독을 품은 듯한 빛이 떠올랐다. 이게 어찌 된 일인가. 이태수는 눈을 깜박여 아들의 시선을 막았다. "예, 손님은 왔었습니다. 왔다 갔습니다만, 손님 출입이 잦다든가 도대체 누가 그런 말을 했습니까?"

"음, 말하는 편이 낫겠군, 세용이야."

"세용 형님이? 흐―음."

세용이란 경찰서 경무계장인 정세용을 말하는 것이었다.

"세용이는 네가 요즘 정치적인 관심을 좀 지나치게 가지고 있는 것 같다고 하더라. 물론 친척이니까 걱정이 돼서 하는 소리지. 오해하면 곤란하다고 말한 건 바로 그 때문인데, 나쁘게 받아들여선 안 돼. 그 손님이란 게 누구냐?"

"후후, 아버지도 알고 있잖습니까. 손님이 온 걸 아실 정도니까요."

이방근은 차갑게 말했다. 손님 출입이 많으냐, 손님이 누구냐, 마치 심문하는 것 같군. 도대체 무슨 일이야, 이거. 이방근은 흐물흐물 흔들리는 취기의 밑바닥에서 분노의 감정이 서서히 넘실거리기 시작하는 것을 느꼈다.

"……강몽구가 그 손님이냐?"

이태수는 멋쩍은 미소를 띠며, 뜻밖에 솔직하게 그러나 교묘하게 아들의 말을 받아넘겼다.

"그렇습니다."

"그는 공산당 사람이잖아."

합당하여 남로당(남조선노동당)이 되었지만, 이태수는 그것을 공산 당이라고 불렀다.

"공산당? 그럴 겁니다. 핫하, 그 형님도 어떻게 된 거 아닌가요. 내 가 정치적인 관심을 지나치게 가지고 있는지 어떤지 어떻게 안다는 건지 모르겠습니다." 이방근은 냉정하게 말했다. 상대가 아버지만 아 니었다면, 분노가 급격히 끓어올라 이미 폭발해 버렸을 것이다. 이방 근은 성내에 우연히 나타난 강몽구를 경찰이 미행한 게 아닌가 생각 했다. 만일 그렇다면, 강몽구가 그걸 모를 만큼 얼빠진 사람은 아니 다. 정세용이 한 수 접고 들어가는 남자니까, 모두 계산에 의한 행동 일 것이다. "강몽구는 제가 '서북' 사건으로 하룻밤 유치장에 머물렀을 때 같은 방에 있던 사람입니다. 친구라고나 할까, 말하자면 동료인 셈이지요. 하룻밤이었지만, 돼지우리에서 함께 지냈으니 말입니다. 삼일절 특사로 풀려났는데, 그날 석방되어 돌아가는 길에 마침 집에 들렀더군요. 그 사람이 오랜만에 성내에 온 김에 잠깐 들렀을 뿐입니 다. 말 그대로 손님입니다."

"하지만 공산당인 건 틀림없어. 게다가 간부고. 내가 몇 번이나 말했 듯이, 이제 와서 네 생활을 간섭할 생각은 없지만, 넌 이 애비의 입장 을 잘 알고 있을 거야. 지금이 어떤 때냐. 더구나 '서북'과도 타협이 막 이루어진 참이 아니더냐."

"그는 석방된 사람입니다. 일단 석방되면 일반인과 다름없잖습니까. '범죄자'는 아니니까요. 형무소에서 출소했을 때의 저도 그랬고요. 같은 거 아닌가요. 그 사람이 무슨 지하활동 차원에서 우리 집에 들른 건 아닙니다."

이방근은 강몽구가 오늘 들른 목적, 더구나 장남인 하타나카가 '무장봉기'를 위해 자금 지원을 한 사실을 아버지가 알면 기절할 거라고 생각하면서 말했다.

"그 지하니 지하활동이니 하는 말은 입에 담지 말거라. 석방된 건 나도 알고 있지만, 석방되었다고 해도 반드시 공산주의를 그만둔다는 보장은 없어. 경찰도 그 정도는 충분히 알고 있지만, 미군정청의 명령이라 석방한 것뿐이야. 안 그러냐. 석방됐어도 '요주의 인물'인 것만은 틀림없어. 옛날에 네가 형무소에서 나온 뒤에도 그랬었다. 넌 사회나 정치 문제에는 눈을 감고 지내 왔다, 그런 일에는 관심을 갖지 말자는 주의이지 않느냐. ……좀 전에도 나는 여전히 그런 일에는 별로 흥미가 없다고 네 입으로 말했고. 너는 요즘 시세의 흐름을 너무 낙관적으로 보고 있는 건 아니겠지."

"정세를 낙관적으로 보고 말고 할 문제가 아닙니다. 제가 그 사람을 초대한 것도 아니고 저쪽에서 찾아왔는데, 어떻게 그게 정치와 결부된다는 말입니까. 제가 특별히 남로당을 지지하는 것도 아니지 않습니까. 현실적으로 무슨 문제가 일어난 것도 아니고, 뭐 별다른 일도 아니잖습니까. 이상하군요. 아버지께선 설마 자신의 생각을 저에게 강요하시려는 건 아니겠지요."

"뭐라고……." 이태수는 아들의 말을 되받아치듯 말했다. "나는 사업가야. 제주도 정계와도 관련이 있어. 게다가 은행의 서울진출을 생각하고 있는 참이야. 최상화를 국회의원으로 미는 건 단순히 부탁받

앞기 때문에 추천인이 된다거나 후원자가 되는 게 아니야. 그것도 이 나라가 시작된 이래, 유사 이래 최초의 선거에서 밀고 있는 거야. 불평을 하려는 건 아니지만, 네가 내 오른팔이 되어 주면 이 애비가 얼마나 든든하겠냐. 물론 말이 그렇다는 것이지만. 이미 예전에 체념했으니까. 체념했단다……. 경쟁 상대인 최상규의 경우를 보거라, 그 사람에겐 떠억하니 아들이 붙어 있어. 너한테는 상규의 아들이 바보처럼 보일지 몰라도, 세간의 눈이 모두 너와 같다고 할 순 없겠지. 하하하, 상규는 그저 아들, 아들 하면서 우쭐댄단다(음, 이방근은 말을 계속하는 아버지의 표정을 살폈지만, 아무래도 어젯밤 명선관에서 있었던 일은 아직 모르는 모양이었다. 이상하다. 아직 아버지의 귀에 들어가지 않았단 말인가. 그것 참 이상하다). 그러나 난 혼자야. 지금까지도 그랬지만, 이 나이가 되도록 혼자서 해 나가고 있어. 그래서 난 내 입장을 언제나 확고히 굳혀 놓지 않으면 안 돼. 문제가 생긴 뒤엔 이미 늦어. 주위의 적에게 틈을 줄 수는 없어. 만약에 방근이 네가 공산당이라도 돼 봐라. 음, 이 집은 풍비박산 나는 거야……." 찻잔을 손에 들고 꿀꺽 차를 마시는 아버지의 표정에 문득 고독한 그림자가 스쳤다. 아버지에게는 드문 일이었다. 이 집이 풍비박산 난다……, 혈연을 빙자한 협박인 셈이다. 이미 절반은 무너진 집인데. "물론 너는 너야. 그러나 네 생각이 어떻든 부자 관계는 끊을 수 없어, 음, 피로 맺어진 인연은 끊을 수 있는 게 아니야. 네가 어른이 되어도, 또 아무리 나이를 먹어도 부모가 보기에는 자식이야. 따라서 부모 입장에서 자식을 대하고, 때로는 간섭하는 경우도 있겠지. 어쨌든 네게는 돈이 있는 게 병이야. 네 돌아가신 어머니의 유산 말이다. 하지만 넌 내 상속인이기도 하지. 권리이기도 하지만 본래는 자식으로서의 의무도 있기 마련이야."

"아니, 전 상속인이 되지 않겠습니다."

이방근은 울컥해서 말했다. 권리나 의무의 문제가 아니다. ……네 돌아가신 어머니의 유산 말이다. 무심코 나오는 아버지의 말버릇이기는 했지만, 그것이 이제까지 억눌려 있던 이방근의 감정을 자극했다. 어머니의 유산이 없는 빈털터리였다면, 너는 아버지 앞에서 머리를 들지 못했을 것이라는 게 아버지의 숨겨진 말뜻이었다.

"……뭐라고?" 순간 멍한 표정이 되었던 이태수는 퉁방울눈으로 아들을 노려보면서 말했다. "너는 지금 무슨 소리를 하는 거냐. 상속인이 되지 않겠다고? 흐─음, 정말로 대단한 말을 하는구나. ……그렇다면 뭐냐, 넌 내가 죽어도 제사도 지내지 않고, 집안도 잇지 않겠다는 것이냐?"

"왜 그렇게 집안을 잇는다느니 제사라느니 이야기를 비약시키십니까, 관계가 없잖습니까. 저는 모친의 유산이 어쩌니 하면서 어머니를 끌어들이고 싶지 않습니다. 당연한 거 아닙니까?"

"당연하다니, 뭐가 당연해?"

아버지의 표정에 조금 기가 꺾였다.

"당연하지요." 이방근은 손에 들려던 잔을 탁자 위에 탕 하고 내려놓으며 자리에서 일어났다. 이태수가 아들을 올려다보았다. 이방근은 소파에서 몇 걸음 떠나 우뚝 선 채 마치 거리를 두고 아버지를 쳐다보는 듯한 어투로 말했다. "저한테 돈이 있는 게 병이라는 말씀은 아버지의 입버릇이시지만, 그 일로 돌아가신 어머니까지 끌어다 붙이지는 마십시오. 저로서도 감정이 예민해집니다. 어머니가 돌아가신 지 5, 6년이 됩니다만, 그 후로 가정불화나 말다툼도 없어지지 않았습니까. 새어머니도 여자로서 괴로워한 건 사실이지만, 어머니의 죽음으로 사실상의 승리자가 된 사람입니다. 저는 어머니에게 유산을 받았지만, 지금도 그다지 재산을 갖고 싶다고는 생각지 않습니다. 그러나 어머

니가 죽음을 예감하고 당신 명의로 된 재산을 저에게 남겨주신 의미
는 있습니다. 어머니가 돌아가시지 않았다면, 아버지에게도 평화가
찾아오지 않았을 것 아닙니까. 그런 의미가 있다는 겁니다…….”

“무어라, 다시 한 번 말해 보거라.” 이태수는 가만두지 않겠다는 듯이
호통을 치며 소파에서 벌떡 일어났다가, 그대로 다시 앉았다. “너는 부
끄러운 줄도 모르고 애비에게 그게 무슨 말버릇이냐, 응? 난 네 애비
야. 애비한테 못하는 소리가 없구나. 네 어머니는 누가 뭐라던 내 죽은
아내야. 건방지게 그런 말을 한다고 해서, 죽은 네 어머니가 기뻐하기
라도 할 줄 아는 거냐. 하하, 기가 막혀서 말도 안 나오는구나…….”

이방근은 사실이 그렇지 않느냐, 방해물이 없어졌으니 잘된 것 아
니냐고는 말대꾸하지 않았다. 상대는 아버지였다. 그러나 그 분노는
조금도 두렵지 않았다. 분노란 그런 것이 아니었다. 아버지의 분노가
전혀 두렵지 않았다. 이방근은 창가의 책상으로 다가가 의자에 앉았
다. 손이 저절로 조끼주머니로 뻗더니 담뱃갑을 꺼냈다. 그는 담배
한 대를 물고 책상 서랍에서 성냥을 찾아내 불을 붙였다. 유리창을
열고 타다 남은 성냥개비를 버렸다. 담배 연기가 천천히 흘러나가는
어두운 창밖으로 전등 불빛에 비친 정원의 동백나무가 조용히 비에
젖고 있었다.

소파에 앉은 아버지의 뒷모습이 왼쪽으로 비스듬히 보였다. 아버지
곁에서 담배를 피우는 것은 이번이 처음일 것이다. 전에는 피운 기억
이 없었다. 아버지는 자신의 잔에 술을 따라 반쯤 마시고는 담배를
피웠다. 뒤에서 보니, 포마드로 말끔히 정돈한 반백의 뒤쪽 정수리
언저리는 역시 머리숱이 상당히 엷어져 있었다. 큰 몸집이긴 하지만,
약간 구부정한 어깨에는 역시 노인의 그림자, 쓸쓸함이 감돌고 있었
다. 반대편 앞쪽에서 보아도, 혈색은 좋지만 뺨은 처지고 이중 턱으로

부풀어 오른 데다, 목에는 수많은 주름살이 겹쳐 있어서 더 이상 나이를 숨길 수는 없었다. 언젠가 요릿집에서 옆방에 아들이 있는 줄도 모르고, 같이 온 사람들에게 죽은 아내의 음모가 하얘져서 도저히 동침할 마음이 나지 않았다고 농담 섞인 음담패설을 했던 남자. 아버지 방에 배어 있는 한약 냄새. 녹용 따위의 보약을 먹고 방사에 애쓰는, 아니, 어차피 마찬가지지만, 예순을 넘기고도 아들을 얻으려고 여전히 애쓰는 아버지라고 바꿔 말하자. 아마도 아이를 낳지 못하는 석녀가 분명한 선옥……. 아버지에게는 분명 어머니의 유산이 '원수'일지도 모른다. '병'인 그 돈만 없다면 아들이 좀 더 자신의 말을 잘 따랐을 것이라고 생각하는 것도 무리는 아니었다.

이태수는 일제강점기 때 일찍이 제주도 내 각 소학교와 유일한 '최고학부'인 농업학교의 조선총독부 편찬 교과서를 독점 판매하는 사업에 손을 대서 재물을 쌓는 발판을 만들었다. 또한 아내인 정 씨의 친정 도움으로 버스회사를 세우는 한편으로, 일본인과 손을 잡고 사람을 시켜 묘를 도굴하고 고려자기 따위를 팔아서 돈을 벌었다. 그러나 재물이 모이자 첩을 얻게 되었는데, 마지막으로 함께한 첩이 기생 출신인 선옥이었다. 선옥은 이방근의 어머니와는 열대여섯 살, 아버지와는 스무 살 정도 나이차가 있었다. 명색이 부부라고는 했지만, 사실상의 이혼 상태가 계속되는 동안에 이방근의 어머니는 병사했던 것이다. 장남인 용근이 일본에서 개업의사가 되어 일본 여자와 결혼한 채 고향에 돌아오지 않은 것도 불화의 요인 중 하나였다고 할 수 있었다. 특히 어머니를 따르던 유원은 이미 소녀 시절부터 아버지와 나중에 계모가 되는 선옥에게 반감을 가졌고, 이방근도 지금이야 어쨌든 과거에는 마음속으로 아버지를 용서하지 못했다.

이방근은 책상 너머로 몸을 조금 내밀고 창밖에 담뱃재를 털었다.

말없이 담배를 피우고 있는 아버지의 머리 주위에서 연기가 피어오른다. 아버지는 묵직한 몸을 소파에 맡긴 채 움직이지 않았다. 아들이 자리로 돌아오기를 기다리기라도 하듯 움직이지 않았다. 침묵이 아까와는 달리 답답하게 느껴지기 시작했고, 침묵에서 비롯된 긴장감이 솟아났다.

이방근은 담배꽁초를 창밖에 내던지고, 젖은 땅에 떨어진 담뱃불이 쉬쉭 하고 꺼지는 소리를 들으며 변소에 갔다. 문득 오줌이 마렵다는 생각이 든 것도 사실이지만, 반드시 그 때문만은 아니었다. 아까는 충동적으로 소파에서 일어섰지만, 무방비 상태로 등을 보이고 있는 아버지를 대하고 있자니 기분이 언짢아져서, 계속 앉아 있으면 안 될 것 같다는 생각이 들었던 것이다.

"어딜 가느냐?"

아버지가 문 앞까지 걸어간 이방근을 불러 세우듯이 말했다. 미닫이를 연 이방근은 변소에 간다고 대답하고, 음…… 하고 고개를 끄덕이는 아버지를 곁눈으로 바라보며 툇마루로 나왔다.

나는 네 애비야. 애비한테 못하는 소리가 없구나……. 난 네 애비야, 이것이 나에 대한 아버지의 유일한 권위였다. 즉 넌 내 자식이야……, 그 말이 자식에게는 별다른 의미를 갖는 건 아니었지만, 어차피 부모란 그런 것인 모양이다. 이방근은 아버지에게 조금 상처를 주었구나 하는 생각이 없는 것은 아니었다. 더 이상 어머니 이야기를 할 필요는 없었다. 아버지도 스스로 계기를 만들고자 했을 뿐, 그 이상 어머니에 대해 이야기할 것도 없을 터였다. 간경변으로 돌아가신 어머니가 1년이 넘도록 병상에 누워 있는 동안에도, 아버지는 선옥과의 생활을 당연한 기정사실처럼 계속했던 것이다. 지금 어머니 이야기를 해서는 안 된다. 죽은 사람에 대해서는 해마다 성대한 제사를 올려 주고, 전처를 칭송하는 아버지는 산 사람으로서의 여생을 후처와 함께 보내면 되는 것이다. 아버지의 인생에 간섭할 필요가 없는 것처럼, 나도 아버지의 간섭을 받을 이유는 없다. 네가 공산당이라도 된다면 이 집은 풍비박산 난다……. 참으로 어린애 같은 협박이었다. 왜 풍비박산이 난단 말인가. 이태수라는 존재가 무너진다는 것인가. 그러나 그것은 '애원'의 또 다른 표현이기도 했다.

이방근은 결국 아버지가 꺾일 것임을 알고 있었다. 꺾일 수밖에 없다는 것을 알고 있었다. 그러니까 표면적으로는 내가 굽혀야만 한다고 생각했다. 충돌은 최근 1, 2년 전까지 반복되고 있었다. 아들이 사실은 자신의 힘을 필요로 하지 않을 뿐만 아니라, '어찌 해 볼 도리가 없는', '아무도 손댈 수 없는' 인간이라는 것을 알고 있는 아버지가 하나 남은 아들과 대립하면 어떻게 되겠는가. 무엇보다 딸이, 모처럼 이방근의 영향으로 마음을 연 유원까지 아버지를 거역하고 떠나갈 것이었다. 그리고 가정은 또 다른 붕괴에 직면한다. 따라서 아버지다 혈연이다 하며 압박하지 말고, 남남처럼 거리를 두어도 좋으니까, 서로 간섭하지 않고 균형을 유지하는 편이 집안의 평온을 위해 좋았다.

음, 오늘 밤은 그만두는 편이 낫겠어, 기분도 내키지 않고……. 이방근은 변소 안 작은 창 너머로 어두운 바깥을 바라보며 중얼거렸다. 비는 거의 그쳐 있었다. 봄비라고는 해도 감질나는 비다. 내릴 바에는 한바탕 퍼붓는 비가 좋다. 이방근은 마침 아버지와 얼굴을 마주한 김에 최상화의 추천인을 그만두라고 말하고 싶었다. 어젯밤 명선관에서 최상화의 사촌 형인 최상규와 말썽을 일으키면서, 내심 이것이 아버지가 최상화의 추천인이 되는 것을 방해라도 해 주었으면 좋겠다고 생각한 건 사실이었다. 어떻게 아버지를 말릴 수 있을까. '무장봉기'에 관한 이야기를 할 수는 없겠지만, 성내에서 멀리 떨어진 몇몇 부락에서 일어나고 있는 소규모 투쟁을 예로 들면서, 간접적인 정세의 흐름에 대한 아버지의 주의를 환기시키고 싶었다. 아버지의 인생에 간섭하려는 게 아니다. 그럴 필요가 있기 때문이다. 마침 오늘 강몽구와의 '관계'도 생겼다. '민족자본가'인 이태수에게까지 위해가 미칠 거라고는 생각되지 않지만, 무력 투쟁의 혼란한 와중에 어떻게 될지 모르는 일이다. 역시 내버려 둘 수는 없었다.

"음, 거기 앉아라."

이방근이 방에 돌아와 소파 쪽으로 다가서자, 아버지가 턱으로 자리를 가리키면서 서로의 호흡을 맞추듯 말했다.

"예."

이방근은 고개를 가볍게 숙이고 다시 소파에 앉았다. 차마 아버지 옆을 그대로 지나쳐 창가의 책상에 가 앉을 수는 없었다. 거기 앉아라, 예, 이것이 다음의 말을 이어 주었다. 아버지와 아들. 이태수가 술병을 한참 기울여 아들의 잔에 술을 따라 주었다.

"하하하, 넌 아까 이상한 말을 하더구나. 음, 상속인이 되지 않겠다느니 뭐니 하던데, 그건 본심에서 나온 말이냐?"

이태수는 사람이 변한 듯 미소까지 띠며 말했다. 아버지는 표정을 누그러뜨리고 웃음으로 얼버무리며 말했는데, 어쩌면 공산당의 문제보다도 상속인 문제가 더욱 중대사인 모양이었다. 그것이 이방근의 본심이라면, 아버지 이태수, 아니 이씨 가문의 존재 자체를 뒤흔드는 문제가 될 것이다(불쑥 입 밖으로 튀어나온 말이기는 했지만, 이방근은 원래 그런 생각의 소유자였다. 애당초 그는 굶주림을 걱정할 필요가 없는 신분이었고, 어머니의 유산에다 더 많은 '유산'을 얻어 축재하려는 생각 따위는 없었다. 그리고 자신이 '장남'으로서 집안의 대를 이어야 한다는 확실한 의지도 가지고 있지 않았다). 그러나 아들로부터 그것이 자신의 본심이라는 대답이 나오면 어떻게 하겠다는 것인가. 아니, 이미 이것은 아들에 대한 견제였는지도 모른다.

"아버지, 오늘은 그런 얘기는 그만두지요." 이방근이 말했다. "저는 제게 있는 상속권을, 그건 당연히 권리와 의무를 수반하는 것이지만, 그걸 포기하겠다는 건 아닙니다. 아버지도 그런 저의 입장을 부정하시지는 않을 겁니다. 그럼 된 거 아닙니까. 그리고 말입니다, 제가 그 상속인이 되든 말든, 아버지의 아들인 것만은 틀림없잖습니까."

"······그 상속인이 되든 말든이라는 말뜻을 잘 모르겠구나. 그게 무슨 말이냐?"

"예를 들어 한 이야기입니다. 아버지와 제가 부자지간이라는 당연한 사실을 강조하기 위한 비유 같은 겁니다."

"음, 그렇지, 바로 그거다. 넌 유산을 염두에 두고 그런 말을 한 모양인데, 지금 네가 말한 부자간의 관계가 바로 상속 관계야." 아버지와 아들의 관계에 대한 확인, 너무나 당연한, 듣기에 따라서는 정말 기묘한 그 말이 아버지를 안심시켰다. 이런 말을 아버지는 원한다. 응접실에서 전화벨이 울리고 있는 모양이었다.

"핫하하, 생각해 보면 참으로 묘한 일이다. 다른 집에서는 유산상속 때문에 형제나 친척 간에 머리가 터지도록 싸움을 벌이거나, 노인이 빨리 죽기를 기다리는 곳도 있는데, 우리 집 아들은 준다는데도 필요 없다고 하는구나. 헛허, 요즘 세상에 참으로 기특한 일이야······. 물론 유산을 남기느냐 마느냐는 부모의 뜻에 달린 일이다. 음, 네게는 자식이 없으니 말이야. 자식이 없으면 부모의 심정을 모르는 경우도 있지. 네가 아무리 뛰어난 머리를 가지고 있다 해도 이것과는 별개의 문제야."

"······"

이방근의 뒤쪽 툇마루로 부엌이의 발소리가 아닌 가벼운 발자국 소리가 다가왔다. 선옥이었다. 그녀는 아버지에게 최상화로부터 전화가

왔다고 전했다. 이방근은 이유도 모른 채 움찔했다. 어젯밤 명선관에서 있었던 일이 생각났기 때문이었다. 그 일이 아버지의 귀에 들어갈지 어떨지 조금 마음에 걸렸다. 아니, 최상화의 귀에 들어가지 않았는지도 모른다. 어느 누구의 귀에도. 그리고 명선관의 마담에게도 입막음을 해 두었는지 모른다.

이방근은 아버지가 방을 나가자마자 담배를 물고 깊숙이 한 모금 들이마시고 나서 자리에서 일어났다. 아까는 아버지 등 뒤의 책상에서 담배를 피웠는데, 역시 얼굴을 맞대고 담배 연기를 뻐끔뻐끔 토해 낼 수는 없었다. 이방근은 방을 두세 바퀴 돌다가, 지금부터 밖으로 나가 볼까 하는 생각을 했다. 시각은 슬슬 여덟 시가 돼 가고 있었다. 오늘 밤은 더 이상 아버지와 자리를 함께하기는 어렵다. 장황하게 이야기를 나누고 싶지 않았다. 이방근은 툇마루로 나와 가는 빗줄기가 소리도 없이 내리는 어두운 하늘을 올려다보았다. 안개비였다. 우산은 필요 없을 것이었다. 내일 날씨는 어떨까.

꽤 오래 통화를 하던 아버지가 서재로 돌아오자, 이방근은 여덟 시에 약속이 있어서 나가 봐야겠다고 거짓말을 했다.

"저는 오늘 밤 아버지께 드릴 말씀이 있었는데, 내일이나 모레라도 다시 한 번 아버지를 찾아뵙겠습니다."

"무슨 얘긴데?"

"대단한 이야기는 아니구요, 그냥 잠시 상의드릴 일이라고 생각하시면 됩니다."

"상의할 일?"

"그렇습니다."

이태수는 고개를 끄덕이며 아들을 힐끗 쳐다보았지만, 그다지 싫지는 않은 표정이었다. 아버지는 이렇듯 아들이 자신에게 의지해 오는 것을 좋아한다. 아들이 '어려운 문제'를 가져와 의논해 주기를 은근히 기다리고 있다 해도 좋았다.

이태수는 자기 방으로 돌아갔다. 아버지는 최상화에 관해서 아무 말도 하지 않았는데, 두 사람의 전화에서는 명선관에서 있었던 일이 화제에 오르지 않은 모양이었다.

이방근은 한복 위에 두루마기를 걸치고 밖으로 나왔다. 싸늘한 밤 공기가 술기운이 남은 볼에 닿자 기분이 상쾌해졌다. 가는 비가 길을 걷는 이방근의 얼굴에 안개처럼 달라붙었다.

특별(비밀)당원……. 이 동무가 우리 당 조직의 투쟁을 지지해 주기 바라네. 협력 이상의 것, 당원으로서 조직에 참가해 주기를 원하고 있네……. 조국의 비상시에 있어서 이방근 동무의 민족적 의무……. 저녁 빗속으로 사라져 간 강몽구의 말이 되살아났다. 음, 요즘 손님 출입이 많으냐? ……아버지의 목소리. 어처구니없는 말이다. 음, 내일 날씨는 어떨까. 비는 내리지 않을 것이다. 이방근은 아무런 맥락도 없이, 내일 한라산 기슭의 산천단에나 가 볼까 하고 생각했다. 그리고 동굴의 주인인 목탁영감을 만나 봐야겠다. 만일 비가 내리더라도 심하게 내리지 않으면, 방파제 끝에서 오랜만에 낚시나 해 보자.

이방근은 어두워진 시내를 향해 걸어갔다.

5

비는 이미 어제 밤중에 그쳤지만, 아침이 되어 햇살이 비치기 시작하자, 구름은 자꾸만 뭉쳐지며 어디론가 사라져 버렸다. 서재 뒤쪽 창문으로 뜰의 꽃향기가 흘러들고, 안뜰의 공기는 집 안의 기둥과 흰 처마의 윤곽을 더욱더 또렷이 드러내며 가늘게 빛나고 있었다. 숙취가 남은 이방근의 머릿속은 맑게 갠 날씨만큼 상쾌하지는 않았지만, 방을 천천히 빠져나가는 부드러운 바람결에서 봄을 느낄 수 있었다.

이방근은 입에 물었던 담배를 손가락으로 옮기며 숙취의 무게를 털어 내듯 머리를 좌우로 흔들고는 소파에서 일어났다. 다시 한 번 흔들자, 두개골 안쪽의 다락방에서 잡동사니가 부딪쳐 구르는 소리가 났다. 아니, 사람 목소리가……, 숙취라고? 젊은 사람이 숙취에 시달려서는 안 되지, 나는 지금도 어지간히 마셔서는 숙취를 몰라, 날무우를 씹으면서 말이지, 날무우를…… 강몽구의 목소리가 잡동사니와 함께 와글와글 흔들리며 들려온다. 무……, 날무우, 묘하게 여체의 일부처럼 하얗고 윤기가 도는 무가 마음에 걸렸다. 이방근은 툇마루에 서서 하늘을 올려다보며, 역시 산으로, 산천단에 가야겠다고 생각했다. 이 정도의 숙취라면 몸을 움직이는 편이 좋을 것이다. 아니, 강몽구의 말이 아니더라도 이 정도를 숙취라고 할 수는 없다. 혈액 전체에 납이 녹아들어 굳어진 것처럼, 육체를 금속이라도 되는 양 무거운 상태로 만들어 꼼짝도 못할 숙취의 감각은 없었다. 그러나 축항 방파제에서 낚싯줄을 드리우기보다는 몇 시간쯤 먼 길을 걷는 편이 머릿속의 돌멩이 같은 잡동사니를 조금이라도 털어 내기에는 좋을 것이었다.

이방근은 그러나 그 때문에 산에 가는 것은 아니었다. 낚시냐 산이냐, 하룻밤이 지나 파란 하늘이 아름다운 호수처럼 얼굴을 내미는 것을 보자, 어젯밤 생각한 대로 역시 산천단에 가야만 한다는 의무감 같은 것을 느꼈던 것이다. 낚시는 비오는 날에만 하는 것은 아니지만, 비가 갠 이상 산천단에 가자. 그리고 어머니 제삿날 밤에 홀연히 나타났다 사라진 산천단 동굴의 주인 목탁영감을 찾아가 보자.

생각지도 못한 강몽구의 방문. 그리고 그 뒤를 이어, 마치 강몽구의 냄새를 맡기라도 한 듯이 방에 찾아온 아버지. 어젯밤에는 서로 아슬아슬한 고비에서 웃으며 헤어졌지만, 한두 걸음만 더 깊이 들여놓았다면 아버지와의 충돌은 피할 수 없었을 것이다. 아버지로부터 도망치려고 나왔던 밤거리. 전에 없이 바다에 낚싯줄을 드리울까 아니면 산천단에 가 볼까 하고 생각한 것은 이방근의 불안정한 기분 탓이라고 해도 좋았다.

시간은 열 시가 가까웠다. 여동생 유원은 아직 오지 않았다. 연락선은 여느 때 같으면 이미 입항했을 터인데, 선박회사에 전화를 걸어 보니, 어젯밤의 안개 때문에 한 시간 정도 늦을 거라고 했다. 배가 한두 시간 늦는 것은 대단한 일도 아니었다. 육상교통과는 달리 자주 있는 일이었다. 그보다도 여동생이 어젯밤 목포를 떠난 연락선을 탔는지 어떤지를 알 수가 없었다. 그러나 편지에는 26일에 서울을 출발한다고 쓰여 있었으니까, 어젯밤 연락선을 탔음이 분명했다. 그렇다면 머지않아 이쪽에 도착하게 될 것이다.

이방근은 슬슬 출발하지 않으면 안 되었다. 한라산 기슭이라고는 해도, 해발 4, 5백 미터, 성내에서 산천단까지는 14, 5킬로미터 거리여서, 가는 길만 해도 서너 시간이 걸린다. 우물쭈물하다가는 밤중에야 돌아오게 될 것이다. 돌투성이의 밤길을 걷는 것은 꽤 힘든 법이다.

이방근은 부엌이에게 일러 목탁영감에게 줄 굴비를 다섯 마리쯤 싸게 했다. 일부러 주식인 쌀이나 보리를 가져갈 수는 없으니까, 산천단에 있는 절의 스님이나 마을 사람에게 부탁한 뒤 얼마간의 돈을 주고 오면 될 것이다.

이방근은 오랜만에 창고에서 사오기(왕벚나무) 몽둥이를 꺼냈다. 벚나무는 과거 일제강점기에 일본의 정신〔大和魂〕이나 무사도(武士道)

를 상징하는 국화로서 조선 전국에 강제적으로 심어졌지만, 제주도 한라산에는 원래부터 왕벚나무가 자생하고 있었다. 그것을 여기말로는 '사오기'라고 한다. 벚나무의 원생지가 한라산이라면, 그것이 일본의 국화가 되고, 또 일부러 바다를 건너 이 섬에 심어졌다는 것은 정말 묘한 인연이라 할 만했다.

해방 직후, 일본군에서 돌아온 어떤 학도병이 대낮에 술에 취해 일본도를 휘두르다가 도청 구내에 있는 벚나무를 잘라 버린 일이 있었다. 이방근은 걸레로 몽둥이의 먼지를 닦아내면서, 취한 청년이 벚나무에 대고 외쳤다는 "이 왜놈의 종자들!"이라는 말을 생각해 내고는 웃었다. 경멸의 웃음이 아니라 공감의 웃음이었다. 지금도 이 나라의 현실은 결코 밝지 않지만, 당시의 일제강점기는 양심 있는 사람에게는 질식할 것 같은 죽음의 시기였다. 전후의 일본에서는 전쟁 당시를 가리켜 '어두운 골짜기'라고 부르는 모양이지만, 이 땅에서는 도저히 그런 문학적인 표현으로 담아낼 수 있는 사안이 아니었다.

이방근은 평상복인 무명 한복에 운동화를 신고 밀짚모자를 쓴 뒤 안뜰로 내려섰다. 일제 말기에도 한복만을 고집하던 이방근은 다박수염을 기르고 짚신을 신고서 지금과 마찬가지로 사오기 몽둥이를 들고 산천단에 가곤 했다.

"서방님, 유원 아가씨를 만나신 뒤에 가시지 않으면, 돌아오셔서 섭섭해 하실 거우다."

건어물과 도시락 대신 주먹밥을 싼 보자기를 들고 온 부엌이가 말했다. 마치 여동생에게 부탁이라도 받은 듯한 말투였다. 새끼 고양이 흰둥이가 따라와 그녀의 발치에서 재롱을 부렸다.

가능하면 여동생을 만나고 나서 나서고 싶었지만, 설령 어젯밤에 연락선을 탔다 해도 도착을 기다리고 있다가는 늦어질 것 같았다. 부엊이 말대로, 돌아와서 오빠의 모습이 보이지 않으면 아마 기분이 좋지는 않을 것이다. 그리고 나중에, 자기만 따돌리고 어딜 갔다 왔냐는 식으로 오빠를 몰아세울 게 분명했다.

"어린애도 아닌데 무슨 바보 같은 소리야……. 배가 늦어진다는군. 그 애를 기다리고 있다가는 오늘 밤에 돌아올 수가 없어. 게다가 어젯밤 배를 탔는지 어떤지도 확실치 않아. 음, 어쩌면 내일 아침에 돌아올지도 몰라."

"아니요, 서방님, 그렇지 않수다. 아가씨는 오늘 배로 돌아올 거우다." 부엌이가 자신 있게 말했다.

"흐흥." 이방근은 상대로부터 보따리를 받아들고는 웃으며 말했다. 반쯤 마른 생선의 비린내가 풍기는 보따리가 제법 묵직했다. "어떻게 그걸 알아. 점이라도 쳐 봤나?"

"그런 게 아니우다. 유원 아가씨는 언제나 아침 기차를 타십니다. 그리고 아침부터 대문 지붕 위에서 까마귀가 계속 울고 있었수다. 아가씨가 돌아오신다는 걸 알려 주고 있수다. 틀림없이 어젯밤 배를 타셨을 거우다."

"음, 그랬구만……."

"정말이우다."

이방근은 다시 웃었지만, 그러고 보니 까마귀 한 마리가 계속 울고 있던 게 생각났다. 이런 경우에 섬 여자들의 신념을 무너뜨리기는 쉽지 않다. 예언이 맞지 않을 때는 또 그 나름의 이유를 찾아내어 납득시키려 들 것이다. 그렇다 해도, 까마귀가 유원이의 귀가를 알리며 울었다면, 이 얼마나 인간의 지혜를 뛰어넘는 영묘한 일인가. 그러나 이방근이 고개를 끄덕인 것은 그 때문이 아니었다. 유원은 언제나 아침 기차를 탄다고 부엌이가 말했는데, 그건 사실이었다. 지금은 왕복 모두 아침 기차밖에 없기 때문이다.

"서방님, 두루마기는 안 입으실 거우꽈?"

"필요 없어. 산길을 걷다 보면 땀도 나겠지."

"이맘때의 산천단은 아직 춥수다."

"괜찮아, 걱정할 거 없어."

이방근은 걸음을 떼어 놓으려다 발밑에 달려들어 감겨 오는 새끼 고양이 때문에 움직일 수 없게 되었다. 생선 냄새에 자극을 받은 것인지 보따리에 뛰어오르거나, 바지 자락의 대님을 물어뜯으며 건방지게 으르렁거리는 소리를 냈다. 이방근은 쓴웃음과 함께 허리를 굽혀 새끼 고양이의 조그만 머리를 쓰다듬어 달랬다. 꽤 사랑스러운 녀석이라, 그도 어느새 새끼 고양이의 비위를 맞추게 된 모양이다.

"아아, 알았어. 알았다구……. 그런데 까마귀님이 알려 주시기를, 너의 두목이 돌아온단다. 편지에도 네 이야기를 썼던데, 두목님의 얼굴을 잊어버린 건 아니겠지. 아직 한 달도 지나지 않았으니 말이야. 그런데 과연 그럴까, 고양이는 은혜를 모른다던데, 핫하하……."

이방근은 대문 옆의 쪽문까지 따라온 부엌이에게, 그럼, 유원이를 부탁한다고 말하고 집을 나섰다.

가벼운 바람이 뺨을 스치고 좁은 길을 빠져나갔다. 북국민학교 뒤편으로 나오자, 담장 너머 교정 구석에 서 있는 다섯 그루의 키가 큰 포플러나무가 가지를 바람에 맡기고 한들한들 춤추고 있는 게 보였다. 벌써 연둣빛으로 물든 어린잎이 햇살을 받아 마치 바람에 반짝이듯 밝게 빛났다. 아직 구름이 하늘 한쪽을 덮고 있었지만, 포플러 가지에서 춤추는 부드러운 햇빛은 틀림없는 봄의 햇살이었다.

골목에서 만난 근처의 노인이, 아이고, 이 생원, 어딜 가시려고…… 라며 인사를 했다. 어디 산소에라도 가시나, 아니, 그게 아니지, 설마

이 시기에 이 생원 혼자서 산소에 갈 리는 없을 테고……. 그렇다면 유산(遊山)이라도 하실 모양이구려……. 사오기 몽둥이가 눈에 띄는데, 얼핏 보기에도 멀리 간다는 걸 알 수 있다오.

이방근은 관덕정 광장에서 남문길로 들어섰다. 길가에는 여자들이 생선이나 해초 등을 담은 대바구니를 바닥에 늘어놓고 벌써 노점을 벌여 놓고 있었다. 적동색 살갗을 한 여장부 같은 해녀들이었다. 완만한 언덕을 오르자 평탄한 길이 남쪽으로 곧장 뻗어 있었다. 오른쪽의 낮은 초가지붕 너머로 도립병원의 이층건물을 바라보며 잠시 걷자니 조용한 소나무 숲에 둘러싸인 삼성혈의 유적이 나왔다.

이방근은 대나무 바구니에 넣은 물허벅을 짊어지고 윗마을로 올라가고 있는 국민학교 3, 4학년쯤으로 보이는 여자아이 둘을 따라 잡았다. 물허벅에서 맑은 물이 찰랑찰랑 흔들리다가 반짝반짝 빛나는 아름다운 물방울을 튀기며 흘러넘쳐서는 대바구니를 적시며 떨어진다. 소녀는 힐끗 돌아보더니 가지런한 발걸음으로 다시 걸었다. 귀중한 물을 함부로 흘리는 걸음걸이를 해서는 안 된다. 마을에는 저수지 밖에 없었기 때문에, 음료수를 구하기 위해 일부러 성내 해변의 용천까지 왕복 한두 시간을 들여 물을 길어 오는 것이었다.

타지 사람의 눈에는 물허벅을 짊어지고 걷는 처녀의 모습이 하나의 풍물시에 비유될 수 있는 정경으로 비치겠지만, 물 긷는 일은 해안 부락을 포함한 이 섬 여자들에게 하루 일과의 중요한 부분을 차지하고 있었다. 해안에서 멀리 떨어진 산촌에서는 빗물이나 저수지의 물을 이용할 수밖에 없었다.

물을 길어 가는 소녀들은 큰 걸음으로 성큼성큼 걷는 이방근에게 금방 추월당해 버렸다.

전방이 탁 트이면서 저 멀리 구름에 정상이 가려진 한라산이 웅대한 산자락을 동서로 유유히 펼치고 있었다.

한 시간쯤 걸려 마을을 지나치자, 돌투성이의 좁은 시골길은 완만한 오르막길로 바뀌기 시작했다. 주변 일대에 보리밭이 펼쳐지고, 길 양편에는 이 섬 특유의 화산암을 쌓아 만든 검은 돌담이 끝없이 이어져 있었다. 어디에나 돌과 바위투성이인 섬이었다. 돌담은 논밭의 경계선이 될 뿐만 아니라, 바람을 막아 주는 방풍의 역할은 물론, 방목하는 소와 말의 침입을 막아 주기도 하였으며, 또한 그것이 돌 많은 섬의 처리 방법이기도 하였다. 집 주위도 돌담이었고, 만두 모양의 무덤과 해안의 용천에도 돌담을 둘렀으며, 성장(城牆)이라 불리는 방파제도 역시 돌이었다. 관덕정의 양 옆뿐만 아니라, 마을 입구마다 서 있는 돌하르방 같은 석인상(石人像). 돌담 사이의 시골길을 걷고 있자면 마치 돌멩이만 굴러다니는, 물이 말라 버린 건천 바닥에 있는 듯한 착각에 빠진다.

점차 강해진 햇살 탓에 푸른 잡초에서 풀의 훈김이 나는 듯한 기분이 들었지만, 그것은 아무래도 바람이 실어오는 보리밭 냄새인 듯했다. 갑자기 참새가 보리밭에서 날아올라 사람을 놀라게 만들었으나, 돌담 그늘에서 하늘하늘 공중에 하얀 반점 모양을 그리며 춤추듯 날아다니는 나비를 보는 것도 처음이었다. 하얀 나비가 이방근 앞에서 취한 듯 잠시 맴돌고, 하얀 배를 보이며 수직으로 하늘 높이 솟아오른 종달새는 어느새 허공 속으로 빨려 들어가 소리도 모습도 사라져 버렸다.

이방근은 왼손에 든 보자기를 바꿔들 생각도 하지 않고, 오른손에 잡은 사오기 지팡이 끝으로 돌멩이를 두드리기도 하면서 점차 가팔라지는 오르막길을 쉬지 않고 걸었다. 이마의 땀이 볼에 흘러내릴 정도로 솟아났다. 산천단에 도착할 무렵에는 남아 있는 숙취도 완전히 사라져 버릴 것이었다.

음, 그런데 나는 도대체 무엇 때문에 산에, 산천단에 가는 걸
까……. 어차피 어젯밤 아버지와의 사이에 있었던 사소한 충돌에서
나온 발상이 아닌 건 확실하고, 그리고 비가 갠 탓도 있지만, 그렇다
고 왜 갑자기 작년 여름 이후로 거의 1년 만에 산천단이란 말인가.
정말 일시적인 변덕으로, 근처의 노인이 말했듯이 '유산(遊山)'이란
말인가. 으흠, 하며 이방근은 생각했다. 어쩌면 무의식중에 목탁영
감의 '가르침', 아니 그 영감을 만나는 것만으로 무언의 계시를 얻으
러 가는 것은 아닌가. 무슨 계시를……. 어찌 되었든, 그 소파에서
몸을 일으킨 이방근이 이렇게 멀리까지 나온 것은 드문 일이었다.

핫하하, 무슨 계시……, 계시 따위가 있기나 하겠는가. 지금은 산천
단까지 올라가는 일, 걷는 일이 목적인 것처럼 여겨졌다. 오랜만이긴
하지만, 일찍이 해방 전에는 울적한 마음으로 자주 오르내리던 길이
기도 했다. 산천단에서부터 길은 험한 산길로 변하지만, 한 시간쯤
오르면 관음사에 도달한다. 관음사는 전쟁 중에, 이방근이 휴양을 겸
하여 반년 남짓 은둔하던 곳이기도 했다. 따라서 성내에서 산천단으
로 가는 길은 수없이 왕복한 낯익은 길이라 할 수 있었다. 한라산 정
상으로 오르는 등산로 입구도 관음사를 지나가면 나온다. 이 섬의 상
징이자 섬 주민들의 신앙의 대상인 영봉(靈峰). 아직도 저 멀리 우뚝
서 있는 눈 덮인 웅대한 한라산을 우러러보며 이방근은, 저 한라산이
'무장봉기'의 근거지가 된다는 것을 도무지 현실로 믿을 수가 없었다.
깊은 원생림의 밀림에 덮인 저 광대한 한라산의 어디에 봉기자들이
숨어 있는 것일까. ……특별(비밀)당원이란 말이지.

"특별당원……, 이 동무가 당원으로서 조직에 참가해 주기를 바란
다, 이 말이지."

이방근은 무의식중에 소리 내어 중얼거렸다. 이 동무는 협력자 이

상의 것, 당원으로서 조직에 참가해 주기를 바라오. 이 동무가 우리 당 조직의 투쟁을 지지해 주길 바라오. 음, 강몽구…… . 형인 하타나카가 일본 도쿄에서 무장봉기 자금을 냈다. 그리고 어느 틈엔지 일본에 가 있던 남승지의 귀향…… .

얼마 안 가서 왼쪽으로 보이는 작은 부락을 지나자, 바람이 지나는 모습도 보일 것 같은 고원지대를 조망할 수 있는 탁 트인 길이 나왔다. 온통 초록빛으로 드넓게 펼쳐진 초원 여기저기에 방목하는 말과 소떼가 점점이 보였다. 까마귀의 울음소리가 들려왔다. 까마귀는 어딜 가나 눈에 띄는, 이 섬에 유난히 많은 새였다. 그때 길 앞쪽에서 어깨에 대바구니를 걸쳐 멘 맨발의 소년이(아마 이 마을의 소년일 것이다), 막대기와 손으로 땅을 헤집어 뭔가를 줍고 있는 게 보였다. 가까이 가 보니 그것은 딱딱하게 굳은 쇠똥으로, 소라빵과 비슷하게 생긴 것이 바구니에 꽤 많이 들어 있었는데, 시골에서는 온돌 난방의 연료로 삼았다.

"아아, 많이 주웠구나."

이방근이 지나치면서 말을 걸자, 새까맣게 더러워진 얼굴에 이상한 냄새를 풍기는 그 소년은 마치 적의라도 품은 듯한 눈빛으로 돌아보았다. 스쳐 지나가면서 이방근은 이유도 없이 가슴이 덜컹 내려앉는 것을 느꼈다. 이상하다. 어찌 된 일일까. 잠시 걷다가 뒤를 돌아보니, 이쪽을 보고 있던 소년이 얼굴을 돌리고 반대쪽으로 걷기 시작했다. 소년의 그 눈빛은 뭘까. 하얀 얼굴, 산촌의 농부들과는 다른 얼굴을 한 외부인에 대한 경계심일까. 후후후, 하지만 소년과 시선이 마주친 것만으로 가슴이 덜컹한다는 것은 묘한 일이었다…… .

시간은 정오가 다 돼 있었고, 길은 점차 산악지대로 접어들기 시작했다. 멈춰 서서 얼굴의 땀을 닦아내며 왔던 길을 돌아보니, 부동의 넓은 바다가 눈에 들어왔다. 하얗게 빛나는 건 파도였지만, 그 움직임은 전혀 없었다. 어젯밤의 안개도 걷히고, 바다는 수평선을 향해 망망하게 빛나고 있었다. 상자 모양의 정원처럼 보이는 성내 부두에 정박해 있는 여객선이 목포에서 온 연락선일 것이다. 부엌이의 말을 들은 탓인지, 유원이 저 배로 돌아왔을 것 같은 기분이 들었다. 그리고 지금쯤은 오빠가 집에 없어서 뾰로통해 있을지도 모른다.

이방근은 작은 바위에 걸터앉아 밀짚모자를 벗고 나서 담배 한 대를 피웠다. 푸른 바다, 광대한 한라산 자락에 솟아난 오름이라 불리는 크고 작은 기생화산의 무리. 구름이 움직이고 바람도 움직였지만, 산도 바다도 그리고 그것들을 하나로 감싸 안은 하늘도 부동이었다.

섬 전체의 해안에서 산록에 걸쳐 곳곳에 솟아 있는 4백여 개의 기생화산은, 주봉인 한라산을 정점으로 해저에서 분화했을 때의 생성의 섬뜩함을 말해 주고 있었다. 역사에 기록된 이 섬의 마지막 분화는 약 천 년 전인 고려 목종 때의 해저분화, 비양도(제주도 서해안 근처에 생긴 작은 화산도) 등이 생성되었지만, 제주도 전체가 그대로 거대한 화산도였다. 이 화산도를 무대로 삼아, 섬 주민들의 무장봉기로 어떤 폭발이 일어나려 하는 것일까.

한 시간쯤 걸으니 드디어 산천단의 소나무 고목이 커다란 날개처럼 허공으로 가지를 펼친 절벽이 보였다. 목탁영감의 주거는 그 절벽 아래에 난 동굴이었다. 앞으로 반 시간만 가면 당도할 것이다. 산천단의 절벽이 보이자 이방근은 조금 안도하는 기분이 들었다. 걷는 데 익숙지 않은 탓도 있어서 슬슬 발이 아파오기 시작했던 것이다. 길은 오른쪽으로 곳곳에 바위가 노출된 절벽이 이어져 있었는데, 구불구불한 길을 가다 보면 산천단 절벽이 보였다 안 보였다 했다. 서서히 가팔라지는 절벽 가장자리 길을 돌아섰을 때, 이방근은 바위 그늘에 조릿대와 함께 무리지어 피어 있는 철쭉의 선명한 자홍색 물결에 정신이 번쩍 들었다. 빽빽이 자란 초록빛 조릿대는 마치 철쭉을 위해 깔아 놓은 요처럼 아름다운 꽃을 한층 돋보이게 했다. 해변에서는 볼 수 없는 자생 철쭉의 모습이었다. 2, 3일 계속 불어 댄 세찬 바람에도 아랑곳하지 않고 방긋 웃음을 지은 채 한껏 피어 있었다. 일제가 지배하는 어두운 겨울의 시대부터 '봄의 선구자'로서 친숙해진 철쭉이기는 했지만, 거의 활짝 핀 아름다운 꽃의 물결을 눈앞에 둔 이방근은 봄이 저만치 와 있다는 조금 전의 생각을 넘어, 이미 봄의 한가운데에 서 있었다.

이방근이 철쭉의 무리에서 길 전방으로 시선을 돌리자, 2, 30미터 앞쪽에 있는 나무 그늘에서 작은 사람 그림자가 얼핏 움직이는 것이 보였다. 어린애였다. 아이는 뒤도 돌아보지 않고 쏜살같이 달려가더니, 절벽 그늘에 몸을 숨겼다.

도중에 만난 쇠똥 줍는 소년도 그렇고, 이방근은 묘한 느낌에 사로잡혔다. 이 산간지대에는 뭔가 전에 없던 공기가 짙게 깔려 있는 느낌이 들었다. 투명한, 눈에 보이지 않는 유리 같은 공기가. 제복 차림의 경찰이라도 다가온다면, 개중에는 달아나는 아이가 있을지도 모른다. 우리 민족은 옛날부터 아이를 포함해 경찰에 대한 거부반응을 보인다. 일제강점기부터 마을 입구에 경찰이 나타나면, 마을 아이들은 방금 그 아이처럼 달아났던 것이다. 자기 집이나 이웃 어른들에게 경찰이 온 것을 알리기 위해서.

으흠, 무언가가 있다……. 이윽고 산천단에 다가가자, 왼쪽 저지대에 무성히 나 있는 관목 너머로 마을의 집들이 보였다. 마을이라고는 해도, 바로 밑에 내려다보이는 서너 채의 농가와 조금 떨어진 곳에 몇 채가 서 있을 뿐인 작은 산촌이었다. 관목 옆의 채소밭에서 개가 짖었다. 주위에 아이의 모습은 없었지만, 농가의 뜰에서 한 남자가 벼랑길을 걸어가는 이방근을 잠시 올려다보다가 집안으로 모습을 감췄다.

도중의 마을에서 스쳐 지나간 가난한 소년의 적의를 품은 듯한 눈빛. 조금 전에 도망치던 아이의 뒷모습. 음, 무장봉기, 그렇지, 주민들이 무기를 손에 들고 봉기한다면, 이 아이들도 아버지나 형을 따라하겠지. 가난한 자들의 봉기…… 혁명. 이방근은 가슴이 덜컹하며 쇠똥 줍던 소년의 눈빛을 다시 한 번 떠올렸다. 그때 덜컹하는 이유를 알 수 없는 심장의 삐걱거림을 들은 것은 이 때문이 아니었을까. 소년들이 봉기군에 가담한다. 나는 뭔가 직감적으로 그 이상한 냄새를 풍기는 까맣고 더러운 얼굴의 소년을 두려워한 게 틀림없었다.

이방근은 절벽 아래에 있는 동굴 입구에 섰지만, 목탁영감의 모습은 보이지 않았다. 입구에서 2, 3미터 안쪽으로, 땅보다 조금 높은 평평한 바위 위에 돗자리가 한 장 깔려 있는 것은 예나 지금이나 다름이 없었다. 머리맡에 해당하는 동굴 벽 쪽으로 목침이 놓여 있었다. 벽을 따라 돗자리 바깥의 땅바닥에 빈 깡통이나 찌그러진 양은 냄비 등이 있었고, 옆으로 뉘어 놓은 밀감 상자 위에는 초라한 식기가 두세 개 놓여 있었다. 비유할 수는 없겠지만, 유원이가 주워 온 새끼 고양이의 식기 쪽이 훨씬 훌륭했다. 문득 밀감 상자 속에 색 바랜 목탁이 놓여 있는 게 눈에 띄었다. 이것은 노인의 유일한 반려라고 할 수 있는 물건이었다. 동굴의 바위 위에 앉아 하루 종일 목탁을 두들기며 독경을 하는 것이었다. 목탁영감이라는 말은 거기서 나온 별명이었다. 그러나 노인의 본명을 아는 사람은 아무도 없었다. 어지간히 호기심 많은 사람이 아닌 한, 흔해 빠진 거지의 이름 따위를 알려고 하지는 않았다. 그와 마찬가지로, 사람들에게는 목탁영감의 본명 따위는 아무래도 좋았고, 노인 자신도 말하려고 하지 않았다. 무엇보다 서로 간에

'목탁영감'으로도 충분했던 것이다.

"목탁영감님, 안 계십니까."

깊이 5, 6미터 정도의 좁은 동굴에 이방근의 목소리가 울릴 뿐, 인기척은 없었다. 이방근은 어두컴컴한 동굴 안을 잠시 들여다보다가 보따리를 돗자리 위에 내려놓고 밖으로 나왔다.

이방근은 벼랑길 모퉁이에서 일단 멈춰 섰다가, 오른쪽 길로 접어들어 삼각형 모양으로 튀어나온 절벽 반대편에 있는 절 쪽으로 갔다. 오른쪽 길로 내려가면 작은 농가가 몇 채 모여 있는 산천단 마을이었다.

절이라고는 해도 절벽 그늘에 세워진 암자 같은 건물로, 국민학교 교실 크기만 한 작은 뜰이 대나무 숲에 둘러싸여 있을 뿐이었다. 관음사의 주방 하나 크기에도 못 미칠 것이다. 서른 살을 갓 넘긴 젊은 스님이 주지를 맡고 있었다.

닭이 두세 마리 모이를 쪼고 있는 뜰로 들어선 이방근은 본당 앞에 서서 방문을 알렸다. 잠시 후, 가느다란 눈의 여윈 주지가 격식을 차린 모습으로 나왔다.

"안녕하십니까, 스님. 오랜만입니다."

이방근이 한 손에 밀짚모자를 들고 인사를 했다.

"……아이고, 이 선생님 아니십니까……."

주지는 조금 놀란 듯 손님을 바라보다가, 곧 표정을 가다듬고 합장으로 인사를 받았다. 서로 아는 사이였던 것이다. 아이고, 이 선생님 아니십니까……, 불쑥 튀어나온 말과 함께 뜻밖이라는 느낌으로 밝아진 스님의 표정에는, 갑자기 아는 사람을 맞이한 놀라움보다도, 이미 사람이 올 것을 알고 있었던 것처럼 느껴졌다. 그 방문객이 아는 사람인 이방근이었기 때문에 놀랐는지도 모른다. 무언가가 있다. 팽

팽히 긴장된 듯한 산천단의 공기에는 전과는 다른 무엇이 있었다. 아까 그 아이는 외부인의 접근을 알리려고 달려갔을 것이다. 게다가 아이를 만난 곳은 여기서 5백 미터나 내려간 곳이다. 망을 보는 역할? 설마 그렇지는 않을 것이다……. 주지는 갑자기 상냥한 미소를 지으며, 자아, 어서 올라오시라며 본당으로 안내했다.

"고맙습니다." 이방근은 상대의 동작에서 뭔가 손님에게 눈치 채지 못하도록 꾸미는 듯한 기색을 느끼면서 선 자세로 말했다. 그때 입구에서 무거운 발소리가 나더니, 장작 지게를 짊어진 공양주가 돌아왔다. 손님에게 고개 숙여 인사를 했는데, 얼굴이 땀투성이였다. "그런데 동굴에 목탁영감이 안 보였습니다만, 어딜 갔나 봅니다. 영감도 이 산천단에서 달리 갈 곳이 있습니까? 핫하……."

"그렇습니까. 목탁영감을 찾아오셨군요(뭐가 그렇습니까, 라는 것인지 이방근은 생각했다. 노인을 찾아왔다는 말만으로 상대는 뭔가 알아차린 듯한 기색을 보였다). 영감을 찾아오는 사람은 거의 없어서, 영감은, ……아, 저기 오고 있습니다, 호오, 저기 영감이 있군요. 어이, 영감, 손님이 오셨어."

아직 젊은 주지의 노인을 부르는 목소리는 하인을 부르는 목소리로 바뀌었다. 실제로 노인은 절의 변소를 푸거나 허드렛일을 도와주고 잡곡 한두 되를 받고 있었으므로, 어찌 보면 주지는 영감의 고용주가 되는지도 모른다.

돌아보니, 문 옆에 대머리가 빛나는 작은 몸집의 목탁영감이 싱글싱글 웃으며 서 있었다. 사람을 대할 때 노인의 얼굴에서 사라지지 않는 미소였다. 그것은 어린애처럼 천진난만한 미소 같기도 하였고, 속내를 알 수 없는 불가사의한 웃음이기도 했다.

"이거, 오랜만입니다, 영감님."

이방근은 지팡이와 밀짚모자를 각각의 손에 든 채 노인 쪽으로 성큼성큼 다가가면서, 문득 오늘 산천단까지 오길 잘했다고 생각했다.

"으응, 이방근 청년이로구만."

오랜만에 듣는 목탁영감의 굵고 쉰 목소리였다. 거의 다 벗겨진 커다란 머리 피부에 비친 두개골의 모습은 돌처럼 단단해 보였다.

"헤헤헤, 역시 이방근 청년이 틀림없구만." 목탁영감은 옆으로 다가온 이방근에게 말했다. "그런데 이 먼 곳에 무얼 하러 오셨나."

"헤헤헤(노인을 흉내 내려는 것은 아니었지만, 헤헤헤라는 목소리가 나왔다), 그냥 와 보고 싶어졌을 뿐입니다."

그렇지, 무얼 하러 온 것일까. 굳이 말하자면, 목탁영감을 만나기 위해서라고 할까. 무엇 때문에? 아니, 아니야. 오기 위해서 온 것이다. 그리고 노인과 만나 스스로에게 안도감을 느끼고 있었다.

"그러면 됐어. 헤헤헤, 무엇하러 왔느냐고 이유를 묻는 내가 잘못이지. 그냥 왔으니까 온 것뿐이지. 그러면 됐어. 이제 어디로 가시려나."

이방근은 방금 동굴에 들렀었다는 이야기를 했다.

"동굴에 들렀단 말이지, 그거 미안하게 됐구만."

두 사람은 걷기 시작했다. 동굴을 향하여 키가 큰 이방근과 그 어깨에 간신히 닿는 키의 노인이 나란히 걸어갔다.

산천단의 이 언저리에서 동쪽을 바라보면 시야가 훤히 트인다. 한라산 기슭의 완만한 경사가 드넓은 고원이 되어 끝없이 이어지고, 여기저기에 크고 작은 기생화산, 즉 오름이 우뚝 솟아 있는 모습은 장관이었다. 바다가 전혀 보이지 않았다. 어딘가 대륙의 끝없는 초원을 보고 있는 느낌이었다. 참깨를 뿌린 듯 점점이 보이는 것은 방목하는 소나 말, 혹은 양떼였다. 눈을 북쪽으로 크게 돌리면, 하늘 끝에 닿은 푸른 바다가 펼쳐져 있었다.

농가 쪽에서 장작을 패는 소리가 절벽에 부딪쳐 주변에 메아리처럼 울려왔다. 산천단 옆으로 흐르는 계곡을 따라 난 오솔길을, 여자가 대바구니에 든 하얀 빨래를 짊어지고 올라오는 모습이 보였다. 산천단과 계곡을 끼고 3, 4백 미터 떨어진 맞은편에 기생화산의 하나인 삼의양(三義讓) 오름이 솟아 있다. 재미있는 것은, 삼의양 오름이 마침 한라산의 북면 중앙부와 마주 보는 위치에 있었는데, 정상의 한가운데 주변부터 산록에 걸쳐 뻗어 있는 골짜기에 나무가 빽빽이 자라나고 있었다. 멀리서 바라보면 여성의 음부와 많이 닮아 있었다. 게다가 골짜기의 검붉은 바위틈에서는 샘이 솟아나고 있었기 때문에, 멀리서 바라보면 그 부분이 항상 촉촉이 젖어 있는 것처럼 보인다. 그런 상상을 부추기는 또 하나의 근거로 한라산 중앙부의 모양이 있었다. 정상 양쪽으로 험하게 깎여 천천히 곡선을 그리며 내려오는 깊은 두 개의 골짜기 사이에 융기한 거대한 돌출부의 끝단이 정확히 삼의양 오름의 골짜기를 향하고 있는 것이다. 자연의 신비로운 조합이라고나 할까, 양쪽 모두 인간의 소박한 상상력을 자극하기에 충분한 모양과 위치였다. 이방근이 아는 사람 중에 그런 발상으로 영봉 한라산의 목탄화를 그린 남자가 있었다. 꽤 과장된 그 그림은 에로틱하기도 하고 왠지 괴기한 느낌도 들었는데, 유머까지 풍기며 액자에 넣어져 있었다. 유화도 수채화도 아니고 왜 목탄화인지는 알 수 없었다. 다만, 그 흑백의 한라산 풍경이 묘하게 사람을 끌어당기는, 부드럽고 육감적인 감촉을 가지고 있는 것은 사실이었다. 게다가 자연을 그런 식으로 짜 맞춰 보는 것은 장대하고 유쾌한 상상이라고 해야 할 것이다. 그러나 한라산의 거대한 돌출부에 비해 높이 6백 미터도 채 안 되는 삼의양 오름의 골짜기는 조금 가련한 느낌이 드는 것도 사실이었다.

이러한 상상과 제주도 개벽설화인 설문대할망의 이야기를 연결시켜 보는 것도 재미있었다. 한마디로 말하자면, 설문대라는 할머니 여신이 남해에 섬을 만들어 살고 싶어져서 한강의 흙을 손에 한 줌 쥐고 바다 위를 날아가 남해상에다 뿌렸더니 순식간에 섬이 생겼는데, 가장 큰 흙덩어리가 한라산이 되고, 작은 자갈이 흩어져 많은 오름, 즉 기생화산이 되었다는 이야기였다. 설문대할망은 해안에 서서 한라산 꼭대기의 분화구인 백록담에 머리를 감았다니까, 그 키가 어느 정도였는지는 상상이 간다. 3천 미터는 됨직한 여자 거인인 셈이다. 어쩌면 그때 설문대할망이 흙덩어리를 주물러 산을 만들다가, 우리 인간을 위해 장난으로 그런 신비한 조합을 했는지도 모를 일이다. 그렇다면 꽤 재치 있는 할멈이 아니겠는가.

노인은 이방근의 방문을 환영하고, 돗자리 위에 앉으라고 권했다. 손님을 환영한다 해도 차나 음식을 대접할 수는 없으니까, 자신이 밤낮으로 기거하는 돗자리를 권하는 것이 최소한의 예의라 할 수 있었다.

이방근은 운동화를 벗고 후텁지근한 땀 냄새를 풍기는 양말을 신은 채 돗자리 위에 책상다리를 하고 앉았다. 그런데 올이 성긴 돗자리 한 장 아래가 울퉁불퉁한 바위라서, 엉덩이 놓을 자리가 마땅치 않았다. 돗자리에 한 손을 짚고 고쳐 앉으려는 순간, 중심이 뒤로 쏠려 하마터면 굴러 넘어질 뻔했다. 목탁영감이 웃으며, 좀 더 앞으로 앉으라고 말했다. 소파에 익숙해진 엉덩이에 바위 표면은 낯선 모양이었다.

짚신을 벗은 노인의 두꺼운 발바닥은 갈라져서 마치 말발굽 같은 각질로 변해 있었다. 그래서 눈 덮인 산에서도 견딜 수 있는 것이었다. 동물의 발굽처럼. 입구까지 쌓인 눈이 반사하는 동굴의 바위 위에서 노인은 입은 옷 그대로 자고 일어났다. 침구는 모포처럼 얇은 이불

한 장뿐이었다. 미치광이 같은 짓으로밖에 보이지 않는 생활이지만, 그래도 노인은 태연했다. 그러나 이런 목탁영감에게도 역시 이제부터는 지내기 쉬운 계절이 될 것이다.

어머니의 제삿날 밤, 여자들에게 거지 취급을 당했을 때와 마찬가지로 누더기를 걸친 노인의 몸에서 악취가 풍겼다. 그건 이쪽이 견딜 수밖에 없는 일이었다. 악취 따위는 노인에게 아무런 의미도 없는 것이었고, 세상 사람의 코가 문제될 뿐이었다. 도시의 부랑자나 거지도 그렇지만, 자신이 풍기는 냄새는 고통스럽지 않은 법이다. 노인의 냄새가 싫으면 맡지 않으면 그만이다. 그는 동굴에서 혼자 생활하고 있는 것이지, 남과의 접촉을 바라고 있는 건 아니었다.

노인은 이방근이 선물로 가져온 굴비를 기쁘게 받았다. 절에 하나 주고, 멀리 떨어진 집에는 못 주지만 바로 아래 이웃집에 하나씩 세 개를 주고, 자신이 하나를 먹겠다고 했다.

"요전날 밤, 영감님이 우리 집에 오셨을 때는 깜짝 놀랐습니다. 산에서 성내에 내려오는 것만으로도 드문 일인데, 그때는 어느새 연기처럼 방에서 사라져 버렸으니 말입니다. 아니, 무슨 요술에라도 걸린 것 같아서……, 그 후에 어떻게 하셨습니까?"

"헤헤헤, 나는 도망쳐서 곧장 이리로 돌아왔지. 성내에는 몇 년 만에 기분풀이로 가 본 것뿐이야. 당신이 오늘 산천단에 온 것처럼. 그리고 발길이 당신 집으로 향했던 것인데, 하필 제삿날이더구만. 사람이 너무 많더라구. 방근이 청년이 안내해 준 방에 앉아 있자니, 안채 쪽에서 묘한 기척이 전해 오더군. 마치 신기한 동물이라도 구경하듯이 나를 둘러싸고, 헤헤헤, 이러다 날 죽일지도 모른다 싶어 도망쳐 버렸지."

노인의 주름진 얼굴에 어린애 같은 웃음이 번졌다.

"그 시간에 여기까지 밤길을 걸어오셨습니까?"

"돌아오니까, 곧 날이 밝더군."

"으흠……."

이방근은 달마대사처럼 노인의 부릅뜬 무심한 눈에 자신의 미소가 빨려들어 사라지는 것을 느끼며 고개를 끄덕였다.

으흠, 목탁영감. 도대체 이 노인은 뭘까. 새삼 그런 생각이 솟구쳤다. 목탁을 두드리며 염불을 한다고는 하지만 스님은 아니다. 물론 승적도 없었지만, 스님이라고 자칭하지도 않는다. 자타가 인정하는 구도를 위한 고행자도 성자도 아니다. 하물며, 일찍이 성내의 돈 많은 부인이 요란스럽게 찾아왔다가 더러운 '실물'을 보고 실망한 선인도 아니었다. 거지나 다름없는 지극히 평범한 노인, 세상 사람의 눈에는 의지할 곳 없는 가련한 은둔자에 불과했다. 몇 년 전 일이었지만, 이방근은 노인에게 신상 이야기를 물으려다 그만둔 적이 있었다. 노인의 입이 무겁다든가, 뭔가 고집스런 거절의 반응 때문은 아니었다. 노인 앞에서는 그런 질문 자체가 바람처럼 헛되이 사라져 버린다. 그리고 물을 필요를 느끼지 못하게 만들어 버린다. 목탁영감에게는 지금 눈앞에 있는 실체 이외의 신상 이야기나 과거가 없었다. 돌 위에서 자고 일어나는 모습. 똥통을 짊어지고 변소를 푸거나 하는 모습. 잡곡과 고구마 줄기를 섞어 끓인 죽을 낡은 냄비째 떠먹는 모습. 노인을 접하고 싶은 사람은 그 모습을 보고 스스로 자문자답을 하면 되는 일이었으므로, 노인은 거기에 있는 하나의 바위와 같은 존재인지도 모른다.

바깥 절벽 모퉁이에서 여러 사람의 기척이 나더니, 곧 사람 그림자가 동굴 앞을 지나쳐 벼랑길을 내려갔다. 동굴 안에서는 뒷모습밖에 보이지 않았지만, 마을 사람들 같았다.

"그런데 영감님, 산천단에 요즘 무슨 이상한 일이라도 있었습니까?"

이방근은 동굴 옆까지 기어와 덩굴을 뻗은 길가의 산딸기로부터 시선을 돌리며 물었다. 버찌와 같이 작은 열매를 매달기 시작하고 있었다. 모두 노인의 식량이 될 것이었다.

"이상한 일이라……, 음, 글쎄, 성내에서 온 당신에게는 이상하게 느껴지는 게 있나 보군. 내가 이 동굴에서 보고 있는 한, 변한 건 없는데."

"좀 전에 여기로 올 때 말인데요, 저 아래쪽에서 아이가 나를 보고 도망쳤어요. 핫하, 멀리서 나를 보자마자 쏜살같이 도망가더군요."

"당신을 보고 아이가 도망을 쳤다? 헤헤헤, 그건 아이가 당신을 무서워했나 보군. 개가 짖는 것과 마찬가지로, 낯선 인간이 다가오니까 도망을 쳤겠지."

"개도 짖더군요."

이방근이 웃으면서 말했다. 그러고 보니 그랬을지도 모른다. 아이가 낯선 사람을 보고 겁먹은 동물처럼 도망치는 것은 어디에나 있는 일이 아닌가. 망을 보는 아이…… 설마. 그러나 작년 여름에 왔을 때 아이들은 지금처럼 사람을 무서워하며 도망치지는 않았다. 그 전에도 그랬다. 인적이 드문 산간 부락인 만큼, 외부인에 대한 경계심이 강한 것도 사실이지만, 반면에 아이들은 사람을 잘 따랐다. 또다시 그 쇠똥 줍는 소년의 적의를 품는 듯한 시선이 동굴까지 곧장 도달하여 이방근을 쏘아보았다. 이방근은 목탁영감의 말을 받아넘기며 여기서 이틀 밤을 묵고 어디론가 떠나갔다는 부스럼영감의 일 등, 여러 이야기를 나누면서 한동안 시간을 보냈다. 뭔가가 마음에 걸렸지만, 그게 뭔지를 스님이나 마을 사람에게 캐물을 수는 없었다. 설사 물어본다 해도, 노인 이상의 소득은 얻어 내지 못할 것이다. 절벽 위 숲에서 새들이

지저귀고 있었다. 이것이 동화 세계의 이야기였다면, 무엇이든지 알고 있을 새들에게 물어보고 싶은 심정이었다.

이방근이 엉덩이가 아프고 차가와지는 것을 참으면서 보따리를 풀어 주먹밥을 먹은 것은 세 시가 가까워서였다. 산천단에 도착한 지한 시간 남짓 지났다. 참깨를 묻혀 김으로 만 주먹밥 다섯 개가 전복 젓갈을 곁들여 죽순 껍질에 싸여 있었는데, 혼자 다 먹을 수는 없었다. 그는 '간식'을 먹지 않는 노인에게도 억지로 하나를 쥐어 주고 함께 먹었다. '시장이 반찬'이라는 너무나 가난하여 영양실조 같은 것은 안중에도 없는 듯한 속담도 있지만, 주먹밥으로 텅 빈 뱃속을 채우는 기쁨을 맛보는 것은 정말 오랜만이었다.

그때 가벼운 발자국 소리가 나고 동굴 입구에 사람 그림자가 서더니, 조금 등을 굽혀 동굴 안을 들여다보았다.

"영감님, 안녕하세요. 아, 손님이 계시네요⋯⋯."

"누군가⋯⋯ 아, 지금 돌아오는구먼⋯⋯."

아니 이건, 들어 본 적이 있는 젊은 목소리였다. 이방근은 손에 쥔 주먹밥을 내려놓았다. 밀짚모자를 쓰고 있는데다 역광이라서 금방 얼굴을 알아볼 수는 없었지만, 그 젊은 남자가 손님이 있다는 것을 알아차리고 몇 걸음 물러섰을 때, 이방근은 깜짝 놀라 벌떡 일어섰다. 동굴 밖의 밝은 빛 속에서 엄숙한 표정으로 서 있는 청년은 바로 남승지였다.

"아니 이런, 승지 동무가 아닌가."

이방근은 운동화를 아무렇게나 신고 밖으로 나왔다.

"아이고, 방근 씨!" 남승지는 놀란 표정으로 그 자리에 우뚝 멈춰섰다. 그리고는 진기한 상대를 발견이라도 한 것처럼 이방근의 전신을 위에서 아래로 훑어보았다. "어쩐 일이십니까? 이런 곳에서⋯⋯.

깜짝 놀랐습니다."

"핫, 하하, 자네야말로 웬일인가, 음, 이런 곳에서……. 이건 기막힌 만남이라 해야겠군. 인간은 나쁜 짓을 할 수가 없다니까……. 안으로 좀 들어가지 그러나."

강몽구의 말대로라면 분명히 그저께 밤에야 일본에서 막 돌아왔을 터였다. 그런데 지금 산천단에 있다니. 이방근은, 음, 음, 하고 두세 번 고개를 끄덕이면서, 남승지의 어깨를 가볍게 두드리고는 함께 동굴로 들어갔다.

일어선 노인은 손자라도 맞이하듯이 허리를 낮게 굽히며, 자아, 이쪽으로 앉으면 돼, 라며 좁은 돗자리에 앉을 자리를 만든다.

"오오, 오오, 두 사람은 친구였구만, 그걸 몰랐네."

"어떤가, 마침 식사 중이었는데, 주먹밥이라도 먹으면서 얘기하지 않겠나."

세 사람은 주먹밥을 돗자리 한가운데에 놓고 둘러앉았다. 이방근은 남승지에게 권하고 나서 자신은 먹다 만 주먹밥을 집어 들었다. 날아다니는 파리들이 귀찮게 달라붙었지만, 노인은 대머리나 이마에 파리가 앉아도 태연했다. 이방근도 파리 쫓는 일을 그만두었다.

"음, 오랜만이구만." 일전에 성내에서 만난 지 한 달도 채 지나지 않았지만 이방근은 그렇게 말했다. "이 산속에서 어딜 갔다 돌아가는 길인가?"

"위에 있는 관음사에 볼일이 있어서 왔습니다."

남승지의 표정은 의외로 밝았다. 그의 표정의 중심에 있는 내성적인 일종의 어둠이 지금은 그 그림자를 숨기고 있는 듯한 느낌이었다. 무언가, 어떤 결의를 숨기고 있는 인간의 의지적이고 조금은 고집스런 표정이 그 얼굴을 옥죄고 있었다.

"관음사에? ……으흠, 그거 수고가 많구만."

이방근은 그 이상 묻지 않았다. 상대방도 그 '볼일'의 내용까지는 말하지 않았지만, '관음사에 볼일……'이라는 한마디는 이방근에게 커다란 암시를 주었다. 그는 바야흐로 작금의 사태를, 관념에 불과했던 '무장봉기'를 아무래도 하나의 현실로서의 장소, 공간에 겹쳐 볼 수 있게 된 것 같았다. 일본에서 막 돌아온 남승지가 조직의 임무, 비밀회합의 주최나 연락 이외의 일로 관음사까지 올 리가 없었다. 광대한 한라산이 무장봉기의 근거지라는 막연하고 그 실체를 파악하기 어려웠던 인상이 이제 하나의 구체적인 형태로 확인되었다. 일찍이 머문 적이 있던 관음사의 건물이 이방근의 머릿속에 선명하게 떠올랐다. 지금 현실의 문제로서 깊은 숲 속 골짜기의 관음사에서 어떤 움직임이, 봉기를 위한 움직임이 일어나고 있었다. 그리고 ……지금 돌아가나? 하고 물은 목탁영감도 남승지가 관음사에서 돌아가는 길이라는 걸 알고 있었을 것이다. 그렇다면 이 산천단 마을도, 절도, 무언가 그 움직임과 관련이 있는 것이 아닐까. 이방근은 무언가 보이기 시작하는 듯한 기분이었다. ……그 쇠똥 줍는 소년의 눈빛도.

목탁영감이 찌그러진 양은그릇으로 작은 항아리에서 물을 떠 두 사람 앞에 놓았다. 바닥이 고르지 못하여 기울어진 그릇의 물이 흘러넘쳤다.

"무슨 일로 산천단까지 혼자 오셨습니까, 목탁영감이라도 만나려고 오셨습니까?"

"음, 그런지도 몰라. 일종의 변덕인 셈이지. 오랜만에 산길을 걸어보았는데, 그렇다고 여기서 승지 군을 만날 줄은 꿈에도 생각을 못했네. 그 가능성조차 예견하지 못한 건 내 상상력이 둔화된 탓이겠지. 어쩌면 나도 이제 한물갔나 봐, 핫, 하하, 음……, 무엇보다도 건강해서 다행일세. 나는 자네에게 관심이 있는 인간이라는 걸 잊지 말게. 그건 그렇고, 이제 어디로 가는가, 마을로 돌아가나?"

마을이라고는 했지만, 남승지나 강몽구가 있는 그 '마을'이 어딘지, 이방근이 알고 있을 리가 없었다. 그저 그렇게 말했을 뿐이었다. 그는 그 '마을'을 막연히 동쪽 어딘가에 있는 '해방구(解放區)'라고 생각하고 있을 뿐(이방근이 알고 있는 한, 남승지도 강몽구도 동쪽에서 성내로 왔다가 다시 동쪽으로 돌아갔다), 한번 가 보고 싶었던 상상의 영역을 벗어난 장소는 아니었다. 이방근은 결코 청결하다고는 할 수 없는 알루미늄 그릇을 들고 물을 마셨다.

"예, 지금부터 성내로 가야 합니다."

'마을'을 그대로 성내로 받아들인 듯한 말투였다. 파리 한 마리가 이상한 소리를 내며 남승지 앞에 놓인 알루미늄 그릇의 물속에 떨어졌다. 파리는 작은 파문을 일으키며 죽어라 헤엄을 치고 돌았다. 남승지가 손가락으로 파리를 건져 낸 뒤 그릇의 물을 마셨다.

"성내에 간다……. 지금부터라는 건 이제 곧 여기를 떠난다는 말인가?"

"그렇습니다." 남승지는 작업복 소매를 한 손으로 걷어 올려 낡은 손목시계를 보았다. "벌써 세 시가 지났는데, 방근 씨 시계는 몇 시입니까……, 으-음, 제 시계가 조금 늦군요(남승지는 이방근의 시계에 맞춰 세 시 10분으로 바늘을 돌렸다). 저는 일곱 시 무렵까지는 성내에 가야 하는데, 지금 출발해도 빨라야 여섯 시는 넘겨 도착할 겁니다. 방근 씨도 너무 느긋하게 계시면 날이 저물어 버립니다. 괜찮다면, 조금 더 있다가 함께 갈까요? 오늘 성내로 돌아가시는 거지요."

"물론 돌아가야지. 나는 날이 저무는 거야 상관없지만, 모처럼 여기서 자네를 만나지 않았는가. 자네가 좋다면 꼭 함께 가고 싶구만. 오랜만에 말이야."

"아니, 제 쪽에서 함께 가 달라고 부탁드리고 싶습니다."

"음, 같이 가는 게 좋지. 같은 성내로 가는데, 서로 원수 사이도 아니고 따로따로 갈 일은 없겠지."

주먹밥 하나를 다 먹은 노인이 말했다.

두 사람은 잠시 후 산천단 동굴을 출발했다. 이방근은 절의 주지에게 돈을 맡겨 목탁영감에게 쌀이라도 좀 주라고 부탁할까 하다가 그만두었다. 노인에게 그럴 필요는 없었다. 그것은 간섭이고 주제넘은 짓이 될 것이다. 그냥 두는 게 좋았다. 무엇하러 산천단까지 왔을까. 그러나 오길 잘한 것 같았다. 이방근은 동굴 밖에까지 배웅 나온 목탁영감의 모습을 등 뒤로 의식하면서, 노인의 저런 생활을 어떻게 이해해야 될지 고민스러웠다. 세상사람 말대로, 바보 같은 짓은 아닌지. 지금은 노인에게 관심을 갖는 사람도 없지만, 세상 사람들의 그 판단이 잘못된 것은 아니다. 유달현이 제삿날 밤에 말했듯이, 목탁영감에게 묘한 관심을 갖는 사람이야말로 잘못된 것이고, 문학적인 감상주의라고도 말할 수 있었다.

이방근은 내리막으로 이어지는 벼랑길을 남승지와 함께 걸어갔다.

6

이방근은 혼자 왔던 벼랑길을 남승지와 함께 내려가면서 넌지시 상대방을 관찰하고 있었다. 상대방 표정의 내면에 있는 것, 그 소리의 울림에 나타나는 것, 즉 이 청년의 분명히 이전과는 다른 외적 변화의 징후를 탐색하고, 그 내면의 변화의 냄새를 맡으려 하고 있었다. 다른 어떤 의도가 있는 것은 아니었다. 그는 발밑이 불안정한 산길을 걸으면서, 자신이 의식하였을 때는 이미 마음속에서 관찰의 눈을 작동시키고 있었다. 아니, 일본에 다녀왔다는 사실, 그 실제를 의식과 육체에 새긴 당사자인 남승지의 갑작스런 출현이 이방근의 마음을 자극했던 것이다. 가족의 반대를 뿌리친 제주도로의 귀환, 그 행동이 남승지의 마음에 초래한 변화를 냄새 맡으려 했다.

남승지는 이달 초에 만났을 뿐인데도 이방근을 다시 만나 몹시 기쁘고 반가워했다. 이방근도 동굴에서 비슷한 말을 하긴 했지만, 인사를 겸한 그 말과는 조금 뉘앙스가 다른 진심이 담겨 있었다. 그동안 일본에 다녀온 것이 그의 시간 감각을 증폭시켰는지도 모른다. 바위 그늘의 철쭉을 보고는 환성을 지르고, 관음사의 철쭉은 아직 이 정도까지는 피지는 않았다고 말하는 그 목소리와 표정도 밝았다.

밀짚모자를 쓰고 작업복에 헝겊으로 된 작업화, 지팡이 대신 손에 든 마른 나뭇가지를 제외하면 몸차림은 이전과 달라지지 않았다. 작년에 만났을 때까지 쓰고 있던 안경은 전과 마찬가지로 벗고 있었다. 벗고 있었다기보다는 이제 안경을 쓰지 않은 얼굴 쪽이 오히려 남승지의 이미지로서 익숙해진 것 같다. 그리고 그 얼굴이 밝게 웃고 있었다. 전에 보이던 내면에 틀어박힌 듯한 그 찡그린 인상이 이제는 말끔히 사라져 있었다. 일전에 성내에서 만났을 때도 작년보다 그 표정이 밝다고는 생각했지만, 지금은 의지적이고 적극적인 느낌을 주는 밝음이었다. 이 청년의 내면에 잠겨 있던 어둠이 사라져 가고 있다. 페시미즘의 빛이 사라져 가고 있는 듯하다. 사라지는 것은 좋지만, 음, 이게 어찌 된 일일까. 그 안에 잠긴 어둠은 하나의 빛이 아니던가. 눈부시게 빛나지는 않지만, 빛이 닿지 않는 깊은 바다와 같은 곳에서도 번지듯 발광하는 그러한 빛이 아니었던가. 그 빛이 밖으로 나온 것일까. 그렇다고 하기에는 너무 이르다. 남승지가 혁명적으로, 아니 '혁명가'가 되어 가고 있는 것일까. 볼에 살이 붙어 둥글게 보이는 것이 조금 뜻밖이었는데, 혹시 그로 인해 표정에 그림자의 드리움 정도가 달라 보였는지도 모른다. 나는 자네에게 관심을 가지고 있는 인간이라는 걸 잊지 말게. 동굴에서 이방근이 조금 농담을 섞어 한 말이었지만, 남승지에게 관심을 갖는 것은 그가 적어도 혁명가를 자처하는 낙천가가 아니기 때문이었다. 유달현 따위와는 달랐다. 닮아서는 안 된다. 아니, 그렇지 않았다. 이방근은 결코 그렇게 생각지는 않았다. 같은 활동가라 하더라도 유달현과 남승지를 똑같이 보려고는 하지 않았다. 이방근은 혁명적으로 변해 가는 남승지에게, 남승지가 혁명의 영역으로 확고하게 발걸음을 내딛는 것에 위협을 느끼고 있었던 것이다. 어둠의 핵을 안으로 감추면서 밝은 곳으로 나오는, 그리고 지조있게 혁명을 향해 나아가는 청년에게, 이방근의 마음의 벽면이 감응하여 뭐라고 단정하기 어려운 두려움을 자아냈다. 흉곽 속에 담기고도 남는 마음과 그 형태. 그리고 머릿속 넓이의, 더욱이 어디를 보아도 상하좌우가 분명치 않은 무한한 원구와 같은 마음. 그 마음의 투명한 벽면에 남승지가 서서 웃음소리를 내며 사람을 위협하고 있었다. 그것은 언젠가 꾸었던 꿈, 아무것도 없이 텅 빈 지옥의 구도와 조금 닮아 있었다. 운동화의 고무 밑창을 찌르는 울퉁불퉁한 길바닥의 돌멩이가 머릿속에서 튀어 올라, 그 웃음소리를 타고 사방팔방으로 흩어진다…….

이방근은 아직 내리막이 계속되고 있는 길을 손수건으로 땀을 닦으며 걸어갔다. 몇 시간 전에 올라왔던 길이라서, 내려가는 발걸음이 훨씬 가볍다는 것을 실감할 수 있었다. 게다가 우연히 남승지와 길동무가 되었기 때문에, 오랜만에 걷는 먼 길도 별로 힘들지 않았다. 뒤쪽으로 아득히 보이는 한라산 꼭대기에 쌓인 눈이 빙벽처럼 파랗게 빛나고, 어느 틈에 말려 올라갔는지 걷힌 구름은 중천에 길게 누워 있었다. 아득한 전방에 부풀어 오른 풍만한 바다가 밀려올 듯 펼쳐졌다. 산천단으로 올라가면서 바라보는 한라산은 언제까지나 저 멀리에 우뚝 선 채 좀처럼 가까워지지 않았지만, 바다는 산길을 내려감에 따라 점점 가까워지는 느낌이었다.

"승지 군……. 음, 역시 승지라 부르겠네. 아까부터 계속 승지라 불렀지만, 김명우(남승지의 조직상의 별명)는 아무래도 실감이 나지 않아. 그런데 자네는 일본에 갔다 왔는가?"

이방근은 걸어가면서 고개를 오른쪽의 남승지 쪽으로 약간 돌리며 말했다.

"옛……?" 반사적으로 이쪽을 바라본 남승지의 눈이 밀짚모자 차양의 그늘에서 빛났지만, 그는 침착한 목소리로 순순히 대답했다. "예, 그렇습니다. 일본에 다녀왔습니다."

"강몽구 씨에게 들었어. 난 전혀 모르고 있었지. 도중에 바다가 거칠어서 대모험을 했다면서."

"몽구 형님에게서 방근 씨 댁을 다녀왔다는 얘긴 들었습니다. 대모험이랄 정도는 아니었지만, 조금 무서웠습니다. 배가 가라앉으려고 해서……, 당장 죽을 것 같은 기분이었어요. 도대체 무엇 때문에 제주도로 돌아가는 걸까 하는 생각도 들었지만, 그럭저럭 무사히 도착했습니다."

"고생 많았네. 어머니와 여동생이 무척 반가워했겠지. 강몽구 씨 말에 의하면, 가족들은 자네가 제주도로 돌아오는 걸 반대한 모양이던데, 그럼에도 불구하고 목숨을 걸고 '문명국가'를 떠나 바다를 건너오다니……, 그렇게도 이 섬이 좋더란 말인가. 핫핫, 나처럼 생활의 본거지가 이곳인 사람은 다르겠지만, 실제로 난 감탄했다네."

"꼭 그렇지는 않습니다, 좀 다릅니다." 남승지는 웃었다. "반대했다기보다는 그냥 일본에서 함께 살자는, 어디서나 흔히 볼 수 있는 가족으로서의 일반적인 생각이었습니다."

"어디서나 흔히 볼 수 있는 가족으로서의 일반적인 생각? 그게 육친의 정이라는 걸세. 생각이 아니라, 감정 쪽이지. 인간의 전체를 지배하는 정이라네. 그것을 뿌리치고 돌아왔으니, 어지간히 제주도에 끌린 모양이군 그래."

"으-음……." 남승지는 표정이 굳어지며 잠시 침묵을 지키다가 다시 말을 이었다. "전 제주도에 끌렸다기보다도, 물론 저는 고향을 사랑합니다. 사랑하고 있지만, 저는 역시 의무로서, 당원의 의무로서 돌아온 겁니다. 오사카에서 기차를 타고 시모노세키까지 와서 배를 탔는데, 그때 밤의 현해탄으로 출발하는 배 위에서, 이제부터 가는 곳은 보리와 조밥뿐인 세계라는 생각을 했습니다. 전등도 없는 캄캄한 밤이 머리에 떠오르면서요……. 의무감으로 돌아오는 건 당연합니다. 게다가 지금은 보통 때가 아니잖습니까. 조국의 비상시를 맞이해서 일본으로 도망가는 것은 비겁한 자, 우리의 혁명에 대한 배반 행위입니다. 혁명가 경우에 따라서는 가족이든 뭐든 혁명 이외의 것은 모두 부정하지 않으면 안 된다고 생각합니다. 물론 저는 아직 그런 혁명가와는 거리가 멀지만 말이죠."

"으흠, 자네는 가족을 부정하고 있나." ……지금 가는 곳은 보리와 조밥뿐인 세계다……, 그리고 전등이 없는 남포등의 밤. 이방근은 그 말에 정신이 번쩍 드는 것을 느끼면서 말했다. 그렇지, 그 말은 틀린 게 아니었다. 그건 옛날과 다름없는 이 섬의 실정이고, 매일 하얀 쌀

밥을 먹는 집이 몇 집이나 되겠는가. "그래, 그렇구만, 가족의 뜻을 무시하고 돌아왔으니, 어떤 의미에서는 그럴지도 모르지. 그러니까 혁명을 위해 가족도 부정한단 말이지……."

"적어도 저는 나름대로 혁명에 충실하고 싶은 겁니다. 해방 직후, 일본에서 조국의 서울로 돌아온 뒤 처음으로 일본에 가서 어머니와 누이동생을 만났으니, 그걸로 충분하고, 지금은 제 자신이 정리된 기분입니다."

"……그것 참 대단하군." 이방근은 담배를 물고 서서 상대에게도 한 대 권한 뒤 성냥불을 붙여 주고 나서 다시 걷기 시작했다. 이방근은 말 그대로 대단하다고 생각했다. 가족의 부정에도 여러 가지가 있겠지만, 혁명도 그중 하나였다. 그렇다고 해도 혁명에 대한 배반이라는 둥, 혁명, 혁명……이라는 말이 툭툭 튀어나온다. 이전과는 역시 달라진 느낌이다. 표정만이 아니다. 말의 내용과 울림이 달라져 있지 않은가. 한 달이 채 못 되는 사이에, 밀항선을 타고 위험한 현해탄을 왕복했다는 것만으로 이렇게 변할 수 있는 것일까. 이방근은 남승지에게 어떤 두려움을 느꼈다. 그러나 듣기에 따라서는 역겨운 말이기도 하지만, 지금의 남승지로서는 그 결의를 스스로 확인하기 위해서라도 필요한 일일지도 모른다. "뭐랄까, 승지 동무도 거친 바다를 건너 일본에 다녀오더니 상당히 늠름해진 것 같군. 훌륭한 투사야."

"그렇지 않습니다. ……절 비웃는 건가요?"

남승지는 납득하기 어렵다는 목소리로 말했다.

"아니, 비웃는 게 아니고, 자네의 굳은 결의가 엿보여서 그런 느낌이 드는 건 사실이야."

"제가 늠름하다니, 방근 씨에게 그런 말을 들으면 곤란한데요."

"곤란할 게 뭐 있겠나. 좀 전에도 동굴에서, 내가 자네에게 관심을 가지고 있는 인간이라는 걸 잊지 말라고 말했었지. 난 자넬 인정하고 있네. 인정하고 있다고. 언젠가 자네가, 괴로워하지 않으면 인생에 대해 미안하다고 말한 적이 있었는데, 그때 여동생이 옆에서 건방지게, 그건 센티멘털리즘이라고 말했었지. 자네의 그 말이 너무나 인상적이어서 지금도 생각날 때가 있다네. 괴로움에는 이미 인생에 대한 사상이 있지. 고뇌하는 자는 생각하는 것이고. 남승지 군은 그런 의미에서 본다면 사상가야."

"헤헤헤, 말도 안 됩니다. 방근 씨가 저를 놀리시는 건 아니겠지요. 그야 물론 방근 씨는 사상가십니다. 저는 그런 방근 씨를 존경하고 있으니까요. 저는 활동가, 이 땅의 혁명에 참가하고 있는 활동가입니다. 오해하지 말아 주십시오."

"내가 왜 자넬 놀리겠는가. 벌써 10년 전 일제 때 이야기지만, 이른바 경성제국대학, 거기 법문학부 교수인 하야카와(早川)라는 어용학자가, 조선인은 8살 때 이미 사상가가 된다고 탄식한 일이 있다네. 그 말의 의미를 알겠나? (남승지를 고개를 끄덕였다.) 3·1독립운동이나 광주학생사건 같은 국내운동뿐만 아니라, 김일성 부대 등의 국외의 항일 독립투쟁에 애를 먹던 왜놈들의 심정을 토로하는 말일세. 광주학생사건에서도 고보(高普 : 고등보통학교)학생, 지금의 중학생이 주력이었고 많은 소학교 학생들이 참가했지만, 이것은 결코 광주학생사건만의 일이 아닐세. 내가 말한 것은 이 경우의 사상가와는 의미가 약간 다르지만, 좀 더 생활적인 면을 가리키는 걸세. 자네가 사상가가 아니라는 근거는 전혀 없네. 학자가 사상가인가? 목탁영감 같은 사람이 바로 사상가라네."

"목탁영감은 도가 통한, 깨달은 사람일 겁니다. 전 그런 사상가가 못 됩니다. 저는 일개의 활동가일 뿐입니다. 뭐랄까, 방근 씨는 제삼자의 입장에 설 수 있으니까 그렇게 태평하게 말을 할 수도 있겠지만, 우린 현실 투쟁에 몸과 마음을 다 걸고 있습니다. 지금 필요한 것은 실제의 행동, 즉 실천입니다."

"핫, 하하, 태평하단 말이지. 자네가 말하고자 하는 뜻을 알겠네. ……음, 실천, 현실, 얼마나 주문 같은 마력을 가진 말인가. 그리고 혁명, 당, 투쟁……, 부부 사이에도 투쟁을 하고. 실천보다도 먼저 말이 사람을 죽인다네. 그래, 난 자네가 말했듯이 제삼자야. 제삼이라는 숫자가 재미없군. 요컨대 혁명에 있어서 피아의 투쟁 당사자가 아니라는 것이겠지. 따라서 난 자네가 말하는 현실 투쟁이나 실천의 세계와는 멀리 떨어진 곳에 있는 인간이야……."

"멀지는 않습니다."

"그런가, 핫하, 하아, 내가 왜 동무에게 이런 얘길 하고 있는 걸까. 그러나 오해는 하지 말아 주게. 나는 결코 승지 동무의 그 혁명적 정열과 투지에 찬물을 끼얹으려는 게 아니니 말이야."

"──"

남승지가 좀 의외라는 듯한 표정의 얼굴을 이쪽으로 돌리고 웃었다. 그런 시시한 말은 하지 말라는 듯이. 웃는 표정을 만든 근육의 움직임은 밝았지만, 속으로 빛을 가두고 있는 눈은 여전히 움직이지 않았다. 결의에 찬 인간의, 혹은 생각에 골몰한 인간에게 흔히 있는 약간 긴장된 느낌의 표정은 밝음과는 반대로 어두운 그림자를 띠고 있었다.

남승지의 어깨 너머 오른쪽으로 작은 부락의 모습이 보였다. 완만한 내리막길 맞은편에서 서너 명의 농부가 다가오더니, 농로 같은 좁은 길을 따라 부락 쪽으로 걸어갔다. 이제 슬슬 고원의 비탈길이 평탄한 시골길로 바뀌는 언저리까지 내려왔다. 산천단으로 올라가던 이방근이 쇠똥 줍는 소년을 만난 것은 이 근처였다. 아직 네 시를 지났을 뿐인데, 해가 저물고 있는 저녁하늘을 날아다니는 새들의 날개가 짙은 그림자를 드리우고 있었다.

"저쪽에서 잠시 쉬었다 가자구."

이방근이 젊은 친구의 어깨를 가볍게 두드리며 말했다. 두 사람은 주위를 둘러보고 나서 길가의 소나무 그늘 아래 풀밭에 앉아 담배에 불을 붙였다. 땀이 밴 목덜미에 닿는 바람이 서늘하여 상쾌했지만, 땀이 식자 시원함을 잃은 부드러운 봄바람으로 다가왔다. 산촌의 저녁 바람에는 더 이상 냉기가 없었다. 봄, 이제 4월의 봄이다. 이 섬 전체를 감싸는 4월의 봄바람이 두 사람 사이를 빠져나간다. 생명의 숨결과 함께 어디선지 알 수 없는 피 냄새가 실려 온다. 스쳐 지나갈 때 코를 찌르던 쇠똥을 줍는 소년의 이상한 냄새. 소년의 적의를 품은 듯한 시선. 그 소년도, 산천단의 벼랑길을 쏜살같이 달려간 아이도(틀림없이 망을 보고 있었다), 마을도, 그리고 남승지도 모두 하나로 연결되어 있었다. 이제야 겨우, 이상한 냄새를 풍기던 쇠똥 줍던 소년의 눈빛을 알 것 같았다…… . 이방근은 갑자기 콧구멍과 두뇌가 부풀어 오르는 것처럼 느껴졌다. 부엌이의 몸속의 냄새가 핏빛과 겹쳐져 머릿속의 공간에 퍼져 가는 것을 보았다. 물씬 풍기는 미지근한 냄새의 감촉이 액체처럼 두개골의 벽면을 천천히 흐른다. 이방근은 일어나 가볍게 고개를 흔들었다.

"왜 그러세요…… . 벌써 가시게요?"

"아니, 그게 아니야. 좀 더 앉아 있자구."

이방근은 엉덩이 모양으로 움푹 파인 풀밭에 다시 앉으며 말했다.

남승지가 기회를 엿보고 있었는지, 강몽구 씨로부터 들으셨겠지만, 도쿄에서 방근 씨 형님을 만났습니다, 라며 하타나카의 이야기를 꺼냈다. 이방근은 음, 하고 고개를 끄떡이고는, 그 이야기를 들었다고만 대답했을 뿐, 강몽구를 만났을 때와 마찬가지로 하타나카의 일에는 거의 흥미를 보이지 않았다.

"……저어, 방근 씨는 좀 전에 제가 늠름하다고 하셨는데요. 제가 그렇게 늠름해 보입니까?"

남승지는 화제를 바꾸어 말했다. 원래의 화제로 돌아갔다고 하는 편이 옳았다.

"신경 쓸 거 없네. 동무가 조금 변했다는 말을 한 것뿐이야."

"제가 그렇게 변했을까요. 제 본질은 변치 않았습니다. 그렇게 간단히 변할 수는 없을 겁니다." 남승지가 중얼거리듯이 말했다. "그러나 전 이 섬의 생활 속에서 자신을, 지금까지 흐리멍덩하게 비조직적이었던 성격을 바꾸고 싶습니다. 그야말로 혁명적으로 자신을 단련해 가고 싶은 건 사실입니다."

"그건 좋은 일 아닌가. 난 그런 일에 관여할 입장에 있는 인간이 아니지만, 그게 필요하기도 하겠지. 그래, 혁명……, 혁명 말인데. 그 혁명이 과연 무엇인가 하는 것이 문제 아니겠나……."

"……그거야 궁극적으로는 부르주아지의 타도, 지배계급의 타도겠지요. 한마디로 말해서 빈곤 추방, 인간의 평등, 사회주의 사회의 실현입니다."

"과연 그렇군, 사회주의 혁명, 자본주의 사회의 말살이라는 거겠지. 인간의 해방과 사회정의의 실현……. 일반론으로도 그렇고, 혁명을 하는 자라면 누구나 알고 있고, 누구나 하는 말일세. 동무의 말은 명쾌하고 단정적이지만, 그런 단정은 매우 교조적으로 되기 쉬운 법이네. 이전의 자네는 그렇게 구호적인 말은 하지 않았어. 장소의 특성상 말을 삼가는 경향은 있었지만, 그래도 좀 굴절되어 있었지."

"일본에서 혼자 찾아온, 아니 돌아온 제가 이 땅에 머물며 혁명 투쟁에 참가하는 게 교조적이라면, 그것도 괜찮다고 생각합니다."

"내 앞에서는 그런 식으로 말하지 말게." 이방근은 상대방을 나무라듯 말했다. 남승지는 무릎 사이의 손에 쥔 지팡이 끝으로 땅에다 '혁명'이라는 한글을 썼다가 지우기를 반복하다가 깜짝 놀라 이방근 쪽을 돌아보았다. "승지 군은 너무 비장해지지 않는 게 좋을 거야. 교조가 혁명을 승리로 이끈다면 할 말이 없지만. 혁명은 일종의 종교인데다, 우리 조선 민중 자체가 일본 제국주의 때문에, 아니 예로부터의 압정 때문에 혁명적이야. 조직이라면 무조건 지지하지. 특히 제주도의 인간들은 그래. 섬 주민의 90퍼센트, 섬 주민의 대부분이 좌익을 지지한다는 건, 반드시 공산주의자들의 선전 때문이라고만 할 수 없어, 나도 인정하네. 민중에 있어 활동가는 곧 애국자이고, 혁명가인 셈이야. 그건 좋은 현상일세. 훌륭한 민족이지. 강몽구 씨한테 들었네만, 재일동포가 자금 모금에 응하는 토양 역시 그런 셈이지. 재일동포의 경우는 해외에 있기 때문에 더욱 애국적일 수도 있겠지. 자네에게 이런 말을 하는 게 어떨까 싶기도 하지만, 이 또한 무서운 일이라네. 이것도 일종의 교조야. 민중 자신의 의식에 뿌리내린 교조라네. 이게 굳어져 버리면 개조하는 데에는 몇십 년이라는 세월이 필요하지……. 알겠나. 유교의 교리가 문맹인 민중의 의식을 구석구석까지 지배하고 있는 것처럼 말이지, 그 위에 다시 '혁명'이라는 테두리는 씌우는 거라네. 혁명, 음, 혁명하는 자는 절대적인 정의의 구현자라는 것인데. 그 절대성을 의심하는 건 아니야. 그 교조는 커다란 밧줄이나 마찬가지인데, 그걸로 대중을 한데 묶으면 어떨 땐 엄청난 힘을 발휘하지. 애당초 정치라든가 혁명이 대중을 선동하여 조직되지 않으면 승리할 수 없다는 게, 우익이고 좌익이고 할 것 없이 조직론의 ABC일 거야. 이승만이 우리 민족의 감정을 교묘히 사로잡아, '신탁통치' 반대라는 트력으로 대중운동을 일으켜 성공하고 있는 것도 바로 그거라네. 즉 사고의 정지……, 동서고금을 막론하고 오로지 움직이기만 하면 된다네. 우물쭈물 생각만 하다가는 혁명의 에너지는 폭발하지 않아. 예전에 서울에서 어떤 공산당 간부가 나한테 말한 적 있는데, 대중이 혁명적으로 변하기 위해서는 극도로 가난하고 굶주려야 한다고 하더군. 오랫동안 민중의 가슴 깊숙이 축적된 슬픔과 한의 감정. 억눌릴 대로 억눌린 노예의 상태로 몰려 있어야만 혁명의 폭발력이 강해진다는 거야. 불을 붙이기만 해도 폭발한다는 거겠지. 이건 간단한 운동의 역학이지만, 민중이 굶주리고 있는데, 간부는 좋은 음식을 먹으며 결코 굶주리지 않고 있다면 어떤가. 민중은 혁명의 도구가 될 뿐이지……."

"그건 폭언입니다. 반공주의자들이 하는 말 아닙니까." 두 사람의 얼굴과 얼굴이 마주치고, 시선이 상대방의 동공에 닿는 것을 보았다. 남승지의 표정은 약간 굳어졌지만, 이방근은 일그러진 입가에 여느 때의 엷은 웃음이 아닌 온화한 미소를 띠고, 눈빛도 그의 버릇인 독기를 뿜어내고 있지 않았다. 남승지는 이방근의 의외로 부드러운 표정에 자신이 너무 흥분하고 있다는 것을 느꼈다. 서로의 시선이 얽혔다가 떨어지고, 고개가 원래의 위치로 돌아갔다. ……승지 군은 너무 비장해지지 않는 편이 좋을 거야……. 계단을 한 걸음 헛디뎠을 때처럼 덜컹하고 한바탕 마음을 흔드는 말이었다. 비장? ……. "방근 씨의 논리는 우릴 둘러싸고 있는 현실을 도외시하고 있습니다. 이런 현실 속에서 어떻게 할 것인가. 어떻게 행동할 것인가. 혁명의 궁극적인 목적은 지구상에서 자본주의 사회를 없애 버리는 것이지만, 현실로서는 이 섬의, 이 나라의 혁명입니다. 눈앞에 다가온 단독선거를 분쇄하고, 하루라도 빨리 삼팔선의 벽을 허물어 조국 통일을 달성하는 것이 아닙니까. 그리고 우리나라에 사회주의 사회를 건설해야 한다고 저는 생각합니다. 실례가 될지도 모르지만, 방근 씨는 혜택받은 사람입니다. 이렇게 격동하는 현실에서 초연할 수 있으니까요……."

"핫하, 핫, 반공주의자들의 논리와 폭언이란 말이지……."

"전 조금도 방근 씨가 반공주의자라고는 생각지 않습니다. 그러나……."

남승지는 말문이 막혔다.

"괜찮아. 그건 나도 알고 있네. 문제는 내가 혜택받았다는 얘기가 되겠군. 현실에서 초연할 수 있는 신분이라는 거겠지. 그래, 혜택을 받았다고 한다면, 난 이전부터 그런 신분이야. 나는 부르주아는 아니지만, 그래도 시골의 내로라할 자산가의 아들이니 말이지. 굶주림과 추위를 참고 견뎌 내려는 고생이나 노력도 난 모르네……. 그게 나의 현실일세. 그러나 문제는 그러한 나의 혜택받은 신분에 있는 게 아니야. 나의 의식과 정신. 나는 혁명을 하는 인간, 사회주의자들의 의식을 말하고 있는 것이라네. 혁명, 혁명, 그들은 누군가가 말했듯이, '혁명'이라는 것만으로 아무런 생각을 하지 않아도 되네. 이것이 우리 민족의 일상적인 생활의식에까지 침투해 있는 유교 교리의 정신토양과, 조선의 이데올로기를 지배했던 주자학의, 다른 학설을 이단시하여 받아들이지 않는 절대성의 교리와 연결되면 어떻게 되겠나. 동무가 좀 전에 말했었지, 가족이고 뭐고 혁명을 위해서는 모두 부정해야 한다고 말야. 그야말로 '혁명'만 내세우고 아무런 생각조차 않으려는 자들에게 일체를 부정당한다면 어떻게 되겠나? 핫핫하, 나는 단연코 '반혁명'으로 돌아서겠네. 마치 도시락에 담긴 밥알이나 마찬가지 아닌가. 단순해지지 않으면 안 되는 거지. 대중처럼 말이야. 관념 속의 붉은 헝겊을 펼친 제단에 노동자와 농민을 받들어 모시는 인텔리 혁명가처럼 말일세. 난 자넬 빗대어 말하고 있는 게 아니야. 승지 동무, 자넨 그렇게 되지 말게. 그렇게 되는 게 괴로워하지 않아도 되니까 편하기는 하겠지. 자넨 그렇게 되지 말게. 괴로워하지 않아도 된다면, 사상이 없어진다네. 놀리려는 게 아니라, 자네 말은 명언이야. 괴로워하지 않으면 인생에 대해 미안하다고 했지 않는가. 자네는 사상가야, 생각하는 인간이지. 괴로워할 필요도 없는데 괴로워하는, 정말로 바보 같은 일이지만, 이게 또한 인간일세. 동무의 기분을 모르는 바는 아니지만, 너무 비장해지지 말게나. 핫하아, 그렇다는 말일세…….”

이방근이 앉은 채 지팡이 끝으로 땅을 가볍게 통통 두드리며 돌멩이를 조금 굴리다가 쳐냈다. 남승지의 시선이 굴러가는 돌멩이를 쫓았다. 머리 위의 소나무 가지에 앉아 있던 새가 날카로운 날갯짓 소리를 내며 날아올랐다. 돌멩이는 소리를 내며 4, 5미터쯤 구르듯 날아갔지만, 잠시 눈을 뗀 순간 주위의 돌멩이에 섞여 분간할 수 없게 되었다.

“새란 놈이 우리 머리 위에 똥이라도 싸는 건 아니겠지.”

“……비장하단 말씀이지요, 저는 비장하다고 생각하지 않는데요.”

“그럴까, 그렇다면 좋고. 자신이 그렇게 자각할 수 있다면 좋은 일이지.”

“……”

남승지는 대답하지 않았다. ……너무 비장해지지 말라는 것인데. 두 번이나 반복한 이방근의 말은 그 뉘앙스로 보아 결코 비꼬는 말도 야유도 아니었다. 비장……? 마음속의 목소리가 중얼거렸다. 비장해져 있다면 그는 자기 자신에게 끌려갈 수밖에 없다. 그 자신은 그렇게 생각지 않았고, 또한 그것을 의식적으로 바라지도 않을 것이기 때문이다. 혁명가는 경우에 따라서는 가족이고 뭐고 혁명 이외의 것은 일체 부정해야만 한다……. 남승지의 입에서 튀어나온 말이었지만, 그가 일본의 마지막 땅인 시모노세키에서 어머니와 여동생이 마음속에서 깨끗이 사라지는 것을 느끼고, 그로써 충실감을 얻은 것은 사실이었다. 즉 남승지의 새로운 결의였던 것이다. 그것이 그의 표정에 어떤 밝음을 가져왔는지도 모른다. 그런데 그게 이방근의 눈에 늠름하다든가 교조적으로, 게다가 비장하게 비쳤다면, 그건 하나의 역설이자 감상으로 여겨져도 어쩔 수 없는 일이었다. 그러나 남승지가 이방근이 한 최초의 그 말에 가슴이 덜컹하며 삐걱거리는 것을 느낀 것은, 말의 뾰족한 끝이 그 부분의 무의식의 표피를 벗긴 탓인지도 몰랐다.

남승지는 이방근이 말한 그 생각에, 아니야, 그러나 좀 달라……라는 반발을 느꼈지만(투쟁 속에 있는 우리는 이방근처럼 매일 소파에서 구경꾼 모양으로 가만히 앉아 있을 수만은 없다), 반박하지는 않았다. 특별히 이방근의 그런 생각을 지금 처음 안 것도 아니었고, 게다가 그는 남승지에게 역시 침범하기 어려운 존재로서 다가왔다. 무엇이든지 다 알아버린 듯한 느낌을 주는 남자. 자석처럼 존경심을 일으키게 하는 남자. 그렇다 해도 이제는 그도 역시 혁명의 편에 서야 되는 것 아닌가. 아까부터 그는, 자네들, 자네들……이라며 이인칭 복수로 사람을 지칭하고 있는데, 왜 '자네들'이 아닌, '우리들'이라고 하지 않는 것일까…….

"방근 씨, 이제 슬슬 가시지요."

"음, 그렇지, 가 보자구. ……좀, 말이 지나쳤다. 야외의 푸른 하늘 밑에서 토론을 벌이는 것도 제법 운치가 있군 그래."

"예, 많은 공부가 되었습니다."

이방근이 지팡이를 짚고 먼저 일어서자, 남승지가 그 뒤를 따르듯이 일어났다. 그는 일어나면서 이방근의 하얀 한쪽 볼을 보고 문득, 불길한 생각이 들었다. 얼른 그 시선을 돌렸지만, 어쩌면 이방근은 강몽구의 공작을 거절하기 위한 예방선을 지금 이 자리에서 나에게

쳐 본 게 아닐까 하는 생각이 들었다. 그의 말들은 나에게 연막을 치기 위한 연기가 아닐까……. 설마 현실로 다가오는 혁명의 움직임을 따라갈 수 없는 인텔리의 굴절된 불안을 반영하는 건 아니겠지……. 남승지는 옆에서 성큼성큼 걷고 있는 이방근이, 승지 동무…… 하고 말을 걸어왔을 때 움찔했을 만큼, 불길한 생각이 꿈틀거리고 있는 가슴속을 상대방이 꿰뚫어 볼까 봐 두려웠다.

"예."

"서울에서 여동생이 와 있다네." 이방근은 곧, 아니, 그게 아니지, 하고 웃으면서 말을 이었다. "난 오전에 집을 나와서 여동생과는 만나지 못했지만, 어젯밤 배를 탔을 거니까, 돌아와 있을 거야."

나오는 대로 말하는 그 울림에 정감이 있었다. 마치 자네가 기다리고 있는 여동생이라는 식으로.

"아, 여동생이 돌아왔습니까? 그렇습니까……. 음, 그러고 보니, 방학이군요."

남승지는 안도하는 순간, 가슴에 격렬한 통증을 주는 심장의 고동을 느꼈다. 그 통증에서 유원의 아름다운 얼굴이 떠올랐다. 그는 유원이 봄방학 때 서울에서 돌아오기를 은근히 기다리고 있었는데, 돌아온 것이다. 순간 가슴이 장난치듯 술렁거리며 부풀어 오르고, 그녀는 혹시 나를 만나러 온 게 아닐까 하는 제멋대로의 상상이 날개를 폈다. 설마……, 하지만 제멋대로의 상상이라고만은 할 수 없었다. 그녀 쪽에서 만나고 싶어 한다고 말한 것은 오빠인 이방근이었다. 그 즐거운 상상은 금방 날개를 거두었지만, 그는 일본으로 떠날 때부터 월말까지 제주도에 돌아올 수 있을지 어떨지, 은근히 걱정했던 것은 사실이었다. 월말이라는 것은, 어쩌면 봄방학 때 돌아올지도 모르고 내달 초에는 서울로 가 버릴지도 모르는, 그녀와 만날 수 있는 기회가 보장되는 아슬아슬한 시간이었다.

"성내에 가는 길이니까, 어때, 시간이 있으면 집에 들르지 않겠나. 여동생도 틀림없이 돌아와 있을 걸세."

이방근이 눈을 반짝이며 남승지를 바라보았다.

"예에……."

남승지는 상대로부터 쏟아지는 시선에 왼쪽 볼의 피부가 꿈틀 튀어오르는 것을 느끼며 반사적으로 고개를 끄덕였다. 그 순간, 가족이고 뭐고 혁명 이외의 것은 일체 부정해야 한다던 자신의 말이, 분명히 늠름한 울림을 귓속의, 아니 고막 안쪽의 깊숙한 곳에서 울리며 머리 중심부를 때렸다.

"용무는 몇 시에 끝나나?"

"……한두 시간, 두 시간이면 충분히 끝날 겁니다."

"오늘 밤은 돌아갈 수 없겠는데?"

"오늘 밤은 성내에서 잘 겁니다."

"용무를 끝내고 우리 집으로 오면 어떤가. 오게나, 거기서 자면 돼."

"예, 고맙습니다."

남승지는 답례를 했지만, 확실히 가겠다고도 가지 않겠다고도 말하지 않았다. 말할 수가 없었다. 참으로 더할 나위 없는 기회였지만, 금방 확답할 수 있는 문제가 아니었다. 이방근도 대답을 재촉하지 않았다. 시간은 다섯 시가 가까웠고, 공기가 슬슬 반짝임을 잃으며 무거운 땅거미가 내려앉기 시작했다. 성내까지는 앞으로도 한 시간 반은 족히 걸릴 것이다.

남승지는 오늘 아침 일찍 강몽구와 함께 줄곧 동쪽 길을 따라 산천단을 경유하여 한라산의 관음사로 올라갔었다. 이방근이 묻지도 않았지만, 그는 강몽구가 아직 관음사에 있다는 것도, 그리고 거기에 간 목적에 대해서도 말하지 않았다. 제주도당의 군사부장인 간부들이 관음사 근처에서 게릴라 부대의 군사훈련을 하고 있어서, 강몽구의 귀환보고를 겸한 회합을 해안 부락의 '해방구'에서 열 수가 없었던 것이다. 조직에서는 제주도 전체를 여섯 개의 작전 지구, 즉 한라산을 분수령으로 하여 제주도 북부는 서쪽으로부터 차례로 한림·애월 지구, 제주·조천 지구, 구좌·성산 지구, 그리고 남부는 서쪽으로부터 차례로 대정·안덕 지구, 남원·표선 지구, 서귀·중문 지구로 나누어, 각 지구 내의 오름, 즉 기생화산을 중심으로 한 근거지의 설정을 거의 마무리해 놓고 있었다. 성내를 포함한 제주읍과 인접한 조천면 지구는 관음사-산천단, 그밖에 어승생악(1,070미터) 등이 그 근거지로 결정되었다. 따라서 관음사-산천단 일대는 이른바 '해방구'의 성격을 띠었고, 거기에 사는 소수의 주민들은 게릴라 조직망에 들어 있었다. 그곳에서 열린 회합에 남승지는 함께 일본에 파견되었던 강몽구의 수행원 자격으로 참석했던 것이다. 그리고 하루 이틀 내로 이루어질 봉기 결정을 앞두고, 연락을 위해 성내로 가던 참이었다.

이보다 앞선 3월 초순, 남승지가 일본에 가 있던 사이에 열린 관음사 회의에는 성내 지구에서 유달현과 김동진, 그리고 박산봉 세 사람이 참석했다. 그때, 성내의 조직 문제와 한라신문의 역할, 그리고 최종적인 결론은 나지 않았지만, 일제봉기로 성내 기습이 성공할 경우, 재빨리 경찰 무기고를 개방하여 박산봉 일행이 트럭으로 산악부 근처까지 운반해 오는 일 등이 논의되었다. 예상하기 어려운 혼란 속에서 무기 탈취는 재빨리 달성하지 않으면 안 된다. 상황에 따라서는 박산봉 일행이 무기를 운반한 뒤 그대로 게릴라와 합류하여 산으로 들어가는 경우도 검토되었다.

반 시간이 지나자, 주위를 분간할 수 없을 만큼 어두운 밤길로 변해 버렸다. 자연히 보폭이 좁아지고 발밑을 조심해야 했는데, 이방근은 몇 번이나 고꾸라질 뻔하면서 미처 회중전등을 가져오지 못한 걸 후회했다. 다행히 별빛 가득한 하늘이 펼쳐져 있어 길을 잃을 염려는 없었지만, 도중에 마을로 들어가도 돌담 그늘의 장지문에 번진 남포등 불빛이 어슴푸레할 뿐 빛이 밖으로 새어 나오지 않아, 해가 떨어지기가 무섭게 어둠이 재빨리 섬 전체를 뒤덮어 버린 느낌이었다. 시골에 사는 사람이 성내의 밝은 밤거리(그것도 육지의 도시와는 비교할 수도 없는 인구 몇만의 시골 읍내의 밝음이지만)에 놀라는 것도 무리는 아니었다. 별도 달도 없는 캄캄한 밤에도, 등불이나 회중전등 없이 밝은 거리를 걸을 수 있으니, 얼마나 고맙고 기특한 일인가.

얼마 지나지 않아 어두운 전방으로 읍내의 불빛이 점점이 보였다. 이상하게도 안도감을 느꼈다. 오랜만에 어두운 시골길을 힘들게 걸어온 탓일 것이었다. 저 읍내의 불빛이 아득히 먼 산천단의 목탁영감의 눈에는 어떻게 비칠까.

두 사람은 성내의 삼성혈을 지나 바로 헤어졌다. 오는 도중에 이미 남승지는 오늘 밤 이방근을 찾아가기로 결심했다. 늦어도 열 시까지는 찾아가겠지만, 만일 그때까지 가지 못할 경우에는 내일 아침에 찾아가겠노라고 말했다. 그리고 그는 성내 입구 근처에서 지팡이로 쓰던 마른 나뭇가지를 버리고 맨손으로 성내에 들어갔다.

이방근이 집으로 돌아오자 일곱 시가 다 돼 있었다. 여동생 유원은 부엌이의 '예언'대로 돌아와 있었다. 목욕탕에 들어갔다고 했다. …… 분위기는 어땠어? 나빠 보이지 않던가, 이방근이 농담처럼 웃으며 물으니, 그렇지 않수다……, 부엌이가 고개를 옆으로 흔들며 무표정한 얼굴에 미소를 띠며 대답했다. 저 소리, 들리지요, 노래를 하고 계시우다, 목욕간에서 말이우다, 작은 새처럼…….

음, 그렇군, 툇마루에 앉아 땀에 젖은 운동화를 양말과 함께 벗으며, 목욕탕 쪽에서 흘러나오는 여동생의 밝은 콧노래를 들었다. 서재 소파에 지친 몸을 털썩 내던지듯 주저앉은 뒤에도, 여동생의 그 작은 새처럼 경쾌한 노랫소리가 희미하게 들려왔다. 생각해 보면 산천단까지 왕복 일곱 시간, 오랜만에 먼 길을 걸었더니 피곤했다. 장딴지와 허벅지의 근육이 그제야 땅기는 것처럼 아팠다. 마침 잘됐어, 여동생이 나오면 목욕이나 해야지. 욕조에 잠긴 여동생의, 깨끗한 얼굴로 입을 열었다 닫았다 하면서 콧노래를 부르고 있을 그 하얀 몸이 보인다. 자욱한 수증기 속에서 물에 젖어 반짝이며 움직이는 젊은 여자의 육체는 아름답다. 참으로 아름다운 동물, 생물 가운데 가장 아름다운 동물일 것이다. 그래서 또 추한 것……

여동생이 나온 뒤에 이방근은 바로 목욕탕으로 들어갔다. 느긋하게 따뜻한 욕조의 물에 몸을 담그며, 좀 전에 헤어진 남승지를 생각했다. 혁명, 혁명…… 혁명이다. ……실례가 될지도 모르지만, 방근 씨는 혜택받은 사람입니다. 좋은 신분입니다……. 뭐가 실례가 될지도 모른다……는 거야. 건방지단 말이야, 핫하, 건방진 말을 하게 되었어. 아니, 건방진 게 아니야. 세상이 그렇게 되었어. ……목욕, 도대체 섬 주민들에게 목욕이 다 뭐야! 하고 소리칠 것이다. 전화도 그렇지만, 도대체 성내에 목욕탕을 갖춘 집이 몇이나 되겠는가. 이 가난한 섬에서는 그야말로 '특권계급'인 셈이다. 무위도식, 고리대금업자, 이러한 토대를 파괴하지 않으면 혁명이 되지 않는다. 분명히 혁명이 필요하지 않은 자가 있는 것처럼 그들에게는 혁명이 필요한 것이다. 방금 전까지 목욕탕에서 들려오던 여동생의 아름다운 목소리를, 지금 같은 욕조에 몸을 담근 채 떠올려 본다. 여동생도 이 섬에 없는 여학교를 다니기 위해(여자가 소학교를 나오기만 해도 엘리트였던 일제강점기에 여학교에 진학한다는 것은 그야말로 '특권계급'이 아니면 불가능한 일이었다) 본토의 광주에 있는 친척 집에 기숙하는 등 부모의 슬하를 떠나 생활해 왔지만, 가난에서 오는 고생을 모르고 자란 것만은 사실이다. 말하자면 진짜 고생이 뭔지를 모르는 것이다.

투명한 물의 흔들림에 실려 가느다란 머리카락 같은 것이 눈앞에 떠올랐다. 흔들거리며 도망치려는 것을 집게손가락으로 살며시 떠올려 보니, 머리카락은 아니었다. 가볍게 곱실거리는 그것은 음모였다. 다갈색을 띤 그 길이와 부드럽게 곱실거리는 모양은, 방금 욕조에 들어간 자신의 것은 아니었다. 분명히 여동생의 몸에서 떨어졌을 것이다. 주의 깊게 살펴보니, 물속에는 또 다른 두 개의 음모가 흔들리고 있었다. 오늘은 여동생이 제일 먼저 욕조에 들어갔을 테니, 그녀의 것이 분명했다. 지금 처음 발견한 것도 아니었지만, 이미 여동생의 육체의 음부는 당연히 빽빽한 음모로 덮여 있으리라는 상상은, 새삼스럽게 여동생이 오빠나 아버지로부터 독립된 존재임을 의식케 한다.

목욕탕에서 나온 이방근은 자신의 서재에서 여동생과 함께 식사를 했다. 아버지는 일 때문에 늦어질 것 같다고 했다. 아버지가 계셨다면, 여동생도 돌아왔고 하니, 일가족이 함께 모여 '단란한' 식사를 했을 것이다. 이방근은 목욕을 끝낸 뒤라 가볍게 술을 마셨다. 알맞은 취기가 피로를 풀어 주었다.

유원은 안고 온 새끼 고양이 흰둥이를 오빠의 맞은편 소파에 앉은 뒤 그 옆에 눕혔다. 새끼 고양이라서 어쩔 수 없겠지만, 고양이는 박정해서 어느새 나를 잊어버렸나 봐요. 그래도 잠시 안아 주었더니, 금방 친해져서 내 뒤를 쫄랑쫄랑 따라다녀요. 이제야 생각이 났나, 자신의 큰 은인을……. 하지만 귀여워요, 이렇게 동글동글하게 통통해져서……. 오렌지색 스웨터, 옅은 갈색의 코르덴 스커트로 감싼 여동생의 몸에서 목욕을 막 끝낸 젊은 살 냄새가 났다. 머리 한가운데를 무겁게 자극하는 그 독특한 냄새였다. 거기에 희미한 화장수 냄새가 섞여 있었다.

"새끼는 모두 그럴 거야. 사람의 갓난아기도 어머니로부터 한 달만 떨어져 있어 봐. 알아보지도 못할 걸." 이방근은 여동생을 실망시키지 않으려고 한마디 하면서도, 새끼 고양이가 이 집에 함께 살고 있다는 게 이상하게 느껴졌다. 물론 여동생이 데려온 것은 알고 있지만, 고양이가 이렇게 가족의 일원이 되어 이 집에 살고 있다는 것이 때때로 묘하게 다가왔다. "오빠는 말이지, 일전에 이상한 꿈을 꾸었단다. 고양이가, 분명히 저 흰둥이였는데, 돌아가신 어머니를 모시고 내가 자고 있는 방으로 들어오더구나. 하얀 강아지가 황천 입구까지 죽은 사람을 안내한다는 이야기는 들어 본 적이 있는데, 후후후, 이번에는 반대로, 저 세상에서 고양이가 안내를 해 온 셈이 되는구나. 보통은 꿈에 나타난 죽은 사람은 말을 하지 않는 법인데, 일전의 어머니는 무슨 말인가를 하고 계셨어. 그 내용은 전혀 기억이 안 나지만."

꿈속에서는 어머니와 함께 부엌이가 서 있었다. 이방근은 부엌이에 대해서는 말하지 않았다.

"이상한 꿈이라니, 오빠는 꿈같은 거 안 믿잖아요. 이상하네, 진지한 얼굴을 하고……."

"꿈을 꾼 사실을 말하고 있는 거야. 그러니까 새끼 고양이 덕분에 어머니를 만날 수 있었다는 거지."

"……그러네요, 그런데 어머니는 건강하셨어요?"

유원이 장난스럽게 물었다.

"그래, 건강하신 것 같았어……."

여동생의 표정이 조금 흐려졌다. 말도 안 되는 일이다.

"그렇게 여위고 쇠약해져서 돌아가셨는데……. 아이, 나도 참, 무슨 농담을 하고 있는 거야. 오빠, 그런 꿈 얘긴 그만둬요. 난 싫어요, 오빠도 참 심술궂다니까." 유원의 표정이 갑자기 일그러지면서, 방금 한 말을 취소하듯 고개를 흔들며 말했다. 그녀는 어머니를 떠올리면 바로 눈물을 글썽이는 버릇이 있었다. "오빤 무슨 일로 갑자기 산천단에 가고 그래……. 목탁영감님이라도 만나러 간 거예요?"

"산천단이라니까 금방 목탁영감이 나오네. 너도 그 노인에게 관심이 있나 보구나. 그냥 날씨도 좋고 해서 오랜만에 좀 멀리 나가 보고 싶어졌어. 그것도 걸어서 말야……."

"오빠가 멀리 나가다니, 멋진 일이라고 생각했어요, 드문 일이잖아요. 집에 도착한 게 열한 시 반이었는데, 집에 아무도 없더라구요. 부엌이가 오빠는 산천단에 갔다고 하더라구요. 나도 바로 가 볼까 생각하다가……."

"가다니, 어디에, 산천단에? ……"

"그래요, 오빠 뒤를 따라서, 산천단에 가 보고 싶었어요."

"무슨 소리야, 여자가 혼자서, 말도 안 되는 소리 하지 마."

"걱정 없어요. 산천단까지만 가면 오빠가 있을 테고, 돌아올 때는 함께 오잖아요. 그리고 오랜만에 목탁영감님 동굴도 들여다보고 싶고, 그곳에서 배를 타고 막 건너온 바다를 바라다보는 것도 멋있잖아요. 왜냐하면, 바다에서는 줄곧 산을 바라보며 왔으니까……. 그리고 깊은 숲 속의 관음사까지 가 보고 싶어요. 늦어져도, 거기라면 안심하고 묵을 수 있어요. 그런데 옷을 갈아입기도 하고, 아침밥을 안 먹어서 배를 채우다 보니, 열두 시 반이 돼 버렸어요. 그때 출발해 가지고선 밤중에나 돼서 산천단에 도착할 게 뻔하잖아요. 게다가 부엌이가 안 된다고 야단을 쳐서……. 하지만 배가 일찍 도착했더라면, 틀림없이 오빠와 함께 갔을 거예요."

산천단에서 관음사까지 가 보고 싶다, 얼마나 천진난만한 여동생의 말인가. 아니, 이방근 자신도 그 일대가 분명히 '무장봉기'를 위해 움직이고 있다는 것을 몇 시간 전까지, 즉 남승지를 우연히 만날 때까지는 상상도 하지 못했다. 그런데 여동생을 데리고 산천단에 갔다면 어떻게 되었을까. 거기에서 딱 마주친 두 사람은 그 우연한 만남에 나보다 더 놀랐을지도 모른다고 이방근은 생각했다. 그것이 뭔가 두 사람의 유대를 더욱 강하게 만드는 계기가 될 수도 있었을 것이다. 이방근은 남승지가 오늘 밤 여기 올 거라고 말하려다 그만두었다. 지금 여동생의 머릿속에는 관음사와 남승지를 연결시켜 줄 동기가 전혀 없었기 때문이다.

"야단을 맞아도 싸지. 그러니까 말도 안 되는 소리를 하는 게 아니야. 그런 시간에 출발한다면 산천단에 도착하기도 전에 어두워질 텐데, 산길을 어떻게 걷는다는 거야. 말도 안 되지. 오빠와도 그렇게 쉽게 생각대로 만날 수 있을까. 도중에 돌아오려고 해도 캄캄한 시골길에다, 길이 몇 갈래나 갈라져 있다구. 관음사에서 묵기는커녕, 어디인가와 멀리 떨어진 곳에서 헤매다가 돌아오지도 못할 뻔했잖아. 부엌이는 아무 말도 안 했지만, 빨래 방망이로 엉덩이를 좀 맞아야 할 아가씨로군."

"오빠도 참. 날 어린애 취급만 하고……."

그래도 여동생은 순순히 웃는 얼굴로 잘 알았다며 고개를 끄덕였다. 그녀는 식사 뒷정리를 부엌이에게 시키지 않고 스스로 끝내더니, 다시 탁자를 사이에 두고 오빠와 마주 앉았다.

"오빠, 오늘은 피곤하겠네. 오늘 밤은 조금 일찍 잠자리에 드세요……."

"목욕을 하고 한잔했더니, 피로가 가신 것 같구나. 음, 그건 그렇고, 손님이 올 거야."

"손님? 오늘 밤에……."

"그래, 열 시까지는 올 거야." 이방근은 담배에 불을 붙이고 가볍게 연기를 뿜어냈다. 시간은 여덟 시를 지나고 있었다. "넌 내가 또 술이나 마시러 나가려나 보다 하고 생각했겠지. 핫하. 그런데 누가 올 것 같으냐, 맞춰 볼래?"

"어쨌든 오빠 손님이잖아요. 누가 오시는지 여동생인 내가 어떻게 알겠어요……."

"그건 그렇군……." 이방근은 양 무릎 사이의 스커트 위에 고양이를 올려놓은 누이동생의 얼굴을 가만히 바라보며 말했다. 그 날카로운 시선에 찔려 안면신경이 튀어 오르듯이 그녀의 표정이 씰룩하고 움직였다. "남승지가 올 거야. 그가 온다고. 그는 너한테도 손님이 되겠지."

"남승지? 아, 승지 씨요. 승지 씨가 온다고요……. 오빠가 좋아하잖아요."

유원은 무릎 위의 새끼 고양이 등을 쓰다듬던 손길을 잠깐 멈추었지만, 이번에는 거의 의식적으로 고양이의 머리를 쓰다듬으며 말했다. 순간, 반발하는 듯한 오만한 표정이 그 얼굴에 감돌았다. 그것은 오빠에 대해서가 아니라, 아직 나타나지 않은 손님에 대한 것이었다.

"뭐냐, 그 말투는……."

오빠가 나무라는 듯한 어투로 말했다. 남승지가 직접 들으면, 실망하거나 화를 낼 만큼 냉담한 유원의 말이었다.

"하지만……." 오빠를 바라보는 유원의 표정이 순식간에 굳어지는가 싶더니, 눈을 내리깔고 말했다. "승지 씨는 오빠가 좋아하잖아요."

"그 말이 마음에 안 들어. 다른 표현은 없냐구. 게다가 말이 거칠어. 그는 네 손님이기도 하잖아."

"오빠는 금방 화를 낸다니까. 오빠가 좋아한다는 게 그렇게 나쁜 말인가……, 이제는 아무래도 상관없어요……." 기분이 상한 듯한 유원은 콧방울을 실룩거리며 오빠를 바라보았다. 조금 슬픈 듯한 일그러진 그 얼굴이 아름답다. "그런데 오빠는 왜 승지 씨 얘기를 할 때는 내 마음을 살피기라도 하듯이 지그시 노려보는 거예요……."

"뭐라고……, 내가 널 노려본다고? 그런 말도 안 되는, 내가 하나밖에 없는 귀여운 여동생을 밉다고 노려볼 리가 없잖아."

"일전에 승지 씨가 여기 오셨을 때도 그랬어요……."

"넌 승지 동무가 집에 오는 게 달갑지 않은 거냐?"

"왜 오빠는 그런 식으로 말하는 거예요. 승지 씨는 서울에서부터 친구이고, 그럴 리가 없잖아요. 그래도 오빠는 내 손님이라고 말하지만, 승지 씨는 오빠를 찾아오는 거잖아요. 더구나 내가 집에 있다는 걸 알 리도 없고."

"승지 군은 네가 서울에서 돌아온 걸 알고 있어."

"어머." 유원은 조금 목소리를 높이며 오빠를 바라보았다. 이방근의 눈은 아직 부드러움을 잃지 않았지만, 갑자기 분위기를 바꿔 번쩍번쩍 독을 뿜으며 빛나기 시작하자, 여동생은 화살에라도 맞은 것처럼 꼼짝도 하지 못했다. "어떻게 오늘 막 돌아온 나를 알고 있을까요."

"내가 만났어, 우연히. 그래서 네가 돌아왔다고 말했지. 우리 집에 오는 목적 중의 하나가 너를 만나기 위해서일 거라고 생각해. 그래서 네 손님이기도 하다고 말한 거야. 소중한 손님이지. 너도 알다시피 가족을 일본에 남겨 두고 혼자 고생하고 있잖아."

순간, 유원의 얼굴이 조금 괴로운 듯 일그러졌지만, 곧 본래의 표정을 되찾고 부끄러운 빛이 감돌았다. 이방근은 그것을 놓치지 않았다.

"그렇다면, 오빠가 산천단에 갔다 왔다는 건 사실이 아니었나요?"

유원은 하얀 볼에 떠오른 부끄러운 빛이 홍조로 변하며 번지는 것을 가라앉히듯, 약간 긴장된 표정을 지으며 말했다.

"넌 또 갑자기 의심이 많아졌구나." 이방근은 산천단에서 만난 사실을 이야기하는 것이 조금 망설여졌지만, 여동생에게 숨길 필요는 없었다. "남승지와는 산천단에서 만났어. 그야말로 우연히 말이지."

"……승지, 승지 씨도 거기에 갔었어요? 모두 산천단에 가다니, 거기서 무슨 일이 있었나요?"

여동생의 표정이 밝아졌다.

"아무 일도 없었어. 우연히 남승지도 산천단에 가 있었던 것뿐이야. 서울의 번화가에서도 뜻밖에 사람을 우연히 만나는 경우가 있잖아. 어쨌든 만나서 잘됐어."

이방근은 담배 연기를 천천히 내뿜으며, 가지런히 모은 무릎 위에 새끼 고양이를 올려놓은 여동생의 상반신을 바라보았다. 피어오르는 연기 너머로 여동생이 오빠를 눈부신 듯이 쳐다보았다. 이방근은 여동생의 부드러운 어깨 뒤로 원광(圓光)처럼 투명한 구체(球體)가 떠오르는 것을 보았다. 그것은 머릿속의, 상하좌우를 분간할 수 없는 무한한 원구였다. 남승지가 그 벽면에 서서 이방근을 위협하는 투명한 원구였다. 그 속으로 여동생이 함께 휩쓸려 들어간다…….

이방근은 남승지와 만난 사실 외에는 여동생에게도 말하지 않았지만, 혹시 아버지나 계모가 묻거든(아버지와 계모도 남승지의 얼굴을 기억하고 있을 터였다), 분명히 성내에 온 김에 오빠를 찾아왔다는 식으로 이야기하도록 일러 놓았다.

7

"있잖아요, 오빠, 이게 그 편지예요." 서재 소파에 오빠와 마주 앉은 유원이 손에 들고 있던 편지를 읽어 내려갔다. 마치 소설이라도 읽어 주듯이. "……그건 폭력입니다. 폭력단 깡패가 하는 짓입니다. 유원 아가씨는 그날 참기 어려운 모욕적인 행위를 직접 목격하셨으니까 잘 아실 겁니다. 소생은 유원 아가씨 때문에 참고 있었습니다만, 당신은 그 현장의 유일한 증인입니다. 소생은 제삿날 밤에 당신 계모님의 요청이 있어, 그 다음날 댁에 방문했던 것입니다. 그리고 유원 아가씨의 오라버님이라고 하기에, 소생은 예의를 갖춰 인사하러 갔는데, 그 답례는 그야말로 도리에 어긋나고 무례하기 그지없는 행위였습니다. 소생은 유원 아가씨 당신 때문에 참았던 것입니다……." 유원이 품 하고 웃음을 터뜨리며 읽기를 중단하였다. "여기부터는 오빠가 읽으세요. 정말 어이가 없어서……."

이방근이 예상했던 대로, 유원은 서울에서 만난 최용학이(상대방이 몇 번이나 교문 앞까지 무리하게 찾아와 기다리고 있었다) 학교로 보냈다는 그 속달편지를 가지고 돌아왔다. 그것을 오빠 앞에서 읽어 주고 있었는데, 그녀는 그렇게 함으로써 최용학을 조롱하고 있었다. 이방근은 여동생이 탁자 너머로 내민 편지를 받아들고, 그녀가 손가락으로 가리킨 곳에 시선을 멈추었다. 마치 성냥갑을 비스듬히 찌그러뜨린 것처럼 오른쪽으로 기울어진 사각의 글자에 구두점이 많은 문장이었다.

……유원 아가씨는 꼭 만나 뵙고 싶다는 소생의 제의를 거절하셨습니다. 그래서 두 사람이 직접 대화를 나누어 의사를 소통할 수 있는 기회를 당신 스스로 망쳐 버렸습니다. 학우들의 앞이라 체면 문제도

제7장 **399**

있었겠지요. 그러나 당신의 태도는 너무나도 냉담하여, 유원 아가씨를 생각하고 있는 소생의 마음을 통하지 않게 만들고 있는 것입니다. '삼고초려(三顧草廬)'라는 고사도 있습니다만, 소생은 '삼십고(三十顧)' '삼백고의 예(禮)'라도 할 작정으로 당신을 찾아갔었습니다…….

흥, 이방근이 콧방귀를 뀌었다.

"왜 그래요? 오빠, 소리 내서 읽어 주세요."

이방근의 귀에 여동생의 목소리가 조금 잔인한 울림으로 들려왔다. 여동생이 하는 짓은 어린애가 갖고 있는 잔혹성과 닮은 데가 있었다.

"뭐라고……? 넌 벌써 다 읽어 봤잖아."

이방근은 의아한 듯이 여동생을 바라보며, 그렇게 말하고 막 다문 부드럽게 빛나는 입술을 바라보았다.

"하지만, 오빠가 읽는 걸 듣고 싶어요."

"바보같이, 싫다." 이방근이 웃으며 말했다. "난 지금 너만큼 잔혹하거나 장난꾸러기가 아니야."

"잔인할 게 뭐가 있어요. 원래 그런 종류의 편지인데."

"넌 상대방을 불쌍하다고 생각지 않니?"

"글쎄, 오빠의 그런 말투가 빈정거림으로 가득 차 있어서 훨씬 더 잔인해요. 그리고 편지를 보여 달라고 말한 건 오빠잖아요."

"핫, 하아, 그야 그렇지. 그러나 너는 오빠인 나한테 보이려고 가지고 온 거잖아."

이방근은 담배를 문 입가에 미소를 띠며 손에 든 편지에 시선을 떨구었다. ……이번 4월부터 과장대리가 되기 때문에, 출세 코스가 예정보다 한 단계 빨라졌다. 양가 부모가 두 사람의 약혼을 바라고 있는데, 유원이 오빠의 나쁜 영향을 받아 사물을 판단하는 눈이 흐려져 있다. 당사자인 두 사람이 만나서 이야기하면 해결되는 일이니까, 꼭 만나서 서로의 오해를 풀어야 한다. 그리고 이태수 씨의 사업에 대한 협력 관계도 있는 때이니만큼, 이야기를 원만하게 수습하는 것이 서로의 부모에게 효도하는 길이고, 양가가 번영할 수 있는 길이 아닌가…… 등과 같이, 자못 냉담하고 고압적인 태도로 나오는가 하면, 때로는 애원조로 네댓 장의 편지지에 작은 글씨로 촘촘히 쓰여 있었다.

"이건 너에 대한 구애, 즉 또 한 번의 청혼이지만, 그 마지막 부분을 봐라. 간접적으로 협박하고 있구나……."

담뱃가루가 입술에 달라붙었는지, 이방근은 그것을 손가락으로 떼어 내는 대신에 얼굴을 돌린 채 혀끝을 사용해 화가 난 사람처럼 날려 버렸다.

"아버지 사업에 대한 협력 관계라니, 뭘 말하는 거예요?"

"아버지는 전부터 은행의 서울 진출을 생각하고 계셨어. 판사였던 최상화 씨를 국회의원으로 만들어 보려는 것도 여러 가지로 관계가 있을 거야. 최용학의 아버지는 상화 씨와 사촌간이라서 그 추천인이 될 수 없기 때문에, 우리 아버지에게 후원을 부탁하기도 하는 등, 서로 간에 이런저런 관계를 맺고 있지……. 핫하아, 특별히 신경 쓸 거 없어, 그 일은 그 일이야. 이 비열한 놈이 눈앞에 있었다면 정말로 폭력을 휘둘렀을 거야."

"아버지 쪽은 어떻게 돼요?"

"말했잖아. 아무렇지도 않다고. 신경 쓸 거 없어. 그 간살스런 코흘리개 녀석이 겁먹은 개처럼 사타구니에 꼬리를 감추고 짖어 본 것뿐이야. ……음, 그나저나 이 녀석은 네가 편지를 나에게 보여 줄 거라고는 생각을 못 했나 보군. 만약 그렇다면 머리가 좀 이상한 녀석이야. 보여 줘도 상관없다고 생각했다면, 정말 특이한 머리를 가졌든가 대단한 배짱이고. ……그런데, 넌 남승지한테 이런 편지를 받은 적은 없냐?"

이방근은 여동생이 이른바 '연애편지'라는 것을 여러 가지로 받았을 거라고 생각하면서 말했다. 그리고 또 여동생 나름의 답장을 보냈을지도…….

"이런 편지라뇨……?" 유원은 잠시 허공으로 시선을 돌리며 말했다. "없어요. 있을 리가 없잖아요. 승지 씨는 서울 시절부터 친구인 걸요."

"음, ……친구 사이라도 편지는 하는 법이야. 그 친구는 구애 방법을 모르는 모양이군. 아니, 그렇지는 않을 텐데……."

"오빠, 그런 식으로 말하지 말아 주세요. 천박해요."

유원은 오빠의 말을 가로막듯이 하고는 눈을 내리깔며 말했다.

"천박하다고……? 지금 구애라고 한 말이 그렇다는 거냐? 그건 아니지. 오빠는 좀 전에 최용학이란 놈의 편지를 놓고 그렇게 말했는데, 남승지 경우엔 그 말이 거슬리냐?"

"왜 그렇게 심술궂게 말을 하세요. 두 번씩이나 계속해서 말을 들으니 싫어요."

"흐흥, 그럼 뭐라고 말하면 좋겠냐. 그렇다고 최용학식으로 프러포즈라고 할 수도 없고."

"오빠, 절 놀리지 마세요. 그리고 최용학 씨 이야기는 이제 지겨워요."

유원은 오빠를 정색하며 노려보다가 얼굴을 홱 돌리더니 콧방귀를 뀌었다. 조금 더 놀려 대면, 코끝이 빨개져서 울음을 터뜨리거나, 화를 내며 방을 나가 버릴 것이다. 토라진 척했을 뿐이고 어리광을 부려 본 것에 불과하다. 오빠를 절대시하는 여동생이 위력을 발휘하는 순간이었다.

"핫하아, 널 놀리려는 게 전혀 아니야."

이방근은 희미하게 붉어졌던 여동생의 볼이 창백하게 굳어지는 것을 바라보면서, 이제 곧 찾아올 남승지 쪽으로 화제를 옮겨 갔다. 등 뒤의 탁상시계를 보니, 두 개의 바늘이 10이라는 숫자 언저리에 겹쳐지면서 시간을 새겨 가는 소리가 들려왔다. 이 순간에 여동생의 관심을 남승지 쪽으로 돌리는 데는 최용학의 어리석은 편지가 충분한 효과를 발휘할 터였다.

이방근이 여동생의 비위를 맞추자 그녀는 스스로 가면을 벗어던지듯 수줍고 장난스러운 웃음을 보이는 화해가 재미있었다. 마치 나이든 아버지나, 공주를 달래는 늙은 신하의 기분이 이럴까 하는 생각이 들 만큼 즐겁다.

이방근은 그 편지가 필요할지도 모르니 자신에게 맡기라고 하자, 여동생은 순순히 그에 따랐다.

남승지는 저녁 무렵 이방근과 성내 입구에서 헤어질 때, 늦어도 열 시까지는 가겠지만, 만약 그때까지 못 가면 내일 아침에 찾아가겠노라고 말했었다. 그 열 시가 다 되어도 나타나지 않았다. 성내 어딘가에 있겠지만(이방근은 대충 짐작하고 있었다. 찾으려고 마음먹으면 아마 그가 있는 곳을 알 수 있을 것이다), 상대방이 직접 찾아오는 것 이외에는 연락할 방법이 없었다.

이방근은 남승지가 올 가능성이 적다고 생각하면서도 단념하지는 않았다. 내일이 아니라, 오늘 밤에 올 것이다, 올 것이 틀림없다. 그가 여동생에게 끌리고 있다면, 그 정열이 내일로 미룬다는 것을 허락지 않을 것이다. 정열이 그를 이곳으로 끌어당길 것이다.

열 시가 지나도 남승지는 오지 않았다. 응접실에서 전화벨이 울렸지만, 이런 시간에 남승지가 그러한 연락 방법을 취할 리가 없었다. 그것은 아버지에게 걸려 온 전화였다. 회합이 겹쳐서 늦어진다는 연락이었지만, 그와 동시에 딸의 목소리를 듣고 싶었던 것이다.

열 시까지 못 가면 다음날 아침에 가겠다던 남승지 본인의 말에 따라야 했다. 여동생에게 반해 있었기 때문에 오히려 내일로 미룬다는 것은……. 이방근이 거의 체념하고 15분쯤 지난 무렵 가볍게 술을 마시는 자리에 남승지가 찾아왔다. 그런데 뜻밖에도 유달현과 함께였다. 양복에다 넥타이를 맨 유달현은 여느 때처럼 안내를 청하지도 않고, 성큼성큼 앞장서서 안뜰로 들어왔지만, 대문에 나온 유원의 모습을 보고는 놀라는 기색을 감추지 않았다.

"……정말 놀랐습니다. 설마 유원 씨가 계실 줄은 꿈에도 몰랐습니다. 언제 이곳으로 돌아오셨습니까. 아, 그렇습니까. 오늘 배로 말이죠, 고생 많으셨습니다. 짙은 안개로 고생했을 겁니다. 배가 많이 연착했다면서요. 서울에서 제 친척 한 사람이 그 배로 왔답니다." 낮게 기는 듯한 유달현의 목소리가 갑자기 윤기를 머금고 격식을 차렸다. 그는 손님이 온 기척에 자리에서 일어나 마침 툇마루로 나온 이방근에게 말을 걸었다. "안녕하신가, 이 동무. 자네의 벗을 안내하는 게 늦어져서 미안하네. ……여동생이 돌아오신 줄은 전혀 몰랐네. 좀 전엔 어디 계신 여자분이 나오셨나 하고 깜짝 놀랐네……."

둘이 함께 오다니, 이건 또 무슨 일인가? 이방근은 안뜰을 비추는 서재 불빛 속으로 들어온 두 사람을 내려다보면서, 반사적으로 불끈 화가 치밀었다.

"별일 다 보겠군."

그러나 남승지가 유달현 같은 인물을 만나고 있을 것이라는 상상은 이미 하고 있었던 일이기도 했다. 이방근은 유달현에게 서재로 올라오라고 말했다.

"아니, 고맙지만 오늘 밤은 사양해야 된다는 게 유감일세. 여러 모로 바빠서." 유달현이 안뜰에 선 채로 말했다. "오늘 밤의 역할은 이방근 동무가 만나고 싶어 하는 벗을 안내하는 일이라서, 그 역할을 끝낸 것만으로도 충분하네. 시골에서 온 인간이 혼자 돌아다니는 건 위험하지 않은가. 성내에 온 김에 들러 주었더군. 어쨌든 내 말 뜻을 알고 있겠지. 난 자네한테 비밀이 없는 인간이라네. 그가 꼭 여기에 올 일이 있다고 하길래. 그나저나 유원 씨가 계셔서 깜짝 놀랐는데, 그런데 동무는 유원 씨가 서울에서 돌아오신 걸 알고 있었나, 음……." 유달현은 손님과 함께 아직 옆에 서 있는 유원과 남승지의 얼굴을 번갈아 바라보다가, 갑자기 엷은 눈썹의 미간을 치켜올리는가 싶더니 그 표정이 흐려졌다. "그럼, 이 동무, 이야기라도 좀 하다가 돌아가고 싶지만, 오늘은 그럴 수가 없다네. 바빠서 말일세. 늘 그렇다네. 자네가 부럽구만. 이제부터 학부형을 찾아가야만 한다네. 이해할 걸세, 내 말 뜻을. 그럼, 또 보세, 이방근 동무, 그리고 유원 씨도……."

유달현은 여느 때와는 달리 깔끔한 태도였다. 바쁘다는 그 말대로, 천천히 이야기할 시간이 없기 때문일 것이었다. 유원과 남승지가 함께 유달현을 대문까지 배웅했다. 그때 쪽문을 나가려던 유달현이 갑자기 뭔가를 생각해 낸 듯 멈춰 서서 밤하늘을 쳐다보고 있는 툇마루의 이방근을 돌아보았다. 그리고는 두 사람을 대문간에 남겨 둔 채 안뜰로 돌아왔다.

"헤헤헤, 잠깐 귀를 좀 빌려주지 않겠나? 이방근 동무." 역광선 속에 우뚝 서 있는 이방근의 커다란 모습을 올려다보며, 유달현이 작은 목소리로 말했다. "할 이야기가 있다네. 단 1분도 안 걸릴 걸세."

"무슨 일인가, 유달현 동무."

이방근이 침착한 목소리로 상대방을 내려다보며 말했다.

"아니, 잠깐이면 돼……."

지면의 커다란 그림자가 움직이더니, 이방근이 안뜰로 내려섰다.

그리고 발돋움을 하는 키가 작은 유달현을 위해 조금 허리를 굽힌 이방근의 귓가에 얼굴을 바싹 들이대고 속삭이듯 말했다.

"이 동무, 2, 3일 내로 중요한 사항을 알려 주겠네. 음, 무슨 말인지 알 걸세. 그리고 일전에 말한 그 선(線)의 중요한 동지가 온다네. 내일 또 연락하겠지만 말일세. 물론 연락도 하지 않고 불쑥 찾아오는 일은 없을 테니 안심하게. 한번 약속한 이상 나는 꼭 지킨다네. 음, 그리고 또 이 동무는 이미 알고 있겠지만, 지금 이 이야기가 저 남승지 동무와 관계가 있다고 생각하면 곤란하네. 일전에도 잠깐 말했듯이 이쪽은 제주도 당 조직의 선과는 다르다네. 전혀 다른, 저쪽 선과 연결돼 있다네."

이방근은 한쪽 볼에 유달현이 내뿜는 구취 섞인 숨결을 느끼면서 잠자코 듣고 있었다. 장소가 장소인 만큼, 일방적인 상대방의 말에 반박하지도 못하고, 그저 고개만 끄덕이고 있을 수도 없었다. 그러나 이방근은 기계적으로 귀를 기울이면서, 유달현의 그 애매모호한 말이 지극히 명쾌하게 귓속까지 전달되는 것을 느꼈다.

유달현은 손가락에 끼운 다 타들어 간 담배를 힘껏 한 모금 빨아들인 뒤 천천히 연기를 토해 내고 나서 담배꽁초를 아무렇게나 땅바닥에 내던지고는 신고 있던 작업화로 비벼 껐다. 그리고는, 그럼 또 보세, 라고 아까와 똑같은 말을 되풀이하고는 사라졌다.

유달현을 전송한 두 사람이 돌아왔다.

"아까는 어두워서 잘 몰랐는데, 승지 씨는 건강해 보이네요. 좀 살이 찐 것 같기도 하고……."

오빠 옆으로 자리를 옮겨 남승지와 마주 앉은 유원이 무릎 위에 두 손을 모은 자세로 말했다. 전등에 하얗게 비친 그 얼굴에는, 남승지가 온다는 이야기를 들은 순간에, 반발하듯 떠올랐던 그 오만한 표정이 아니었다.

"그런가요……."

남승지는 웃으며 한 손으로 자신의 얼굴을 쓰다듬었다.

"약간 그런 느낌이 들었을 뿐이에요. 힘드시겠죠. 먹는 것도 변변찮을 테고……. 하지만 건강하게 '지하활동'을 하는 승지 씨를 만날 수 있어서 기뻐요. 게다가 일부러 집까지 와 주시고……. 이제, 다음에는 우리 쪽에서 그 '지하'에 가 보고 싶어요."

"설마……."

남승지가 말했다.

"정말이에요."

"후후후, 지하에 들어가면 나올 수 없게 돼. '지하동(地下洞)'에는 미로가 잔뜩 뻗어 있어서 말야."

이방근의 말에 남승지는 말없이 웃었다.

"농담 좀 그만해요. 지하동에 미로가 많이 있으면 더 재미있겠네요. 방근이 오빠는요, 승지 씨를 만나서 기분이 좋은가 봐요. 그렇죠, 오빠." 유원이 오른쪽 옆에 있는 오빠를 보면서 말했다. "시간이 늦어도 승지 씨는 꼭 올 거랬어요……." 그녀는 아차 하는 표정으로 거기서 말을 끊었다.

소파에 등을 기댄 이방근은 말없이 입술에 미소를 머금었다. …… 좀 늦는군. 이제 오늘 밤에는 못 오는 게 아닐까요. 승지 군은 올 거야, 오늘 밤 오는 건 너를 만나기 위한 목적이 크니까. 오빠는 왜 그런 식으로 말씀하세요? 그런 식으로가 아니라, 사실이 그래, 두고 봐라, 그는 틀림없이 온다……. 열 시가 지났을 무렵에 남매 사이에 오간 대화였다. 남승지는 왔다. 그것이 정열이다. 당연히 그럴 것이다.

"오빠, 아까 유달현 씨는 뭐라는 거예요? 보기 싫게 보란 듯이 귓속 말을 하고."

"아무것도 아니야. 개인적인 용건인데, 잊고 있었나 봐."

"개인적인 일이었군요."

유원은 자리에서 일어났다. 그리고는 승지 씨 잠깐만 기다리세요, 금방 준비해서 가져올게요, 하고는 방을 나가 부엌으로 갔다.

탁자 위에는 이미 소주 냄새가 나는 서 홉들이 호리병과 술잔이 하나 놓여 있었다. 그리고 안주로 잘게 찢은 대구포 한 접시가 놓여 있었다.

"좀 늦는 것 같아서, 방금 전에 술을 조금 마셨다네."

"늦어서 죄송합니다."

"아니, 늦었다고 해도 고작 15분인데 뭘. 내일 아침보다는 낫지. ……유달현 선생, 오늘은 이상하게 깔끔하던데. 음, 대체 무슨 일이지."

이방근은 콧구멍으로 밀려드는 냄새, 분명 남승지의 땀에 젖은 몸에서 풍겨 오는 냄새를 코로 들이마시며 혼잣말처럼 중얼거렸다. 유달현이 그 입술을 남의 볼에 바싹 들이대듯이 속삭인 말……. 이 동무, 2, 3일 안에 중요한 사항을 알려 주겠네. 음, 알고 알겠지……. 그야말로 볼을 기어가는 파충류의 숨결이었다. 냄새, 혁명의 체취, 승지 동무, 목욕이라도 하지 그래. 말하지 않는 게 좋다, 사람에게는 각각의 생활이 있다. 땀투성이, 먼지투성이, 피투성이의 냄새…….

"유달현 씨와 함께 온 것은 역시 실례가 되었습니까? 저는 반대했지만……."

"뭐?" 이방근이 상대방의 말을 가로막았다. "아니, 아닐세. 방금 한 말은 혼잣말이야. 유달현 군과 둘이서 나타났어도 별로 놀라지 않았네. 음, 후후후, 그 정도는 알고 있지. 유달현은 자네가 성내에 온 김에 자기 집에 들렀다는 식으로 둘러댔는데, 핫핫하, 남 앞에서 자신들의 관계를 숨겨보겠다는 것이겠지. 이런 나도 말일세, 그렇지, 자네가 말하는 그 '깊은 관념'이라는 거 말야, 음, 깊고 낮음이 문제가 아니라, 관념은 관념이지. 안 그런가. 아니, 그 말을 하려는 게 아니라, 나는 세상 물정 모르고 그러한 관념에 갇혀 있는 인간이 아니란 말일세. 그러니까, 나는 대충은 짐작을 하고 있다네. 자네가 성내에 와서 들르는 곳도 말이지……."

남승지의 표정이 순간적으로 파도치듯 굳어져 갔다. 이방근은 탁자 위에 있는 자개 상자에서 가늘고 긴 양담배를 꺼내 손가락에 끼우며 생각했다. 정말로 그런가, 과연 그럴까……. 승지 군, 담배 좀 피지 그러나……. 남승지의 손이 움직여 자신의 호주머니에서 납작해진 담배를 꺼내는 것을 보고는 말을 이었다. 이걸 피우지 그래, 양담배일세, 카멜. 검은 옻칠을 한 담배 상자 밑에 뼛조각으로 세공한 것처럼 놓여 있는 가늘고 맵시 있는 담배. 남승지의 손이 그중 한 개비를 집어 든 뒤, 먼저 이방근에게 성냥불을 붙였다. 정말로 그럴까. 이방근은 코끝을 뜨겁게 달구는 성냥의 빨간 불꽃과 남승지의 손가락을 바라보며 생각했다. 그렇지 않을 것이다. 유달현의 충격적인 이야기가 없었다면, 여태 '무장봉기'의 계획도 모르고, 섬 주민들의 두꺼운 발바닥이 밟아 울리는 땅울림도 듣지 못했을 것이다.

"그렇습니까. 방근 씨는 알고 있었습니까. 어쩐지 유달현 씨가, 이방근 씨라면 괜찮다며 계속 따라오더라구요. 유달현 씨가 자기 집에 묵으라는 것을 다른 곳에 볼일이 있다고 고집을 부렸더니, 꼬치꼬치 캐묻기에 사실대로 말했습니다. 그랬더니, 자신도 나가 봐야 하니까 함께 들르자, 혼자 돌아다니는 건 좋지 않다고 해서, 결국 함께 오게 된 겁니다."

"그랬군……. 그런데 자네도 알다시피, 강몽구 씨가 일본에서 돌아

와 어제 여기에 들렀다 갔는데, 유달현이 나와 강몽구 씨에 대해 뭔가
물어보지는 않던가?"

이방근은 이제 분명히 유달현 등과 동지 관계에 있는 남승지의 위치
와, 낮에 산천단에서 만났을 때의 달라진 모습을 머릿속에 투영시키
며 그의 얼굴을 바라보았다. 이방근의 시선이 순간 날카로운 빛을 뿜
어내자, 남승지는 상대방의 눈빛과 말이 한 묶음이 되어 자신의 눈을
찌르는 것 같아 움찔했다.

"특별히 없었는데요."

남승지가 대답했다. 그건 사실이었다. 유달현은 남승지에게 왜 이
방근의 집에 가느냐, 꼭 거기서 묵어야 하느냐고 꼬치꼬치 캐물었다.

유원이 방에 돌아왔다. 두 손에 들고 온 쟁반에서 삶은 돼지고기
따위의 안주와 김치, 나물 무침, 그리고 새로운 술병과 잔이 탁자 위
로 놓여졌다. 남승지가 그녀를 도와 음식 등을 받아 놓았다. 유원은
자기 앞에 찻잔을 놓았다. ……부자란 말야, 가진 자와 가지지 못한
자, 빈곤, 빈곤……. 탁자에 놓인 음식 위로 그런 관념이 장막을 쳤다.
식사는 이미 끝났지만, 벌써 열 시 반이라, 음식을 받아들일 만한 식
욕은 충분히 있었다. 강몽구의 말을 옮기려는 것은 아니지만, 사양해
선 안 된다. 먹을 수 있을 때 먹어 둬야 한다. 그리고 그것을 육체에
비축하여 피와 살로 만드는 것이다. 겨울잠이 아니라, 투쟁에 대비하
기 위해서.

"승지 씨, 어서 드세요."

유원이 두 손으로 술병을 들어 남승지의 잔에 따랐다. 남승지는 상
반신을 이쪽으로 기울인 그녀의 귤색 스웨터의 부풀어 오른 가슴에
눌리는 느낌으로 묵묵히 잔을 받아 그대로 입술로 가져갔다.

이방근과 산천단에서 만난 것도 우연이었지만, 그것이 또 이렇게

유원과 만날 수 있는 우연이 겹친다는 것은 행운이라 할 만했다. 무언가가 한 걸음 앞으로 나아간 듯한 느낌이 들었다. 도쿄의 여관이나 야간열차 속에서도 떠올렸던 서울까지의 거리가 이제 탁자 하나의 사이로 좁혀져 눈앞의 소파가 되고, 거기에 가슴 밑의 명치가 호흡으로 희미하게 움직이는 실물로서의 유원이 있다는 사실이 믿어지지 않았다. 일본에 있는 동안에도 거의 끊임없이 무슨 계기만 있으면, 지나가는 여자만 보아도 그녀를 생각했고, 그 모습이 계속 마음속을 들락거렸다 해도 좋았다.

"승지 씨는 전보다도, ……그때 여기 오신 게 어머니 제삿날 아침이었으니까, 아직 한 달도 채 안 됐는데요, 왠지 그때와는 달라진 느낌이 들어요. 침착하고, 투사 같은 느낌이……, 오빠, 그렇죠(……그렇구나, 그러나 투사 같은 게 아니라, 투사야. 이방근은 무뚝뚝하게 말했다. 두 눈 아래가 취기로 불그레해지고, 목 주위에 주독이 붉게 번져 있었다). 그래요, 투사예요. 승지 씨는 서울 시절부터 그랬지만, 왠지 가까이하기 어려운 느낌을 주는 게 흠이에요."

"무슨 말씀을, 전 투사가 아닙니다. 그리고 가까이하기 어렵다니, 헤헤(왜 이런 목소리가 나올까), 그건 제가 유원 동무에게 하고 싶은 말입니다."

변했다, 변했다, 투사…… 완전히 오빠와 똑같은 말을 하고 있다. 같은 게 아니라, 투사야. 이방근의 빈정거림이었다. 늠름하다, 비장, 교조……. 낮에 이방근과 함께 산을 내려오면서 상당히 면박을 당했었다. 그리고 내가 변했다면, 그대로 변해 있지 않으면 안 된다. 나는 이방근과는 다르기 때문이다.

"내가 가까이하기 어렵다고요? 그건 거짓말이겠죠. 거짓말이에요."

유원이 조금 장난스런 눈짓을 했다고 생각했지만, 순간적이라 남승지는 잘 확인할 수 없었다. 남승지는 자신도 모르게 그녀의 얼굴에서 눈길을 돌려 술잔을 손에 들었다. 아름답다……. 중얼거리는 목소리가 몸속을 지나 안쪽으로부터 고막을 울려왔다. 아름다운 것에는 가까이하기 어려운 법입니다. ……제주도에 가면 반드시 결혼하고말고요. 반드시 할 거예요. 어엿한 상대가 있으니까……. 오사카에서 가족들에게 굳게 약속한 말이 하얀 이빨을 드러내며 웃는 듯했다. 그 결혼 상대가 유원이라니, 무슨 당치도 않은 말을 한 것일까. 실제로 그녀를 눈앞에서 보고 있자니, 그렇게 말한 자신이 두렵게 느껴지기까지 했다. 유원이 앉은 채로 가볍게 저쪽 벽을 소리도 없이 빠져나가 아득히 멀어져 가는 것을 느꼈다. 눈을 깜박이고 자세히 보니, 유원은 여전히 거기에 있었다. 아니, 이러면 안 돼……. 남승지가 정신을 차리려는 듯 가볍게 고개를 흔들었지만, 바로 목운동이라도 하는 것처럼 전후좌우로 목을 두세 번 움직였다.

유원이 남승지에게 안주를 권하고, 술병을 든 채 몸을 조금 일으켜 탁자 위에 놓인 잔에 술을 따랐다. 그때 몸을 약간 움직이는 바람에 옆에 놓여 있던 한 통의 편지가 소파 밑으로 미끄러져 떨어졌다. 처음부터 거기에 있었던 것인데, 그녀 앞으로 온 속달 편지는 주소가 학교로 되어 있는 게 눈에 띄었다. 게다가 '친전(親展)'이라고 쓰여 있었다. 보낸 사람은 누굴까. 저 각지고 꼼꼼한 필적은 아마 남자가 썼을 것이다.

"유원 동무, 편지가 떨어졌습니다."

"어머나, 미안해요."

그때는 이미 자리에서 일어난 남승지가 탁자를 돌아가고 있었고, 그녀는 그대로 편지를 주워 주기를 기대하고 있는 것처럼, 단 몇 초였지만 완전히 동작을 멈추고 허리를 굽힌 상대를 보았다. 남승지는 그녀의 허리를 감싼 스커트 밑에서 소파와 탁자 사이로 날씬하게 뻗은 다리 선의 아름다움에 숨을 죽이며, 주워 올린 꽤 두툼한 편지를 그녀에게 건넸다.

"고마워요."

유원은 남승지를 바라보며 기쁜 듯한 목소리로 말했다.

편지는 마침 뒷면을 위로 하여 떨어져 있었는데, 보낸 사람의 주소는 서울에 있는 최용학으로 되어 있었다. 그 이름은 남자일 것이다. 학교로 보낸 속달……. 순간, 이유도 없이 가슴이 타는 듯 쓰라리고, 실제로 머릿속에서 뭔가 이상하게 타는 냄새가 났다. 처음부터 소파에 놓여 있었던 걸 보면, 오빠에게 이미 보였던가, 아니면 보여 주려 했는지 모른다. 관계가 없는 일이었지만, 그러나 지금 그에게는 신경이 꽤나 쓰이는 편지였다.

"이 편지, 이상하죠? 보세요." 유원은 자리로 돌아온 남승지에게 편지를 세로로 들고 앞면을 보여 주었다. "승지 씨는 그렇게 생각지 않나요? 제 주소가 학교로 되어 있어요……."

"음, 그렇군요. 보낸 사람은 분명 유원 동무의 주소를 몰랐던 모양입니다."

"그래요, 아까부터 오빠랑 그 얘길 하고 있었어요. 그렇게 말해도 승지 씨는 모르실 거예요. ……이상한 사람에게서 받은 이상한 편지, 보여 드리고 싶네요. 오빠, 승지 씨에게 보여 줘도 돼요?"

유원이 편지를 손에 든 채 오빠 쪽으로 얼굴을 내밀며 물었다.

"글쎄, 그만두는 편이 좋을 것 같아. 너한테 온 편지니까 네 맘이긴 하지만, 보는 쪽이 폐가 될 거야."

"흥미가 있으면 보여 드리겠다는 거예요. 오빠가 이 사람한테 한 일 같은 거 승지 씨가 알아도 별 상관없잖아요."

"그야 별 상관은 없지."

"아니, 전 괜찮습니다." 남승지는 안도하면서 말했다. 크게 신경 쓸 편지는 아닌 모양이다. 그러나 갑자기 읽고 싶다는 생각이 들었다.

"흥미가 있다 해도 남에게 온 개인적인 편지니까요."

"아니에요, 그게 말이죠, 그렇지가 않아요. 흥미가 있다면 보여 드릴게요. 제가 소리 내서 읽어 드리고 싶을 정도예요. 그런데 말이죠, 개인적인 편지라는 데 오히려 흥미가 있잖아요. 남의 비밀에 속하는 건 누구나 엿보고 싶은 충동을 느끼는 법이잖아요. 특히 세상의 아버지나 오빠들은 딸이나 여동생의 일기, 그 외에 남에게 온 편지 같은 것을 몰래 읽고 싶어 하잖아요. 그것도 딸의 소행을 조사하기 위해서만이 아니라⋯⋯. 오빠, 안 그래요?"

유원은 웃으며 오빠를 보았는데, 그렇죠, 라는 다짐을 하고 있었다. 그녀는 편지를 남승지에게 보이는 일에 상당히 적극적이었다.

"넌 갑자기 왜 그러는 거냐. 적당히 그만두는 게 좋아. 남의 편지를 이러니저러니 하는 건 철없는 짓이야. 그건 노출증이라고."

"품위 없는 말씀을 하시네요. 하지만 그 말은 틀렸어요. 이 경우에는 폭로증이라고 하는 편이 더 가까워요. 게다가 승지 씨도 흥미가 있는 것 같은데, 개인적인 편지라서 망설이고 계실 거예요."

"핫핫하, 폭로증이라, 과연 그렇군. 어느 쪽이든 신중하지 못한 건 마찬가지야." 이방근이 웃으며 말했다. "뭐 좋아. 그 편지에 관해서는 내게도 죄가 있지, 아니 나야말로 사건의 장본인인지도 몰라. 자네니까 보여 주려는 거겠지만, 여동생은 이 편지 때문에 몹시 화가 나 있다네. 유원이 말대로 개인적인 편지임에는 틀림없지만, 그런 대접을 받지 않아도 될 만한 내용일세. 나중에라도 좋으니까, 귀찮지 않으면 읽어 보게. 물론 주석이 필요할 거야. 그나저나 유원이 자기편을 얻어서 무척 좋아하는군."

"유원 동무가 기뻐해 주신다니 그건 영광입니다, 방근 씨."

남승지의 입에서 겨우 밝은 대답이 나왔다.

"자아, 먼저 음식이나 좀 드세요. 이런 시시한 편지는 나중에 읽으셔도 돼요. 오늘 밤은 여기서 주무시니까, 내일 아침이라도 좋아요. 훌륭한 편지라면 몰라도, 이런 편지를 받은 제가 부끄러울 정도예요……. 그건 그렇고, 승지 씨는 언제 돌아가세요?"

"내일 점심 전에는 돌아가야 합니다."

"그렇군요. 그런데 내일은 일요일이잖아요. 하지만 학교나 회사도 아니고, 정해진 휴일이 있을 리가 없겠죠. 설령 휴일이라 해도 승지 씨는 역시 못 쉴지 몰라요." 유원은 찻잔을 두 손으로 받쳐 든 채 고개를 조금 흔들며 말했다.

"실은 내일 밤에요, 모두들 우리 집에 모여서 파티를 할 거예요. 옛날 서울 시절의 친구를 포함해서 모두 열 명쯤 모이는데, 음, 승지 씨도 영하를 알고 있죠, 서울에서 알고 지내던 조영하 말이에요. 그 애는 내일 배로 돌아와요. 그리고 신문사의 김동진 씨도 오실 거예요. 모처럼 성내에 오셨으니 승지 씨도 참석할 수 있다면 좋을 텐데, 유감이에요. 할 수 없죠 뭐."

"그렇습니까, 정말 즐겁겠는데요. 그러고 보니, 조영하 동무와도 오랫동안 만나지 못했군요."

파란 구두의 여자. 파란 옷을 자주 입었던, 미인은 아니지만 귀여운 얼굴의 여학생. 그 무렵에는 둥근 얼굴에 파란 옷이 어울리지 않는다고 생각했지만, 그렇지 않을지도 모른다. 그녀의 균형감각일지도 모른다. 이마가 넓고 얼굴이 갸름한 편인 유원이 파란 옷을 입으면 차가운 느낌이 들 것이다. 김동진의 과거의 '애인'이라고 한다면 잘못된 것일까. 처음에는 그녀 쪽에서 열을 올렸던 모양인데, 어느새 형세가 역전되어 다른 남자에게로 마음이 옮겨 가는 바람에 김동진을 슬프게 만들었던 것이다. 싹싹하고 착해서 남을 잘 돌봐 주지만, 왈가닥에다 조금 칠칠치 못하다. 여름철, 맨발에 샌들을 신고 있는 그녀의 발뒤꿈치와 발가락은 때가 쌓여 새까맣게 되어 있었다. 여름인데도 발을 씻지 않았던 것이다. 그것이 인상에 남아 있었다. 남자와의 교제도 꽤 자유분방해서, 그 한계가 확실치 않은 점이 있었을지도 모른다. 사이가 좋았던 유원과는 대조적이라 할 수 있었다. 그녀는 당시에 자폐 증상이 있었던 남승지에게도 스스럼없이 접근하여 그의 마음을 열어 보려 했지만, 그럴수록 그는 자신의 껍데기 속으로 도망쳐 들어박혔다. 조영하, 고독한 서울 시절에 사귄 몇 안 되는 마음이 따뜻하고 그리운 친구였다. 서울 시절의 자신과 비교하면 지금 나는 상당히 변했다. 스스로도 알 수 있었다……. 나는 분명히 그 무렵보다도 전진해 있다……. 서울 시절의 조영하, 음, 만나 보고 싶다는 생각이 들었다.

잡담이 한동안 계속되면서 남승지도 취기가 도는 것을 느꼈다. 그래 봤자 잔으로 대여섯 잔, 별로 많이 마시지는 않았다. 소주 한 홉 반 정도였을 것이다. 갓난아기 손바닥만 한 돼지고기를 김치에 싸서 몇 개나 먹었지만, 그래도 맨 처음 찾아온 취기는 상당히 크게 넘실거렸다. 머리만 허공에 떠 있는 듯한, 몸통 위에 머리만 다른 것이 붙어 있는 듯한 취기가 몇 분이나 계속되었다. 이윽고 그 커다란 물결은 통과했다.

"술이 전혀 줄어들지 않는군 그래. 좀 더 마시는 게 어떤가. 그리고 푹 자면 돼."

이방근은 상체를 취기에 맡긴 채 천천히 좌우로 흔들며 말했다. 볼을 복숭아 빛으로 물들인 유원이 아직도 무거운 술병을 들고 남승지의 잔을 채웠다. 그녀는 너도 한 잔만 마시라는 오빠의 명령에 딱 한 잔을 마시고 있었다. 얼굴의 젊은 피부가 술기운에 적당히 자극을 받아 윤기 있게 빛나고, 깊고 검은 눈에도 가벼운 취기가 젖어 들어, 얼굴 전체에 사람을 압도하는 요염함이 느껴졌다. 여동생인 말순이보다 두 살이 많고, 자신보다는 두 살 아래인 유원에게 묵직하게 짓눌리는 기분이 들었다.

"저어, 유원 동무, 그 편지를 읽어 보고 싶습니다."

"……벌써, 읽어 보시게요?"

유원은 편지를 남승지에게 건네주고, 그가 봉투로부터 은행 이름이 박힌 편지지를 꺼내어 읽기 시작하자, 있잖아요……, 웃으면 안 돼요, 라고 가볍게 웃으며 덧붙였다.

나의 경애하는 이유원 아가씨에게……. 남승지는 취기를 억제하기 위해 편지를 읽었다. 후후후, 경애한다니, 거창한 말을 썼군. ……지금은 새벽 한 시. 서울 장안은 깊은 잠에 빠지고, 이 귀에 들려오는 것은 오직 낮에 받은 잇따른 타격으로 괴로워하는 소생의 심장이 울리는 고동 소리뿐입니다. ……하아, 꽤 문학적이로군. 소생은 지금 머리도 가슴도 혼란스러워 아직 잘 정리되지 않습니다만, 그래도 유원 아가씨를 나쁘게 생각지는 않습니다. 그것은 당신 자신도 모르는 사이에 좋지 않은 외부의 영향에 의해 해를 입고 있다는 것을 소생은 굳게 믿고 있기 때문입니다…….

장문의 편지는 딱딱한 글자를 한 자씩 새기듯 쓰여 있었는데, 아마 초고를 바탕으로 정서를 한 모양이었다. 그것치고는 도중에 무슨 소린지 앞뒤의 문맥이 맞지 않는 곳도 있었다. 남승지는 편지를 읽는 도중에 몇 번인가 고개를 끄덕이며 작은 한숨을 토했고, 다 읽은 뒤에는 커다란 안도의 숨을 내쉬었다.

유원이 오빠의 조언을 얻어 가며 편지에 쓰인 사건의 전후 사정을 설명해 주었는데, 그녀를 둘러싼 혼담 등의 사실도 그러했지만, 그 편지 자체를 자신에게 보여 준 것이 남승지에게는 충격이었고, 그것은 그대로 일종의 감격으로 이어졌다. 왜 이런 걸 내게 보여 줘야 하는가. 유원의 말에 따르면, 오빠에게 방금 보여 준 편지가 마침 그 자리에 있었고, 최용학에 대한 분노와 경멸, 그리고 억척스런 성격을 지닌 그녀의, 여자치고는 앞뒤 안 가리는 성미가 그렇게 시켰겠지만, 남승지는 자신이 특정한, 즉 개인적인 편지의 내용을 공유하는 같은 입장에 있다는 생각에 몸이 부르르 떨리는 감동을 느꼈다. 그렇다 해도 한 통의 조심성 없는 편지가 이런 취급을 받는다는 것은 무참한 일이 아닐까.

유원에게 감상을 질문받은 남승지가, 관계도 없는 자신까지 읽었다는 것 자체가 좀 잔혹하다는 식의 조금 이성적인 대답을 하자, 그녀는, 호호호, 그럴까요, 오빠도 좀 전에 나더러 잔혹하다는 식으로 마음에도 없는 말을 했어요. ……하지만, 정말로 잔혹한 걸까요. 본인은 아무것도 모르는 걸요. 행복한 거지요. 아직도 세상은 자기를 중심으로 움직이고 있다고 생각하는 바보라서, 그러니까 남자라면 그런 꼴을 당하면 굴욕적인 일로 생각하겠지만……, 이렇게 읽히고 있을 줄은 상상도 못 할 거예요. 행복한 거지, 어째서 잔혹하다는 건가요. 정말로 잔혹한 것은 본인을 데려다가 그 앞에서 읽어 주는 거예요. 무지한 눈을 열어 주는 거지요. 그래서 행복을 깨부숴 주는 거예요. 그렇지 않으면, 내용이 너무나 훌륭한 편지라서 많은 사람에게 보여 주었다든가, 아니 어디 잡지에라도 발표하겠다고 답장을 써 보내야 돼요……. 조금 기학(嗜虐)하게 눈을 반짝이던 유원이 갑자기 깔깔깔 웃었다. 웃음소리는 뭔가를 떠올린 그녀의 머릿속에 갑자기 떠오른 최용학의 이미지가 충돌하며 튀어 오르듯이 크게 울렸다. 그 웃음소리가 남승지의 등줄기를 서늘하게 쓰다듬어 내려갔다. 웃음소리에 말이 끊기듯 이어졌다. ……그렇게 답장을 보내면, 그 사람은 정말로 자신의 편지 내용이 훌륭하다고 생각할지도 몰라요. 그런 사람이라구요……. 어머나, 아버지가 돌아오셨나 봐요……. 부엌이가 안뜰로 나가고, 계모 선옥도 맞으러 나오는 기척이 전해져 왔다.

"오빠, 내 얼굴 빨개요? 괜찮을지 모르겠네." 유원은 엉거주춤하게 일어나, 오빠의 얼굴에 하아하아 하고 살며시 숨결을 내뿜었다. "술 냄새 안 나?"

남승지에게는 부러운 가슴에 꽉 조여드는 듯한 한순간의 광경이었다.

"음, 괜찮아……." 이방근은 남승지 쪽을 돌아보며 말했다. "아버지도 취하셨을 테니까 모를 거야. 후후후, 냄새가 난다 해도 아버지는 달리 말씀을 안 하실 거고. 한 잔쯤 마시는 건 상관없잖아. 음, 오빠가 권해서 한 잔만 마셨다고 하면 돼."

그렇지, 그러네요, 유원은 고개를 끄덕이며 등을 폈다. 한 잔만, 사실은 더 마셨지만, 딱 한 잔만 마셨어요……. 그녀는 아버지를 맞으러 방을 나갔다. 마치 어린아이, 아니 여학생으로 되돌아간 것 같았다.

이방근의 아버지가 돌아왔다. 시간은 열한 시 반이 가까웠다.

"음, 방근이는 있나."

취기가 밴 목소리였는데, 늘 같은 대사였다. 이제 완전히 버릇이 되어 굳이 대답할 필요도 없었지만, 그래도 집안에 있는 사람은 있다든가 없다든가 한마디 대답을 해야 했다. 그리고 그것으로 끝이었다. 넌 아직 자지 않고 있었느냐고 딸에게 다정하게 말을 거는 아버지의 목소리가 미닫이를 닫은 서재까지 들려왔다. 모두 안뜰을 건너 안채

쪽으로 가는 모양이었다.

"이쪽과는 별 관계가 없으니까, 자네만 좋다면 인사를 하지 않아도 상관없네. 여동생도 잠시 아버지 말상대를 하다가 이쪽으로 돌아올 거야. 내일 아침에 혹시 아버지와 얼굴이라도 마주치면, 안녕하시냐고 인사 한마디만 하면 돼. 자네와는 여기서 한두 번 만났으니까, 얼굴을 기억하고 계실 거야. 혹시 무슨 일을 하고 있냐고 물으시거든, 계속 교사 노릇을 하고 있다고 말하면 돼. 어쨌든 아버지는 내 일에는 일절 간섭하지 않게 돼 있어. 말하자면 여기는 조계(租界)지역 같은 곳이라네. 신경 쓰지 말게."

이방근이, 이제 시간이 늦은 건 아닌지……라고 걱정하는 남승지의 얼굴을 마주 보며 말했다. 남승지는 고개를 끄덕였다. 그리고 이방근이 따라 주는 술을 받았다. 이방근은 술을 입안에 털어 넣고, 입안으로 퍼지는 맛인지 냄새인지 알 수 없는 소주의 자극을 목구멍 안쪽으로 흘려보내며, 상대의 땀에 찌든 몸 냄새가 희미해진 것을 느꼈다. 아니, 무의식중에 순간적으로 킁킁거리며 막힌 코라도 뚫을 것처럼 콧소리를 내보았지만, 처음과 같은 시큼한 땀 냄새는 풍겨 오지 않았다. 체취, 지하 움막의 체취, 무리를 이룬 농민들의 땀과 흙먼지가 뒤섞인 냄새……. 고양이의 애절한 울음소리가 깊은 밤공기를 흔들고 있었다. 그런데……라면서, 한동안 침묵을 지키던 이방근이 말을 계속했다.

"좀 전에 여동생이 갑작스런 말을 해서 생각났네만, 그 '지하'에, 즉 자네들의 '해방촌'에, 그 '해방구'에 한번 가 보고 싶구만. 물론 제주도 안에 있겠지만, 그 어디에 있는지 우리는 모르는 곳, 그 지구에 말이네. 강몽구 씨가 일전에 안내해도 상관없다는 말을 하기는 했었는데……."

"······" 남승지는 갑자기 취기가 가신 듯 얼굴 표정이 굳어지고, 가늘어지던 눈을 크게 떴다. "그건 말이죠, 방근 씨가 원하시면 아마 갈 수 있을 겁니다. 특별히 바다 속이나 땅속으로 굴을 파고 들어가는 것도 아니니까, 조직이 승인만 한다면 가는 것은 간단합니다. 강몽구를 통하면 문제없습니다. 조직에서는 크게 환영할 겁니다. 확실하시다면 연락은 제가 하겠습니다. 일전에 몽구 씨로부터 얼핏 그런 이야기를 들은 적이 있습니다만."

"핫하아, 그 조직의 환영이라는 게 부담이야. 그렇다고 조직의 지구에 들어가는 데 조직의 승인 없이는 불가능할 테고."

"방근 씨, 그보다도 말입니다. 우선 무엇보다 본인의 결단이 필요합니다만, 그곳에 가 보겠다는 건 진심으로 하시는 말씀입니까?"

남승지는 소파 등받이에서 몸을 일으켜 탁자 쪽으로 몸을 기울였다.

"자넨 뜻밖에 의심이 많군. 그런데, 그 승인이라는 것에는 뭔가 특별한 조건이라도 있나?"

이방근은 자신에 대한 강몽구의 공작을 떠올리면서 약간 심술궂게 물었다. 이방근이 '해방구'에 가고 싶어 한다고······? 강몽구에게는 땅에서 솟아난 듯한 반가운 이야기임에 틀림없었다.

"그런 건 없습니다. 제가 단언할 수 있는 입장은 아니지만, 조직에서 그 사람을 믿느냐 어떠냐의 문제일 뿐입니다. ······저는 갑작스러운 이야기라서 깜짝 놀랐습니다. 방근 씨가 지하조직 지구에 간다는 건 중요한 일입니다. 여러 가지 의미에서 중요합니다."

"자네들은 그래서 곤란해. 뭐가 여러 가지 의미에서 중요하단 말인가? 나도 남들만큼은 호기심을 가지고 있단 말일세. 놀라고말고 할 것도 없네."

"······" 남승지는 말문이 막혔다. "호기심이라도 좋다고 생각합니다.

그러면 여러 가지가, 특히 방근 씨의 눈에는 보일 겁니다. 갈 수 있다면 꼭 가 봐야 합니다. 갈 수 있는가 없는가는 아마 방근 씨의 결심에 달린 일이라고 저는 생각합니다."

"으흠, 꼭 가 봐야 한단 말이지. 그게 자네의 의견이로군. 어쨌든 생각해 보겠네."

"그런데…… 만일, 방근 씨가 간다고 하면 여동생은 어떻게 합니까? 농담 삼아 해 본 말이라고 생각합니다만."

"여동생도 함께 데려갈 것이냐 말 것이냐는 말이지. 그건 좀 생각해볼 문제로군. 농담이 아닐지도 몰라. 갈 수 있다고 하면 그 애는 실행에 옮길지도 모르지. 나도 잘 모르겠네. 일종의 변덕으로, 내일이면 깨끗이 잊어버릴지도 모르지. 그런데 조직이 거기까지 승인해 줄까."

"예, 물론 조직의 승인을 받아야겠지만, 유원 동무가 진심이라면 방근 씨는 허락하시겠습니까?"

남승지의 술기운으로 갈라진 목소리가 열기를 띠었다. 그 안에 빛을 품고 똑바로 바라보는 눈의 표정은 분명히 남매의 동행을 바라고 있었다.

"허락? ……, 허락이 웬 말인가. 어쨌든 그건 여동생의 의지에 달렸지만, 하긴 동행을 내가 동의할 건지 아닌지라는 문제는 있구만. 후후, 동의나 허락이나 마찬가지지만 말이야, 분명히 결정은 필요하겠어. 그러나 먼저 나 자신이 갈지 말지 아직 결정하지 못했네. 여동생 문제는 그 후에나 생각해 봐야겠지. 핫하아. 그렇군 그래."

이방근은 상대가 몸을 앞으로 내밀고 소파 끝에 엉덩이를 걸친 자세로 열심히 이야기하고 있는 것도 아랑곳 않고 조금 냉정하게 말을 끊었다. 그러나 남승지도 그 이상 집요하게 이야기를 하지 않았다. 이미 열두 시를 지나고 있었다.

"자아, 마시게나. 비워 버리자구."

이방근은 가벼워진 술병을 들어 받은 잔을 남승지에게 돌려주며 술을 따랐다.

8

남승지는 다음날 아침, 이방근과 함께 늦은 아침식사를 하고 돌아갔다. 사는 곳이 일정치 않은 떠돌이는 아니라 해도, 사는 곳을 알수 없는 손님과의 작별은 불안하고 막연한 느낌을 주었다. 유원이 헤어질 때 자상하고 친절한 약간의 감정적인 모습을 보인 것도 아마 그 때문이었을 것이다. 2, 3일 안으로 다시 성내에 와야 되기 때문에, 그때 또 들르겠다는 약속을 했을 때, 오만한 아가씨의 표정에 안도하는 빛이 감돈 것은 인상적이었다.

이방근은 아침에 남승지가 다시 어젯밤의 이야기를 꺼내자 '해방구'에 가겠다는 약속을 했다. 소파에서 무거운 엉덩이를 들어 올리고, 그래, 갈 수 있다면 가 보는 게 좋을 것이다. 그러나 여동생에게는 비밀이었다. 그런데 예상과는 달리, 유원이 어젯밤의 일을 잊지 않고 입 밖에 냈을 때는 작잖게 당황했다. ……어젯밤에 제가 말했었죠. 이번에는 제가 지하조직이 있는 곳에 찾아가고 싶다고요. 정말이에요, 승지 씨가 안내해 주신다면 오빠를 데리고 함께 가겠어요. 하지만 오빠, 그런 일은 도저히 불가능할 거예요. ……으흠, 너의 그 말이 진심이란 말이지. 그렇겠지, 그런 곳에 보통사람이 아무나 드나들 수는 없겠지. 네가 생각하는 게 맞을 거야……. 남승지도 이방근을 따라 적당히 말을 돌리지 않으면 안 되었다.

생각해 보면, 어젯밤 여동생이 말을 꺼낸 것이 직접적인 계기가 되어 내려진 결론을 그녀에게 숨기는 것은, 미지의 세계, 즉 '위험'으로부터 여동생을 보호하려는 육친의 방어본능이 이방근의 마음속에서 움직였던 것이었다. 거기에는 여동생을 한 사람의 어른으로 인정하려고 하지 않는 마음의 움직임은 없었던가. 미지의 세계가 문제는 아니다. 어제 산천단에 올라가다가 마을에서 마주친 쇠똥을 줍던 맨발의 소년. 산천단 나무 그늘에 숨어서 망을 보던 국민학생. 언젠가 양준오와 함께 지프를 타고 드라이브하다가 도중의 마을에서 만났던 사람들의 백안시하던 벽. 아이들까지 호기심을 죽이고, 그 눈에 하얀 송곳니를 드러내고 있었다. 아니, 이 섬의 소년들은 이미 훌륭한 혁명가였다. 미지의 세계고 뭐고, 모르고 있는 것은 우리뿐이 아니었던가.

아니, 아니다, 그렇지 않다. 그런 게 아니다. 이 일을 아버지가 알면 어떻게 되겠는가. 방근아, 만일에 말이다. 네가 공산당이라도 돼 봐라. 이 집은 풍비박산 나고 말거다……. 협박과 애원이 뒤섞인 엊그제 밤에 했던 아버지의 말. 아직도 이 집이 붕괴되지 않았다고 믿고 있는 아버지. 여동생까지 '공산당'이 있는 곳에 데려간 걸 알면 어떻게 되겠는가. 가련한 아버지는 졸도하실 것이다. '집안의 붕괴'가 문제는 아니다. 아버지, 이태수, 나는 이 남자를 죽일 수는 없을 것이다.

그렇다 하더라도, 왜 갑자기 '해방구' 같은 곳에 갈 생각을 한 것일까. 이방근의 결심에 감동하여 볼이 붉어진 남승지가 (아아, 언젠가 이 청년은 결국 나에게 실망할 수밖에 없을 것이다. 좀 더 감동하고 기대하고, 그리고 그만큼 깊이 실망하고 절망할지도 모른다. 이방근은 그때 속으로 중얼거렸는데, 그에게는 그것이, 그리고 절망을 초래하게 될 자신의 모습이 하얀 피부에 비친 파란 혈관을 바라보듯 보이는 것이었다) 강몽구에게 이 말을 전하면, 그는 그것을 이방근에 대한 공작의 발판으로 삼을 것임에 틀림없었다. 이방근이 그걸 모를 리 없었다. 그게 두려워서 주저했을 정도니까. 그러나 그것과 이것은 전혀 별개 문제였다. 왜 그 미지의 지구로 향하는가. ……소파에서 무거운 엉덩이를 들어올려. ……몸이 쑥 앞으로 움직이더니 저절로 발걸음을 내딛었다는 느낌. 그리고 몸의 중심을 잡으려고 하는 육체의 요구 같은 것을 이방근은 느끼고 있었다. 어느 정도 규모인지는 모르지만, 적어도 이 섬의 상황을 근본부터 뒤엎어 버릴 수도 있는 하나의 힘이 땅을 울리며 나아가고 있는데, 아무것도 보이지 않고 들리지 않는다는 것은 대체 어찌 된 일인가. 집들의 마루 밑에 폭탄이 장치돼 있는데, 가부좌를 틀고 앉아 태평스럽게 담배를 피우고 있다면. 이방근은 시한폭탄이 장치되어 있다는 것까지는 알고 있지만, 그 시간도 내용도 모른다. 게다가 여러 사람이 그걸 알고 있고, 유달현 같은 놈은 그걸 비장의 수단으로 공작하기 위해 '협박'까지 해 오고 있다. 아니, 이방근이 육체 스스로의 요구 같은 것을 느낀 까닭은, 이미 눈앞에 유달현의 집요한 그림자가 보이고 있었기 때문이기도 했다. 전화가 걸려 올 것이다. 어젯밤에 내 볼을 입술로 비벼 댈 것처럼 속삭였으니, 전화가 걸려 올 것이다. 이젠 상대하지 않겠다……라고 결심했는데도, 유달현이라는 파충류의 비늘을 세우고 땅을 기는 듯한 그 속삭이는 목소리가 사람을 끌어당기는 힘을 가지고 있었다. 그 녀석은 거미의 집처럼 실을 토해 내는 기술을 알고 있는지도 모른다. 묘하게 사람의 마음에, 아니 내 마음에 혐오감을 불러일으키면서도 파고 들어오는 그 말투. 그 녀석이 전화를 걸어온다. 그 녀석이 찾아온다. 제기랄, 사람을 협박하러 찾아오는 것이다. 지난 한 달 동안, 그 녀석은 정체 모를 '무장봉기'로, 아니 그 정보를 조금씩 내주는 것을 교환조건으로 나를 계속 협박해 왔다. 그 녀석이 온다……. 내 몸이 쑥 움직이더니 저절로 발걸음을 내딛었다…….

아니나 다를까, 점심때가 조금 지나자 유달현에게서 전화가 걸려
왔다. 이방근은 전화를 받았다. 집에 없다고 따돌릴 마음도 그럴 필
요도 없었다. 그의 방문을 거절할 작정이었기 때문이지만, 오늘은 왠
지 전화를 기다리고 있었던 것처럼 몸이 소파에서 금방 일어났던 것
이다.

"잘 있었나, 헤헤헤, 자네 목소리를 듣고 안심했네. 헤헤헤, 우후후
후, 아니, 미안하네……."

유달현은 어찌 된 셈인지, 땅을 기어가는 듯한 목소리로 한동안 웃
어 댔다.

"자네는 왜 그렇게 웃나?"

"헤헤헤, 미안하네…… 아니, 그러니까, 오해는 말아 주게, 이 동
무. 자네에게 전화를 걸고 있는 내 꼴이 갑자기 우스꽝스러운 기분이
들어서 말야. 자학의 웃음일세. 지금 여기는 학교라네. 오늘은 일요
일이라, 전화를 걸러 학교에 오기보다는 직접 자네 집으로 찾아가는
편이 빠르긴 하지. 서울 같은 도시와는 달리 이런 시골에는 전화가
없다는 걸 자네도 알고 있겠구만. ……그럼, 들어 보게나, 내가 왜
웃었는지를. 나는 직접 자네 집으로 찾아가서, 왜 왔느냐고 면전에서
호통을 당하는 편이 훨씬 마음 편하다네. 전화는 서툴러서 말이야.
난 수화기를 들고 모습이 보이지 않는 자네 앞에 서면 겁이 나서 말
이지, 정말이라네. 눈에 보이지 않는 그림자를 상당히 두려워하고 있
단 말일세……."

"핫, 하아, 그만두게나. 나야말로 자네의, 유달현 선생의 그림자를
두려워하고 있으니까."

"뭐라고? 헤헤, 농담이겠지, 농담, 내게 그런 그림자가 있다면 이런

말을 하지도 않을 걸세. 음, 그 농담으로나마 보인다고 한 내 그림자
는 커다란 검은 날개 같은 모습이라도 하고 있나?"

"아니, 날개 정도가 아닐세. 훨씬 큰 구름 같은 게 보인다네."

"농담은 그만두세. 그러나 내가 전화 앞에서 보이지 않는 어둠 속에
있는 듯한 자네에게 위협당하고 있는 건 사실일세. 갑자기 전화통에
서 호통을 치지나 않을까 하고 말이지……."

"나는 호통을 치거나 하진 않네."

"아니, 자넨 호통을 치지 않는가. 오늘은 기분이 좋은 모양이지만,
자넨 자주 짜증을 낸다구."

"그런데……, 그 용건을 말해 주겠나."

이방근은 사람을 초초하게 만드는 유달현의 전화 앞에서 의외로 침
착했다. 아니, 상대방의 이야기를 즐기고 있는 면까지 있었다. 수화기
를 대지 않은 귀로 집 바깥에 있는 여자들의 탄력 넘치는 웃음소리가
들려왔다. 서너 명이, 아니, 일고여덟 명이 될지도 모르는 무리의 여
자들이 떠들썩하게 웃으며 좁은 골목길을 지나갔다. 그 갈라진 웃음
소리는 젊은 처녀들이 아니었다. 여자들이 무슨 일일까. 무슨 계 같은
모임이었을까. 이방근의 머릿속에 있는 골목길을 돼지가, 그것도 흰
돼지 떼가 몸을 서로 부딪치며 지나간다.

"자네도 용건을 알고 있으면서 그걸 굳이 내 입으로 말하라고 하는
구만. 전화를 거는 것 자체가 신호 아니겠는가. 난 자네와의 약속을
지키고 있는 것이네. 방문 전에는 반드시 연락을 한다는 약속 말일세.
그러지 않으면 좀처럼 자네의 신뢰를 얻을 수 없겠지. 이 동무는 불가
사의한 인간일세. 자넨 나를, 아니 나의 모든 걸 믿지 않는 인간이겠
지만, 남들은 자넬 믿고, 욕하면서도 의지하려 하지. 즉 의지할 만한
인간이라는 걸세. 그런데 스스로 만든 커다랗고 특별한 조개껍질 속

에 틀어박혀 계시지 않는가. 나는 어떻게든 그 껍질 속에서 자넬 끌어 내려 하고 있다네……. 헤헤헤, 왜 나는 자네 앞에서는 갑자기 칠칠치 못한 과부처럼 주절주절 말이 많아지는지 모르겠네, 도대체가…….”

“유 동무, 남을 바보 취급하는 건 이제 적당히 그만두게나.”

“내가 자넬 바보 취급한다고? 당치도 않은 말일세. 만일 그렇다면 광대가 임금님을 바보 취급하는 거나 마찬가지 아니겠나. 자네가 가 장 잘 알고 있을 거 아닌가, 내가 자네를 존경하고 있다는 건…….”

“자네가 깔아 놓은 레일에 나를 올려놓기 위해서 말인가. 그건 분명 히 거절했다고 생각하는데.”

“그런 식으로 말하면 곤란하네. 그렇게 화내지 말아 주게. 이 동무는 나와는 반대로 성미가 급하다네. ……어젯밤에도 동무는 내가 귓속 말을 했을 때 고개를 끄덕이지 않았나(뭐라고? 고개를 끄덕인 기억은 없다. 이방근은 흠칫 놀라서 어젯밤의 정경을 머릿속에 떠올려 보았지만, 상대방은 말을 계속했다). 지금까지 그렇게 말을 했는데 아직도 그걸 모르나. 어쨌든 전화로 이런 이야기는 그만두세, 그만두겠네. 자네가 오해하면 곤란 하니까. 그건 그렇고, 그 친구는 아직도 거기에 있나?”

“남승지라면 벌써 돌아갔네. 그런데…….”

“벌써 돌아갔다고?”

“그래, 아침 일찍 말이지. 그런데, 어젯밤에 내가 자네 이야기를 듣 고 고개를 끄덕였다는 건 무슨 소린가?”

“내가 말한 내용을 기억하고 있겠지. 내가 일단 대문까지 갔다가 돌 아갔지 않은가. 그건 일부러 생각난 척 연기를 한 것인데, 자네는 그 때 고개를 끄덕였단 말일세. 음, 그게 어때서 그러나. 만나서 이야기 하면 될 일 아닌가. 그 친구는 일찍도 돌아갔군. 실은 좀 더 천천히 돌아가고 싶었을 게 분명하네……. 아니, 그 친구는 특별히 볼일이 있었던 건 아닐세. 그가 없다면 오히려 잘 됐네. 어떤가, 찾아가고 싶은데……. 시간을 좀 내줄 수 있겠나?"

"음……, 유감이지만, 난 나가 봐야 한다네."

"자네가 외출을 한다고? 정말인가……, 아니, 이거 실례했네. 그럼, 가도 만날 수 없다는 이야기군. 유감이지만 할 수 없지. ……그런데 자네도 유감스럽다고? 이거 최근 들어 오랜만에 들어 보는 자상한 말이군……."

유달현은 주절주절 서론을 장황하게 늘어놓은 것치고는 유감스러운 듯이 혀를 차면서도 의외로 선선히 물러났다. 그러나 오늘은 이것으로 물러났다 해도, 유달현의 방문을 끝까지 거절할 수 없다는 것을 이방근 자신은 잘 알고 있었다. 언제 어느 때, 아무런 예고도 없이 찾아와서, 서재 툇마루 앞에 불쑥 얼굴을 내밀지 모른다. 어이, 잘 있었나, 이방근 동무……. 그럴 때 단지 그 일만으로, 돌아가! 하고 호통을 칠 수 있을까. 그래, 그 녀석에게 욕설을 퍼부어 주자. 그래도 미소를 띠고, 계속 그 자리에 서 있다면……. 아예 곤봉을 휘둘러 내쫓아 버릴까. 그래도 주인에게 얻어맞는 개처럼, 아니, 계모 선옥에게 얻어맞던 과거의 부스럼영감처럼 가만히 참고 있다면……. 유달현은 필요하다면 이방근 앞에서는 그런 태도를 취할 수 있는 남자였다. 아니, 이것을 그의 약점이라든가, 노예근성이라고 봐서는 안 된다. 그런 것이 아니라, 못된 자신감의 표현이었다. 실행이 임박해 오는 '무장봉기'의 정보를 '동지로서 신뢰하는' 이방근에게 알려 준 것은 유달현이었다. 그리고 벌써 한 달이 지났다. 그 사이에 이방근을 적지 않게 동요의 바다로 내던진 것은 부정하기 어려웠다. 유달현은 그것을 꿰뚫어 보고 있었다. 그저께 강몽구가 찾아와서 '무장봉기'의 계획을 알리고 당 조직을 지지해 달라고 요청했지만, 남승지조차 그런 내색은 전혀 비치지 않았었다.

유달현은 어젯밤 귀띔한 대로 '중요한 이야기'가 있다는 말로 내일이나 모레 찾아와도 좋다는 승낙을 받자, 전화를 끊지 않고 화제를 바꾸어 한동안 이야기를 계속했다. 마치 작별을 아쉬워하기라도 하는 것처럼. 그리고 어디서 그렇게 재빨리 들었는지, 오늘 밤 여동생 친구들이 파티를 연다는 말을 꺼내, 이방근을 놀라게 만들었다.

이방근이 지금부터 외출한다고 말한 것은 거짓말이 아니었다. 문득 산발을 하고 있었기 때문이다. 머리를 깎은 것이 이달 초 어머니 제삿날이었으니까, 그럭저럭 한 달이 다 되었다. 아침에 갑자기 머리가 가려웠는데, 생각해 보니 어젯밤 목욕을 하면서도 머리를 감지 않았던 것이다. 머리를 긁자 하얀 비듬이 떨어졌다.

아까부터 들리는 새끼 고양이의 방울 소리에 마음이 술렁거렸다. 여동생이 목걸이에 달아 준 방울이었다. 앞다리로 자기 목덜미를 긁어 울리는 방울 소리에 재롱을 부리며 돌아다녔다. 유원의 귀성으로 활기를 띠면서 정체되었던 공기가 흐르기 시작한 집안 분위기를 타고, 새끼 고양이의 맑은 방울 소리가 반짝반짝 빛났다. 하나의 이변이었다.

여동생이 돌아오자, 부엌이의 커다란 몸이 그늘 쪽으로 물러선 꼴이 되었다. 독상을 날아오던 식사 시중부터 빨래에 이르기까지, 당분간 부엌이로부터 유원의 손으로 넘어간다. 처음에는 부엌이도 짐을 넘겨주기라도 하는 듯한 기분이었겠지만, 이제는 익숙해진 모양이었다. 그 수고가 덜어진다 해도, 그 때문에 그녀의 일이 편해지는 것은 아니었다. 장작 패기와 같이 힘으로 하는 일도 있지만, 좌우지간 움직이지 않으면 관절이 쑤시고 아프다는 것이었다. 그녀의 동네(한라산 기슭에 가까운 동쪽의 중산간 부락이었다)에서 하는 노동에 비하면 이곳은 천국이라고 했다. 부엌이라는 이름은 부엌에서 일하는 여자라는 의미의 별명이지만, 어린 시절부터 노비처럼 일만 해 온 그녀였다. 15살에 결혼하여 두 아이는 모두 사산(死産). 이 섬의 여자들이 대부분 그렇듯이 결혼 후에도 들일과 부업으로 일만 하는 생활을 계속하다가, 10년쯤 지나 세 살 위인 남편이 요절했다고 했다. 부엌이가 이방근의 집에 하녀로 들어온 것은 12, 3년 전으로, 유원이 일제 때의 소학교 3학년 무렵이었다. 지금도 그녀는 1년에 두 번, 설날과 추석 때면 친척과 숙모가 사는 시골로 돌아가곤 했다. 고양이는 방울을 달아 준 사람에게는 눈길도 주지 않고, 부엌이 뒤만 쫄랑쫄랑 방울을 울리며 따라다니고 있었다. 식사와 마찬가지로 꿈에도 뒷맛이 남는 경우가 있는 법인데, 새끼 고양이를 따라 방에 들어온 돌아가신 어머니와 함께, 부엌이가 머리맡에 서 있는 꿈은 잠을 깬 뒤에도 기묘한 느낌으로 계속 남아 있었다.

꿈은 그 전후의 밤에 일어난 일과 연결돼 있는지도 모른다. 언젠가 그녀가 방으로 몰래 숨어든 바람이 몹시 불던 어느 날 밤, 달빛도 별빛도 없는 캄캄한 어둠 저편의 대문 옆에 있는 그녀의 문간방에서 새끼 고양이의 울음소리가 오래도록 들렸다. 아아, 아아……. 부엌이, 저건 흰둥이 울음소리 같은데. 아아, 흰둥이 울음소리가 들린단 말이우꽈. 제 귀엔 아무 소리도 안 들렴수다. 동네에 비가 내리는 소리만 들리고……. 육체 속의 냄새와 어둠이 용해되어 부엌이의 육체로 굳어지고, 바람이 방의 덧문을 두드리는 가운데, 아이고, 아이고…… 그녀가 희열에 찬 비명을 낮고 날카롭게 지르면서, 동네가 무너지우다, 아이고, 그만하세요, 그만…… 동네가 마을이 무너지우다!…… 라고 소리를 지른 직후에 들려온 새끼 고양이의 애절한 울음소리였다. 흰둥이는 널 찾고 있을 거야. 지금 마을이 무너진다고 말한 것은 기억하고 있나? …예ㅡ, 전 벌써 제 동네에 갔다 왔수다. 저희 동네가 주변부터 허물어지고 있었수다…… . 그 꿈을 꾼 것은 이날 밤의 앞뒤와 연결돼 있을지도 모른다. 그러나 그렇다 해도…… .

이방근은 관덕정 광장 모퉁이의 이발소에서 머리를 깎고, 어슬렁거리며 C길에서 동쪽으로 산지천(山地川)을 따라 부두로 나왔다. 봄의 숨결에 부풀어 올라 넘실거리는 바다가 햇살에 눈부시게 반짝이고 있었다. 부두는 꽤 혼잡했다. 부산에서 마악 도착한 연락선 손님과 아침에 도착한 목포행 연락선이 밤의 출항에 대비해 하역 작업을 하고 있어서, 인부와 지게꾼들의 구호 소리가 소란스러웠다. 두터운 갯바람이 불어오는 방파제 밖의 바다에, 경비정 두 척이 파도에 흔들리며 정박해 있었다.

부두 여기저기에 두세 명씩 짝을 지은 '서북'의 모습이 보였다. 손에 곤봉만 들었을 뿐 무기를 갖고 있지 않은 것은 졸개들이었지만, 그서도 사투리를 들을 필요도 없이, 초라한 복장과 깡패 같은 걸음걸이, 얼굴 표정만 봐도 금방 '서북'이라는 것을 알 수 있었다. 그들이 사람들과 스쳐 지나갈 때면, 살기를 품은 냉기가 생겨났다. 조금 전에도 이발소 거울에 M1소총을 어깨에 멘 일행이 유리 너머로 비치고 있었다. 일요일임에도 사복이나 다름없는 그들의 모습이 눈에 띄었다. 이방근은 해안선을 끝까지 왕복하면서 한 시간 남짓 돌아다니다가, 아무데도 들르지 않고 곧장 집으로 돌아왔다. 목적지도 없이 어슬렁거리며 걸었지만, 그렇다고 산책을 할 생각도 아니었다. 집으로 돌아와 얼마간 시간이 흐른 뒤 그는, 이제까지와는 다른 눈으로 거리를 보고 있었음을 깨닫고 혼자서 웃었다. 거리의 모습이나 사람들의 태도, 그에 대한 식견이 달라졌다는 말은 아니었다. 경찰이나 '서북' 패의 거동을 유심히 살피고, 그들을 미행할 생각까지 하는 등, 아무래도 남승지나 강몽구(아니, 유달현도 그렇지만)의 시점에 한동안 자신을 놓아두고 있었던 것이다. 그것을 의식하고 한 일은 아니었다.

그렇다 해도, 무엇하러 한 시간씩이나 거리를 돌아다닌 것이었을까. 이방근은 소파에서 이미 네 시가 가까운 손목시계를 들여다보며, 거의 무의식중에 한 시간 남짓이나 걸었다는 생각이 들어 견딜 수가 없었다. 그러고 보면 이발 역시 문득 떠오른 변덕스런 기분으로 나갔던 것이다. ……그건 무엇이었을까. 유달현과 전화로 이야기할 때 한쪽 귀에 갑자기 들려온 여자들의 요란한 웃음소리. 거리의 어느 곳에도 무리 지은 여자들의 웃음소리는 없었다. 환청, 뭔가 착각을 한 듯한 기분도 들지만, 토담 밖의 좁은 골목길에 웃음소리가 지나간 것만은 분명한 사실이었다. 한쪽 귀에만 들려온 여자들의 튀어 오를 듯한 웃음소리. 어디선가 울려온 메아리였는지도 모른다. 그리고 골목을 지나가는 흰 돼지의 무리……. 선명하게 그것이 보였다.

유원은 오늘 밤의 파티 준비로 부엌이의 손을 빌려 가면서 음식 준비를 하느라 바빴다. 여섯 시 반경에는 대부분의 멤버가 모인 모양이었다. 파티 장소는 응접실로, 소파와 안락의자를 한쪽 구석으로 밀어놓은 뒤, 융단 위에 탁자 두 개를 놓았다. 손님들은 방석을 깔고 그 주위에 둘러앉았다. 탁자 위에는 이 섬의 잔치에 없어서는 안 될 삶은 돼지고기와 영계백숙, 그 밖의 요리가 놓이고, 마실 것으로는 맥주와 소주, 그리고 사이다가 나왔다.

김동진이 왔다. 장신인 그는 휘청휘청 흔들리듯 서재로 들어와 잠시 이야기를 나누다가 응접실로 합류했다. 뭔가 봉봉 하는 악기의 현(絃)이 늘어진 듯한 소리가 들렸는데, 누군가가 기타를 가져온 모양이었다. 응접실에서 유원이 아닌 누군가가 피아노 건반에 손가락을 맞추듯 조용히 두들기고 있었지만, 파티가 무르익으면 장구까지 끌어내어 의외로 떠들썩하게 놀아 볼 작정인지도 몰랐다.

시간이 좀 지나자, 유원이 여자 친구 둘을 데리고 서재로 건너왔다. 오늘 아침 배로 돌아왔다는 조영하와 또 한 사람, 분명히 서울에서 약학을 공부하고 있다는 다람쥐 같은 얼굴 모습에 몸집이 큰 여학생이었다. 둘 다 감색 제복을 입고 있었는데, 여동생보다 어른스럽고, 그 목소리와 몸가짐에 여자 냄새가 풍겼다. 여동생도 다른 곳에 가면 남의 눈에는 이렇게 여자다워 보이는 것일까. 그녀들은, 오빠 안녕하세요……라며 공손히 인사를 하고는, 모두 함께 건배를 하고 싶은데 오빠도 꼭 동석해 주셨으면 해서 이렇게 모시러 왔노라고, 제법 얄밉게 유혹해 왔다.

이방근이 그녀들과 함께 응접실에 들어가 자리에 앉자, 일제히 환영의 박수를 쳤다. 그들의 파티인 이상, 이 자리에서 이방근은 손님이나 마찬가지였다.

열 명 가까운 멤버 중에 절반 이상이 여자이고, 남자는 이방근을 포함하여 네 명, 숫자로는 조금 밀리는 느낌이 들었다. 이방근은 모두의 이름을 기억하지는 못했지만, 얼굴은 대개 알고 있었다. 언젠가 관덕정 광장에서 스쳐 지나갔을 때 묘하게 얌전을 빼던 국민학교 교사인 황춘자도 있었다. 이방근과 비스듬히 마주 앉은 한복 차림의 그녀는 이방근과 시선이 마주치자 얼른 고개를 돌리고 몸단장이라도 하는 것처럼 우물거렸다. 흰 살결로 용모는 평범했다.

뜻밖에도 조영하가 일어나더니, 여러분, 하면서 사회자 비슷한 역할을 맡았다. 새삼 소개할 것까지도 없습니다만, 유원 동무의 오라버님이신 이방근 선생이십니다. 오라버님께 우리의 이 모임을 위한 건배의 선창을 부탁드리고자 하오니, 여러분, 각자의 잔에 맥주와 술을 따라 주십시오. 그리고 사이다도 잊지 마시고……. 선생님, 앉으신

채로 한 말씀 부탁드립니다……. 모두 스무한둘에서 서너 살의 청춘 남녀였다. 잔과 술병이 마주치는 소리로 탁자 위의 공기가 밝고 명랑하게 흔들렸다.

"맞선 보는 자리도 아닌데, 남녀가 따로 앉아 있을 필요가 있을까요. 남녀칠세부동석이라지만, 이미 자리를 함께했으니, 나중에라도 자리를 이동하여 남녀가 사이좋게 나란히 앉는 편이 좋을 것 같군요."

이방근이 남자 쪽 자리에서 웃으며 말했다. 유원이 처음부터 그렇게 결정한 것도 아닌데 자연히 나뉘어져 버렸다고 해명했다. 남매의 대화에 박수와 웃음이 터졌다.

"그런데 나는 지하 동굴에서 겨울잠을 자고 있는 곰 같은 인간인데, 이렇게 젊은 여러분의 모임에 불러 주어 영광입니다. 게다가 이 자리에는 성내에 살고 있는 동무도 몇 명 있습니다만, 아시다시피 나는 성내 거리에서는 무뢰한이나 다름없는 그다지 평판이 좋지 않은 인간이라서……."

"노-! 그 발언은 인정할 수 없습니다. 무뢰한이라고 부르는 놈들은 혼을 내줍시다. 이방근은 영웅입니다."

갑자기 한 사람이 외치자, 두세 명이 옳소, 옳소 하고 맞장구를 치고, 이어서 박수갈채가 터졌다. 분위기가 엉뚱하게 고조되기 시작했다.

"내가 쓸데없는 말을 해서, 또 다시 이 거리에 흉흉한 사건이 일어나지나 않을까 걱정입니다. 여러분, 부디 사람을 너무 놀라게 하지 마십시오. 자아, 흔해 빠진 말이라 미안하지만, 젊은 동무들의 건강과 건투를 빌며 건배합시다."

이방근은 맥주잔을 손에 든 채, 약간 당황스런 모습으로 건배의 선창을 했다.

"건배."

"건배!"

"건배!"

조영하가 컵의 맥주를 단숨에 비웠다. 맞은편에 앉은 유원은 컵의 맥주를 반쯤 남겼는데, 오빠의 시선을 느끼고는 얼른 돌아보며 소리 없이 웃어 보였다. 사이다를 마시는 친구들도 있었다. 약간 굳은 표정이 가시지 않는 황춘자. 그 옆에 도립병원 간호사를 하고 있는 안경쓴 아가씨. 황춘자는 아까부터 국민학교 선생은 역시 융통성이 없다는 놀림을 받고 있었는데, 그 말은 마실 수 있다는 이야기가 아닌가. 이방근은 여동생으로부터 그녀가 자신을 존경하고 있다는 이야기를 들은 적이 있었다. 그녀는 이 집에 들어오기 전부터 이방근을 의식한 듯 딱딱하게 굳어져 있었다. 이방근의 시선을 받으면 하얀 목덜미 주위까지 분홍빛으로 물드는 형편이었다. 건배가 끝나자 서로 잔을 채워 주며 잡담을 시작하였는데, 남자들은 재빨리 젓가락을 집어 들고 배를 채우기에 여념이 없었다. 젊은이들의 식욕을 돋우고, 그것을 충분히 만족시킬 만큼 먹음직스러운 음식이었다. 유원은 여자 친구들에게도 음식을 권했다. 그녀들은 서로 얼굴을 마주 보고 난 뒤 얌전하게 젓가락을 들었다.

이방근이, 그럼 여러분, 천천히 놀다 가라며 자리에서 일어나려 하자, 좀 전에 이방근을 영웅이라고 외쳤던 청년이, 이방근 선생님, 잠깐 저희와 자리를 함께 해 주시지 않겠습니까, 라며 열띤 목소리로 붙잡았다. 모두가 박수로 호응했다. 성이 윤(尹)씨인 그 청년은 서울의 사범대학생으로 술집 아들이었다. 알코올처럼 격해지기 쉬운 면이 있었으나, 장차 중학교 선생님이 될 거라며 술집 주인이 자랑하는 아들이었다. 이방근은 젊은 여러분에게 방해가 되지 않는다면 잠시 자리를 함께하겠다며 다시 자리에 앉았다.

"이방근 선생님, 저희들은 선생님을 존경하고 있습니다. 제 개인적으로는 오빠라고 부르고 싶지만, 여러 사람 앞이라 그건 삼가기로 하고(망측해라……. 맞은편 자리에서 중얼거렸다), 부디 저희들과 자리를 함께 해 주세요. 부탁드립니다." 조영하가 다시 일어나서 말했다. 엷은 화장을 하고 눈에는 교태를 띠고 있었지만, 꽤나 야무진 인상을 주었다. "특별한 목적을 지닌 파티는 아니지만, 봄방학이 되어 돌아왔기 때문에 개중에는 반년 만에 돌아온 친구도 있고, 서로 마음이 통하는 사람들끼리 한번 모여 본 겁니다. 처음에는 회비제로 할 예정이었는데, 서울에 있을 때부터 이미 의논하여 결정한 일입니다만, 결국은 유원 동무의 댁에서 신세를 지게 되었습니다. 그래서 이왕 이렇게 모였으니 유원 동무의 피아노를 들으면서, 게다가 맛있는 음식도 대접받고, 그야말로 일석이조……, 아, 그렇지, 잠깐만요, 동진 동무, 미안해요, 여러분, 잠깐만 제 말을 들어주세요. 제가 중요한 일을 잊고 있었습니다. 이번에 김동진 동무가 『문예세계』라는 중앙 잡지에 소설을 발표했는데, 그 축하도 겸해서…… 일석삼조가 되겠습니다. 그러니까 이방근 선생님, 거듭 죄송합니다만, 신진작가 김동진 동무를 위하여 다시 한 번 건배의 제창을 부탁드립니다."

조영하가 자리에 앉자, 이방근이 김동진을 위하여 건배의 선창을 했다. 휘청거리는 느낌으로 김동진이 일어나더니, 사람 좋은 상냥한 웃음을 띤 인사와 함께 간단한 답례를 했다.

"동진 동무, 그것으로 작가가 된 척 티를 냈다간 나중에 큰코다칠 테니, 각오하세요."

조영하가 농담조로 말했지만, 추켜세워 놓고 하는 말치고는 매서웠다.

"동진이가 뭘 각오한단 말입니까?"

윤(尹)이 김동진 대신 말을 받았다.

"전 김동진 씨의 작품을 지지하는 사람예요. 옛날부터……."

"헤헤헤, 옛날이라니, 할머니 같은 말을 다 하시고, 언제가 옛날입니까?"

"잠자코 있어요, 당신은 아직 1학년 꼬마라구요. 그 소설은 우리들 학우회의 기관지에 실었던 것이 원형이에요. 난 거기에 얽힌 사정을 잘 알고 있어요. 동진 동무는 말이죠, 사상적으로 전진하지 않으면 안 된다고 생각해요."

김동진은 말없이 쓴웃음을 지었다. 화를 내지 않고 가볍게 받아넘기려는 태도가 어른스러웠다.

"영하는 혼자서 말을 너무 많이 해. 여전하다니까."

국민학교 선생이 옆에 앉은 유원에게 속삭였다.

"저 앤 말이지, 요즘 사상적으로 많이 변했어."

유원이 말했다. 이방근은 문득 귀를 스친 여동생의 말에 돌멩이라도 섞인 듯한 이질감을 느꼈다. ……사상적이라, 사상적……? 여동생과 여러 가지 문제에 대해 깊이 이야기를 나눈 적은 없다 해도, 지금까지 그녀와 나눈 대화에서는 들어 보지 못한 말이었다.

"여러분, 어떻습니까?" 한약방 아들인 신(申)이 뒷벽에 기대놓은 기타를 무릎 위에 올려놓고 기타 줄을 튕기며 말했다. 작년에 대학을 중퇴한 채 빈둥빈둥 놀고 있는 청년으로, 다박수염을 기른 불만 가득한 표정이 다소 비뚤어진 인상을 주었지만, 일부러 그러는 것 같기도 했다. "이왕 대접을 받는 김에, 유원 동무에게는 미안하지만, 우리를 위하여 피아노를 쳐 주시지 않겠습니까. 우리는 식사를 하면서 음악을 감상하는 식으로……."

"말도 안 돼, 어떻게 그런 말을……."

"알겠어요, 여러분은 손님이니까. 그런데 어떤 곡을 치면 좋을까?"

유원이 일어나 피아노 앞에 앉았다.

"클래식을 쳐 봐요."

신이 기타 줄을 만지작거리며 말했다.

"우리 민요가 좋아. 민요…… 민요를 피아노로 듣는 게 좋을 것 같아."

"세레나데……."

"국민학교 선생은 로맨틱하군. 뭐든 좋아. 유원 동무의 십팔번을 치면 돼."

유원은 악보를 보지 않고 파티를 흥겹게 시작하려는 듯, 경쾌한 베토벤의 터키행진곡을 연주했다. 그리고 나서 쇼팽의 소품을 몇 곡. 처음에 야상곡을 치자, 쇼팽의 슬픔은 우리의 슬픔, 쇼팽의 마음은 우리 민족이 이해할 수 있다고 신이 흥을 돋우며, 몇 곡인가 악보를 앞에 놓고 치게 만들었다. 유원은 반 시간 남짓 피아노 앞에 앉아 있었다. 그녀가 일단 자리로 돌아오자 바로 이방근이 자리에서 일어났다. 역시 친구들끼리만 있는 편이 낫다. 아무렇지도 않은 말의 뉘앙스 하나까지도 신경을 쓰고 있는 모습이 엿보였다. 게다가 국민학교 선생이 이쪽을 의식하고 있는 것이 느껴져서 함께 있기가 괴로웠다. 조금 취기가 돈 모습의 신이, 이방근은 영웅이 아니라고 시비를 걸어왔다. 취해서 시비를 거는 게 딱 어울리는 청년이었다. 이방근의 신분이니까 '서북'을 해치우고도 무사했지, 우리가 했다면 어떻게 되었겠는가……, 게다가 타협을 했다. 먼저, 이방근 씨가 현재의 시국을 어떻게 보고 계시는지 한번 듣고 싶다……. 그래서 도망친 건 아니었지만, 슬슬 자리를 뜨는 편이 좋을 것 같았다. 시간은 일곱 시 반. 이방근은 부엌이에게 가져오게 한 국수 한 그릇으로 저녁을 때웠다. 새끼고양이의 방울 소리가 들리지 않게 된 지 꽤 오랜 시간이 지난 것 같았다. 흰둥이는 자고 있다고 부엌이가 말했다. 문득, 그 방울은 언젠가 떼어 내지 않으면 안 돼, 라고 속삭이는 목소리가 육체의 어두운 내부를 꿰뚫고 지나갔다.

응접실은 떠들썩하게 들끓고 있었다. 웃음소리와 함께 화난 목소리도 들려왔다. 응접실의 부풀어 오른 소란을 가라앉히기라도 하듯 기타 줄이 튕겨졌다. ……저 애는 말이지, 요즘 사상적으로 많이 변했어. 응접실의 소란 속에서, 마치 혼잡한 사람들 틈을 헤치고 나오듯, 여동생의 목소리가 천천히 들려왔다. 조영하가 김동진을 향해 '사상적인 전진' 어쩌고를 언급한 만큼, 거기에는 얼마간의 조영하의 말을 긍정적으로 받아들이는 듯한 반향이 있었다.

문득, 여동생이 '좌경'하고 있는 건 아닐까 하는 생각이 이방근의 머리를 스쳤다. 설마……. 설마, 그 애가 '공산당'……. 이방근은 순간 송곳으로 쑤시는 듯한 당혹감과 함께 무언가를 발견했을 때의 신선한 기쁨에 사로잡혀, 자신도 모르게 소파에서 벌떡 일어났다. 탁자 위로 시선을 던지더니 불현듯 담배 상자에서 담배 하나를 집어 불을 붙이고는, 크게 연기를 내뿜으며 방 안을 빙글빙글 돌기 시작했다. 몸의 움직임에 맡긴 채, 마치 태엽을 달아 놓은 것처럼 좁은 공간을 반복해서 걸었다.

'공산당'이라 해도 그 증거가 전혀 없지 않은가. 생각해 보면, '사상적'이라는 말을 했다는 것만으로 여동생을 '좌경'이라고 생각하는 것 자체가 이방근답지 않은, 관헌적인 감각이라고 해야 할 것이다. 게다가 아무리 서울과 제주도가 멀리 떨어져 있다 해도, '입당'을 하면서 오빠에게 아무 말도 하지 않을 유원은 아니었다. 그것은 단언할 수 있었다. 이방근은 천천히 담배 연기를 내뿜으며 계속 걸었다.

응접실의 소란스러움이 가라앉고, 기타가 '봉선화'의 아름다운 멜로디를 연주하기 시작했다. 비통한, 그러나 서서히 고조되는 힘차고 격렬한 멜로디와 리듬의 흐름. 조용한 밤에, 기타의 음색이 가슴을 쥐어뜯는 것처럼 격렬한 소용돌이를 일으키며 흘렀다. 여성의 콧노래 소리, 이윽고 가사가 곡의 흐름에 겹쳐졌다.

울 밑에 선 봉선화야
네 모양이 처량하다
길고 긴 날 여름철에
아름답게 꽃 필 적에
어여쁘신 아가씨들
너를 반겨 놀았도다

어언간에 여름 가고
가을바람 솔솔 불어……

2, 3년 전인 일제 때만 해도 금지된 노래였다. 가련한 그러나 생명력 있는 봉선화를 망국의 조선에 비유한 이 아름다운 노래는 저항의 노래로서 큰 소리로 부를 수가 없었다. 특히 여학생들에게 애창된 이 노래가 민족의식을 고취하고 불온사상을 고무한다는 것이었다. 이방근의 머릿속 공간에 일제강점기의 봉인된 과거가 열리고, 그곳에서 바람과 함께 '봉선화' 노랫소리가 울려왔다. 그것은 가슴의 쓰라린 통증을 되살리는 울림이었다. 3·1독립운동 이듬해인 1920년, 김형준(金亨俊)의 시에 홍난파(洪蘭坡)가 곡을 붙인 '봉선화'. ……가을바람 솔솔 불어, 아름다운 꽃송이를 무참히도 침노하니, 낙화로다 늙어졌다, 네 모양이 처량하다……. 이방근은 소파 주위를 걸으며 고개를

흔들었다. 무슨 문제가 있는 것도 아니지 않은가……. 그래, 무슨 문제가 있는 건 아니다. 일찍이 조선인은 8살이면 '사상가'가 된다고 일본 지배자들을 '개탄'하게 만들었지만, 조선의, 그것도 대학생이 '사상적'이 되는 것은 조금도 신기한 일이 아니었다. 남한만의 단독선거, 단독정부 수립에 반대하고, 미국을 반대하고, 이승만을 반대하고, '서북'을 반대하는 자 모두가 '좌익'이 되고 '빨갱이'가 되며, '단선'을 반대하는 우파의 지도자 김구 선생까지 좌파의 앞잡이로 몰아세우는 시국에서는, '좌경'하지 않는 쪽이 오히려 이상하다고 할 수밖에 없었다. 서울 등지에서는 도회지라는 이점을 이용하여, 매일처럼 '단선' 반대의 '번개데모'(소수 인원이 모였다가 흩어지는 게릴라식 데모)가 계속되고 있었다. 그래, '사상적'이지 못한 게 오히려 부끄러운 일이다. 그건 틀림없어. 그러나……. 그러나 뭐냐, 이방근은 혼자 웃으며 자문하였다. 그러나 뭐냐…….

기타 소리가 그치고, 이야기 소리가 대신 이어졌다. 소파로 돌아온 이방근은 아까 가볍게 마신 술기운 탓이었는지 어느새 꾸벅꾸벅 졸았던 모양이다. 문득 눈을 뜬 맑은 귀에, 응접실의 술렁거림이 기억의 밑바닥에서 솟아오르듯, 뭔가 베일에 감싸인 듯한 느낌으로 들려왔다. 아아, 저들이 아직껏 파티를 하고 있구나……. 시계를 보니 여덟 시 반으로, 아마 반 시간쯤 졸았던 모양이었다.

그때, 기타가 천천히 전주곡인 듯한 멜로디를 울렸는데, 그것이 이윽고 들은 적이 있는 곡으로, 아니, 이방근은 흠칫 놀라 소파에 자세를 고쳐 앉고 귀를 기울였다. '해방의 노래'를 연주하고 있는 모양이다, 아니, 곡의 흐름은 틀림없는 '해방의 노래'였다. 한 사람이, 아마도 연주하고 있는 신 청년일 것이다. 곡을 따라 노래를 부르기 시작했다.

조선의 대중들아 들어 보아라
우렁차게 들려오는 해방의 날을
시위자들이 울리는 발굽 소리
미래를 고하는 아우성 소리

노동자와 농민들은 힘을 다하야
놈들에게 빼앗긴 땅과 공장⋯⋯

　이것은 해방 직후에 만들어진 혁명가로서, 이미 부르는 것이 금지
되어 있었다. 이방근의 뇌리에 작년의 3·1운동 기념일을 즈음하여
수만 명의 군중이 '해방의 노래'를 소리 높여 부르며 성내 거리를 메
웠던 광경이 되살아났다. 그는 당시에 본토를 여행 중이어서 성내에
는 없었지만, 그 광경을 떠올리고 있었다. 시위대와 경찰의 충돌, 소
년의 시체, 시위자의 시체를 떠메고 노도와 같이 행진하던 항의데모
의 물결⋯⋯. 이방근은 일어섰다. 아버지가 마침 부재중이어서 다행
이었는데, 그가 들었다면 기절했을 것이다(아버지와 계모는 지인의 아들
결혼식이 있어서, 아침부터 한라산 저편의 서귀포에 가 있었다). 밖에서 들리
지 않는다고 장담할 수도 없었다. 이 조용한 밤에 혁명가라는 게 말
이 되는가.
　이방근은 큰 걸음으로 툇마루를 삐걱거리며 응접실로 갔다. 방 안
에 발을 들여놓은 이방근과 시선이 마주친 신이 기타 줄을 튕기던 손
가락을 멈추고 입을 다물었다.
　"자네, 그 노래는 '해방의 노래'가 아닌가. 그런 노래는 그만두게. 다
른 노래도 있지 않은가."
　이방근은 탁자 옆에 우뚝 선 채 상대방을 내려다보며 말했다.

"'해방의 노래'는 안 됩니까?"

상대의 취기로 붉어진 얼굴이 부루퉁하게 일그러졌다. 불쾌한 표정
이었다. 이봐, 이봐, 옆에서 제재하는 소리. 이방근은 이글이글 타오
르는 분노의 불꽃을 억눌렀다.

"노래 자체가 나쁘다는 건 아니야. 그 정도는 내가 말하지 않아도
여러분이 잘 알고 있을 텐데. 산속이라면 또 모르지만, 요즘은 국민학
생도 그 노래를 공공연하게 큰 소리로 부르진 않아."

"그래서 조용히 부르고 있는 겁니다."

"들린단 말이야. 노래가 밖에까지 흘러나와. 젊은 사람이 억지는 그
만두게."

"오빠, 그만하면 됐어요. 이제 그만둘 거예요……."

이방근은 여동생에게 멍청이라고 한마디 호통을 쳐 주고 싶었지만,
말없이 방을 나왔다. ……그만두자, 그만두면 되잖아. 누구야, 영웅
이라고 말한 게. 말도 안 되는 소리지, 반동이야……. 다라랑…… 하
고 기타 줄을 손톱으로 긁는 소리. 이봐, 무슨 소리야! 자네 취했나.
탈선이야……. 이방근은 우뚝 멈춰 섰지만, 그것도 단지 몇 초였을
뿐, 응접실의 대화를 등으로 흘려들으며 서재로 돌아왔다.

이방근은 분노와는 다른 자기혐오에 빠졌다. 아니, 화낼 일도 아니
었다. 모처럼 젊은 사람들이 파티를 열고 있는데, 왜 좀 더 온화한
태도를 취하지 못했을까. '봉선화'의 그 아름다운 기타 선율을 보아서
라도, 왜 좀 더 부드럽게 응접실로 들어가지 못한 것일까. ……자넨
짜증을 잘 내서 말이지, 유달현이 낮에 전화로 한 말이었다.

❚ 지은이

김석범(金石範)

1925년 일본 오사카에서 태어났고, 교토대학을 졸업했다. 〈제주4·3〉을 테마로 한 대하소설『화산도』를 집필하고, 일본에서 4·3진상규명과 평화인권운동에 젊음을 바쳤다. 1957년『까마귀의 죽음』을 발표하여 최초로 국제사회에 제주4·3의 진상을 알렸다.

대하소설『화산도』로 일본 아사히(朝日)신문의 〈오사라기지로(大佛次郎)상〉(1984), 〈마이니치(每日)예술상〉(1998), 제1회 〈제주4·3평화상〉(2015)을 수상했다. 1987년 〈제주4·3을 생각하는 모임 도쿄/오사카〉를 결성하여 4·3진상규명운동을 펼쳤다. 재일동포지문날인 철폐운동과 일본 과거사청산운동 등을 벌려 일본사회의 평화, 인권, 생명운동의 상징적인 인물로 추앙받고 있다. 주요 소설로서는『까마귀의 죽음』,『화산도』,『만월』,『말의 주박』,『죽은 자는 지상으로』,『과거로부터의 행진 상·하』 등이 있다.

❚ 옮긴이

김환기
동국대학교 일어일문학과 졸업
(현) 동국대학교 교수/동국대일본학연구소 소장
『시가 나오야』,『재일 디아스포라 문학』,『브라질(Brazil) 코리안 문학 선집』,
「코리안 디아스포라 문학의 '혼종성'과 초국가주의」 외 다수.

김학동
일본 호세이(法政)대학 일본문학과 졸업
(현) 동국대학교 일본학연구소 연구원/공주대학교 출강
『재일조선인문학과 민족』,『장혁주의 일본어작품과 민족』,
『한일 내셔널리즘의 해체』(역서),「김석범의 한글『화산도』론」 외 다수.

火山島 ③

2015년 10월 16일 초판 1쇄
2016년 4월 29일 초판 2쇄
2019년 12월 16일 초판 3쇄

지은이 김석범
옮긴이 김환기·김학동
펴낸이 김흥국
펴낸곳 보고사

책임교열 유임하(문학평론가/한국체대 교수)
책임편집 황효은
편집 이경민·이순민·이소희
표지디자인 정보환
제작관리 조진수   **마케팅** 이성은
인쇄제본 영신사   **종이** 한서지업사   **코팅** IZI&B

등록 1990년 12월 13일 제6-0429호
주소 경기도 파주시 회동길 337-15 보고사 2층
전화 031-955-9797(대표)
        02-922-5120~1(편집), 02-922-2246(영업)
팩스 02-922-6990
메일 kanapub3@naver.com / bogosabooks@naver.com
http://www.bogosabooks.co.kr

ISBN 979-11-5516-463-1 04810
        979-11-5516-460-0 04810(세트)

정가 14,000원

이 도서의 국립중앙도서관 출판예정도서목록(CIP)은 서지정보유통지원시스템 홈페이지
(http://seoji.nl.go.kr)와 국가자료공동목록시스템(http://www.nl.go.kr/kolisnet)에서
이용하실 수 있습니다.(CIP제어번호 : CIP2015026802)